# テーマ・ジャンルからさがす

## ライトノベル・ライト文芸

### 2017.1-2017.6

ストーリー/乗り物/自然・環境/
場所・建物・施設/学校・学園・学生/
文化・芸能・スポーツ/暮らし・生活/ご当地もの

# An Index of Young Adult Novels : references by themes and genres

Published in 2017.1-2017.6

## 刊行にあたって

　小社は「テーマ・ジャンルからさがす 紙芝居 1991-2015」や「テーマ・ジャンルからさがす物語・お話絵本 2011-2013」といった、テーマ・ジャンルから作品が引ける索引を刊行してきたが、図書館の司書の方々から「ライトノベルやライト文芸で引ける」索引のご要望をいただいたことから、本書は新たに編纂されたものである。
　2017年(平成29年)1月～6月に日本国内で刊行されたライトノベル・ライト文芸の中から1,268冊を採録し、テーマ・ジャンル別に分類したもので、テーマ・ジャンルからライトノベル・ライト文芸を引ける索引となっている。

　テーマ・ジャンルは「ストーリー」「乗り物」「自然・環境」「場所・建物・施設」「学校・学園・学生」「文化・芸能・スポーツ」「暮らし・生活」「ご当地もの」「キャラクター・立場」「職業」「人間関係」「アイテム・能力」「作品情報」の13項目に大分類し、「ストーリー/乗り物/自然・環境/場所・建物・施設/学校・学園・学生/文化・芸能・スポーツ/暮らし・生活/ご当地もの」「キャラクター・立場/職業/人間関係/アイテム・能力/作品情報」の2分冊にまとめた。大分類の下には、例として「ストーリー」の場合は、「SF」「開拓・復興」「群像劇」「政治・行政・政府」などに中分類し、さらに小分類・細分類が必要ならば、「SF＞タイムトラベル・タイムスリップ・タイムループ」「政治・行政・政府＞外交」などに分類している。
　ライトノベル・ライト文芸に複数のテーマが存在する場合は、各々の大分類のテーマ・ジャンルに分類。さらに大分類の中でもライトノベル・ライト文芸に複数のテーマが存在する場合は、例として「暮らし・生活」という大分類に対して、「イベント・行事＞バレンタイン」にも「食べもの・飲みもの＞お菓子」にも副出していることもある。
　本書は、特定の職業が出てくるライト文芸の作品名が知りたい、異世界転生が書かれているライトノベルが知りたい、肌の露出度が少ない挿絵が入っているライトノベルを探している、現代設定のライト文芸を知りたいなど、様々な用途や目的に沿って作品を探せるような索引となっている。選書やレファレンスの参考資料として利用していただくだけでなく、新たな作品に思いがけず出会えるようなきっかけとなれば幸いである。

　また、本書の企画を検討するにあたり、選書・分類案出にお力添えいただいた株式会社榎本事務所の皆様に、感謝の意を表します。

2019年7月

DBジャパン編集部

# 凡例

## 1. 本書の内容

　本書は国内で刊行された文学作品のうち、ライトノベルとライト文芸を対象とした、テーマ・ジャンルから作品が引ける索引である。
　各作品は以下のように定義した。

・ライトノベル
表紙は人物を中心としたアニメ調のイラストが使用され、主にファンタジー要素（非日常性、非現実性）を含んだ内容の作品
・ライト文芸
表紙に人物を中心としたアニメ調のイラストが使用され、比較的「ライトノベル」よりも現実、現代設定に近い内容の作品

　具体的には以下の出版社、カッコ内のレーベルの全作品または一部作品を対象とした。（五十音順）

- アース・スターエンターテイメント（EARTH STAR NOVEL）
- アルファポリス（アルファポリス文庫、アルファライト文庫、レジーナ文庫、レジーナブックス）
- イカロス出版（AXIS LABEL）
- 一迅社（一迅社文庫アイリス）
- SBクリエイティブ（GA文庫）
- オークラ出版（NMG文庫）
- オーバーラップ（オーバーラップ文庫）
- KADOKAWA（MFブックス、MF文庫J、角川スニーカー文庫、角川ビーンズ文庫、角川ホラー文庫、角川文庫、カドカワBOOKS、電撃文庫、ノベルゼロ、ビーズログ文庫、ビーズログ文庫アリス、富士見DRAGON、富士見L文庫

富士見ファンタジア文庫、ファミ通文庫、メディアワークス文庫、ログインテーブルトークRPGシリーズ)
- 角川春樹事務所（ハルキ文庫）
- 河出書房新社（河出文庫）
- 京都アニメーション（KAエスマ文庫）
- 幻冬舎（幻冬舎文庫）
- 光文社（光文社文庫）
- 講談社（Kラノベブックス、講談社BOX、講談社X文庫、講談社タイガ、講談社ラノベ文庫）
- コスミック出版（コスミック文庫α）
- 三交社（スカイハイ文庫）
- 実業之日本社（実業之日本社文庫）
- 主婦と生活社（PASH!ブックス）
- 主婦の友社（ヒーロー文庫）
- 集英社（JUMP j BOOKS、コバルト文庫、集英社オレンジ文庫、集英社文庫ダッシュエックス文庫）
- 小学館（ガガガ文庫、小学館ルルル文庫）
- 祥伝社（祥伝社文庫）
- 新紀元社（MORNING STAR BOOKS）
- 新書館（新書館ウィングス文庫）
- 新潮社（新潮文庫nex）
- スターツ出版（スターツ出版文庫、ベリーズ文庫）
- 星海社（星海社FICTIONS）
- 宝島社（宝島社文庫）
- ツギクル（ツギクルブックス）
- TOブックス（TO文庫、Trinitasシリーズ）
- 東京創元社（創元推理文庫）
- 徳間書店（徳間文庫）

- 早川書房（ハヤカワ文庫 JA）
- 一二三書房（オトメイトノベル、Saga Forest）
- 双葉社（モンスター文庫、双葉文庫）
- ポニーキャニオン（ぽにきゃん BOOKS）
- ホビージャパン（HJ 文庫）
- ポプラ社（ポプラ文庫ピュアフル）
- マイクロマガジン社（GC NOVELS）
- マイナビ出版（ファン文庫）

　テーマ・ジャンルは「ストーリー」「乗り物」「自然・環境」「場所・建物・施設」「学校・学園・学生」「文化・芸能・スポーツ」「暮らし・生活」「ご当地もの」「キャラクター・立場」「職業」「人間関係」「アイテム・能力」「作品情報」の 13 項目に大分類し、「ストーリー/乗り物/自然・環境/場所・建物・施設/学校・学園・学生/文化・芸能・スポーツ/暮らし・生活/ご当地もの」「キャラクター・立場/職業/人間関係/アイテム・能力/作品情報」の 2 分冊にまとめた。

　本書はその一冊、「テーマ・ジャンルからさがすライトノベル・ライト文芸 2017.1-2017.6 ①ストーリー/乗り物/自然・環境/場所・建物・施設/学校・学園・学生/文化・芸能・スポーツ/暮らし・生活/ご当地もの」である。

## 2. 採録の対象

　2017 年(平成 29 年)1 月〜6 月に日本国内で刊行されたライトノベル・ライト文芸の中から 1,268 冊を採録した。

## 3. 記載項目

書名 / 作者名;/ 出版者（レーベル名）/ 刊行年月　【時代背景】【挿絵情報】
※時代背景タグと挿絵情報は全タイトルに分類

(例)

## ストーリー＞異世界転生

「BL ゲームの主人公の弟であることに気がつきました」花果唯著 KADOKAWA(ビーズログ文庫アリス) 2017 年 5 月【異世界・架空の世界】【肌の露出が多めの挿絵なし】

「アラフォー社畜のゴーレムマスター 1」高見梁川著 双葉社(モンスター文庫) 2017 年 5 月【異世界・架空の世界】【肌の露出が多めの挿絵なし】

「いでおろーぐ! = ideologue! 6」椎田十三著 KADOKAWA(電撃文庫) 2017 年 4 月【現代/近未来・遠未来/異世界・架空の世界】【肌の露出が多めの挿絵あり】

## 文化・芸能・スポーツ＞文化・芸能＞ファッション

「王女フェリの幸せな試練 [2]」時田とおる著 KADOKAWA(角川ビーンズ文庫) 2017 年 1 月【異世界・架空の世界】【肌の露出が多めの挿絵なし】

「校閲ガール ア・ラ・モード」宮木あや子著 KADOKAWA(角川文庫) 2017 年 6 月【現代】【肌の露出が多めの挿絵なし】

「神薙少女は普通でいたい 1」道草家守著 アース・スターエンターテイメント(EARTHSTARNOVEL) 2017 年 2 月【現代】【肌の露出が多めの挿絵なし】

## 暮らし・生活＞イベント・行事＞誕生日・記念日

「IS〈インフィニット・ストラトス〉 = INFINITE STRATOS 11」弓弦イズル著 オーバーラップ(オーバーラップ文庫) 2017 年 5 月【現代】【肌の露出が多めの挿絵あり/性描写の挿絵あり】

「エリート上司の過保護な独占愛」高田ちさき著 スターツ出版(ベリーズ文庫) 2017 年 1 月【現代】【挿絵なし】

「ディバインゲート：王と悪戯な幕間劇」ガンホー・オンライン・エンターテイメント原作;佐々木禎子著 KADOKAWA(ビーズログ文庫アリス) 2017 年 3 月【異世界・架空の世界】【肌の露出が多めの挿絵なし】

1) 大分類「ストーリー」の下を、「異世界転生」「冒険・旅」「SF」「サイバー」「ミステリー・サスペンス・謎解き」などに分類し、さらに中・

小・細分類が必要ならば「冒険・旅＞クエスト・攻略」「SF＞タイムトラベル・タイムスリップ・タイムループ」「サイバー＞VR・AR」などに分類した。

2) 1つの作品に複数のテーマが存在する場合は各々の大分類のテーマ・ジャンルに分類し、さらに大分類の中でも複数のテーマが存在する場合には、例として「暮らし・生活＞食べもの・飲みもの」にも「暮らし・生活＞イベント・行事＞クリスマス」にも副出した。

3) 各作品には下記の【時代背景】からいずれかのタグを必ず分類した。
・異世界・架空の世界…現代とは異なる世界が舞台になった作品
・近未来・遠未来…現代よりも先の未来が舞台になった作品
・現代…現代が舞台になった作品
・歴史・時代…過去の時代・人物・出来事が題材となっている作品

4) 各作品には、下記の【挿絵情報】からいずれかのタグを必ず分類した。
・挿絵なし…挿絵が入っていない作品
・肌の露出が多めの挿絵なし…挿絵自体はあるが、肌の露出が多い挿絵は入っていない作品
・肌の露出が多めの挿絵あり…裸に近い描写や、肌の露出度が高いファッションなど、肌の露出が多い挿絵が入っている作品

また、下記の【挿絵情報】タグは該当作品のみ分類した。

・キスシーンの挿絵あり…キスシーン、もしくはキスを想起させるようなシーンが挿絵として入っている作品
・性描写の挿絵あり…性描写、もしくは性描写を想起させるような挿絵が入っている作品

## 4. 排列
1) テーマ・ジャンル別大分類見出しの下は中・小・細分類見出しの五十音順。
2) テーマ・ジャンル別中・小・細分類見出しの下は紙芝居の書名の英数字・記号→ひらかな・カタカナの五十音順→漢字順。

## 5. テーマ・ジャンル別分類見出し索引
　巻末にテーマ・ジャンル別の中分類から大分類の見出し、小分類から大分類＞中分類の見出し、細分類から大分類＞中分類＞小分類の見出しを引けるように索引を掲載した。

（例）
あやかし・憑依・擬人化→ストーリー＞あやかし・憑依・擬人化
お店・飲食店・カフェ→場所・建物・施設＞お店・飲食店・カフェ
コスプレ→文化・芸能・スポーツ＞文化・芸能＞ファッション＞コスプレ
サッカー→文化・芸能・スポーツ＞スポーツ＞サッカー
スローライフ→ストーリー＞スローライフ
バイク→乗り物＞バイク

## 6. タグ解説表
　巻末にタグの解説表を掲載。
　　（並び順は五十音順とした。）

# テーマ・ジャンル別分類見出し目次

## 【ストーリー】

| | |
|---|---|
| 悪魔祓い・怨霊祓い・悪霊調伏 | 1 |
| あやかし・憑依・擬人化 | 1 |
| 異空間 | 6 |
| 育成 | 7 |
| 異世界転移・召喚 | 9 |
| 異世界転生 | 18 |
| SF | 25 |
| SF＞スチームパンク | 29 |
| SF＞タイムトラベル・タイムスリップ・タイムループ | 29 |
| 怨恨・憎悪 | 31 |
| 落ちもの | 31 |
| 開拓・復興 | 32 |
| 香り・匂い | 33 |
| ガチャ | 33 |
| 記憶喪失・忘却 | 33 |
| 偽装＞恋人・配偶者のふり | 34 |
| 偽装＞身代わり | 36 |
| 虐待・いじめ | 37 |
| ギャンブル | 38 |
| 救出・救助 | 38 |
| 金銭トラブル | 40 |
| 群像劇 | 40 |
| ゲーム・アニメ | 42 |
| ゲーム・アニメ＞MMORPG | 44 |
| 恋人・配偶者作り | 44 |
| 拷問・処刑・殺人 | 45 |
| 国内問題 | 47 |
| 国防 | 47 |
| コメディ | 48 |
| サイバー | 59 |
| サイバー＞AI | 59 |
| サイバー＞VR・AR | 61 |
| サイバー＞VRMMO | 61 |
| サイバー＞VRMMORPG | 62 |
| サイバー＞インターネット・SNS | 63 |
| サイバー＞人造人間・人工生命 | 64 |
| サバイバル | 65 |
| 試合・競争・コンテスト | 66 |
| 資格 | 69 |
| 仕事 | 69 |
| 仕事＞経営もの | 78 |
| 仕事＞就職活動・求人・転職 | 81 |
| 自然・人的災害 | 82 |
| 失踪・誘拐 | 83 |
| 自分探し・居場所探し | 83 |
| 使命・任務 | 86 |
| 使命・任務＞撲滅運動・退治 | 96 |
| 修行・トレーニング | 98 |
| 頭脳・心理戦 | 104 |
| スローライフ | 105 |
| 政治・行政・政府 | 107 |
| 政治・行政・政府＞外交 | 107 |
| 政治・行政・政府＞情報機関・諜報機関 | 108 |
| 青春 | 108 |
| 成長・成り上がり | 116 |
| 戦争・テロ | 125 |
| 脱出 | 131 |
| ダンジョン・迷宮 | 132 |
| チート | 136 |
| デビュー・ストーリー | 143 |
| 転生・転移・よみがえり・リプレイ | 144 |
| 日常 | 145 |
| 呪い | 153 |
| バトル・奇襲・戦闘 | 154 |
| パラレルワールド | 176 |
| 引きこもり・寄生 | 177 |
| 秘密結社 | 178 |
| 病気・医療 | 178 |
| 復讐 | 180 |
| 勉強 | 183 |
| 勉強＞試験・受験 | 183 |
| 変身・変形 | 184 |
| 変身・変形＞魔装 | 185 |
| 冒険・旅 | 186 |
| 冒険・旅＞クエスト・攻略 | 196 |
| ほのぼの | 200 |
| ホラー・オカルト | 205 |
| ミステリー・サスペンス・謎解き | 207 |
| メルヘン | 219 |
| 問題解決 | 220 |
| 友情 | 228 |

| | |
|---|---|
| 料理 | 234 |

### 【乗り物】

| | |
|---|---|
| 車椅子 | 240 |
| 自動車・バス | 240 |
| 船・潜水艦 | 240 |
| 戦車・戦艦・戦闘機 | 241 |
| 電車・新幹線 | 242 |
| 乗り物一般 | 243 |
| バイク | 243 |
| 飛行機 | 243 |

### 【自然・環境】

| | |
|---|---|
| 宇宙・地球・天体 | 244 |
| 海・川 | 245 |
| 砂漠 | 246 |
| 植物・樹木 | 246 |
| 空・星・月 | 246 |
| 天気 | 247 |
| 森・山 | 248 |
| 山 | 249 |

### 【場所・建物・施設】

| | |
|---|---|
| 一軒家 | 250 |
| 映画館 | 250 |
| 駅 | 250 |
| お店・飲食店・カフェ | 250 |
| 温泉・浴室・銭湯 | 254 |
| 会社 | 255 |
| 会社＞出版社 | 257 |
| 会社＞ブラック企業 | 257 |
| 宮廷・城 | 257 |
| 教会 | 260 |
| 高速道路 | 260 |
| 拘置所・留置場 | 261 |
| 古代遺跡 | 261 |
| 裁判所 | 261 |
| 島・人工島 | 261 |
| 修道院・教会 | 261 |
| 書店 | 261 |
| 水族館 | 262 |
| 寺・神社 | 262 |
| 道場 | 263 |
| 図書館・図書室 | 263 |
| 飛行場・空港 | 264 |
| 美術館・ギャラリー・美術室 | 264 |
| 百貨店・デパート | 265 |
| 病院・保健室・施術所 | 265 |
| 美容室 | 266 |
| 北極基地 | 266 |
| ホテル・宿 | 266 |
| マンション・アパート | 267 |
| 役所・庁舎 | 268 |
| 遊園地 | 268 |
| 寮 | 268 |

### 【学校・学園・学生】

| | |
|---|---|
| 高校・高校生 | 269 |
| 小学校・小学生 | 285 |
| 進路 | 285 |
| 生徒会・委員会 | 286 |
| 専門学校・大学・専門学校生・大学生・大学院生 | 287 |
| その他学校・学園・学生 | 290 |
| 中学校・中学生 | 296 |
| 部活・サークル | 297 |
| 魔法・魔術学校 | 301 |

### 【文化・芸能・スポーツ】

| | |
|---|---|
| スポーツ＞サッカー | 304 |
| スポーツ＞水泳 | 304 |
| スポーツ＞スポーツ一般 | 304 |
| スポーツ＞相撲 | 304 |
| スポーツ＞総合格闘技 | 304 |
| スポーツ＞武道 | 304 |
| スポーツ＞ダンス・踊り | 304 |
| スポーツ＞登山 | 305 |
| スポーツ＞バレーボール・バスケットボール | 305 |
| スポーツ＞ハンドボール | 305 |

| 項目 | ページ |
|---|---|
| スポーツ＞ボクシング・キックボクシング | 305 |
| スポーツ＞野球 | 305 |
| 文化・芸能＞囲碁・将棋 | 306 |
| 文化・芸能＞映画・テレビ・番組 | 306 |
| 文化・芸能＞演劇 | 306 |
| 文化・芸能＞音楽 | 306 |
| 文化・芸能＞音楽＞歌 | 307 |
| 文化・芸能＞歌舞伎 | 307 |
| 文化・芸能＞芸能界 | 307 |
| 文化・芸能＞写真 | 308 |
| 文化・芸能＞書道 | 308 |
| 文化・芸能＞俳句・短歌・川柳 | 308 |
| 文化・芸能＞美術・芸術 | 308 |
| 文化・芸能＞美術・芸術＞アンティーク | 309 |
| 文化・芸能＞美術・芸術＞スプレーアート | 309 |
| 文化・芸能＞ファッション | 309 |
| 文化・芸能＞ファッション＞着物 | 310 |
| 文化・芸能＞ファッション＞コスプレ | 310 |
| 文化・芸能＞ファッション＞男装・女装 | 310 |
| 文化・芸能＞文学・本 | 311 |
| 文化・芸能＞落語・漫才 | 313 |

## 【暮らし・生活】

| 項目 | ページ |
|---|---|
| イベント・行事＞大晦日 | 314 |
| イベント・行事＞お正月 | 314 |
| イベント・行事＞お祭り | 314 |
| イベント・行事＞クリスマス | 315 |
| イベント・行事＞コミックマーケット | 315 |
| イベント・行事＞修学旅行 | 315 |
| イベント・行事＞体育祭・運動会 | 316 |
| イベント・行事＞七夕 | 316 |
| イベント・行事＞誕生日・記念日 | 316 |
| イベント・行事＞デート | 317 |
| イベント・行事＞夏休み | 317 |
| イベント・行事＞花火 | 318 |
| イベント・行事＞バレンタイン | 318 |
| イベント・行事＞ハロウィン | 319 |
| イベント・行事＞文化祭・学園祭 | 319 |
| イベント・行事＞林間学校 | 320 |
| 園芸・菜園 | 320 |
| 生活用品・電化製品 | 320 |
| 食べもの・飲みもの | 321 |
| 食べもの・飲みもの＞お菓子 | 322 |
| 食べもの・飲みもの＞お酒 | 323 |
| 食べもの・飲みもの＞スープ | 324 |
| 食べもの・飲みもの＞茶・コーヒー | 324 |
| 郵便・郵便ポスト | 325 |
| ルームシェア・同棲 | 325 |

## 【ご当地もの】

| 項目 | ページ |
|---|---|
| 愛知県＞名古屋市 | 327 |
| イギリス | 327 |
| イギリス＞ロンドン | 327 |
| 石川県＞金沢市 | 327 |
| イタリア＞シチリア | 327 |
| 茨城県 | 327 |
| 岩手県＞遠野市 | 327 |
| 江戸 | 328 |
| 大阪府 | 328 |
| 大阪府＞堺市 | 328 |
| 大阪府＞南河内郡 | 328 |
| 沖縄県 | 328 |
| 沖縄県＞南城市 | 328 |
| 尾張 | 328 |
| 香川県＞高松市 | 329 |
| 鹿児島県 | 329 |
| 鹿児島県＞鹿児島市＞桜島 | 329 |
| 神奈川県 | 329 |
| 神奈川県＞足柄下郡＞箱根 | 329 |
| 神奈川県＞小田原市 | 329 |
| 神奈川県＞鎌倉市 | 329 |
| 神奈川県＞藤沢市＞江の島 | 330 |
| 神奈川県＞横須賀市 | 330 |
| 神奈川県＞横浜市 | 330 |
| 神奈川県＞横浜市＞中区 | 330 |
| 岐阜県 | 330 |
| 京都府 | 330 |
| 京都府＞京都市 | 331 |
| 京都府＞京都市＞下鴨 | 332 |
| 埼玉県 | 332 |

| | | | |
|---|---|---|---|
| 埼玉県＞入間市 | 332 | 広島県＞呉市 | 339 |
| 埼玉県＞さいたま市 | 332 | 福岡県 | 339 |
| 埼玉県＞所沢市 | 332 | 福岡県＞福岡市 | 340 |
| 静岡県 | 332 | 福岡県＞福岡市＞博多区 | 340 |
| 島根県＞出雲市 | 332 | 北海道 | 340 |
| 千葉県 | 332 | 北海道＞旭川市 | 340 |
| 千葉県＞木更津市＞中島地先海ほたる | 332 | 北海道＞札幌市 | 340 |
| | | 北極 | 340 |
| 千葉県＞千葉市＞検見川浜 | 333 | 三重県＞伊勢市 | 340 |
| 中国 | 333 | 三重県＞松阪市 | 341 |
| 中国＞上海市 | 333 | 宮城県＞仙台市 | 341 |
| 中国＞台湾＞高雄市 | 333 | 山梨県 | 341 |
| 東京都 | 333 | 露西亜 | 341 |
| 東京都＞北区 | 335 | | |
| 東京都＞渋谷区 | 335 | | |
| 東京都＞渋谷区＞渋谷 | 336 | | |
| 東京都＞新宿区 | 336 | | |
| 東京都＞新宿区＞西新宿 | 336 | | |
| 東京都＞杉並区 | 336 | | |
| 東京都＞墨田区 | 336 | | |
| 東京都＞墨田区＞押上 | 336 | | |
| 東京都＞世田谷区 | 337 | | |
| 東京都＞台東区＞浅草 | 337 | | |
| 東京都＞台東区＞上野 | 337 | | |
| 東京都＞立川市 | 337 | | |
| 東京都＞千代田区＞神保町 | 337 | | |
| 東京都＞豊島区＞池袋 | 337 | | |
| 東京都＞豊島区＞雑司ヶ谷 | 337 | | |
| 東京都＞八王子市 | 338 | | |
| 東京都＞武蔵野市＞井の頭公園 | 338 | | |
| 東京都＞武蔵野市＞吉祥寺 | 338 | | |
| 東京都＞目黒区 | 338 | | |
| 東京都＞目黒区＞自由が丘 | 338 | | |
| 東京都＞目黒区＞中目黒 | 338 | | |
| 長崎県 | 338 | | |
| 長崎県＞佐世保市 | 338 | | |
| 長野県＞軽井沢市 | 338 | | |
| 奈良県 | 339 | | |
| 奈良県＞生駒市 | 339 | | |
| 兵庫県 | 339 | | |
| 兵庫県＞神戸市 | 339 | | |
| 兵庫県＞姫路市 | 339 | | |
| 広島県 | 339 | | |

# 【ストーリー】

## 悪魔祓い・怨霊祓い・悪霊調伏

「エス・エクソシスト」霜月セイ著 KADOKAWA(角川スニーカー文庫) 2017年2月【現代】【肌の露出が多めの挿絵なし】

「ヒュプノスゲーム = HYPNOS GAME」鰤牙著 KADOKAWA(カドカワBOOKS) 2017年4月【現代】【肌の露出が多めの挿絵なし】

「京の縁結び縁見屋の娘」三好昌子著 宝島社(宝島社文庫) 2017年3月【歴史・時代】【挿絵なし】

「青の祓魔師 スパイ・ゲーム」加藤和恵著;矢島綾著 集英社(JUMPjBOOKS) 2017年3月【現代】【肌の露出が多めの挿絵あり】

「浮雲心霊奇譚:赤眼の理」神永学著 集英社(集英社文庫) 2017年4月【歴史・時代】【肌の露出が多めの挿絵なし】

「夜見師」中村ふみ著 KADOKAWA(角川ホラー文庫) 2017年1月【現代】【挿絵なし】

## あやかし・憑依・擬人化

「あやかしお宿に新米入ります。」友麻碧著 KADOKAWA(富士見L文庫) 2017年5月【異世界・架空の世界】【挿絵なし】

「あやかしとおばんざい:ふたごの京都妖怪ごはん日記 2」仲町六絵著 KADOKAWA(メディアワークス文庫) 2017年2月【現代】【肌の露出が多めの挿絵なし】

「あやかし屋台なごみ亭 2」篠宮あすか著 双葉社(双葉文庫) 2017年3月【現代】【肌の露出が多めの挿絵なし】

「あやかし双子のお医者さん 2」椎名蓮月著 KADOKAWA(富士見L文庫) 2017年3月【現代】【挿絵なし】

「あやかし双子のお医者さん 3」椎名蓮月著 KADOKAWA(富士見L文庫) 2017年6月【現代】【挿絵なし】

「あやかし姫は愛されたい 1」岸根紅華著 オーバーラップ(オーバーラップ文庫) 2017年5月【異世界・架空の世界】【肌の露出が多めの挿絵あり】

「あやかし夫婦は青春を謳歌する。」友麻碧著 KADOKAWA(富士見L文庫) 2017年5月【現代/歴史・時代】【挿絵なし】

「おそれミミズク:あるいは彼岸の渡し綱」オキシタケヒコ著 講談社(講談社タイガ) 2017年2月【現代】【挿絵なし】

「おやつカフェでひとやすみ:しあわせの座敷わらし」瀬王みかる著 集英社(集英社オレンジ文庫) 2017年3月【現代】【肌の露出が多めの挿絵なし】

## ストーリー

「かりゆしブルー・ブルー：空と神様の八月」カミツキレイニー著 KADOKAWA(角川スニーカー文庫) 2017年6月【現代】【肌の露出が多めの挿絵なし】

「この星空には君が足りない!」有丈ほえる著 京都アニメーション(KAエスマ文庫) 2017年3月【異世界・架空の世界】【肌の露出が多めの挿絵なし】

「こんこん、いなり不動産」猫屋ちゃき著 マイナビ出版(ファン文庫) 2017年4月【現代】【挿絵なし】

「さよならの神様」鈴森丹子著 KADOKAWA(メディアワークス文庫) 2017年6月【現代】【肌の露出が多めの挿絵なし】

「スープ屋かまくら来客簿：あやかしに効く春野菜の夕焼け色スープ」和泉桂著 KADOKAWA(富士見L文庫) 2017年4月【現代】【挿絵なし】

「ストーミー・ガール」田中啓文著 光文社(光文社文庫) 2017年2月【現代】【肌の露出が多めの挿絵なし】

「ただいまの神様」鈴森丹子著 KADOKAWA(メディアワークス文庫) 2017年1月【現代】【肌の露出が多めの挿絵なし】

「ニャン氏の事件簿」松尾由美著 東京創元社(創元推理文庫) 2017年2月【現代】【挿絵なし】

「ばけもの好む中将6」瀬川貴次著 集英社(集英社文庫) 2017年6月【異世界・架空の世界】【挿絵なし】

「ハナシマさん 2」天宮伊佐著 小学館(ガガガ文庫) 2017年1月【現代】【肌の露出が多めの挿絵なし】

「ブライディ家の押しかけ花婿」白川紺子著 集英社(コバルト文庫) 2017年5月【異世界・架空の世界】【肌の露出が多めの挿絵なし】

「まぼろしメゾンの大家さん：あやかし新生活、始めました。」宮田光著 KADOKAWA(富士見L文庫) 2017年6月【現代】【挿絵なし】

「ようこそ!ジョナサン異世界ダンジョン地下1階店へ」船橋由高著 講談社(講談社ラノベ文庫) 2017年6月【異世界・架空の世界】【肌の露出が多めの挿絵あり】

「わが家は祇園(まち)の拝み屋さん 4」望月麻衣著 KADOKAWA(角川文庫) 2017年1月【現代/異世界・架空の世界】【挿絵なし】

「綾志別町役場妖怪課：暗闇コサックダンス」青柳碧人著 KADOKAWA(角川文庫) 2017年2月【異世界・架空の世界】【挿絵なし】

「暗夜鬼譚 [2]」瀬川貴次著 集英社(集英社文庫) 2017年5月【歴史・時代】【挿絵なし】

「闇の皇太子：愛からはじまる内幕話」金沢有倖著 KADOKAWA(ビーズログ文庫アリス) 2017年3月【歴史・時代/異世界・架空の世界】【肌の露出が多めの挿絵なし】

「異世界で竜が許嫁です」山崎里佳著 KADOKAWA(角川ビーンズ文庫) 2017年6月【異世界・架空の世界】【肌の露出が多めの挿絵なし】

## ストーリー

「陰陽屋狐の子守歌：よろず占い処」天野頌子著 ポプラ社(ポプラ文庫ピュアフル) 2017年1月【現代】【挿絵なし】

「家出青年、猫ホストになる」水島忍著 集英社(集英社オレンジ文庫) 2017年1月【現代】【肌の露出が多めの挿絵なし】

「家電彼氏」雪乃下ナチ著 KADOKAWA(ビーズログ文庫アリス) 2017年2月【現代】【肌の露出が多めの挿絵なし】

「花魁さんと書道ガール2」瀬那和章著 東京創元社(創元推理文庫) 2017年1月【現代】【肌の露出が多めの挿絵なし】

「鎌倉おやつ処の死に神3」谷崎泉著 KADOKAWA(富士見L文庫) 2017年1月【現代】【挿絵なし】

「吉祥寺よろず怪事(あやごと)請負処」結城光流著 KADOKAWA(角川文庫) 2017年4月【現代】【挿絵なし】

「京都あやかし絵師の癒し帖」八谷紬著 スターツ出版(スターツ出版文庫) 2017年6月【現代】【挿絵なし】

「玉妖綺譚2」真園めぐみ著 東京創元社(創元推理文庫) 2017年2月【異世界・架空の世界】【挿絵なし】

「決戦のとき」あさのあつこ著 ポプラ社(ポプラ文庫ピュアフル) 2017年3月【現代】【挿絵なし】

「嫌われ者始めました：転生リーマンの領地運営物語3」くま太郎著 KADOKAWA(ファミ通文庫) 2017年4月【異世界・架空の世界】【肌の露出が多めの挿絵なし】

「幻獣王の心臓[2]」氷川一歩著 講談社(講談社X文庫) 2017年3月【現代/異世界・架空の世界】【肌の露出が多めの挿絵なし】

「黒猫王子の喫茶店：お客様は猫様です」高橋由太著 KADOKAWA(角川文庫) 2017年4月【現代】【挿絵なし】

「今日から、あやかし町長です。2」糸森環著 KADOKAWA(富士見L文庫) 2017年4月【異世界・架空の世界】【挿絵なし】

「座敷童子の代理人5」仁科裕貴著 KADOKAWA(メディアワークス文庫) 2017年6月【現代】【肌の露出が多めの挿絵なし】

「最近はあやかしだって高校に行くんです。：普通ですが何か？」流星香著 KADOKAWA(ビーズログ文庫アリス) 2017年4月【現代】【肌の露出が多めの挿絵なし】

「自称!平凡魔族の英雄ライフ：B級魔族なのにチートダンジョンを作ってしまった結果」あまうい白一著 講談社(Kラノベブックス) 2017年6月【異世界・架空の世界】【肌の露出が多めの挿絵あり】

「自動販売機に生まれ変わった俺は迷宮を彷徨う3」昼熊著 KADOKAWA(角川スニーカー文庫) 2017年2月【異世界・架空の世界】【肌の露出が多めの挿絵あり】

## ストーリー

「柴犬のお嫁さん、はじめます。:ミコシバさん」結都せと著 KADOKAWA(ビーズログ文庫アリス) 2017年3月【現代】【肌の露出が多めの挿絵なし】

「出雲のあやかしホテルに就職します 2」硝子町玻璃著 双葉社(双葉文庫) 2017年5月【現代】【挿絵なし】

「消えてなくなっても」椰月美智子著 KADOKAWA(角川文庫) 2017年5月【現代】【挿絵なし】

「上倉家のあやかし同居人:見習い鍵守と、ふしぎの蔵のつくも神 2」梅谷百著 KADOKAWA(メディアワークス文庫) 2017年4月【現代】【肌の露出が多めの挿絵なし】

「新・星をひとつ貰っちゃったので、なんとかやってみる 1」茂木鈴著 オークラ出版(NMG文庫) 2017年1月【異世界・架空の世界】【肌の露出が多めの挿絵あり】

「深海カフェ海底二万哩 3」蒼月海里著 KADOKAWA(角川文庫) 2017年5月【現代】【肌の露出が多めの挿絵なし】

「真行寺美琴のぬいぐるみ事件簿」飯田雪子著 ポプラ社(ポプラ文庫ピュアフル) 2017年1月【現代】【挿絵なし】

「神さまの百貨店:たそがれ外商部が御用承ります。」佐々原史緒著 KADOKAWA(富士見L文庫) 2017年3月【現代】【挿絵なし】

「神薙少女は普通でいたい 1」道草家守著 アース・スターエンターテイメント(EARTHSTARNOVEL) 2017年2月【現代】【肌の露出が多めの挿絵なし】

「神様の子守はじめました。5」霜月りつ著 コスミック出版(コスミック文庫α) 2017年3月【現代】【挿絵なし】

「神様の定食屋」中村颯希著 双葉社(双葉文庫) 2017年6月【現代】【挿絵なし】

「人外ネゴシエーター 3」麻城ゆう著 新書館(新書館ウィングス文庫) 2017年6月【現代】【肌の露出が多めの挿絵なし】

「造られしイノチとキレイなセカイ 3」緋月薙著 ホビージャパン(HJ文庫) 2017年4月【異世界・架空の世界】【肌の露出が多めの挿絵なし】

「地底アパートの迷惑な来客」蒼月海里著 ポプラ社(ポプラ文庫ピュアフル) 2017年1月【現代】【挿絵なし】

「天地無用!GXP:真・天地無用!魎皇鬼外伝 15」梶島正樹著 KADOKAWA(富士見ファンタジア文庫) 2017年5月【異世界・架空の世界】【肌の露出が多めの挿絵なし】

「天明の月」前田珠子著 集英社(コバルト文庫) 2017年6月【異世界・架空の世界】【肌の露出が多めの挿絵なし】

「湯屋の怪異とカラクリ奇譚 2」会川いち著 KADOKAWA(メディアワークス文庫) 2017年4月【歴史・時代】【肌の露出が多めの挿絵なし】

「憧れの作家は人間じゃありませんでした」澤村御影著 KADOKAWA(角川文庫) 2017年4月【現代】【挿絵なし】

## ストーリー

「奈良町ひとり陰陽師」仲町六絵著 KADOKAWA(メディアワークス文庫) 2017年6月【現代】【肌の露出が多めの挿絵なし】

「八男って、それはないでしょう! 10」Y.A著 KADOKAWA(MFブックス) 2017年2月【異世界・架空の世界】【肌の露出が多めの挿絵なし】

「鳩子さんとあやかし暮らし」野梨原花南著 KADOKAWA(富士見L文庫) 2017年6月【現代】【肌の露出が多めの挿絵なし】

「半妖の子」廣嶋玲子著 東京創元社(創元推理文庫) 2017年6月【歴史・時代】【肌の露出が多めの挿絵なし】

「氷竜王と六花の姫」小野はるか著 KADOKAWA(角川ビーンズ文庫) 2017年6月【異世界・架空の世界】【肌の露出が多めの挿絵なし】

「風蜘蛛の棘」佐々木禎子著;京極夏彦Founder KADOKAWA(富士見L文庫) 2017年4月【現代】【挿絵なし】

「福を招くと聞きまして。:招福招来」森川秀樹著 KADOKAWA(富士見L文庫) 2017年2月【現代】【挿絵なし】

「宝石王子と五つの謎:おしゃべりシェパードと内緒の話」あさぎ千夜春著 三交社(スカイハイ文庫) 2017年2月【現代】【肌の露出が多めの挿絵なし】

「僕の町のいたずら好きなチビ妖怪たち」翡翠ヒスイ著 KADOKAWA(メディアワークス文庫) 2017年3月【現代】【肌の露出が多めの挿絵なし】

「僕はもう憑かれたよ」七尾与史著 宝島社(宝島社文庫) 2017年3月【現代】【挿絵なし】

「明治あやかし新聞:怠惰な記者の裏稼業」さとみ桜著 KADOKAWA(メディアワークス文庫) 2017年3月【歴史・時代】【挿絵なし】

「明智小五郎事件簿 11」江戸川乱歩著 集英社(集英社文庫) 2017年3月【歴史・時代】【挿絵なし】

「夜空ノ一振り 2」雪崎ハルカ著 講談社(講談社ラノベ文庫) 2017年3月【異世界・架空の世界】【肌の露出が多めの挿絵なし】

「幽落町おばけ駄菓子屋[9]」蒼月海里著 KADOKAWA(角川ホラー文庫) 2017年4月【異世界・架空の世界】【肌の露出が多めの挿絵なし】

「妖怪博士:私立探偵明智小五郎」江戸川乱歩著 新潮社(新潮文庫nex) 2017年3月【歴史・時代】【挿絵なし】

「龍と狐のジャイアント・キリング 2」神秋昌史著 ホビージャパン(HJ文庫) 2017年2月【異世界・架空の世界】【肌の露出が多めの挿絵あり】

「和雑貨うなめ堂の友戯帳」真鍋卓著 KADOKAWA(富士見L文庫) 2017年6月【現代】【挿絵なし】

ストーリー

## 異空間

「アウトブレイク・カンパニー = Outbreak Company : 萌える侵略者 17」榊一郎著 講談社(講談社ラノベ文庫) 2017年3月【異世界・架空の世界】【肌の露出が多めの挿絵あり】

「アカシックリコード」水野良著 KADOKAWA(ノベルゼロ) 2017年6月【現代】【肌の露出が多めの挿絵あり】

「ディヴィジョン・マニューバ：英雄転生」妹尾尻尾著 講談社(講談社ラノベ文庫) 2017年3月【異世界・架空の世界】【肌の露出が多めの挿絵あり/性描写の挿絵あり】

「ハンドシェイカー」GoHands原作;FrontierWorks原作;KADOKAWA原作;八薙王造著 KADOKAWA(MF文庫J) 2017年1月【異世界・架空の世界】【肌の露出が多めの挿絵あり】

「ようこそ!ジョナサン異世界ダンジョン地下1階店へ」船橋由高著 講談社(講談社ラノベ文庫) 2017年6月【異世界・架空の世界】【肌の露出が多めの挿絵あり】

「灰かぶりの賢者 1」夏月涼著 オーバーラップ(オーバーラップ文庫) 2017年3月【異世界・架空の世界】【肌の露出が多めの挿絵あり】

「幻獣王の心臓 [2]」氷川一歩著 講談社(講談社X文庫) 2017年3月【現代/異世界・架空の世界】【肌の露出が多めの挿絵なし】

「幻想古書店で珈琲を [4]」蒼月海里著 角川春樹事務所(ハルキ文庫) 2017年3月【現代/異世界・架空の世界】【肌の露出が多めの挿絵なし】

「今日から、あやかし町長です。2」糸森環著 KADOKAWA(富士見L文庫) 2017年4月【異世界・架空の世界】【挿絵なし】

「座敷童子の代理人 5」仁科裕貴著 KADOKAWA(メディアワークス文庫) 2017年6月【現代】【肌の露出が多めの挿絵なし】

「小説星を追う子ども」新海誠原作;あきさかあさひ著 KADOKAWA(角川文庫) 2017年6月【現代/異世界・架空の世界】【挿絵なし】

「深海カフェ海底二万哩 3」蒼月海里著 KADOKAWA(角川文庫) 2017年5月【現代】【肌の露出が多めの挿絵なし】

「神薙少女は普通でいたい 1」道草家守著 アース・スターエンターテイメント(EARTHSTARNOVEL) 2017年2月【現代】【肌の露出が多めの挿絵なし】

「地底アパートの迷惑な来客」蒼月海里著 ポプラ社(ポプラ文庫ピュアフル) 2017年1月【現代】【挿絵なし】

「鳩子さんとあやかし暮らし」野梨原花南著 KADOKAWA(富士見L文庫) 2017年6月【現代】【肌の露出が多めの挿絵なし】

「片手の楽園」河野裕著 KADOKAWA(角川文庫) 2017年1月【現代】【挿絵なし】

「魔女と魔城のサバトマリナ」雨木シュウスケ著 講談社(講談社ラノベ文庫) 2017年3月【現代】【肌の露出が多めの挿絵なし】

## ストーリー

「螺旋のエンペロイダー Spin4.」上遠野浩平著 KADOKAWA(電撃文庫) 2017年1月【現代】【肌の露出が多めの挿絵なし】

「裏世界ピクニック:ふたりの怪異探検ファイル」宮澤伊織著 早川書房(ハヤカワ文庫JA) 2017年2月【現代】【肌の露出が多めの挿絵なし】

「零の記憶[2]」風島ゆう著 二交社(スカイハイ文庫) 2017年6月【現代】【肌の露出が多めの挿絵なし】

「六畳間の侵略者!? 25」健速著 ホビージャパン(HJ文庫) 2017年3月【異世界・架空の世界】【肌の露出が多めの挿絵なし】

「薔薇の乙女は神に祝福される」花夜光著 講談社(講談社X文庫) 2017年6月【現代】【肌の露出が多めの挿絵なし】

## 育成

「Bの戦場 2」ゆきた志旗著 集英社(集英社オレンジ文庫) 2017年6月【現代】【肌の露出が多めの挿絵なし】

「アサシンズプライド 6」天城ケイ著 KADOKAWA(富士見ファンタジア文庫) 2017年6月【異世界・架空の世界】【肌の露出が多めの挿絵あり】

「カラフルノート:久我デザイン事務所の春嵐」日野祐希著 二交社(スカイハイ文庫) 2017年5月【現代】【肌の露出が多めの挿絵なし】

「ゲーム脳な召喚師:育成チートで天下無双」フジヤマ著 SBクリエイティブ(GA文庫) 2017年1月【異世界・架空の世界】【肌の露出が多めの挿絵なし】

「ぜったい転職したいんです!!:バニーガールは賢者を目指す」山川進著 SBクリエイティブ(GA文庫) 2017年2月【異世界・架空の世界】【肌の露出が多めの挿絵あり】

「ドラどら王子の花嫁選び」愛坂タカト著 講談社(講談社ラノベ文庫) 2017年3月【異世界・架空の世界】【肌の露出が多めの挿絵あり】

「プロデュース・オンライン:棒声優はネトゲで変わりたい。」田尾典丈著 KADOKAWA(富士見ファンタジア文庫) 2017年2月【現代】【肌の露出が多めの挿絵あり】

「マージナル・オペレーション改 02」芝村裕吏著 星海社(星海社FICTIONS) 2017年6月【近未来・遠未来】【肌の露出が多めの挿絵なし】

「りゅうおうのおしごと! 5 小冊子付き限定版」白鳥士郎著 SBクリエイティブ(GA文庫) 2017年2月【異世界・架空の世界】【肌の露出が多めの挿絵なし】

「ワールドティーチャー:異世界式教育エージェント 5」ネコ光一著 オーバーラップ(オーバーラップ文庫) 2017年3月【異世界・架空の世界】【肌の露出が多めの挿絵あり】

「異世界ですが魔物栽培しています。2」雪月花著 KADOKAWA(ファミ通文庫) 2017年6月【異世界・架空の世界】【肌の露出が多めの挿絵なし】

「英雄エルフちゃんが二人の弟子を育てます!」秋月煌介著 KADOKAWA(MF文庫J) 2017年1月【異世界・架空の世界】【肌の露出が多めの挿絵あり】

## ストーリー

「英雄なき世界にラスボスたちを 2」柳実冬貴著 KADOKAWA(MF文庫J) 2017年6月【異世界・架空の世界】【肌の露出が多めの挿絵あり】

「俺の青春を生け贄に、彼女の前髪をオープン」凪木エコ著 KADOKAWA(富士見ファンタジア文庫) 2017年1月【現代】【肌の露出が多めの挿絵あり】

「俺色に染めるぼっちエリートのしつけ方」あまさきみりと著 KADOKAWA(角川スニーカー文庫) 2017年2月【現代】【肌の露出が多めの挿絵あり/性描写の挿絵あり】

「歌姫島(ディーヴァアイランド)の支配人候補」兎月竜之介著 KADOKAWA(ノベルゼロ) 2017年4月【異世界・架空の世界】【肌の露出が多めの挿絵なし】

「寄生してレベル上げたんだが、育ちすぎたかもしれない 2」伊垣久大著 KADOKAWA(カドカワBOOKS) 2017年2月【異世界・架空の世界】【肌の露出が多めの挿絵なし】

「救世の背信者 2」望月唯一著 講談社(講談社ラノベ文庫) 2017年6月【異世界・架空の世界】【肌の露出が多めの挿絵なし】

「軽い気持ちで替え玉になったらとんでもない夫がついてきた。1」奏多悠香著 アルファポリス(レジーナ文庫.レジーナブックス) 2017年2月【異世界・架空の世界】【肌の露出が多めの挿絵なし】

「軽い気持ちで替え玉になったらとんでもない夫がついてきた。2」奏多悠香著 アルファポリス(レジーナ文庫.レジーナブックス) 2017年3月【異世界・架空の世界】【肌の露出が多めの挿絵なし】

「公爵令嬢は騎士団長〈62〉の幼妻 3」筧千里著 KADOKAWA(カドカワBOOKS) 2017年2月【異世界・架空の世界】【肌の露出が多めの挿絵なし】

「最強魔法師の隠遁計画 1」イズシロ著 ホビージャパン(HJ文庫) 2017年3月【異世界・架空の世界】【肌の露出が多めの挿絵あり】

「始まりの魔法使い 1」石之宮カント著 KADOKAWA(富士見ファンタジア文庫) 2017年5月【異世界・架空の世界】【肌の露出が多めの挿絵あり】

「十歳の最強魔導師 1」天乃聖樹著 主婦の友社(ヒーロー文庫) 2017年4月【異世界・架空の世界】【肌の露出が多めの挿絵なし】

「女神の勇者を倒すゲスな方法 2」笹木さくま著 KADOKAWA(ファミ通文庫) 2017年5月【異世界・架空の世界】【肌の露出が多めの挿絵あり】

「職業無職の俺が冒険者を目指すワケ。4」スフレ著 KADOKAWA(カドカワBOOKS) 2017年1月【異世界・架空の世界】【肌の露出が多めの挿絵あり】

「神様の弟子:チビ龍の子育て」加賀見彰著 コスミック出版(コスミック文庫α) 2017年4月【現代】【挿絵なし】

「進化の実:知らないうちに勝ち組人生 6」美紅著 双葉社(モンスター文庫) 2017年5月【異世界・架空の世界】【肌の露出が多めの挿絵あり】

## ストーリー

「正しい異能の教育者：ワケあり異能少女たちは最強の俺と卒業を目指す」朱月十話著 講談社(講談社ラノベ文庫) 2017年3月【異世界・架空の世界】【肌の露出が多めの挿絵あり/キスシーンの挿絵あり】

「蜘蛛ですが、なにか? 6」馬場翁著 KADOKAWA(カドカワBOOKS) 2017年6月【異世界・架空の世界】【肌の露出が多めの挿絵なし】

「底辺剣士は神獣(むすめ)と暮らす 2」番棚葵著 KADOKAWA(MF文庫J) 2017年4月【異世界・架空の世界】【肌の露出が多めの挿絵あり】

「賭博師は祈らない」周藤蓮著 KADOKAWA(電撃文庫) 2017年3月【歴史・時代】【肌の露出が多めの挿絵あり】

「奴隷商人になったよin異世界 = I BECAME A SLAVE TRADER IN THE DIFFERENT WORLD 2」ルンパルンパ著 ポニーキャニオン(ぽにきゃんBOOKS) 2017年5月【現代/異世界・架空の世界】【肌の露出が多めの挿絵なし】

「猫と竜」アマラ著 宝島社(宝島社文庫) 2017年4月【異世界・架空の世界】【肌の露出が多めの挿絵なし】

「猫と竜と冒険王子とぐうたら少女 = The Cat and the Dragon,the Adventurous prince and the Lazy girl」アマラ著 宝島社 2017年1月【異世界・架空の世界】【肌の露出が多めの挿絵なし】

「武姫の後宮物語 3」筧千里著 KADOKAWA(カドカワBOOKS) 2017年4月【異世界・架空の世界】【肌の露出が多めの挿絵なし】

「魔術学園領域の拳王(バーサーカー) 2」下等妙人著 KADOKAWA(富士見ファンタジア文庫) 2017年5月【異世界・架空の世界】【肌の露出が多めの挿絵あり】

「魔術師たちの就職戦線 2」嬉野秋彦著 KADOKAWA(ファミ通文庫) 2017年2月【異世界・架空の世界】【肌の露出が多めの挿絵なし】

「魔物使いのもふもふ師弟生活 2」無嶋樹了著 ホビージャパン(HJ文庫) 2017年6月【異世界・架空の世界】【肌の露出が多めの挿絵なし】

「悠久の愚者アズリーの、賢者のすゝめ = The principle of a philosopher by eternal fool "Asley" 6」壱弐参著 アース・スターエンターテイメント(EARTHSTARNOVEL) 2017年5月【異世界・架空の世界】【肌の露出が多めの挿絵なし】

### 異世界転移・召喚

「〈この世界はもう俺が救って富と権力を手に入れたし、女騎士や女魔王と城で楽しく暮らしてるから、俺以外の勇者は〉もう異世界に来ないでください。」伊藤ヒロ著 KADOKAWA(MF文庫J) 2017年3月【異世界・架空の世界】【肌の露出が多めの挿絵あり】

「10年ごしの引きニートを辞めて外出したら 4」坂東太郎著 オーバーラップ(オーバーラップ文庫) 2017年6月【異世界・架空の世界】【肌の露出が多めの挿絵なし】

「Re:ゼロから始める異世界生活 12」長月達平著 KADOKAWA(MF文庫J) 2017年3月【異世界・架空の世界】【肌の露出が多めの挿絵あり/キスシーンの挿絵あり】

## ストーリー

「アイテムチートな奴隷ハーレム建国記 4」猫又ぬこ著 ホビージャパン(HJ文庫) 2017年3月【異世界・架空の世界】【肌の露出が多めの挿絵あり】

「ありふれた職業で世界最強 6」白米良著 オーバーラップ(オーバーラップ文庫) 2017年5月【異世界・架空の世界】【肌の露出が多めの挿絵なし】

「アンチスキル・ゲーミフィケーション 2」土橋真二郎著 KADOKAWA(MF文庫J) 2017年3月【異世界・架空の世界】【肌の露出が多めの挿絵あり】

「いずれ不敗の魔法遣い:アカシックレコード・オーバーライト 2」SinGuilty著 ポニーキャニオン(ぽにきゃんBOOKS) 2017年1月【異世界・架空の世界】【肌の露出が多めの挿絵あり】

「エイルン・ラストコード:架空世界より戦場へ 6」東龍乃助著 KADOKAWA(MF文庫J) 2017年4月【異世界・架空の世界】【肌の露出が多めの挿絵あり】

「エルフと戦車と僕の毎日 2[下]」佐藤大輔著 KADOKAWA(カドカワBOOKS) 2017年5月【異世界・架空の世界】【肌の露出が多めの挿絵なし】

「エルフと戦車と僕の毎日 2[上]」佐藤大輔著 KADOKAWA(カドカワBOOKS) 2017年5月【異世界・架空の世界】【肌の露出が多めの挿絵なし】

「エルフ嫁と始める異世界領主生活 = Life as the lord of Yngling with the elven bride 4」鷲宮だいじん著 KADOKAWA(電撃文庫) 2017年4月【異世界・架空の世界】【肌の露出が多めの挿絵あり】

「おことばですが、魔法医さま。: 異世界の医療は問題が多すぎて、メスを入れざるを得ませんでした」時田唯著 KADOKAWA(電撃文庫) 2017年2月【異世界・架空の世界】【肌の露出が多めの挿絵あり】

「オレの恩返し:ハイスペック村づくり 2」ハーナ殿下著 アース・スターエンターテイメント(EARTHSTARNOVEL) 2017年3月【異世界・架空の世界】【肌の露出が多めの挿絵あり】

「おれの料理が異世界を救う! 3」越智文比古著 KADOKAWA(MF文庫J) 2017年2月【異世界・架空の世界】【肌の露出が多めの挿絵あり/性描写の挿絵あり】

「この勇者が俺TUEEEくせに慎重すぎる」土日月著 KADOKAWA(カドカワBOOKS) 2017年2月【異世界・架空の世界】【肌の露出が多めの挿絵あり】

「この勇者が俺TUEEEくせに慎重すぎる 2」土日月著 KADOKAWA(カドカワBOOKS) 2017年6月【異世界・架空の世界】【肌の露出が多めの挿絵なし】

「ジェネシスオンライン:異世界で廃レベリング 2」ガチャ空著 KADOKAWA(MFブックス) 2017年3月【異世界・架空の世界】【肌の露出が多めの挿絵なし】

「スピリット・マイグレーション 4」ヘロー天気著 アルファポリス(アルファライト文庫) 2017年4月【異世界・架空の世界】【肌の露出が多めの挿絵なし】

「スピリット・マイグレーション 5」ヘロー天気著 アルファポリス(アルファライト文庫) 2017年6月【異世界・架空の世界】【肌の露出が多めの挿絵なし】

「セブンスブレイブ:チート?NO!もっといいモノさ! 3」乃塚一翔著 アルファポリス(アルファライト文庫) 2017年6月【異世界・架空の世界】【肌の露出が多めの挿絵なし】

## ストーリー

「ゼロの使い魔Memorial BOOK」ヤマグチノボル著 KADOKAWA(MF文庫J) 2017年6月【異世界・架空の世界】【肌の露出が多めの挿絵なし】

「そして黄昏の終末世界(トワイライト) = THE FARTHEST TWILIGHT 1」樋辻臥命著 オーバーラップ(オーバーラップ文庫) 2017年2月【異世界・架空の世界】【肌の露出が多めの挿絵あり】

「その最強、神の依頼で異世界へ 1」速峰淳著 主婦の友社(ヒーロー文庫) 2017年4月【異世界・架空の世界】【肌の露出が多めの挿絵なし】

「チート魔術で運命をねじ伏せる 4」月夜涙著 双葉社(モンスター文庫) 2017年2月【異世界・架空の世界】【肌の露出が多めの挿絵あり】

「ニートだけどハロワにいったら異世界につれてかれた 8」桂かすが著 KADOKAWA(MFブックス) 2017年4月【異世界・架空の世界】【肌の露出が多めの挿絵なし】

「バイトリーダーがはじめる異世界ファミレス無双:姫騎士と魔王の娘で繁盛するまで帰れません」長野聖樹著 集英社(ダッシュエックス文庫) 2017年5月【異世界・架空の世界】【肌の露出が多めの挿絵なし】

「ハズレ奇術師の英雄譚 1」雨宮和希著 双葉社(モンスター文庫) 2017年5月【異世界・架空の世界】【肌の露出が多めの挿絵あり】

「はたらく魔王さま!ハイスクールN!」和ケ原聡司著 KADOKAWA(電撃文庫) 2017年2月【現代】【肌の露出が多めの挿絵なし】

「パラミリタリ・カンパニー:萌える侵略者 1」榊一郎著 講談社(講談社ラノベ文庫) 2017年5月【異世界・架空の世界】【肌の露出が多めの挿絵なし】

「はるかな空の東」村山早紀著 ポプラ社(ポプラ文庫ピュアフル) 2017年5月【異世界・架空の世界】【挿絵なし】

「フェアリーテイル・クロニクル:空気読まない異世界ライフ 13」埴輪星人著 KADOKAWA(MFブックス) 2017年2月【異世界・架空の世界】【肌の露出が多めの挿絵なし】

「フレイム王国興亡記 6」疎陀陽著 オーバーラップ(オーバーラップ文庫) 2017年1月【異世界・架空の世界】【肌の露出が多めの挿絵あり】

「マギクラフト・マイスター 11」秋ぎつね著 KADOKAWA(MFブックス) 2017年3月【異世界・架空の世界】【肌の露出が多めの挿絵なし】

「モンスターのご主人様 9」日暮眠都著 双葉社(モンスター文庫) 2017年5月【異世界・架空の世界】【肌の露出が多めの挿絵なし】

「ユリア・カエリルの決断:ガリア戦記 1」遠藤遼著 オーバーラップ(オーバーラップ文庫) 2017年4月【現代/歴史・時代/異世界・架空の世界】【肌の露出が多めの挿絵あり】

「ルントルーパーズ・自衛隊漂流戦記 1」浜松春日著 アルファポリス(アルファライト文庫) 2017年1月【異世界・架空の世界】【肌の露出が多めの挿絵なし】

「レジェンド・オブ・イシュリーン = Legend of Ishlean 5」木根楽著 一二三書房(SagaForest) 2017年6月【異世界・架空の世界】【肌の露出が多めの挿絵なし】

## ストーリー

「ワールド・イズ・コンティニュー 2」瀬尾つかさ著 KADOKAWA(富士見ファンタジア文庫) 2017年6月【異世界・架空の世界】【肌の露出が多めの挿絵あり】

「ワールドエンド・ハイランド：世界樹の街の支配人になって没落領地を復興させます。」つくも三太著 KADOKAWA(MF文庫J) 2017年4月【異世界・架空の世界】【肌の露出が多めの挿絵なし】

「異世界コンビニ 1」榎木ユウ著 アルファポリス(アルファポリス文庫) 2017年1月【異世界・架空の世界】【肌の露出が多めの挿絵あり】

「異世界コンビニ 2」榎木ユウ著 アルファポリス(アルファポリス文庫) 2017年2月【異世界・架空の世界】【肌の露出が多めの挿絵なし】

「異世界コンビニ 3」榎木ユウ著 アルファポリス(アルファポリス文庫) 2017年3月【異世界・架空の世界】【肌の露出が多めの挿絵あり】

「異世界でアイテムコレクター 2」時野洋輔著 新紀元社(MORNINGSTARBOOKS) 2017年1月【異世界・架空の世界】【肌の露出が多めの挿絵あり】

「異世界でアイテムコレクター 3」時野洋輔著 新紀元社(MORNINGSTARBOOKS) 2017年5月【異世界・架空の世界】【肌の露出が多めの挿絵なし】

「異世界でカフェを開店しました。1」甘沢林檎著 アルファポリス(レジーナ文庫.レジーナブックス) 2017年3月【異世界・架空の世界】【肌の露出が多めの挿絵なし】

「異世界でカフェを開店しました。2」甘沢林檎著 アルファポリス(レジーナ文庫.レジーナブックス) 2017年6月【異世界・架空の世界】【肌の露出が多めの挿絵なし】

「異世界ですが魔物栽培しています。2」雪月花著 KADOKAWA(ファミ通文庫) 2017年6月【異世界・架空の世界】【肌の露出が多めの挿絵なし】

「異世界でハンター始めました。：獲物はおいしくいただきます 2」ゆうきりん著 KADOKAWA(ファミ通文庫) 2017年6月【異世界・架空の世界】【肌の露出が多めの挿絵なし】

「異世界で竜が許嫁です」山崎里佳著 KADOKAWA(角川ビーンズ文庫) 2017年6月【異世界・架空の世界】【肌の露出が多めの挿絵なし】

「異世界ならニートが働くと思った? 5」刈野ミカタ著 KADOKAWA(MF文庫J) 2017年5月【異世界・架空の世界】【肌の露出が多めの挿絵あり/キスシーンの挿絵あり】

「異世界は幸せ(テンプレ)に満ち溢れている 2」羽智遊紀著 TOブックス 2017年5月【異世界・架空の世界】【肌の露出が多めの挿絵なし】

「異世界は思ったよりも俺に優しい?」大川雅臣著 TOブックス 2017年2月【異世界・架空の世界】【肌の露出が多めの挿絵なし】

「異世界は思ったよりも俺に優しい? 2」大川雅臣著 TOブックス 2017年6月【異世界・架空の世界】【肌の露出が多めの挿絵なし】

「異世界攻略(クリア)のゲームマスター」坂本一馬著 ホビージャパン(HJ文庫) 2017年5月【異世界・架空の世界】【肌の露出が多めの挿絵あり】

## ストーリー

「異世界拷問姫 4」綾里けいし著 KADOKAWA(MF文庫J) 2017年6月【異世界・架空の世界】【肌の露出が多めの挿絵あり】

「異世界支配のスキルテイカー：ゼロから始める奴隷ハーレム 6」柑橘ゆすら著 講談社(講談社ラノベ文庫) 2017年5月【異世界・架空の世界】【肌の露出が多めの挿絵あり】

「異世界修学旅行 5」岡本タクヤ著 小学館(ガガガ文庫) 2017年3月【異世界・架空の世界】【肌の露出が多めの挿絵あり】

「異世界召喚は二度目です 4」岸本和葉著 双葉社(モンスター文庫) 2017年2月【異世界・架空の世界】【肌の露出が多めの挿絵あり】

「異世界人の手引き書 = Manual of the person from different world 2」たっくるん著 KADOKAWA(カドカワBOOKS) 2017年1月【異世界・架空の世界】【肌の露出が多めの挿絵なし】

「異世界人の手引き書 = Manual of the person from different world 3」たっくるん著 KADOKAWA(カドカワBOOKS) 2017年5月【異世界・架空の世界】【肌の露出が多めの挿絵なし】

「異世界創造の絶対神 2」若桜拓海著 ホビージャパン(HJ文庫) 2017年2月【異世界・架空の世界】【肌の露出が多めの挿絵あり】

「異世界転移したのでチートを生かして魔法剣士やることにする = I'VE TRANSFERRED TO THE DIFFERENT WORLD,SO I BECOME A MAGIC SWORDSMAN BY CHEATING 4」進行諸島著 マイクロマガジン社(GCNOVELS) 2017年3月【異世界・架空の世界】【肌の露出が多めの挿絵あり】

「異世界転移バーテンダーのカクテルポーション 3」score著 KADOKAWA(MFブックス) 2017年1月【異世界・架空の世界】【肌の露出が多めの挿絵なし】

「異世界迷宮でハーレムを 7」蘇我捨恥著 主婦の友社(ヒーロー文庫) 2017年3月【異世界・架空の世界】【肌の露出が多めの挿絵なし】

「異世界落語 2」朱雀新吾著;柳家喬太郎落語監修 主婦の友社(ヒーロー文庫) 2017年1月【異世界・架空の世界】【肌の露出が多めの挿絵なし】

「異端の神言遣い：俺たちはパワーワードで異世界を革命する」佐藤了著 KADOKAWA(ファミ通文庫) 2017年1月【異世界・架空の世界】【肌の露出が多めの挿絵あり】

「隠しスキルで異世界無双 1」瀬戸メグル著 主婦の友社(ヒーロー文庫) 2017年4月【異世界・架空の世界】【肌の露出が多めの挿絵なし】

「英雄なき世界にラスボスたちを」柳実冬貴著 KADOKAWA(MF文庫J) 2017年1月【異世界・架空の世界】【肌の露出が多めの挿絵あり】

「英雄なき世界にラスボスたちを 2」柳実冬貴著 KADOKAWA(MF文庫J) 2017年6月【異世界・架空の世界】【肌の露出が多めの挿絵あり】

「王と月 1」夏目みや著 アルファポリス(レジーナ文庫.レジーナブックス) 2017年4月【異世界・架空の世界】【肌の露出が多めの挿絵あり】

## ストーリー

「王と月 2」夏目みや著 アルファポリス(レジーナ文庫.レジーナブックス) 2017年5月【異世界・架空の世界】【肌の露出が多めの挿絵なし】

「王と月 3」夏目みや著 アルファポリス(レジーナ文庫.レジーナブックス) 2017年6月【異世界・架空の世界】【肌の露出が多めの挿絵なし】

「王立辺境警備隊にがお絵屋へようこそ! 1」小津カヲル著 アルファポリス(レジーナ文庫.レジーナブックス) 2017年4月【異世界・架空の世界】【肌の露出が多めの挿絵なし】

「王立辺境警備隊にがお絵屋へようこそ! 2」小津カヲル著 アルファポリス(レジーナ文庫.レジーナブックス) 2017年5月【異世界・架空の世界】【肌の露出が多めの挿絵なし】

「俺だけ帰れるクラス転移 3」アネコユサギ著 KADOKAWA(MFブックス) 2017年2月【異世界・架空の世界】【肌の露出が多めの挿絵なし】

「俺と蛙さんの異世界放浪記 4」くずもち著 アルファポリス(アルファライト文庫) 2017年3月【異世界・架空の世界】【肌の露出が多めの挿絵あり】

「俺と蛙さんの異世界放浪記 5」くずもち著 アルファポリス(アルファライト文庫) 2017年5月【異世界・架空の世界】【肌の露出が多めの挿絵なし】

「俺のペットは聖女さま = My pet is a holy girl 4」ムク文鳥著 TOブックス 2017年3月【異世界・架空の世界】【肌の露出が多めの挿絵あり】

「俺の家が魔力スポットだった件：住んでいるだけで世界最強 4」あまうい白一著 集英社(ダッシュエックス文庫) 2017年1月【異世界・架空の世界】【肌の露出が多めの挿絵あり】

「俺の家が魔力スポットだった件：住んでいるだけで世界最強 5」あまうい白一著 集英社(ダッシュエックス文庫) 2017年5月【異世界・架空の世界】【肌の露出が多めの挿絵なし】

「俺の部屋ごと異世界へ!ネットとAmozonの力で無双する 1」月夜涙著 双葉社(モンスター文庫) 2017年3月【異世界・架空の世界】【肌の露出が多めの挿絵なし】

「下僕ハーレムにチェックメイトです!」赤福大和著 講談社(講談社ラノベ文庫) 2017年5月【異世界・架空の世界】【肌の露出が多めの挿絵あり/性描写の挿絵あり】

「灰と幻想のグリムガル level.10」十文字青著 オーバーラップ(オーバーラップ文庫) 2017年3月【異世界・架空の世界】【肌の露出が多めの挿絵なし】

「巻き込まれて異世界転移する奴は、大抵チート Ω」海東方舟著 宝島社 2017年2月【異世界・架空の世界】【肌の露出が多めの挿絵なし】

「巻き込まれ異世界召喚記 1」結城ヒロ著 KADOKAWA(MF文庫J) 2017年3月【異世界・架空の世界】【肌の露出が多めの挿絵あり】

「逆転召喚：裏設定まで知り尽くした異世界に学校ごと召喚されて 3」三河ごーすと著 集英社(ダッシュエックス文庫) 2017年1月【異世界・架空の世界】【肌の露出が多めの挿絵あり】

「救わなきゃダメですか?異世界 5」青山有著 ポニーキャニオン(ぽにきゃんBOOKS) 2017年5月【異世界・架空の世界】【肌の露出が多めの挿絵あり】

## ストーリー

「金色の文字使い(ワードマスター):勇者四人に巻き込まれたユニークチート10」十本スイ著 KADOKAWA(富士見ファンタジア文庫) 2017年3月【異世界・架空の世界】【肌の露出が多めの挿絵なし】

「軍師/詐欺師は紙一重」神野オキナ著 講談社(講談社ラノベ文庫) 2017年3月【異世界・架空の世界】【肌の露出が多めの挿絵あり】

「元勇者、印税生活はじめました。:担当編集はかつての宿敵」霜野おつかい著 SBクリエイティブ(GA文庫) 2017年6月【現代/異世界・架空の世界】【肌の露出が多めの挿絵あり】

「現実主義勇者の王国再建記 = Re:CONSTRUCTION THE ELFRIEDEN KINGDOM TALES OF REALISTIC BRAVE 3」どぜう丸著 オーバーラップ(オーバーラップ文庫) 2017年2月【異世界・架空の世界】【肌の露出が多めの挿絵なし】

「御伽噺を翔ける魔女」山本風碧著 KADOKAWA(ビーズログ文庫アリス) 2017年1月【異世界・架空の世界】【肌の露出が多めの挿絵なし】

「皇太后のお化粧係[3]」柏てん著 KADOKAWA(角川ビーンズ文庫) 2017年4月【異世界・架空の世界】【肌の露出が多めの挿絵なし】

「高1ですが異世界で城主はじめました11」鏡裕之著 ホビージャパン(HJ文庫) 2017年5月【異世界・架空の世界】【肌の露出が多めの挿絵あり】

「黒き魔眼のストレンジャー = Kuroki Magan no stranger:異世界×サバイバー」佐藤清十郎著 宝島社 2017年1月【異世界・架空の世界】【肌の露出が多めの挿絵なし】

「左利きだったから異世界に連れて行かれた5」十一屋翠著 KADOKAWA(カドカワBOOKS) 2017年3月【異世界・架空の世界】【肌の露出が多めの挿絵あり】

「再召喚された勇者は一般人として生きていく? = WILL THE BRAVE SUMMONED AGAIN LIVE AS AN ORDINARY PERSON?[2]」かたなかじ著 宝島社 2017年2月【異世界・架空の世界】【肌の露出が多めの挿絵なし】

「最強の種族が人間だった件3」柑橘ゆすら著 集英社(ダッシュエックス文庫) 2017年2月【異世界・架空の世界】【肌の露出が多めの挿絵あり/性描写の挿絵あり】

「最強魔王様の日本グルメ[2]」kimimaro著 宝島社 2017年5月【現代】【肌の露出が多めの挿絵なし】

「時空魔法で異世界と地球を行ったり来たり2」かつ著 双葉社(モンスター文庫) 2017年3月【現代/異世界・架空の世界】【肌の露出が多めの挿絵なし】

「盾の勇者の成り上がり16」アネコユサギ著 KADOKAWA(MFブックス) 2017年1月【異世界・架空の世界】【肌の露出が多めの挿絵なし】

「女神の勇者を倒すゲスな方法:おお勇者よ!死なないとは鬱陶しい」笹木さくま著 KADOKAWA(ファミ通文庫) 2017年1月【異世界・架空の世界】【肌の露出が多めの挿絵あり】

「小説ひるね姫:知らないワタシの物語」神山健治著 KADOKAWA(角川文庫) 2017年2月【近未来・遠未来/異世界・架空の世界】【挿絵なし】

## ストーリー

「少年Nのいない世界 02」石川宏千花著 講談社(講談社タイガ) 2017年5月【異世界・架空の世界】【挿絵なし】

「食いしん坊エルフ 5」なっとうごはん著 TOブックス 2017年3月【異世界・架空の世界】【肌の露出が多めの挿絵なし】

「進化の実:知らないうちに勝ち組人生 6」美紅著 双葉社(モンスター文庫) 2017年5月【異世界・架空の世界】【肌の露出が多めの挿絵あり】

「成長チートでなんでもできるようになったが、無職だけは辞められないようです 2」時野洋輔著 新紀元社(MORNINGSTARBOOKS) 2017年1月【異世界・架空の世界】【肌の露出が多めの挿絵あり】

「成長チートでなんでもできるようになったが、無職だけは辞められないようです 3」時野洋輔著 新紀元社(MORNINGSTARBOOKS) 2017年6月【異世界・架空の世界】【肌の露出が多めの挿絵なし】

「聖者無双:サラリーマン、異世界で生き残るために歩む道 2」ブロッコリーライオン著 マイクロマガジン社(GCNOVELS) 2017年2月【異世界・架空の世界】【肌の露出が多めの挿絵なし】

「聖女の魔力は万能です = The power of the saint is all around.」橘由華著 KADOKAWA(カドカワBOOKS) 2017年2月【異世界・架空の世界】【肌の露出が多めの挿絵なし】

「即死チートが最強すぎて、異世界のやつらがまるで相手にならないんですが。2」藤孝剛志著 アース・スターエンターテイメント(EARTHSTARNOVEL) 2017年2月【異世界・架空の世界】【肌の露出が多めの挿絵あり】

「大国チートなら異世界征服も楽勝ですよ? 2」櫂末高彰著 KADOKAWA(MF文庫J) 2017年6月【異世界・架空の世界】【肌の露出が多めの挿絵あり/性描写の挿絵あり】

「大国チートなら異世界征服も楽勝ですよ?替え玉皇帝になったので美少女嫁も豊富です。」櫂末高彰著 KADOKAWA(MF文庫J) 2017年2月【異世界・架空の世界】【肌の露出が多めの挿絵あり】

「奪う者奪われる者 7」mino著 KADOKAWA(ファミ通文庫) 2017年2月【異世界・架空の世界】【肌の露出が多めの挿絵なし】

「町をつくる能力!?〜異世界につくろう日本都市〜 [2]」ルンパルンパ著 宝島社 2017年6月【異世界・架空の世界】【肌の露出が多めの挿絵なし】

「天才外科医が異世界で闇医者を始めました。4」柊むう著 双葉社(モンスター文庫) 2017年5月【異世界・架空の世界】【肌の露出が多めの挿絵なし】

「転生少女は自由に生きる。」池中織奈著 アルファポリス(レジーナ文庫,レジーナブックス) 2017年5月【異世界・架空の世界】【肌の露出が多めの挿絵なし】

「奴隷商人になったよin異世界 = I BECAME A SLAVE TRADER IN THE DIFFERENT WORLD 2」ルンパルンパ著 ポニーキャニオン(ぽにきゃんBOOKS) 2017年5月【現代/異世界・架空の世界】【肌の露出が多めの挿絵なし】

## ストーリー

「童貞チート:最強社畜、異世界にたつ」ダブルてりやきチキン著 宝島社 2017年3月【異世界・架空の世界】【肌の露出が多めの挿絵なし】

「縛りプレイ英雄記:奇跡の起きない聖女様」語部マサユキ著 KADOKAWA(角川スニーカー文庫) 2017年3月【異世界・架空の世界】【肌の露出が多めの挿絵あり】

「八男って、それはないでしょう! 10」Y.A著 KADOKAWA(MFブックス) 2017年2月【異世界・架空の世界】【肌の露出が多めの挿絵なし】

「反逆の勇者と道具袋 3」大沢雅紀著 アルファポリス(アルファライト文庫) 2017年2月【異世界・架空の世界】【肌の露出が多めの挿絵あり】

「反逆の勇者と道具袋 4」大沢雅紀著 アルファポリス(アルファライト文庫) 2017年4月【現代/異世界・架空の世界】【肌の露出が多めの挿絵あり】

「文字魔法×印刷技術で起こす異世界革命」藤春都著 ホビージャパン(HJ文庫) 2017年4月【異世界・架空の世界】【肌の露出が多めの挿絵あり】

「放課後は、異世界喫茶でコーヒーを」風見鶏著 KADOKAWA(富士見ファンタジア文庫) 2017年6月【異世界・架空の世界】【肌の露出が多めの挿絵なし】

「魔法密売人:極道、異世界を破滅へと導く」真坂マサル著 KADOKAWA(電撃文庫) 2017年2月【異世界・架空の世界】【肌の露出が多めの挿絵あり/性描写の挿絵あり】

「勇者のセガレ」和ケ原聡司著 KADOKAWA(電撃文庫) 2017年1月【現代】【肌の露出が多めの挿絵あり】

「勇者召喚が似合わない僕らのクラス = Our class doesn't suit to be summoned heroes.」白神怜司著 KADOKAWA(カドカワBOOKS) 2017年6月【異世界・架空の世界】【肌の露出が多めの挿絵なし】

「勇者召喚に巻き込まれたけど、異世界は平和でした 1」灯台著 新紀元社(MORNINGSTARBOOKS) 2017年6月【異世界・架空の世界】【肌の露出が多めの挿絵なし】

「傭兵団の料理番 2」川井昂著 主婦の友社(ヒーロー文庫) 2017年1月【異世界・架空の世界】【肌の露出が多めの挿絵あり】

「傭兵団の料理番 3」川井昂著 主婦の友社(ヒーロー文庫) 2017年6月【異世界・架空の世界】【肌の露出が多めの挿絵なし】

「幼い女神(アマテラス)はかく語りき」暇奈椿著 講談社(講談社ラノベ文庫) 2017年5月【異世界・架空の世界】【肌の露出が多めの挿絵あり/性描写の挿絵あり】

「理想のヒモ生活 9」渡辺恒彦著 主婦の友社(ヒーロー文庫) 2017年6月【異世界・架空の世界】【肌の露出が多めの挿絵あり】

「竜の専属紅茶師」鳴澤うた著 アルファポリス(レジーナ文庫,レジーナブックス) 2017年1月【異世界・架空の世界】【肌の露出が多めの挿絵なし】

「恋と悪魔と黙示録 [8]」糸森環著 一迅社(一迅社文庫アイリス) 2017年1月【異世界・架空の世界】【肌の露出が多めの挿絵なし】

## ストーリー

「老後に備えて異世界で8万枚の金貨を貯めます = Saving 80,000 gold coins in the different world for my old age」FUNA著 講談社(Kラノベブックス) 2017年6月【現代/異世界・架空の世界】【肌の露出が多めの挿絵なし】

「六畳間の侵略者!? 25」健速著 ホビージャパン(HJ文庫) 2017年3月【異世界・架空の世界】【肌の露出が多めの挿絵なし】

## 異世界転生

「BLゲームの主人公の弟であることに気がつきました」花果唯著 KADOKAWA(ビーズログ文庫アリス) 2017年5月【異世界・架空の世界】【肌の露出が多めの挿絵なし】

「アラフォー社畜のゴーレムマスター 1」高見梁川著 双葉社(モンスター文庫) 2017年5月【異世界・架空の世界】【肌の露出が多めの挿絵なし】

「いでおろーぐ! = ideologue! 6」椎田十三著 KADOKAWA(電撃文庫) 2017年4月【現代/近未来・遠未来/異世界・架空の世界】【肌の露出が多めの挿絵あり】

「エクスタス・オンライン 03」久慈マサムネ著 KADOKAWA(角川スニーカー文庫) 2017年6月【異世界・架空の世界】【肌の露出が多めの挿絵あり/キスシーンの挿絵あり】

「オークの騎士 2」darnylee著 ポニーキャニオン(ぽにきゃんBOOKS) 2017年4月【異世界・架空の世界】【肌の露出が多めの挿絵なし】

「オタクガール、悪役令嬢に転生する。」富士ゆゆ著 KADOKAWA(ビーズログ文庫アリス) 2017年2月【異世界・架空の世界】【肌の露出が多めの挿絵なし】

「ガチャにゆだねる異世界廃人生活」時野洋輔著 KADOKAWA(富士見ファンタジア文庫) 2017年2月【異世界・架空の世界】【肌の露出が多めの挿絵あり】

「ガチャにゆだねる異世界廃人生活 2」時野洋輔著 KADOKAWA(富士見ファンタジア文庫) 2017年6月【異世界・架空の世界】【肌の露出が多めの挿絵あり】

「キャラクターメイキングで異世界転生! = Let's make character for reincarnation in the new world! [2]」九重遥著 宝島社 2017年5月【異世界・架空の世界】【肌の露出が多めの挿絵なし】

「ギャルスレイヤーだけどギャルしかいない世界に来たからギャルサーの王子になることにした」白乃友著 ホビージャパン(HJ文庫) 2017年3月【現代/異世界・架空の世界】【肌の露出が多めの挿絵なし】

「ギルドのチートな受付嬢 5」夏にコタツ著 双葉社(モンスター文庫) 2017年4月【異世界・架空の世界】【肌の露出が多めの挿絵なし】

「ゲーム脳な召喚師：育成チートで天下無双」フジヤマ著 SBクリエイティブ(GA文庫) 2017年1月【異世界・架空の世界】【肌の露出が多めの挿絵なし】

「この素晴らしい世界に祝福を! 11」暁なつめ著 KADOKAWA(角川スニーカー文庫) 2017年5月【異世界・架空の世界】【肌の露出が多めの挿絵なし】

## ストーリー

「コミュ難の俺が、交渉スキルに全振りして転生した結果 3」朱月十話著 KADOKAWA(ファミ通文庫) 2017年1月【異世界・架空の世界】【肌の露出が多めの挿絵あり/性描写の挿絵あり】

「コミュ難の俺が、交渉スキルに全振りして転生した結果 4」朱月十話著 KADOKAWA(ファミ通文庫) 2017年5月【異世界・架空の世界】【肌の露出が多めの挿絵あり/性描写の挿絵あり】

「これは余が余の為に頑張る物語である 4」文月ゆうり著 アルファポリス(レジーナ文庫.レジーナブックス) 2017年1月【異世界・架空の世界】【肌の露出が多めの挿絵なし】

「スピリット・マイグレーション 3」ヘロー天気著 アルファポリス(アルファライト文庫) 2017年1月【異世界・架空の世界】【肌の露出が多めの挿絵なし】

「すまん、資金ブーストよりチートなスキル持ってる奴おる？ 2」えきさいたー著 集英社(ダッシュエックス文庫) 2017年2月【異世界・架空の世界】【肌の露出が多めの挿絵なし】

「すまん、資金ブーストよりチートなスキル持ってる奴おる？ 3」えきさいたー著 集英社(ダッシュエックス文庫) 2017年6月【異世界・架空の世界】【肌の露出が多めの挿絵あり/性描写の挿絵あり】

「そのオーク、前世(もと)ヤクザにて 3」機村械人著 SBクリエイティブ(GA文庫) 2017年4月【異世界・架空の世界】【肌の露出が多めの挿絵なし】

「その者。のちに… 03」ナハアト著 アース・スターエンターテイメント(EARTHSTARNOVEL) 2017年1月【異世界・架空の世界】【肌の露出が多めの挿絵あり】

「ダンジョンの魔王は最弱っ!? 6」日曜著 新紀元社(MORNINGSTARBOOKS) 2017年4月【異世界・架空の世界】【肌の露出が多めの挿絵なし】

「てのひら開拓村で異世界建国記：増えてく嫁たちとのんびり無人島ライフ」星崎崑著 KADOKAWA(MF文庫J) 2017年6月【異世界・架空の世界】【肌の露出が多めの挿絵なし】

「トカゲなわたし」かなん著 アルファポリス(レジーナ文庫.レジーナブックス) 2017年6月【異世界・架空の世界】【肌の露出が多めの挿絵なし】

「ドラゴンさんは友達が欲しい！ = Dragon want a Friend! 3」道草家守著 アース・スターエンターテイメント(EARTHSTARNOVEL) 2017年6月【異世界・架空の世界】【肌の露出が多めの挿絵なし】

「トラックに轢かれたのに異世界転生できないと言われたから、美少女と働くことにした。」日富美信吾著 講談社(講談社ラノベ文庫) 2017年2月【異世界・架空の世界】【肌の露出が多めの挿絵あり】

「ドリーム・ライフ〜夢の異世界生活〜 3」愛山雄町著 TOブックス(Trinitasシリーズ) 2017年3月【異世界・架空の世界】【肌の露出が多めの挿絵なし】

「なんちゃってシンデレラ、はじめました。」汐邑雛著 KADOKAWA(ビーズログ文庫) 2017年4月【異世界・架空の世界】【肌の露出が多めの挿絵なし】

「ノウ無し転生王の双界制覇(ブラックアーツ)」藤原健市著 集英社(ダッシュエックス文庫) 2017年4月【異世界・架空の世界】【肌の露出が多めの挿絵あり】

## ストーリー

「ポーション頼みで生き延びます!」FUNA著 講談社(Kラノベブックス) 2017年6月【異世界・架空の世界】【肌の露出が多めの挿絵なし】

「ポンコツ魔神逃亡中!」鏑木ハルカ著 ポニーキャニオン(ぽにきゃんBOOKS) 2017年2月【異世界・架空の世界】【肌の露出が多めの挿絵あり】

「もう一つの物語〜転生したので次こそは幸せな人生を掴んでみせましょう〜 下」佐伯さん著 主婦と生活社(PASH!ブックス) 2017年6月【異世界・架空の世界】【肌の露出が多めの挿絵なし】

「もう一つの物語〜転生したので次こそは幸せな人生を掴んでみせましょう〜 上」佐伯さん著 主婦と生活社(PASH!ブックス) 2017年5月【異世界・架空の世界】【肌の露出が多めの挿絵なし】

「ようこそ自由で平和な魔王の城へ!：人は、クズになれる」三河ごーすと著 講談社(講談社ラノベ文庫) 2017年6月【異世界・架空の世界】【肌の露出が多めの挿絵あり/キスシーンの挿絵あり】

「ライオットグラスパー：異世界でスキル盗ってます 6」飛鳥けい著 KADOKAWA(MFブックス) 2017年6月【異世界・架空の世界】【肌の露出が多めの挿絵なし】

「ラスボスの向こう側 = The other side beyond the last boss」天音のわる著 宝島社 2017年2月【異世界・架空の世界】【肌の露出が多めの挿絵あり】

「ラスボスの向こう側 = The other side beyond the last boss ドラマCD付き特装版」天音のわる著 宝島社 2017年2月【異世界・架空の世界】【肌の露出が多めの挿絵あり】

「レジェンド = legend 8」神無月紅著 KADOKAWA(カドカワBOOKS) 2017年3月【異世界・架空の世界】【肌の露出が多めの挿絵なし】

「レディローズは平民になりたい」こおりあめ著 KADOKAWA(角川ビーンズ文庫) 2017年1月【異世界・架空の世界】【肌の露出が多めの挿絵なし】

「レディローズは平民になりたい 2」こおりあめ著 KADOKAWA(角川ビーンズ文庫) 2017年4月【異世界・架空の世界】【肌の露出が多めの挿絵なし】

「ワールド・ティーチャー：異世界式教育エージェント 5」ネコ光一著 オーバーラップ(オーバーラップ文庫) 2017年3月【異世界・架空の世界】【肌の露出が多めの挿絵あり】

「悪の女王の軌跡 2」風見くのえ著 アルファポリス(レジーナ文庫,レジーナブックス) 2017年1月【異世界・架空の世界】【肌の露出が多めの挿絵なし】

「悪役令嬢は隣国の王太子に溺愛される 2」ぷにちゃん著 KADOKAWA(ビーズログ文庫) 2017年2月【異世界・架空の世界】【肌の露出が多めの挿絵なし】

「悪役令嬢は隣国の王太子に溺愛される 3」ぷにちゃん著 KADOKAWA(ビーズログ文庫) 2017年6月【異世界・架空の世界】【肌の露出が多めの挿絵なし】

「伊達エルフ政宗 3」森田季節著 SBクリエイティブ(GA文庫) 2017年2月【歴史・時代】【肌の露出が多めの挿絵あり/性描写の挿絵あり】

## ストーリー

「異世界お好み焼きチェーン：大阪のオバチャン、美少女剣士に転生して、お好み焼き布教!」森田季節著 アース・スターエンターテイメント(EARTHSTARNOVEL) 2017年6月【異世界・架空の世界】【肌の露出が多めの挿絵あり】

「異世界ギルドの英雄師弟(ベルセルク) 2」あさのハジメ著 講談社(講談社ラノベ文庫) 2017年2月【異世界・架空の世界】【肌の露出が多めの挿絵あり】

「異世界ギルドの英雄師弟(ベルセルク) 3」あさのハジメ著 講談社講談社ラノベ文庫) 2017年6月【異世界・架空の世界】【肌の露出が多めの挿絵あり/キスシーンの挿絵あり】

「異世界でスキルを解体したらチートな嫁が増殖しました：概念交差のストラクチャー 2」千月さかき著 KADOKAWA(カドカワBOOKS) 2017年1月【異世界・架空の世界】【肌の露出が多めの挿絵あり】

「異世界に来たみたいだけど如何すれば良いのだろう = WHAT SHOULD I DO IN DIFFERENT WORLD? 2」舞著 マイクロマガジン社(GCNOVELS) 2017年4月【異世界・架空の世界】【肌の露出が多めの挿絵なし】

「異世界の魔法言語がどう見ても日本語だった件 [2]」トラ子猫著 宝島社 2017年3月【異世界・架空の世界】【肌の露出が多めの挿絵あり】

「異世界を制御魔法で切り開け! 1」佐竹アキノリ著 アルファポリス(アルファライト文庫) 2017年4月【異世界・架空の世界】【肌の露出が多めの挿絵なし】

「異世界を制御魔法で切り開け! 2」佐竹アキノリ著 アルファポリス(アルファライト文庫) 2017年6月【異世界・架空の世界】【肌の露出が多めの挿絵なし】

「異世界温泉に転生した俺の効能がとんでもすぎる：アンタの中が気持ちいいわけじゃないんですけどっ!?」七鳥未奏著 KADOKAWA(MF文庫J) 2017年2月【異世界・架空の世界】【肌の露出が多めの挿絵あり/性描写の挿絵あり】

「異世界温泉に転生した俺の効能がとんでもすぎる 2」七鳥未奏著 KADOKAWA(MF文庫J) 2017年6月【異世界・架空の世界】【肌の露出が多めの挿絵あり】

「異世界詐欺師のなんちゃって経営術(コンサルティング) 4」宮地拓海著 KADOKAWA(角川スニーカー文庫) 2017年3月【異世界・架空の世界】【肌の露出が多めの挿絵あり】

「異世界薬局 4」高山理図著 KADOKAWA(MFブックス) 2017年3月【異世界・架空の世界】【肌の露出が多めの挿絵なし】

「乙女ゲームの破滅フラグしかない悪役令嬢に転生してしまった… 5」山口悟著 一迅社(一迅社文庫アイリス) 2017年6月【異世界・架空の世界】【肌の露出が多めの挿絵なし】

「俺、動物や魔物と話せるんです 2」錬金工著 KADOKAWA(MFブックス) 2017年3月【異世界・架空の世界】【肌の露出が多めの挿絵なし】

「俺、冒険者！：無双スキルは平面魔法 1」みそたくあん著 KADOKAWA(MFブックス) 2017年5月【異世界・架空の世界】【肌の露出が多めの挿絵なし】

「俺の異世界姉妹が自重しない! 2」緋色の雨著 双葉社(モンスター文庫) 2017年5月【異世界・架空の世界】【肌の露出が多めの挿絵なし】

## ストーリー

「嫁エルフ。: 前世と来世の幼なじみから同時にコクられた俺」あさのハジメ著 KADOKAWA(MF文庫J) 2017年2月【異世界・架空の世界】【肌の露出が多めの挿絵あり】

「規格外れの英雄に育てられた、常識外れの魔法剣士 1」kt60著 双葉社(モンスター文庫) 2017年2月【異世界・架空の世界】【肌の露出が多めの挿絵なし】

「銀色のスナイパー」名もなき多肉著 ポニーキャニオン(ぽにきゃんBOOKS) 2017年3月【異世界・架空の世界】【肌の露出が多めの挿絵なし】

「軍オタが魔法世界に転生したら、現代兵器で軍隊ハーレムを作っちゃいました!? 10」明鏡シスイ著 KADOKAWA(富士見ファンタジア文庫) 2017年4月【異世界・架空の世界】【肌の露出が多めの挿絵あり】

「嫌われ者始めました:転生リーマンの領地運営物語 3」くま太郎著 KADOKAWA(ファミ通文庫) 2017年4月【異世界・架空の世界】【肌の露出が多めの挿絵なし】

「康太の異世界ごはん 2」中野在太著 主婦の友社(ヒーロー文庫) 2017年3月【異世界・架空の世界】【肌の露出が多めの挿絵なし】

「黒の召喚士 3」迷井豆腐著 オーバーラップ(オーバーラップ文庫) 2017年1月【異世界・架空の世界】【肌の露出が多めの挿絵なし】

「黒の召喚士 4」迷井豆腐著 オーバーラップ(オーバーラップ文庫) 2017年5月【異世界・架空の世界】【肌の露出が多めの挿絵あり】

「最強呪族転生 = Reincarnation of sherman : チート魔術師のスローライフ 3」猫子著 アース・スターエンターテイメント(EARTHSTARNOVEL) 2017年6月【異世界・架空の世界】【肌の露出が多めの挿絵なし】

「最強聖騎士のチート無し現代生活 1」小幡京人著 オーバーラップ(オーバーラップ文庫) 2017年4月【現代/異世界・架空の世界】【肌の露出が多めの挿絵なし】

「算数で読み解く異世界魔法 = Decipher by Arithmetic the Magic of Another World」扇屋悠著 TOブックス 2017年3月【異世界・架空の世界】【肌の露出が多めの挿絵なし】

「四度目は嫌な死属性魔術師 2」デンスケ著 一二三書房(SagaForest) 2017年5月【異世界・架空の世界】【肌の露出が多めの挿絵あり】

「始まりの魔法使い 1」石之宮カント著 KADOKAWA(富士見ファンタジア文庫) 2017年5月【異世界・架空の世界】【肌の露出が多めの挿絵あり】

「私、能力は平均値でって言ったよね!: God bless me? 4」FUNA著 アース・スターエンターテイメント(EARTHSTARNOVEL) 2017年3月【異世界・架空の世界】【肌の露出が多めの挿絵なし】

「私、能力は平均値でって言ったよね!: God bless me? 5」FUNA著 アース・スターエンターテイメント(EARTHSTARNOVEL) 2017年6月【異世界・架空の世界】【肌の露出が多めの挿絵なし】

「私は敵になりません! 5」佐槻奏多著 主婦と生活社(PASH!ブックス) 2017年3月【異世界・架空の世界】【肌の露出が多めの挿絵なし】

## ストーリー

「自重しない元勇者の強くて楽しいニューゲーム 2」新木伸著 集英社(ダッシュエックス文庫) 2017年3月【異世界・架空の世界】【肌の露出が多めの挿絵あり/性描写の挿絵あり】

「召喚獣ですがご主人様がきびしいです」みゅうみゅう著 宝島社 2017年2月【異世界・架空の世界】【肌の露出が多めの挿絵なし】

「神さまSHOPでチートの香り」佐々木さざめき著 ポニーキャニオン(ぽにきゃんBOOKS) 2017年1月【異世界・架空の世界】【肌の露出が多めの挿絵なし】

「神さまSHOPでチートの香り 2」佐々木さざめき著 ポニーキャニオン(ぽにきゃんBOOKS) 2017年6月【異世界・架空の世界】【肌の露出が多めの挿絵あり】

「人狼への転生、魔王の副官 06」漂月著 アース・スターエンタテイメント(EARTHSTARNOVEL) 2017年4月【異世界・架空の世界】【肌の露出が多めの挿絵なし】

「世界の終わりの世界録(アンコール) 10」細音啓著 KADOKAWA(MF文庫J) 2017年5月【異世界・架空の世界】【肌の露出が多めの挿絵なし】

「世界の終わりの世界録(アンコール) 9」細音啓著 KADOKAWA(MF文庫J) 2017年1月【異世界・架空の世界】【肌の露出が多めの挿絵なし】

「世界樹の上に村を作ってみませんか 1」氷純著 KADOKAWA(MFブックス) 2017年2月【異世界・架空の世界】【肌の露出が多めの挿絵なし】

「世界樹の上に村を作ってみませんか 2」氷純著 KADOKAWA(MFブックス) 2017年6月【異世界・架空の世界】【肌の露出が多めの挿絵あり】

「精霊幻想記 6」北山結莉著 ホビージャパン(HJ文庫) 2017年1月【異世界・架空の世界】【肌の露出が多めの挿絵あり】

「精霊幻想記 7」北山結莉著 ホビージャパン(HJ文庫) 2017年4月【異世界・架空の世界】【肌の露出が多めの挿絵なし】

「聖剣が人間に転生してみたら、勇者に偏愛されて困っています。」富樫聖夜著 KADOKAWA(ビーズログ文庫) 2017年6月【異世界・架空の世界】【肌の露出が多めの挿絵なし】

「静かにしてますよ?」水清まり著 主婦と生活社(PASH!ブックス) 2017年2月【異世界・架空の世界】【肌の露出が多めの挿絵なし】

「創炎のヒストリア:神託少女の創世録 2」十本スイ著 KADOKAWA(MF文庫J) 2017年1月【異世界・架空の世界】【肌の露出が多めの挿絵なし】

「想世のイシュタル」曽我部浩人著 講談社(講談社ラノベ文庫) 2017年3月【異世界・架空の世界】【肌の露出が多めの挿絵あり/性描写の挿絵あり】

「濁った瞳のリリアンヌ 1」天界著 新紀元社(MORNINGSTARBOOKS) 2017年5月【異世界・架空の世界】【肌の露出が多めの挿絵なし】

「地球丸ごと異世界転生:無敵のオレが、最弱だったスライムの子を最強にする 2」kt60著 SBクリエイティブ(GA文庫) 2017年3月【異世界・架空の世界】【肌の露出が多めの挿絵あり】

## ストーリー

「蜘蛛ですが、なにか? 5」馬場翁著 KADOKAWA(カドカワBOOKS) 2017年2月【異世界・架空の世界】【肌の露出が多めの挿絵なし】

「転生したらスライムだった件 = Regarding Reincarnated to Slime 10」伏瀬著 マイクロマガジン社(GCNOVELS) 2017年4月【異世界・架空の世界】【肌の露出が多めの挿絵なし】

「転生したらドラゴンの卵だった : 最強以外目指さねぇ 4」猫子著 アース・スターエンターテイメント(EARTHSTARNOVEL) 2017年2月【異世界・架空の世界】【肌の露出が多めの挿絵なし】

「転生して田舎でスローライフをおくりたい = I want to enjoy slow Living [2]」錬金王著 宝島社 2017年2月【異世界・架空の世界】【肌の露出が多めの挿絵なし】

「転生乙女は恋なんかしない [2]」小野上明夜著 一迅社(一迅社文庫アイリス) 2017年4月【異世界・架空の世界】【肌の露出が多めの挿絵なし】

「転生貴族の異世界冒険録 = Wonderful adventure in Another world! : 自重を知らない神々の使徒 1」夜州著 一二三書房(SagaForest) 2017年6月【異世界・架空の世界】【肌の露出が多めの挿絵なし】

「転生吸血鬼さんはお昼寝がしたい = A transmigration vampire would like to take a nap 3」ちょきんぎょ。著 アース・スターエンターテイメント(EARTHSTARNOVEL) 2017年1月【異世界・架空の世界】【肌の露出が多めの挿絵あり】

「転生吸血鬼さんはお昼寝がしたい = A transmigration vampire would like to take a nap 4」ちょきんぎょ。著 アース・スターエンターテイメント(EARTHSTARNOVEL) 2017年5月【異世界・架空の世界】【肌の露出が多めの挿絵あり】

「転生太閤記 : 現代知識で戦国の世を無双する 桶狭間編」津田彷徨著 KADOKAWA(カドカワBOOKS) 2017年6月【歴史・時代】【肌の露出が多めの挿絵なし】

「努力しすぎた世界最強の武闘家は、魔法世界を余裕で生き抜く。」わんこそば著 集英社(ダッシュエックス文庫) 2017年6月【異世界・架空の世界】【肌の露出が多めの挿絵なし】

「塔の管理をしてみよう 5」早秋著 新紀元社(MORNINGSTARBOOKS) 2017年3月【異世界・架空の世界】【肌の露出が多めの挿絵なし】

「塔の管理をしてみよう 6」早秋著 新紀元社(MORNINGSTARBOOKS) 2017年6月【異世界・架空の世界】【肌の露出が多めの挿絵なし】

「豚公爵に転生したから、今度は君に好きと言いたい」合田拍子著 KADOKAWA(富士見ファンタジア文庫) 2017年2月【異世界・架空の世界】【肌の露出が多めの挿絵なし】

「豚公爵に転生したから、今度は君に好きと言いたい 2」合田拍子著 KADOKAWA(富士見ファンタジア文庫) 2017年4月【異世界・架空の世界】【肌の露出が多めの挿絵あり】

「日本国召喚 1」みのろう著 ポニーキャニオン(ぽにきゃんBOOKS) 2017年3月【歴史・時代】【肌の露出が多めの挿絵なし】

「白の皇国物語 11」白沢戌亥著 アルファポリス(アルファライト文庫) 2017年2月【異世界・架空の世界】【肌の露出が多めの挿絵なし】

## ストーリー

「復讐完遂者の人生二周目異世界譚 2」御鷹穂積著 マイクロマガジン社(GCNOVELS) 2017年5月【異世界・架空の世界】【肌の露出が多めの挿絵なし】

「没落予定なので、鍛冶職人を目指す 4」CK著 KADOKAWA(カドカワBOOKS) 2017年4月【異世界・架空の世界】【肌の露出が多めの挿絵なし】

「本好きの下剋上：司書になるためには手段を選んでいられません 第3部[2]」香月美夜著 TOブックス 2017年1月【異世界・架空の世界】【肌の露出が多めの挿絵なし】

「魔王軍最強の魔術師は人間だった 2」羽田遼亮著 双葉社(モンスター文庫) 2017年3月【異世界・架空の世界】【肌の露出が多めの挿絵なし】

「魔眼のご主人様。= My Master with Evil Eye」黒森白兎著 TOブックス 2017年5月【異世界・架空の世界】【肌の露出が多めの挿絵なし】

「魔導少女に転生した俺の双剣が有能すぎる 2」岩波零著 KADOKAWA(MF文庫J) 2017年3月【異世界・架空の世界】【肌の露出が多めの挿絵あり】

「無職転生：異世界行ったら本気だす 14」理不尽な孫の手著 KADOKAWA(MFブックス) 2017年4月【異世界・架空の世界】【肌の露出が多めの挿絵あり】

「勇者ですが異世界でエルフ嫁とピザ店始めます」城崎火也著 集英社(ダッシュエックス文庫) 2017年1月【異世界・架空の世界】【肌の露出が多めの挿絵あり/キスシーンの挿絵あり】

「緑王の盾と真冬の国 = THE SHIELD OF THE GREEN KING AND THE COUNTRY IN ETERNAL WINTER 2」ぷにちゃん著 KADOKAWA(カドカワBOOKS) 2017年3月【異世界・架空の世界】【肌の露出が多めの挿絵なし】

「薔薇姫は支配者として君臨する」夜猫著 ポニーキャニオン(ぽにきゃんBOOKS) 2017年3月【異世界・架空の世界】【肌の露出が多めの挿絵なし】

### SF

「86-エイティシックス-」安里アサト著 KADOKAWA(電撃文庫) 2017年2月【異世界・架空の世界】【肌の露出が多めの挿絵なし】

「BLAME! THE ANTHOLOGY」弐瓶勉原作;小川一水;飛浩隆他著 早川書房(ハヤカワ文庫JA) 2017年5月【異世界・架空の世界】【肌の露出が多めの挿絵なし】

「Eje⟨c⟩t」貴志川裕呉著 KADOKAWA(カドカワBOOKS) 2017年3月【近未来・遠未来】【肌の露出が多めの挿絵あり】

「EXMOD：思春期ノ能力者」神野オキナ著 小学館(ガガガ文庫) 2017年1月【現代】【肌の露出が多めの挿絵あり】

「EXMOD 2」神野オキナ著 小学館(ガガガ文庫) 2017年5月【現代】【肌の露出が多めの挿絵あり/キスシーンの挿絵あり】

「アトム ザ・ビギニング = ATOM THE BEGINNING：僕オモウ故ニ僕アリ」藤咲淳一著 小学館(ガガガ文庫) 2017年4月【近未来・遠未来】【肌の露出が多めの挿絵なし】

## ストーリー

「ある日、爆弾がおちてきて 新装版」古橋秀之著 KADOKAWA(メディアワークス文庫) 2017年4月【現代】【肌の露出が多めの挿絵なし】

「ウィザーディング・ゲーム」岬かつみ著 KADOKAWA(角川スニーカー文庫) 2017年3月【現代】【肌の露出が多めの挿絵あり】

「エイルン・ラストコード：架空世界より戦場へ 6」東龍乃助著 KADOKAWA(MF文庫J) 2017年4月【異世界・架空の世界】【肌の露出が多めの挿絵あり】

「オカルトギア・オーバードライブ = Occult Gear Overdrive」涼暮皐著 KADOKAWA(ノベルゼロ) 2017年5月【異世界・架空の世界】【肌の露出が多めの挿絵なし】

「オリンポスの郵便ポスト = The Post at Mount Olympus」藻野多摩夫著 KADOKAWA(電撃文庫) 2017年3月【近未来・遠未来】【肌の露出が多めの挿絵なし】

「ギルドレ 2」朝霧カフカ著 講談社(講談社BOX) 2017年2月【異世界・架空の世界】【肌の露出が多めの挿絵なし】

「ストライクフォール = STRIKE FALL 2」長谷敏司著 小学館(ガガガ文庫) 2017年3月【異世界・架空の世界】【肌の露出が多めの挿絵なし】

「ソウルトランサー」菱川さかく著 徳間書店(徳間文庫) 2017年2月【異世界・架空の世界】【挿絵なし】

「そして黄昏の終末世界(トワイライト) = THE FARTHEST TWILIGHT 1」樋辻臥命著 オーバーラップ(オーバーラップ文庫) 2017年2月【異世界・架空の世界】【肌の露出が多めの挿絵あり】

「デスクトップアーミー = DESKTOP ARMY [2]」手島史詞著 実業之日本社(Jノベルライト) 2017年3月【近未来・遠未来】【肌の露出が多めの挿絵なし】

「テスタメントシュピーゲル 3上」冲方丁著 KADOKAWA(角川スニーカー文庫) 2017年1月【異世界・架空の世界】【挿絵なし】

「なんちゃってシンデレラ、はじめました。」汐邑雛著 KADOKAWA(ビーズログ文庫) 2017年4月【異世界・架空の世界】【肌の露出が多めの挿絵なし】

「バベルノトウ：名探偵三途川理vs赤毛そして天使」森川智喜著 講談社(講談社タイガ) 2017年5月【異世界・架空の世界】【挿絵なし】

「ビアンカ・オーバーステップ 下」筒城灯士郎著 星海社(星海社FICTIONS) 2017年3月【異世界・架空の世界】【挿絵なし】

「ビアンカ・オーバーステップ 上」筒城灯士郎著 星海社(星海社FICTIONS) 2017年3月【異世界・架空の世界】【挿絵なし】

「ふぉーくーるあふたー = 4 cours after 4」水沢夢著 小学館(ガガガ文庫) 2017年3月【現代】【肌の露出が多めの挿絵あり】

「ヘヴィーオブジェクト北欧禁猟区シンデレラストーリー = HEAVY OBJECT Girl's Fight At An Altitude Of 10,000m」鎌池和馬著 KADOKAWA(電撃文庫) 2017年4月【近未来・遠未来】【肌の露出が多めの挿絵あり】

## ストーリー

「マクロスΔ 2」小太刀右京著 講談社(講談社ラノベ文庫) 2017年3月【異世界・架空の世界】【肌の露出が多めの挿絵なし】

「やがて恋するヴィヴィ・レイン = How Vivi Lane Falls in Love 2」犬村小六著 小学館(ガガガ文庫) 2017年1月【異世界・架空の世界】【肌の露出が多めの挿絵なし】

「やがて恋するヴィヴィ・レイン = How Vivi Lane Falls in Love 3」犬村小六著 小学館(ガガガ文庫) 2017年5月【異世界・架空の世界】【肌の露出が多めの挿絵なし】

「ロボット・ハート・アップデート Ver. 2」門倉みさき著 京都アニメーション(KAエスマ文庫) 2017年3月【異世界・架空の世界】【肌の露出が多めの挿絵なし】

「ロボット・ハート・アップデート Ver. 3」門倉みさき著 京都アニメーション(KAエスマ文庫) 2017年6月【異世界・架空の世界】【肌の露出が多めの挿絵なし】

「悪の組織の求人広告」喜友名トト著 KADOKAWA(ノベルゼロ) 2017年2月【近未来・遠未来】【肌の露出が多めの挿絵なし】

「悪の組織の求人広告 2」喜友名トト著 KADOKAWA(ノベルゼロ) 2017年3月【近未来・遠未来】【肌の露出が多めの挿絵なし】

「異世界薬局 4」高山理図著 KADOKAWA(MFブックス) 2017年3月【異世界・架空の世界】【肌の露出が多めの挿絵なし】

「宇宙軍士官学校-幕間(インターミッション)-」鷹見一幸著 早川書房(ハヤカワ文庫JA) 2017年3月【異世界・架空の世界】【挿絵なし】

「我が偽りの名の下に集え、星々」庄司卓著 KADOKAWA(ファミ通文庫) 2017年5月【異世界・架空の世界】【肌の露出が多めの挿絵なし】

「拡張少女系トライナリー：サマープリズム」コーエーテクモゲームス原作;東映アニメーション原作;柄本和昭著 KADOKAWA(ファミ通文庫) 2017年5月【現代】【肌の露出が多めの挿絵なし】

「棄種たちの冬」つかいまこと著 早川書房(ハヤカワ文庫JA) 2017年1月【近未来・遠未来】【挿絵なし】

「機械仕掛けのデイブレイク：Episode Aika」高橋びすい著 講談社(講談社ラノベ文庫) 2017年6月【異世界・架空の世界】【肌の露出が多めの挿絵あり/性描写の挿絵あり】

「銀河中心点：アルマゲスト宙域」三度笠著 KADOKAWA(カドカワBOOKS) 2017年3月【異世界・架空の世界】【肌の露出が多めの挿絵なし】

「銀河連合日本 5」松本保羽著 星海社(星海社FICTIONS) 2017年6月【近未来・遠未来】【肌の露出が多めの挿絵なし】

「屈折する星屑」江波光則著 早川書房(ハヤカワ文庫JA) 2017年3月【異世界・架空の世界】【挿絵なし】

「君は月夜に光り輝く」佐野徹夜著 KADOKAWA(メディアワークス文庫) 2017年2月【現代】【肌の露出が多めの挿絵なし】

## ストーリー

「混沌都市(ギガロポリス)の泥棒屋(バンディッド)」間宮真琴著 集英社(ダッシュエックス文庫) 2017年2月【異世界・架空の世界】【肌の露出が多めの挿絵あり】

「私たちは生きているのか? = Are We Under the Biofeedback?」森博嗣著 講談社(講談社タイガ) 2017年2月【近未来・遠未来】【挿絵なし】

「終奏のリフレイン = Refrain of Outro」物草純平著 KADOKAWA(電撃文庫) 2017年3月【近未来・遠未来】【肌の露出が多めの挿絵なし】

「重力アルケミック」柞刈湯葉著 星海社(星海社FICTIONS) 2017年2月【近未来・遠未来】【肌の露出が多めの挿絵なし】

「少年Nのいない世界 02」石川宏千花著 講談社(講談社タイガ) 2017年5月【異世界・架空の世界】【挿絵なし】

「新・星をひとつ貰っちゃったので、なんとかやってみる 1」茂木鈴著 オークラ出版(NMG文庫) 2017年1月【異世界・架空の世界】【肌の露出が多めの挿絵あり】

「世界、それはすべて君のせい」くらゆいあゆ著 集英社(集英社オレンジ文庫) 2017年4月【現代】【挿絵なし】

「製造人間は頭が固い」上遠野浩平著 早川書房(ハヤカワ文庫JA) 2017年6月【異世界・架空の世界】【肌の露出が多めの挿絵なし】

「絶対ナル孤独者(アイソレータ) = THE ISOLATOR realization of absolute solitude 4」川原礫著 KADOKAWA(電撃文庫) 2017年5月【現代】【肌の露出が多めの挿絵なし】

「卒業のカノン:穂瑞沙羅華の課外活動」機本伸司著 角川春樹事務所(ハルキ文庫) 2017年5月【近未来・遠未来】【挿絵なし】

「地底アパートの迷惑な来客」蒼月海里著 ポプラ社(ポプラ文庫ピュアフル) 2017年1月【現代】【挿絵なし】

「天地無用!GXP:真・天地無用!魎皇鬼外伝 15」梶島正樹著 KADOKAWA(富士見ファンタジア文庫) 2017年5月【異世界・架空の世界】【肌の露出が多めの挿絵なし】

「覇界王ガオガイガー対ベターマン 上巻」矢立肇原作;竹田裕一郎著;米たにヨシトモ監修 新紀元社(MORNINGSTARBOOKS.THEKINGOFBRAVESGAOGAIGARNOVEL) 2017年6月【現代】【肌の露出が多めの挿絵なし】

「白の皇国物語 11」白沢戌亥著 アルファポリス(アルファライト文庫) 2017年2月【異世界・架空の世界】【肌の露出が多めの挿絵なし】

「漂海のレクキール = La LEQKEL derive dans la mer.」秋目人著 小学館(ガガガ文庫) 2017年5月【異世界・架空の世界】【肌の露出が多めの挿絵なし】

「魔導GPX(グランプリ)ウィザード・フォーミュラ」竹井10日著 KADOKAWA(角川スニーカー文庫) 2017年4月【異世界・架空の世界】【肌の露出が多めの挿絵あり/キスシーンの挿絵あり/性描写の挿絵あり】

## ストーリー

「魔法医師(メディサン・ドゥ・マージ)の診療記録 = medecin du mage et record médical 5」手代木正太郎著 小学館(ガガガ文庫) 2017年4月【異世界・架空の世界】【肌の露出が多めの挿絵なし】

「龍と狐のジャイアント・キリング 2」神秋昌史著 ホビージャパン(HJ文庫) 2017年2月【異世界・架空の世界】【肌の露出が多めの挿絵あり】

「蜃の楼」和智正喜著;京極夏彦Founder KADOKAWA(富士見L文庫) 2017年5月【歴史・時代】【肌の露出が多めの挿絵なし】

### SF＞スチームパンク

「ジャンキージャンクガンズ : 鉄想機譚 : The Fantasy & Steam Punk」天酒之瓢著 KADOKAWA(カドカワBOOKS) 2017年2月【異世界・架空の世界】【肌の露出が多めの挿絵あり】

「飛べない鍵姫と解けない飛行士 : その箱、開けるべからず」山本瑤著 集英社(コバルト文庫) 2017年3月【異世界・架空の世界】【肌の露出が多めの挿絵なし】

### SF＞タイムトラベル・タイムスリップ・タイムループ

「RE;SET＞学園シミュレーション : 1万4327度目のボクは、1度目のキミに恋をする。」土橋真二郎著 KADOKAWA(富士見ファンタジア文庫) 2017年3月【近未来・遠未来】【肌の露出が多めの挿絵あり】

「ありえない青と、終わらない春」清水苺著 講談社(講談社ラノベ文庫) 2017年6月【現代】【肌の露出が多めの挿絵なし】

「ハンドレッド = Hundred 13」箕崎准著 SBクリエイティブ(GA文庫) 2017年5月【異世界・架空の世界】【肌の露出が多めの挿絵あり】

「ぼくたちのリメイク : 十年前に戻ってクリエイターになろう!」木緒なち著 KADOKAWA(MF文庫J) 2017年3月【現代】【肌の露出が多めの挿絵あり】

「異世界コンビニ 3」榎木ユウ著 アルファポリス(アルファポリス文庫) 2017年3月【異世界・架空の世界】【肌の露出が多めの挿絵あり】

「俺の幼なじみは宇宙人に侵略されている」橘九位著 講談社(講談社ラノベ文庫) 2017年5月【現代】【肌の露出が多めの挿絵なし】

「艦魂戦記 : もうひとつの日本海軍史」三好幹也著 イカロス出版(AXISLABEL) 2017年5月【現代/歴史・時代】【肌の露出が多めの挿絵なし】

「繰り返されるタイムリープの果てに、さみの瞳に映る人は」青葉優一著 KADOKAWA(メディアワークス文庫) 2017年3月【現代】【肌の露出が多めの挿絵なし】

「君と四度目の学園祭」天音マサキ著 KADOKAWA(角川スニーカー文庫) 2017年6月【現代】【肌の露出が多めの挿絵あり】

「君に謝りたくて俺は」わかつきひかる著 講談社(講談社ラノベ文庫) 2017年6月【現代】【肌の露出が多めの挿絵なし】

## ストーリー

「三田一族の意地を見よ：転生戦国武将の奔走記 5」三田弾正著 KADOKAWA(MFブックス) 2017年6月【歴史・時代】【肌の露出が多めの挿絵あり】

「三毛猫カフェトリコロール」星月渉著 三交社(スカイハイ文庫) 2017年4月【現代】【肌の露出が多めの挿絵なし】

「時をかける眼鏡 [5]」椹野道流著 集英社(集英社オレンジ文庫) 2017年4月【異世界・架空の世界】【肌の露出が多めの挿絵なし】

「時をめぐる少女」天沢夏月著 KADOKAWA(メディアワークス文庫) 2017年5月【現代】【肌の露出が多めの挿絵なし】

「自殺するには向かない季節」海老名龍人著 講談社(講談社ラノベ文庫) 2017年5月【現代】【肌の露出が多めの挿絵なし】

「終末ノ再生者(リアクター) 2」河端ジュン一著 KADOKAWA(富士見ファンタジア文庫) 2017年3月【近未来・遠未来】【肌の露出が多めの挿絵あり/キスシーンの挿絵あり】

「少年と少女と、」河野裕著 KADOKAWA(角川文庫) 2017年2月【現代】【挿絵なし】

「少年と少女と正しさを巡る物語」河野裕著 KADOKAWA(角川文庫) 2017年3月【現代】【挿絵なし】

「織田信奈の野望：全国版 17」春日みかげ著 KADOKAWA(富士見ファンタジア文庫) 2017年1月【歴史・時代】【肌の露出が多めの挿絵なし】

「織田信奈の野望：全国版 18」春日みかげ著 KADOKAWA(富士見ファンタジア文庫) 2017年5月【歴史・時代】【肌の露出が多めの挿絵なし】

「信長の弟：織田信行として生きて候 第1巻」ツマビラカズジ著 マイクロマガジン社(GCNOVELS) 2017年6月【現代/歴史・時代】【肌の露出が多めの挿絵なし】

「戦国小町苦労譚 5」夾竹桃著 アース・スターエンターテイメント(EARTHSTARNOVEL) 2017年4月【歴史・時代】【肌の露出が多めの挿絵なし】

「追伸ソラゴトに微笑んだ君へ」田辺屋敷著 KADOKAWA(富士見ファンタジア文庫) 2017年1月【現代】【肌の露出が多めの挿絵あり】

「天と地と姫と 3」春日みかげ著 KADOKAWA(富士見ファンタジア文庫) 2017年2月【歴史・時代】【肌の露出が多めの挿絵なし】

「転生太閤記：現代知識で戦国の世を無双する 桶狭間編」津田彷徨著 KADOKAWA(カドカワBOOKS) 2017年6月【歴史・時代】【肌の露出が多めの挿絵なし】

「日本国召喚 1」みのろう著 ポニーキャニオン(ぽにきゃんBOOKS) 2017年3月【歴史・時代】【肌の露出が多めの挿絵なし】

「平安時代にタイムスリップしたら紫式部になってしまったようです」中臣悠月著 KADOKAWA(角川ビーンズ文庫) 2017年1月【歴史・時代】【肌の露出が多めの挿絵なし】

「片手の楽園」河野裕著 KADOKAWA(角川文庫) 2017年1月【現代】【挿絵なし】

## ストーリー

「滅びゆく世界を救うために必要な俺以外の主人公の数を求めよ2」みかみてれん著 KADOKAWA(角川スニーカー文庫) 2017年3月【異世界・架空の世界】【肌の露出が多めの挿絵なし】

「勇者は、奴隷の君は笑え、と言った」内堀優一著 KADOKAWA(ノベルゼロ) 2017年3月【異世界・架空の世界】【肌の露出が多めの挿絵なし】

「悠久の愚者アズリーの、賢者のすゝめ = The principle of a philosopher by eternal fool "Asley" 6」壱弐参著 アース・スターエンターテイメント(EARTHSTARNOVEL) 2017年5月【異世界・架空の世界】【肌の露出が多めの挿絵なし】

### 怨恨・憎悪

「エスケープ・シープ・ランド = ESCAPE SHEEP LAND」馬場翁著 KADOKAWA(カドカワBOOKS) 2017年3月【現代】【肌の露出が多めの挿絵なし】

### 落ちもの

「ある日、爆弾がおちてきて 新装版」古橋秀之著 KADOKAWA(メディアワークス文庫) 2017年4月【現代】【肌の露出が多めの挿絵なし】

「イケメン伯爵の契約結婚事情」坂野真夢著 スターツ出版(ベリーズ文庫) 2017年1月【異世界・架空の世界】【挿絵なし】

「お仕事中、迷子の俺サマ拾いました! : フォルテックの獣使い」村沢侑著 KADOKAWA(ビーズログ文庫) 2017年1月【異世界・架空の世界】【肌の露出が多めの挿絵なし】

「さよならの神様」鈴森丹子著 KADOKAWA(メディアワークス文庫) 2017年6月【現代】【肌の露出が多めの挿絵なし】

「ジャナ研の憂鬱な事件簿」酒井田寛太郎著 小学館(ガガガ文庫) 2017年5月【現代】【肌の露出が多めの挿絵なし】

「ただ今、政略結婚中!」若菜モモ著 スターツ出版(ベリーズ文庫) 2017年5月【現代】【挿絵なし】

「ひきこもりの弟だった」葦舟ナツ著 KADOKAWA(メディアワークス文庫) 2017年3月【現代】【肌の露出が多めの挿絵なし】

「異世界攻略(クリア)のゲームマスター」坂本一馬著 ホビージャパン(HJ文庫) 2017年5月【異世界・架空の世界】【肌の露出が多めの挿絵あり】

「王立辺境警備隊にがお絵屋へようこそ! 1」小津カヲル著 アルファポリス(レジーナ文庫.レジーナブックス) 2017年4月【異世界・架空の世界】【肌の露出が多めの挿絵なし】

「王立辺境警備隊にがお絵屋へようこそ! 2」小津カヲル著 アルファポリス(レジーナ文庫.レジーナブックス) 2017年5月【異世界・架空の世界】【肌の露出が多めの挿絵なし】

「屋上のテロリスト」知念実希人著 光文社(光文社文庫) 2017年4月【異世界・架空の世界】【挿絵なし】

## ストーリー

「俺と彼女の恋を超能力が邪魔している。= Love with her is disturbed by PK」助供珠樹著 小学館(ガガガ文庫) 2017年4月【現代】【肌の露出が多めの挿絵あり/キスシーンの挿絵あり】

「家出青年、猫ホストになる」水島忍著 集英社(集英社オレンジ文庫) 2017年1月【現代】【肌の露出が多めの挿絵なし】

「最近はあやかしだって高校に行くんです。: 普通ですが何か?」流星香著 KADOKAWA(ビーズログ文庫アリス) 2017年4月【現代】【肌の露出が多めの挿絵なし】

「七番目の姫神は語らない : 光の聖女と千年王国の謎」小湊悠貴著 集英社(コバルト文庫) 2017年6月【異世界・架空の世界】【肌の露出が多めの挿絵なし】

「若者の黒魔法離れが深刻ですが、就職してみたら待遇いいし、社長も使い魔もかわいくて最高です!」森田季節著 集英社(ダッシュエックス文庫) 2017年6月【異世界・架空の世界】【肌の露出が多めの挿絵あり】

「終奏のリフレイン = Refrain of Outro」物草純平著 KADOKAWA(電撃文庫) 2017年3月【近未来・遠未来】【肌の露出が多めの挿絵なし】

「神様の願いごと」沖田円著 スターツ出版(スターツ出版文庫) 2017年3月【現代】【挿絵なし】

「底辺剣士は神獣(むすめ)と暮らす : 家族で挑む迷宮攻略」番棚葵著 KADOKAWA(MF文庫J) 2017年1月【異世界・架空の世界】【肌の露出が多めの挿絵あり】

「猫と透さん、拾いました : 彼らはソファで謎を解く」安東あや著 KADOKAWA(メディアワークス文庫) 2017年5月【現代】【肌の露出が多めの挿絵なし】

「落ちてきた龍王(ナーガ)と滅びゆく魔女の国 11」舞阪洸著 KADOKAWA(MF文庫J) 2017年3月【異世界・架空の世界】【肌の露出が多めの挿絵あり】

「恋衣花草紙 : 山吹の姫の物語」小田菜摘著 KADOKAWA(ビーズログ文庫) 2017年4月【歴史・時代】【肌の露出が多めの挿絵なし】

「恋人に捨てられたので、皇子様に逆告白しました」森崎朝香著 一迅社(一迅社文庫アイリス) 2017年6月【異世界・架空の世界】【肌の露出が多めの挿絵なし】

## 開拓・復興

「アンチスキル・ゲーミフィケーション 2」土橋真二郎著 KADOKAWA(MF文庫J) 2017年3月【異世界・架空の世界】【肌の露出が多めの挿絵あり】

「オレの恩返し : ハイスペック村づくり 2」ハーーナ殿下著 アース・スターエンターテイメント(EARTHSTARNOVEL) 2017年3月【異世界・架空の世界】【肌の露出が多めの挿絵あり】

「てのひら開拓村で異世界建国記 : 増えてく嫁たちとのんびり無人島ライフ」星崎崑著 KADOKAWA(MF文庫J) 2017年6月【異世界・架空の世界】【肌の露出が多めの挿絵なし】

「異世界に来たみたいだけど如何すれば良いのだろう = WHAT SHOULD I DO IN DIFFERENT WORLD? 2」舞著 マイクロマガジン社(GCNOVELS) 2017年4月【異世界・架空の世界】【肌の露出が多めの挿絵なし】

## ストーリー

「異世界詐欺師のなんちゃって経営術(コンサルティング) 4」宮地拓海著 KADOKAWA(角川スニーカー文庫) 2017年3月【異世界・架空の世界】【肌の露出が多めの挿絵あり】

「異世界転移したのでチートを生かして魔法剣士やることにする = I'VE TRANSFERRED TO THE DIFFERENT WORLD,SO I BECOME A MAGIC SWORDSMAN BY CHEATING 4」進行諸島著 マイクロマガジン社(GCNOVELS) 2017年3月【異世界・架空の世界】【肌の露出が多めの挿絵あり】

「俺、冒険者!: 無双スキルは平面魔法 1」みそたくあん著 KADOKAWA(MFブックス) 2017年5月【異世界・架空の世界】【肌の露出が多めの挿絵なし】

「世界樹の上に村を作ってみませんか 2」氷純著 KADOKAWA(MFブックス) 2017年6月【異世界・架空の世界】【肌の露出が多めの挿絵あり】

「静かにしてますよ?」水清まり著 主婦と生活社(PASH!ブックス) 2017年2月【異世界・架空の世界】【肌の露出が多めの挿絵なし】

「魔王になったら領地が無人島だった = I Become the King of Darkness and My Territory is an Uninhabited Island 3」昼寝する亡霊著 マイクロマガジン社(GCNOVELS) 2017年6月【異世界・架空の世界】【肌の露出が多めの挿絵あり】

### 香り・匂い

「紅茶館くじら亭ダイアリー : シナモン・ジンジャーは雪解けの香り」伊佐良紫築著 KADOKAWA(富士見L文庫) 2017年2月【現代】【挿絵なし】

### ガチャ

「ガチャにゆだねる異世界廃人生活」時野洋輔著 KADOKAWA(富士見ファンタジア文庫) 2017年2月【異世界・架空の世界】【肌の露出が多めの挿絵あり】

「ガチャにゆだねる異世界廃人生活 2」時野洋輔著 KADOKAWA(富士見ファンタジア文庫) 2017年6月【異世界・架空の世界】【肌の露出が多めの挿絵あり】

### 記憶喪失・忘却

「オカルトギア・オーバードライブ = Occult Gear Overdrive」涼暮皐著 KADOKAWA(ノベルゼロ) 2017年5月【異世界・架空の世界】【肌の露出が多めの挿絵なし】

「カタブツ皇帝陛下は新妻への過保護がとまらない」桃城猫緒著 スターツ出版(ベリーズ文庫) 2017年5月【異世界・架空の世界】【挿絵なし】

「きみがすべてを忘れる前に」喜多南著 宝島社(宝島社文庫) 2017年3月【現代】【肌の露出が多めの挿絵なし】

「ギルドレ 2」朝霧カフカ著 講談社(講談社BOX) 2017年2月【異世界・架空の世界】【肌の露出が多めの挿絵なし】

「ニアデッドNo.7 = Near Dead Number Seven」九岡望著 KADOKAWA(電撃文庫) 2017年4月【異世界・架空の世界】【肌の露出が多めの挿絵なし】

## ストーリー

「俺の幼なじみは宇宙人に侵略されている」橘九位著 講談社(講談社ラノベ文庫) 2017年5月【現代】【肌の露出が多めの挿絵なし】

「灰と幻想のグリムガル level.10」十文字青著 オーバーラップ(オーバーラップ文庫) 2017年3月【異世界・架空の世界】【肌の露出が多めの挿絵なし】

「君に出会えた4%の奇跡」広瀬未衣著 双葉社(双葉文庫) 2017年5月【現代】【挿絵なし】

「三月の雪は、きみの嘘」いぬじゅん著 スターツ出版(スターツ出版文庫) 2017年5月【現代】【挿絵なし】

「終わる世界の片隅で、また君に恋をする」五十嵐雄策著 KADOKAWA(電撃文庫) 2017年5月【現代】【肌の露出が多めの挿絵なし】

「世界のまんなかで笑うキミへ」相沢ちせ著 スターツ出版(スターツ出版文庫) 2017年5月【現代】【挿絵なし】

「僕の殺人」太田忠司著 徳間書店(徳間文庫) 2017年3月【現代】【挿絵なし】

### 偽装＞恋人・配偶者のふり

「あなたの恋人、強奪します。新装版」永嶋恵美著 徳間書店(徳間文庫) 2017年6月【現代】【肌の露出が多めの挿絵なし】

「イケメン伯爵の契約結婚事情」坂野真夢著 スターツ出版(ベリーズ文庫) 2017年1月【異世界・架空の世界】【挿絵なし】

「イジワル同期とスイートライフ」西ナナヲ著 スターツ出版(ベリーズ文庫) 2017年2月【現代】【挿絵なし】

「イノシシ令嬢と不憫な魔王：目指せ、婚約破棄!」秋杜フユ著 集英社(コバルト文庫) 2017年5月【異世界・架空の世界】【肌の露出が多めの挿絵なし】

「おめでとう、俺は美少女に進化した。」和久井透夏著 KADOKAWA(カドカワBOOKS) 2017年2月【現代】【肌の露出が多めの挿絵あり】

「この度、友情結婚いたしました。」田崎くるみ著 スターツ出版(ベリーズ文庫) 2017年1月【現代】【挿絵なし】

「ぼくらはみんなアブノーマル」佐々山プラス著 KADOKAWA(電撃文庫) 2017年1月【現代】【肌の露出が多めの挿絵あり】

「ホテル王と偽りマリアージュ」水守恵蓮著 スターツ出版(ベリーズ文庫) 2017年5月【現代】【挿絵なし】

「ぼんくら陰陽師の鬼嫁 2」秋田みやび著 KADOKAWA(富士見L文庫) 2017年4月【現代】【挿絵なし】

「マージナル・オペレーション改 02」芝村裕吏著 星海社(星海社FICTIONS) 2017年6月【近未来・遠未来】【肌の露出が多めの挿絵なし】

## ストーリー

「モテ系同期と偽装恋愛!?」藍里まめ著 スターツ出版(ベリーズ文庫) 2017年2月【現代】【挿絵なし】

「リビティウム皇国のブタクサ姫 4」佐崎一路著 新紀元社(MORNINGSTARBOOKS) 2017年4月【異世界・架空の世界】【肌の露出が多めの挿絵なし】

「わたしはさくら。:捏造恋愛バラエティ、収録中」光明寺祭人著 マイナビ出版(ファン文庫) 2017年1月【現代】【挿絵なし】

「君の膵臓をたべたい」住野よる著 双葉社(双葉文庫) 2017年4月【現代】【挿絵なし】

「契約結婚はじめました。:椿屋敷の偽夫婦」白川紺子著 集英社(集英社オレンジ文庫) 2017年5月【現代】【肌の露出が多めの挿絵なし】

「公爵夫妻の不器用な愛情」芝原歌織著 講談社(講談社X文庫) 2017年6月【異世界・架空の世界】【肌の露出が多めの挿絵なし】

「公爵夫妻の面倒な事情」芝原歌織著 講談社(講談社X文庫) 2017年2月【現代】【肌の露出が多めの挿絵なし】

「公爵令嬢の嗜み 4」澪亜著 KADOKAWA(カドカワBOOKS) 2017年3月【異世界・架空の世界】【肌の露出が多めの挿絵なし】

「死者ノ棘」日野草著 祥伝社(祥伝社文庫) 2017年6月【現代】【挿絵なし】

「侍女ですが恋されなければ窮地です 2」倉下青著 一迅社(一迅社文庫アイリス) 2017年4月【異世界・架空の世界】【肌の露出が多めの挿絵なし】

「初めましてこんにちは、離婚してください」あさぎ千夜春著 スターツ出版(ベリーズ文庫) 2017年6月【現代】【挿絵なし】

「旦那様と契約結婚!?:イケメン御曹司に拾われました」夏雪なつめ著 スターツ出版(ベリーズ文庫) 2017年4月【現代】【挿絵なし】

「追伸ソラゴトに微笑んだ君へ」田辺屋敷著 KADOKAWA(富士見ファンタジア文庫) 2017年1月【現代】【肌の露出が多めの挿絵あり】

「編集さんとJK作家の正しいつきあい方」あさのハジメ著 KADOKAWA(富士見ファンタジア文庫) 2017年3月【現代】【肌の露出が多めの挿絵あり】

「竜騎士のお気に入り:侍女はただいま兼務中」織川あさぎ著 一迅社(一迅社文庫アイリス) 2017年2月【異世界・架空の世界】【肌の露出が多めの挿絵なし】

「臨時社長秘書は今日も巻き込まれてます!」佳月弥生著 スターツ出版(ベリーズ文庫) 2017年3月【現代】【挿絵なし】

「冷酷王太子はじゃじゃ馬な花嫁を手なずけたい」佐倉伊織著 スターツ出版(ベリーズ文庫) 2017年5月【異世界・架空の世界】【挿絵なし】

「狼侯爵と愛の霊薬 [2]」橘千秋著 KADOKAWA(ビーズログ文庫) 2017年5月【異世界・架空の世界】【肌の露出が多めの挿絵なし】

## ストーリー

### 偽装＞身代わり

「〈仮〉花嫁のやんごとなき事情［13］」夕鷺かのう著 KADOKAWA(ビーズログ文庫) 2017年2月【異世界・架空の世界】【肌の露出が多めの挿絵なし】

「イジワルな旦那様とかりそめ新婚生活」滝井みらん著 スターツ出版(ベリーズ文庫) 2017年6月【現代】【挿絵なし】

「さらわれ花嫁：愛と恋と陰謀に巻き込まれました」星野あたる著 スターツ出版(ベリーズ文庫) 2017年6月【異世界・架空の世界】【挿絵なし】

「ストライクフォール = STRIKE FALL 2」長谷敏司著 小学館(ガガガ文庫) 2017年3月【異世界・架空の世界】【肌の露出が多めの挿絵なし】

「セブンキャストのひきこもり魔術王 4」岬かつみ著 KADOKAWA(富士見ファンタジア文庫) 2017年4月【異世界・架空の世界】【肌の露出が多めの挿絵あり】

「ソウルトランサー」菱川さかく著 徳間書店(徳間文庫) 2017年2月【異世界・架空の世界】【挿絵なし】

「ひよっこ家族の朝ごはん：お父さんとアサリのうどん」汐見舜一著 KADOKAWA(富士見L文庫) 2017年5月【現代】【挿絵なし】

「一年前の君に、一年後の君と。= To you a year ago,with you a year later.」相原あきら著 KADOKAWA(メディアワークス文庫) 2017年3月【現代】【挿絵なし】

「軽い気持ちで替え玉になったらとんでもない夫がついてきた。1」奏多悠香著 アルファポリス(レジーナ文庫.レジーナブックス) 2017年2月【異世界・架空の世界】【肌の露出が多めの挿絵なし】

「軽い気持ちで替え玉になったらとんでもない夫がついてきた。2」奏多悠香著 アルファポリス(レジーナ文庫.レジーナブックス) 2017年3月【異世界・架空の世界】【肌の露出が多めの挿絵なし】

「御曹司は身代わり秘書を溺愛しています」有坂芽流著 スターツ出版(ベリーズ文庫) 2017年1月【現代】【挿絵なし】

「侍女ですが恋されなければ窮地です 2」倉下青著 一迅社(一迅社文庫アイリス) 2017年4月【異世界・架空の世界】【肌の露出が多めの挿絵なし】

「十三番目の女神は還らない：眠れる聖女と禁断の書」小湊悠貴著 集英社(コバルト文庫) 2017年1月【異世界・架空の世界】【肌の露出が多めの挿絵なし】

「身代わり伯爵と終幕の続き」清家未森著 KADOKAWA(角川ビーンズ文庫) 2017年5月【歴史・時代】【肌の露出が多めの挿絵なし】

「大国チートなら異世界征服も楽勝ですよ? 2」櫂末高彰著 KADOKAWA(MF文庫J) 2017年6月【異世界・架空の世界】【肌の露出が多めの挿絵あり/性描写の挿絵あり】

## ストーリー

「大国チートなら異世界征服も楽勝ですよ?替え玉皇帝になったので美少女嫁も豊富です。」櫂末高彰著 KADOKAWA(MF文庫J) 2017年2月【異世界・架空の世界】【肌の露出が多めの挿絵あり】

「暴走令嬢の恋する騎士団生活」夏野ちより著 KADOKAWA(ビーズログ文庫) 2017年6月【異世界・架空の世界】【肌の露出が多めの挿絵なし】

「僕はもう憑かれたよ」七尾与史著 宝島社(宝島社文庫) 2017年3月【現代】【挿絵なし】

### 虐待・いじめ

「#拡散忌望」最東対地著 KADOKAWA(角川ホラー文庫) 2017年6月【現代】【挿絵なし】

「YOSAKOIソーラン娘:札幌が踊る夏」田丸久深著 宝島社(宝島社文庫) 2017年4月【現代】【挿絵なし】

「アサシンズプライド6」天城ケイ著 KADOKAWA(富士見ファンタジア文庫) 2017年6月【異世界・架空の世界】【肌の露出が多めの挿絵あり】

「エスケープ・シープ・ランド = ESCAPE SHEEP LAND」馬場翁著 KADOKAWA(カドカワBOOKS) 2017年3月【現代】【肌の露出が多めの挿絵なし】

「おまえのすべてが燃え上がる」竹宮ゆゆこ著 新潮社(新潮文庫nex) 2017年6月【現代】【挿絵なし】

「こどもつかい」清水崇監督;ブラジリィー・アン・山田;清水崇脚本;牧野修著 講談社(講談社タイガ) 2017年5月【現代】【挿絵なし】

「ひとくいマンイーター」大澤めぐみ著 KADOKAWA(角川スニーカー文庫) 2017年3月【現代】【肌の露出が多めの挿絵あり】

「雨の降る日は学校に行かない」相沢沙呼著 集英社(集英社文庫) 2017年3月【現代】【挿絵なし】

「君に謝りたくて俺は」わかつきひかる著 講談社(講談社ラノベ文庫) 2017年6月【現代】【肌の露出が多めの挿絵なし】

「月の砂漠の略奪花嫁」貴嶋啓著 講談社(講談社X文庫) 2017年6月【異世界・架空の世界】【肌の露出が多めの挿絵なし】

「剣と魔法と裁判所 = SWORD AND MAGIC AND COURTHOUSE」蘇之一行著 KADOKAWA(電撃文庫) 2017年4月【異世界・架空の世界】【肌の露出が多めの挿絵あり】

「自殺するには向かない季節」海老名龍人著 講談社(講談社ラノベ文庫) 2017年5月【現代】【肌の露山が多めの挿絵なし】

「白球ガールズ」赤澤竜也著 KADOKAWA(角川文庫) 2017年6月【現代】【挿絵なし】

「寮生:一九七一年、函館。」今野敏著 集英社(集英社文庫) 2017年6月【現代】【挿絵なし】

## ストーリー

### ギャンブル

「ダンジョンに出会いを求めるのは間違っているだろうかファミリアクロニクル：episodeリュー」大森藤ノ著 SBクリエイティブ(GA文庫) 2017年3月【異世界・架空の世界】【肌の露出が多めの挿絵あり】

「因業探偵：新藤礼都の事件簿」小林泰三著 光文社(光文社文庫) 2017年6月【現代】【挿絵なし】

「蒼穹の疾走者(ストラトランナー) = STRATORUNNER IN THE SKY：落ちこぼれ騎士の逆転戦略」犬亥著 KADOKAWA(電撃文庫) 2017年5月【異世界・架空の世界】【肌の露出が多めの挿絵なし】

### 救出・救助

「Fate/strange Fake 4」TYPE-MOON原作;成田良悟著 KADOKAWA(電撃文庫) 2017年4月【異世界・架空の世界】【肌の露出が多めの挿絵なし】

「アカシックリコード」水野良著 KADOKAWA(ノベルゼロ) 2017年6月【現代】【肌の露出が多めの挿絵あり】

「アストロノーツは魔法を使う = ASTRONAUTS USE MAGIC」天羽伊吹清著 KADOKAWA(電撃文庫) 2017年5月【異世界・架空の世界】【肌の露出が多めの挿絵あり】

「ありふれた職業で世界最強 6」白米良著 オーバーラップ(オーバーラップ文庫) 2017年5月【異世界・架空の世界】【肌の露出が多めの挿絵なし】

「エクスタス・オンライン 03」久慈マサムネ著 KADOKAWA(角川スニーカー文庫) 2017年6月【異世界・架空の世界】【肌の露出が多めの挿絵あり/キスシーンの挿絵あり】

「この勇者が俺TUEEEくせに慎重すぎる 2」土日月著 KADOKAWA(カドカワBOOKS) 2017年6月【異世界・架空の世界】【肌の露出が多めの挿絵なし】

「ダンジョンに出会いを求めるのは間違っているだろうかファミリアクロニクル：episodeリュー」大森藤ノ著 SBクリエイティブ(GA文庫) 2017年3月【異世界・架空の世界】【肌の露出が多めの挿絵あり】

「てのひら開拓村で異世界建国記：増えてく嫁たちとのんびり無人島ライフ」星崎崑著 KADOKAWA(MF文庫J) 2017年6月【異世界・架空の世界】【肌の露出が多めの挿絵なし】

「ネクストライフ 11」相野仁著 主婦の友社(ヒーロー文庫) 2017年4月【異世界・架空の世界】【肌の露出が多めの挿絵なし】

「はるかな空の東」村山早紀著 ポプラ社(ポプラ文庫ピュアフル) 2017年5月【異世界・架空の世界】【挿絵なし】

「ファイナルファンタジー14きみの傷とぼくらの絆：ON〈THE NOVEL〉LINE」藤原祐著;スクウェア・エニックス監修 KADOKAWA(電撃文庫) 2017年6月【現代】【肌の露出が多めの挿絵なし】

「モンスターハンター：クロスソウル 2」西野吾郎著 KADOKAWA(ファミ通文庫) 2017年5月【異世界・架空の世界】【肌の露出が多めの挿絵なし】

## ストーリー

「ラノベのプロ！2」望公太著 KADOKAWA(富士見ファンタジア文庫) 2017年6月【現代】【肌の露出が多めの挿絵なし】

「異世界取材記：ライトノベルができるまで」田口仙年堂著 KADOKAWA(富士見ファンタジア文庫) 2017年3月【現代/異世界・架空の世界】【肌の露出が多めの挿絵あり】

「英雄の忘れ形見 1」風見祐輝著 主婦の友社(ヒーロー文庫) 2017年6月【異世界・架空の世界】【肌の露出が多めの挿絵あり】

「寄生してレベル上げたんだが、育ちすぎたかもしれない 3」伊垣久大著 KADOKAWA(カドカワBOOKS) 2017年6月【異世界・架空の世界】【肌の露出が多めの挿絵なし】

「京都あやかし絵師の癒し帖」八谷紬著 スターツ出版(スターツ出版文庫) 2017年6月【現代】【挿絵なし】

「玉妖綺譚 2」真園めぐみ著 東京創元社(創元推理文庫) 2017年2月【異世界・架空の世界】【挿絵なし】

「軍オタが魔法世界に転生したら、現代兵器で軍隊ハーレムを作っちゃいました!? 10」明鏡シスイ著 KADOKAWA(富士見ファンタジア文庫) 2017年4月【異世界・架空の世界】【肌の露出が多めの挿絵あり】

「嫌われ者始めました：転生リーマンの領地運営物語 3」くま太郎著 KADOKAWA(ファミ通文庫) 2017年4月【異世界・架空の世界】【肌の露出が多めの挿絵なし】

「再召喚された勇者は一般人として生きていく? = WILL THE BRAVE SUMMONED AGAIN LIVE AS AN ORDINARY PERSON? [2]」かたなかじ著 宝島社 2017年2月【異世界・架空の世界】【肌の露出が多めの挿絵なし】

「終末ノ再生者(リアクター) 2」河端ジュン一著 KADOKAWA(富士見ファンタジア文庫) 2017年3月【近未来・遠未来】【肌の露出が多めの挿絵あり/キスシーンの挿絵あり】

「十歳の最強魔導師 2」天乃聖樹著 主婦の友社(ヒーロー文庫) 2017年6月【異世界・架空の世界】【肌の露出が多めの挿絵なし】

「盾の勇者の成り上がり 17」アネコユサギ著 KADOKAWA(MFブックス) 2017年3月【異世界・架空の世界】【肌の露出が多めの挿絵なし】

「青白く輝く月を見たか? = Did the Moon Shed a Pale Light?」森博嗣著 講談社(講談社タイガ) 2017年6月【近未来・遠未来】【挿絵なし】

「転生少女の履歴書 4」唐澤和希著 主婦の友社(ヒーロー文庫) 2017年6月【異世界・架空の世界】【肌の露出が多めの挿絵なし】

「贋博師は祈らない」周藤蓮著 KADOKAWA(電撃文庫) 2017年3月【歴史・時代】【肌の露出が多めの挿絵あり】

「盗賊と星の雫」遠藤文了著 東京創元社(創元推理文庫) 2017年5月【異世界・架空の世界】【挿絵なし】

「二度目の勇者は復讐の道を嗤い歩む 3」木塚ネロ著 KADOKAWA(MFブックス) 2017年6月【異世界・架空の世界】【肌の露出が多めの挿絵なし】

## ストーリー

「零の記憶 [2]」風島ゆう著 三交社(スカイハイ文庫) 2017年6月【現代】【肌の露出が多めの挿絵なし】

## 金銭トラブル

「おまえのすべてが燃え上がる」竹宮ゆゆこ著 新潮社(新潮文庫nex) 2017年6月【現代】【挿絵なし】

「柴犬のお嫁さん、はじめます。:ミコシバさん」結都せと著 KADOKAWA(ビーズログ文庫アリス) 2017年3月【現代】【肌の露出が多めの挿絵なし】

「勇者の武器屋経営 1」至道流星著 星海社(星海社FICTIONS) 2017年5月【異世界・架空の世界】【挿絵なし】

## 群像劇

「Fate/strange Fake 4」TYPE-MOON原作;成田良悟著 KADOKAWA(電撃文庫) 2017年4月【異世界・架空の世界】【肌の露出が多めの挿絵なし】

「ありふれた職業で世界最強 6」白米良著 オーバーラップ(オーバーラップ文庫) 2017年5月【異世界・架空の世界】【肌の露出が多めの挿絵なし】

「アンダンテ 01」日日日小説;川添枯美小説 ポニーキャニオン(ぽにきゃんBOOKS) 2017年2月【現代】【肌の露出が多めの挿絵なし】

「うさぎ強盗には死んでもらう」橘ユマ著 KADOKAWA(角川スニーカー文庫) 2017年1月【現代】【肌の露出が多めの挿絵なし】

「キリングメンバー = KILLING MEMBER : 遥か彼方と冬の音」秋月陽澄著 KADOKAWA(電撃文庫) 2017年5月【現代】【肌の露出が多めの挿絵なし】

「クラスでバカにされてるオタクなぼくが、気づいたら不良たちから崇拝されててガクブル」諏訪錦著 アルファポリス(アルファポリス文庫) 2017年6月【現代】【肌の露出が多めの挿絵なし】

「ゲーマーズ! 7」葵せきな著 KADOKAWA(富士見ファンタジア文庫) 2017年3月【現代】【肌の露出が多めの挿絵あり】

「ストライク・ザ・ブラッド 17」三雲岳斗著 KADOKAWA(電撃文庫) 2017年6月【異世界・架空の世界】【肌の露出が多めの挿絵あり】

「そして、アリスはいなくなった」ひずき優著 集英社(集英社オレンジ文庫) 2017年5月【現代】【挿絵なし】

「デート・ア・バレット:デート・ア・ライブフラグメント」橘公司原案・監修;東出祐一郎著 KADOKAWA(富士見ファンタジア文庫) 2017年3月【異世界・架空の世界】【肌の露出が多めの挿絵あり】

「ひとり吹奏楽部:ハルチカ番外篇」初野晴著 KADOKAWA(角川文庫) 2017年2月【現代】【挿絵なし】

## ストーリー

「ようこそ実力至上主義の教室へ 5」衣笠彰梧著 KADOKAWA(MF文庫J) 2017年1月【現代】【肌の露出が多めの挿絵なし】

「ようこそ実力至上主義の教室へ 6」衣笠彰梧著 KADOKAWA(MF文庫J) 2017年5月【現代】【肌の露出が多めの挿絵なし】

「運転、見合わせ中」畑野智美著 実業之日本社(実業之日本社文庫) 2017年4月【現代】【肌の露出が多めの挿絵なし】

「金曜日の本屋さん [2]」名取佐和子著 角川春樹事務所(ハルキ文庫) 2017年2月【現代】【挿絵なし】

「剣と炎のディアスフェルド 2」佐藤ケイ著 KADOKAWA(電撃文庫) 2017年2月【異世界・架空の世界】【肌の露出が多めの挿絵なし】

「今日から、あやかし町長です。2」糸森環著 KADOKAWA(富士見L文庫) 2017年4月【異世界・架空の世界】【挿絵なし】

「終電の神様」阿川大樹著 実業之日本社(実業之日本社文庫) 2017年2月【現代】【肌の露出が多めの挿絵なし】

「春や春」森谷明子著 光文社(光文社文庫) 2017年5月【現代】【挿絵なし】

「少年探偵団：私立探偵明智小五郎」江戸川乱歩著 新潮社(新潮文庫nex) 2017年1月【現代】【挿絵なし】

「製造人間は頭が固い」上遠野浩平著 早川書房(ハヤカワ文庫JA) 2017年6月【異世界・架空の世界】【肌の露出が多めの挿絵なし】

「石と星の夜」遠藤文子著 東京創元社(創元推理文庫) 2017年1月【異世界・架空の世界】【挿絵なし】

「探偵の流儀」福田栄一著 光文社(光文社文庫) 2017年2月【現代】【挿絵なし】

「天と地と姫と 4」春日みかげ著 KADOKAWA(富士見ファンタジア文庫) 2017年6月【歴史・時代】【肌の露出が多めの挿絵なし】

「盗賊と星の雫」遠藤文子著 東京創元社(創元推理文庫) 2017年5月【異世界・架空の世界】【挿絵なし】

「妹さえいればいい。7ドラマCD付き限定特装版」平坂読著 小学館(ガガガ文庫) 2017年5月【現代】【肌の露出が多めの挿絵あり/キスシーンの挿絵あり】

「滅びゆく世界を救うために必要な俺以外の主人公の数を求めよ 2」みかみてれん著 KADOKAWA(角川スニーカー文庫) 2017年3月【異世界・架空の世界】【肌の露出が多めの挿絵なし】

「幽落町おばけ駄菓子屋 [9]」蒼月海里著 KADOKAWA(角川ホラー文庫) 2017年4月【異世界・架空の世界】【肌の露出が多めの挿絵なし】

「黎明国花伝 [2]」喜咲冬子著 KADOKAWA(富士見L文庫) 2017年2月【異世界・架空の世界】【挿絵なし】

# ストーリー

## ゲーム・アニメ

「BLゲームの主人公の弟であることに気がつきました」花果唯著 KADOKAWA(ビーズログ文庫アリス) 2017年5月【異世界・架空の世界】【肌の露出が多めの挿絵なし】

「Eje⟨c⟩t」貴志川裕呉著 KADOKAWA(カドカワBOOKS) 2017年3月【近未来・遠未来】【肌の露出が多めの挿絵あり】

「Fコース」山田悠介著 KADOKAWA(角川文庫) 2017年5月【現代】【挿絵なし】

「VRMMO学園で楽しい魔改造のススメ:最弱ジョブで最強ダメージ出してみた」ハヤケン著 ホビージャパン(HJ文庫) 2017年6月【現代/異世界・架空の世界】【肌の露出が多めの挿絵なし】

「ウィザーディング・ゲーム」岬かつみ著 KADOKAWA(角川スニーカー文庫) 2017年3月【現代】【肌の露出が多めの挿絵あり】

「エスケープ・シープ・ランド = ESCAPE SHEEP LAND」馬場翁著 KADOKAWA(カドカワBOOKS) 2017年3月【現代】【肌の露出が多めの挿絵なし】

「オタクガール、悪役令嬢に転生する。」富士ゆゆ著 KADOKAWA(ビーズログ文庫アリス) 2017年2月【異世界・架空の世界】【肌の露出が多めの挿絵なし】

「ガチャにゆだねる異世界廃人生活」時野洋輔著 KADOKAWA(富士見ファンタジア文庫) 2017年2月【異世界・架空の世界】【肌の露出が多めの挿絵あり】

「ガチャを回して仲間を増やす最強の美少女軍団を作り上げろ = You increase families and make beautiful girl army corps,and put it up 2」ちんくるり著 マイクロマガジン社(GCNOVELS) 2017年4月【異世界・架空の世界】【肌の露出が多めの挿絵あり】

「ゲーマーズ!7」葵せきな著 KADOKAWA(富士見ファンタジア文庫) 2017年3月【現代】【肌の露出が多めの挿絵あり】

「ゲーム・プレイング・ロール ver.1」木村心一著 KADOKAWA(角川スニーカー文庫) 2017年5月【異世界・架空の世界】【肌の露出が多めの挿絵あり】

「ジェネシスオンライン:異世界で廃レベリング 2」ガチャ空著 KADOKAWA(MFブックス) 2017年3月【異世界・架空の世界】【肌の露出が多めの挿絵なし】

「ナウ・ローディング」詠坂雄二著 光文社(光文社文庫) 2017年1月【現代】【肌の露出が多めの挿絵なし】

「ネトゲの嫁は女の子じゃないと思った? Lv.14」聴猫芝居著 KADOKAWA(電撃文庫) 2017年6月【現代】【肌の露出が多めの挿絵なし】

「もしもパワハラ上司がドラゴンにさらわれたら」蒼月海里著 幻冬舎(幻冬舎文庫) 2017年1月【現代】【肌の露出が多めの挿絵なし】

「モンスターハンター:クロスソウル」西野吾郎著 KADOKAWA(ファミ通文庫) 2017年1月【異世界・架空の世界】【肌の露出が多めの挿絵なし】

## ストーリー

「モンスターハンター：クロスソウル 2」西野吾郎著 KADOKAWA(ファミ通文庫) 2017年5月【異世界・架空の世界】【肌の露出が多めの挿絵なし】

「レディローズは平民になりたい」こおりあめ著 KADOKAWA(角川ビーンズ文庫) 2017年1月【異世界・架空の世界】【肌の露出が多めの挿絵なし】

「レディローズは平民になりたい 2」こおりあめ著 KADOKAWA(角川ビーンズ文庫) 2017年4月【異世界・架空の世界】【肌の露出が多めの挿絵なし】

「ロル 下」PhysicsPoint著 KADOKAWA(角川スニーカー文庫) 2017年6月【近未来・遠未来】【肌の露出が多めの挿絵あり】

「ロル 上」PhysicsPoint著 KADOKAWA(角川スニーカー文庫) 2017年6月【近未来・遠未来】【肌の露出が多めの挿絵なし】

「ワールド・イズ・コンティニュー 2」瀬尾つかさ著 KADOKAWA(富士見ファンタジア文庫) 2017年6月【異世界・架空の世界】【肌の露出が多めの挿絵あり】

「悪役令嬢に転生したけどごはんがおいしくて幸せです!」矢御あやせ著 宝島社 2017年4月【異世界・架空の世界】【肌の露出が多めの挿絵なし】

「悪役令嬢は隣国の王太子に溺愛される 2」ぷにちゃん著 KADOKAWA(ビーズログ文庫) 2017年2月【異世界・架空の世界】【肌の露出が多めの挿絵なし】

「悪役令嬢は隣国の王太子に溺愛される 3」ぷにちゃん著 KADOKAWA(ビーズログ文庫) 2017年6月【異世界・架空の世界】【肌の露出が多めの挿絵なし】

「乙女ゲームの破滅フラグしかない悪役令嬢に転生してしまった… 5」山口悟著 一迅社(一迅社文庫アイリス) 2017年6月【異世界・架空の世界】【肌の露出が多めの挿絵なし】

「俺の死亡フラグが留まるところを知らない 4」泉著 宝島社 2017年3月【異世界・架空の世界】【肌の露出が多めの挿絵なし】

「俺は/私はオタク友達がほしいっ!」左リュウ著 ポニーキャニオン(ぽにきゃんBOOKS) 2017年2月【現代】【肌の露出が多めの挿絵あり】

「希望のクライノート = Kleinod von Die Hoffnung：魔法戦士は異世界限定ガチャを回す」オスカル著 宝島社 2017年2月【異世界・架空の世界】【肌の露出が多めの挿絵なし】

「冴えない彼女(ヒロイン)の育てかた 12」丸戸史明著 KADOKAWA(富士見ファンタジア文庫) 2017年3月【現代】【肌の露出が多めの挿絵なし】

「私は敵になりません! 5」佐槻奏多著 主婦と生活社(PASH!ブックス) 2017年3月【異世界・架空の世界】【肌の露出が多めの挿絵なし】

「自称Fランクのお兄さまがゲームで評価される学園の頂点に君臨するそうですよ?」三河ごーすと著 KADOKAWA(MF文庫J) 2017年4月【現代】【肌の露出が多めの挿絵あり】

「七星のスバル = Seven Senses of the Re'Union 5」田尾典丈著 小学館(ガガガ文庫) 2017年3月【現代】【肌の露出が多めの挿絵あり】

# ストーリー

「信長の弟:織田信行として生きて候 第1巻」ツマビラカズジ著 マイクロマガジン社(GCNOVELS) 2017年6月【現代/歴史・時代】【肌の露出が多めの挿絵なし】

「通常攻撃が全体攻撃で二回攻撃のお母さんは好きですか? 2」井中だちま著 KADOKAWA(富士見ファンタジア文庫) 2017年4月【異世界・架空の世界】【肌の露出が多め】

「転生少女は自由に生きる。」池中織奈著 アルファポリス(レジーナ文庫.レジーナブックス) 2017年5月【異世界・架空の世界】【肌の露出が多めの挿絵なし】

「東京ダンジョンスフィア」奈坂秋吾著 KADOKAWA(電撃文庫) 2017年1月【近未来・遠未来】【肌の露出が多めの挿絵なし】

「豚公爵に転生したから、今度は君に好きと言いたい 2」合田拍子著 KADOKAWA(富士見ファンタジア文庫) 2017年4月【異世界・架空の世界】【肌の露出が多めの挿絵あり】

「平安時代にタイムスリップしたら紫式部になってしまったようです」中臣悠月著 KADOKAWA(角川ビーンズ文庫) 2017年1月【歴史・時代】【肌の露出が多めの挿絵なし】

## ゲーム・アニメ＞MMORPG

「七星のスバル = Seven Senses of the Re'Union 5」田尾典丈著 小学館(ガガガ文庫) 2017年3月【現代】【肌の露出が多めの挿絵あり】

## 恋人・配偶者作り

「〈仮〉花嫁のやんごとなき事情 [13]」夕鷺かのう著 KADOKAWA(ビーズログ文庫) 2017年2月【異世界・架空の世界】【肌の露出が多めの挿絵なし】

「ダイブ!:潜水系公務員は謎だらけ」山本賀代著 マイナビ出版(ファン文庫) 2017年2月【現代】【挿絵なし】

「だれがエルフのお嫁さま? = Who is wife of the elf?」上月司著 KADOKAWA(電撃文庫) 2017年1月【現代】【肌の露出が多めの挿絵あり】

「ドラどら王子の花嫁選び」愛坂タカト著 講談社(講談社ラノベ文庫) 2017年3月【異世界・架空の世界】【肌の露出が多めの挿絵あり】

「ドラどら王子の新婚旅行」愛坂タカト著 講談社(講談社ラノベ文庫) 2017年6月【異世界・架空の世界】【肌の露出が多めの挿絵あり】

「レディローズは平民になりたい 2」こおりあめ著 KADOKAWA(角川ビーンズ文庫) 2017年4月【異世界・架空の世界】【肌の露出が多めの挿絵なし】

「わたしはさくら。:捏造恋愛バラエティ、収録中」光明寺祭人著 マイナビ出版(ファン文庫) 2017年1月【現代】【挿絵なし】

「異世界で竜が許嫁です」山崎里佳著 KADOKAWA(角川ビーンズ文庫) 2017年6月【異世界・架空の世界】【肌の露出が多めの挿絵なし】

「俺を好きなのはお前だけかよ 4」駱駝著 KADOKAWA(電撃文庫) 2017年1月【現代】【肌の露出が多めの挿絵あり】

## ストーリー

「俺を好きなのはお前だけかよ 5」駱駝著 KADOKAWA(電撃文庫) 2017年4月【現代】【肌の露出が多めの挿絵なし】

「可愛ければ変態でも好きになってくれますか? 2」花間燈著 KADOKAWA(MF文庫J) 2017年5月【現代】【肌の露出が多めの挿絵あり】

「花冠の王国の花嫌い姫 [4]」長月遥著 KADOKAWA(ビーズログ文庫) 2017年3月【異世界・架空の世界】【肌の露出が多めの挿絵なし】

「君と四度目の学園祭」天音マサキ著 KADOKAWA(角川スニーカー文庫) 2017年6月【現代】【肌の露出が多めの挿絵なし】

「皇太后のお化粧係 [3]」柏てん著 KADOKAWA(角川ビーンズ文庫) 2017年4月【異世界・架空の世界】【肌の露出が多めの挿絵なし】

「黒き魔眼のストレンジャー = Kuroki Magan no stranger : 異世界×サバイバー」佐藤清十郎著 宝島社 2017年1月【異世界・架空の世界】【肌の露出が多めの挿絵なし】

「黒の魔術士と最期の彼女」秋野真珠著 KADOKAWA(ビーズログ文庫) 2017年2月【異世界・架空の世界】【肌の露出が多めの挿絵なし】

「弱キャラ友崎くん = The Low Tier Character"TOMOZAKI-kun" Lv.3」屋久ユウキ著 小学館(ガガガ文庫) 2017年1月【現代】【肌の露出が多めの挿絵あり】

「男装王女の華麗なる輿入れ」朝前みちる著 KADOKAWA(ビーズログ文庫) 2017年1月【異世界・架空の世界】【肌の露出が多めの挿絵なし】

「鳥かごの大神官さまと侯爵令嬢」佐槻奏多著 一迅社(一迅社文庫アイリス) 2017年5月【異世界・架空の世界】【肌の露出が多めの挿絵なし】

「腐男子先生!!!!!」瀧ことは著 KADOKAWA(ビーズログ文庫アリス) 2017年6月【現代】【肌の露出が多めの挿絵なし】

「北欧貴族と猛禽妻の雪国狩り暮らし」江本マシメサ著 宝島社(宝島社文庫) 2017年5月【歴史・時代】【肌の露出が多めの挿絵なし】

## 拷問・処刑・殺人

「「おくのほそ道」殺人事件 : 歴史探偵・月村弘平の事件簿」風野真知雄著 実業之日本社(実業之日本社文庫) 2017年4月【現代】【挿絵なし】

「エスケープ・シープ・ランド = ESCAPE SHEEP LAND」馬場翁著 KADOKAWA(カドカワBOOKS) 2017年3月【現代】【肌の露出が多めの挿絵なし】

「キリングメンバー - KILLING MEMBER . 遥か彼方と冬の音」秋月陽澄著 KADOKAWA(電撃文庫) 2017年5月【現代】【肌の露出が多めの挿絵なし】

「ギルドのチートな受付嬢 5」夏にコタツ著 双葉社(モンスタ文庫) 2017年4月【異世界・架空の世界】【肌の露出が多めの挿絵なし】

「こどもつかい」清水崇監督;ブラジリー・アン・山田、清水崇脚本;牧野修著 講談社(講談社タイガ) 2017年5月【現代】【挿絵なし】

## ストーリー

「さよならのための七日間:夜桜荘交幽帳」井上悠宇著 KADOKAWA(富士見L文庫) 2017年4月【現代】【挿絵なし】

「スイーツ刑事:ウェディングケーキ殺人事件」大平しおり著 KADOKAWA(メディアワークス文庫) 2017年5月【現代】【肌の露出が多めの挿絵なし】

「デート・ア・バレット:デート・ア・ライブフラグメント」橘公司原案・監修;東出祐一郎著 KADOKAWA(富士見ファンタジア文庫) 2017年3月【異世界・架空の世界】【肌の露出が多めの挿絵あり】

「ひとくいマンイーター」大澤めぐみ著 KADOKAWA(角川スニーカー文庫) 2017年3月【現代】【肌の露出が多めの挿絵あり】

「リケジョ探偵の謎解きラボ」喜多喜久著 宝島社(宝島社文庫) 2017年5月【現代】【挿絵なし】

「暗夜鬼譚 [2]」瀬川貴次著 集英社(集英社文庫) 2017年5月【歴史・時代】【挿絵なし】

「異世界拷問姫 3」綾里けいし著 KADOKAWA(MF文庫J) 2017年2月【異世界・架空の世界】【肌の露出が多めの挿絵なし】

「異世界拷問姫 4」綾里けいし著 KADOKAWA(MF文庫J) 2017年6月【異世界・架空の世界】【肌の露出が多めの挿絵あり】

「因業探偵:新藤礼都の事件簿」小林泰三著 光文社(光文社文庫) 2017年6月【現代】【挿絵なし】

「回想のぬいぐるみ警部」西澤保彦著 東京創元社(創元推理文庫) 2017年3月【現代】【挿絵なし】

「吸血鬼と怪猫殿」赤川次郎著 集英社(集英社文庫) 2017年2月【現代】【肌の露出が多めの挿絵なし】

「虚ろな暗殺者(アサシン)と究極の世界人形」舞阪洸著 KADOKAWA(ファミ通文庫) 2017年6月【異世界・架空の世界】【肌の露出が多めの挿絵あり/キスシーンの挿絵あり】

「空き店舗〈幽霊つき〉あります」ささきかつお著 幻冬舎(幻冬舎文庫) 2017年5月【現代】【挿絵なし】

「最悪探偵 = The worst detective」望公太著 KADOKAWA(ノベルゼロ) 2017年2月【現代】【肌の露出が多めの挿絵あり】

「死者ノ棘」日野草著 祥伝社(祥伝社文庫) 2017年6月【現代】【挿絵なし】

「真夜中の騎士 新装版」赤川次郎著 徳間書店(徳間文庫) 2017年5月【現代】【挿絵なし】

「雀と五位鷺推当帖」平谷美樹著 角川春樹事務所(ハルキ文庫) 2017年10月【歴史・時代】【挿絵なし】

「大正箱娘 [2]」紅玉いづき著 講談社(講談社タイガ) 2017年3月【歴史・時代】【挿絵なし】

「恥知らずのパープルヘイズ:ジョジョの奇妙な冒険より」荒木飛呂彦原作;上遠野浩平著 集英社(集英社文庫) 2017年6月【異世界・架空の世界】【肌の露出が多めの挿絵なし】

## ストーリー

「天保院京花の葬送：フューネラル・マーチ」山口幸三郎著 KADOKAWA(メディアワークス文庫) 2017年1月【現代】【肌の露出が多めの挿絵なし】

「盗賊と星の雫」遠藤文子著 東京創元社(創元推理文庫) 2017年5月【異世界・架空の世界】【挿絵なし】

「博多豚骨ラーメンズ 6」木崎ちあき著 KADOKAWA(メディアワークス文庫) 2017年3月【現代】【肌の露出が多めの挿絵なし】

「僕の殺人」太田忠司著 徳間書店(徳間文庫) 2017年3月【現代】【挿絵なし】

「僕を導く、カーナビな幽霊(かのじょ)」伊原柊人著 KADOKAWA(メディアワークス文庫) 2017年5月【現代】【肌の露出が多めの挿絵なし】

「明智小五郎事件簿 12」江戸川乱歩著 集英社(集英社文庫) 2017年4月【歴史・時代】【挿絵なし】

「傭兵団の料理番 3」川井昂著 主婦の友社(ヒーロー文庫) 2017年6月【異世界・架空の世界】【肌の露出が多めの挿絵なし】

「令嬢鑑定士と画廊の悪魔[2]」糸森環著 KADOKAWA(角川ビーンズ文庫) 2017年4月【異世界・架空の世界】【肌の露出が多めの挿絵なし】

## 国内問題

「虚弱王女と口下手な薬師：告白が日課ですが、何か。」秋杜フユ著 集英社(コバルト文庫) 2017年2月【異世界・架空の世界】【肌の露出が多めの挿絵なし】

## 国防

「ガルディナ王国興国記 2」桜木海斗著 主婦の友社(ヒーロー文庫) 2017年6月【異世界・架空の世界】【肌の露出が多めの挿絵なし】

「スピリット・マイグレーション 5」ヘロー天気著 アルファポリス(アルファライト文庫) 2017年6月【異世界・架空の世界】【肌の露出が多めの挿絵なし】

「ドラどら王子の新婚旅行」愛坂タカト著 講談社(講談社ラノベ文庫) 2017年6月【異世界・架空の世界】【肌の露出が多めの挿絵あり】

「フラッグオブレガリア = Flag of Regalia：青天剣麗の姫と銀雷の騎士」星散花燃著 KADOKAWA(電撃文庫) 2017年6月【異世界・架空の世界】【肌の露出が多めの挿絵あり】

「マージナル・オペレーション改 02」芝村裕吏著 星海社(星海社FICTIONS) 2017年6月【近未来・遠未来】【肌の露出が多めの挿絵なし】

「レジェンド・オブ・イシュリーン = Legend of Ishlean 5」木根楽著 一二三書房(SagaForest) 2017年6月【異世界・架空の世界】【肌の露出が多めの挿絵なし】

「機甲狩竜(パンツァーヤクト)のファンタジア 3」内田弘樹著 KADOKAWA(富士見ファンタジア文庫) 2017年6月【異世界・架空の世界】【肌の露出が多めの挿絵あり】

## ストーリー

「銀河連合日本5」柗本保羽著 星海社(星海社FICTIONS) 2017年6月【近未来・遠未来】【肌の露出が多めの挿絵なし】

「十二月八日の幻影」直原冬明著 光文社(光文社文庫) 2017年2月【歴史・時代】【挿絵なし】

「正しいセカイの終わらせ方 = Right way to bring the world to an end. : 黒衣の剣士、東京に現る」兎月山羊著 KADOKAWA(電撃文庫) 2017年6月【現代/異世界・架空の世界】【肌の露出が多めの挿絵あり】

「千年戦争アイギス 白の帝国編2」むらさきゆきや著 KADOKAWA(ファミ通文庫) 2017年3月【異世界・架空の世界】【肌の露出が多めの挿絵あり】

「天と地と姫と4」春日みかげ著 KADOKAWA(富士見ファンタジア文庫) 2017年6月【歴史・時代】【肌の露出が多めの挿絵なし】

「天空の翼地上の星」中村ふみ著 講談社(講談社X文庫) 2017年4月【異世界・架空の世界】【肌の露出が多めの挿絵なし】

## コメディ

「〈この世界はもう俺が救って富と権力を手に入れたし、女騎士や女魔王と城で楽しく暮らしてるから、俺以外の勇者は)もう異世界に来ないでください。」伊藤ヒロ著 KADOKAWA(MF文庫J) 2017年3月【異世界・架空の世界】【肌の露出が多めの挿絵あり】

「〈仮〉花嫁のやんごとなき事情 [13]」夕鷺かのう著 KADOKAWA(ビーズログ文庫) 2017年2月【異世界・架空の世界】【肌の露出が多めの挿絵なし】

「10年ごしの引きニートを辞めて外出したら3」坂東太郎著 オーバーラップ(オーバーラップ文庫) 2017年2月【異世界・架空の世界】【肌の露出が多めの挿絵あり】

「Bの戦場2」ゆきた志旗著 集英社(集英社オレンジ文庫) 2017年6月【現代】【肌の露出が多めの挿絵なし】

「アウトブレイク・カンパニー = Outbreak Company : 萌える侵略者 17」榊一郎著 講談社(講談社ラノベ文庫) 2017年3月【異世界・架空の世界】【肌の露出が多めの挿絵あり】

「アストロノーツは魔法を使う = ASTRONAUTS USE MAGIC」天羽伊吹清著 KADOKAWA(電撃文庫) 2017年5月【異世界・架空の世界】【肌の露出が多めの挿絵あり】

「アラフォー社畜のゴーレムマスター 1」高見梁川著 双葉社(モンスター文庫) 2017年5月【異世界・架空の世界】【肌の露出が多めの挿絵なし】

「イックーさん」華早漏曇著 KADOKAWA(角川スニーカー文庫) 2017年4月【歴史・時代/異世界・架空の世界】【肌の露出が多めの挿絵あり】

「ヴァルハラの晩ご飯4」三鏡一敏著 KADOKAWA(電撃文庫) 2017年2月【異世界・架空の世界】【肌の露出が多めの挿絵あり】

「エロマンガ先生8」伏見つかさ著 KADOKAWA(電撃文庫) 2017年1月【現代】【肌の露出が多めの挿絵あり】

## ストーリー

「エロマンガ先生 9」伏見つかさ著 KADOKAWA(電撃文庫) 2017年6月【現代】【肌の露出が多めの挿絵なし】

「オオカミさんとハッピーエンドのあとのおはなし」沖田雅著 KADOKAWA(電撃文庫) 2017年4月【現代/異世界・架空の世界】【肌の露出が多めの挿絵あり/キスシーンの挿絵あり/性描写の挿絵あり】

「オタクガール、悪役令嬢に転生する。」富士ゆゆ著 KADOKAWA(ビーズログ文庫アリス) 2017年2月【異世界・架空の世界】【肌の露出が多めの挿絵なし】

「オタサーの姫と恋ができるわけがない。3」佐倉唄著 KADOKAWA(富士見ファンタジア文庫) 2017年1月【現代】【肌の露出が多めの挿絵あり】

「オタサーの姫と恋ができるわけがない。4」佐倉唄著 KADOKAWA(富士見ファンタジア文庫) 2017年5月【現代】【肌の露出が多めの挿絵なし】

「おめでとう、俺は美少女に進化した。」和久井透夏著 KADOKAWA(カドカワBOOKS) 2017年2月【現代】【肌の露出が多めの挿絵あり】

「お仕事中、迷子の俺サマ拾いました!：フォルテックの獣使い」村沢侑著 KADOKAWA(ビーズログ文庫) 2017年1月【異世界・架空の世界】【肌の露出が多めの挿絵なし】

「お守り屋なのに、私の運が悪すぎて騎士に護衛されてます。」黒湖クロコ著 一迅社(一迅社文庫アイリス) 2017年3月【異世界・架空の世界】【肌の露出が多めの挿絵なし】

「お嬢様と執事見習いの尋常ならざる関係」梨沙著 一迅社(一迅社文庫アイリス) 2017年2月【異世界・架空の世界】【肌の露出が多めの挿絵なし】

「キモイマン 2」中沢健著 小学館(ガガガ文庫) 2017年6月【現代】【肌の露出が多めの挿絵なし】

「ギャルこん! 2」三門鉄狼著 講談社(講談社ラノベ文庫) 2017年2月【現代】【肌の露出が多めの挿絵あり/キスシーンの挿絵あり/性描写の挿絵あり】

「クールなCEOと社内政略結婚!?」高田ちさき著 スターツ出版(ベリーズ文庫) 2017年3月【現代】【挿絵なし】

「くずクマさんとハチミツJK 2」烏川さいか著 KADOKAWA(MF文庫J) 2017年5月【現代】【肌の露出が多めの挿絵なし】

「クソゲー・オンライン〈仮〉3」つちせ八十八著 KADOKAWA(MF文庫J) 2017年3月【異世界・架空の世界】【肌の露出が多めの挿絵あり】

「クラスでバカにされてるオタクなぼくが、気づいたら不良たちから崇拝されててガクブル」諏訪錦著 アルファポリス(アルファポリス文庫) 2017年6月【現代】【肌の露出が多めの挿絵なし】

「クラスのギャルとゲーム実況 part.1」琴平稜著 KADOKAWA(富士見ファンタジア文庫) 2017年4月【現代】【肌の露出が多めの挿絵あり】

「ゲーム・プレイング・ロール ver.1」木村心一著 KADOKAWA(角川スニーカー文庫) 2017年5月【異世界・架空の世界】【肌の露出が多めの挿絵あり】

## ストーリー

「この素晴らしい世界に祝福を! 11」暁なつめ著 KADOKAWA(角川スニーカー文庫) 2017年5月【異世界・架空の世界】【肌の露出が多めの挿絵なし】

「この度、友情結婚いたしました。」田崎くるみ著 スターツ出版(ベリーズ文庫) 2017年1月【現代】【挿絵なし】

「この勇者が俺TUEEEくせに慎重すぎる」土日月著 KADOKAWA(カドカワBOOKS) 2017年2月【異世界・架空の世界】【肌の露出が多めの挿絵あり】

「この勇者が俺TUEEEくせに慎重すぎる 2」土日月著 KADOKAWA(カドカワBOOKS) 2017年6月【異世界・架空の世界】【肌の露出が多めの挿絵なし】

「サークルクラッシャーのあの娘(こ)、ぼくが既読スルー決めたらどんな顔するだろう 2」秀章著 KADOKAWA(角川スニーカー文庫) 2017年3月【異世界・架空の世界】【肌の露出が多めの挿絵なし】

「スイーツ刑事:ウェディングケーキ殺人事件」大平しおり著 KADOKAWA(メディアワークス文庫) 2017年5月【現代】【肌の露出が多めの挿絵なし】

「せきゆちゃん〈嫁〉」氷高悠著 KADOKAWA(富士見ファンタジア文庫) 2017年5月【現代/異世界・架空の世界】【肌の露出が多めの挿絵なし】

「ぜったい転職したいんです!!:バニーガールは賢者を目指す」山川進著 SBクリエイティブ(GA文庫) 2017年2月【異世界・架空の世界】【肌の露出が多めの挿絵あり】

「そのガーゴイルは地上でも危険です [2]」大地の怒り著 宝島社 2017年5月【異世界・架空の世界】【肌の露出が多めの挿絵あり】

「だからお兄ちゃんと呼ぶなって! 2」桐山なると著 KADOKAWA(ファミ通文庫) 2017年3月【現代】【肌の露出が多めの挿絵あり】

「たちあがれ、大仏」椙本孝思著 幻冬舎(幻冬舎文庫) 2017年3月【現代】【肌の露出が多めの挿絵なし】

「たとえばラストダンジョン前の村の少年が序盤の街で暮らすような物語」サトウとシオ著 SBクリエイティブ(GA文庫) 2017年2月【異世界・架空の世界】【肌の露出が多めの挿絵なし】

「たとえばラストダンジョン前の村の少年が序盤の街で暮らすような物語 2」サトウとシオ著 SBクリエイティブ(GA文庫) 2017年6月【異世界・架空の世界】【肌の露出が多めの挿絵なし】

「トカゲなわたし」かなん著 アルファポリス(レジーナ文庫.レジーナブックス) 2017年6月【異世界・架空の世界】【肌の露出が多めの挿絵なし】

「ドラゴン嫁はかまってほしい 2」初美陽一著 KADOKAWA(富士見ファンタジア文庫) 2017年2月【異世界・架空の世界】【肌の露出が多めの挿絵あり/性描写の挿絵あり】

「トラックに轢かれたのに異世界転生できないと言われたから、美少女と働くことにした。」日富美信吾著 講談社(講談社ラノベ文庫) 2017年2月【異世界・架空の世界】【肌の露出が多めの挿絵あり】

「ドラどら王子の花嫁選び」愛坂タカト著 講談社(講談社ラノベ文庫) 2017年3月【異世界・架空の世界】【肌の露出が多めの挿絵あり】

## ストーリー

「なんちゃってシンデレラ、はじめました。」汐邑雛著 KADOKAWA(ビーズログ文庫) 2017年4月【異世界・架空の世界】【肌の露出が多めの挿絵なし】

「ネトゲの嫁は女の子じゃないと思った? Lv.13」聴猫芝居著 KADOKAWA(電撃文庫) 2017年2月【現代】【肌の露出が多めの挿絵あり】

「ノーブルウィッチーズ 6」島田フミカネ原作;ProjektWorldWitches原作;南房秀久著 KADOKAWA(角川スニーカー文庫) 2017年5月【異世界・架空の世界】【肌の露出が多めの挿絵なし】

「ノーブルウィッチーズ 6 オリジナルドラマCD付き同梱版」島田フミカネ原作;ProjektWorldWitches原作;南房秀久著 KADOKAWA(角川スニーカー文庫) 2017年5月【異世界・架空の世界】【肌の露出が多めの挿絵なし】

「ハイキュー!!ショーセツバン!! 8」古舘春一著;星希代子著 集英社(JUMPjBOOKS) 2017年5月【現代】【肌の露出が多めの挿絵なし】

「ハイスクールD×D 23」石踏一榮著 KADOKAWA(富士見ファンタジア文庫) 2017年3月【異世界・架空の世界】【肌の露出が多めの挿絵あり】

「はたらく魔王さま!ハイスクールN!」和ケ原聡司著 KADOKAWA(電撃文庫) 2017年2月【現代】【肌の露出が多めの挿絵なし】

「ハッピー・レボリューション = Happy Revolution」星奏なつめ著 KADOKAWA(メディアワークス文庫) 2017年3月【現代】【肌の露出が多めの挿絵なし】

「パラミリタリ・カンパニー:萌える侵略者 1」榊一郎著 講談社(講談社ラノベ文庫) 2017年5月【異世界・架空の世界】【肌の露出が多めの挿絵なし】

「ヒーローお兄ちゃんとラスボス妹:抜剣!セイケンザー」逢空万太著 SBクリエイティブ(GA文庫) 2017年4月【異世界・架空の世界】【肌の露出が多めの挿絵なし】

「ひとり旅の神様」五十嵐雄策著 KADOKAWA(メディアワークス文庫) 2017年1月【現代】【挿絵なし】

「ヒロインな妹、悪役令嬢な私 3」佐藤真登著 主婦と生活社(PASH!ブックス) 2017年1月【異世界・架空の世界】【肌の露出が多めの挿絵なし】

「フェンリルの鎖 1」うかれ猫著 ホビージャパン(HJ文庫) 2017年5月【異世界・架空の世界】【肌の露出が多めの挿絵あり】

「フレームアームズ・ガール:可愛いってどういうこと?」コトブキヤ原作;手島史詞著 KADOKAWA(ファミ通文庫) 2017年4月【異世界・架空の世界】【肌の露出が多めの挿絵なし】

「プロデュース・オンライン:棒声優はネトげて変わりたい。」田尾典丈著 KADOKAWA(富士見ファンタジア文庫) 2017年2月【現代】【肌の露出が多めの挿絵あり】

「ぼくの日常が変態に侵触されてパンデミック!?」柑上おかさ著 KADOKAWA(富士見ファンタジア文庫) 2017年4月【現代】【肌の露出が多めの挿絵あり/キスシーンの挿絵あり】

「ほま高登山部ダイアリー = Homako Mountain Climbing Club Diary」細音啓著 小学館(ガガガ文庫) 2017年2月【現代】【肌の露出が多めの挿絵あり】

## ストーリー

「まるで人だな、ルーシー 2」零真似著 KADOKAWA(角川スニーカー文庫) 2017年5月【異世界・架空の世界】【肌の露出が多めの挿絵なし】

「ユリア・カエサルの決断:ガリア戦記 1」遠藤遼著 オーバーラップ(オーバーラップ文庫) 2017年4月【現代/歴史・時代/異世界・架空の世界】【肌の露出が多めの挿絵あり】

「ラスボスの向こう側 = The other side beyond the last boss」天音のわる著 宝島社 2017年2月【異世界・架空の世界】【肌の露出が多めの挿絵あり】

「ラスボスの向こう側 = The other side beyond the last boss ドラマCD付き特装版」天音のわる著 宝島社 2017年2月【異世界・架空の世界】【肌の露出が多めの挿絵あり】

「ラノベのプロ! 2」望公太著 KADOKAWA(富士見ファンタジア文庫) 2017年6月【現代】【肌の露出が多めの挿絵なし】

「リリエールと祈りの国」白石定規著 SBクリエイティブ(GA文庫) 2017年3月【異世界・架空の世界】【肌の露出が多めの挿絵なし】

「レーゼンシア帝国繁栄紀:通りすがりの賢帝」七条剛著 SBクリエイティブ(GA文庫) 2017年4月【異世界・架空の世界】【肌の露出が多めの挿絵あり】

「レディローズは平民になりたい」こおりあめ著 KADOKAWA(角川ビーンズ文庫) 2017年1月【異世界・架空の世界】【肌の露出が多めの挿絵なし】

「ロクでなし魔術講師と禁忌教典(アカシックレコード) 8」羊太郎著 KADOKAWA(富士見ファンタジア文庫) 2017年3月【異世界・架空の世界】【肌の露出が多めの挿絵あり】

「ロクでなし魔術講師と追想日誌(メモリーレコード) 2」羊太郎著 KADOKAWA(富士見ファンタジア文庫) 2017年4月【異世界・架空の世界】【肌の露出が多めの挿絵なし】

「ワールドエンド・ハイランド:世界樹の街の支配人になって没落領地を復興させます。」つくも三太著 KADOKAWA(MF文庫J) 2017年4月【異世界・架空の世界】【肌の露出が多めの挿絵なし】

「悪役令嬢に転生したけどごはんがおいしくて幸せです!」矢御あやせ著 宝島社 2017年4月【異世界・架空の世界】【肌の露出が多めの挿絵なし】

「暗黒騎士を脱がさないで 5」木村心一著 KADOKAWA(富士見ファンタジア文庫) 2017年2月【現代/異世界・架空の世界】【肌の露出が多めの挿絵あり】

「闇の皇太子:愛からはじまる内幕話」金沢有倖著 KADOKAWA(ビーズログ文庫アリス) 2017年3月【歴史・時代/異世界・架空の世界】【肌の露出が多めの挿絵なし】

「異世界でスキルを解体したらチートな嫁が増殖しました:概念交差のストラクチャー 2」千月さかき著 KADOKAWA(カドカワBOOKS) 2017年1月【異世界・架空の世界】【肌の露出が多めの挿絵あり】

「異世界は幸せ(テンプレ)に満ち溢れている 2」羽智遊紀著 TOブックス 2017年5月【異世界・架空の世界】【肌の露出が多めの挿絵なし】

「異世界取材記:ライトノベルができるまで」田口仙年堂著 KADOKAWA(富士見ファンタジア文庫) 2017年3月【現代/異世界・架空の世界】【肌の露出が多めの挿絵あり】

## ストーリー

「異世界修学旅行 5」岡本タクヤ著 小学館(ガガガ文庫) 2017年3月【異世界・架空の世界】【肌の露出が多めの挿絵あり】

「異世界創造の絶対神 2」若桜拓海著 ホビージャパン(HJ文庫) 2017年2月【異世界・架空の世界】【肌の露出が多めの挿絵あり】

「医療魔術師は、もう限界です!」はな著 KADOKAWA(富士見ファンタジア文庫) 2017年2月【異世界・架空の世界】【肌の露出が多めの挿絵あり】

「英雄教室 7」新木伸著 集英社(ダッシュエックス文庫) 2017年1月【異世界・架空の世界】【肌の露出が多めの挿絵あり】

「英雄教室 7 オーディオドラマダウンロードシリアルコード付き限定版」新木伸著 集英社(ダッシュエックス文庫) 2017年1月【異世界・架空の世界】【肌の露出が多めの挿絵あり】

「乙女ゲームの破滅フラグしかない悪役令嬢に転生してしまった… 5」山口悟著 一迅社(一迅社文庫アイリス) 2017年6月【異世界・架空の世界】【肌の露出が多めの挿絵なし】

「俺と彼女の恋を超能力が邪魔している。= Love with her is disturbed by PK」助供珠樹著 小学館(ガガガ文庫) 2017年4月【現代】【肌の露出が多めの挿絵あり/キスシーンの挿絵あり】

「俺の青春を生け贄に、彼女の前髪をオープン」凪木エコ著 KADOKAWA(富士見ファンタジア文庫) 2017年1月【現代】【肌の露出が多めの挿絵あり】

「俺の青春を生け贄に、彼女の前髪をオープン 2」凪木エコ著 KADOKAWA(富士見ファンタジア文庫) 2017年5月【現代】【肌の露出が多めの挿絵あり】

「俺の部屋ごと異世界へ!ネットとAmozonの力で無双する 1」月夜涙著 双葉社(モンスター文庫) 2017年3月【異世界・架空の世界】【肌の露出が多めの挿絵なし】

「俺は魔王で思春期男子!」横山采紅著 集英社(ダッシュエックス文庫) 2017年1月【現代】【肌の露出が多めの挿絵あり】

「俺色に染めるぼっちエリートのしつけ方」あまさきみりと著 KADOKAWA(角川スニーカー文庫) 2017年2月【現代】【肌の露出が多めの挿絵あり/性描写の挿絵あり】

「化けてます:こだぬき、落語家修業中」遠原嘉乃著 双葉社(双葉文庫) 2017年4月【現代】【肌の露出が多めの挿絵なし】

「可愛ければ変態でも好きになってくれますか? 2」花間燈著 KADOKAWA(MF文庫J) 2017年5月【現代】【肌の露出が多めの挿絵あり】

「嫁エルフ。:前世と来世の幼なじみから同時にコクられた俺」あさのハジメ著 KADOKAWA(MF文庫J) 2017年2月【異世界・架空の世界】【肌の露出が多めの挿絵あり】

「家電彼氏」雪乃下ナチ著 KADOKAWA(ビーズログ文庫アリス) 2017年2月【現代】【肌の露出が多めの挿絵なし】

「廻る素敵な隣人。」杜奏みなや著 KADOKAWA(メディアワークス文庫) 2017年1月【現代】【挿絵なし】

## ストーリー

「帰ってきた元勇者 8」ニシ著 ポニーキャニオン(ぽにきゃんBOOKS) 2017年4月【異世界・架空の世界】【肌の露出が多めの挿絵あり/キスシーンの挿絵あり】

「軽い気持ちで替え玉になったらとんでもない夫がついてきた。2」奏多悠香著 アルファポリス(レジーナ文庫.レジーナブックス) 2017年3月【異世界・架空の世界】【肌の露出が多めの挿絵なし】

「激突のヘクセンナハト 4」川上稔著 KADOKAWA(電撃文庫) 2017年4月【現代/異世界・架空の世界】【肌の露出が多めの挿絵なし】

「元勇者、印税生活はじめました。：担当編集はかつての宿敵」霜野おつかい著 SBクリエイティブ(GA文庫) 2017年6月【現代/異世界・架空の世界】【肌の露出が多めの挿絵あり】

「後宮樂華伝：血染めの花嫁は妙なる謎を奏でる」はるおかりの著 集英社(コバルト文庫) 2017年6月【異世界・架空の世界】【肌の露出が多めの挿絵なし】

「黒の魔術士と最期の彼女」秋野真珠著 KADOKAWA(ビーズログ文庫) 2017年2月【異世界・架空の世界】【肌の露出が多めの挿絵なし】

「今日から俺はロリのヒモ！3」暁雪著 KADOKAWA(MF文庫J) 2017年3月【現代】【肌の露出が多めの挿絵あり/キスシーンの挿絵あり】

「佐伯さんと、ひとつ屋根の下：I'll have Sherbet! 1」九曜著 KADOKAWA(ファミ通文庫) 2017年2月【現代】【肌の露出が多めの挿絵なし】

「佐伯さんと、ひとつ屋根の下：I'll have Sherbet! 2」九曜著 KADOKAWA(ファミ通文庫) 2017年5月【現代】【肌の露出が多めの挿絵あり】

「最強をこじらせたレベルカンスト剣聖女ベアトリーチェの弱点：その名は『ぶーぶー』4」鎌池和馬著 KADOKAWA(電撃文庫) 2017年3月【異世界・架空の世界】【肌の露出が多めの挿絵あり】

「三千世界の英雄王(レイズナー) 3」壱日千次著 KADOKAWA(MF文庫J) 2017年3月【異世界・架空の世界】【肌の露出が多めの挿絵あり】

「残念公主のなりきり仙人録：敏腕家令に監視されてますが、皇宮事情はお任せください！」チサトアキラ著 KADOKAWA(ビーズログ文庫) 2017年3月【異世界・架空の世界】【肌の露出が多めの挿絵なし】

「死霊術教師と異界召喚(ユグドラシル)」降次飛行著 KADOKAWA(富士見ファンタジア文庫) 2017年6月【異世界・架空の世界】【肌の露出が多めの挿絵あり】

「私、能力は平均値でって言ったよね！：God bless me? 5」FUNA著 アース・スターエンターテイメント(EARTHSTARNOVEL) 2017年6月【異世界・架空の世界】【肌の露出が多めの挿絵なし】

「侍女ですが恋されなければ窮地です 2」倉下青著 一迅社(一迅社文庫アイリス) 2017年4月【異世界・架空の世界】【肌の露出が多めの挿絵なし】

「自重しない元勇者の強くて楽しいニューゲーム 2」新木伸著 集英社(ダッシュエックス文庫) 2017年3月【異世界・架空の世界】【肌の露出が多めの挿絵あり/性描写の挿絵あり】

## ストーリー

「若者の黒魔法離れが深刻ですが、就職してみたら待遇いいし、社長も使い魔もかわいくて最高です!」森田季節著 集英社(ダッシュエックス文庫) 2017年6月【異世界・架空の世界】【肌の露出が多めの挿絵あり】

「弱キャラ友崎くん = The Low Tier Character"TOMOZAKI-kun" Lv.4」屋久ユウキ著 小学館(ガガガ文庫) 2017年6月【現代】【肌の露出が多めの挿絵なし】

「重装令嬢モアネット」さき著 KADOKAWA(角川ビーンズ文庫) 2017年3月【異世界・架空の世界】【肌の露出が多めの挿絵なし】

「女神の勇者を倒すゲスな方法:おお勇者よ!死なないとは鬱陶しい」笹木さくま著 KADOKAWA(ファミ通文庫) 2017年1月【異世界・架空の世界】【肌の露出が多めの挿絵あり】

「召喚獣ですがご主人様がきびしいです」みゅうみゅう著 宝島社 2017年2月【異世界・架空の世界】【肌の露出が多めの挿絵なし】

「杖と林檎の秘密結婚 [2]」仲村つばき著 KADOKAWA(ビーズログ文庫) 2017年4月【異世界・架空の世界】【肌の露出が多めの挿絵なし】

「織田信奈の野望:全国版 17」春日みかげ著 KADOKAWA(富士見ファンタジア文庫) 2017年1月【歴史・時代】【肌の露出が多めの挿絵なし】

「織田信奈の野望:全国版 18」春日みかげ著 KADOKAWA(富士見ファンタジア文庫) 2017年5月【歴史・時代】【肌の露出が多めの挿絵なし】

「食べるだけでレベルアップ!:駄女神といっしょに異世界無双」kt60著 KADOKAWA(富士見ファンタジア文庫) 2017年3月【異世界・架空の世界】【肌の露出が多めの挿絵あり/性描写の挿絵あり】

「瀬川くんはゲームだけしていたい。2」中谷栄太著 SBクリエイティブ(GA文庫) 2017年4月【現代】【肌の露出が多めの挿絵あり】

「政と源」三浦しをん著 集英社(集英社オレンジ文庫) 2017年6月【現代】【挿絵なし】

「聖剣が人間に転生してみたら、勇者に偏愛されて困っています。」富樫聖夜著 KADOKAWA(ビーズログ文庫) 2017年6月【異世界・架空の世界】【肌の露出が多めの挿絵なし】

「青の祓魔師 スパイ・ゲーム」加藤和恵著;矢島綾著 集英社(JUMPjBOOKS) 2017年3月【現代】【肌の露出が多めの挿絵あり】

「青春絶対つぶすマンな俺に救いはいらない。」境田吉孝著 小学館(ガガガ文庫) 2017年4月【現代】【肌の露出が多めの挿絵なし】

「静かにしてますよ?」水清まり著 主婦と生活社(PASH!ブックス) 2017年2月【異世界・架空の世界】【肌の露出が多めの挿絵なし】

「石神様の仰ることは」黒辺あゆみ著 KADOKAWA(ビーズログ文庫アリス) 2017年2月【現代】【肌の露出が多めの挿絵あり】

「先生、原稿まだですか!:新米編集者、ベストセラーを作る」織川制吾著 集英社(集英社オレンジ文庫) 2017年5月【現代】【挿絵なし】

## ストーリー

「即死チートが最強すぎて、異世界のやつらがまるで相手にならないんですが。2」藤孝剛志著 アース・スターエンターテイメント(EARTHSTARNOVEL) 2017年2月【異世界・架空の世界】【肌の露出が多めの挿絵あり】

「男装王女の華麗なる輿入れ」朝前みちる著 KADOKAWA(ビーズログ文庫) 2017年1月【異世界・架空の世界】【肌の露出が多めの挿絵なし】

「男装王女の波瀾なる輿入れ」朝前みちる著 KADOKAWA(ビーズログ文庫) 2017年5月【異世界・架空の世界】【肌の露出が多めの挿絵なし】

「中古でも恋がしたい! 10」田尾典丈著 SBクリエイティブ(GA文庫) 2017年6月【現代】【肌の露出が多めの挿絵あり】

「中古でも恋がしたい! 9ドラマCD付き限定特装版」田尾典丈著 SBクリエイティブ(GA文庫) 2017年3月【現代】【肌の露出が多めの挿絵なし】

「鳥かごの大神官さまと侯爵令嬢」佐槻奏多著 一迅社(一迅社文庫アイリス) 2017年5月【異世界・架空の世界】【肌の露出が多めの挿絵なし】

「追伸ソラゴトに微笑んだ君へ 2」田辺屋敷著 KADOKAWA(富士見ファンタジア文庫) 2017年5月【現代】【肌の露出が多めの挿絵あり】

「通常攻撃が全体攻撃で二回攻撃のお母さんは好きですか?」井中だちま著 KADOKAWA(富士見ファンタジア文庫) 2017年1月【異世界・架空の世界】【肌の露出が多めの挿絵あり】

「通常攻撃が全体攻撃で二回攻撃のお母さんは好きですか? 2」井中だちま著 KADOKAWA(富士見ファンタジア文庫) 2017年4月【異世界・架空の世界】【肌の露出が多め

「天と地と姫と 3」春日みかげ著 KADOKAWA(富士見ファンタジア文庫) 2017年2月【歴史・時代】【肌の露出が多めの挿絵なし】

「天明の月」前田珠子著 集英社(コバルト文庫) 2017年6月【異世界・架空の世界】【肌の露出が多めの挿絵なし】

「東京廃区の戦女三師団(トリスケリオン) 2」舞阪洸著 KADOKAWA(富士見ファンタジア文庫) 2017年2月【現代】【肌の露出が多めの挿絵あり】

「憧れの魔法少女の正体が男でした。」山田絢著 KADOKAWA(ビーズログ文庫アリス) 2017年1月【現代】【肌の露出が多めの挿絵なし】

「道-MEN: 北海道を喰いに来た乙女」アサウラ著 集英社(ダッシュエックス文庫) 2017年6月【近未来・遠未来】【肌の露出が多めの挿絵あり】

「突然ですが、お兄ちゃんと結婚しますっ!: そうか、布団なら敷いてあるぞ。」塀流通留著 KADOKAWA(MF文庫J) 2017年3月【現代】【肌の露出が多めの挿絵あり】

「猫伯爵の憂鬱: 紅茶係はもふもふがお好き」かたやま和華著 集英社(コバルト文庫) 2017年2月【異世界・架空の世界】【肌の露出が多めの挿絵なし】

「猫曰く、エスパー課長は役に立たない。」山口幸三郎著 KADOKAWA(メディアワークス文庫) 2017年2月【現代】【肌の露出が多めの挿絵なし】

## ストーリー

「覇剣の皇姫アルティーナ 12」むらさきゆきや著 KADOKAWA(ファミ通文庫) 2017年4月【異世界・架空の世界】【肌の露出が多めの挿絵なし】

「白の皇国物語 11」白沢戌亥著 アルファポリス(アルファライト文庫) 2017年2月【異世界・架空の世界】【肌の露出が多めの挿絵なし】

「緋弾のアリア 25」赤松中学著 KADOKAWA(MF文庫J) 2017年4月【現代/異世界・架空の世界】【肌の露出が多めの挿絵なし】

「非オタの彼女が俺の持ってるエロゲに興味津々なんだが…… 4」滝沢慧著 KADOKAWA(富士見ファンタジア文庫) 2017年1月【現代】【肌の露出が多めの挿絵あり】

「非オタの彼女が俺の持ってるエロゲに興味津々なんだが…… 5」滝沢慧著 KADOKAWA(富士見ファンタジア文庫) 2017年5月【現代】【肌の露出が多めの挿絵あり】

「不良品探偵」滝田務雄著 東京創元社(創元推理文庫) 2017年4月【現代】【挿絵なし】

「腐女子な妹ですみません」九重木春著 KADOKAWA(ビーズログ文庫アリス) 2017年4月【現代】【肌の露出が多めの挿絵なし】

「腹へり姫の受難：王子様、食べていいですか?」ひづき優著 集英社(コバルト文庫) 2017年4月【異世界・架空の世界】【肌の露出が多めの挿絵なし】

「物理さんで無双してたらモテモテになりました 8」kt60著 双葉社(モンスター文庫) 2017年4月【異世界・架空の世界】【肌の露出が多めの挿絵なし】

「物理的に孤立している俺の高校生活 = My Highschool Life is Physically Isolated 2」森田季節著 小学館(ガガガ文庫) 2017年6月【現代】【肌の露出が多めの挿絵あり】

「文字魔法×印刷技術で起こす異世界革命」藤春都著 ホビージャパン(HJ文庫) 2017年4月【異世界・架空の世界】【肌の露出が多めの挿絵あり】

「平安時代にタイムスリップしたら紫式部になってしまったようです」中臣悠月著 KADOKAWA(角川ビーンズ文庫) 2017年1月【歴史・時代】【肌の露出が多めの挿絵なし】

「編集さんとJK作家の正しいつきあい方」あさのハジメ著 KADOKAWA(富士見ファンタジア文庫) 2017年3月【現代】【肌の露出が多めの挿絵あり】

「宝石王子と五つの謎：おしゃべりシェパードと内緒の話」あさぎ千夜春著 三交社(スカイハイ文庫) 2017年2月【現代】【肌の露出が多めの挿絵なし】

「放課後の厄災魔女：ちやほやされたい先生の嫌われ生活」てにをは著 KADOKAWA(ノベルゼロ) 2017年6月【現代】【肌の露出が多めの挿絵あり】

「坊っちゃん忍者幕末見聞録」奥泉光著 河出書房新社(河出文庫) 2017年4月【歴史・時代】【挿絵なし】

「暴走令嬢の恋する騎士団生活」夏野ちより著 KADOKAWA(ビーズログ文庫) 2017年6月【異世界・架空の世界】【肌の露出が多めの挿絵なし】

## ストーリー

「冒険者高専冒険科:女冒険者のLEVEL UPをじっくり見守る俺の話 1」つよぐち2号著 アース・スターエンターテイメント(EARTHSTARNOVEL) 2017年4月【近未来・遠未来/異世界・架空の世界】【肌の露出が多めの挿絵なし】

「僕のヒーローアカデミア = MY HERO ACADEMIA:雄英白書 2」堀越耕平著;誉司アンリ著 集英社(JUMPjBOOKS) 2017年2月【現代】【肌の露出が多めの挿絵あり】

「僕の地味な人生がクズ兄貴のせいでエロコメディになっている。2」赤月カケヤ著 小学館(ガガガ文庫) 2017年3月【現代】【肌の露出が多めの挿絵あり/性描写の挿絵あり】

「僕の文芸部にビッチがいるなんてありえない。9」赤福大和著 講談社(講談社ラノベ文庫) 2017年6月【現代】【肌の露出が多めの挿絵あり】

「魔術学園領域の拳王(バーサーカー):黒焔姫秘約」下等妙人著 KADOKAWA(富士見ファンタジア文庫) 2017年1月【現代】【肌の露出が多めの挿絵あり】

「魔導GPX(グランプリ)ウィザード・フォーミュラ」竹井10日著 KADOKAWA(角川スニーカー文庫) 2017年4月【異世界・架空の世界】【肌の露出が多めの挿絵あり/キスシーンの挿絵あり/性描写の挿絵あり】

「魔法?そんなことより筋肉だ! 1」どらねこ著 KADOKAWA(MFブックス) 2017年6月【異世界・架空の世界】【肌の露出が多めの挿絵なし】

「妹さえいればいい。7ドラマCD付き限定特装版」平坂読著 小学館(ガガガ文庫) 2017年5月【現代】【肌の露出が多めの挿絵あり/キスシーンの挿絵あり】

「未踏召喚://ブラッドサイン 7」鎌池和馬著 KADOKAWA(電撃文庫) 2017年6月【異世界・架空の世界】【肌の露出が多めの挿絵なし】

「勇者ですが異世界でエルフ嫁とピザ店始めます」城崎火也著 集英社(ダッシュエックス文庫) 2017年1月【異世界・架空の世界】【肌の露出が多めの挿絵あり/キスシーンの挿絵あり】

「勇者に期待した僕がバカでした 3」ハマカズシ著 小学館(ガガガ文庫) 2017年3月【異世界・架空の世界】【肌の露出が多めの挿絵あり】

「友人キャラは大変ですか? = Is it tough being "a friend"? 2」伊達康著 小学館(ガガガ文庫) 2017年4月【現代】【肌の露出が多めの挿絵あり】

「誉められて神軍 2」竹井10日著 講談社(講談社ラノベ文庫) 2017年3月【現代】【肌の露出が多めの挿絵あり】

「臨時社長秘書は今日も巻き込まれてます!」佳月弥生著 スターツ出版(ベリーズ文庫) 2017年3月【現代】【挿絵なし】

「狼侯爵と愛の霊薬 [2]」橘千秋著 KADOKAWA(ビーズログ文庫) 2017年5月【異世界・架空の世界】【肌の露出が多めの挿絵なし】

「六畳間の侵略者!? 25」健速著 ホビージャパン(HJ文庫) 2017年3月【異世界・架空の世界】【肌の露出が多めの挿絵なし】

「和雑貨うなる堂の友戯帳」真鍋卓著 KADOKAWA(富士見L文庫) 2017年6月【現代】【挿絵なし】

## ストーリー

### サイバー

「サイバーアーツ 01」瀬尾つかさ著 KADOKAWA(角川スニーカー文庫) 2017年3月【近未来・遠未来】【肌の露出が多めの挿絵なし】

「ダンガンロンパ十神 下」佐藤友哉著 星海社(星海社FICTIONS) 2017年2月【現代】【挿絵なし】

「ディバインゲート：王と悪戯な幕間劇」ガンホー・オンライン・エンターテイメント原作;佐々木禎子著 KADOKAWA(ビーズログ文庫アリス) 2017年3月【異世界・架空の世界】【肌の露出が多めの挿絵なし】

「どうでもいい世界なんて：クオリディア・コード 2」渡航著 小学館(ガガガ文庫) 2017年1月【近未来・遠未来】【肌の露出が多めの挿絵あり】

「ドリームハッカーズ：コミュ障たちの現実チートピア」出口きぬごし著 KADOKAWA(電撃文庫) 2017年1月【近未来・遠未来】【肌の露出が多めの挿絵あり】

「ハナシマさん 2」天宮伊佐著 小学館(ガガガ文庫) 2017年1月【現代】【肌の露出が多めの挿絵なし】

「ヒマワリ:unUtopial World 4」林トモアキ著 KADOKAWA(角川スニーカー文庫) 2017年5月【近未来・遠未来】【肌の露出が多めの挿絵なし】

「プロメテウス・トラップ」福田和代著 早川書房(ハヤカワ文庫JA) 2017年3月【現代】【挿絵なし】

「棄種たちの冬」つかいまこと著 早川書房(ハヤカワ文庫JA) 2017年1月【近未来・遠未来】【挿絵なし】

「偽る神のスナイパー = A SNIPER KILLS THE FALSE GOD 3」水野昴著 小学館(ガガガ文庫) 2017年2月【異世界・架空の世界】【肌の露出が多めの挿絵なし】

「私たちは生きているのか? = Are We Under the Biofeedback?」森博嗣著 講談社(講談社タイガ) 2017年2月【近未来・遠未来】【挿絵なし】

「終末ノ再生者(リアクター) 2」河端ジュン一著 KADOKAWA(富士見ファンタジア文庫) 2017年3月【近未来・遠未来】【肌の露出が多めの挿絵あり/キスシーンの挿絵あり】

「重力アルケミック」柞刈湯葉著 星海社(星海社FICTIONS) 2017年2月【近未来・遠未来】【肌の露出が多めの挿絵なし】

### サイバー＞AI

『Eje⟨c⟩t』貴志川裕呉著 KADOKAWA(カドカワBOOKS) 2017年3月【近未来・遠未来】【肌の露出が多めの挿絵あり】

「うちの居候が世界を掌握している! 16」七条剛著 SBクリエイティブ(GA文庫) 2017年2月【現代】【肌の露出が多めの挿絵なし】

## ストーリー

「クソゲー・オンライン〈仮〉3」つちせ八十八著 KADOKAWA(MF文庫J) 2017年3月【異世界・架空の世界】【肌の露出が多めの挿絵あり】

「スクールジャック＝ガンスモーク = SCHOOL JACK=GUNSMOKE」坂下羚著 小学館(ガガガ文庫) 2017年6月【近未来・遠未来】【肌の露出が多めの挿絵なし】

「ストライクフォール = STRIKE FALL 2」長谷敏司著 小学館(ガガガ文庫) 2017年3月【異世界・架空の世界】【肌の露出が多めの挿絵なし】

「ソードアート・オンラインオルタナティブガンゲイル・オンライン 6」川原礫原案・監修;時雨沢恵一著 KADOKAWA(電撃文庫) 2017年3月【異世界・架空の世界】【肌の露出が多めの挿絵なし】

「ダンガンロンパ十神 下」佐藤友哉著 星海社(星海社FICTIONS) 2017年2月【現代】【挿絵なし】

「ディヴィジョン・マニューバ：英雄転生」妹尾尻尾著 講談社(講談社ラノベ文庫) 2017年3月【異世界・架空の世界】【肌の露出が多めの挿絵あり/性描写の挿絵あり】

「ビアンカ・オーバーステップ 下」筒城灯士郎著 星海社(星海社FICTIONS) 2017年3月【異世界・架空の世界】【挿絵なし】

「ビアンカ・オーバーステップ 上」筒城灯士郎著 星海社(星海社FICTIONS) 2017年3月【異世界・架空の世界】【挿絵なし】

「異世界攻略(クリア)のゲームマスター」坂本一馬著 ホビージャパン(HJ文庫) 2017年5月【異世界・架空の世界】【肌の露出が多めの挿絵あり】

「機械仕掛けのデイブレイク：Episode Aika」高橋びすい著 講談社(講談社ラノベ文庫) 2017年6月【異世界・架空の世界】【肌の露出が多めの挿絵あり/性描写の挿絵あり】

「屈折する星屑」江波光則著 早川書房(ハヤカワ文庫JA) 2017年3月【異世界・架空の世界】【挿絵なし】

「私たちは生きているのか？ = Are We Under the Biofeedback?」森博嗣著 講談社(講談社タイガ) 2017年2月【近未来・遠未来】【挿絵なし】

「正しい異能の教育者：ワケあり異能少女たちは最強の俺と卒業を目指す」朱月十話著 講談社(講談社ラノベ文庫) 2017年3月【異世界・架空の世界】【肌の露出が多めの挿絵あり/キスシーンの挿絵あり】

「青白く輝く月を見たか？ = Did the Moon Shed a Pale Light?」森博嗣著 講談社(講談社タイガ) 2017年6月【近未来・遠未来】【挿絵なし】

「天使のスタートアップ」水沢あきと著 星海社(星海社FICTIONS) 2017年6月【現代】【肌の露出が多めの挿絵なし】

「覇界王ガオガイガー対ベターマン 上巻」矢立肇原作;竹田裕一郎著;米たにヨシトモ監修 新紀元社(MORNINGSTARBOOKS.THEKINGOFBRAVESGAOGAIGARNOVEL) 2017年6月【現代】【肌の露出が多めの挿絵なし】

# ストーリー

## サイバー＞VR・AR

「Fコース」山田悠介著 KADOKAWA(角川文庫) 2017年5月【現代】【挿絵なし】

「RE;SET＞学園シミュレーション：1万4327度目のボクは、1度目のキミに恋をする。」土橋真二郎著 KADOKAWA(富士見ファンタジア文庫) 2017年3月【近未来・遠未来】【肌の露出が多めの挿絵あり】

「いでおろ～ぐ! = ideologue! 6」椎田十三著 KADOKAWA(電撃文庫) 2017年4月【現代/近未来・遠未来/異世界・架空の世界】【肌の露出が多めの挿絵あり】

「ウィザーディング・ゲーム」岬かつみ著 KADOKAWA(角川スニーカー文庫) 2017年3月【現代】【肌の露出が多めの挿絵あり】

「サイバーアーツ 01」瀬尾つかさ著 KADOKAWA(角川スニーカー文庫) 2017年3月【近未来・遠未来】【肌の露出が多めの挿絵なし】

「ソードアート・オンラインオルタナティブガンゲイル・オンライン 6」川原礫原案・監修;時雨沢恵一著 KADOKAWA(電撃文庫) 2017年3月【異世界・架空の世界】【肌の露出が多めの挿絵なし】

「英雄教室 7」新木伸著 集英社(ダッシュエックス文庫) 2017年1月【異世界・架空の世界】【肌の露出が多めの挿絵あり】

「英雄教室 7 オーディオドラマダウンロードシリアルコード付き限定版」新木伸著 集英社(ダッシュエックス文庫) 2017年1月【異世界・架空の世界】【肌の露出が多めの挿絵あり】

「英雄教室 8」新木伸著 集英社(ダッシュエックス文庫) 2017年5月【現代/異世界・架空の世界】【肌の露出が多めの挿絵なし】

「私たちは生きているのか? = Are We Under the Biofeedback?」森博嗣著 講談社(講談社タイガ) 2017年2月【近未来・遠未来】【挿絵なし】

## サイバー＞VRMMO

「〈Infinite Dendrogram〉-インフィニット・デンドログラム- 2」海道左近著 ホビージャパン(HJ文庫) 2017年1月【異世界・架空の世界】【肌の露出が多めの挿絵なし】

「〈Infinite Dendrogram〉-インフィニット・デンドログラム- 3」海道左近著 ホビージャパン(HJ文庫) 2017年4月【異世界・架空の世界】【肌の露出が多めの挿絵なし】

「Eje〈c〉t」貴志川裕呉著 KADOKAWA(カドカワBOOKS) 2017年3月【近未来・遠未来】【肌の露出が多めの挿絵あり】

「Frontier World：召喚士として活動中 3」ながワサビ64著 KADOKAWA(ファミ通文庫) 2017年2月【異世界・架空の世界】【肌の露出が多めの挿絵なし】

「エクスタス・オンフイン 02」久慈マサムネ著 KADOKAWA(角川スニーカー文庫) 2017年1月【異世界・架空の世界】【肌の露出が多めの挿絵あり/性描写の挿絵あり】

## ストーリー

「エクスタス・オンライン 03」久慈マサムネ著 KADOKAWA(角川スニーカー文庫) 2017年6月【異世界・架空の世界】【肌の露出が多めの挿絵あり/キスシーンの挿絵あり】

「エクスタス・オンライン 04」久慈マサムネ著 KADOKAWA(角川スニーカー文庫) 2017年1月【異世界・架空の世界】【肌の露出が多めの挿絵あり/性描写の挿絵あり】

「クソゲー・オンライン〈仮〉3」つちせ八十八著 KADOKAWA(MF文庫J) 2017年3月【異世界・架空の世界】【肌の露出が多めの挿絵あり】

「その最強、神の依頼で異世界へ 1」速峰淳著 主婦の友社(ヒーロー文庫) 2017年4月【異世界・架空の世界】【肌の露出が多めの挿絵なし】

「ロル 下」PhysicsPoint著 KADOKAWA(角川スニーカー文庫) 2017年6月【近未来・遠未来】【肌の露出が多めの挿絵あり】

「ロル 上」PhysicsPoint著 KADOKAWA(角川スニーカー文庫) 2017年6月【近未来・遠未来】【肌の露出が多めの挿絵なし】

「終末ノ再生者(リアクター) 2」河端ジュン一著 KADOKAWA(富士見ファンタジア文庫) 2017年3月【近未来・遠未来】【肌の露出が多めの挿絵あり/キスシーンの挿絵あり】

「東京ダンジョンスフィア」奈坂秋吾著 KADOKAWA(電撃文庫) 2017年1月【近未来・遠未来】【肌の露出が多めの挿絵なし】

## サイバー＞VRMMORPG

「Only Sense Online 11」アロハ座長著 KADOKAWA(富士見ファンタジア文庫) 2017年1月【異世界・架空の世界】【肌の露出が多めの挿絵あり】

「Only Sense Online 12」アロハ座長著 KADOKAWA(富士見ファンタジア文庫) 2017年5月【異世界・架空の世界】【肌の露出が多めの挿絵あり】

「VRMMO学園で楽しい魔改造のススメ：最弱ジョブで最強ダメージ出してみた」ハヤケン著 ホビージャパン(HJ文庫) 2017年6月【現代/異世界・架空の世界】【肌の露出が多めの挿絵なし】

「クラウン・オブ・リザードマン：少年は人の身を捨て復讐を誓う」雨木シュウスケ著 KADOKAWA(富士見ファンタジア文庫) 2017年4月【異世界・架空の世界】【肌の露出が多めの挿絵なし】

「ソードアート・オンライン 19」川原礫著 KADOKAWA(電撃文庫) 2017年2月【異世界・架空の世界】【肌の露出が多めの挿絵あり】

「ソードアート・オンラインオルタナティブガンゲイル・オンライン 6」川原礫原案・監修;時雨沢恵一著 KADOKAWA(電撃文庫) 2017年3月【異世界・架空の世界】【肌の露出が多めの挿絵なし】

「チート魔術で運命をねじ伏せる 4」月夜涙著 双葉社(モンスター文庫) 2017年2月【異世界・架空の世界】【肌の露出が多めの挿絵あり】

## ストーリー

「デスゲームから始めるMMOスローライフ 2」草雉アキ著 KADOKAWA(富士見ファンタジア文庫) 2017年4月【異世界・架空の世界】【肌の露出が多めの挿絵あり】

「ネトゲの嫁は女の子じゃないと思った? Lv.13」聴猫芝居著 KADOKAWA(電撃文庫) 2017年2月【現代】【肌の露出が多めの挿絵あり】

「ネトゲの嫁は女の子じゃないと思った? Lv.14」聴猫芝居著 KADOKAWA(電撃文庫) 2017年6月【現代】【肌の露出が多めの挿絵なし】

「ファイナルファンタジー14きみの傷とぼくらの絆：ON〈THE NOVEL〉LINE」藤原祐著;スクウェア・エニックス監修 KADOKAWA(電撃文庫) 2017年6月【現代】【肌の露出が多めの挿絵なし】

「プロデュース・オンライン：棒声優はネトゲで変わりたい。」田尾典丈著 KADOKAWA(富士見ファンタジア文庫) 2017年2月【現代】【肌の露出が多めの挿絵あり】

「ライブダンジョン! = LIVE DUNGEON! 2」dy冷凍著 KADOKAWA(カドカワBOOKS) 2017年4月【異世界・架空の世界】【肌の露出が多めの挿絵なし】

「想世のイシュタル」曽我部浩人著 講談社(講談社ラノベ文庫) 2017年3月【異世界・架空の世界】【肌の露出が多めの挿絵あり/性描写の挿絵あり】

「通常攻撃が全体攻撃で二回攻撃のお母さんは好きですか?」井中だちま著 KADOKAWA(富士見ファンタジア文庫) 2017年1月【異世界・架空の世界】【肌の露出が多めの挿絵あり】

## サイバー＞インターネット・SNS

「#拡散忌望」最東対地著 KADOKAWA(角川ホラー文庫) 2017年6月【現代】【挿絵なし】

「10年ごしの引きニートを辞めて外出したら 3」坂東太郎著 オーバーラップ(オーバーラップ文庫) 2017年2月【異世界・架空の世界】【肌の露出が多めの挿絵あり】

「EXMOD：思春期ノ能力者」神野オキナ著 小学館(ガガガ文庫) 2017年1月【現代】【肌の露出が多めの挿絵あり】

「うさぎ強盗には死んでもらう」橘ユマ著 KADOKAWA(角川スニーカー文庫) 2017年1月【現代】【肌の露出が多めの挿絵なし】

「おめでとう、俺は美少女に進化した。」和久井透夏著 KADOKAWA(カドカワBOOKS) 2017年2月【現代】【肌の露出が多めの挿絵あり】

「ガチャにゆだねる異世界廃人生活」時野洋輔著 KADOKAWA(富士見ファンタジア文庫) 2017年2月【異世界・架空の世界】【肌の露出が多めの挿絵あり】

「クラスのギャルとゲーム実況 part.1」琴平稜著 KADOKAWA(富士見ファンタジア文庫) 2017年4月【現代】【肌の露出が多めの挿絵あり】

「グリモア：私立グリモワール魔法学園」栗原寛樹原作・監修;くしまちみなと著 KADOKAWA(電撃文庫) 2017年1月【異世界・架空の世界】【肌の露出が多めの挿絵なし】

「ゲーマーズ! 7」葵せきな著 KADOKAWA(富士見ファンタジア文庫) 2017年3月【現代】【肌の露出が多めの挿絵あり】

## ストーリー

「スープ屋かまくら来客簿:あやかしに効く春野菜の夕焼け色スープ」和泉桂著 KADOKAWA(富士見L文庫) 2017年4月【現代】【挿絵なし】

「そして、アリスはいなくなった」ひずき優著 集英社(集英社オレンジ文庫) 2017年5月【現代】【挿絵なし】

「ナウ・ローディング」詠坂雄二著 光文社(光文社文庫) 2017年1月【現代】【肌の露出が多めの挿絵なし】

「ネット小説家になろうクロニクル 2」津田彷徨著 星海社(星海社FICTIONS) 2017年2月【現代】【肌の露出が多めの挿絵なし】

「ネット小説家になろうクロニクル 3」津田彷徨著 星海社(星海社FICTIONS) 2017年5月【現代】【肌の露出が多めの挿絵なし】

「愛原そよぎのなやみごと:時を止める能力者にどうやったら勝てると思う?」雪瀬ひうろ著 KADOKAWA(ファミ通文庫) 2017年3月【現代】【肌の露出が多めの挿絵なし】

「雨の降る日は学校に行かない」相沢沙呼著 集英社(集英社文庫) 2017年3月【現代】【挿絵なし】

「俺の青春を生け贄に、彼女の前髪をオープン」凪木エコ著 KADOKAWA(富士見ファンタジア文庫) 2017年1月【現代】【肌の露出が多めの挿絵あり】

「俺の部屋ごと異世界へ!ネットとAmozonの力で無双する 1」月夜涙著 双葉社(モンスター文庫) 2017年3月【異世界・架空の世界】【肌の露出が多めの挿絵なし】

「御社のデータが流出しています:吹鳴寺籐子のセキュリティチェック」一田和樹著 早川書房(ハヤカワ文庫JA) 2017年6月【現代】【挿絵なし】

「弱キャラ友崎くん = The Low Tier Character"TOMOZAKI-kun" Lv.3」屋久ユウキ著 小学館(ガガガ文庫) 2017年1月【現代】【肌の露出が多めの挿絵あり】

「進め!たかめ少女高雄ソライロデイズ。」三木なずな著 SBクリエイティブ(GA文庫) 2017年6月【現代】【肌の露出が多めの挿絵なし】

「星の涙」みのりfrom三月のパンタシア著 スターツ出版(スターツ出版文庫) 2017年3月【現代】【挿絵なし】

「彼女と俺とみんなの放送 : This is "Namahouso" Youth Story 2」高峰自由著 KADOKAWA(電撃文庫) 2017年2月【現代】【肌の露出が多めの挿絵あり/キスシーンの挿絵】

「物理的に孤立している俺の高校生活 = My Highschool Life is Physically Isolated」森田季節著 小学館(ガガガ文庫) 2017年2月【現代】【肌の露出が多めの挿絵あり】

### サイバー＞人造人間・人工生命

「ダンガンロンパ霧切 5」北山猛邦著 星海社(星海社FICTIONS) 2017年3月【現代】【挿絵なし】

「パラミリタリ・カンパニー:萌える侵略者 1」榊一郎著 講談社(講談社ラノベ文庫) 2017年5月【異世界・架空の世界】【肌の露出が多めの挿絵なし】

## ストーリー

「まるで人だな、ルーシー 2」零真似著 KADOKAWA(角川スニーカー文庫) 2017年5月【異世界・架空の世界】【肌の露出が多めの挿絵なし】

「終末ノ再生者(リアクター) 2」河端ジュン一著 KADOKAWA(富士見ファンタジア文庫) 2017年3月【近未来・遠未来】【肌の露出が多めの挿絵あり/キスシーンの挿絵あり】

「製造人間は頭が固い」上遠野浩平著 早川書房(ハヤカワ文庫JA) 2017年6月【異世界・架空の世界】【肌の露出が多めの挿絵なし】

### サバイバル

「10年ごしの引きニートを辞めて外出したら 3」坂東太郎著 オーバーラップ(オーバーラップ文庫) 2017年2月【異世界・架空の世界】【肌の露出が多めの挿絵あり】

「BLAME! THE ANTHOLOGY」弐瓶勉原作;小川一水;飛浩隆他著 早川書房(ハヤカワ文庫JA) 2017年5月【異世界・架空の世界】【肌の露出が多めの挿絵なし】

「Fate/strange Fake 4」TYPE-MOON原作;成田良悟著 KADOKAWA(電撃文庫) 2017年4月【異世界・架空の世界】【肌の露出が多めの挿絵なし】

「エスケープ・シープ・ランド = ESCAPE SHEEP LAND」馬場翁著 KADOKAWA(カドカワBOOKS) 2017年3月【現代】【肌の露出が多めの挿絵なし】

「デート・ア・バレット：デート・ア・ライブフラグメント」橘公司原案・監修;東出祐一郎著 KADOKAWA(富士見ファンタジア文庫) 2017年3月【異世界・架空の世界】【肌の露出が多めの挿絵あり】

「てのひら開拓村で異世界建国記：増えてく嫁たちとのんびり無人島ライフ」星崎崑著 KADOKAWA(MF文庫J) 2017年6月【異世界・架空の世界】【肌の露出が多めの挿絵なし】

「ぼくは異世界で付与魔法と召喚魔法を天秤にかける 9」横塚司著 双葉社(モンスター文庫) 2017年5月【現代/異世界・架空の世界】【肌の露出が多めの挿絵あり】

「ロル 下」PhysicsPoint著 KADOKAWA(角川スニーカー文庫) 2017年6月【近未来・遠未来】【肌の露出が多めの挿絵あり】

「ロル 上」PhysicsPoint著 KADOKAWA(角川スニーカー文庫) 2017年6月【近未来・遠未来】【肌の露出が多めの挿絵なし】

「異世界は思ったよりも俺に優しい?」大川雅臣著 TOブックス 2017年2月【異世界・架空の世界】【肌の露出が多めの挿絵なし】

「異世界は思ったよりも俺に優しい? 2」大川雅臣著 TOブックス 2017年6月【異世界・架空の世界】【肌の露出が多めの挿絵なし】

「俺だけ帰れるクラス転移 3」アネコユサギ著 KADOKAWA(MFブックス) 2017年2月【異世界・架空の世界】【肌の露出が多めの挿絵なし】

「信長の弟：織田信行として生きて候 第1巻」ツマビラカズジ著 マイクロマガジン社(GCNOVELS) 2017年6月【現代/歴史・時代】【肌の露出が多めの挿絵なし】

## ストーリー

「想世のイシュタル」曽我部浩人著 講談社(講談社ラノベ文庫) 2017年3月【異世界・架空の世界】【肌の露出が多めの挿絵あり/性描写の挿絵あり】

「蜘蛛ですが、なにか? 6」馬場翁著 KADOKAWA(カドカワBOOKS) 2017年6月【異世界・架空の世界】【肌の露出が多めの挿絵なし】

「猫と竜」アマラ著 宝島社(宝島社文庫) 2017年4月【異世界・架空の世界】【肌の露出が多めの挿絵なし】

「猫と竜と冒険王子とぐうたら少女 = The Cat and the Dragon,the Adventurous prince and the Lazy girl」アマラ著 宝島社 2017年1月【異世界・架空の世界】【肌の露出が多めの挿絵なし】

## 試合・競争・コンテスト

「D坂の美少年」西尾維新著 講談社(講談社タイガ) 2017年3月【現代】【肌の露出が多めの挿絵なし】

「アイテムチートな奴隷ハーレム建国記 4」猫又ぬこ著 ホビージャパン(HJ文庫) 2017年3月【異世界・架空の世界】【肌の露出が多めの挿絵あり】

「あざみ野高校女子送球部!」小瀬木麻美著 ポプラ社(ポプラ文庫ピュアフル) 2017年5月【現代】【挿絵なし】

「あの、一緒に戦争(ブカツ)しませんか?」高村透著 KADOKAWA(電撃文庫) 2017年6月【現代】【肌の露出が多めの挿絵なし】

「オレ、NO力者につき!」阿智太郎著 KADOKAWA(電撃文庫) 2017年5月【近未来・遠未来】【肌の露出が多めの挿絵なし】

「ケーキ王子の名推理(スペシャリテ) 2」七月隆文著 新潮社(新潮文庫nex) 2017年4月【現代】【挿絵なし】

「ストライキングガール! = Striking Girl!」EDA著 KADOKAWA(カドカワBOOKS) 2017年4月【現代】【肌の露出が多めの挿絵なし】

「ストライクフォール = STRIKE FALL 2」長谷敏司著 小学館(ガガガ文庫) 2017年3月【異世界・架空の世界】【肌の露出が多めの挿絵なし】

「すもうガールズ」鹿目けい子著 幻冬舎(幻冬舎文庫) 2017年3月【現代】【肌の露出が多めの挿絵なし】

「たとえばラストダンジョン前の村の少年が序盤の街で暮らすような物語 2」サトウとシオ著 SBクリエイティブ(GA文庫) 2017年6月【異世界・架空の世界】【肌の露出が多めの挿絵なし】

「できそこないの魔獣錬磨師(モンスタートレーナー) 7」見波タクミ著 KADOKAWA(富士見ファンタジア文庫) 2017年5月【異世界・架空の世界】【肌の露出が多めの挿絵あり/キスシーンの挿絵あり】

「ドラゴン嫁はかまってほしい 3」初美陽一著 KADOKAWA(富士見ファンタジア文庫) 2017年6月【異世界・架空の世界】【肌の露出が多めの挿絵なし】

## ストーリー

「ネット小説家になろうクロニクル 2」津田彷徨著 星海社(星海社FICTIONS) 2017年2月【現代】【肌の露出が多めの挿絵なし】

「ネット小説家になろうクロニクル 3」津田彷徨著 星海社(星海社FICTIONS) 2017年5月【現代】【肌の露出が多めの挿絵なし】

「ハイスクールD×D 23」石踏一榮著 KADOKAWA(富士見ファンタジア文庫) 2017年3月【異世界・架空の世界】【肌の露出が多めの挿絵あり】

「ヒマワリ:unUtopial World 4」林トモアキ著 KADOKAWA(角川スニーカー文庫) 2017年5月【近未来・遠未来】【肌の露出が多めの挿絵なし】

「ブラック・ヴィーナス:天才株トレーダー・二礼茜」城山真一著 宝島社(宝島社文庫) 2017年2月【現代】【挿絵なし】

「メルヘン・メドヘン」松智洋著;StoryWorks著 集英社(ダッシュエックス文庫) 2017年2月【現代/異世界・架空の世界】【肌の露出が多めの挿絵あり】

「ようこそ授賞式の夕べに」大崎梢著 東京創元社(創元推理文庫) 2017年2月【現代】【挿絵なし】

「異世界温泉に転生した俺の効能がとんでもすぎる 2」七鳥未奏著 KADOKAWA(MF文庫J) 2017年6月【異世界・架空の世界】【肌の露出が多めの挿絵あり】

「異世界転移バーテンダーのカクテルポーション 3」score著 KADOKAWA(MFブックス) 2017年1月【異世界・架空の世界】【肌の露出が多めの挿絵なし】

「王女フェリの幸せな試練[2]」時田とおる著 KADOKAWA(角川ビーンズ文庫) 2017年1月【異世界・架空の世界】【肌の露出が多めの挿絵なし】

「俺、冒険者!:無双スキルは平面魔法 1」みそたくあん著 KADOKAWA(MFブックス) 2017年5月【異世界・架空の世界】【肌の露出が多めの挿絵なし】

「俺が好きなのは妹だけど妹じゃない 3」恵比須清司著 KADOKAWA(富士見ファンタジア文庫) 2017年4月【現代】【肌の露出が多めの挿絵あり】

「学戦都市アスタリスク外伝:クインヴェールの翼 2」三屋咲ゆう著 KADOKAWA(MF文庫J) 2017年3月【異世界・架空の世界】【肌の露出が多めの挿絵なし】

「巻き込まれ異世界召喚記 1」結城ヒロ著 KADOKAWA(MF文庫J) 2017年3月【異世界・架空の世界】【肌の露出が多めの挿絵あり】

「最良の嘘の最後のひと言」河野裕著 東京創元社(創元推理文庫) 2017年2月【現代】【挿絵なし】

「冴えない彼女(ヒロイン)の育てかたGirls Side 3」丸戸史明著 KADOKAWA(富士見ファンタジア文庫) 2017年6月【現代】【肌の露出が多めの挿絵なし】

「自称トランクのお兄さまがゲームで評価される学園の頂点に君臨するそうですよ?」三河ごーすと著 KADOKAWA(MF文庫J) 2017年4月【現代】【肌の露出が多めの挿絵あり】

## ストーリー

「自動販売機に生まれ変わった俺は迷宮を彷徨う3」昼熊著 KADOKAWA(角川スニーカー文庫) 2017年2月【異世界・架空の世界】【肌の露出が多めの挿絵あり】

「春や春」森谷明子著 光文社(光文社文庫) 2017年5月【現代】【挿絵なし】

「職業無職の俺が冒険者を目指すワケ。4」スフレ著 KADOKAWA(カドカワBOOKS) 2017年1月【異世界・架空の世界】【肌の露出が多めの挿絵あり】

「神さまSHOPでチートの香り2」佐々木さざめき著 ポニーキャニオン(ぽにきゃんBOOKS) 2017年6月【異世界・架空の世界】【肌の露出が多めの挿絵あり】

「神眼の勇者6」ファースト著 双葉社(モンスター文庫) 2017年3月【異世界・架空の世界】【肌の露出が多めの挿絵あり】

「聖樹の国の禁呪使い8」篠崎芳著 オーバーラップ(オーバーラップ文庫) 2017年1月【異世界・架空の世界】【肌の露出が多めの挿絵なし】

「蒼戟の疾走者(ストラトランナー) = STRATORUNNER IN THE SKY：落ちこぼれ騎士の逆転戦略」犬亥著 KADOKAWA(電撃文庫) 2017年5月【異世界・架空の世界】【肌の露出が多めの挿絵なし】

「装幀室のおしごと。: 本の表情つくりませんか?」範乃秋晴著 KADOKAWA(メディアワークス文庫) 2017年2月【現代】【肌の露出が多めの挿絵なし】

「太陽に捧ぐラストボール 下」高橋あこ著 スターツ出版(スターツ出版文庫) 2017年6月【現代】【挿絵なし】

「鳥かごの大神官さまと侯爵令嬢」佐槻奏多著 一迅社(一迅社文庫アイリス) 2017年5月【異世界・架空の世界】【肌の露出が多めの挿絵なし】

「帝一の國：映画ノベライズ」古屋兎丸原作;いずみ吉紘脚本;久麻當郎小説 集英社(JUMPjBOOKS) 2017年5月【現代】【肌の露出が多めの挿絵なし】

「転生太閤記：現代知識で戦国の世を無双する」津田彷徨著 KADOKAWA(カドカワBOOKS) 2017年1月【歴史・時代】【肌の露出が多めの挿絵なし】

「豚公爵に転生したから、今度は君に好きと言いたい2」合田拍子著 KADOKAWA(富士見ファンタジア文庫) 2017年4月【異世界・架空の世界】【肌の露出が多めの挿絵あり】

「敗者たちの季節」あさのあつこ著 KADOKAWA(角川文庫) 2017年4月【現代】【肌の露出が多めの挿絵なし】

「白球ガールズ」赤澤竜也著 KADOKAWA(角川文庫) 2017年6月【現代】【挿絵なし】

「魔術学園領域の拳王(バーサーカー) 2」下等妙人著 KADOKAWA(富士見ファンタジア文庫) 2017年5月【異世界・架空の世界】【肌の露出が多めの挿絵あり】

「魔術師たちの就職戦線2」嬉野秋彦著 KADOKAWA(ファミ通文庫) 2017年2月【異世界・架空の世界】【肌の露出が多めの挿絵なし】

## ストーリー

「魔導GPX(グランプリ)ウィザード・フォーミュラ」竹井10日著 KADOKAWA(角川スニーカー文庫) 2017年4月【異世界・架空の世界】【肌の露出が多めの挿絵あり/キスシーンの挿絵あり/性描写の挿絵あり】

「魔導少女に転生した俺の双剣が有能すぎる 2」岩波零著 KADOKAWA(MF文庫J) 2017年3月【異世界・架空の世界】【肌の露出が多めの挿絵あり】

「友達いらない同盟 2」園生凪著 講談社(講談社ラノベ文庫) 2017年6月【現代】【肌の露出が多めの挿絵あり】

「乱歩の変身」江戸川乱歩著 光文社(光文社文庫) 2017年4月【歴史・時代】【挿絵なし】

「流星茶房物語［2］」羽倉せい著 KADOKAWA(角川ビーンズ文庫) 2017年2月【異世界・架空の世界】【肌の露出が多めの挿絵なし】

「竜と魔法の空戦記：はぐれ魔導技師と穴あき紫電改」手島史詞著 マイクロマガジン社(GCNOVELS) 2017年6月【異世界・架空の世界】【肌の露出が多めの挿絵あり】

## 資格

「資格の神様」十階堂一系著 KADOKAWA(電撃文庫) 2017年5月【現代】【肌の露出が多めの挿絵なし】

## 仕事

「《ハローワーク・ギルド》へようこそ! = Welcome to "Hello Work Guild"」小林三六九著 KADOKAWA(電撃文庫) 2017年1月【異世界・架空の世界】【肌の露出が多めの挿絵あり】

「Bの戦場 2」ゆきた志旗著 集英社(集英社オレンジ文庫) 2017年6月【現代】【肌の露出が多めの挿絵なし】

「アイ★チュウ：Fan×Fun×Gift♪♪ 2」リベル・エンタテインメント原作・監修;pero著 KADOKAWA(ビーズログ文庫アリス) 2017年4月【現代】【肌の露出が多めの挿絵なし】

「アムネシアマリー = AMNESIA MARRY イッキ&ケント編」鈴木あつみ著;アイディアファクトリー株式会社;デザインファクトリー株式会社監修 一二三書房(オトメイトノベル) 2017年5月【異世界・架空の世界】【肌の露出が多めの挿絵なし】

「あやかしお宿に新米入ります。」友麻碧著 KADOKAWA(富士見L文庫) 2017年5月【異世界・架空の世界】【挿絵なし】

「アンチスキル・ゲーミフィケーション 2」土橋真二郎著 KADOKAWA(MF文庫J) 2017年3月【異世界・架空の世界】【肌の露出が多めの挿絵あり】

「イジワル御曹司に愛されています」西ナナヲ著 スターツ出版(ベリーズ文庫) 2017年5月【現代】【挿絵なし】

「イジワル上司に焦らされてます」小春りん著 スターツ出版(ベリーズ文庫) 2017年4月【現代】【挿絵なし】

## ストーリー

「イジワル同期とスイートライフ」西ナナヲ著 スターツ出版(ベリーズ文庫) 2017年2月【現代】【挿絵なし】

「うさぎ強盗には死んでもらう」橘ユマ著 KADOKAWA(角川スニーカー文庫) 2017年1月【現代】【肌の露出が多めの挿絵なし】

「エプロン男子:今晩、出張シェフがうかがいます」山本瑤著 集英社(集英社オレンジ文庫) 2017年4月【現代】【挿絵なし】

「エリート医師の溺愛処方箋」鳴瀬菜々子著 スターツ出版(ベリーズ文庫) 2017年2月【現代】【挿絵なし】

「エリート上司の過保護な独占愛」高田ちさき著 スターツ出版(ベリーズ文庫) 2017年1月【現代】【挿絵なし】

「エロマンガ先生 8」伏見つかさ著 KADOKAWA(電撃文庫) 2017年1月【現代】【肌の露出が多めの挿絵あり】

「おいしい逃走(ツアー)!東京発京都行:謎の箱と、SAグルメ食べ歩き」桔梗楓著 マイナビ出版(ファン文庫) 2017年3月【現代】【挿絵なし】

「オイディプスの檻:犯罪心理分析班」佐藤青南著 KADOKAWA(富士見L文庫) 2017年3月【現代】【挿絵なし】

「オリンポスの郵便ポスト = The Post at Mount Olympus」藻野多摩夫著 KADOKAWA(電撃文庫) 2017年3月【近未来・遠未来】【肌の露出が多めの挿絵なし】

「お仕事中、迷子の俺サマ拾いました!:フォルテックの獣使い」村沢侑著 KADOKAWA(ビーズログ文庫) 2017年1月【異世界・架空の世界】【肌の露出が多めの挿絵なし】

「かぜまち美術館の謎便り」森晶麿著 新潮社(新潮文庫nex) 2017年6月【現代】【挿絵なし】

「キッチン・ミクリヤの魔法の料理 2」吉田安寿著 双葉社(双葉文庫) 2017年2月【現代】【挿絵なし】

「キモイマン 2」中沢健著 小学館(ガガガ文庫) 2017年6月【現代】【肌の露出が多めの挿絵なし】

「キャスター探偵:金曜23時20分の男」愁堂れな著 集英社(集英社オレンジ文庫) 2017年2月【現代】【肌の露出が多めの挿絵なし】

「クールなCEOと社内政略結婚!?」高田ちさき著 スターツ出版(ベリーズ文庫) 2017年3月【現代】【挿絵なし】

「クールなお医者様のギャップに溶けてます」春海あずみ著 スターツ出版(ベリーズ文庫) 2017年6月【現代】【挿絵なし】

「ゴーストケース:心霊科学捜査官」柴田勝家著 講談社(講談社タイガ) 2017年1月【現代】【挿絵なし】

「ことづて屋 [3]」濱野京子著 ポプラ社(ポプラ文庫ピュアフル) 2017年3月【現代】【挿絵なし】

## ストーリー

「この度、友情結婚いたしました。」田崎くるみ著 スターツ出版(ベリーズ文庫) 2017年1月【現代】【挿絵なし】

「これは経費で落ちません！：経理部の森若さん 2」青木祐子著 集英社(集英社オレンジ文庫) 2017年4月【現代】【挿絵なし】

「こんこん、いなり不動産」猫屋ちゃき著 マイナビ出版(ファン文庫) 2017年4月【現代】【挿絵なし】

「サヨナラ坂の美容院」石田空著 マイナビ出版(ファン文庫) 2017年5月【現代】【肌の露出が多めの挿絵なし】

「しつけ屋美月の事件手帖：その飼い主、取扱い注意!?」相戸結衣著 マイナビ出版(ファン文庫) 2017年2月【現代】【挿絵なし】

「シマイチ古道具商：春夏冬人情ものがたり」蓮見恭子著 新潮社(新潮文庫nex) 2017年4月【現代】【挿絵なし】

「シャンプーと視線の先で：夢解き美容師、葉所日陰」枕木みる太著 KADOKAWA(メディアワークス文庫) 2017年6月【現代】【肌の露出が多めの挿絵なし】

「スーパーカブ」トネ・コーケン著 KADOKAWA(角川スニーカー文庫) 2017年5月【現代】【肌の露出が多めの挿絵あり】

「すしそばてんぷら」藤野千夜著 角川春樹事務所(ハルキ文庫) 2017年1月【現代】【挿絵なし】

「すまん、資金ブーストよりチートなスキル持ってる奴おる？ 2」えきさいたー著 集英社(ダッシュエックス文庫) 2017年2月【異世界・架空の世界】【肌の露出が多めの挿絵なし】

「ダイブ！：潜水系公務員は謎だらけ」山本賀代著 マイナビ出版(ファン文庫) 2017年2月【現代】【挿絵なし】

「ただいまの神様」鈴森丹子著 KADOKAWA(メディアワークス文庫) 2017年1月【現代】【肌の露出が多めの挿絵なし】

「ツンデレ社長の甘い求愛」田崎くるみ著 スターツ出版(ベリーズ文庫) 2017年5月【現代】【挿絵なし】

「ディバインゲート：王と悪戯な幕間劇」ガンホー・オンライン・エンターテイメント原作;佐々木禎子著 KADOKAWA(ビーズログ文庫アリス) 2017年3月【異世界・架空の世界】【肌の露出が多めの挿絵なし】

「ディリュージョン社の提供でお送りします」はやみねかおる著 講談社(講談社タイガ) 2017年4月【現代】【挿絵なし】

「デボネア・リアル・エステート 3」山貝エビス著 SBクリエイティブ(GA文庫) 2017年2月【異世界・架空の世界】【肌の露出が多めの挿絵あり/オスシーンの挿絵あり】

「どうでもいい世界なんて：クオリディア・コード 2」渡航著 小学館(ガガガ文庫) 2017年1月【近未来・遠未来】【肌の露出が多めの挿絵あり】

## ストーリー

「トラックに轢かれたのに異世界転生できないと言われたから、美少女と働くことにした。」日富美信吾著 講談社(講談社ラノベ文庫) 2017年2月【異世界・架空の世界】【肌の露出が多めの挿絵あり】

「ナイショの恋人は副社長!?」宇佐木著 スターツ出版(ベリーズ文庫) 2017年1月【現代】【挿絵なし】

「なれる!SE 15」夏海公司著 KADOKAWA(電撃文庫) 2017年1月【現代】【肌の露出が多めの挿絵あり】

「ネット小説家になろうクロニクル 2」津田彷徨著 星海社(星海社FICTIONS) 2017年2月【現代】【肌の露出が多めの挿絵なし】

「ネネコさんの動物写真館」角野栄子著 ポプラ社(ポプラ文庫ピュアフル) 2017年5月【現代】【肌の露出が多めの挿絵なし】

「バイトリーダーがはじめる異世界ファミレス無双：姫騎士と魔王の娘で繁盛するまで帰れません」長野聖樹著 集英社(ダッシュエックス文庫) 2017年5月【異世界・架空の世界】【肌の露出が多めの挿絵なし】

「はたらく魔王さま! 17」和ケ原聡司著 KADOKAWA(電撃文庫) 2017年5月【現代】【肌の露出が多めの挿絵なし】

「ハッピー・レボリューション = Happy Revolution」星奏なつめ著 KADOKAWA(メディアワークス文庫) 2017年3月【現代】【肌の露出が多めの挿絵なし】

「ビブリア古書堂の事件手帖 7」三上延著 KADOKAWA(メディアワークス文庫) 2017年2月【現代】【挿絵なし】

「ヒュプノスゲーム = HYPNOS GAME」鰤牙著 KADOKAWA(カドカワBOOKS) 2017年4月【現代】【肌の露出が多めの挿絵なし】

「フェアリーテイル・クロニクル：空気読まない異世界ライフ 13」埴輪星人著 KADOKAWA(MFブックス) 2017年2月【異世界・架空の世界】【肌の露出が多めの挿絵なし】

「ブラック・ヴィーナス：天才株トレーダー・二礼茜」城山真一著 宝島社(宝島社文庫) 2017年2月【現代】【挿絵なし】

「ブラック企業に勤めております。[2]」要はる著 集英社(集英社オレンジ文庫) 2017年5月【現代】【肌の露出が多めの挿絵なし】

「フレイム王国興亡記 6」疎陀陽著 オーバーラップ(オーバーラップ文庫) 2017年1月【異世界・架空の世界】【肌の露出が多めの挿絵あり】

「ベースメント」井川楊枝著 TOブックス(TO文庫) 2017年1月【現代】【挿絵なし】

「ホテルギガントキャッスルへようこそ」SOW著 集英社(ダッシュエックス文庫) 2017年3月【異世界・架空の世界】【肌の露出が多めの挿絵あり】

「マギクラフト・マイスター 11」秋ぎつね著 KADOKAWA(MFブックス) 2017年3月【異世界・架空の世界】【肌の露出が多めの挿絵なし】

## ストーリー

「もしもパワハラ上司がドラゴンにさらわれたら」蒼月海里著 幻冬舎(幻冬舎文庫) 2017年1月【現代】【肌の露出が多めの挿絵なし】

「モテ系同期と偽装恋愛!?」藍里まめ著 スターツ出版(ベリーズ文庫) 2017年2月【現代】【挿絵なし】

「モンスター娘のお医者さん 3」折口良乃著 集英社(ダッシュエックス文庫) 2017年6月【異世界・架空の世界】【肌の露出が多めの挿絵あり】

「ゆきうさぎのお品書き[3]」小湊悠貴著 集英社(集英社オレンジ文庫) 2017年1月【現代】【挿絵なし】

「ようこそ授賞式の夕べに」大崎梢著 東京創元社(創元推理文庫) 2017年2月【現代】【挿絵なし】

「ようこそ哲学メイド喫茶ソファンディへ」逢坂千紘著 星海社(星海社FICTIONS) 2017年4月【現代】【肌の露出が多めの挿絵なし】

「ラストレター」浅海ユウ著 スターツ出版(スターツ出版文庫) 2017年4月【現代】【肌の露出が多めの挿絵なし】

「リケジョ探偵の謎解きラボ」喜多喜久著 宝島社(宝島社文庫) 2017年5月【現代】【挿絵なし】

「レア・クラスチェンジ! = Rare Class Change : 魔物使いちゃんとレア従魔の異世界ゆる旅 3」黒杉くろん著 TOブックス 2017年2月【異世界・架空の世界】【肌の露出が多めの挿絵なし】

「わたしはさくら。: 捏造恋愛バラエティ、収録中」光明寺祭人著 マイナビ出版(ファン文庫) 2017年1月【現代】【挿絵なし】

「悪の組織の求人広告」喜友名トト著 KADOKAWA(ノベルゼロ) 2017年2月【近未来・遠未来】【肌の露出が多めの挿絵なし】

「悪の組織の求人広告 2」喜友名トト著 KADOKAWA(ノベルゼロ) 2017年3月【近未来・遠未来】【肌の露出が多めの挿絵なし】

「異世界駅舎の喫茶店 = The Coffee Shop in A Different World Station [2]」Swind著 宝島社 2017年6月【異世界・架空の世界】【肌の露出が多めの挿絵なし】

「異世界人の手引き書 = Manual of the person from different world 2」たっくるん著 KADOKAWA(カドカワBOOKS) 2017年1月【異世界・架空の世界】【肌の露出が多めの挿絵なし】

「異世界人の手引き書 = Manual of the person from different world 3」たっくるん著 KADOKAWA(カドカワBOOKS) 2017年5月【異世界・架空の世界】【肌の露出が多めの挿絵なし】

「医療魔術師は、もう限界です!」はな著 KADOKAWA(富士見ファンタジア文庫) 2017年2月【異世界・架空の世界】【肌の露出が多めの挿絵あり】

「因業探偵 : 新藤礼都の事件簿」小林泰三著 光文社(光文社文庫) 2017年6月【現代】【挿絵なし】

## ストーリー

「王と月 1」夏目みや著 アルファポリス(レジーナ文庫.レジーナブックス) 2017年4月【異世界・架空の世界】【肌の露出が多めの挿絵あり】

「王と月 2」夏目みや著 アルファポリス(レジーナ文庫.レジーナブックス) 2017年5月【異世界・架空の世界】【肌の露出が多めの挿絵なし】

「王と月 3」夏目みや著 アルファポリス(レジーナ文庫.レジーナブックス) 2017年6月【異世界・架空の世界】【肌の露出が多めの挿絵なし】

「黄泉坂案内人 [2]」仁木英之著 KADOKAWA(角川文庫) 2017年6月【現代/歴史・時代】【挿絵なし】

「屋上で縁結び」岡篠名桜著 集英社(集英社文庫) 2017年1月【現代】【肌の露出が多めの挿絵なし】

「歌姫島(ディーヴァアイランド)の支配人候補」兎月竜之介著 KADOKAWA(ノベルゼロ) 2017年4月【異世界・架空の世界】【肌の露出が多めの挿絵なし】

「廻る素敵な隣人。」杜奏みなや著 KADOKAWA(メディアワークス文庫) 2017年1月【現代】【挿絵なし】

「確率捜査官御子柴岳人 [2]」神永学著 KADOKAWA(角川文庫) 2017年6月【現代】【挿絵なし】

「逆境シンデレラ:御曹司の強引な求愛」あさぎ千夜春著 スターツ出版(ベリーズ文庫) 2017年3月【現代】【挿絵なし】

「虚ろな暗殺者(アサシン)と究極の世界人形」舞阪洸著 KADOKAWA(ファミ通文庫) 2017年6月【異世界・架空の世界】【肌の露出が多めの挿絵あり/キスシーンの挿絵あり】

「京都寺町三条のホームズ 6.5」望月麻衣著 双葉社(双葉文庫) 2017年4月【現代】【肌の露出が多めの挿絵なし】

「京都寺町三条のホームズ 7」望月麻衣著 双葉社(双葉文庫) 2017年4月【現代】【挿絵なし】

「強引なカレの甘い束縛」惣領莉沙著 スターツ出版(ベリーズ文庫) 2017年2月【現代】【挿絵なし】

「強引社長の不器用な溺愛」砂川雨路著 スターツ出版(ベリーズ文庫) 2017年6月【現代】【挿絵なし】

「強引上司と過保護な社内恋愛!?」悠木にこら著 スターツ出版(ベリーズ文庫) 2017年4月【現代】【挿絵なし】

「強引男子のイジワルで甘い独占欲」pinori著 スターツ出版(ベリーズ文庫) 2017年3月【現代】【挿絵なし】

「教室の隅にいた女が、調子に乗るとこうなります。」秋吉ユイ著 幻冬舎(幻冬舎文庫) 2017年5月【現代】【肌の露出が多めの挿絵なし】

「銀河連合日本 4」松本保羽著 星海社(星海社FICTIONS) 2017年2月【近未来・遠未来】【肌の露出が多めの挿絵あり/キスシーンの挿絵あり】

## ストーリー

「駆除人 3」花黒子著 KADOKAWA(MFブックス) 2017年1月【異世界・架空の世界】【肌の露出が多めの挿絵なし】

「君と星の話をしよう：降織天文館とオリオン座の少年」相川真著 集英社(集英社オレンジ文庫) 2017年3月【現代】【挿絵なし】

「芸者でGO!」山本幸久著 実業之日本社(実業之日本社文庫) 2017年6月【現代】【肌の露出が多めの挿絵なし】

「結物語」西尾維新著 講談社(講談社BOX) 2017年1月【現代】【肌の露出が多めの挿絵なし】

「月世界紳士録」三木笙子著 集英社(集英社オレンジ文庫) 2017年6月【現代】【挿絵なし】

「兼業作家、八乙女累は充実している」夏海公司著 KADOKAWA(メディアワークス文庫) 2017年5月【現代】【肌の露出が多めの挿絵なし】

「鍵屋甘味処改 5」梨沙著 集英社(集英社オレンジ文庫) 2017年1月【現代】【挿絵なし】

「元勇者、印税生活はじめました。：担当編集はかつての宿敵」霜野おつかい著 SBクリエイティブ(GA文庫) 2017年6月【現代/異世界・架空の世界】【肌の露出が多めの挿絵あり】

「幻想古書店で珈琲を[4]」蒼月海里著 角川春樹事務所(ハルキ文庫) 2017年3月【現代/異世界・架空の世界】【肌の露出が多めの挿絵なし】

「後宮に月は満ちる：金椛国春秋」篠原悠希著 KADOKAWA(角川文庫) 2017年6月【異世界・架空の世界】【挿絵なし】

「後宮香妃物語：龍の皇太子とめぐる恋」伊藤たつき著 KADOKAWA(角川ビーンズ文庫) 2017年5月【異世界・架空の世界】【肌の露出が多めの挿絵なし】

「御曹司さまの言いなりなんてっ!」岩長咲耶著 スターツ出版(ベリーズ文庫) 2017年6月【現代】【挿絵なし】

「御曹司は身代わり秘書を溺愛しています」有坂芽流著 スターツ出版(ベリーズ文庫) 2017年1月【現代】【挿絵なし】

「公爵夫妻の面倒な事情」芝原歌織著 講談社(講談社X文庫) 2017年2月【現代】【肌の露出が多めの挿絵なし】

「校閲ガール ア・ラ・モード」宮木あや子著 KADOKAWA(角川文庫) 2017年6月【現代】【肌の露出が多めの挿絵なし】

「皇帝陛下の愛され絵師：その筆は奇跡を招く」日高砂羽著 集英社(コバルト文庫) 2017年4月【異世界・架空の世界】【肌の露出が多めの挿絵なし】

「紅茶館くじら亭ダイアリー：シナモン・ジンジャーは雪解けの香り」伊佐良紫葉著 KADOKAWA(富士見L文庫) 2017年2月【現代】【挿絵なし】

「黒の派遣 - THE BLACK AGENCY」江崎双六著 TOブックス(TO文庫) 2017年2月【現代】【挿絵なし】

「砂に泳ぐ彼女」飛鳥井千砂著 KADOKAWA(角川文庫) 2017年6月【現代】【挿絵なし】

## ストーリー

「最悪探偵 = The worst detective」望公太著 KADOKAWA(ノベルゼロ) 2017年2月【現代】【肌の露出が多めの挿絵あり】

「冴えない彼女(ヒロイン)の育てかた 12」丸戸史明著 KADOKAWA(富士見ファンタジア文庫) 2017年3月【現代】【肌の露出が多めの挿絵なし】

「若者の黒魔法離れが深刻ですが、就職してみたら待遇いいし、社長も使い魔もかわいくて最高です!」森田季節著 集英社(ダッシュエックス文庫) 2017年6月【異世界・架空の世界】【肌の露出が多めの挿絵あり】

「神さまSHOPでチートの香り」佐々木さざめき著 ポニーキャニオン(ぽにきゃんBOOKS) 2017年1月【異世界・架空の世界】【肌の露出が多めの挿絵なし】

「神さまSHOPでチートの香り 2」佐々木さざめき著 ポニーキャニオン(ぽにきゃんBOOKS) 2017年6月【異世界・架空の世界】【肌の露出が多めの挿絵あり】

「神さまの百貨店:たそがれ外商部が御用承ります。」佐々原史緒著 KADOKAWA(富士見L文庫) 2017年3月【現代】【挿絵なし】

「神の値段」一色さゆり著 宝島社(宝島社文庫) 2017年1月【現代】【挿絵なし】

「神様たちのお伊勢参り」竹村優希著 双葉社(双葉文庫) 2017年6月【現代】【肌の露出が多めの挿絵なし】

「人狼×討伐のメソッド 2」斜守モル著 KADOKAWA(MF文庫J) 2017年5月【現代】【肌の露出が多めの挿絵なし】

「雀と五位鷺推当帖」平谷美樹著 角川春樹事務所(ハルキ文庫) 2017年10月【歴史・時代】【挿絵なし】

「世界最強は家族と仲良く出稼ぎ中! 4」空埜一樹著 ホビージャパン(HJ文庫) 2017年1月【異世界・架空の世界】【肌の露出が多めの挿絵なし】

「世界樹の上に村を作ってみませんか 1」氷純著 KADOKAWA(MFブックス) 2017年2月【異世界・架空の世界】【肌の露出が多めの挿絵なし】

「世界樹の上に村を作ってみませんか 2」氷純著 KADOKAWA(MFブックス) 2017年6月【異世界・架空の世界】【肌の露出が多めの挿絵あり】

「成長チートでなんでもできるようになったが、無職だけは辞められないようです 2」時野洋輔著 新紀元社(MORNINGSTARBOOKS) 2017年1月【異世界・架空の世界】【肌の露出が多めの挿絵あり】

「政と源」三浦しをん著 集英社(集英社オレンジ文庫) 2017年6月【現代】【挿絵なし】

「聖女の魔力は万能です = The power of the saint is all around.」橘由華著 KADOKAWA(カドカワBOOKS) 2017年2月【異世界・架空の世界】【肌の露出が多めの挿絵なし】

「絶対ナル孤独者(アイソレータ) = THE ISOLATOR realization of absolute solitude 4」川原礫著 KADOKAWA(電撃文庫) 2017年5月【現代】【肌の露出が多めの挿絵なし】

## ストーリー

「先生、原稿まだですか!：新米編集者、ベストセラーを作る」織川制吾著 集英社(集英社オレンジ文庫) 2017年5月【現代】【挿絵なし】

「装幀室のおしごと。：本の表情つくりませんか?」範乃秋晴著 KADOKAWA(メディアワークス文庫) 2017年2月【現代】【肌の露出が多めの挿絵なし】

「大正箱娘 [2]」紅玉いづき著 講談社(講談社タイガ) 2017年3月【歴史・時代】【挿絵なし】

「旦那様と契約結婚!?：イケメン御曹司に拾われました」夏雪なつめ著 スターツ出版(ベリーズ文庫) 2017年4月【現代】【挿絵なし】

「知らない記憶(こえ)を聴かせてあげる。」石井颯良著 KADOKAWA(角川文庫) 2017年5月【現代】【挿絵なし】

「中目黒リバーエッジハウス：ワケありだらけのシェアオフィスはじまりの春」岩本薫著 集英社(集英社オレンジ文庫) 2017年3月【現代】【挿絵なし】

「天界に裏切られた最強勇者は、魔王と○○した。 = THE SECRET ALLIANCE BETWEEN THE NUTTY HERO AND THE STUPID DEVIL 001」月島秀一著 アース・スターエンターテイメント(EARTHSTARNOVEL) 2017年6月【異世界・架空の世界】【肌の露出が多めの挿絵なし】

「天久鷹央の推理カルテ 5」知念実希人著 新潮社(新潮文庫nex) 2017年3月【現代】【挿絵なし】

「東京バルがゆく [2]」似鳥航一著 KADOKAWA(メディアワークス文庫) 2017年5月【現代】【挿絵なし】

「湯屋の怪異とカラクリ奇譚 2」会川いち著 KADOKAWA(メディアワークス文庫) 2017年4月【歴史・時代】【肌の露出が多めの挿絵なし】

「道-MEN：北海道を喰いに来た乙女」アサウラ著 集英社(ダッシュエックス文庫) 2017年6月【近未来・遠未来】【肌の露出が多めの挿絵あり】

「謎解き茶房で朝食を」妃川螢著 KADOKAWA(富士見L文庫) 2017年1月【現代】【挿絵なし】

「白バイガール [2]」佐藤青南著 実業之日本社(実業之日本社文庫) 2017年2月【現代】【肌の露出が多めの挿絵なし】

「半妖の子」廣嶋玲子著 東京創元社(創元推理文庫) 2017年6月【歴史・時代】【肌の露出が多めの挿絵なし】

「秘書室室長がグイグイ迫ってきます!」佐倉伊織著 スターツ出版(ベリーズ文庫) 2017年4月【現代】【挿絵なし】

「飛べない鍵姫と解けない飛行士；その箱、開けるべからず」山本瑤著 集英社(コバルト文庫) 2017年3月【異世界・架空の世界】【肌の露出が多めの挿絵なし】

「腹黒エリートが甘くてズルいんです」実花子著 スターツ出版(ベリーズ文庫) 2017年5月【現代】【挿絵なし】

「壁と孔雀」小路幸也著 早川書房(ハヤカワ文庫JA) 2017年2月【現代】【挿絵なし】

## ストーリー

「編集さんとJK作家の正しいつきあい方」あさのハジメ著 KADOKAWA(富士見ファンタジア文庫) 2017年3月【現代】【肌の露出が多めの挿絵あり】

「弁当屋さんのおもてなし：ほかほかごはんと北海鮭かま」喜多みどり著 KADOKAWA(角川文庫) 2017年5月【現代】【挿絵なし】

「宝石商リチャード氏の謎鑑定［4］」辻村七子著 集英社(集英社オレンジ文庫) 2017年2月【現代】【肌の露出が多めの挿絵なし】

「僕はまだ、君の名前を呼んでいない：lost your name」小野崎まち著 マイナビ出版(ファン文庫) 2017年6月【現代】【肌の露出が多めの挿絵なし】

「魔術師たちの就職戦線 2」嬉野秋彦著 KADOKAWA(ファミ通文庫) 2017年2月【異世界・架空の世界】【肌の露出が多めの挿絵なし】

「万国菓子舗お気に召すまま［3］」溝口智子著 マイナビ出版(ファン文庫) 2017年6月【現代】【挿絵なし】

「無法の弁護人 3」師走トオル著 KADOKAWA(ノベルゼロ) 2017年2月【現代】【肌の露出が多めの挿絵なし】

「明治あやかし新聞：怠惰な記者の裏稼業」さとみ桜著 KADOKAWA(メディアワークス文庫) 2017年3月【歴史・時代】【挿絵なし】

「勇者に期待した僕がバカでした 3」ハマカズシ著 小学館(ガガガ文庫) 2017年3月【異世界・架空の世界】【肌の露出が多めの挿絵あり】

「郵便配達人花木瞳子が望み見る」二宮敦人著 TOブックス(TO文庫) 2017年5月【現代】【挿絵なし】

「傭兵団の料理番 2」川井昂著 主婦の友社(ヒーロー文庫) 2017年1月【異世界・架空の世界】【肌の露出が多めの挿絵あり】

「竜の専属紅茶師」鳴澤うた著 アルファポリス(レジーナ文庫.レジーナブックス) 2017年1月【異世界・架空の世界】【肌の露出が多めの挿絵なし】

「臨時社長秘書は今日も巻き込まれてます!」佳月弥生著 スターツ出版(ベリーズ文庫) 2017年3月【現代】【挿絵なし】

「臨床真実士(ヴェリティエ)ユイカの論理［2］」古野まほろ著 講談社(講談社タイガ) 2017年1月【現代】【挿絵なし】

「冷徹社長が溺愛キス!?」紅カオル著 スターツ出版(ベリーズ文庫) 2017年3月【現代】【挿絵なし】

「狼と香辛料 19」支倉凍砂著 KADOKAWA(電撃文庫) 2017年5月【異世界・架空の世界】【肌の露出が多めの挿絵なし】

## 仕事＞経営もの

「Ｐ・Ｏ・Ｓ：キャメルマート京洛病院店の四季」鏑木蓮著 早川書房(ハヤカワ文庫JA) 2017年5月【現代】【挿絵なし】

## ストーリー

「あやかし屋台なごみ亭 2」篠宮あすか著 双葉社(双葉文庫) 2017年3月【現代】【肌の露出が多めの挿絵なし】

「アリの巣ダンジョンへようこそ! 2」テラン著 双葉社(モンスター文庫) 2017年5月【異世界・架空の世界】【肌の露出が多めの挿絵なし】

「いい加減な夜食 4」秋川滝美著 アルファポリス(アルファポリス文庫) 2017年3月【現代】【挿絵なし】

「ウサギの天使が呼んでいる : ほしがり探偵ユリオ」青柳碧人著 東京創元社(創元推理文庫) 2017年5月【現代】【肌の露出が多めの挿絵なし】

「うちの居候が世界を掌握している! 16」七条剛著 SBクリエイティブ(GA文庫) 2017年2月【現代】【肌の露出が多めの挿絵なし】

「エルフ嫁と始める異世界領主生活 = Life as the lord of Yngling with the elven bride 4」鷲宮だいじん著 KADOKAWA(電撃文庫) 2017年4月【異世界・架空の世界】【肌の露出が多めの挿絵あり】

「お守り屋なのに、私の運が悪すぎて騎士に護衛されてます。」黒湖クロコ著 一迅社(一迅社文庫アイリス) 2017年3月【異世界・架空の世界】【肌の露出が多めの挿絵なし】

「ダンジョンの魔王は最弱っ!? 6」日曜著 新紀元社(MORNINGSTARBOOKS) 2017年4月【異世界・架空の世界】【肌の露出が多めの挿絵なし】

「ハイスクールD×D 23」石踏一榮著 KADOKAWA(富士見ファンタジア文庫) 2017年3月【異世界・架空の世界】【肌の露出が多めの挿絵あり】

「フレイム王国興亡記 6」疎陀陽著 オーバーラップ(オーバーラップ文庫) 2017年1月【異世界・架空の世界】【肌の露出が多めの挿絵あり】

「リビティウム皇国のブタクサ姫 4」佐崎一路著 新紀元社(MORNINGSTARBOOKS) 2017年4月【異世界・架空の世界】【肌の露出が多めの挿絵なし】

「リリエールと祈りの国」白石定規著 SBクリエイティブ(GA文庫) 2017年3月【異世界・架空の世界】【肌の露出が多めの挿絵なし】

「ワールドエンド・ハイランド : 世界樹の街の支配人になって没落領地を復興させます。」つくも三太著 KADOKAWA(MF文庫J) 2017年4月【異世界・架空の世界】【肌の露出が多めの挿絵なし】

「異空菓子処「ノン・シュガー」」神田未亜著 KADOKAWA(カドカワBOOKS) 2017年1月【異世界・架空の世界】【肌の露出が多めの挿絵なし】

「異世界お好み焼きチェーン、大阪のオバチャン、美少女剣士に転生して、お好み焼き布教!」森田季節著 アース・スターエンターテイメント(EARTHSTARNOVEL) 2017年6月【異世界・架空の世界】【肌の露出が多めの挿絵あり】

「異世界コンビニ 1」榎木ユウ著 アルファポリス(アルファポリス文庫) 2017年1月【異世界・架空の世界】【肌の露出が多めの挿絵あり】

## ストーリー

「異世界コンビニ 2」榎木ユウ著 アルファポリス(アルファポリス文庫) 2017年2月【異世界・架空の世界】【肌の露出が多めの挿絵なし】

「異世界コンビニ 3」榎木ユウ著 アルファポリス(アルファポリス文庫) 2017年3月【異世界・架空の世界】【肌の露出が多めの挿絵あり】

「異世界でアイテムコレクター 2」時野洋輔著 新紀元社(MORNINGSTARBOOKS) 2017年1月【異世界・架空の世界】【肌の露出が多めの挿絵あり】

「異世界でアイテムコレクター 3」時野洋輔著 新紀元社(MORNINGSTARBOOKS) 2017年5月【異世界・架空の世界】【肌の露出が多めの挿絵なし】

「異世界でカフェを開店しました。1」甘沢林檎著 アルファポリス(レジーナ文庫.レジーナブックス) 2017年3月【異世界・架空の世界】【肌の露出が多めの挿絵なし】

「異世界でカフェを開店しました。2」甘沢林檎著 アルファポリス(レジーナ文庫.レジーナブックス) 2017年6月【異世界・架空の世界】【肌の露出が多めの挿絵なし】

「異世界監獄√楽園化計画：絶対無罪で指名手配犯の俺と〈属性：人食い〉のハンニバルガール」縹けいか著 集英社(ダッシュエックス文庫) 2017年4月【歴史・時代/異世界・架空の世界】【肌の露出が多めの挿絵なし】

「異世界居酒屋「のぶ」3杯目」蟬川夏哉著 宝島社(宝島社文庫) 2017年3月【異世界・架空の世界】【肌の露出が多めの挿絵なし】

「異世界詐欺師のなんちゃって経営術(コンサルティング) 4」宮地拓海著 KADOKAWA(角川スニーカー文庫) 2017年3月【異世界・架空の世界】【肌の露出が多めの挿絵あり】

「異世界薬局 4」高山理図著 KADOKAWA(MFブックス) 2017年3月【異世界・架空の世界】【肌の露出が多めの挿絵なし】

「下町アパートのふしぎ管理人」大城密著 KADOKAWA(角川文庫) 2017年1月【現代】【挿絵なし】

「懐かしい食堂あります [2]」似鳥航一著 KADOKAWA(角川文庫) 2017年6月【現代/歴史・時代】【挿絵なし】

「京の縁結び縁見屋の娘」三好昌子著 宝島社(宝島社文庫) 2017年3月【歴史・時代】【挿絵なし】

「金曜日の本屋さん [2]」名取佐和子著 角川春樹事務所(ハルキ文庫) 2017年2月【現代】【挿絵なし】

「今日から、あやかし町長です。2」糸森環著 KADOKAWA(富士見L文庫) 2017年4月【異世界・架空の世界】【挿絵なし】

「質屋からすのワケアリ帳簿 [3]」南潔著 マイナビ出版(ファン文庫) 2017年5月【現代】【挿絵なし】

「女神めし」原宏一著 祥伝社(祥伝社文庫) 2017年5月【現代】【挿絵なし】

「神様の定食屋」中村颯希著 双葉社(双葉文庫) 2017年6月【現代】【挿絵なし】

## ストーリー

「水沢文具店：あなただけの物語つづります」安澄加奈著 ポプラ社(ポプラ文庫ピュアフル) 2017年3月【現代】【挿絵なし】

「絶対に働きたくないダンジョンマスターが惰眠をむさぼるまで 4」鬼影スパナ著 オーバーラップ(オーバーラップ文庫) 2017年2月【異世界・架空の世界】【肌の露出が多めの挿絵あり】

「絶対に働きたくないダンジョンマスターが惰眠をむさぼるまで 5」鬼影スパナ著 オーバーラップ(オーバーラップ文庫) 2017年6月【異世界・架空の世界】【肌の露出が多めの挿絵あり】

「銭(インチキ)の力で、戦国の世を駆け抜ける。4」Y.A著 KADOKAWA(MFブックス) 2017年5月【歴史・時代】【肌の露出が多めの挿絵なし】

「探偵の流儀」福田栄一著 光文社(光文社文庫) 2017年2月【現代】【挿絵なし】

「天使のスタートアップ」水沢あきと著 星海社(星海社FICTIONS) 2017年6月【現代】【肌の露出が多めの挿絵なし】

「奴隷商人になったよin異世界 = I BECAME A SLAVE TRADER IN THE DIFFERENT WORLD 2」ルンパルンパ著 ポニーキャニオン(ぽにきゃんBOOKS) 2017年5月【現代/異世界・架空の世界】【肌の露出が多めの挿絵なし】

「放課後は、異世界喫茶でコーヒーを」風見鶏著 KADOKAWA(富士見ファンタジア文庫) 2017年6月【異世界・架空の世界】【肌の露出が多めの挿絵なし】

「没落予定なので、鍛冶職人を目指す 4」CK著 KADOKAWA(カドカワBOOKS) 2017年4月【異世界・架空の世界】【肌の露出が多めの挿絵なし】

「勇者の武器屋経営 1」至道流星著 星海社(星海社FICTIONS) 2017年5月【異世界・架空の世界】【挿絵なし】

「幽落町おばけ駄菓子屋 [9]」蒼月海里著 KADOKAWA(角川ホラー文庫) 2017年4月【異世界・架空の世界】【肌の露出が多めの挿絵なし】

「露西亜の時間旅行者」三木笙子著 幻冬舎(幻冬舎文庫) 2017年1月【歴史・時代】【挿絵なし】

「老後に備えて異世界で8万枚の金貨を貯めます = Saving 80,000 gold coins in the different world for my old age」FUNA著 講談社(Kラノベブックス) 2017年6月【現代/異世界・架空の世界】【肌の露出が多めの挿絵なし】

## 仕事＞就職活動・求人・転職

「ウサギの天使が呼んでいる：ほしがり探偵ユリオ」青柳碧人著 東京創元社(創元推理文庫) 2017年5月【現代】【肌の露出が多めの挿絵なし】

「この素晴らしい世界に爆焔を!：この素晴らしい世界に祝福を!スピンオフ 続」暁なつめ著 KADOKAWA(角川スニーカー文庫) 2017年1月【異世界・架空の世界】【肌の露出が多めの挿絵なし】

「ぜったい転職したいんです!!：バニーガールは賢者を目指す」山川進著 SBクリエイティブ(GA文庫) 2017年2月【異世界・架空の世界】【肌の露出が多めの挿絵あり】

## ストーリー

「バイトリーダーがはじめる異世界ファミレス無双：姫騎士と魔王の娘で繁盛するまで帰れません」長野聖樹著 集英社(ダッシュエックス文庫) 2017年5月【異世界・架空の世界】【肌の露出が多めの挿絵なし】

「はぐれ魔導教士の無限英雄方程式(アンリミテッド)：たった二人の門下生」原雷火著 KADOKAWA(ファミ通文庫) 2017年2月【異世界・架空の世界】【肌の露出が多めの挿絵あり】

「雨あがりの印刷所」夏川鳴海著 KADOKAWA(メディアワークス文庫) 2017年6月【現代】【肌の露出が多めの挿絵なし】

「屋上で縁結び」岡篠名桜著 集英社(集英社文庫) 2017年1月【現代】【肌の露出が多めの挿絵なし】

「御曹司さまの言いなりなんてっ!」岩長咲耶著 スターツ出版(ベリーズ文庫) 2017年6月【現代】【挿絵なし】

「黒猫王子の喫茶店：お客様は猫様です」高橋由太著 KADOKAWA(角川文庫) 2017年4月【現代】【挿絵なし】

「最良の嘘の最後のひと言」河野裕著 東京創元社(創元推理文庫) 2017年2月【現代】【挿絵なし】

「時をめぐる少女」天沢夏月著 KADOKAWA(メディアワークス文庫) 2017年5月【現代】【肌の露出が多めの挿絵なし】

「旦那様と契約結婚!?：イケメン御曹司に拾われました」夏雪なつめ著 スターツ出版(ベリーズ文庫) 2017年4月【現代】【挿絵なし】

「知らない記憶(こえ)を聴かせてあげる。」石井颯良著 KADOKAWA(角川文庫) 2017年5月【現代】【挿絵なし】

「魔術師たちの就職戦線 2」嬉野秋彦著 KADOKAWA(ファミ通文庫) 2017年2月【異世界・架空の世界】【肌の露出が多めの挿絵なし】

「勇者の武器屋経営 1」至道流星著 星海社(星海社FICTIONS) 2017年5月【異世界・架空の世界】【挿絵なし】

### 自然・人的災害

「アトム ザ・ビギニング = ATOM THE BEGINNING：僕オモウ故ニ僕アリ」藤咲淳一著 小学館(ガガガ文庫) 2017年4月【近未来・遠未来】【肌の露出が多めの挿絵なし】

「デート・ア・ライブ 16」橘公司著 KADOKAWA(富士見ファンタジア文庫) 2017年3月【異世界・架空の世界】【肌の露出が多めの挿絵あり】

「救世の背信者 2」望月唯一著 講談社(講談社ラノベ文庫) 2017年6月【異世界・架空の世界】【肌の露出が多めの挿絵なし】

「死者ノ棘」日野草著 祥伝社(祥伝社文庫) 2017年6月【現代】【挿絵なし】

「終末ノ再生者(リアクター) 2」河端ジュン一著 KADOKAWA(富士見ファンタジア文庫) 2017年3月【近未来・遠未来】【肌の露出が多めの挿絵あり/キスシーンの挿絵あり】

## ストーリー

「新・星をひとつ貰っちゃったので、なんとかやってみる 1」茂木鈴著 オークラ出版(NMG文庫) 2017年1月【異世界・架空の世界】【肌の露出が多めの挿絵あり】

「郵便配達人花木瞳子が望み見る」二宮敦人著 TOブックス(TO文庫) 2017年5月【現代】【挿絵なし】

### 失踪・誘拐

「こどもつかい」清水崇監督;ブラジリィー・アン・山田;清水崇脚本;牧野修著 講談社(講談社タイガ) 2017年5月【現代】【挿絵なし】

「因業探偵：新藤礼都の事件簿」小林泰三著 光文社(光文社文庫) 2017年6月【現代】【挿絵なし】

「嘘つきみーくんと壊れたまーちゃん 11」入間人間著 KADOKAWA(電撃文庫) 2017年6月【近未来・遠未来】【肌の露出が多めの挿絵なし】

「王と月 3」夏目みや著 アルファポリス(レジーナ文庫.レジーナブックス) 2017年6月【異世界・架空の世界】【肌の露出が多めの挿絵なし】

「僕と死神(ボディガード)の赤い罪」天野頌子著 講談社(講談社タイガ) 2017年6月【現代】【肌の露出が多めの挿絵なし】

「明智小五郎事件簿 10」江戸川乱歩著 集英社(集英社文庫) 2017年2月【歴史・時代】【挿絵なし】

「明智小五郎事件簿 11」江戸川乱歩著 集英社(集英社文庫) 2017年3月【歴史・時代】【挿絵なし】

「明智小五郎事件簿 12」江戸川乱歩著 集英社(集英社文庫) 2017年4月【歴史・時代】【挿絵なし】

### 自分探し・居場所探し

「あの、一緒に戦争(ブカツ)しませんか?」高村透著 KADOKAWA(電撃文庫) 2017年6月【現代】【肌の露出が多めの挿絵なし】

「あの頃、きみと陽だまりで」夏雪なつめ著 スターツ出版(スターツ出版文庫) 2017年2月【現代】【挿絵なし】

「ありえない青と、終わらない春」清水苺著 講談社(講談社ラノベ文庫) 2017年6月【現代】【肌の露出が多めの挿絵なし】

「おまえのすべてが燃え上がる」竹宮ゆゆこ著 新潮社(新潮文庫nex) 2017年6月【現代】【挿絵なし】

「きみの祈りを守る歌：天球の星使い」天川栄人著 KADOKAWA(角川ビーンズ文庫) 2017年5月【異世界・架空の世界】【肌の露出が多めの挿絵なし】

「ギルドレ 2」朝霧カフカ著 講談社(講談社BOX) 2017年2月【異世界・架空の世界】【肌の露出が多めの挿絵なし】

## ストーリー

「さよならの神様」鈴森丹子著 KADOKAWA(メディアワークス文庫) 2017年6月【現代】【肌の露出が多めの挿絵なし】

「ジャナ研の憂鬱な事件簿」酒井田寛太郎著 小学館(ガガガ文庫) 2017年5月【現代】【肌の露出が多めの挿絵なし】

「ストーミー・ガール」田中啓文著 光文社(光文社文庫) 2017年2月【現代】【肌の露出が多めの挿絵なし】

「その最強、神の依頼で異世界へ 1」速峰淳著 主婦の友社(ヒーロー文庫) 2017年4月【異世界・架空の世界】【肌の露出が多めの挿絵なし】

「デート・ア・バレット：デート・ア・ライブフラグメント」橘公司原案・監修;東出祐一郎著 KADOKAWA(富士見ファンタジア文庫) 2017年3月【異世界・架空の世界】【肌の露出が多めの挿絵あり】

「トラックに轢かれたのに異世界転生できないと言われたから、美少女と働くことにした。」日富美信吾著 講談社(講談社ラノベ文庫) 2017年2月【異世界・架空の世界】【肌の露出が多めの挿絵あり】

「ニャン氏の事件簿」松尾由美著 東京創元社(創元推理文庫) 2017年2月【現代】【挿絵なし】

「ひきこもりの弟だった」葦舟ナツ著 KADOKAWA(メディアワークス文庫) 2017年3月【現代】【肌の露出が多めの挿絵なし】

「まるで人だな、ルーシー」零真似著 KADOKAWA(角川スニーカー文庫) 2017年2月【現代】【肌の露出が多めの挿絵なし】

「ようこそ哲学メイド喫茶ソファンディへ」逢坂千紘著 星海社(星海社FICTIONS) 2017年4月【現代】【肌の露出が多めの挿絵なし】

「リンドウにさよならを」三田千恵著 KADOKAWA(ファミ通文庫) 2017年1月【現代】【肌の露出が多めの挿絵なし】

「異空菓子処「ノン・シュガー」」神田未亜著 KADOKAWA(カドカワBOOKS) 2017年1月【異世界・架空の世界】【肌の露出が多めの挿絵なし】

「雨あがりの印刷所」夏川鳴海著 KADOKAWA(メディアワークス文庫) 2017年6月【現代】【肌の露出が多めの挿絵なし】

「雨の降る日は学校に行かない」相沢沙呼著 集英社(集英社文庫) 2017年3月【現代】【挿絵なし】

「英国幻視の少年たち 4」深沢仁著 ポプラ社(ポプラ文庫ピュアフル) 2017年3月【現代】【肌の露出が多めの挿絵なし】

「横浜元町コレクターズ・カフェ」柳瀬みちる著 KADOKAWA(角川文庫) 2017年3月【現代】【肌の露出が多めの挿絵なし】

「家出青年、猫ホストになる」水島忍著 集英社(集英社オレンジ文庫) 2017年1月【現代】【肌の露出が多めの挿絵なし】

## ストーリー

「花魁さんと書道ガール 2」瀬那和章著 東京創元社(創元推理文庫) 2017年1月【現代】【肌の露出が多めの挿絵なし】

「逆境シンデレラ：御曹司の強引な求愛」あさぎ千夜春著 スターツ出版(ベリーズ文庫) 2017年3月【現代】【挿絵なし】

「君が涙を忘れる日まで。」菊川あすか著 スターツ出版(スターツ出版文庫) 2017年5月【現代】【挿絵なし】

「君とソースと僕の恋」本田晴巳著 スターツ出版(スターツ出版文庫) 2017年4月【現代】【挿絵なし】

「君に出会えた4%の奇跡」広瀬未衣著 双葉社(双葉文庫) 2017年5月【現代】【挿絵なし】

「紅茶館くじら亭ダイアリー：シナモン・ジンジャーは雪解けの香り」伊佐良紫築著 KADOKAWA(富士見L文庫) 2017年2月【現代】【挿絵なし】

「砂に泳ぐ彼女」飛鳥井千砂著 KADOKAWA(角川文庫) 2017年6月【現代】【挿絵なし】

「時をめぐる少女」天沢夏月著 KADOKAWA(メディアワークス文庫) 2017年5月【現代】【肌の露出が多めの挿絵なし】

「自称Fランクのお兄さまがゲームで評価される学園の頂点に君臨するそうですよ?」三河ごーすと著 KADOKAWA(MF文庫J) 2017年4月【現代】【肌の露出が多めの挿絵あり】

「終わる世界の片隅で、また君に恋をする」五十嵐雄策著 KADOKAWA(電撃文庫) 2017年5月【現代】【肌の露出が多めの挿絵なし】

「小説ひるね姫：知らないワタシの物語」神山健治著 KADOKAWA(角川文庫) 2017年2月【近未来・遠未来/異世界・架空の世界】【挿絵なし】

「神様の願いごと」沖田円著 スターツ出版(スターツ出版文庫) 2017年3月【現代】【挿絵なし】

「神様の棲む診療所」竹村優希著 双葉社(双葉文庫) 2017年3月【現代】【肌の露出が多めの挿絵なし】

「中目黒リバーエッジハウス：ワケありだらけのシェアオフィスはじまりの春」岩本薫著 集英社(集英社オレンジ文庫) 2017年3月【現代】【挿絵なし】

「飛びたがりのバタフライ」櫻いいよ著 スターツ出版(スターツ出版文庫) 2017年1月【現代】【挿絵なし】

「福を招くと聞きまして。：招福招来」森川秀樹著 KADOKAWA(富士見L文庫) 2017年2月【現代】【挿絵なし】

「物理的に孤立している俺の高校生活 – My Highschool Life is Physically Isolated」森田李節著 小学館(ガガガ文庫) 2017年2月【現代】【肌の露出が多めの挿絵あり】

「僕の役人」太田忠司著 徳間書店(徳間文庫) 2017年3月【現代】【挿絵なし】

「僕の町のいたずら好きなチビ妖怪たち」翡翠ヒスイ著 KADOKAWA(メディアワークス文庫) 2017年3月【現代】【肌の露出が多めの挿絵なし】

## ストーリー

「僕は小説が書けない」中村航著;中田永一著 KADOKAWA(角川文庫) 2017年6月【現代】【挿絵なし】

「勇者に期待した僕がバカでした 3」ハマカズシ著 小学館(ガガガ文庫) 2017年3月【異世界・架空の世界】【肌の露出が多めの挿絵あり】

「友達いらない同盟 2」園生凪著 講談社(講談社ラノベ文庫) 2017年6月【現代】【肌の露出が多めの挿絵あり】

「傭兵団の料理番 2」川井昂著 主婦の友社(ヒーロー文庫) 2017年1月【異世界・架空の世界】【肌の露出が多めの挿絵あり】

「梔子のなみだ = Tears of Gardenia」水無月著 主婦と生活社(PASH!ブックス) 2017年6月【異世界・架空の世界】【肌の露出が多めの挿絵なし】

## 使命・任務

「〈仮〉花嫁のやんごとなき事情 [13]」夕鷺かのう著 KADOKAWA(ビーズログ文庫) 2017年2月【異世界・架空の世界】【肌の露出が多めの挿絵なし】

「86-エイティシックス-」安里アサト著 KADOKAWA(電撃文庫) 2017年2月【異世界・架空の世界】【肌の露出が多めの挿絵なし】

「Bの戦場 2」ゆきた志旗著 集英社(集英社オレンジ文庫) 2017年6月【現代】【肌の露出が多めの挿絵なし】

「Fコース」山田悠介著 KADOKAWA(角川文庫) 2017年5月【現代】【挿絵なし】

「アカシックリコード」水野良著 KADOKAWA(ノベルゼロ) 2017年6月【現代】【肌の露出が多めの挿絵あり】

「アサシンズプライド 6」天城ケイ著 KADOKAWA(富士見ファンタジア文庫) 2017年6月【異世界・架空の世界】【肌の露出が多めの挿絵あり】

「アトム ザ・ビギニング = ATOM THE BEGINNING : 僕オモウ故ニ僕アリ」藤咲淳一著 小学館(ガガガ文庫) 2017年4月【近未来・遠未来】【肌の露出が多めの挿絵なし】

「あやかしとおばんざい : ふたごの京都妖怪ごはん日記 2」仲町六絵著 KADOKAWA(メディアワークス文庫) 2017年2月【現代】【肌の露出が多めの挿絵なし】

「アラフォー賢者の異世界生活日記 3」寿安清著 KADOKAWA(MFブックス) 2017年4月【異世界・架空の世界】【肌の露出が多めの挿絵なし】

「いつかの空、君との魔法 2」藤宮カズキ著 KADOKAWA(角川スニーカー文庫) 2017年1月【異世界・架空の世界】【肌の露出が多めの挿絵なし】

「ウィザーディング・ゲーム」岬かつみ著 KADOKAWA(角川スニーカー文庫) 2017年3月【現代】【肌の露出が多めの挿絵あり】

「おいしい逃走(ツアー)!東京発京都行 : 謎の箱と、SAグルメ食べ歩き」桔梗楓著 マイナビ出版(ファン文庫) 2017年3月【現代】【挿絵なし】

## ストーリー

「オーダーは探偵に [9]」近江泉美著 KADOKAWA(メディアワークス文庫) 2017年5月【現代】【挿絵なし】

「オカルトギア・オーバードライブ = Occult Gear Overdrive」涼暮皐著 KADOKAWA(ノベルゼロ) 2017年5月【異世界・架空の世界】【肌の露出が多めの挿絵なし】

「オタサーの姫と恋ができるわけがない。3」佐倉唄著 KADOKAWA(富士見ファンタジア文庫) 2017年1月【現代】【肌の露出が多めの挿絵あり】

「お守り屋なのに、私の運が悪すぎて騎士に護衛されてます。」黒湖クロコ著 一迅社(一迅社文庫アイリス) 2017年3月【異世界・架空の世界】【肌の露出が多めの挿絵なし】

「カミサマ探偵のおしながき 2の膳」佐原菜月著 KADOKAWA(メディアワークス文庫) 2017年6月【現代】【肌の露出が多めの挿絵なし】

「カロリーは引いてください!:学食ガールと満腹男子」日向夏著 KADOKAWA(富士見L文庫) 2017年5月【現代】【挿絵なし】

「きみの祈りを守る歌:天球の星使い」天川栄人著 KADOKAWA(角川ビーンズ文庫) 2017年5月【異世界・架空の世界】【肌の露出が多めの挿絵なし】

「ギルティ・アームズ = GUILTY ARMS 3」秋堂カオル著 SBクリエイティブ(GA文庫) 2017年1月【現代/歴史・時代】【肌の露出が多めの挿絵あり】

「ギルドは本日も平和なり 2」ナヤカ著 KADOKAWA(ファミ通文庫) 2017年4月【異世界・架空の世界】【肌の露出が多めの挿絵なし】

「ギルドレ 2」朝霧カフカ著 講談社(講談社BOX) 2017年2月【異世界・架空の世界】【肌の露出が多めの挿絵なし】

「くずクマさんとハチミツJK 2」烏川さいか著 KADOKAWA(MF文庫J) 2017年5月【現代】【肌の露出が多めの挿絵なし】

「くまクマ熊ベアー 6」くまなの著 主婦と生活社(PASH!ブックス) 2017年4月【異世界・架空の世界】【肌の露出が多めの挿絵なし】

「クラスでバカにされてるオタクなぼくが、気づいたら不良たちから崇拝されててガクブル」諏訪錦著 アルファポリス(アルファポリス文庫) 2017年6月【現代】【肌の露出が多めの挿絵なし】

「グランブルーファンタジー 8」Cygames原作;はせがわみやび著 KADOKAWA(ファミ通文庫) 2017年6月【異世界・架空の世界】【肌の露出が多めの挿絵なし】

「ことづて屋 [3]」濱野京子著 ポプラ社(ポプラ文庫ピュアフル) 2017年3月【現代】【挿絵なし】

「ゴブリンスレイヤー 5」蝸牛くも著 SBクリエイティブ(GA文庫) 2017年5月【異世界・架空の世界】【肌の露出が多めの挿絵あり】

「さよならのための七日間:夜桜荘交幽帳」井上悠宇著 KADOKAWA(富士見L文庫) 2017年4月【現代】【挿絵なし】

「スクールジャック=ガンスモーク = SCHOOL JACK=GUNSMOKE」坂下釼著 小学館(ガガガ文庫) 2017年6月【近未来・遠未来】【肌の露出が多めの挿絵なし】

## ストーリー

「スティール!! = STEAL!!：最凶の人造魔術士と最強の魔術回収屋」桜咲良著 KADOKAWA(電撃文庫) 2017年3月【異世界・架空の世界】【肌の露出が多めの挿絵なし】

「ゼロから始める魔法の書 9」虎走かける著 KADOKAWA(電撃文庫) 2017年4月【異世界・架空の世界】【肌の露出が多めの挿絵あり】

「ゼロの使い魔 22」ヤマグチノボル著 KADOKAWA(MF文庫J) 2017年2月【異世界・架空の世界】【肌の露出が多めの挿絵あり】

「ソードアート・オンラインオルタナティブガンゲイル・オンライン 6」川原礫原案・監修;時雨沢恵一著 KADOKAWA(電撃文庫) 2017年3月【異世界・架空の世界】【肌の露出が多めの挿絵なし】

「そのガーゴイルは地上でも危険です [2]」大地の怒り著 宝島社 2017年5月【異世界・架空の世界】【肌の露出が多めの挿絵あり】

「その最強、神の依頼で異世界へ 1」速峰淳著 主婦の友社(ヒーロー文庫) 2017年4月【異世界・架空の世界】【肌の露出が多めの挿絵なし】

「ダンガンロンパ十神 下」佐藤友哉著 星海社(星海社FICTIONS) 2017年2月【現代】【挿絵なし】

「ダンジョンに出会いを求めるのは間違っているだろうか 12」大森藤ノ著 SBクリエイティブ(GA文庫) 2017年5月【異世界・架空の世界】【肌の露出が多めの挿絵なし】

「ディヴィジョン・マニューバ：英雄転生」妹尾尻尾著 講談社(講談社ラノベ文庫) 2017年3月【異世界・架空の世界】【肌の露出が多めの挿絵あり/性描写の挿絵あり】

「ディリュージョン社の提供でお送りします」はやみねかおる著 講談社(講談社タイガ) 2017年4月【現代】【挿絵なし】

「デート・ア・ライブ 16」橘公司著 KADOKAWA(富士見ファンタジア文庫) 2017年3月【異世界・架空の世界】【肌の露出が多めの挿絵あり】

「テスタメントシュピーゲル 3上」冲方丁著 KADOKAWA(角川スニーカー文庫) 2017年1月【異世界・架空の世界】【挿絵なし】

「どうでもいい世界なんて：クオリディア・コード 2」渡航著 小学館(ガガガ文庫) 2017年1月【近未来・遠未来】【肌の露出が多めの挿絵あり】

「トリア・ルーセントが人間になるまで」三田千恵著 KADOKAWA(ファミ通文庫) 2017年4月【異世界・架空の世界】【肌の露出が多めの挿絵あり/キスシーンの挿絵あり】

「ニートだけどハロワにいったら異世界につれてかれた 8」桂かすが著 KADOKAWA(MFブックス) 2017年4月【異世界・架空の世界】【肌の露出が多めの挿絵なし】

「ハンドシェイカー」GoHands原作;FrontierWorks原作;KADOKAWA原作;八薙玉造著 KADOKAWA(MF文庫J) 2017年1月【異世界・架空の世界】【肌の露出が多めの挿絵あり】

「ハンドレッド = Hundred 13」箕崎准著 SBクリエイティブ(GA文庫) 2017年5月【異世界・架空の世界】【肌の露出が多めの挿絵あり】

## ストーリー

「ヒーローズ〈株〉(かぶしきがいしゃ)!!! 続」北川恵海著 KADOKAWA(メディアワークス文庫) 2017年4月【現代】【挿絵なし】

「ヒュプノスゲーム = HYPNOS GAME」鰤牙著 KADOKAWA(カドカワBOOKS) 2017年4月【現代】【肌の露出が多めの挿絵なし】

「フェアリーテイル・クロニクル：空気読まない異世界ライフ 13」埴輪星人著 KADOKAWA(MFブックス) 2017年2月【異世界・架空の世界】【肌の露出が多めの挿絵なし】

「フェアリーテイル・クロニクル：空気読まない異世界ライフ 14」埴輪星人著 KADOKAWA(MFブックス) 2017年5月【異世界・架空の世界】【肌の露出が多めの挿絵なし】

「ブラック・ヴィーナス：天才株トレーダー・二礼茜」城山真一著 宝島社(宝島社文庫) 2017年2月【現代】【挿絵なし】

「フラッグオブレガリア = Flag of Regalia：青天剣麗の姫と銀雷の機士」星散花燃著 KADOKAWA(電撃文庫) 2017年6月【異世界・架空の世界】【肌の露出が多めの挿絵あり】

「プロメテウス・トラップ」福田和代著 早川書房(ハヤカワ文庫JA) 2017年3月【現代】【挿絵なし】

「マージナル・オペレーション改 02」芝村裕吏著 星海社(星海社FICTIONS) 2017年6月【近未来・遠未来】【肌の露出が多めの挿絵なし】

「まるで人だな、ルーシー」零真似著 KADOKAWA(角川スニーカー文庫) 2017年2月【現代】【肌の露出が多めの挿絵なし】

「モンスターハンター：クロスソウル」西野吾郎著 KADOKAWA(ファミ通文庫) 2017年1月【異世界・架空の世界】【肌の露出が多めの挿絵なし】

「モンスターハンター：クロスソウル 2」西野吾郎著 KADOKAWA(ファミ通文庫) 2017年5月【異世界・架空の世界】【肌の露出が多めの挿絵なし】

「やがて恋するヴィヴィ・レイン = How Vivi Lane Falls in Love 2」犬村小六著 小学館(ガガガ文庫) 2017年1月【異世界・架空の世界】【肌の露出が多めの挿絵なし】

「やがて恋するヴィヴィ・レイン = How Vivi Lane Falls in Love 3」犬村小六著 小学館(ガガガ文庫) 2017年5月【異世界・架空の世界】【肌の露出が多めの挿絵なし】

「ライオットグラスパー：異世界でスキル盗ってます 6」飛鳥けい著 KADOKAWA(MFブックス) 2017年6月【異世界・架空の世界】【肌の露出が多めの挿絵なし】

「リケジョ探偵の謎解きラボ」喜多喜久著 宝島社(宝島社文庫) 2017年5月【現代】【挿絵なし】

「リトルテイマー = Little Tamer 3」神無月紀著 KADOKAWA(カドカワBOOKS) 2017年5月【異世界・架空の世界】【肌の露出が多めの挿絵なし】

「リリエールと祈りの国」白石定規著 SBクリエイティブ(GA文庫) 2017年3月【異世界・架空の世界】【肌の露出が多めの挿絵なし】

「ルーントルーパーズ：自衛隊漂流戦記 1」浜松春日著 アルファポリス(アルファライト文庫) 2017年1月【異世界・架空の世界】【肌の露出が多めの挿絵なし】

## ストーリー

「レジェンド = legend 8」神無月紅著 KADOKAWA(カドカワBOOKS) 2017年3月【異世界・架空の世界】【肌の露出が多めの挿絵なし】

「ワールドエンド・ハイランド：世界樹の街の支配人になって没落領地を復興させます。」つくも三太著 KADOKAWA(MF文庫J) 2017年4月【異世界・架空の世界】【肌の露出が多めの挿絵なし】

「悪の組織の求人広告」喜友名トト著 KADOKAWA(ノベルゼロ) 2017年2月【近未来・遠未来】【肌の露出が多めの挿絵なし】

「悪の組織の求人広告 2」喜友名トト著 KADOKAWA(ノベルゼロ) 2017年3月【近未来・遠未来】【肌の露出が多めの挿絵なし】

「異世界お好み焼きチェーン：大阪のオバチャン、美少女剣士に転生して、お好み焼き布教!」森田季節著 アース・スターエンターテイメント(EARTHSTARNOVEL) 2017年6月【異世界・架空の世界】【肌の露出が多めの挿絵あり】

「異世界ギルドの英雄師弟(ベルセルク) 2」あさのハジメ著 講談社(講談社ラノベ文庫) 2017年2月【異世界・架空の世界】【肌の露出が多めの挿絵あり】

「異世界ギルドの英雄師弟(ベルセルク) 3」あさのハジメ著 講談社(講談社ラノベ文庫) 2017年6月【異世界・架空の世界】【肌の露出が多めの挿絵あり/キスシーンの挿絵あり】

「異世界でアイテムコレクター 2」時野洋輔著 新紀元社(MORNINGSTARBOOKS) 2017年1月【異世界・架空の世界】【肌の露出が多めの挿絵あり】

「異世界ですが魔物栽培しています。2」雪月花著 KADOKAWA(ファミ通文庫) 2017年6月【異世界・架空の世界】【肌の露出が多めの挿絵なし】

「異世界でハンター始めました。：獲物はおいしくいただきます 2」ゆうきりん著 KADOKAWA(ファミ通文庫) 2017年6月【異世界・架空の世界】【肌の露出が多めの挿絵なし】

「異世界に来たみたいだけど如何すれば良いのだろう = WHAT SHOULD I DO IN DIFFERENT WORLD? 2」舞台 マイクロマガジン社(GCNOVELS) 2017年4月【異世界・架空の世界】【肌の露出が多めの挿絵なし】

「異世界の魔法言語がどう見ても日本語だった件 [2]」トラ子猫著 宝島社 2017年3月【異世界・架空の世界】【肌の露出が多めの挿絵あり】

「異世界拷問姫 4」綾里けいし著 KADOKAWA(MF文庫J) 2017年6月【異世界・架空の世界】【肌の露出が多めの挿絵あり】

「異世界人の手引き書 = Manual of the person from different world 2」たっくるん著 KADOKAWA(カドカワBOOKS) 2017年1月【異世界・架空の世界】【肌の露出が多めの挿絵なし】

「異端なる尋問官の事件調書 file.01」永野水貴著 KADOKAWA(ノベルゼロ) 2017年3月【異世界・架空の世界】【肌の露出が多めの挿絵なし】

「遺跡発掘師は笑わない [6]」桑原水菜著 KADOKAWA(角川文庫) 2017年5月【現代】【挿絵なし】

## ストーリー

「引きこもり英雄と神獣剣姫の隷属契約：ふたりぼっちの叛逆譚」永野水貴著 KADOKAWA(MF文庫J) 2017年4月【異世界・架空の世界】【肌の露出が多めの挿絵あり】

「雨あがりの印刷所」夏川鳴海著 KADOKAWA(メディアワークス文庫) 2017年6月【現代】【肌の露出が多めの挿絵なし】

「英雄なき世界にラスボスたちを 2」柳実冬貴著 KADOKAWA(MF文庫J) 2017年6月【異世界・架空の世界】【肌の露出が多めの挿絵あり】

「英雄教室 7」新木伸著 集英社(ダッシュエックス文庫) 2017年1月【異世界・架空の世界】【肌の露出が多めの挿絵あり】

「英雄教室 7 オーディオドラマダウンロードシリアルコード付き限定版」新木伸著 集英社(ダッシュエックス文庫) 2017年1月【異世界・架空の世界】【肌の露出が多めの挿絵あり】

「王女フェリの幸せな試練 [2]」時田とおる著 KADOKAWA(角川ビーンズ文庫) 2017年1月【異世界・架空の世界】【肌の露出が多めの挿絵なし】

「王立探偵シオンの過ち」我鳥彩子著 集英社(コバルト文庫) 2017年5月【異世界・架空の世界】【肌の露出が多めの挿絵なし】

「乙女ゲーム世界で主人公相手にスパイをやっています 4」香月みと著 アルファポリス(アルファポリス文庫) 2017年1月【異世界・架空の世界】【肌の露出が多めの挿絵なし】

「俺、ツインテールになります。4.5」水沢夢著 小学館(ガガガ文庫) 2017年3月【現代】【肌の露出が多めの挿絵あり/キスシーンの挿絵あり】

「俺が好きなのは妹だけど妹じゃない 3」恵比須清司著 KADOKAWA(富士見ファンタジア文庫) 2017年4月【現代】【肌の露出が多めの挿絵あり】

「俺たちは空気が読めない 2」鏡銀鉢著 KADOKAWA(MF文庫J) 2017年2月【現代】【肌の露出が多めの挿絵あり/性描写の挿絵あり】

「俺の幼なじみは宇宙人に侵略されている」橘九位著 講談社(講談社ラノベ文庫) 2017年5月【現代】【肌の露出が多めの挿絵なし】

「暇人、魔王の姿で異世界へ：時々チートなぶらり旅 4」藍敦著 KADOKAWA(ファミ通文庫) 2017年2月【異世界・架空の世界】【肌の露出が多めの挿絵あり】

「確率捜査官御子柴岳人 [2]」神永学著 KADOKAWA(角川文庫) 2017年6月【現代】【挿絵なし】

「機甲狩竜(パンツァーヤクト)のファンタジア 2」内田弘樹著 KADOKAWA(富士見ファンタジア文庫) 2017年2月【異世界・架空の世界】【肌の露出が多めの挿絵あり】

「偽る神のスナイパー = A SNIPER KILLS THE FALSE GOD 3」水野昴著 小学館(ガガガ文庫) 2017年2月【異世界・架空の世界】【肌の露出が多めの挿絵なし】

「逆転召喚：裏設定まで知り尽くした異世界に学校ごと召喚されて 3」三河ごーすと著 集英社(ダッシュエックス文庫) 2017年1月【異世界・架空の世界】【肌の露出が多めの挿絵あり】

## ストーリー

「虚ろな暗殺者(アサシン)と究極の世界人形」舞阪洸著 KADOKAWA(ファミ通文庫) 2017年6月【異世界・架空の世界】【肌の露出が多めの挿絵あり/キスシーンの挿絵あり】

「虚弱王女と口下手な薬師:告白が日課ですが、何か。」秋杜フユ著 集英社(コバルト文庫) 2017年2月【異世界・架空の世界】【肌の露出が多めの挿絵なし】

「境界探偵モンストルム = Monstrum The Borderline Detective 2」十文字青著 KADOKAWA(ノベルゼロ) 2017年1月【近未来・遠未来】【肌の露出が多めの挿絵なし】

「銀河連合日本 4」松本保羽著 星海社(星海社FICTIONS) 2017年2月【近未来・遠未来】【肌の露出が多めの挿絵あり/キスシーンの挿絵あり】

「駆除人 3」花黒子著 KADOKAWA(MFブックス) 2017年1月【異世界・架空の世界】【肌の露出が多めの挿絵なし】

「空戦魔導士候補生の教官 12」諸星悠著 KADOKAWA(富士見ファンタジア文庫) 2017年3月【異世界・架空の世界】【肌の露出が多めの挿絵なし】

「月とライカと吸血姫(ノスフェラトゥ) 2」牧野圭祐著 小学館(ガガガ文庫) 2017年4月【歴史・時代/異世界・架空の世界】【肌の露出が多めの挿絵なし】

「賢者の孫 6」吉岡剛著 KADOKAWA(ファミ通文庫) 2017年3月【異世界・架空の世界】【肌の露出が多めの挿絵あり】

「紅蓮坂ブルース」桑原水菜著 集英社(コバルト文庫) 2017年1月【歴史・時代】【肌の露出が多めの挿絵なし】

「混沌都市(ギガロポリス)の泥棒屋(バンディド)」間宮真琴著 集英社(ダッシュエックス文庫) 2017年2月【異世界・架空の世界】【肌の露出が多めの挿絵あり】

「最強魔法師の隠遁計画 2」イズシロ著 ホビージャパン(HJ文庫) 2017年5月【異世界・架空の世界】【肌の露出が多めの挿絵あり】

「三田一族の意地を見よ:転生戦国武将の奔走記 5」三田弾正著 KADOKAWA(MFブックス) 2017年6月【歴史・時代】【肌の露出が多めの挿絵あり】

「私は敵になりません! 5」佐槻奏多著 主婦と生活社(PASH!ブックス) 2017年3月【異世界・架空の世界】【肌の露出が多めの挿絵なし】

「治癒魔法の間違った使い方:戦場を駆ける回復要員 4」くろかた著 KADOKAWA(MFブックス) 2017年1月【異世界・架空の世界】【肌の露出が多めの挿絵なし】

「終末なにしてますか?忙しいですか?救ってもらっていいですか? #EX」枯野瑛著 KADOKAWA(角川スニーカー文庫) 2017年2月【異世界・架空の世界】【肌の露出が多めの挿絵なし】

「十二月八日の幻影」直原冬明著 光文社(光文社文庫) 2017年2月【歴史・時代】【挿絵なし】

「女神の勇者を倒すゲスな方法:おお勇者よ!死なないとは鬱陶しい」笹木さくま著 KADOKAWA(ファミ通文庫) 2017年1月【異世界・架空の世界】【肌の露出が多めの挿絵あり】

## ストーリー

「小さな魔女と野良犬騎士 2」麻倉英理也著 主婦の友社(ヒーロー文庫) 2017年5月【異世界・架空の世界】【肌の露出が多めの挿絵あり】

「新フォーチュン・クエスト2(セカンド) 8」深沢美潮著 KADOKAWA(電撃文庫) 2017年1月【異世界・架空の世界】【肌の露出が多めの挿絵なし】

「新宿コネクティブ 1」内堀優一著 ホビージャパン(HJ文庫) 2017年5月【現代】【肌の露出が多めの挿絵なし】

「神様、縁の売買はじめました。」叶田キズ著 三交社(スカイハイ文庫) 2017年5月【現代】【肌の露出が多めの挿絵なし】

「水中少女」堀川アサコ著 徳間書店(徳間文庫) 2017年3月【現代】【挿絵なし】

「雀と五位鷺推当帖」平谷美樹著 角川春樹事務所(ハルキ文庫) 2017年10月【歴史・時代】【挿絵なし】

「世界最強の人見知りと魔物が消えそうな黄昏迷宮 1」葉村哲著 KADOKAWA(MF文庫J) 2017年5月【異世界・架空の世界】【肌の露出が多めの挿絵あり】

「晴安寺流便利屋帳 安住兄妹は日々是戦い!の巻」真中みずほ著 ポプラ社(ポプラ文庫ピュアフル) 2017年1月【現代】【挿絵なし】

「精霊幻想記 6」北山結莉著 ホビージャパン(HJ文庫) 2017年1月【異世界・架空の世界】【肌の露出が多めの挿絵あり】

「精霊使いの剣舞(ブレイドダンス) 16」志瑞祐著 KADOKAWA(MF文庫J) 2017年2月【異世界・架空の世界】【肌の露出が多めの挿絵あり】

「聖女が魔を抱く童話(メルヒェン) : 葡萄の聖女の料理帖」長尾彩子著 集英社(コバルト文庫) 2017年3月【異世界・架空の世界】【肌の露出が多めの挿絵なし】

「戦うパン屋と機械じかけの看板娘(オートマタンウェイトレス) 6」SOW著 ホビージャパン(HJ文庫) 2017年1月【異世界・架空の世界】【肌の露出が多めの挿絵なし】

「地方騎士ハンスの受難 1」アマラ著 アルファポリス(アルファライト文庫) 2017年5月【異世界・架空の世界】【肌の露出が多めの挿絵なし】

「超人高校生たちは異世界でも余裕で生き抜くようです! 5」海空りく著 SBクリエイティブ(GA文庫) 2017年6月【異世界・架空の世界】【肌の露出が多めの挿絵あり】

「天地無用!GXP : 真・天地無用!魎皇鬼外伝 15」梶島正樹著 KADOKAWA(富士見ファンタジア文庫) 2017年5月【異世界・架空の世界】【肌の露出が多めの挿絵なし】

「転生魔術師の英雄譚 2」佐竹アキノリ著 主婦の友社(ヒーロー文庫) 2017年3月【異世界・架空の世界】【肌の露出が多めの挿絵なし】

「塔の管理をしてみよう 6」早秋著 新紀元社(MORNINGSTARBOOKS) 2017年6月【異世界・架空の世界】【肌の露出が多めの挿絵なし】

「覇剣の皇姫アルティーナ 12」むらさきゆきや著 KADOKAWA(ファミ通文庫) 2017年4月【異世界・架空の世界】【肌の露出が多めの挿絵なし】

## ストーリー

「白翼のポラリス」阿部藍樹著 講談社(講談社ラノベ文庫) 2017年3月【異世界・架空の世界】【肌の露出が多めの挿絵あり】

「八男って、それはないでしょう! 11」Y.A著 KADOKAWA(MFブックス) 2017年6月【異世界・架空の世界】【肌の露出が多めの挿絵なし】

「鳩子さんとあやかし暮らし」野梨原花南著 KADOKAWA(富士見L文庫) 2017年6月【現代】【肌の露出が多めの挿絵なし】

「反逆の勇者と道具袋 3」大沢雅紀著 アルファポリス(アルファライト文庫) 2017年2月【異世界・架空の世界】【肌の露出が多めの挿絵あり】

「緋弾のアリア 25」赤松中学著 KADOKAWA(MF文庫J) 2017年4月【現代/異世界・架空の世界】【肌の露出が多めの挿絵なし】

「飛べない鍵姫と解けない飛行士:その箱、開けるべからず」山本瑤著 集英社(コバルト文庫) 2017年3月【異世界・架空の世界】【肌の露出が多めの挿絵なし】

「氷竜王と六花の姫」小野はるか著 KADOKAWA(角川ビーンズ文庫) 2017年6月【異世界・架空の世界】【肌の露出が多めの挿絵なし】

「漂海のレクキール = La LEQKEL derive dans la mer.」秋目人著 小学館(ガガガ文庫) 2017年5月【異世界・架空の世界】【肌の露出が多めの挿絵なし】

「武に身を捧げて百と余年。エルフでやり直す武者修行 10」赤石赫々著 KADOKAWA(富士見ファンタジア文庫) 2017年2月【異世界・架空の世界】【肌の露出が多めの挿絵なし】

「武姫の後宮物語 3」筧千里著 KADOKAWA(カドカワBOOKS) 2017年4月【異世界・架空の世界】【肌の露出が多めの挿絵なし】

「風蜘蛛の棘」佐々木禎子著;京極夏彦Founder KADOKAWA(富士見L文庫) 2017年4月【現代】【挿絵なし】

「風呂場女神」小声奏著 アルファポリス(レジーナ文庫.レジーナブックス) 2017年4月【現代/異世界・架空の世界】【肌の露出が多めの挿絵なし】

「文字魔法×印刷技術で起こす異世界革命」藤春都著 ホビージャパン(HJ文庫) 2017年4月【異世界・架空の世界】【肌の露出が多めの挿絵あり】

「平安時代にタイムスリップしたら紫式部になってしまったようです」中臣悠月著 KADOKAWA(角川ビーンズ文庫) 2017年1月【歴史・時代】【肌の露出が多めの挿絵なし】

「宝石王子と五つの謎:おしゃべりシェパードと内緒の話」あさぎ千夜春著 三交社(スカイハイ文庫) 2017年2月【現代】【肌の露出が多めの挿絵なし】

「僕は小説が書けない」中村航著;中田永一著 KADOKAWA(角川文庫) 2017年6月【現代】【挿絵なし】

「僕を導く、カーナビな幽霊(かのじょ)」伊原柊人著 KADOKAWA(メディアワークス文庫) 2017年5月【現代】【肌の露出が多めの挿絵なし】

## ストーリー

「魔王ですが起床したら城が消えていました。」みなかみしょう著 アース・スターエンターテイメント(EARTHSTARNOVEL) 2017年3月【異世界・架空の世界】【肌の露出が多めの挿絵なし】

「魔王軍最強の魔術師は人間だった 2」羽田遼亮著 双葉社(モンスター文庫) 2017年3月【異世界・架空の世界】【肌の露出が多めの挿絵なし】

「魔女と魔城のサバトマリナ」雨木シュウスケ著 講談社(講談社ラノベ文庫) 2017年3月【現代】【肌の露出が多めの挿絵なし】

「魔導機人アルミュナーレ = SORCERY ARMS ARMUNAIRE 3」凜乃初著 KADOKAWA(MFブックス) 2017年1月【異世界・架空の世界】【肌の露出が多めの挿絵なし】

「魔物使いのもふもふ師弟生活 2」無嶋樹了著 ホビージャパン(HJ文庫) 2017年6月【異世界・架空の世界】【肌の露出が多めの挿絵なし】

「魔法?そんなことより筋肉だ! 1」どらねこ著 KADOKAWA(MFブックス) 2017年6月【異世界・架空の世界】【肌の露出が多めの挿絵なし】

「魔法科高校の劣等生 = The irregular at magic high school 21」佐島勤著 KADOKAWA(電撃文庫)(電撃文庫) 2017年2月【現代】【肌の露出が多めの挿絵あり】

「魔法科高校の劣等生 = The irregular at magic high school 22」佐島勤著 KADOKAWA(電撃文庫) 2017年6月【現代】【肌の露出が多めの挿絵あり】

「魔法使いは終わらない : 傭兵団ミストルティン-七人の魔法使い」八薙玉造著 集英社(ダッシュエックス文庫) 2017年4月【異世界・架空の世界】【肌の露出が多めの挿絵なし】

「無職転生 : 異世界行ったら本気だす 14」理不尽な孫の手著 KADOKAWA(MFブックス) 2017年4月【異世界・架空の世界】【肌の露出が多めの挿絵あり】

「無法の弁護人 3」師走トオル著 KADOKAWA(ノベルゼロ) 2017年2月【現代】【肌の露出が多めの挿絵なし】

「夜の瞳」風森章羽著 講談社(講談社タイガ) 2017年3月【現代】【挿絵なし】

「夜葬師と霧の侯爵 : かりそめ夫婦と迷宮の王」白川紺子著 集英社(コバルト文庫) 2017年1月【異世界・架空の世界】【肌の露出が多めの挿絵なし】

「野生のラスボスが現れた! = wild final boss appeared! 4」炎頭著 アース・スターエンターテイメント(EARTHSTARNOVEL) 2017年4月【異世界・架空の世界】【肌の露出が多めの挿絵なし】

「勇者のセガレ」和ケ原聡司著 KADOKAWA(電撃文庫) 2017年1月【現代】【肌の露出が多めの挿絵あり】

「傭兵団の料理番 2」川井昂著 主婦の友社(ヒーロー文庫) 2017年1月【異世界・架空の世界】【肌の露出が多めの挿絵あり】

「落ちてきた龍王(ナーガ)と滅びゆく魔女の国 11」舞阪洸著 KADOKAWA(MF文庫J) 2017年3月【異世界・架空の世界】【肌の露出が多めの挿絵あり】

「流星茶房物語 [2]」羽倉せい著 KADOKAWA(角川ビーンズ文庫) 2017年2月【異世界・架空の世界】【肌の露出が多めの挿絵なし】

## ストーリー

「龍と狐のジャイアント・キリング2」神秋昌史著 ホビージャパン(HJ文庫) 2017年2月【異世界・架空の世界】【肌の露出が多めの挿絵あり】

「狼と羊皮紙：新説狼と香辛料2」支倉凍砂著 KADOKAWA(電撃文庫) 2017年3月【異世界・架空の世界】【肌の露出が多めの挿絵なし】

「棘道の英獣譚」野々上大三郎著 集英社(ダッシュエックス文庫) 2017年3月【異世界・架空の世界】【肌の露出が多めの挿絵なし】

### 使命・任務＞撲滅運動・退治

「〈Infinite Dendrogram〉-インフィニット・デンドログラム- 2」海道左近著 ホビージャパン(HJ文庫) 2017年1月【異世界・架空の世界】【肌の露出が多めの挿絵なし】

「〈この世界はもう俺が救って富と権力を手に入れたし、女騎士や女魔王と城で楽しく暮らしてるから、俺以外の勇者は〉もう異世界に来ないでください。」伊藤ヒロ著 KADOKAWA(MF文庫J) 2017年3月【異世界・架空の世界】【肌の露出が多めの挿絵あり】

「いい加減な夜食4」秋川滝美著 アルファポリス(アルファポリス文庫) 2017年3月【現代】【挿絵なし】

「エス・エクソシスト」霜月セイ著 KADOKAWA(角川スニーカー文庫) 2017年2月【現代】【肌の露出が多めの挿絵なし】

「ガチャにゆだねる異世界廃人生活」時野洋輔著 KADOKAWA(富士見ファンタジア文庫) 2017年2月【異世界・架空の世界】【肌の露出が多めの挿絵あり】

「かりゆしブルー・ブルー：空と神様の八月」カミツキレイニー著 KADOKAWA(角川スニーカー文庫) 2017年6月【現代】【肌の露出が多めの挿絵なし】

「こたえぬ背(そびら)に哭き叫べ」結城光流著 KADOKAWA(角川ビーンズ文庫) 2017年4月【歴史・時代】【挿絵なし】

「この素晴らしい世界に祝福を! 11」暁なつめ著 KADOKAWA(角川スニーカー文庫) 2017年5月【異世界・架空の世界】【肌の露出が多めの挿絵なし】

「ストライク・ザ・ブラッド17」三雲岳斗著 KADOKAWA(電撃文庫) 2017年6月【異世界・架空の世界】【肌の露出が多めの挿絵あり】

「バチカン奇跡調査官：ゾンビ殺人事件」藤木稟著 KADOKAWA(角川ホラー文庫) 2017年2月【現代】【挿絵なし】

「バトルガールハイスクール PART.1」コロプラ原作・監修;八奈川景晶著 KADOKAWA(富士見ファンタジア文庫) 2017年6月【近未来・遠未来】【肌の露出が多めの挿絵あり】

「モンスターのご主人様9」日暮眠都著 双葉社(モンスター文庫) 2017年5月【異世界・架空の世界】【肌の露出が多めの挿絵なし】

「リトルテイマー = Little Tamer 2」神無月紅著 KADOKAWA(カドカワBOOKS) 2017年1月【異世界・架空の世界】【肌の露出が多めの挿絵なし】

## ストーリー

「ワーズワースの秘薬 [2]」文野あかね著 KADOKAWA(角川ビーンズ文庫) 2017年4月【異世界・架空の世界】【肌の露出が多めの挿絵なし】

「ワールドエネミー:不死者の少女と不死殺しの王」細音啓著 KADOKAWA(ノベルゼロ) 2017年1月【異世界・架空の世界】【肌の露出が多めの挿絵なし】

「綾志別町役場妖怪課:暗闇コサックダンス」青柳碧人著 KADOKAWA(角川文庫) 2017年2月【異世界・架空の世界】【挿絵なし】

「暗夜鬼譚 [2]」瀬川貴次著 集英社(集英社文庫) 2017年5月【歴史・時代】【挿絵なし】

「異世界落語 2」朱雀新吾著;柳家喬太郎落語監修 主婦の友社(ヒーロー文庫) 2017年1月【異世界・架空の世界】【肌の露出が多めの挿絵なし】

「機械仕掛けのデイブレイク:Episode Aika」高橋びすい著 講談社(講談社ラノベ文庫) 2017年6月【異世界・架空の世界】【肌の露出が多めの挿絵あり/性描写の挿絵あり】

「機甲狩竜(パンツァーヤクト)のファンタジア 3」内田弘樹著 KADOKAWA(富士見ファンタジア文庫) 2017年6月【異世界・架空の世界】【肌の露出が多めの挿絵あり】

「銀河連合日本 5」松本保羽著 星海社(星海社FICTIONS) 2017年6月【近未来・遠未来】【肌の露出が多めの挿絵なし】

「幻獣王の心臓 [2]」氷川一歩著 講談社(講談社X文庫) 2017年3月【現代/異世界・架空の世界】【肌の露出が多めの挿絵なし】

「黒剣(くろがね)のクロニカ 02」芝村裕吏著 星海社(星海社FICTIONS) 2017年3月【異世界・架空の世界】【肌の露出が多めの挿絵あり】

「今日から、あやかし町長です。2」糸森環著 KADOKAWA(富士見L文庫) 2017年4月【異世界・架空の世界】【挿絵なし】

「首洗い滝」内藤了著 講談社(講談社タイガ) 2017年6月【現代】【挿絵なし】

「週末陰陽師:とある保険営業のお祓い日報」遠藤遼著 三交社(スカイハイ文庫) 2017年4月【現代】【肌の露出が多めの挿絵なし】

「森羅殿へようこそ:事故物件幽怪班 [2]」伏見咲希著 講談社(講談社X文庫) 2017年4月【現代】【肌の露出が多めの挿絵なし】

「神薙少女は普通でいたい 1」道草家守著 アース・スターエンターテイメント(EARTHSTARNOVEL) 2017年2月【現代】【肌の露出が多めの挿絵なし】

「聖獣様と泣きむし聖女 [2]」かいとーこ著 一迅社(一迅社文庫アイリス) 2017年1月【異世界・架空の世界】【肌の露出が多めの挿絵なし】

「絶対ナル孤独者(アイソレータ) = THE ISOLATOR realization of absolute solitude 4」川原礫著 KADOKAWA(電撃文庫) 2017年5月【現代】【肌の露出が多めの挿絵なし】

「打算あり善行冒険者 2」唯野皓司著 主婦の友社(ヒーロー文庫) 2017年1月【異世界・架空の世界】【肌の露出が多めの挿絵あり/性描写の挿絵あり】

## ストーリー

「恥知らずのパープルヘイズ：ジョジョの奇妙な冒険より」荒木飛呂彦原作;上遠野浩平著 集英社(集英社文庫) 2017年6月【異世界・架空の世界】【肌の露出が多めの挿絵なし】

「博多豚骨ラーメンズ 6」木崎ちあき著 KADOKAWA(メディアワークス文庫) 2017年3月【現代】【肌の露出が多めの挿絵なし】

「魔王ですが起床したら城が消えていました。」みなかみしょう著 アース・スターエンターテイメント(EARTHSTARNOVEL) 2017年3月【異世界・架空の世界】【肌の露出が多めの挿絵なし】

「夜空ノ一振リ 2」雪崎ハルカ著 講談社(講談社ラノベ文庫) 2017年3月【異世界・架空の世界】【肌の露出が多めの挿絵なし】

「夜見師」中村ふみ著 KADOKAWA(角川ホラー文庫) 2017年1月【現代】【挿絵なし】

「勇者のパーティで、僕だけ二軍!?」布施瓢箪著 KADOKAWA(富士見ファンタジア文庫) 2017年2月【異世界・架空の世界】【肌の露出が多めの挿絵あり】

「勇者のパーティで、僕だけ二軍!? 2」布施瓢箪著 KADOKAWA(富士見ファンタジア文庫) 2017年5月【異世界・架空の世界】【肌の露出が多めの挿絵あり】

## 修行・トレーニング

「〈Infinite Dendrogram〉-インフィニット・デンドログラム- 2」海道左近著 ホビージャパン(HJ文庫) 2017年1月【異世界・架空の世界】【肌の露出が多めの挿絵なし】

「〈Infinite Dendrogram〉-インフィニット・デンドログラム- 3」海道左近著 ホビージャパン(HJ文庫) 2017年4月【異世界・架空の世界】【肌の露出が多めの挿絵なし】

「BORUTO-ボルト- : NARUTO NEXT GENERATIONS NOVEL 1」岸本斉史原作;池本幹雄原作;小太刀右京原作;重信康小説 集英社(JUMPjBOOKS) 2017年5月【異世界・架空の世界】【肌の露出が多めの挿絵なし】

「Fate/strange Fake 4」TYPE-MOON原作;成田良悟著 KADOKAWA(電撃文庫) 2017年4月【異世界・架空の世界】【肌の露出が多めの挿絵なし】

「Re:ゼロから始める異世界生活 13」長月達平著 KADOKAWA(MF文庫J) 2017年6月【異世界・架空の世界】【肌の露出が多めの挿絵なし】

「TV animation free! novelize 第2版」横谷昌宏著 京都アニメーション(KAエスマ文庫) 2017年6月【現代】【肌の露出が多めの挿絵なし】

「ああ勇者、君の苦しむ顔が見たいんだ = Ah Hero,I want to see that face of yours writhe in agony 3」ユウシャ・アイウエオン著 ポニーキャニオン(ぽにきゃんBOOKS) 2017年5月【異世界・架空の世界】【肌の露出が多めの挿絵なし】

「アサシンズプライド 5」天城ケイ著 KADOKAWA(富士見ファンタジア文庫) 2017年2月【異世界・架空の世界】【肌の露出が多めの挿絵あり】

「アサシンズプライド 6」天城ケイ著 KADOKAWA(富士見ファンタジア文庫) 2017年6月【異世界・架空の世界】【肌の露出が多めの挿絵あり】

## ストーリー

「アルスマグナThe Beginning：コンスタンティンを捜せ!」石倉リサ著;九瓏ノ主学園生徒会監修 KADOKAWA(ビーズログ文庫アリス) 2017年3月【現代】【肌の露出が多めの挿絵なし】

「ガチャを回して仲間を増やす最強の美少女軍団を作り上げろ = You increase families and make beautiful girl army corps,and put it up 2」ちんくるり著 マイクロマガジン社(GCNOVELS) 2017年4月【異世界・架空の世界】【肌の露出が多めの挿絵あり】

「キマイラ 18」夢枕獏著 KADOKAWA(角川文庫) 2017年1月【現代】【肌の露出が多めの挿絵なし】

「ギルドのチートな受付嬢 5」夏にコタツ著 双葉社(モンスター文庫) 2017年4月【異世界・架空の世界】【肌の露出が多めの挿絵なし】

「スキル喰らいの英雄譚 2」浅葉ルウイ著 ホビージャパン(HJ文庫) 2017年6月【異世界・架空の世界】【肌の露出が多めの挿絵あり】

「ストライキングガール! = Striking Girl!」EDA著 KADOKAWA(カドカワBOOKS) 2017年4月【現代】【肌の露出が多めの挿絵なし】

「すもうガールズ」鹿目けい子著 幻冬舎(幻冬舎文庫) 2017年3月【現代】【肌の露出が多めの挿絵なし】

「セーブ&ロードのできる宿屋さん：カンスト転生者が宿屋で新人育成を始めたようです 3」稲荷竜著 集英社(ダッシュエックス文庫) 2017年3月【異世界・架空の世界】【肌の露出が多めの挿絵なし】

「たとえばラストダンジョン前の村の少年が序盤の街で暮らすような物語 2」サトウとシオ著 SBクリエイティブ(GA文庫) 2017年6月【異世界・架空の世界】【肌の露出が多めの挿絵なし】

「ダンジョンに出会いを求めるのは間違っているだろうか 外伝[8]ドラマCD付き限定特装版」大森藤ノ著 SBクリエイティブ(GA文庫) 2017年4月【異世界・架空の世界】【肌の露出が多めの挿絵なし】

「ディバインゲート：王と悪戯な幕間劇」ガンホー・オンライン・エンターテイメント原作;佐々木禎子著 KADOKAWA(ビーズログ文庫アリス) 2017年3月【異世界・架空の世界】【肌の露出が多めの挿絵なし】

「できそこないの魔獣錬磨師(モンスタートレーナー) 7」見波タクミ著 KADOKAWA(富士見ファンタジア文庫) 2017年5月【異世界・架空の世界】【肌の露出が多めの挿絵あり/キスシーンの挿絵あり】

「できそこないの魔獣錬磨師(モンスタートレーナー)スライム・クロニクル」見波タクミ著 KADOKAWA(富士見ファンタジア文庫) 2017年1月【異世界・架空の世界】【肌の露出が多めの挿絵あり】

「テルテル坊主の奇妙な過去帳」江崎双六著 三交社(スカイハイ文庫) 2017年1月【現代】【肌の露出が多めの挿絵なし】

「ニートだけどハロワにいったら異世界につれてかれた 8」桂かすが著 KADOKAWA(MFブックス) 2017年4月【異世界・架空の世界】【肌の露出が多めの挿絵なし】

## ストーリー

「ネトゲの嫁は女の子じゃないと思った? Lv.14」聴猫芝居著 KADOKAWA(電撃文庫) 2017年6月【現代】【肌の露出が多めの挿絵なし】

「ハイキュー!!ショーセツバン!! 8」古舘春一著;星希代子著 集英社(JUMPjBOOKS) 2017年5月【現代】【肌の露出が多めの挿絵なし】

「はぐれ魔導教士の無限英雄方程式(アンリミテッド):たった二人の門下生」原雷火著 KADOKAWA(ファミ通文庫) 2017年2月【異世界・架空の世界】【肌の露出が多めの挿絵あり】

「ひとり吹奏楽部:ハルチカ番外篇」初野晴著 KADOKAWA(角川文庫) 2017年2月【現代】【挿絵なし】

「プロデュース・オンライン:棒声優はネトゲで変わりたい。」田尾典丈著 KADOKAWA(富士見ファンタジア文庫) 2017年2月【現代】【肌の露出が多めの挿絵あり】

「メルヘン・メドヘン」松智洋著;StoryWorks著 集英社(ダッシュエックス文庫) 2017年2月【現代/異世界・架空の世界】【肌の露出が多めの挿絵あり】

「ラノベのプロ! 2」望公太著 KADOKAWA(富士見ファンタジア文庫) 2017年6月【現代】【肌の露出が多めの挿絵なし】

「ロクでなし魔術講師と禁忌教典(アカシックレコード) 8」羊太郎著 KADOKAWA(富士見ファンタジア文庫) 2017年3月【異世界・架空の世界】【肌の露出が多めの挿絵あり】

「悪役令嬢は隣国の王太子に溺愛される 2」ぷにちゃん著 KADOKAWA(ビーズログ文庫) 2017年2月【異世界・架空の世界】【肌の露出が多めの挿絵なし】

「異世界の魔法言語がどう見ても日本語だった件 [2]」トラ子猫著 宝島社 2017年3月【異世界・架空の世界】【肌の露出が多めの挿絵あり】

「異世界を制御魔法で切り開け! 1」佐竹アキノリ著 アルファポリス(アルファライト文庫) 2017年4月【異世界・架空の世界】【肌の露出が多めの挿絵なし】

「隠しスキルで異世界無双 1」瀬戸メグル著 主婦の友社(ヒーロー文庫) 2017年4月【異世界・架空の世界】【肌の露出が多めの挿絵なし】

「宇宙軍士官学校−幕間(インターミッション)−」鷹見一幸著 早川書房(ハヤカワ文庫JA) 2017年3月【異世界・架空の世界】【挿絵なし】

「英雄の忘れ形見 1」風見祐輝著 主婦の友社(ヒーロー文庫) 2017年6月【異世界・架空の世界】【肌の露出が多めの挿絵あり】

「英雄教室 7」新木伸著 集英社(ダッシュエックス文庫) 2017年1月【異世界・架空の世界】【肌の露出が多めの挿絵あり】

「英雄教室 7 オーディオドラマダウンロードシリアルコード付き限定版」新木伸著 集英社(ダッシュエックス文庫) 2017年1月【異世界・架空の世界】【肌の露出が多めの挿絵あり】

「英雄教室 8」新木伸著 集英社(ダッシュエックス文庫) 2017年5月【現代/異世界・架空の世界】【肌の露出が多めの挿絵なし】

## ストーリー

「俺の家が魔力スポットだった件:住んでいるだけで世界最強 5」あまうい白一著 集英社(ダッシュエックス文庫) 2017年5月【異世界・架空の世界】【肌の露出が多めの挿絵なし】

「化けてます:こだぬき、落語家修業中」遠原嘉乃著 双葉社(双葉文庫) 2017年4月【現代】【肌の露出が多めの挿絵なし】

「歌姫島(ディーヴァアイランド)の支配人候補」兎月竜之介著 KADOKAWA(ノベルゼロ) 2017年4月【異世界・架空の世界】【肌の露出が多めの挿絵なし】

「花咲高校演劇部へようこそ!」河合ゆうみ著 KADOKAWA(角川ビーンズ文庫) 2017年1月【現代】【肌の露出が多めの挿絵なし】

「学戦都市アスタリスク外伝:クインヴェールの翼 2」三屋咲ゆう著 KADOKAWA(MF文庫J) 2017年3月【異世界・架空の世界】【肌の露出が多めの挿絵なし】

「銀河中心点:アルマゲスト宙域」三度笠著 KADOKAWA(カドカワBOOKS) 2017年3月【異世界・架空の世界】【肌の露出が多めの挿絵なし】

「月とうさぎのフォークロア。St.2」徒埜けんしん著 SBクリエイティブ(GA文庫) 2017年4月【異世界・架空の世界】【肌の露出が多めの挿絵あり】

「月とライカと吸血姫(ノスフェラトゥ) 2」牧野圭祐著 小学館(ガガガ文庫) 2017年4月【歴史・時代/異世界・架空の世界】【肌の露出が多めの挿絵なし】

「賢者の孫 6」吉岡剛著 KADOKAWA(ファミ通文庫) 2017年3月【異世界・架空の世界】【肌の露出が多めの挿絵あり】

「公爵夫妻の不器用な愛情」芝原歌織著 講談社(講談社X文庫) 2017年6月【異世界・架空の世界】【肌の露出が多めの挿絵なし】

「黒の召喚士 4」迷井豆腐著 オーバーラップ(オーバーラップ文庫) 2017年5月【異世界・架空の世界】【肌の露出が多めの挿絵あり】

「左利きだったから異世界に連れて行かれた 5」十一屋翠著 KADOKAWA(カドカワBOOKS) 2017年3月【異世界・架空の世界】【肌の露出が多めの挿絵あり】

「最強喰い(ジャイアントキリング)のダークヒーロー 3」望公太著 SBクリエイティブ(GA文庫) 2017年3月【異世界・架空の世界】【肌の露出が多めの挿絵あり】

「最近はあやかしだって高校に行くんです。:普通ですが何か?」流星香著 KADOKAWA(ビーズログ文庫アリス) 2017年4月【現代】【肌の露出が多めの挿絵なし】

「十歳の最強魔導師 1」天乃聖樹著 主婦の友社(ヒーロー文庫) 2017年4月【異世界・架空の世界】【肌の露出が多めの挿絵なし】

「十歳の最強魔導師 2」天乃聖樹著 主婦の友社(ヒーロー文庫) 2017年6月【異世界・架空の世界】【肌の露出が多めの挿絵なし】

「召喚獣ですがご主人様がきびしいです」みゅうみゅう著 宝島社 2017年2月【異世界・架空の世界】【肌の露出が多めの挿絵なし】

## ストーリー

「神眼の勇者 6」ファースト著 双葉社(モンスター文庫) 2017年3月【異世界・架空の世界】【肌の露出が多めの挿絵あり】

「世界最強は家族と仲良く出稼ぎ中! 4」空埜一樹著 ホビージャパン(HJ文庫) 2017年1月【異世界・架空の世界】【肌の露出が多めの挿絵なし】

「成長チートでなんでもできるようになったが、無職だけは辞められないようです 3」時野洋輔著 新紀元社(MORNINGSTARBOOKS) 2017年6月【異世界・架空の世界】【肌の露出が多めの挿絵なし】

「聖獣様と泣きむし聖女 [2]」かいとーこ著 一迅社(一迅社文庫アイリス) 2017年1月【異世界・架空の世界】【肌の露出が多めの挿絵なし】

「聖女の魔力は万能です = The power of the saint is all around.」橘由華著 KADOKAWA(カドカワBOOKS) 2017年2月【異世界・架空の世界】【肌の露出が多めの挿絵なし】

「千年戦争アイギス 白の帝国編2」むらさきゆきや著 KADOKAWA(ファミ通文庫) 2017年3月【異世界・架空の世界】【肌の露出が多めの挿絵あり】

「双星の陰陽師 [2]」田中創著;助野嘉昭著 集英社(JUMPjBOOKS) 2017年3月【現代】【肌の露出が多めの挿絵あり】

「村人ですが何か? = I am a villager,what about it? 2」白石新著 マイクロマガジン社(GCNOVELS) 2017年3月【異世界・架空の世界】【肌の露出が多めの挿絵あり】

「太陽に捧ぐラストボール 下」高橋あこ著 スターツ出版(スターツ出版文庫) 2017年6月【現代】【挿絵なし】

「奪う者奪われる者 7」mino著 KADOKAWA(ファミ通文庫) 2017年2月【異世界・架空の世界】【肌の露出が多めの挿絵なし】

「男装王女の波瀾なる輿入れ」朝前みちる著 KADOKAWA(ビーズログ文庫) 2017年5月【異世界・架空の世界】【肌の露出が多めの挿絵なし】

「知らない記憶(こえ)を聴かせてあげる。」石井颯良著 KADOKAWA(角川文庫) 2017年5月【現代】【挿絵なし】

「地球丸ごと異世界転生:無敵のオレが、最弱だったスライムの子を最強にする 2」kt60著 SBクリエイティブ(GA文庫) 2017年3月【異世界・架空の世界】【肌の露出が多めの挿絵あり】

「帝一の國:映画ノベライズ」古屋兎丸原作;いずみ吉紘脚本;久麻當郎小説 集英社(JUMPjBOOKS) 2017年5月【現代】【肌の露出が多めの挿絵なし】

「転生少女の履歴書 4」唐澤和希著 主婦の友社(ヒーロー文庫) 2017年6月【異世界・架空の世界】【肌の露出が多めの挿絵なし】

「転生少女は自由に生きる。」池中織奈著 アルファポリス(レジーナ文庫.レジーナブックス) 2017年5月【異世界・架空の世界】【肌の露出が多めの挿絵なし】

「転生勇者の成り上がり 1」雨宮和希著 オーバーラップ(オーバーラップ文庫) 2017年6月【異世界・架空の世界】【肌の露出が多めの挿絵なし】

## ストーリー

「努力しすぎた世界最強の武闘家は、魔法世界を余裕で生き抜く。」わんこそば著 集英社(ダッシュエックス文庫) 2017年6月【異世界・架空の世界】【肌の露出が多めの挿絵なし】

「湯屋の怪異とカラクリ奇譚 2」会川いち著 KADOKAWA(メディアワークス文庫) 2017年4月【歴史・時代】【肌の露出が多めの挿絵なし】

「憧れの魔法少女の正体が男でした。」山田絢著 KADOKAWA(ビーズログ文庫アリス) 2017年1月【現代】【肌の露出が多めの挿絵なし】

「豚公爵に転生したから、今度は君に好きと言いたい 2」合田拍子著 KADOKAWA(富士見ファンタジア文庫) 2017年4月【異世界・架空の世界】【肌の露出が多めの挿絵あり】

「白バイガール [2]」佐藤青南著 実業之日本社(実業之日本社文庫) 2017年2月【現代】【肌の露出が多めの挿絵なし】

「武姫の後宮物語 3」筧千里著 KADOKAWA(カドカワBOOKS) 2017年4月【異世界・架空の世界】【肌の露出が多めの挿絵なし】

「坊っちゃん忍者幕末見聞録」奥泉光著 河出書房新社(河出文庫) 2017年4月【歴史・時代】【挿絵なし】

「僕らが明日に踏み出す方法」岬鷺宮著 KADOKAWA(メディアワークス文庫) 2017年6月【現代】【肌の露出が多めの挿絵なし】

「堀川さんはがんばらない [2]」あずまの章著 KADOKAWA(角川ビーンズ文庫) 2017年6月【現代】【肌の露出が多めの挿絵なし】

「本好きの下剋上：司書になるためには手段を選んでいられません 第3部[2]」香月美夜著 TOブックス 2017年1月【異世界・架空の世界】【肌の露出が多めの挿絵なし】

「本好きの下剋上：司書になるためには手段を選んでいられません 第3部[3]」香月美夜著 TOブックス 2017年4月【異世界・架空の世界】【肌の露出が多めの挿絵なし】

「魔術学園領域の拳王(バーサーカー) 2」下等妙人著 KADOKAWA(富士見ファンタジア文庫) 2017年5月【異世界・架空の世界】【肌の露出が多めの挿絵あり】

「魔導少女に転生した俺の双剣が有能すぎる 2」岩波零著 KADOKAWA(MF文庫J) 2017年3月【異世界・架空の世界】【肌の露出が多めの挿絵あり】

「魔物使いのもふもふ師弟生活」無嶋樹了著 ホビージャパン(HJ文庫) 2017年1月【異世界・架空の世界】【肌の露出が多めの挿絵なし】

「魔法?そんなことより筋肉だ! 1」どらねこ著 KADOKAWA(MFブックス) 2017年6月【異世界・架空の世界】【肌の露出が多めの挿絵なし】

「魔法科高校の劣等生 = The irregular at magic high school 22」佐島勤著 KADOKAWA(電撃文庫) 2017年6月【現代】【肌の露出が多めの挿絵あり】

「悠久の愚者アズリーの、賢者のすゝめ = The principle of a philosopher by eternal fool "Asley" 6」壱弐参著 アース・スターエンターテイメント(EARTHSTARNOVEL) 2017年5月【異世界・架空の世界】【肌の露出が多めの挿絵なし】

## ストーリー

「落第騎士の英雄譚(キャバルリィ) 12」海空りく著 SBクリエイティブ(GA文庫) 2017年4月【異世界・架空の世界】【肌の露出が多めの挿絵あり】

「老後に備えて異世界で8万枚の金貨を貯めます = Saving 80,000 gold coins in the different world for my old age」FUNA著 講談社(Kラノベブックス) 2017年6月【現代/異世界・架空の世界】【肌の露出が多めの挿絵なし】

「梔子のなみだ = Tears of Gardenia」水無月著 主婦と生活社(PASH!ブックス) 2017年6月【異世界・架空の世界】【肌の露出が多めの挿絵なし】

### 頭脳・心理戦

「LOST : 失覚探偵 下」周木律著 講談社(講談社タイガ) 2017年4月【現代】【挿絵なし】

「ギャンブル・ウィッチ・キングダム 2」菱川さかく著 SBクリエイティブ(GA文庫) 2017年3月【異世界・架空の世界】【肌の露出が多めの挿絵あり】

「こぐちさんと僕のビブリアファイト部活動日誌 : ビブリア古書堂の事件手帖スピンオフ」三上延原作・監修;峰守ひろかず著 KADOKAWA(電撃文庫) 2017年3月【現代】【肌の露出が多めの挿絵なし】

「スクールポーカーウォーズ 3」維羽裕介著 集英社(JUMPjBOOKS) 2017年6月【現代】【肌の露出が多めの挿絵なし】

「ダンガンロンパ十神 下」佐藤友哉著 星海社(星海社FICTIONS) 2017年2月【現代】【挿絵なし】

「ダンガンロンパ霧切 5」北山猛邦著 星海社(星海社FICTIONS) 2017年3月【現代】【挿絵なし】

「ダンジョンに出会いを求めるのは間違っているだろうかファミリアクロニクル : episodeリュー」大森藤ノ著 SBクリエイティブ(GA文庫) 2017年3月【異世界・架空の世界】【肌の露出が多めの挿絵あり】

「ドリームハッカーズ : コミュ障たちの現実チートピア」出口きぬごし著 KADOKAWA(電撃文庫) 2017年1月【近未来・遠未来】【肌の露出が多めの挿絵あり】

「異世界ならニートが働くと思ったの? 5」刈野ミカタ著 KADOKAWA(MF文庫J) 2017年5月【異世界・架空の世界】【肌の露出が多めの挿絵あり/キスシーンの挿絵あり】

「異端なる尋問官の事件調書 file.01」永野水貴著 KADOKAWA(ノベルゼロ) 2017年3月【異世界・架空の世界】【肌の露出が多めの挿絵なし】

「花冠の王国の花嫌い姫 [4]」長月遥著 KADOKAWA(ビーズログ文庫) 2017年3月【異世界・架空の世界】【肌の露出が多めの挿絵なし】

「京都寺町三条のホームズ 6.5」望月麻衣著 双葉社(双葉文庫) 2017年4月【現代】【肌の露出が多めの挿絵なし】

「軍師/詐欺師は紙一重」神野オキナ著 講談社(講談社ラノベ文庫) 2017年3月【異世界・架空の世界】【肌の露出が多めの挿絵あり】

## ストーリー

「剣と魔法と裁判所 = SWORD AND MAGIC AND COURTHOUSE」蘇之一行著 KADOKAWA(電撃文庫) 2017年4月【異世界・架空の世界】【肌の露出が多めの挿絵あり】

「最良の嘘の最後のひと言」河野裕著 東京創元社(創元推理文庫) 2017年2月【現代】【挿絵なし】

「残念公主のなりきり仙人録：敏腕家令に監視されてますが、皇宮事情はお任せください!」チサトアキラ著 KADOKAWA(ビーズログ文庫) 2017年3月【異世界・架空の世界】【肌の露出が多めの挿絵なし】

「女王のポーカー [2]」維羽裕介著 新潮社(新潮文庫nex) 2017年3月【現代】【挿絵なし】

「少年探偵団：私立探偵明智小五郎」江戸川乱歩著 新潮社(新潮文庫nex) 2017年1月【現代】【挿絵なし】

「妹さえいればいい。7 ドラマCD付き限定特装版」平坂読著 小学館(ガガガ文庫) 2017年5月【現代】【肌の露出が多めの挿絵あり/キスシーンの挿絵あり】

「妄想刑事(でか)エニグマの執着」七尾与史著 徳間書店(徳間文庫) 2017年2月【現代】【肌の露出が多めの挿絵なし】

## スローライフ

「アラフォー賢者の異世界生活日記 3」寿安清著 KADOKAWA(MFブックス) 2017年4月【異世界・架空の世界】【肌の露出が多めの挿絵なし】

「おかしな転生 6」古流望著 TOブックス 2017年4月【異世界・架空の世界】【肌の露出が多めの挿絵なし】

「おっさん、聖剣を抜く。1」スフレ著 アース・スターエンターテイメント(EARTHSTARNOVEL) 2017年5月【異世界・架空の世界】【肌の露出が多めの挿絵なし】

「すまん、資金ブーストよりチートなスキル持ってる奴おる? 2」えきさいたー著 集英社(ダッシュエックス文庫) 2017年2月【異世界・架空の世界】【肌の露出が多めの挿絵なし】

「ダンジョンを造ろう 4」渡良瀬ユウ著 KADOKAWA(MFブックス) 2017年5月【異世界・架空の世界】【肌の露出が多めの挿絵なし】

「デスゲームから始めるMMOスローライフ 2」草薙アキ著 KADOKAWA(富士見ファンタジア文庫) 2017年4月【異世界・架空の世界】【肌の露出が多めの挿絵あり】

「ドラゴンは寂しいと死んじゃいます = The dragon is lonely and dies：レベッカたんのにいたんは人類最強の傭兵 1」藤原ゴンザレス著 アース・スターエンターテイメント(EARTHSTARNOVEL) 2017年1月【異世界・架空の世界】【肌の露出が多めの挿絵なし】

「ドラゴンは寂しいと死んじゃいます = The dragon is lonely and dies：レベッカたんのにいたんは人類最強の傭兵 2」藤原ゴンザレス著 アース・スターエンターテイメント(EARTHSTARNOVEL) 2017年5月【異世界・架空の世界】【肌の露出が多めの挿絵なし】

「異世界Cマート繁盛記 5」新木伸著 集英社(ダッシュエックス文庫) 2017年2月【現代/異世界・架空の世界】【肌の露出が多めの挿絵あり】

## ストーリー

「俺、動物や魔物と話せるんです 2」錬金王著 KADOKAWA(MFブックス) 2017年3月【異世界・架空の世界】【肌の露出が多めの挿絵なし】

「俺、冒険者！：無双スキルは平面魔法 1」みそたくあん著 KADOKAWA(MFブックス) 2017年5月【異世界・架空の世界】【肌の露出が多めの挿絵なし】

「黒騎士さんは働きたくない 2」雨木シュウスケ著 集英社(ダッシュエックス文庫) 2017年4月【異世界・架空の世界】【肌の露出が多めの挿絵あり】

「最強呪族転生 = Reincarnation of sherman：チート魔術師のスローライフ 3」猫子著 アース・スターエンターテイメント(EARTHSTARNOVEL) 2017年6月【異世界・架空の世界】【肌の露出が多めの挿絵なし】

「女神の勇者を倒すゲスな方法 2」笹木さくま著 KADOKAWA(ファミ通文庫) 2017年5月【異世界・架空の世界】【肌の露出が多めの挿絵あり】

「聖女の魔力は万能です = The power of the saint is all around.」橘由華著 KADOKAWA(カドカワBOOKS) 2017年2月【異世界・架空の世界】【肌の露出が多めの挿絵なし】

「造られしイノチとキレイなセカイ 3」緋月薙著 ホビージャパン(HJ文庫) 2017年4月【異世界・架空の世界】【肌の露出が多めの挿絵なし】

「地方騎士ハンスの受難 1」アマラ著 アルファポリス(アルファライト文庫) 2017年5月【異世界・架空の世界】【肌の露出が多めの挿絵なし】

「転生して田舎でスローライフをおくりたい = I want to enjoy slow Living [2]」錬金王著 宝島社 2017年2月【異世界・架空の世界】【肌の露出が多めの挿絵なし】

「鳩子さんとあやかし暮らし」野梨原花南著 KADOKAWA(富士見L文庫) 2017年6月【現代】【肌の露出が多めの挿絵なし】

「放課後は、異世界喫茶でコーヒーを」風見鶏著 KADOKAWA(富士見ファンタジア文庫) 2017年6月【異世界・架空の世界】【肌の露出が多めの挿絵なし】

「北欧貴族と猛禽妻の雪国狩り暮らし」江本マシメサ著 宝島社(宝島社文庫) 2017年5月【歴史・時代】【肌の露出が多めの挿絵なし】

「魔王になったら領地が無人島だった = I Become the King of Darkness and My Territory is an Uninhabited Island 3」昼寝する亡霊著 マイクロマガジン社(GCNOVELS) 2017年6月【異世界・架空の世界】【肌の露出が多めの挿絵あり】

「魔物使いのもふもふ師弟生活」無嶋樹了著 ホビージャパン(HJ文庫) 2017年1月【異世界・架空の世界】【肌の露出が多めの挿絵なし】

「魔物使いのもふもふ師弟生活 2」無嶋樹了著 ホビージャパン(HJ文庫) 2017年6月【異世界・架空の世界】【肌の露出が多めの挿絵なし】

「勇者ですが異世界でエルフ嫁とピザ店始めます」城崎火也著 集英社(ダッシュエックス文庫) 2017年1月【異世界・架空の世界】【肌の露出が多めの挿絵あり/キスシーンの挿絵あり】

「勇者召喚に巻き込まれたけど、異世界は平和でした 1」灯台著 新紀元社(MORNINGSTARBOOKS) 2017年6月【異世界・架空の世界】【肌の露出が多めの挿絵なし】

## ストーリー

### 政治・行政・政府

「アウトブレイク・カンパニー = Outbreak Company：萌える侵略者 17」榊一郎著 講談社(講談社ラノベ文庫) 2017年3月【異世界・架空の世界】【肌の露出が多めの挿絵あり】

「さびしい独裁者 新装版」赤川次郎著 徳間書店(徳間文庫) 2017年1月【現代】【挿絵なし】

「やがて恋するヴィヴィ・レイン = How Vivi Lane Falls in Love 2」犬村小六著 小学館(ガガガ文庫) 2017年1月【異世界・架空の世界】【肌の露出が多めの挿絵なし】

「やがて恋するヴィヴィ・レイン = How Vivi Lane Falls in Love 3」犬村小六著 小学館(ガガガ文庫) 2017年5月【異世界・架空の世界】【肌の露出が多めの挿絵なし】

「悪の女王の軌跡 2」風見くのえ著 アルファポリス(レジーナ文庫.レジーナブックス) 2017年1月【異世界・架空の世界】【肌の露出が多めの挿絵なし】

「公爵令嬢の嗜み 4」澪亜著 KADOKAWA(カドカワBOOKS) 2017年3月【異世界・架空の世界】【肌の露出が多めの挿絵なし】

「高1ですが異世界で城主はじめました 11」鏡裕之著 ホビージャパン(HJ文庫) 2017年5月【異世界・架空の世界】【肌の露出が多めの挿絵あり】

「大国チートなら異世界征服も楽勝ですよ? 2」櫂末高彰著 KADOKAWA(MF文庫J) 2017年6月【異世界・架空の世界】【肌の露出が多めの挿絵あり/性描写の挿絵あり】

「転生魔術師の英雄譚 2」佐竹アキノリ著 主婦の友社(ヒーロー文庫) 2017年3月【異世界・架空の世界】【肌の露出が多めの挿絵なし】

「坊っちゃん忍者幕末見聞録」奥泉光著 河出書房新社(河出文庫) 2017年4月【歴史・時代】【挿絵なし】

「魔導の福音」佐藤さくら著 東京創元社(創元推理文庫) 2017年3月【異世界・架空の世界】【挿絵なし】

「約束の国 4」カルロ・ゼン著 星海社(星海社FICTIONS) 2017年1月【異世界・架空の世界】【肌の露出が多めの挿絵なし】

### 政治・行政・政府＞外交

「おこぼれ姫と円卓の騎士 [16]」石田リンネ著 KADOKAWA(ビーズログ文庫) 2017年2月【異世界・架空の世界】【肌の露出が多めの挿絵なし】

「オレの恩返し：ハイスペック村づくり 2」ハーーナ殿下著 アース・スターエンターテイメント(EARTH STAR NOVEL) 2017年3月【異世界・架空の世界】【肌の露出が多めの挿絵あり】

「ガルディナ王国興国記 2」桜木海斗著 主婦の友社(ヒーロー文庫) 2017年6月【異世界・架空の世界】【肌の露出が多めの挿絵なし】

「一華後宮料理帖 第3品」三川みり著 KADOKAWA(角川ビーンズ文庫) 2017年3月【異世界・架空の世界】【肌の露出が多めの挿絵なし】

## ストーリー

「石と星の夜」遠藤文子著 東京創元社(創元推理文庫) 2017年1月【異世界・架空の世界】【挿絵なし】

「理想のヒモ生活 9」渡辺恒彦著 主婦の友社(ヒーロー文庫) 2017年6月【異世界・架空の世界】【肌の露出が多めの挿絵あり】

### 政治・行政・政府＞情報機関・諜報機関

「ストライク・ザ・ブラッド 17」三雲岳斗著 KADOKAWA(電撃文庫) 2017年6月【異世界・架空の世界】【肌の露出が多めの挿絵あり】

「マージナル・オペレーション改 02」芝村裕吏著 星海社(星海社FICTIONS) 2017年6月【近未来・遠未来】【肌の露出が多めの挿絵なし】

「機械仕掛けのデイブレイク：Episode Aika」高橋びすい著 講談社(講談社ラノベ文庫) 2017年6月【異世界・架空の世界】【肌の露出が多めの挿絵あり/性描写の挿絵あり】

「銀河連合日本 5」松本保羽著 星海社(星海社FICTIONS) 2017年6月【近未来・遠未来】【肌の露出が多めの挿絵なし】

「十二月八日の幻影」直原冬明著 光文社(光文社文庫) 2017年2月【歴史・時代】【挿絵なし】

「石と星の夜」遠藤文子著 東京創元社(創元推理文庫) 2017年1月【異世界・架空の世界】【挿絵なし】

「天使のスタートアップ」水沢あきと著 星海社(星海社FICTIONS) 2017年6月【現代】【肌の露出が多めの挿絵なし】

「道-MEN：北海道を喰いに来た乙女」アサウラ著 集英社(ダッシュエックス文庫) 2017年6月【近未来・遠未来】【肌の露出が多めの挿絵あり】

「約束の国 4」カルロ・ゼン著 星海社(星海社FICTIONS) 2017年1月【異世界・架空の世界】【肌の露出が多めの挿絵なし】

### 青春

「21グラムの恋」太秦あを著 三交社(スカイハイ文庫) 2017年6月【現代】【肌の露出が多めの挿絵なし】

「86-エイティシックス-」安里アサト著 KADOKAWA(電撃文庫) 2017年2月【異世界・架空の世界】【肌の露出が多めの挿絵なし】

「D坂の美少年」西尾維新著 講談社(講談社タイガ) 2017年3月【現代】【肌の露出が多めの挿絵なし】

「EXMOD：思春期ノ能力者」神野オキナ著 小学館(ガガガ文庫) 2017年1月【現代】【肌の露出が多めの挿絵あり】

「EXMOD 2」神野オキナ著 小学館(ガガガ文庫) 2017年5月【現代】【肌の露出が多めの挿絵あり/キスシーンの挿絵あり】

## ストーリー

「Q.もしかして、異世界を救った英雄さんですか?A.違います、ただのパシリです。」弥生志郎著 KADOKAWA(MF文庫J) 2017年2月【異世界・架空の世界】【肌の露出が多めの挿絵あり/性描写の挿絵あり】

「アカシックリコード」水野良著 KADOKAWA(ノベルゼロ) 2017年6月【現代】【肌の露出が多めの挿絵あり】

「あざみ野高校女子送球部!」小瀬木麻美著 ポプラ社(ポプラ文庫ピュアフル) 2017年5月【現代】【挿絵なし】

「あの、一緒に戦争(ブカツ)しませんか?」高村透著 KADOKAWA(電撃文庫) 2017年6月【現代】【肌の露出が多めの挿絵なし】

「あやかし夫婦は青春を謳歌する。」友麻碧著 KADOKAWA(富士見L文庫) 2017年5月【現代/歴史・時代】【挿絵なし】

「ありえない青と、終わらない春」清水苺著 講談社(講談社ラノベ文庫) 2017年6月【現代】【肌の露出が多めの挿絵なし】

「ある日、爆弾がおちてきて 新装版」古橋秀之著 KADOKAWA(メディアワークス文庫) 2017年4月【現代】【肌の露出が多めの挿絵なし】

「イジワル御曹司に愛されています」西ナナヲ著 スターツ出版(ベリーズ文庫) 2017年5月【現代】【挿絵なし】

「いつかの空、君との魔法 2」藤宮カズキ著 KADOKAWA(角川スニーカー文庫) 2017年1月【異世界・架空の世界】【肌の露出が多めの挿絵なし】

「おそれミミズク:あるいは彼岸の渡し綱」オキシタケヒコ著 講談社(講談社タイガ) 2017年2月【現代】【挿絵なし】

「おにぎりスタッバー」大澤めぐみ著 KADOKAWA(角川スニーカー文庫) 2017年1月【現代】【肌の露出が多めの挿絵なし】

「おめでとう、俺は美少女に進化した。」和久井透夏著 KADOKAWA(カドカワBOOKS) 2017年2月【現代】【肌の露出が多めの挿絵あり】

「オレ、NO力者につき!」阿智太郎著 KADOKAWA(電撃文庫) 2017年5月【近未来・遠未来】【肌の露出が多めの挿絵なし】

「カブキブ!6」榎田ユウリ著 KADOKAWA(角川文庫) 2017年3月【現代】【挿絵なし】

「きみがすべてを忘れる前に」喜多南著 宝島社(宝島社文庫) 2017年3月【現代】【肌の露出が多めの挿絵なし】

「キモイマン」中沢健著 小学館(ガガガ文庫) 2017年1月【現代】【肌の露出が多めの挿絵なし】

「キラプリおじさんと幼女先輩」岩沢藍著 KADOKAWA(電撃文庫) 2017年3月【現代】【肌の露出が多めの挿絵あり】

## ストーリー

「クラスでバカにされてるオタクなぼくが、気づいたら不良たちから崇拝されててガクブル」諏訪錦著 アルファポリス(アルファポリス文庫) 2017年6月【現代】【肌の露出が多めの挿絵なし】

「ケーキ王子の名推理(スペシャリテ) 2」七月隆文著 新潮社(新潮文庫nex) 2017年4月【現代】【挿絵なし】

「ゲーマーズ! 7」葵せきな著 KADOKAWA(富士見ファンタジア文庫) 2017年3月【現代】【肌の露出が多めの挿絵あり】

「ゴーストケース:心霊科学捜査官」柴田勝家著 講談社(講談社タイガ) 2017年1月【現代】【挿絵なし】

「こぐちさんと僕のビブリアファイト部活動日誌:ビブリア古書堂の事件手帖スピンオフ」三上延原作・監修;峰守ひろかず著 KADOKAWA(電撃文庫) 2017年3月【現代】【肌の露出が多めの挿絵なし】

「サヨナラ坂の美容院」石田空著 マイナビ出版(ファン文庫) 2017年5月【現代】【肌の露出が多めの挿絵なし】

「ジャナ研の憂鬱な事件簿」酒井田寛太郎著 小学館(ガガガ文庫) 2017年5月【現代】【肌の露出が多めの挿絵なし】

「スティール!! = STEAL!!:最凶の人造魔術士と最強の魔術回収屋」桜咲良著 KADOKAWA(電撃文庫) 2017年3月【異世界・架空の世界】【肌の露出が多めの挿絵なし】

「ストーミー・ガール」田中啓文著 光文社(光文社文庫) 2017年2月【現代】【肌の露出が多めの挿絵なし】

「ストライキングガール! = Striking Girl!」EDA著 KADOKAWA(カドカワBOOKS) 2017年4月【現代】【肌の露出が多めの挿絵なし】

「すもうガールズ」鹿目けい子著 幻冬舎(幻冬舎文庫) 2017年3月【現代】【肌の露出が多めの挿絵なし】

「そして、アリスはいなくなった」ひずき優著 集英社(集英社オレンジ文庫) 2017年5月【現代】【挿絵なし】

「ただいまの神様」鈴森丹子著 KADOKAWA(メディアワークス文庫) 2017年1月【現代】【肌の露出が多めの挿絵なし】

「トリア・ルーセントが人間になるまで」三田千恵著 KADOKAWA(ファミ通文庫) 2017年4月【異世界・架空の世界】【肌の露出が多めの挿絵あり/キスシーンの挿絵あり】

「ドリームハッカーズ:コミュ障たちの現実チートピア」出口きぬごし著 KADOKAWA(電撃文庫) 2017年1月【近未来・遠未来】【肌の露出が多めの挿絵あり】

「ネット小説家になろうクロニクル 2」津田彷徨著 星海社(星海社FICTIONS) 2017年2月【現代】【肌の露出が多めの挿絵なし】

「ネット小説家になろうクロニクル 3」津田彷徨著 星海社(星海社FICTIONS) 2017年5月【現代】【肌の露出が多めの挿絵なし】

## ストーリー

「ひとり吹奏楽部：ハルチカ番外篇」初野晴著 KADOKAWA(角川文庫) 2017年2月【現代】【挿絵なし】

「ひるなかの流星：映画ノベライズ」やまもり三香原作;ひずき優著 集英社(集英社オレンジ文庫) 2017年2月【現代】【挿絵なし】

「プラットホームの彼女」水沢秋生著 光文社(光文社文庫) 2017年6月【現代】【挿絵なし】

「ホーンテッド・キャンパス [11]」櫛木理宇著 KADOKAWA(角川ホラー文庫) 2017年3月【現代】【肌の露出が多めの挿絵なし】

「ホーンテッド・キャンパス [12]」櫛木理宇著 KADOKAWA(角川ホラー文庫) 2017年10月【現代】【肌の露出が多めの挿絵なし】

「ぼくたちのリメイク：十年前に戻ってクリエイターになろう！」木緒なち著 KADOKAWA(MF文庫J) 2017年3月【現代】【肌の露出が多めの挿絵あり】

「ほま高登山部ダイアリー = Homako Mountain Climbing Club Diary」細音啓著 小学館(ガガガ文庫) 2017年2月【現代】【肌の露出が多めの挿絵あり】

「ゆきうさぎのお品書き [3]」小湊悠貴著 集英社(集英社オレンジ文庫) 2017年1月【現代】【挿絵なし】

「ラノベのプロ! 2」望公太著 KADOKAWA(富士見ファンタジア文庫) 2017年6月【現代】【肌の露出が多めの挿絵なし】

「リンドウにさよならを」三田千恵著 KADOKAWA(ファミ通文庫) 2017年1月【現代】【肌の露出が多めの挿絵なし】

「一年前の君に、一年後の君と。= To you a year ago,with you a year later.」相原あきら著 KADOKAWA(メディアワークス文庫) 2017年3月【現代】【挿絵なし】

「嘘が見える僕は、素直な君に恋をした」桜井美奈著 双葉社(双葉文庫) 2017年4月【現代】【挿絵なし】

「英雄教室 8」新木伸著 集英社(ダッシュエックス文庫) 2017年5月【現代/異世界・架空の世界】【肌の露出が多めの挿絵なし】

「俺と彼女の恋を超能力が邪魔している。= Love with her is disturbed by PK」助供珠樹著 小学館(ガガガ文庫) 2017年4月【現代】【肌の露出が多めの挿絵あり/キスシーンの挿絵あり】

「俺の青春を生け贄に、彼女の前髪をオープン」凪木エコ著 KADOKAWA(富士見ファンタジア文庫) 2017年1月【現代】【肌の露出が多めの挿絵あり】

「俺の青春を生け贄に、彼女の前髪をオープン 2」凪木エコ著 KADOKAWA(富士見ファンタジア文庫) 2017年5月【現代】【肌の露出が多めの挿絵あり】

「俺の幼なじみは宇宙人に侵略されている」橘九位著 講談社(講談社ラノベ文庫) 2017年6月【現代】【肌の露出が多めの挿絵なし】

「俺は/私はオタク友達がほしいっ！」左リュウ著 ポニーキャニオン(ぽにきゃんBOOKS) 2017年2月【現代】【肌の露出が多めの挿絵あり】

## ストーリー

「俺は魔王で思春期男子!」横山采紅著 集英社(ダッシュエックス文庫) 2017年1月【現代】【肌の露出が多めの挿絵あり】

「俺を好きなのはお前だけかよ 5」駱駝著 KADOKAWA(電撃文庫) 2017年4月【現代】【肌の露出が多めの挿絵なし】

「下鴨アンティーク[6]」白川紺子著 集英社(集英社オレンジ文庫) 2017年6月【現代】【挿絵なし】

「化けてます:こだぬき、落語家修業中」遠原嘉乃著 双葉社(双葉文庫) 2017年4月【現代】【肌の露出が多めの挿絵なし】

「可愛ければ変態でも好きになってくれますか?」花間燈著 KADOKAWA(MF文庫J) 2017年1月【現代】【肌の露出が多めの挿絵あり】

「可愛ければ変態でも好きになってくれますか? 2」花間燈著 KADOKAWA(MF文庫J) 2017年5月【現代】【肌の露出が多めの挿絵あり】

「花屋「ゆめゆめ」で不思議な花束を」編乃肌著 マイナビ出版(ファン文庫) 2017年3月【現代】【挿絵なし】

「花咲高校演劇部へようこそ!」河合ゆうみ著 KADOKAWA(角川ビーンズ文庫) 2017年1月【現代】【肌の露出が多めの挿絵なし】

「喫茶ルパンで秘密の会議」蒼井蘭子著 三交社(スカイハイ文庫) 2017年2月【現代】【肌の露出が多めの挿絵なし】

「屈折する星屑」江波光則著 早川書房(ハヤカワ文庫JA) 2017年3月【異世界・架空の世界】【挿絵なし】

「君とソースと僕の恋」本田晴巳著 スターツ出版(スターツ出版文庫) 2017年4月【現代】【挿絵なし】

「君と四度目の学園祭」天音マサキ著 KADOKAWA(角川スニーカー文庫) 2017年6月【現代】【肌の露出が多めの挿絵なし】

「君に謝りたくて俺は」わかつきひかる著 講談社(講談社ラノベ文庫) 2017年6月【現代】【肌の露出が多めの挿絵なし】

「君に恋をするなんて、ありえないはずだった」筏田かつら著 宝島社(宝島社文庫) 2017年4月【現代】【挿絵なし】

「君の膵臓をたべたい」住野よる著 双葉社(双葉文庫) 2017年4月【現代】【挿絵なし】

「君は月夜に光り輝く」佐野徹夜著 KADOKAWA(メディアワークス文庫) 2017年2月【現代】【肌の露出が多めの挿絵なし】

「芸者でGO!」山本幸久著 実業之日本社(実業之日本社文庫) 2017年6月【現代】【肌の露出が多めの挿絵なし】

「劇場版黒子のバスケLAST GAME」藤巻忠俊著;平林佐和子著 集英社(JUMPjBOOKS) 2017年3月【現代】【肌の露出が多めの挿絵なし】

## ストーリー

「決戦のとき」あさのあつこ著 ポプラ社(ポプラ文庫ピュアフル) 2017年3月【現代】【挿絵なし】

「月とライカと吸血姫(ノスフェラトゥ) 2」牧野圭祐著 小学館(ガガガ文庫) 2017年4月【歴史・時代/異世界・架空の世界】【肌の露出が多めの挿絵なし】

「嫌われ者始めました：転生リーマンの領地運営物語 3」くま太郎著 KADOKAWA(ファミ通文庫) 2017年4月【異世界・架空の世界】【肌の露出が多めの挿絵なし】

「紅茶館くじら亭ダイアリー：シナモン・ジンジャーは雪解けの香り」伊佐良紫築著 KADOKAWA(富士見L文庫) 2017年2月【現代】【挿絵なし】

「最近はあやかしだって高校に行くんです。：普通ですが何か?」流星香著 KADOKAWA(ビーズログ文庫アリス) 2017年4月【現代】【肌の露出が多めの挿絵なし】

「最後の晩ごはん [8]」椹野道流著 KADOKAWA(角川文庫) 2017年6月【現代】【肌の露出が多めの挿絵なし】

「三毛猫カフェトリコロール」星月渉著 三交社(スカイハイ文庫) 2017年4月【現代】【肌の露出が多めの挿絵なし】

「資格の神様」十階堂一系著 KADOKAWA(電撃文庫) 2017年5月【現代】【肌の露出が多めの挿絵なし】

「時をめぐる少女」天沢夏月著 KADOKAWA(メディアワークス文庫) 2017年5月【現代】【肌の露出が多めの挿絵なし】

「自殺するには向かない季節」海老名龍人著 講談社(講談社ラノベ文庫) 2017年5月【現代】【肌の露出が多めの挿絵なし】

「自称Fランクのお兄さまがゲームで評価される学園の頂点に君臨するそうですよ?」三河ごーすと著 KADOKAWA(MF文庫J) 2017年4月【現代】【肌の露出が多めの挿絵あり】

「七星のスバル = Seven Senses of the Re'Union 5」田尾典丈著 小学館(ガガガ文庫) 2017年3月【現代】【肌の露出が多めの挿絵あり】

「弱キャラ友崎くん = The Low Tier Character"TOMOZAKI-kun" Lv.3」屋久ユウキ著 小学館(ガガガ文庫) 2017年1月【現代】【肌の露出が多めの挿絵あり】

「弱キャラ友崎くん = The Low Tier Character"TOMOZAKI-kun" Lv.4」屋久ユウキ著 小学館(ガガガ文庫) 2017年6月【現代】【肌の露出が多めの挿絵なし】

「終わる世界の片隅で、また君に恋をする」五十嵐雄策著 KADOKAWA(電撃文庫) 2017年5月【現代】【肌の露出が多めの挿絵なし】

「重力アルケミック」柞刈湯葉著 星海社(星海社FICTIONS) 2017年2月【近未来・遠未来】【肌の露出が多めの挿絵なし】

「春や春」森谷明子著 光文社(光文社文庫) 2017年5月【現代】【挿絵なし】

「女王のポーカー [2]」維羽裕介著 新潮社(新潮文庫nex) 2017年3月【現代】【挿絵なし】

「小暮写眞館 1」宮部みゆき著 新潮社(新潮文庫nex) 2017年1月【現代】【挿絵なし】

## ストーリー

「小暮写眞館 2」宮部みゆき著 新潮社(新潮文庫nex) 2017年1月【現代】【挿絵なし】

「小暮写眞館 3」宮部みゆき著 新潮社(新潮文庫nex) 2017年2月【現代】【挿絵なし】

「小暮写眞館 4」宮部みゆき著 新潮社(新潮文庫nex) 2017年2月【現代】【挿絵なし】

「真行寺美琴のぬいぐるみ事件簿」飯田雪子著 ポプラ社(ポプラ文庫ピュアフル) 2017年1月【現代】【挿絵なし】

「進化の実:知らないうちに勝ち組人生 6」美紅著 双葉社(モンスター文庫) 2017年5月【異世界・架空の世界】【肌の露出が多めの挿絵あり】

「厨病激発ボーイ 4」れるりり原案;藤並みなと著 KADOKAWA(角川ビーンズ文庫) 2017年3月【現代】【肌の露出が多めの挿絵なし】

「世界、それはすべて君のせい」くらゆいあゆ著 集英社(集英社オレンジ文庫) 2017年4月【現代】【挿絵なし】

「瀬川くんはゲームだけしていたい。2」中谷栄太著 SBクリエイティブ(GA文庫) 2017年4月【現代】【肌の露出が多めの挿絵あり】

「政と源」三浦しをん著 集英社(集英社オレンジ文庫) 2017年6月【現代】【挿絵なし】

「星の涙」みのりfrom三月のパンタシア著 スターツ出版(スターツ出版文庫) 2017年3月【現代】【挿絵なし】

「晴ケ丘高校洗濯部!」梨木れいあ著 スターツ出版(スターツ出版文庫) 2017年1月【現代】【挿絵なし】

「青春絶対つぶすマンな俺に救いはいらない。」境田吉孝著 小学館(ガガガ文庫) 2017年4月【現代】【肌の露出が多めの挿絵なし】

「青春注意報!」くらゆいあゆ著 KADOKAWA(角川ビーンズ文庫) 2017年2月【現代】【肌の露出が多めの挿絵なし】

「青年のための読書クラブ」桜庭一樹著 新潮社(新潮文庫nex) 2017年5月【歴史・時代】【挿絵なし】

「石神様の仰ることは」黒辺あゆみ著 KADOKAWA(ビーズログ文庫アリス) 2017年2月【現代】【肌の露出が多めの挿絵あり】

「先生とわたしのお弁当:二人の秘密と放課後レシピ」田代裕彦著 KADOKAWA(富士見L文庫) 2017年3月【現代】【挿絵なし】

「蒼戟の疾走者(ストラトランナー) = STRATORUNNER IN THE SKY:落ちこぼれ騎士の逆転戦略」犬亥著 KADOKAWA(電撃文庫) 2017年5月【異世界・架空の世界】【肌の露出が多めの挿絵なし】

「打ち上げ花火、下から見るか?横から見るか?」岩井俊二原作;大根仁著 KADOKAWA(角川文庫) 2017年6月【現代】【挿絵なし】

「中古でも恋がしたい! 10」田尾典丈著 SBクリエイティブ(GA文庫) 2017年6月【現代】【肌の露出が多めの挿絵あり】

## ストーリー

「中古でも恋がしたい！9 ドラマCD付き限定特装版」田尾典丈著 SBクリエイティブ(GA文庫) 2017年3月【現代】【肌の露出が多めの挿絵なし】

「追伸ソラゴトに微笑んだ君へ」田辺屋敷著 KADOKAWA(富士見ファンタジア文庫) 2017年1月【現代】【肌の露出が多めの挿絵あり】

「追伸ソラゴトに微笑んだ君へ 2」田辺屋敷著 KADOKAWA(富士見ファンタジア文庫) 2017年5月【現代】【肌の露出が多めの挿絵あり】

「憧れの魔法少女の正体が男でした。」山田絢著 KADOKAWA(ビーズログ文庫アリス) 2017年1月【現代】【肌の露出が多めの挿絵なし】

「読者(ぼく)と主人公(かのじょ)と二人のこれから」岬鷺宮著 KADOKAWA(電撃文庫) 2017年4月【現代】【肌の露出が多めの挿絵なし】

「敗者たちの季節」あさのあつこ著 KADOKAWA(角川文庫) 2017年4月【現代】【肌の露出が多めの挿絵なし】

「白バイガール [2]」佐藤青南著 実業之日本社(実業之日本社文庫) 2017年2月【現代】【肌の露出が多めの挿絵なし】

「白球ガールズ」赤澤竜也著 KADOKAWA(角川文庫) 2017年6月【現代】【挿絵なし】

「八月の終わりは、きっと世界の終わりに似ている。」天沢夏月著 KADOKAWA(メディアワークス文庫) 2017年1月【現代/近未来・遠未来】【挿絵なし】

「緋紗子さんには、9つの秘密がある」清水晴木著 講談社(講談社タイガ) 2017年5月【現代】【挿絵なし】

「腐男子先生!!!!!」瀧ことは著 KADOKAWA(ビーズログ文庫アリス) 2017年6月【現代】【肌の露出が多めの挿絵なし】

「物理的に孤立している俺の高校生活 = My Highschool Life is Physically Isolated」森田季節著 小学館(ガガガ文庫) 2017年2月【現代】【肌の露出が多めの挿絵あり】

「放課後はキミと一緒に」りい著 KADOKAWA(角川ビーンズ文庫) 2017年2月【現代】【肌の露出が多めの挿絵なし】

「放課後図書室」麻沢奏著 スターツ出版(スターツ出版文庫) 2017年3月【現代】【挿絵なし】

「縫い上げ!脱がして?着せかえる!!：彼女が高校デビューに失敗して引きこもりと化したので、俺が青春をコーディネートすることに。」うわみくるま著 KADOKAWA(電撃文庫) 2017年3月【現代】【肌の露出が多めの挿絵あり】

「暴血覚醒(ブライト・ブラッド)」中村ヒロ著 SBクリエイティブ(GA文庫) 2017年5月【異世界・架空の世界】【肌の露出が多めの挿絵なし】

「僕が恋したカフカな彼女」森晶麿著 KADOKAWA(富士見L文庫) 2017年1月【現代】【挿絵なし】

「僕のヒーローアカデミア = MY HERO ACADEMIA：雄英白書 2」堀越耕平著;誉司アンリ著 集英社(JUMPjBOOKS) 2017年2月【現代】【肌の露出が多めの挿絵あり】

## ストーリー

「僕は小説が書けない」中村航著;中田永一著 KADOKAWA(角川文庫) 2017年6月【現代】【挿絵なし】

「僕らが明日に踏み出す方法」岬鷺宮著 KADOKAWA(メディアワークス文庫) 2017年6月【現代】【肌の露出が多めの挿絵なし】

「堀川さんはがんばらない [2]」あずまの章著 KADOKAWA(角川ビーンズ文庫) 2017年6月【現代】【肌の露出が多めの挿絵なし】

「魔導の福音」佐藤さくら著 東京創元社(創元推理文庫) 2017年3月【異世界・架空の世界】【挿絵なし】

「妹さえいればいい。7 ドラマCD付き限定特装版」平坂読著 小学館(ガガガ文庫) 2017年5月【現代】【肌の露出が多めの挿絵あり/キスシーンの挿絵あり】

「命の後で咲いた花 = The Flower which bloomed after her Life」綾崎隼著 KADOKAWA(メディアワークス文庫) 2017年1月【現代】【挿絵なし】

「友達いらない同盟 2」園生凪著 講談社(講談社ラノベ文庫) 2017年6月【現代】【肌の露出が多めの挿絵あり】

「寮生:一九七一年、函館。」今野敏著 集英社(集英社文庫) 2017年6月【現代】【挿絵なし】

「惑星カロン」初野晴著 KADOKAWA(角川文庫) 2017年1月【現代】【挿絵なし】

「縊鬼の囀」愁堂れな著;京極夏彦Founder KADOKAWA(富士見L文庫) 2017年5月【歴史・時代】【挿絵なし】

## 成長・成り上がり

「《ハローワーク・ギルド》へようこそ! = Welcome to "Hello Work Guild"」小林三六九著 KADOKAWA(電撃文庫) 2017年1月【異世界・架空の世界】【肌の露出が多めの挿絵あり】

「21グラムの恋」太秦あを著 三交社(スカイハイ文庫) 2017年6月【現代】【肌の露出が多めの挿絵なし】

「Rock'n Role 5」ベーテ・有理・黒崎著;グループSNE著 KADOKAWA(富士見DRAGONBOOK) 2017年4月【異世界・架空の世界】【肌の露出が多めの挿絵なし】

「TV animation free! novelize 第2版」横谷昌宏著 京都アニメーション(KAエスマ文庫) 2017年6月【現代】【肌の露出が多めの挿絵なし】

「YOSAKOIソーラン娘:札幌が踊る夏」田丸久深著 宝島社(宝島社文庫) 2017年4月【現代】【挿絵なし】

「アサシンズプライド 6」天城ケイ著 KADOKAWA(富士見ファンタジア文庫) 2017年6月【異世界・架空の世界】【肌の露出が多めの挿絵あり】

「イジワル同期とスイートライフ」西ナナヲ著 スターツ出版(ベリーズ文庫) 2017年2月【現代】【挿絵なし】

## ストーリー

「エイルン・ラストコード：架空世界より戦場へ 6」東龍乃助著 KADOKAWA(MF文庫J) 2017年4月【異世界・架空の世界】【肌の露出が多めの挿絵あり】

「エクスタス・オンライン 04」久慈マサムネ著 KADOKAWA(角川スニーカー文庫) 2017年1月【異世界・架空の世界】【肌の露出が多めの挿絵あり/性描写の挿絵あり】

「おことばですが、魔法医さま。：異世界の医療は問題が多すぎて、メスを入れざるを得ませんでした」時田唯著 KADOKAWA(電撃文庫) 2017年2月【異世界・架空の世界】【肌の露出が多めの挿絵あり】

「おそれミミズク：あるいは彼岸の渡し綱」オキシタケヒコ著 講談社(講談社タイガ) 2017年2月【現代】【挿絵なし】

「オレ、NO力者につき!」阿智太郎著 KADOKAWA(電撃文庫) 2017年5月【近未来・遠未来】【肌の露出が多めの挿絵なし】

「カット&ペーストでこの世界を生きていく」咲夜著 ツギクル(ツギクルブックス) 2017年6月【異世界・架空の世界】【肌の露出が多めの挿絵なし】

「カラフルノート：久我デザイン事務所の春嵐」日野祐希著 三交社(スカイハイ文庫) 2017年5月【現代】【肌の露出が多めの挿絵なし】

「きみの祈りを守る歌：天球の星使い」天川栄人著 KADOKAWA(角川ビーンズ文庫) 2017年5月【異世界・架空の世界】【肌の露出が多めの挿絵なし】

「キモイマン」中沢健著 小学館(ガガガ文庫) 2017年1月【現代】【肌の露出が多めの挿絵なし】

「キモイマン 2」中沢健著 小学館(ガガガ文庫) 2017年6月【現代】【肌の露出が多めの挿絵なし】

「ギルティ・アームズ = GUILTY ARMS 3」秋堂カオル著 SBクリエイティブ(GA文庫) 2017年1月【現代/歴史・時代】【肌の露出が多めの挿絵あり】

「クラウン・オブ・リザードマン：少年は人の身を捨て復讐を誓う」雨木シュウスケ著 KADOKAWA(富士見ファンタジア文庫) 2017年4月【異世界・架空の世界】【肌の露出が多めの挿絵なし】

「ことづて屋 [3]」濱野京子著 ポプラ社(ポプラ文庫ピュアフル) 2017年3月【現代】【挿絵なし】

「この星空には君が足りない!」有丈ほえる著 京都アニメーション(KAエスマ文庫) 2017年3月【異世界・架空の世界】【肌の露出が多めの挿絵なし】

「コミュ難の俺が、交渉スキルに全振りして転生した結果 3」朱月十話著 KADOKAWA(ファミ通文庫) 2017年1月【異世界・架空の世界】【肌の露出が多めの挿絵あり/性描写の挿絵あり】

「コミュ難の俺が、交渉スキルに全振りして転生した結果 4」朱月十話著 KADOKAWA(ファミ通文庫) 2017年5月【異世界・架空の世界】【肌の露出が多めの挿絵あり/性描写の挿絵あり】

「これは余が余の為に頑張る物語である 4」文月ゆうり著 アルファポリス(レジーナ文庫.レジーナブックス) 2017年1月【異世界・架空の世界】【肌の露出が多めの挿絵なし】

## ストーリー

「こんこん、いなり不動産」猫屋ちゃき著 マイナビ出版(ファン文庫) 2017年4月【現代】【挿絵なし】

「ご旅行はあの世まで? : 死神は上野にいる」彩本和希著 集英社(集英社オレンジ文庫) 2017年2月【異世界・架空の世界】【挿絵なし】

「シマイチ古道具商 : 春夏冬人情ものがたり」蓮見恭子著 新潮社(新潮文庫nex) 2017年4月【現代】【挿絵なし】

「スイーツ刑事 : ウェディングケーキ殺人事件」大平しおり著 KADOKAWA(メディアワークス文庫) 2017年5月【現代】【肌の露出が多めの挿絵なし】

「スーパーカブ」トネ・コーケン著 KADOKAWA(角川スニーカー文庫) 2017年5月【現代】【肌の露出が多めの挿絵あり】

「スキル喰らいの英雄譚 : 成長チートで誰よりも強くなる」浅葉ルウイ著 ホビージャパン(HJ文庫) 2017年2月【異世界・架空の世界】【肌の露出が多めの挿絵あり/キスシーンの挿絵あり】

「スキル喰らいの英雄譚 2」浅葉ルウイ著 ホビージャパン(HJ文庫) 2017年6月【異世界・架空の世界】【肌の露出が多めの挿絵あり】

「すしそばてんぷら」藤野千夜著 角川春樹事務所(ハルキ文庫) 2017年1月【現代】【挿絵なし】

「スタイリッシュ武器屋 1」弘松涼著 主婦の友社(ヒーロー文庫) 2017年6月【異世界・架空の世界】【肌の露出が多めの挿絵なし】

「ストーミー・ガール」田中啓文著 光文社(光文社文庫) 2017年2月【現代】【肌の露出が多めの挿絵なし】

「すもうガールズ」鹿目けい子著 幻冬舎(幻冬舎文庫) 2017年3月【現代】【肌の露出が多めの挿絵なし】

「そして、アリスはいなくなった」ひずき優著 集英社(集英社オレンジ文庫) 2017年5月【現代】【挿絵なし】

「ダンジョンに出会いを求めるのは間違っているだろうか 12」大森藤ノ著 SBクリエイティブ(GA文庫) 2017年5月【異世界・架空の世界】【肌の露出が多めの挿絵なし】

「ダンジョンに出会いを求めるのは間違っているだろうか 外伝[9]」大森藤ノ著 SBクリエイティブ(GA文庫) 2017年6月【異世界・架空の世界】【肌の露出が多めの挿絵なし】

「ちどり亭にようこそ = Welcome to Chidori-tei 2」十三湊著 KADOKAWA(メディアワークス文庫) 2017年4月【現代】【肌の露出が多めの挿絵なし】

「トリア・ルーセントが人間になるまで」三田千恵著 KADOKAWA(ファミ通文庫) 2017年4月【異世界・架空の世界】【肌の露出が多めの挿絵あり/キスシーンの挿絵あり】

「ナイショの恋人は副社長!?」宇佐木著 スターツ出版(ベリーズ文庫) 2017年1月【現代】【挿絵なし】

## ストーリー

「なれる!SE 15」夏海公司著 KADOKAWA(電撃文庫) 2017年1月【現代】【肌の露出が多めの挿絵あり】

「ハズレ奇術師の英雄譚 1」雨宮和希著 双葉社(モンスター文庫) 2017年5月【異世界・架空の世界】【肌の露出が多めの挿絵あり】

「ひとり吹奏楽部：ハルチカ番外篇」初野晴著 KADOKAWA(角川文庫) 2017年2月【現代】【挿絵なし】

「ひよっこ家族の朝ごはん：お父さんとアサリのうどん」汐見舜一著 KADOKAWA(富士見L文庫) 2017年5月【現代】【挿絵なし】

「フェンリルの鎖 1」うかれ猫著 ホビージャパン(HJ文庫) 2017年5月【異世界・架空の世界】【肌の露出が多めの挿絵あり】

「フラッグオブレガリア ＝ Flag of Regalia：青天剣麗の姫と銀雷の機士」星散花燃著 KADOKAWA(電撃文庫) 2017年6月【異世界・架空の世界】【肌の露出が多めの挿絵あり】

「ブラック企業に勤めております。[2]」要はる著 集英社(集英社オレンジ文庫) 2017年5月【現代】【肌の露出が多めの挿絵なし】

「ホテルギガントキャッスルへようこそ」SOW著 集英社(ダッシュエックス文庫) 2017年3月【異世界・架空の世界】【肌の露出が多めの挿絵あり】

「ポンコツ魔神逃亡中!」鏑木ハルカ著 ポニーキャニオン(ぽにきゃんBOOKS) 2017年2月【異世界・架空の世界】【肌の露出が多めの挿絵あり】

「もう一つの物語〜転生したので次こそは幸せな人生を掴んでみせましょう〜 下」佐伯さん著 主婦と生活社(PASH!ブックス) 2017年6月【異世界・架空の世界】【肌の露出が多めの挿絵なし】

「もう一つの物語〜転生したので次こそは幸せな人生を掴んでみせましょう〜 上」佐伯さん著 主婦と生活社(PASH!ブックス) 2017年5月【異世界・架空の世界】【肌の露出が多めの挿絵なし】

「モンスターハンター：クロスソウル」西野吾郎著 KADOKAWA(ファミ通文庫) 2017年1月【異世界・架空の世界】【肌の露出が多めの挿絵なし】

「モンスターハンター：クロスソウル 2」西野吾郎著 KADOKAWA(ファミ通文庫) 2017年5月【異世界・架空の世界】【肌の露出が多めの挿絵なし】

「ようこそ哲学メイド喫茶ソファンディへ」逢坂千紘著 星海社(星海社FICTIONS) 2017年4月【現代】【肌の露出が多めの挿絵なし】

「リトルテイマー ＝ Little Tamer 3」神無月紅著 KADOKAWA(カドカワBOOKS) 2017年5月【異世界・架空の世界】【肌の露出が多めの挿絵なし】

「りゅうおうのおしごと! 5 小冊子付き限定版」白鳥士郎著 SBクリエイティブ(GA文庫) 2017年2月【異世界・架空の世界】【肌の露出が多めの挿絵なし】

「リワールド・フロンティア ＝ Reworld Frontier」国広仙戯著 TOブックス 2017年1月【異世界・架空の世界】【肌の露出が多めの挿絵なし】

## ストーリー

「リワールド・フロンティア = Reworld Frontier 2」国広仙戯著 TOブックス 2017年5月【異世界・架空の世界】【肌の露出が多めの挿絵なし】

「レジェンド・オブ・イシュリーン = Legend of Ishlean 5」木根楽著 一二三書房(SagaForest) 2017年6月【異世界・架空の世界】【肌の露出が多めの挿絵なし】

「レディローズは平民になりたい 2」こおりあめ著 KADOKAWA(角川ビーンズ文庫) 2017年4月【異世界・架空の世界】【肌の露出が多めの挿絵なし】

「ワールド・ティーチャー：異世界式教育エージェント 5」ネコ光一著 オーバーラップ(オーバーラップ文庫) 2017年3月【異世界・架空の世界】【肌の露出が多めの挿絵あり】

「悪の組織の求人広告」喜友名トト著 KADOKAWA(ノベルゼロ) 2017年2月【近未来・遠未来】【肌の露出が多めの挿絵なし】

「悪の組織の求人広告 2」喜友名トト著 KADOKAWA(ノベルゼロ) 2017年3月【近未来・遠未来】【肌の露出が多めの挿絵なし】

「異世界を制御魔法で切り開け! 1」佐竹アキノリ著 アルファポリス(アルファライト文庫) 2017年4月【異世界・架空の世界】【肌の露出が多めの挿絵なし】

「異世界を制御魔法で切り開け! 2」佐竹アキノリ著 アルファポリス(アルファライト文庫) 2017年6月【異世界・架空の世界】【肌の露出が多めの挿絵なし】

「異世界召喚は二度目です 4」岸本和葉著 双葉社(モンスター文庫) 2017年2月【異世界・架空の世界】【肌の露出が多めの挿絵あり】

「異端なる尋問官の事件調書 file.01」永野水貴著 KADOKAWA(ノベルゼロ) 2017年3月【異世界・架空の世界】【肌の露出が多めの挿絵なし】

「雨あがりの印刷所」夏川鳴海著 KADOKAWA(メディアワークス文庫) 2017年6月【現代】【肌の露出が多めの挿絵なし】

「雨の降る日は学校に行かない」相沢沙呼著 集英社(集英社文庫) 2017年3月【現代】【挿絵なし】

「嘘つきみーくんと壊れたまーちゃん 11」入間人間著 KADOKAWA(電撃文庫) 2017年6月【近未来・遠未来】【肌の露出が多めの挿絵なし】

「屋上の名探偵」市川哲也著 東京創元社(創元推理文庫) 2017年1月【現代】【挿絵なし】

「俺、冒険者!：無双スキルは平面魔法 1」みそたくあん著 KADOKAWA(MFブックス) 2017年5月【異世界・架空の世界】【肌の露出が多めの挿絵なし】

「俺の『鑑定』スキルがチートすぎて：伝説の勇者を読み"盗り"最強へ」澄守彩著 講談社(Kラノベブックス) 2017年6月【異世界・架空の世界】【肌の露出が多めの挿絵なし】

「俺の青春を生け贄に、彼女の前髪をオープン 2」凪木エコ著 KADOKAWA(富士見ファンタジア文庫) 2017年5月【現代】【肌の露出が多めの挿絵あり】

「化けてます：こだぬき、落語家修業中」遠原嘉乃著 双葉社(双葉文庫) 2017年4月【現代】【肌の露出が多めの挿絵なし】

## ストーリー

「花魁さんと書道ガール 2」瀬那和章著 東京創元社(創元推理文庫) 2017年1月【現代】【肌の露出が多めの挿絵なし】

「霞村四丁目の郵便屋さん」朝比奈希夜著 スターツ出版(スターツ出版文庫) 2017年4月【現代】【挿絵なし】

「廻る素敵な隣人。」杜奏みなや著 KADOKAWA(メディアワークス文庫) 2017年1月【現代】【挿絵なし】

「寄生してレベル上げたんだが、育ちすぎたかもしれない 2」伊垣久大著 KADOKAWA(カドカワBOOKS) 2017年2月【異世界・架空の世界】【肌の露出が多めの挿絵なし】

「希望のクライノート = Kleinod von Die Hoffnung : 魔法戦士は異世界限定ガチャを回す」オスカル著 宝島社 2017年2月【異世界・架空の世界】【肌の露出が多めの挿絵なし】

「逆成長チートで世界最強 1」佐竹アキノリ著 主婦の友社(ヒーロー文庫) 2017年5月【異世界・架空の世界】【肌の露出が多めの挿絵なし】

「屈折する星屑」江波光則著 早川書房(ハヤカワ文庫JA) 2017年3月【異世界・架空の世界】【挿絵なし】

「君と星の話をしよう:降織天文館とオリオン座の少年」相川真著 集英社(集英社オレンジ文庫) 2017年3月【現代】【挿絵なし】

「劇場版黒子のバスケLAST GAME」藤巻忠俊著;平林佐和子著 集英社(JUMPjBOOKS) 2017年3月【現代】【肌の露出が多めの挿絵なし】

「兼業作家、八乙女累は充実している」夏海公司著 KADOKAWA(メディアワークス文庫) 2017年5月【現代】【肌の露出が多めの挿絵なし】

「後宮香妃物語:龍の皇太子とめぐる恋」伊藤たつき著 KADOKAWA(角川ビーンズ文庫) 2017年5月【異世界・架空の世界】【肌の露出が多めの挿絵なし】

「公爵令嬢の嗜み 4」澪亜著 KADOKAWA(カドカワBOOKS) 2017年3月【異世界・架空の世界】【肌の露出が多めの挿絵なし】

「公爵令嬢は騎士団長〈62〉の幼妻 3」筧千里著 KADOKAWA(カドカワBOOKS) 2017年2月【異世界・架空の世界】【肌の露出が多めの挿絵なし】

「皇太后のお化粧係 [3]」柏てん著 KADOKAWA(角川ビーンズ文庫) 2017年4月【異世界・架空の世界】【肌の露出が多めの挿絵なし】

「紅茶館くじら亭ダイアリー:シナモン・ジンジャーは雪解けの香り」伊佐良紫築著 KADOKAWA(富士見L文庫) 2017年2月【現代】【挿絵なし】

「左遷も悪くない 4」霧島まるは著 アルファポリス(アルファライト文庫) 2017年1月【異世界・架空の世界】【肌の露出が多めの挿絵なし】

「左遷も悪くない 5」霧島まるは著 アルファポリス(アルファライト文庫) 2017年3月【異世界・架空の世界】【肌の露出が多めの挿絵なし】

## ストーリー

「左利きだったから異世界に連れて行かれた 5」十一屋翠著 KADOKAWA(カドカワBOOKS) 2017年3月【異世界・架空の世界】【肌の露出が多めの挿絵あり】

「最弱骨少女は進化したい! = The skeleton girl is ambitious of evolution! 1」kimimaro著 アース・スターエンターテイメント(EARTHSTARNOVEL) 2017年2月【異世界・架空の世界】【肌の露出が多めの挿絵あり】

「算数で読み解く異世界魔法 = Decipher by Arithmetic the Magic of Another World」扇屋悠著 TOブックス 2017年3月【異世界・架空の世界】【肌の露出が多めの挿絵なし】

「死霊術教師と異界召喚(ユグドラシル)」降次飛行著 KADOKAWA(富士見ファンタジア文庫) 2017年6月【異世界・架空の世界】【肌の露出が多めの挿絵あり】

「時をかける眼鏡 [5]」椹野道流著 集英社(集英社オレンジ文庫) 2017年4月【異世界・架空の世界】【肌の露出が多めの挿絵なし】

「時をめぐる少女」天沢夏月著 KADOKAWA(メディアワークス文庫) 2017年5月【現代】【肌の露出が多めの挿絵なし】

「弱キャラ友崎くん = The Low Tier Character"TOMOZAKI-kun" Lv.4」屋久ユウキ著 小学館(ガガガ文庫) 2017年6月【現代】【肌の露出が多めの挿絵なし】

「十歳の最強魔導師 1」天乃聖樹著 主婦の友社(ヒーロー文庫) 2017年4月【異世界・架空の世界】【肌の露出が多めの挿絵なし】

「十二月八日の幻影」直原冬明著 光文社(光文社文庫) 2017年2月【歴史・時代】【挿絵なし】

「少女妄想中。」入間人間著 KADOKAWA(メディアワークス文庫) 2017年2月【現代】【肌の露出が多めの挿絵なし】

「少年Nのいない世界 02」石川宏千花著 講談社(講談社タイガ) 2017年5月【異世界・架空の世界】【挿絵なし】

「神様の願いごと」沖田円著 スターツ出版(スターツ出版文庫) 2017年3月【現代】【挿絵なし】

「神話伝説の英雄の異世界譚 7」奉著 オーバーラップ(オーバーラップ文庫) 2017年2月【異世界・架空の世界】【肌の露出が多めの挿絵あり】

「進め!たかめ少女高雄ソライロデイズ。」三木なずな著 SBクリエイティブ(GA文庫) 2017年6月【現代】【肌の露出が多めの挿絵なし】

「世界の終わりの世界録(アンコール) 10」細音啓著 KADOKAWA(MF文庫J) 2017年5月【異世界・架空の世界】【肌の露出が多めの挿絵なし】

「世界の終わりの世界録(アンコール) 9」細音啓著 KADOKAWA(MF文庫J) 2017年1月【異世界・架空の世界】【肌の露出が多めの挿絵なし】

「成長チートでなんでもできるようになったが、無職だけは辞められないようです 2」時野洋輔著 新紀元社(MORNINGSTARBOOKS) 2017年1月【異世界・架空の世界】【肌の露出が多めの挿絵あり】

## ストーリー

「星の涙」みのりfrom三月のパンタシア著 スターツ出版(スターツ出版文庫) 2017年3月【現代】【挿絵なし】

「聖剣使いの禁呪詠唱(ワールドブレイク) 19」あわむら赤光著 SBクリエイティブ(GA文庫) 2017年2月【異世界・架空の世界】【肌の露出が多めの挿絵なし】

「聖樹の国の禁呪使い 8」篠崎芳著 オーバーラップ(オーバーラップ文庫) 2017年1月【異世界・架空の世界】【肌の露出が多めの挿絵なし】

「青春注意報!」くらゆいあゆ著 KADOKAWA(角川ビーンズ文庫) 2017年2月【現代】【肌の露出が多めの挿絵なし】

「双子喫茶と悪魔の料理書」望月唯一著 講談社(講談社ラノベ文庫) 2017年6月【現代】【肌の露出が多めの挿絵あり/キスシーンの挿絵あり/性描写の挿絵あり】

「蒼骸の疾走者(ストラトランナー) = STRATORUNNER IN THE SKY : 落ちこぼれ騎士の逆転戦略」犬亥著 KADOKAWA(電撃文庫) 2017年5月【異世界・架空の世界】【肌の露出が多めの挿絵なし】

「打算あり善行冒険者 2」唯野皓司著 主婦の友社(ヒーロー文庫) 2017年1月【異世界・架空の世界】【肌の露出が多めの挿絵あり/性描写の挿絵あり】

「濁った瞳のリリアンヌ 1」天界著 新紀元社(MORNINGSTARBOOKS) 2017年5月【異世界・架空の世界】【肌の露出が多めの挿絵なし】

「知らない記憶(こえ)を聴かせてあげる。」石井颯良著 KADOKAWA(角川文庫) 2017年5月【現代】【挿絵なし】

「中古でも恋がしたい! 10」田尾典丈著 SBクリエイティブ(GA文庫) 2017年6月【現代】【肌の露出が多めの挿絵あり】

「中目黒リバーエッジハウス : ワケありだらけのシェアオフィスはじまりの春」岩本薫著 集英社(集英社オレンジ文庫) 2017年3月【現代】【挿絵なし】

「天久鷹央の推理カルテ 5」知念実希人著 新潮社(新潮文庫nex) 2017年3月【現代】【挿絵なし】

「転生したらスライムだった件 = Regarding Reincarnated to Slime 10」伏瀬著 マイクロマガジン社(GCNOVELS) 2017年4月【異世界・架空の世界】【肌の露出が多めの挿絵なし】

「転生太閤記 : 現代知識で戦国の世を無双する」津田彷徨著 KADOKAWA(カドカワBOOKS) 2017年1月【歴史・時代】【肌の露出が多めの挿絵なし】

「転生太閤記 : 現代知識で戦国の世を無双する 桶狭間編」津田彷徨著 KADOKAWA(カドカワBOOKS) 2017年6月【歴史・時代】【肌の露出が多めの挿絵なし】

「転生勇者の成り上がり 1」雨宮和希著 オーバーラップ(オーバーラップ文庫) 2017年6月【異世界・架空の世界】【肌の露出が多めの挿絵なし】

「賭博師は祈らない」周藤蓮著 KADOKAWA(電撃文庫) 2017年3月【歴史・時代】【肌の露出が多めの挿絵あり】

## ストーリー

「憧れの魔法少女の正体が男でした。」山田絢著 KADOKAWA(ビーズログ文庫アリス) 2017年1月【現代】【肌の露出が多めの挿絵なし】

「農民関連のスキルばっか上げてたら何故か強くなった。1」しょぼんぬ著 双葉社(モンスター文庫) 2017年4月【異世界・架空の世界】【肌の露出が多めの挿絵なし】

「白バイガール [2]」佐藤青南著 実業之日本社(実業之日本社文庫) 2017年2月【現代】【肌の露出が多めの挿絵なし】

「漂海のレクキール = La LEQKEL derive dans la mer.」秋目人著 小学館(ガガガ文庫) 2017年5月【異世界・架空の世界】【肌の露出が多めの挿絵なし】

「宝石吐きのおんなのこ 6」なみあと著 ポニーキャニオン(ぽにきゃんBOOKS) 2017年6月【異世界・架空の世界】【肌の露出が多めの挿絵なし】

「放課後図書室」麻沢奏著 スターツ出版(スターツ出版文庫) 2017年3月【現代】【挿絵なし】

「冒険者高専冒険科：女冒険者のLEVEL UPをじっくり見守る俺の話 1」つよぐち2号著 アース・スターエンテーテイメント(EARTHSTARNOVEL) 2017年4月【近未来・遠未来/異世界・架空の世界】【肌の露出が多めの挿絵なし】

「僕の地味な人生がクズ兄貴のせいでエロコメディになっている。2」赤月カケヤ著 小学館(ガガガ文庫) 2017年3月【現代】【肌の露出が多めの挿絵あり/性描写の挿絵あり】

「僕は小説が書けない」中村航著;中田永一著 KADOKAWA(角川文庫) 2017年6月【現代】【挿絵なし】

「魔王の俺が奴隷エルフを嫁にしたんだが、どう愛でればいい? 1」手島史詞著 ホビージャパン(HJ文庫) 2017年2月【異世界・架空の世界】【肌の露出が多めの挿絵あり】

「魔術学園領域の拳王(バーサーカー)：黒焔姫秘約」下等妙人著 KADOKAWA(富士見ファンタジア文庫) 2017年1月【現代】【肌の露出が多めの挿絵あり】

「無職転生：異世界行ったら本気だす 14」理不尽な孫の手著 KADOKAWA(MFブックス) 2017年4月【異世界・架空の世界】【肌の露出が多めの挿絵あり】

「迷宮料理人ナギの冒険：地下30階から生還するためのレシピ」ゆうきりん著 KADOKAWA(電撃文庫) 2017年1月【異世界・架空の世界】【肌の露出が多めの挿絵あり】

「夜空ノ一振り 2」雪崎ハルカ著 講談社(講談社ラノベ文庫) 2017年3月【異世界・架空の世界】【肌の露出が多めの挿絵なし】

「勇者のセガレ」和ケ原聡司著 KADOKAWA(電撃文庫) 2017年1月【現代】【肌の露出が多めの挿絵あり】

「勇者のパーティで、僕だけ二軍!?」布施瓢箪著 KADOKAWA(富士見ファンタジア文庫) 2017年2月【異世界・架空の世界】【肌の露出が多めの挿絵あり】

「勇者の武器屋経営 1」至道流星著 星海社(星海社FICTIONS) 2017年5月【異世界・架空の世界】【挿絵なし】

## ストーリー

「勇者は、奴隷の君は笑え、と言った」内堀優一著 KADOKAWA(ノベルゼロ) 2017年3月【異世界・架空の世界】【肌の露出が多めの挿絵なし】

「傭兵団の料理番 3」川井昂著 主婦の友社(ヒーロー文庫) 2017年6月【異世界・架空の世界】【肌の露出が多めの挿絵なし】

「落第騎士の英雄譚(キャバルリィ) 12」海空りく著 SBクリエイティブ(GA文庫) 2017年4月【異世界・架空の世界】【肌の露出が多めの挿絵あり】

「竜と魔法の空戦記：はぐれ魔導技師と穴あき紫電改」手島史詞著 マイクロマガジン社(GCNOVELS) 2017年6月【異世界・架空の世界】【肌の露出が多めの挿絵あり】

「狼と羊皮紙：新説狼と香辛料 2」支倉凍砂著 KADOKAWA(電撃文庫) 2017年3月【異世界・架空の世界】【肌の露出が多めの挿絵なし】

### 戦争・テロ

「86-エイティシックス-」安里アサト著 KADOKAWA(電撃文庫) 2017年2月【異世界・架空の世界】【肌の露出が多めの挿絵なし】

「Fate/strange Fake 4」TYPE-MOON原作;成田良悟著 KADOKAWA(電撃文庫) 2017年4月【異世界・架空の世界】【肌の露出が多めの挿絵なし】

「あの、一緒に戦争(ブカツ)しませんか？」高村透著 KADOKAWA(電撃文庫) 2017年6月【現代】【肌の露出が多めの挿絵なし】

「いづれ神話の放課後戦争(ラグナロク) 6」なめこ印著 KADOKAWA(富士見ファンタジア文庫) 2017年4月【異世界・架空の世界】【肌の露出が多めの挿絵あり】

「エルフと戦車と僕の毎日 2[下]」佐藤大輔著 KADOKAWA(カドカワBOOKS) 2017年5月【異世界・架空の世界】【肌の露出が多めの挿絵なし】

「エルフと戦車と僕の毎日 2[上]」佐藤大輔著 KADOKAWA(カドカワBOOKS) 2017年5月【異世界・架空の世界】【肌の露出が多めの挿絵なし】

「おかしな転生 6」古流望著 TOブックス 2017年4月【異世界・架空の世界】【肌の露出が多めの挿絵なし】

「オルタンシア・サーガ：蒼の騎士団」セガゲームス原作;f4samurai原作;和智正喜著 KADOKAWA(富士見DRAGONBOOK) 2017年3月【異世界・架空の世界】【肌の露出が多めの挿絵なし】

「キミと僕の最後の戦場、あるいは世界が始まる聖戦」細音啓著 KADOKAWA(富士見ファンタジア文庫) 2017年5月【異世界・架空の世界】【肌の露出が多めの挿絵あり】

「ジャンキージャンクガンズ：鉄想機譚：The Fantasy & Steam Punk」天酒之瓢著 KADOKAWA(カドカワBOOKS) 2017年2月【異世界・架空の世界】【肌の露出が多めの挿絵あり】

「ストライクフォール＝STRIKE FALL 2」長谷敏司著 小学館(ガガガ文庫) 2017年3月【異世界・架空の世界】【肌の露出が多めの挿絵なし】

## ストーリー

「スピリット・マイグレーション 3」ヘロー天気著 アルファポリス(アルファライト文庫) 2017年1月【異世界・架空の世界】【肌の露出が多めの挿絵なし】

「セブンキャストのひきこもり魔術王 4」岬かつみ著 KADOKAWA(富士見ファンタジア文庫) 2017年4月【異世界・架空の世界】【肌の露出が多めの挿絵あり】

「ソードアート・オンライン 19」川原礫著 KADOKAWA(電撃文庫) 2017年2月【異世界・架空の世界】【肌の露出が多めの挿絵あり】

「ダンジョンに出会いを求めるのは間違っているだろうか 外伝[9]」大森藤ノ著 SBクリエイティブ(GA文庫) 2017年6月【異世界・架空の世界】【肌の露出が多めの挿絵なし】

「ダンジョンを造ろう 4」渡良瀬ユウ著 KADOKAWA(MFブックス) 2017年5月【異世界・架空の世界】【肌の露出が多めの挿絵なし】

「どうでもいい世界なんて:クオリディア・コード 2」渡航著 小学館(ガガガ文庫) 2017年1月【近未来・遠未来】【肌の露出が多めの挿絵あり】

「トカゲなわたし」かなん著 アルファポリス(レジーナ文庫.レジーナブックス) 2017年6月【異世界・架空の世界】【肌の露出が多めの挿絵なし】

「ノーブルウィッチーズ 6」島田フミカネ原作;ProjektWorldWitches原作;南房秀久著 KADOKAWA(角川スニーカー文庫) 2017年5月【異世界・架空の世界】【肌の露出が多めの挿絵なし】

「ノーブルウィッチーズ 6 オリジナルドラマCD付き同梱版」島田フミカネ原作;ProjektWorldWitches原作;南房秀久著 KADOKAWA(角川スニーカー文庫) 2017年5月【異世界・架空の世界】【肌の露出が多めの挿絵なし】

「はぐれ魔導教士の無限英雄方程式(アンリミテッド):たった二人の門下生」原雷火著 KADOKAWA(ファミ通文庫) 2017年2月【異世界・架空の世界】【肌の露出が多めの挿絵あり】

「ヒマワリ:unUtopial World 4」林トモアキ著 KADOKAWA(角川スニーカー文庫) 2017年5月【近未来・遠未来】【肌の露出が多めの挿絵なし】

「フラッグオブレガリア = Flag of Regalia:青天剣麗の姫と銀雷の機士」星散花燃著 KADOKAWA(電撃文庫) 2017年6月【異世界・架空の世界】【肌の露出が多めの挿絵あり】

「フラワーナイトガール[6]」是鐘リュウジ著 KADOKAWA(ファミ通文庫) 2017年6月【異世界・架空の世界】【肌の露出が多めの挿絵なし】

「ブレイブウィッチーズPrequel 2」島田フミカネ原作;ProjektWorldWitches原作;築地俊彦著 KADOKAWA(角川スニーカー文庫) 2017年6月【異世界・架空の世界】【肌の露出が多めの挿絵なし】

「ブレイブウィッチーズPrequel 2 オリジナルドラマCD付き同梱版」島田フミカネ原作;ProjektWorldWitches原作;築地俊彦著 KADOKAWA(角川スニーカー文庫) 2017年6月【異世界・架空の世界】【肌の露出が多めの挿絵なし】

ストーリー

「ヘヴィーオブジェクト北欧禁猟区シンデレラストーリー = HEAVY OBJECT Girl's Fight At An Altitude Of 10,000m」鎌池和馬著 KADOKAWA(電撃文庫) 2017年4月【近未来・遠未来】【肌の露出が多めの挿絵あり】

「ポンコツ魔神逃亡中!」鏑木ハルカ著 ポニーキャニオン(ぽにきゃんBOOKS) 2017年2月【異世界・架空の世界】【肌の露出が多めの挿絵あり】

「マージナル・オペレーション改 02」芝村裕吏著 星海社(星海社FICTIONS) 2017年6月【近未来・遠未来】【肌の露出が多めの挿絵なし】

「マギクラフト・マイスター 11」秋ぎつね著 KADOKAWA(MFブックス) 2017年3月【異世界・架空の世界】【肌の露出が多めの挿絵なし】

「やがて恋するヴィヴィ・レイン = How Vivi Lane Falls in Love 2」犬村小六著 小学館(ガガガ文庫) 2017年1月【異世界・架空の世界】【肌の露出が多めの挿絵なし】

「やがて恋するヴィヴィ・レイン = How Vivi Lane Falls in Love 3」犬村小六著 小学館(ガガガ文庫) 2017年5月【異世界・架空の世界】【肌の露出が多めの挿絵なし】

「ラストエンブリオ 4」竜ノ湖太郎著 KADOKAWA(角川スニーカー文庫) 2017年4月【異世界・架空の世界】【肌の露出が多めの挿絵なし】

「ルーントルーパーズ:自衛隊漂流戦記 1」浜松春日著 アルファポリス(アルファライト文庫) 2017年1月【異世界・架空の世界】【肌の露出が多めの挿絵なし】

「ルーントルーパーズ:自衛隊漂流戦記 2」浜松春日著 アルファポリス(アルファライト文庫) 2017年3月【異世界・架空の世界】【肌の露出が多めの挿絵なし】

「レジェンド = legend 8」神無月紅著 KADOKAWA(カドカワBOOKS) 2017年3月【異世界・架空の世界】【肌の露出が多めの挿絵なし】

「レジェンド・オブ・イシュリーン = Legend of Ishlean 5」木根楽著 一二三書房(SagaForest) 2017年6月【異世界・架空の世界】【肌の露出が多めの挿絵なし】

「悪の女王の軌跡 2」風見くのえ著 アルファポリス(レジーナ文庫.レジーナブックス) 2017年1月【異世界・架空の世界】【肌の露出が多めの挿絵なし】

「暗極の星に道を問え = Ask the ultimate dark star about the way to live」エドワード・スミス著 KADOKAWA(電撃文庫) 2017年2月【異世界・架空の世界】【肌の露出が多めの挿絵あり】

「伊達エルフ政宗 3」森田季節著 SBクリエイティブ(GA文庫) 2017年2月【歴史・時代】【肌の露出が多めの挿絵あり/性描写の挿絵あり】

「異世界人の手引き書 = Manual of the person from different world 3」たっくるん著 KADOKAWA(カドカワBOOKS) 2017年5月【異世界・架空の世界】【肌の露出が多めの挿絵なし】

「医療魔術師は、もう限界です!」はな著 KADOKAWA(富士見ファンタジア文庫) 2017年2月【異世界・架空の世界】【肌の露出が多めの挿絵あり】

「永き聖戦の後に 2」榊一郎著 KADOKAWA(角川スニーカー文庫) 2017年2月【異世界・架空の世界】【肌の露出が多めの挿絵あり】

## ストーリー

「押しかけ軍師と獅子の戦乙女 2」在原竹広著 ホビージャパン(HJ文庫) 2017年4月【歴史・時代/異世界・架空の世界】【肌の露出が多めの挿絵なし】

「王太子様は無自覚!?溺愛症候群なんです」ふじさわさほ著 スターツ出版(ベリーズ文庫) 2017年2月【異世界・架空の世界】【挿絵なし】

「屋上のテロリスト」知念実希人著 光文社(光文社文庫) 2017年4月【異世界・架空の世界】【挿絵なし】

「俺だけ帰れるクラス転移 3」アネコユサギ著 KADOKAWA(MFブックス) 2017年2月【異世界・架空の世界】【肌の露出が多めの挿絵なし】

「我が驍勇にふるえよ天地：アレクシス帝国興隆記 4」あわむら赤光著 SBクリエイティブ(GA文庫) 2017年4月【異世界・架空の世界】【肌の露出が多めの挿絵なし】

「巻き込まれて異世界転移する奴は、大抵チートΩ」海東方舟著 宝島社 2017年2月【異世界・架空の世界】【肌の露出が多めの挿絵なし】

「艦魂戦記：もうひとつの日本海軍史」三好幹也著 イカロス出版(AXISLABEL) 2017年5月【現代/歴史・時代】【肌の露出が多めの挿絵なし】

「偽る神のスナイパー ＝ A SNIPER KILLS THE FALSE GOD 3」水野昴著 小学館(ガガガ文庫) 2017年2月【異世界・架空の世界】【肌の露出が多めの挿絵なし】

「救わなきゃダメですか?異世界 5」青山有著 ポニーキャニオン(ぽにきゃんBOOKS) 2017年5月【異世界・架空の世界】【肌の露出が多めの挿絵あり】

「銀河連合日本 4」松本保羽著 星海社(星海社FICTIONS) 2017年2月【近未来・遠未来】【肌の露出が多めの挿絵あり/キスシーンの挿絵あり】

「空戦魔導士候補生の教官 12」諸星悠著 KADOKAWA(富士見ファンタジア文庫) 2017年3月【異世界・架空の世界】【肌の露出が多めの挿絵なし】

「剣と炎のディアスフェルド 2」佐藤ケイ著 KADOKAWA(電撃文庫) 2017年2月【異世界・架空の世界】【肌の露出が多めの挿絵なし】

「公爵令嬢は騎士団長〈62〉の幼妻 3」筧千里著 KADOKAWA(カドカワBOOKS) 2017年2月【異世界・架空の世界】【肌の露出が多めの挿絵なし】

「紅霞後宮物語 第6幕」雪村花菜著 KADOKAWA(富士見L文庫) 2017年6月【異世界・架空の世界】【挿絵なし】

「酷幻想をアイテムチートで生き抜く ＝ He survives the real fantasy world by cheating at the items 05」風来山著 マイクロマガジン社(GCNOVELS) 2017年5月【異世界・架空の世界】【肌の露出が多めの挿絵あり/キスシーンの挿絵あり/性描写の挿絵あり】

「黒剣(くろがね)のクロニカ 02」芝村裕吏著 星海社(星海社FICTIONS) 2017年3月【異世界・架空の世界】【肌の露出が多めの挿絵あり】

「皿の上の聖騎士(パラディン)：A Tale of Armour 3」三浦勇雄著 KADOKAWA(ノベルゼロ) 2017年2月【異世界・架空の世界】【挿絵なし】

## ストーリー

「三田一族の意地を見よ：転生戦国武将の奔走記 5」三田弾正著 KADOKAWA(MFブックス) 2017年6月【歴史・時代】【肌の露出が多めの挿絵あり】

「私は敵になりません！5」佐槻奏多著 主婦と生活社(PASH!ブックス) 2017年3月【異世界・架空の世界】【肌の露出が多めの挿絵なし】

「十二月八日の幻影」直原冬明著 光文社(光文社文庫) 2017年2月【歴史・時代】【挿絵なし】

「盾の勇者の成り上がり 17」アネコユサギ著 KADOKAWA(MFブックス) 2017年3月【異世界・架空の世界】【肌の露出が多めの挿絵なし】

「織田信奈の野望：全国版 17」春日みかげ著 KADOKAWA(富士見ファンタジア文庫) 2017年1月【歴史・時代】【肌の露出が多めの挿絵なし】

「織田信奈の野望：全国版 18」春日みかげ著 KADOKAWA(富士見ファンタジア文庫) 2017年5月【歴史・時代】【肌の露出が多めの挿絵なし】

「神話伝説の英雄の異世界譚 7」奉著 オーバーラップ(オーバーラップ文庫) 2017年2月【異世界・架空の世界】【肌の露出が多めの挿絵あり】

「人狼への転生、魔王の副官 06」漂月著 アース・スターエンターテイメント(EARTHSTARNOVEL) 2017年4月【異世界・架空の世界】【肌の露出が多めの挿絵なし】

「正しいセカイの終わらせ方 = Right way to bring the world to an end.：黒衣の剣士、東京に現る」兎月山羊著 KADOKAWA(電撃文庫) 2017年6月【現代／異世界・架空の世界】【肌の露出が多めの挿絵あり】

「石と星の夜」遠藤文子著 東京創元社(創元推理文庫) 2017年1月【異世界・架空の世界】【挿絵なし】

「千年戦争アイギス：月下の花嫁 7」ひびき遊著 KADOKAWA(ファミ通文庫) 2017年1月【異世界・架空の世界】【肌の露出が多めの挿絵なし】

「戦国小町苦労譚 5」夾竹桃著 アース・スターエンターテイメント(EARTHSTARNOVEL) 2017年4月【歴史・時代】【肌の露出が多めの挿絵なし】

「銭(インチキ)の力で、戦国の世を駆け抜ける。4」Y.A著 KADOKAWA(MFブックス) 2017年5月【歴史・時代】【肌の露出が多めの挿絵なし】

「町をつくる能力!?〜異世界につくろう日本都市〜 [2]」ルンパルンパ著 宝島社 2017年6月【異世界・架空の世界】【肌の露出が多めの挿絵なし】

「超人高校生たちは異世界でも余裕で生き抜くようです！5」海空りく著 SBクリエイティブ(GA文庫) 2017年6月【異世界・架空の世界】【肌の露出が多めの挿絵あり】

「天と地と姫と 3」春日みかげ著 KADOKAWA(富士見ファンタジア文庫) 2017年2月【歴史・時代】【肌の露出が多めの挿絵なし】

「天と地と姫と 4」春日みかげ著 KADOKAWA(富士見ファンタジア文庫) 2017年6月【歴史・時代】【肌の露出が多めの挿絵なし】

## ストーリー

「天空の翼地上の星」中村ふみ著 講談社(講談社X文庫) 2017年4月【異世界・架空の世界】【肌の露出が多めの挿絵なし】

「転生太閤記:現代知識で戦国の世を無双する 桶狭間編」津田彷徨著 KADOKAWA(カドカワBOOKS) 2017年6月【歴史・時代】【肌の露出が多めの挿絵なし】

「盗賊と星の雫」遠藤文子著 東京創元社(創元推理文庫) 2017年5月【異世界・架空の世界】【挿絵なし】

「日本国召喚 1」みのろう著 ポニーキャニオン(ぽにきゃんBOOKS) 2017年3月【歴史・時代】【肌の露出が多めの挿絵なし】

「農民関連のスキルばっか上げてたら何故か強くなった。1」しょぼんぬ著 双葉社(モンスター文庫) 2017年4月【異世界・架空の世界】【肌の露出が多めの挿絵なし】

「覇剣の皇姫アルティーナ 12」むらさきゆきや著 KADOKAWA(ファミ通文庫) 2017年4月【異世界・架空の世界】【肌の露出が多めの挿絵なし】

「白の皇国物語 11」白沢戌亥著 アルファポリス(アルファライト文庫) 2017年2月【異世界・架空の世界】【肌の露出が多めの挿絵なし】

「八男って、それはないでしょう! 10」Y.A著 KADOKAWA(MFブックス) 2017年2月【異世界・架空の世界】【肌の露出が多めの挿絵なし】

「緋色の玉座」高橋祐一著 KADOKAWA(角川スニーカー文庫) 2017年5月【歴史・時代】【肌の露出が多めの挿絵なし】

「武に身を捧げて百と余年。エルフでやり直す武者修行 10」赤石赫々著 KADOKAWA(富士見ファンタジア文庫) 2017年2月【異世界・架空の世界】【肌の露出が多めの挿絵なし】

「魔王軍最強の魔術師は人間だった 2」羽田遼亮著 双葉社(モンスター文庫) 2017年3月【異世界・架空の世界】【肌の露出が多めの挿絵なし】

「魔導機人アルミュナーレ = SORCERY ARMS ARMUNAIRE 3」凛乃初著 KADOKAWA(MFブックス) 2017年1月【異世界・架空の世界】【肌の露出が多めの挿絵なし】

「魔法使いは終わらない:傭兵団ミストルティン-七人の魔法使い」八薙玉造著 集英社(ダッシュエックス文庫) 2017年4月【異世界・架空の世界】【肌の露出が多めの挿絵なし】

「約束の国 4」カルロ・ゼン著 星海社(星海社FICTIONS) 2017年1月【異世界・架空の世界】【肌の露出が多めの挿絵なし】

「誉められて神軍 2」竹井10日著 講談社(講談社ラノベ文庫) 2017年3月【現代】【肌の露出が多めの挿絵あり】

「落ちてきた龍王(ナーガ)と滅びゆく魔女の国 11」舞阪洸著 KADOKAWA(MF文庫J) 2017年3月【異世界・架空の世界】【肌の露出が多めの挿絵あり】

「龍と狐のジャイアント・キリング 2」神秋昌史著 ホビージャパン(HJ文庫) 2017年2月【異世界・架空の世界】【肌の露出が多めの挿絵あり】

## ストーリー

「狼侯爵と愛の霊薬 [2]」橘千秋著 KADOKAWA(ビーズログ文庫) 2017年5月【異世界・架空の世界】【肌の露出が多めの挿絵なし】

「黎明国花伝 [2]」喜咲冬子著 KADOKAWA(富士見L文庫) 2017年2月【異世界・架空の世界】【挿絵なし】

## 脱出

「アカシックリコード」水野良著 KADOKAWA(ノベルゼロ) 2017年6月【現代】【肌の露出が多めの挿絵あり】

「エクスタス・オンライン 03」久慈マサムネ著 KADOKAWA(角川スニーカー文庫) 2017年6月【異世界・架空の世界】【肌の露出が多めの挿絵あり/キスシーンの挿絵あり】

「レディローズは平民になりたい」こおりあめ著 KADOKAWA(角川ビーンズ文庫) 2017年1月【異世界・架空の世界】【肌の露出が多めの挿絵なし】

「ロル 下」PhysicsPoint著 KADOKAWA(角川スニーカー文庫) 2017年6月【近未来・遠未来】【肌の露出が多めの挿絵あり】

「ロル 上」PhysicsPoint著 KADOKAWA(角川スニーカー文庫) 2017年6月【近未来・遠未来】【肌の露出が多めの挿絵なし】

「異世界ギルドの英雄師弟(ベルセルク) 3」あさのハジメ著 講談社(講談社ラノベ文庫) 2017年6月【異世界・架空の世界】【肌の露出が多めの挿絵あり/キスシーンの挿絵あり】

「月の砂漠の略奪花嫁」貴嶋啓著 講談社(講談社X文庫) 2017年6月【異世界・架空の世界】【肌の露出が多めの挿絵なし】

「混沌都市(ギガロポリス)の泥棒屋(バンディッド)」間宮真琴著 集英社(ダッシュエックス文庫) 2017年2月【異世界・架空の世界】【肌の露出が多めの挿絵あり】

「私たちは生きているのか? = Are We Under the Biofeedback?」森博嗣著 講談社(講談社タイガ) 2017年2月【近未来・遠未来】【挿絵なし】

「新約とある魔術の禁書目録(インデックス) 18」鎌池和馬著 KADOKAWA(電撃文庫) 2017年5月【異世界・架空の世界】【肌の露出が多めの挿絵あり】

「即死チートが最強すぎて、異世界のやつらがまるで相手にならないんですが。2」藤孝剛志著 アース・スターエンターテイメント(EARTHSTARNOVEL) 2017年2月【異世界・架空の世界】【肌の露出が多めの挿絵あり】

「滅びゆく世界を救うために必要な俺以外の主人公の数を求めよ 2」みかみてれん著 KADOKAWA(角川スニーカー文庫) 2017年3月【異世界・架空の世界】【肌の露出が多めの挿絵なし】

「恋と悪魔と黙示録 [8]」糸森環著 一迅社(一迅社文庫アイリス) 2017年1月【異世界・架空の世界】【肌の露出が多めの挿絵なし】

## ストーリー

### ダンジョン・迷宮

「Rock'n Role 5」ベーテ・有理・黒崎著;グループSNE著 KADOKAWA(富士見DRAGONBOOK) 2017年4月【異世界・架空の世界】【肌の露出が多めの挿絵なし】

「アラフォー社畜のゴーレムマスター 1」高見梁川著 双葉社(モンスター文庫) 2017年5月【異世界・架空の世界】【肌の露出が多めの挿絵なし】

「アリの巣ダンジョンへようこそ! 2」テラン著 双葉社(モンスター文庫) 2017年5月【異世界・架空の世界】【肌の露出が多めの挿絵なし】

「ガチャを回して仲間を増やす最強の美少女軍団を作り上げろ = You increase families and make beautiful girl army corps,and put it up 2」ちんくるり著 マイクロマガジン社(GCNOVELS) 2017年4月【異世界・架空の世界】【肌の露出が多めの挿絵あり】

「ギルドは本日も平和なり 2」ナヤカ著 KADOKAWA(ファミ通文庫) 2017年4月【異世界・架空の世界】【肌の露出が多めの挿絵なし】

「クソゲー・オンライン〈仮〉3」つちせ八十八著 KADOKAWA(MF文庫J) 2017年3月【異世界・架空の世界】【肌の露出が多めの挿絵あり】

「ゲーム・プレイング・ロール ver.1」木村心一著 KADOKAWA(角川スニーカー文庫) 2017年5月【異世界・架空の世界】【肌の露出が多めの挿絵あり】

「ジェネシスオンライン：異世界で廃レベリング 2」ガチャ空著 KADOKAWA(MFブックス) 2017年3月【異世界・架空の世界】【肌の露出が多めの挿絵なし】

「スキル喰らいの英雄譚：成長チートで誰よりも強くなる」浅葉ルウイ著 ホビージャパン(HJ文庫) 2017年2月【異世界・架空の世界】【肌の露出が多めの挿絵あり/キスシーンの挿絵あり】

「スキル喰らいの英雄譚 2」浅葉ルウイ著 ホビージャパン(HJ文庫) 2017年6月【異世界・架空の世界】【肌の露出が多めの挿絵あり】

「すまん、資金ブーストよりチートなスキル持ってる奴おる? 3」えきさいたー著 集英社(ダッシュエックス文庫) 2017年6月【異世界・架空の世界】【肌の露出が多めの挿絵あり/性描写の挿絵あり】

「セーブ&ロードのできる宿屋さん：カンスト転生者が宿屋で新人育成を始めたようです 3」稲荷竜著 集英社(ダッシュエックス文庫) 2017年3月【異世界・架空の世界】【肌の露出が多めの挿絵なし】

「セブンス 4」三嶋与夢著 主婦の友社(ヒーロー文庫) 2017年3月【異世界・架空の世界】【肌の露出が多めの挿絵なし】

「セブンスブレイブ：チート?NO!もっといいモノさ! 2」乃塚一翔著 アルファポリス(アルファライト文庫) 2017年2月【異世界・架空の世界】【肌の露出が多めの挿絵なし】

「たとえばラストダンジョン前の村の少年が序盤の街で暮らすような物語」サトウとシオ著 SBクリエイティブ(GA文庫) 2017年2月【異世界・架空の世界】【肌の露出が多めの挿絵なし】

## ストーリー

「ダンジョンに出会いを求めるのは間違っているだろうか 12」大森藤ノ著 SBクリエイティブ(GA文庫) 2017年5月【異世界・架空の世界】【肌の露出が多めの挿絵なし】

「ダンジョンに出会いを求めるのは間違っているだろうか 外伝[8]ドラマCD付き限定特装版」大森藤ノ著 SBクリエイティブ(GA文庫) 2017年4月【異世界・架空の世界】【肌の露出が多めの挿絵なし】

「ダンジョンに出会いを求めるのは間違っているだろうか 外伝[9]」大森藤ノ著 SBクリエイティブ(GA文庫) 2017年6月【異世界・架空の世界】【肌の露出が多めの挿絵なし】

「ダンジョンに出会いを求めるのは間違っているだろうかファミリアクロニクル : episodeリュー」大森藤ノ著 SBクリエイティブ(GA文庫) 2017年3月【異世界・架空の世界】【肌の露出が多めの挿絵あり】

「ダンジョンの魔王は最弱っ!? 6」日曜著 新紀元社(MORNINGSTARBOOKS) 2017年4月【異世界・架空の世界】【肌の露出が多めの挿絵なし】

「ダンジョンを造ろう 4」渡良瀬ユウ著 KADOKAWA(MFブックス) 2017年5月【異世界・架空の世界】【肌の露出が多めの挿絵なし】

「デスマーチからはじまる異世界狂想曲 = Death Marching to the Parallel World Rhapsody 10」愛七ひろ著 KADOKAWA(カドカワBOOKS) 2017年4月【異世界・架空の世界】【肌の露出が多めの挿絵なし】

「ドラゴンさんは友達が欲しい! = Dragon want a Friend! 3」道草家守著 アース・スターエンターテイメント(EARTHSTARNOVEL) 2017年6月【異世界・架空の世界】【肌の露出が多めの挿絵なし】

「フェアリーテイル・クロニクル : 空気読まない異世界ライフ 13」埴輪星人著 KADOKAWA(MFブックス) 2017年2月【異世界・架空の世界】【肌の露出が多めの挿絵なし】

「フェアリーテイル・クロニクル : 空気読まない異世界ライフ 14」埴輪星人著 KADOKAWA(MFブックス) 2017年5月【異世界・架空の世界】【肌の露出が多めの挿絵なし】

「もしもパワハラ上司がドラゴンにさらわれたら」蒼月海里著 幻冬舎(幻冬舎文庫) 2017年1月【現代】【肌の露出が多めの挿絵なし】

「ようこそ!ジョナサン異世界ダンジョン地下1階店へ」船橋由高著 講談社(講談社ラノベ文庫) 2017年6月【異世界・架空の世界】【肌の露出が多めの挿絵あり】

「ライブダンジョン! = LIVE DUNGEON! 2」dy冷凍著 KADOKAWA(カドカワBOOKS) 2017年4月【異世界・架空の世界】【肌の露出が多めの挿絵なし】

「リアル世界にダンジョンが出来た – A dungeon was born in the real world [2]」ダンジョンマスター著 宝島社 2017年6月【現代/異世界・架空の世界】【肌の露出が多めの挿絵あり】

「リワールド・フロンティア = Reworld Frontier」国広仙戯著 TOブックス 2017年1月【異世界・架空の世界】【肌の露出が多めの挿絵なし】

「リワールド・フロンティア = Reworld Frontier 2」国広仙戯著 TOブックス 2017年5月【異世界・架空の世界】【肌の露出が多めの挿絵なし】

## ストーリー

「ワールドエンド・ハイランド：世界樹の街の支配人になって没落領地を復興させます。」つくも三太著 KADOKAWA(MF文庫J) 2017年4月【異世界・架空の世界】【肌の露出が多めの挿絵なし】

「異世界お好み焼きチェーン：大阪のオバチャン、美少女剣士に転生して、お好み焼き布教!」森田季節著 アース・スターエンターテイメント(EARTHSTARNOVEL) 2017年6月【異世界・架空の世界】【肌の露出が多めの挿絵あり】

「異世界でアイテムコレクター 2」時野洋輔著 新紀元社(MORNINGSTARBOOKS) 2017年1月【異世界・架空の世界】【肌の露出が多めの挿絵あり】

「異世界迷宮でハーレムを 7」蘇我捨恥著 主婦の友社(ヒーロー文庫) 2017年3月【異世界・架空の世界】【肌の露出が多めの挿絵なし】

「俺の家が魔力スポットだった件：住んでいるだけで世界最強 4」あまうい白一著 集英社(ダッシュエックス文庫) 2017年1月【異世界・架空の世界】【肌の露出が多めの挿絵あり】

「俺の家が魔力スポットだった件：住んでいるだけで世界最強 5」あまうい白一著 集英社(ダッシュエックス文庫) 2017年5月【異世界・架空の世界】【肌の露出が多めの挿絵なし】

「暇人、魔王の姿で異世界へ：時々チートなぶらり旅 4」藍敦著 KADOKAWA(ファミ通文庫) 2017年2月【異世界・架空の世界】【肌の露出が多めの挿絵あり】

「巻き込まれて異世界転移する奴は、大抵チート Ω」海東方舟著 宝島社 2017年2月【異世界・架空の世界】【肌の露出が多めの挿絵なし】

「機甲狩竜(パンツァーヤクト)のファンタジア 2」内田弘樹著 KADOKAWA(富士見ファンタジア文庫) 2017年2月【異世界・架空の世界】【肌の露出が多めの挿絵あり】

「救わなきゃダメですか?異世界 5」青山有著 ポニーキャニオン(ぽにきゃんBOOKS) 2017年5月【異世界・架空の世界】【肌の露出が多めの挿絵あり】

「剣と魔法と裁判所 = SWORD AND MAGIC AND COURTHOUSE」蘇之一行著 KADOKAWA(電撃文庫) 2017年4月【異世界・架空の世界】【肌の露出が多めの挿絵あり】

「黒の召喚士 4」迷井豆腐著 オーバーラップ(オーバーラップ文庫) 2017年5月【異世界・架空の世界】【肌の露出が多めの挿絵あり】

「黒騎士さんは働きたくない 2」雨木シュウスケ著 集英社(ダッシュエックス文庫) 2017年4月【異世界・架空の世界】【肌の露出が多めの挿絵あり】

「最強をこじらせたレベルカンスト剣聖女ベアトリーチェの弱点：その名は『ぶーぶー』4」鎌池和馬著 KADOKAWA(電撃文庫) 2017年3月【異世界・架空の世界】【肌の露出が多めの挿絵あり】

「三つの塔の物語 3」赤雪トナ著 オーバーラップ(オーバーラップ文庫) 2017年1月【異世界・架空の世界】【肌の露出が多めの挿絵なし】

「自重しない元勇者の強くて楽しいニューゲーム 2」新木伸著 集英社(ダッシュエックス文庫) 2017年3月【異世界・架空の世界】【肌の露出が多めの挿絵あり/性描写の挿絵あり】

## ストーリー

「自称!平凡魔族の英雄ライフ：B級魔族なのにチートダンジョンを作ってしまった結果」あまうい白一著 講談社(Kラノベブックス) 2017年6月【異世界・架空の世界】【肌の露出が多めの挿絵あり】

「自動販売機に生まれ変わった俺は迷宮を彷徨う3」昼熊著 KADOKAWA(角川スニーカー文庫) 2017年2月【異世界・架空の世界】【肌の露出が多めの挿絵あり】

「七星のスバル = Seven Senses of the Re'Union 5」田尾典丈著 小学館(ガガガ文庫) 2017年3月【現代】【肌の露出が多めの挿絵あり】

「小説星を追う子ども」新海誠原作;あきさかあさひ著 KADOKAWA(角川文庫) 2017年6月【現代/異世界・架空の世界】【挿絵なし】

「世界最強の人見知りと魔物が消えそうな黄昏迷宮1」葉村哲著 KADOKAWA(MF文庫J) 2017年5月【異世界・架空の世界】【肌の露出が多めの挿絵あり】

「成長チートでなんでもできるようになったが、無職だけは辞められないようです2」時野洋輔著 新紀元社(MORNINGSTARBOOKS) 2017年1月【異世界・架空の世界】【肌の露出が多めの挿絵あり】

「聖者無双：サラリーマン、異世界で生き残るために歩む道2」ブロッコリーライオン著 マイクロマガジン社(GCNOVELS) 2017年2月【異世界・架空の世界】【肌の露出が多めの挿絵なし】

「絶対に働きたくないストーリー＞ダンジョン・迷宮マスターが惰眠をむさぼるまで4」鬼影スパナ著 オーバーラップ(オーバーラップ文庫) 2017年2月【異世界・架空の世界】【肌の露出が多めの挿絵あり】

「絶対に働きたくないダンジョンマスターが惰眠をむさぼるまで5」鬼影スパナ著 オーバーラップ(オーバーラップ文庫) 2017年6月【異世界・架空の世界】【肌の露出が多めの挿絵あり】

「造られしイノチとキレイなセカイ3」緋月薙著 ホビージャパン(HJ文庫) 2017年4月【異世界・架空の世界】【肌の露出が多めの挿絵なし】

「蜘蛛ですが、なにか? 6」馬場翁著 KADOKAWA(カドカワBOOKS) 2017年6月【異世界・架空の世界】【肌の露出が多めの挿絵なし】

「底辺剣士は神獣(むすめ)と暮らす：家族で挑む迷宮攻略」番棚葵著 KADOKAWA(MF文庫J) 2017年1月【異世界・架空の世界】【肌の露出が多めの挿絵あり】

「底辺剣士は神獣(むすめ)と暮らす2」番棚葵著 KADOKAWA(MF文庫J) 2017年4月【異世界・架空の世界】【肌の露出が多めの挿絵あり】

「天才外科医が異世界で闇医者を始めました。4」柊むう著 双葉社(モンスター文庫) 2017年5月【異世界・架空の世界】【肌の露出が多めの挿絵なし】

「田中 = TANAKA THE WIZARD：年齢イコール彼女いない歴の魔法使い4」ぶんころり著 マイクロマガジン社(GCNOVELS) 2017年2月【異世界・架空の世界】【肌の露出が多めの挿絵あり/性描写の挿絵あり】

「塔の管理をしてみよう6」早秋著 新紀元社(MORNINGSTARBOOKS) 2017年6月【異世界・架空の世界】【肌の露出が多めの挿絵なし】

## ストーリー

「東京ダンジョンスフィア」奈坂秋吾著 KADOKAWA(電撃文庫) 2017年1月【近未来・遠未来】【肌の露出が多めの挿絵なし】

「二度目の勇者は復讐の道を嗤い歩む 3」木塚ネロ著 KADOKAWA(MFブックス) 2017年6月【異世界・架空の世界】【肌の露出が多めの挿絵なし】

「必勝ダンジョン運営方法 6」雪だるま著 双葉社(モンスター文庫) 2017年4月【異世界・架空の世界】【肌の露出が多めの挿絵あり】

「復讐完遂者の人生二周目異世界譚 2」御鷹穂積著 マイクロマガジン社(GCNOVELS) 2017年5月【異世界・架空の世界】【肌の露出が多めの挿絵なし】

「冒険者高専冒険科:女冒険者のLEVEL UPをじっくり見守る俺の話 1」つよぐち2号著 アース・スターエンターテイメント(EARTHSTARNOVEL) 2017年4月【近未来・遠未来/異世界・架空の世界】【肌の露出が多めの挿絵なし】

「僕の部屋がダンジョンの休憩所になってしまった件 2」東国不動著 ツギクル(ツギクルブックス) 2017年6月【現代/異世界・架空の世界】【肌の露出が多めの挿絵なし】

「無職転生:異世界行ったら本気だす 14」理不尽な孫の手著 KADOKAWA(MFブックス) 2017年4月【異世界・架空の世界】【肌の露出が多めの挿絵あり】

「迷宮料理人ナギの冒険:地下30階から生還するためのレシピ」ゆうきりん著 KADOKAWA(電撃文庫) 2017年1月【異世界・架空の世界】【肌の露出が多めの挿絵あり】

「悠久の愚者アズリーの、賢者のすゝめ = The principle of a philosopher by eternal fool "Asley" 5」壱弐参著 アース・スターエンターテイメント(EARTHSTARNOVEL) 2017年1月【異世界・架空の世界】【肌の露出が多めの挿絵あり】

## チート

「〈Infinite Dendrogram〉-インフィニット・デンドログラム- 3」海道左近著 ホビージャパン(HJ文庫) 2017年4月【異世界・架空の世界】【肌の露出が多めの挿絵なし】

「〈この世界はもう俺が救って富と権力を手に入れたし、女騎士や女魔王と城で楽しく暮らしてるから、俺以外の勇者は〉もう異世界に来ないでください。」伊藤ヒロ著 KADOKAWA(MF文庫J) 2017年3月【異世界・架空の世界】【肌の露出が多めの挿絵あり】

「29歳独身は異世界で自由に生きた……かった。= The 29 years old single in another dimension wished a life of liberty…… 6」リュート著 KADOKAWA(カドカワBOOKS) 2017年2月【異世界・架空の世界】【肌の露出が多めの挿絵なし】

「アイテムチートな奴隷ハーレム建国記 4」猫又ぬこ著 ホビージャパン(HJ文庫) 2017年3月【異世界・架空の世界】【肌の露出が多めの挿絵あり】

「アラフォー賢者の異世界生活日記 2」寿安清著 KADOKAWA(MFブックス) 2017年2月【異世界・架空の世界】【肌の露出が多めの挿絵なし】

「アラフォー賢者の異世界生活日記 3」寿安清著 KADOKAWA(MFブックス) 2017年4月【異世界・架空の世界】【肌の露出が多めの挿絵なし】

## ストーリー

「アラフォー社畜のゴーレムマスター 1」高見梁川著 双葉社(モンスター文庫) 2017年5月【異世界・架空の世界】【肌の露出が多めの挿絵なし】

「いずれ不敗の魔法遣い：アカシックレコード・オーバーライト 2」SinGuilty著 ポニーキャニオン(ぽにきゃんBOOKS) 2017年1月【異世界・架空の世界】【肌の露出が多めの挿絵あり】

「ガチャにゆだねる異世廃人生活」時野洋輔著 KADOKAWA(富士見ファンタジア文庫) 2017年2月【異世界・架空の世界】【肌の露出が多めの挿絵あり】

「カット&ペーストでこの世界を生きていく」咲夜著 ツギクル(ツギクルブックス) 2017年6月【異世界・架空の世界】【肌の露出が多めの挿絵なし】

「キラプリおじさんと幼女先輩」岩沢藍著 KADOKAWA(電撃文庫) 2017年3月【現代】【肌の露出が多めの挿絵あり】

「ギルドのチートな受付嬢 5」夏にコタツ著 双葉社(モンスター文庫) 2017年4月【異世界・架空の世界】【肌の露出が多めの挿絵なし】

「くじ引き特賞:無双ハーレム権 4」三木なずな著 SBクリエイティブ(GA文庫) 2017年2月【異世界・架空の世界】【肌の露出が多めの挿絵あり/性描写の挿絵あり】

「くじ引き特賞:無双ハーレム権 5」三木なずな著 SBクリエイティブ(GA文庫) 2017年5月【異世界・架空の世界】【肌の露出が多めの挿絵あり】

「くまクマ熊ベアー 6」くまなの著 主婦と生活社(PASH!ブックス) 2017年4月【異世界・架空の世界】【肌の露出が多めの挿絵なし】

「クラウン・オブ・リザードマン：少年は人の身を捨て復讐を誓う」雨木シュウスケ著 KADOKAWA(富士見ファンタジア文庫) 2017年4月【異世界・架空の世界】【肌の露出が多めの挿絵なし】

「ゲーム脳な召喚師：育成ストーリー＞チートで天下無双」フジヤマ著 SBクリエイティブ(GA文庫) 2017年1月【異世界・架空の世界】【肌の露出が多めの挿絵なし】

「この勇者が俺TUEEEくせに慎重すぎる 2」土日月著 KADOKAWA(カドカワBOOKS) 2017年6月【異世界・架空の世界】【肌の露出が多めの挿絵なし】

「スキル喰らいの英雄譚：成長チートで誰よりも強くなる」浅葉ルウイ著 ホビージャパン(HJ文庫) 2017年2月【異世界・架空の世界】【肌の露出が多めの挿絵あり/キスシーンの挿絵あり】

「すまん、資金ブーストよりストーリー＞チートなスキル持ってる奴おる? 2」えきさいたー著 集英社(ダッシュエックス文庫) 2017年2月【異世界・架空の世界】【肌の露出が多めの挿絵なし】

「すまん、資金ブーストよりチートなスキル持ってる奴おる? 3」えきさいたー著 集英社(ダッシュエックス文庫) 2017年6月【異世界・架空の世界】【肌の露出が多めの挿絵あり/性描写の挿絵あり】

「そして黄昏の終末世界(トワイライト) = THE FARTHEST TWILIGHT 1」樋辻臥命著 オーバーラップ(オーバーラップ文庫) 2017年2月【異世界・架空の世界】【肌の露出が多めの挿絵あり】

「ダンガンロンパ霧切 5」北山猛邦著 星海社(星海社FICTIONS) 2017年3月【現代】【挿絵なし】

## ストーリー

「チート魔術で運命をねじ伏せる 4」月夜涙著 双葉社(モンスター文庫) 2017年2月【異世界・架空の世界】【肌の露出が多めの挿絵あり】

「デスマーチからはじまる異世界狂想曲 = Death Marching to the Parallel World Rhapsody 10」愛七ひろ著 KADOKAWA(カドカワBOOKS) 2017年4月【異世界・架空の世界】【肌の露出が多めの挿絵なし】

「ドラゴンは寂しいと死んじゃいます = The dragon is lonely and dies : レベッカたんのにいたんは人類最強の傭兵 1」藤原ゴンザレス著 アース・スターエンターテイメント(EARTHSTARNOVEL) 2017年1月【異世界・架空の世界】【肌の露出が多めの挿絵なし】

「ドリーム・ライフ〜夢の異世界生活〜 3」愛山雄町著 TOブックス(Trinitasシリーズ) 2017年3月【異世界・架空の世界】【肌の露出が多めの挿絵なし】

「ニートだけどハロワにいったら異世界につれてかれた 8」桂かすが著 KADOKAWA(MFブックス) 2017年4月【異世界・架空の世界】【肌の露出が多めの挿絵なし】

「ノウ無し転生王の双界制覇(ブラックアーツ)」藤原健市著 集英社(ダッシュエックス文庫) 2017年4月【異世界・架空の世界】【肌の露出が多めの挿絵あり】

「フェンリルの鎖 1」うかれ猫著 ホビージャパン(HJ文庫) 2017年5月【異世界・架空の世界】【肌の露出が多めの挿絵あり】

「ポーション頼みで生き延びます!」FUNA著 講談社(Kラノベブックス) 2017年6月【異世界・架空の世界】【肌の露出が多めの挿絵なし】

「ポンコツ魔神逃亡中!」鏑木ハルカ著 ポニーキャニオン(ぽにきゃんBOOKS) 2017年2月【異世界・架空の世界】【肌の露出が多めの挿絵あり】

「モンスターのご主人様 9」日暮眠都著 双葉社(モンスター文庫) 2017年5月【異世界・架空の世界】【肌の露出が多めの挿絵なし】

「異世界Cマート繁盛記 5」新木伸著 集英社(ダッシュエックス文庫) 2017年2月【現代/異世界・架空の世界】【肌の露出が多めの挿絵あり】

「異世界お好み焼きチェーン : 大阪のオバチャン、美少女剣士に転生して、お好み焼き布教!」森田季節著 アース・スターエンターテイメント(EARTHSTARNOVEL) 2017年6月【異世界・架空の世界】【肌の露出が多めの挿絵あり】

「異世界でスキルを解体したらストーリー>チートな嫁が増殖しました : 概念交差のストラクチャー 2」千月さかき著 KADOKAWA(カドカワBOOKS) 2017年1月【異世界・架空の世界】【肌の露出が多めの挿絵あり】

「異世界でスキルを解体したらチートな嫁が増殖しました : 概念交差のストラクチャー 3」千月さかき著 KADOKAWA(カドカワBOOKS) 2017年5月【異世界・架空の世界】【肌の露出が多めの挿絵あり】

「異世界は幸せ(テンプレ)に満ち溢れている 2」羽智遊紀著 TOブックス 2017年5月【異世界・架空の世界】【肌の露出が多めの挿絵なし】

## ストーリー

「異世界攻略(クリア)のゲームマスター」坂本一馬著 ホビージャパン(HJ文庫) 2017年5月【異世界・架空の世界】【肌の露出が多めの挿絵あり】

「異世界人の手引き書 = Manual of the person from different world 3」たっくるん著 KADOKAWA(カドカワBOOKS) 2017年5月【異世界・架空の世界】【肌の露出が多めの挿絵なし】

「異世界転移したのでチートを生かして魔法剣士やることにする = I'VE TRANSFERRED TO THE DIFFERENT WORLD,SO I BECOME A MAGIC SWORDSMAN BY CHEATING 4」進行諸島著 マイクロマガジン社(GCNOVELS) 2017年3月【異世界・架空の世界】【肌の露出が多めの挿絵あり】

「異世界魔王と召喚少女の奴隷魔術 7」むらさきゆきや著 講談社(講談社ラノベ文庫) 2017年3月【異世界・架空の世界】【肌の露出が多めの挿絵あり/性描写の挿絵あり】

「異世界迷宮でハーレムを 7」蘇我捨恥著 主婦の友社(ヒーロー文庫) 2017年3月【異世界・架空の世界】【肌の露出が多めの挿絵なし】

「俺、動物や魔物と話せるんです 2」錬金王著 KADOKAWA(MFブックス) 2017年3月【異世界・架空の世界】【肌の露出が多めの挿絵なし】

「俺たちは異世界に行ったらまず真っ先に物理法則を確認する 2」藍月要著 KADOKAWA(ファミ通文庫) 2017年5月【異世界・架空の世界】【肌の露出が多めの挿絵なし】

「俺と蛙さんの異世界放浪記 4」くずもち著 アルファポリス(アルファライト文庫) 2017年3月【異世界・架空の世界】【肌の露出が多めの挿絵あり】

「俺の『鑑定』スキルがチートすぎて:伝説の勇者を読み"盗り"最強へ」澄守彩著 講談社(Kラノベブックス) 2017年6月【異世界・架空の世界】【肌の露出が多めの挿絵なし】

「俺の異世界姉妹が自重しない! 2」緋色の雨著 双葉社(モンスター文庫) 2017年5月【異世界・架空の世界】【肌の露出が多めの挿絵なし】

「俺の家が魔力スポットだった件:住んでいるだけで世界最強 4」あまうい白一著 集英社(ダッシュエックス文庫) 2017年1月【異世界・架空の世界】【肌の露出が多めの挿絵あり】

「俺の家が魔力スポットだった件:住んでいるだけで世界最強 5」あまうい白一著 集英社(ダッシュエックス文庫) 2017年5月【異世界・架空の世界】【肌の露出が多めの挿絵なし】

「俺の部屋ごと異世界へ!ネットとAmozonの力で無双する 1」月夜涙著 双葉社(モンスター文庫) 2017年3月【異世界・架空の世界】【肌の露出が多めの挿絵なし】

「暇人、魔王の姿で異世界へ:時々ストーリー>チートなぶらり旅 4」藍敦著 KADOKAWA(ファミ通文庫) 2017年2月【異世界・架空の世界】【肌の露出が多めの挿絵あり】

「巻き込まれて異世界転移する奴は、大抵チート Ω」海東方舟著 宝島社 2017年2月【異世界・架空の世界】【肌の露出が多めの挿絵なし】

「逆成長チートで世界最強 1」佐竹アキノリ著 主婦の友社(ヒーロー文庫) 2017年5月【異世界・架空の世界】【肌の露出が多めの挿絵なし】

## ストーリー

「金色の文字使い(ワードマスター)：勇者四人に巻き込まれたユニークチート10」十本スイ著 KADOKAWA(富士見ファンタジア文庫) 2017年3月【異世界・架空の世界】【肌の露出が多めの挿絵なし】

「銀色のスナイパー」名もなき多肉著 ポニーキャニオン(ぽにきゃんBOOKS) 2017年3月【異世界・架空の世界】【肌の露出が多めの挿絵なし】

「駆除人 4」花黒子著 KADOKAWA(MFブックス) 2017年5月【異世界・架空の世界】【肌の露出が多めの挿絵なし】

「酷幻想をアイテムチートで生き抜く = He survives the real fantasy world by cheating at the items 05」風来山著 マイクロマガジン社(GCNOVELS) 2017年5月【異世界・架空の世界】【肌の露出が多めの挿絵あり/キスシーンの挿絵あり/性描写の挿絵あり】

「黒騎士さんは働きたくない 2」雨木シュウスケ著 集英社(ダッシュエックス文庫) 2017年4月【異世界・架空の世界】【肌の露出が多めの挿絵あり】

「最強の種族が人間だった件 3」柑橘ゆすら著 集英社(ダッシュエックス文庫) 2017年2月【異世界・架空の世界】【肌の露出が多めの挿絵あり/性描写の挿絵あり】

「最強呪族転生 = Reincarnation of sherman：チート魔術師のスローライフ 3」猫子著 アース・スターエンターテイメント(EARTHSTARNOVEL) 2017年6月【異世界・架空の世界】【肌の露出が多めの挿絵なし】

「最強魔法師の隠遁計画 1」イズシロ著 ホビージャパン(HJ文庫) 2017年3月【異世界・架空の世界】【肌の露出が多めの挿絵あり】

「三田一族の意地を見よ：転生戦国武将の奔走記 5」三田弾正著 KADOKAWA(MFブックス) 2017年6月【歴史・時代】【肌の露出が多めの挿絵あり】

「自重しない元勇者の強くて楽しいニューゲーム 2」新木伸著 集英社(ダッシュエックス文庫) 2017年3月【異世界・架空の世界】【肌の露出が多めの挿絵あり/性描写の挿絵あり】

「自称!平凡魔族の英雄ライフ：B級魔族なのにチートダンジョンを作ってしまった結果」あまうい白一著 講談社(Kラノベブックス) 2017年6月【異世界・架空の世界】【肌の露出が多めの挿絵あり】

「盾の勇者の成り上がり 17」アネコユサギ著 KADOKAWA(MFブックス) 2017年3月【異世界・架空の世界】【肌の露出が多めの挿絵なし】

「神さまSHOPでチートの香り」佐々木さざめき著 ポニーキャニオン(ぽにきゃんBOOKS) 2017年1月【異世界・架空の世界】【肌の露出が多めの挿絵なし】

「神さまSHOPでチートの香り 2」佐々木さざめき著 ポニーキャニオン(ぽにきゃんBOOKS) 2017年6月【異世界・架空の世界】【肌の露出が多めの挿絵あり】

「進化の実：知らないうちに勝ち組人生 6」美紅著 双葉社(モンスター文庫) 2017年5月【異世界・架空の世界】【肌の露出が多めの挿絵あり】

「世界最強は家族と仲良く出稼ぎ中! 4」空埜一樹著 ホビージャパン(HJ文庫) 2017年1月【異世界・架空の世界】【肌の露出が多めの挿絵なし】

## ストーリー

「成長チートでなんでもできるようになったが、無職だけは辞められないようです 2」時野洋輔著 新紀元社(MORNINGSTARBOOKS) 2017年1月【異世界・架空の世界】【肌の露出が多めの挿絵あり】

「成長チートでなんでもできるようになったが、無職だけは辞められないようです 3」時野洋輔著 新紀元社(MORNINGSTARBOOKS) 2017年6月【異世界・架空の世界】【肌の露出が多めの挿絵なし】

「聖者無双 : サラリーマン、異世界で生き残るために歩む道 2」ブロッコリーライオン著 マイクロマガジン社(GCNOVELS) 2017年2月【異世界・架空の世界】【肌の露出が多めの挿絵なし】

「聖女の魔力は万能です = The power of the saint is all around.」橘由華著 KADOKAWA(カドカワBOOKS) 2017年2月【異世界・架空の世界】【肌の露出が多めの挿絵なし】

「静かにしてますよ?」水清まり著 主婦と生活社(PASH!ブックス) 2017年2月【異世界・架空の世界】【肌の露出が多めの挿絵なし】

「絶対に働きたくないダンジョンマスターが惰眠をむさぼるまで 4」鬼影スパナ著 オーバーラップ(オーバーラップ文庫) 2017年2月【異世界・架空の世界】【肌の露出が多めの挿絵あり】

「即死チートが最強すぎて、異世界のやつらがまるで相手にならないんですが。2」藤孝剛志著 アース・スターエンターテイメント(EARTHSTARNOVEL) 2017年2月【異世界・架空の世界】【肌の露出が多めの挿絵あり】

「大国ストーリー＞チートなら異世界征服も楽勝ですよ?替え玉皇帝になったので美少女嫁も豊富です。」櫂末高彰著 KADOKAWA(MF文庫J) 2017年2月【異世界・架空の世界】【肌の露出が多めの挿絵あり】

「地方騎士ハンスの受難 1」アマラ著 アルファポリス(アルファライト文庫) 2017年5月【異世界・架空の世界】【肌の露出が多めの挿絵なし】

「蜘蛛ですが、なにか? 5」馬場翁著 KADOKAWA(カドカワBOOKS) 2017年2月【異世界・架空の世界】【肌の露出が多めの挿絵なし】

「蜘蛛ですが、なにか? 6」馬場翁著 KADOKAWA(カドカワBOOKS) 2017年6月【異世界・架空の世界】【肌の露出が多めの挿絵なし】

「通常攻撃が全体攻撃で二回攻撃のお母さんは好きですか?」井中だちま著 KADOKAWA(富士見ファンタジア文庫) 2017年1月【異世界・架空の世界】【肌の露出が多めの挿絵あり】

「底辺剣士は神獣(むすめ)と暮らす : 家族で挑む迷宮攻略」番棚葵著 KADOKAWA(MF文庫J) 2017年1月【異世界・架空の世界】【肌の露出が多めの挿絵あり】

「天明の月」前田珠子著 集英社(コバルト文庫) 2017年6月【異世界・架空の世界】【肌の露出が多めの挿絵なし】

「転生貴族の異世界冒険録 = Wonderful adventure in Another world! : 自重を知らない神々の使徒 1」夜州著 一二三書房(SagaForest) 2017年6月【異世界・架空の世界】【肌の露出が多めの挿絵なし】

## ストーリー

「転生吸血鬼さんはお昼寝がしたい = A transmigration vampire would like to take a nap 4」ちょきんぎょ。著 アース・スターエンターテイメント(EARTHSTARNOVEL) 2017年5月【異世界・架空の世界】【肌の露出が多めの挿絵あり】

「転生太閤記:現代知識で戦国の世を無双する 桶狭間編」津田彷徨著 KADOKAWA(カドカワBOOKS) 2017年6月【歴史・時代】【肌の露出が多めの挿絵なし】

「転生勇者の成り上がり 1」雨宮和希著 オーバーラップ(オーバーラップ文庫) 2017年6月【異世界・架空の世界】【肌の露出が多めの挿絵なし】

「努力しすぎた世界最強の武闘家は、魔法世界を余裕で生き抜く。」わんこそば著 集英社(ダッシュエックス文庫) 2017年6月【異世界・架空の世界】【肌の露出が多めの挿絵なし】

「塔の管理をしてみよう 6」早秋著 新紀元社(MORNINGSTARBOOKS) 2017年6月【異世界・架空の世界】【肌の露出が多めの挿絵なし】

「童貞チート:最強社畜、異世界にたつ」ダブルてりやきチキン著 宝島社 2017年3月【異世界・架空の世界】【肌の露出が多めの挿絵なし】

「豚公爵に転生したから、今度は君に好きと言いたい」合田拍子著 KADOKAWA(富士見ファンタジア文庫) 2017年2月【異世界・架空の世界】【肌の露出が多めの挿絵なし】

「日本国召喚 1」みのろう著 ポニーキャニオン(ぽにきゃんBOOKS) 2017年3月【歴史・時代】【肌の露出が多めの挿絵なし】

「八男って、それはないでしょう! 11」Y.A著 KADOKAWA(MFブックス) 2017年6月【異世界・架空の世界】【肌の露出が多めの挿絵なし】

「反逆の勇者と道具袋 4」大沢雅紀著 アルファポリス(アルファライト文庫) 2017年4月【現代/異世界・架空の世界】【肌の露出が多めの挿絵あり】

「没落予定なので、鍛冶職人を目指す 4」CK著 KADOKAWA(カドカワBOOKS) 2017年4月【異世界・架空の世界】【肌の露出が多めの挿絵なし】

「魔眼のご主人様。= My Master with Evil Eye」黒森白兎著 TOブックス 2017年5月【異世界・架空の世界】【肌の露出が多めの挿絵なし】

「魔導少女に転生した俺の双剣が有能すぎる 2」岩波零著 KADOKAWA(MF文庫J) 2017年3月【異世界・架空の世界】【肌の露出が多めの挿絵あり】

「無職転生:異世界行ったら本気だす 14」理不尽な孫の手著 KADOKAWA(MFブックス) 2017年4月【異世界・架空の世界】【肌の露出が多めの挿絵あり】

「夜伽の国の月光姫 5」青野海鳥著 TOブックス 2017年1月【異世界・架空の世界】【肌の露出が多めの挿絵あり】

「勇者召喚に巻き込まれたけど、異世界は平和でした 1」灯台著 新紀元社(MORNINGSTARBOOKS) 2017年6月【異世界・架空の世界】【肌の露出が多めの挿絵なし】

「悠久の愚者アズリーの、賢者のすゝめ = The principle of a philosopher by eternal fool "Asley" 5」壱弐参著 アース・スターエンターテイメント(EARTHSTARNOVEL) 2017年1月【異世界・架空の世界】【肌の露出が多めの挿絵あり】

## ストーリー

### デビュー・ストーリー

「すしそばてんぷら」藤野千夜著 角川春樹事務所(ハルキ文庫) 2017年1月【現代】【挿絵なし】

「ストーミー・ガール」田中啓文著 光文社(光文社文庫) 2017年2月【現代】【肌の露出が多めの挿絵なし】

「ほま高登山部ダイアリー = Homako Mountain Climbing Club Diary」細音啓著 小学館(ガガガ文庫) 2017年2月【現代】【肌の露出が多めの挿絵あり】

「悪の組織の求人広告」喜友名トト著 KADOKAWA(ノベルゼロ) 2017年2月【近未来・遠未来】【肌の露出が多めの挿絵なし】

「屋上で縁結び」岡篠名桜著 集英社(集英社文庫) 2017年1月【現代】【肌の露出が多めの挿絵なし】

「俺は/私はオタク友達がほしいっ!」左リュウ著 ポニーキャニオン(ぽにきゃんBOOKS) 2017年2月【現代】【肌の露出が多めの挿絵あり】

「歌姫島(ディーヴァアイランド)の支配人候補」兎月竜之介著 KADOKAWA(ノベルゼロ) 2017年4月【異世界・架空の世界】【肌の露出が多めの挿絵なし】

「花咲高校演劇部へようこそ!」河合ゆうみ著 KADOKAWA(角川ビーンズ文庫) 2017年1月【現代】【肌の露出が多めの挿絵なし】

「希望のクライノート = Kleinod von Die Hoffnung : 魔法戦士は異世界限定ガチャを回す」オスカル著 宝島社 2017年2月【異世界・架空の世界】【肌の露出が多めの挿絵なし】

「規格外れの英雄に育てられた、常識外れの魔法剣士1」kt60著 双葉社(モンスター文庫) 2017年2月【異世界・架空の世界】【肌の露出が多めの挿絵なし】

「兼業作家、八乙女累は充実している」夏海公司著 KADOKAWA(メディアワークス文庫) 2017年5月【現代】【肌の露出が多めの挿絵なし】

「元勇者、印税生活はじめました。:担当編集はかつての宿敵」霜野おつかい著 SBクリエイティブ(GA文庫) 2017年6月【現代/異世界・架空の世界】【肌の露出が多めの挿絵あり】

「最近はあやかしだって高校に行くんです。:普通ですが何か?」流星香著 KADOKAWA(ビーズログ文庫アリス) 2017年4月【現代】【肌の露出が多めの挿絵なし】

「若者の黒魔法離れが深刻ですが、就職してみたら待遇いいし、社長も使い魔もかわいくて最高です!」森田季節著 集英社(ダッシュエックス文庫) 2017年6月【異世界・架空の世界】【肌の露出が多めの挿絵あり】

「転生勇者の成り上がり1」雨宮和希著 オーバーラップ(オーバーラップ文庫) 2017年6月【異世界・架空の世界】【肌の露出が多めの挿絵なし】

「憧れの魔法少女の正体が男でした。」山田絢著 KADOKAWA(ビーズログ文庫アリス) 2017年1月【現代】【肌の露出が多めの挿絵なし】

## ストーリー

「農民関連のスキルばっか上げてたら何故か強くなった。1」しょぼんぬ著 双葉社(モンスター文庫) 2017年4月【異世界・架空の世界】【肌の露出が多めの挿絵なし】

「白バイガール [2]」佐藤青南著 実業之日本社(実業之日本社文庫) 2017年2月【現代】【肌の露出が多めの挿絵なし】

「放課後はキミと一緒に」りぃ著 KADOKAWA(角川ビーンズ文庫) 2017年2月【現代】【肌の露出が多めの挿絵なし】

「本好きの下剋上：司書になるためには手段を選んでいられません 第3部[2]」香月美夜著 TOブックス 2017年1月【異世界・架空の世界】【肌の露出が多めの挿絵なし】

「勇者ですが異世界でエルフ嫁とピザ店始めます」城崎火也著 集英社(ダッシュエックス文庫) 2017年1月【異世界・架空の世界】【肌の露出が多めの挿絵あり/キスシーンの挿絵あり】

「露西亜の時間旅行者」三木笙子著 幻冬舎(幻冬舎文庫) 2017年1月【歴史・時代】【挿絵なし】

### 転生・転移・よみがえり・リプレイ

「Re:ゼロから始める異世界生活 12」長月達平著 KADOKAWA(MF文庫J) 2017年3月【異世界・架空の世界】【肌の露出が多めの挿絵あり/キスシーンの挿絵あり】

「Re:ゼロから始める異世界生活 13」長月達平著 KADOKAWA(MF文庫J) 2017年6月【異世界・架空の世界】【肌の露出が多めの挿絵なし】

「Rock'n Role 5」ベーテ・有理・黒崎著;グループSNE著 KADOKAWA(富士見DRAGONBOOK) 2017年4月【異世界・架空の世界】【肌の露出が多めの挿絵なし】

「アカシックリコード」水野良著 KADOKAWA(ノベルゼロ) 2017年6月【現代】【肌の露出が多めの挿絵あり】

「いでおろーぐ! = ideologue! 6」椎田十三著 KADOKAWA(電撃文庫) 2017年4月【現代/近未来・遠未来/異世界・架空の世界】【肌の露出が多めの挿絵あり】

「セラエノ・コレクション：クトゥルフ神話TRPGリプレイ」内山靖二郎著;狐印画 KADOKAWA(ログインテーブルトークRPGシリーズ) 2017年5月【異世界・架空の世界】【肌の露出が多めの挿絵なし】

「ディヴィジョン・マニューバ：英雄転生」妹尾尻尾著 講談社(講談社ラノベ文庫) 2017年3月【異世界・架空の世界】【肌の露出が多めの挿絵あり/性描写の挿絵あり】

「るるいえあかでみっく：クトゥルフ神話TRPGリプレイ」内山靖二郎著;狐印画 KADOKAWA(ログインテーブルトークRPGシリーズ.ログインテーブルトークRPGリプレイ) 2017年5月【現代】【肌の露出が多めの挿絵なし】

「わが家は祇園(まち)の拝み屋さん 4」望月麻衣著 KADOKAWA(角川文庫) 2017年1月【現代/異世界・架空の世界】【挿絵なし】

「わが家は祇園(まち)の拝み屋さん 5」望月麻衣著 KADOKAWA(角川文庫) 2017年5月【現代/異世界・架空の世界】【挿絵なし】

## ストーリー

「繰り返されるタイムリープの果てに、きみの瞳に映る人は」青葉優一著 KADOKAWA(メディアワークス文庫) 2017年3月【現代】【肌の露出が多めの挿絵なし】

「君と四度目の学園祭」天音マサキ著 KADOKAWA(角川スニーカー文庫) 2017年6月【現代】【肌の露出が多めの挿絵なし】

「君に出会えた4%の奇跡」広瀬未衣著 双葉社(双葉文庫) 2017年5月【現代】【挿絵なし】

「三田一族の意地を見よ:転生戦国武将の奔走記 5」三田弾正著 KADOKAWA(MFブックス) 2017年6月【歴史・時代】【肌の露出が多めの挿絵あり】

「七番目の姫神は語らない:光の聖女と千年王国の謎」小湊悠貴著 集英社(コバルト文庫) 2017年6月【異世界・架空の世界】【肌の露出が多めの挿絵なし】

「水中少女」堀川アサコ著 徳間書店(徳間文庫) 2017年3月【現代】【挿絵なし】

「転生太閤記:現代知識で戦国の世を無双する」津田彷徨著 KADOKAWA(カドカワBOOKS) 2017年1月【歴史・時代】【肌の露出が多めの挿絵なし】

「転生魔術師の英雄譚 2」佐竹アキノリ著 主婦の友社(ヒーロー文庫) 2017年3月【異世界・架空の世界】【肌の露出が多めの挿絵なし】

「転生勇者の成り上がり 1」雨宮和希著 オーバーラップ(オーバーラップ文庫) 2017年6月【異世界・架空の世界】【肌の露出が多めの挿絵なし】

「二度目の勇者は復讐の道を嗤い歩む 3」木塚ネロ著 KADOKAWA(MFブックス) 2017年6月【異世界・架空の世界】【肌の露出が多めの挿絵なし】

「八男って、それはないでしょう! 11」Y.A著 KADOKAWA(MFブックス) 2017年6月【異世界・架空の世界】【肌の露出が多めの挿絵なし】

「勇者は、奴隷の君は笑え、と言った」内堀優一著 KADOKAWA(ノベルゼロ) 2017年3月【異世界・架空の世界】【肌の露出が多めの挿絵なし】

## 日常

「〈Infinite Dendrogram〉-インフィニット・デンドログラム- 3」海道左近著 ホビージャパン(HJ文庫) 2017年4月【異世界・架空の世界】【肌の露出が多めの挿絵なし】

「〈仮〉花嫁のやんごとなき事情 [13]」夕鷺かのう著 KADOKAWA(ビーズログ文庫) 2017年2月【異世界・架空の世界】【肌の露出が多めの挿絵なし】

「14歳とイラストレーター 2」むらさきゆきや著 KADOKAWA(MF文庫J) 2017年3月【現代】【肌の露出が多めの挿絵あり】

「エプロン男子:今晩、出張シェフがうかがいます」山本瑤著 集英社(集英社オレンジ文庫) 2017年4月【現代】【挿絵なし】

「ユルノ嫁と始める異世界領主生活 = Life as the lord of Yngling with the elven bride 4」鷺宮だいじん著 KADOKAWA(電撃文庫) 2017年4月【異世界・架空の世界】【肌の露出が多めの挿絵あり】

## ストーリー

「エロマンガ先生 8」伏見つかさ著 KADOKAWA(電撃文庫) 2017年1月【現代】【肌の露出が多めの挿絵あり】

「エロマンガ先生 9」伏見つかさ著 KADOKAWA(電撃文庫) 2017年6月【現代】【肌の露出が多めの挿絵なし】

「おいしいベランダ。[3]」竹岡葉月著 KADOKAWA(富士見L文庫) 2017年6月【現代】【挿絵なし】

「オオカミさんとハッピーエンドのあとのおはなし」沖田雅著 KADOKAWA(電撃文庫) 2017年4月【現代/異世界・架空の世界】【肌の露出が多めの挿絵あり/キスシーンの挿絵あり/性描写の挿絵あり】

「おそれミミズク:あるいは彼岸の渡し綱」オキシタケヒコ著 講談社(講談社タイガ) 2017年2月【現代】【挿絵なし】

「おやつカフェでひとやすみ:しあわせの座敷わらし」瀬王みかる著 集英社(集英社オレンジ文庫) 2017年3月【現代】【肌の露出が多めの挿絵なし】

「お守り屋なのに、私の運が悪すぎて騎士に護衛されてます。」黒湖クロコ著 一迅社(一迅社文庫アイリス) 2017年3月【異世界・架空の世界】【肌の露出が多めの挿絵なし】

「カカノムモノ」浅葉なつ著 新潮社(新潮文庫nex) 2017年5月【現代】【肌の露出が多めの挿絵なし】

「カロリーは引いてください!:学食ガールと満腹男子」日向夏著 KADOKAWA(富士見L文庫) 2017年5月【現代】【挿絵なし】

「くまクマ熊ベアー 6」くまなの著 主婦と生活社(PASH!ブックス) 2017年4月【異世界・架空の世界】【肌の露出が多めの挿絵なし】

「さよならの神様」鈴森丹子著 KADOKAWA(メディアワークス文庫) 2017年6月【現代】【肌の露出が多めの挿絵なし】

「しつけ屋美月の事件手帖:その飼い主、取扱い注意!?」相戸結衣著 マイナビ出版(ファン文庫) 2017年2月【現代】【挿絵なし】

「ジャナ研の憂鬱な事件簿」酒井田寛太郎著 小学館(ガガガ文庫) 2017年5月【現代】【肌の露出が多めの挿絵なし】

「スーパーカブ」トネ・コーケン著 KADOKAWA(角川スニーカー文庫) 2017年5月【現代】【肌の露出が多めの挿絵あり】

「ストーミー・ガール」田中啓文著 光文社(光文社文庫) 2017年2月【現代】【肌の露出が多めの挿絵なし】

「だからお兄ちゃんと呼ぶなって! 2」桐山なると著 KADOKAWA(ファミ通文庫) 2017年3月【現代】【肌の露出が多めの挿絵あり】

「ただ今、政略結婚中!」若菜モモ著 スターツ出版(ベリーズ文庫) 2017年5月【現代】【挿絵なし】

## ストーリー

「だれがエルフのお嫁さま? = Who is wife of the elf?」上月司著 KADOKAWA(電撃文庫) 2017年1月【現代】【肌の露出が多めの挿絵あり】

「ちどり亭にようこそ = Welcome to Chidori-tei 2」十三湊著 KADOKAWA(メディアワークス文庫) 2017年4月【現代】【肌の露出が多めの挿絵なし】

「なれる!SE 15」夏海公司著 KADOKAWA(電撃文庫) 2017年1月【現代】【肌の露出が多めの挿絵あり】

「ネトゲの嫁は女の子じゃないと思った? Lv.14」聴猫芝居著 KADOKAWA(電撃文庫) 2017年6月【現代】【肌の露出が多めの挿絵なし】

「ネネコさんの動物写真館」角野栄子著 ポプラ社(ポプラ文庫ピュアフル) 2017年5月【現代】【肌の露出が多めの挿絵なし】

「ばけもの好む中将 6」瀬川貴次著 集英社(集英社文庫) 2017年6月【異世界・架空の世界】【挿絵なし】

「ハッピー・レボリューション = Happy Revolution」星奏なつめ著 KADOKAWA(メディアワークス文庫) 2017年3月【現代】【肌の露出が多めの挿絵なし】

「ヒーローズ㈱(かぶしきがいしゃ)!!! 続」北川恵海著 KADOKAWA(メディアワークス文庫) 2017年4月【現代】【挿絵なし】

「ひきこもりの弟だった」葦舟ナツ著 KADOKAWA(メディアワークス文庫) 2017年3月【現代】【肌の露出が多めの挿絵なし】

「ひとり旅の神様」五十嵐雄策著 KADOKAWA(メディアワークス文庫) 2017年1月【現代】【挿絵なし】

「ひよっこ家族の朝ごはん:お父さんとアサリのうどん」汐見舜一著 KADOKAWA(富士見L文庫) 2017年5月【現代】【挿絵なし】

「フラワーナイトガール:エピソードコレクション 2」月本一著;田口仙年堂著;川添枯美著;水無瀬さんご著;葵龍之介著;是鐘リュウジ著 KADOKAWA(ファミ通文庫) 2017年2月【異世界・架空の世界】【肌の露出が多めの挿絵なし】

「フレームアームズ・ガール:可愛いってどういうこと?」コトブキヤ原作;手島史詞著 KADOKAWA(ファミ通文庫) 2017年4月【異世界・架空の世界】【肌の露出が多めの挿絵なし】

「ぼくの日常が変態に侵蝕されてパンデミック!?」相上おかき著 KADOKAWA(富士見ファンタジア文庫) 2017年4月【現代】【肌の露出が多めの挿絵あり/キスシーンの挿絵あり】

「ようこそ自由で平和な魔王の城へ!:人は、クズになれる」三河ごーすと著 講談社(講談社ラノベ文庫) 2017年6月【異世界・架空の世界】【肌の露出が多めの挿絵あり/キスシーンの挿絵あり】

「ようこそ哲学メイド喫茶ソファンディへ」逢坂千紘著 星海社(星海社FICTIONS) 2017年4月【現代】【肌の露出が多めの挿絵なし】

「ラノベのプロ! 2」望公太著 KADOKAWA(富士見ファンタジア文庫) 2017年6月【現代】【肌の露出が多めの挿絵なし】

## ストーリー

「ロクでなし魔術講師と追想日誌(メモリーレコード) 2」羊太郎著 KADOKAWA(富士見ファンタジア文庫) 2017年4月【異世界・架空の世界】【肌の露出が多めの挿絵なし】

「悪魔のような公爵一家 = DEMONIC FAMILY THE DUKE OF RACTOS 2」逆又練物著 TOブックス 2017年6月【異世界・架空の世界】【肌の露出が多めの挿絵なし】

「異世界でアイテムコレクター 3」時野洋輔著 新紀元社(MORNINGSTARBOOKS) 2017年5月【異世界・架空の世界】【肌の露出が多めの挿絵なし】

「嘘つきみーくんと壊れたまーちゃん 11」入間人間著 KADOKAWA(電撃文庫) 2017年6月【近未来・遠未来】【肌の露出が多めの挿絵なし】

「運転、見合わせ中」畑野智美著 実業之日本社(実業之日本社文庫) 2017年4月【現代】【肌の露出が多めの挿絵なし】

「運命の乙女は狂王に奪われる」木野美森著 アルファポリス(レジーナ文庫.レジーナブックス) 2017年3月【異世界・架空の世界】【肌の露出が多めの挿絵なし】

「英雄教室 8」新木伸著 集英社(ダッシュエックス文庫) 2017年5月【現代/異世界・架空の世界】【肌の露出が多めの挿絵なし】

「王と月 2」夏目みや著 アルファポリス(レジーナ文庫.レジーナブックス) 2017年5月【異世界・架空の世界】【肌の露出が多めの挿絵なし】

「王太子様は無自覚!?溺愛症候群なんです」ふじさわさほ著 スターツ出版(ベリーズ文庫) 2017年2月【異世界・架空の世界】【挿絵なし】

「俺を好きなのはお前だけかよ 4」駱駝著 KADOKAWA(電撃文庫) 2017年1月【現代】【肌の露出が多めの挿絵あり】

「俺を好きなのはお前だけかよ 5」駱駝著 KADOKAWA(電撃文庫) 2017年4月【現代】【肌の露出が多めの挿絵なし】

「下鴨アンティーク[6]」白川紺子著 集英社(集英社オレンジ文庫) 2017年6月【現代】【挿絵なし】

「下町アパートのふしぎ管理人」大城密著 KADOKAWA(角川文庫) 2017年1月【現代】【挿絵なし】

「下僕ハーレムにチェックメイトです!」赤福大和著 講談社(講談社ラノベ文庫) 2017年5月【異世界・架空の世界】【肌の露出が多めの挿絵あり/性描写の挿絵あり】

「可愛ければ変態でも好きになってくれますか? 2」花間燈著 KADOKAWA(MF文庫J) 2017年5月【現代】【肌の露出が多めの挿絵あり】

「家出青年、猫ホストになる」水島忍著 集英社(集英社オレンジ文庫) 2017年1月【現代】【肌の露出が多めの挿絵なし】

「家電彼氏」雪乃下ナチ著 KADOKAWA(ビーズログ文庫アリス) 2017年2月【現代】【肌の露出が多めの挿絵なし】

## ストーリー

「拡張少女系トライナリー：サマープリズム」コーエーテクモゲームス原作;東映アニメーション原作;柄本和昭著 KADOKAWA(ファミ通文庫) 2017年5月【現代】【肌の露出が多めの挿絵なし】

「帰ってきた元勇者 8」ニシ著 ポニーキャニオン(ぽにきゃんBOOKS) 2017年4月【異世界・架空の世界】【肌の露出が多めの挿絵あり/キスシーンの挿絵あり】

「救世の背信者 2」望月唯一著 講談社(講談社ラノベ文庫) 2017年6月【異世界・架空の世界】【肌の露出が多めの挿絵なし】

「京都の甘味処は神様専用です」桑野和明著 双葉社(双葉文庫) 2017年5月【現代】【挿絵なし】

「金色の文字使い(ワードマスター) 野望の軌跡編」十本スイ著 KADOKAWA(富士見ファンタジア文庫) 2017年6月【異世界・架空の世界】【肌の露出が多めの挿絵なし】

「駆除人 3」花黒子著 KADOKAWA(MFブックス) 2017年1月【異世界・架空の世界】【肌の露出が多めの挿絵なし】

「駆除人 4」花黒子著 KADOKAWA(MFブックス) 2017年5月【異世界・架空の世界】【肌の露出が多めの挿絵なし】

「繰り返されるタイムリープの果てに、きみの瞳に映る人は」青葉優一著 KADOKAWA(メディアワークス文庫) 2017年3月【現代】【肌の露出が多めの挿絵なし】

「君とソースと僕の恋」本田晴巳著 スターツ出版(スターツ出版文庫) 2017年4月【現代】【挿絵なし】

「君と四度目の学園祭」天音マサキ著 KADOKAWA(角川スニーカー文庫) 2017年6月【現代】【肌の露出が多めの挿絵なし】

「君と星の話をしよう：降織天文館とオリオン座の少年」相川真著 集英社(集英社オレンジ文庫) 2017年3月【現代】【挿絵なし】

「君に叶わぬ恋をしている」道具小路著 KADOKAWA(富士見L文庫) 2017年1月【現代】【挿絵なし】

「契約結婚はじめました。：椿屋敷の偽夫婦」白川紺子著 集英社(集英社オレンジ文庫) 2017年5月【現代】【肌の露出が多めの挿絵なし】

「軽い気持ちで替え玉になったらとんでもない夫がついてきた。1」奏多悠香著 アルファポリス(レジーナ文庫.レジーナブックス) 2017年2月【異世界・架空の世界】【肌の露出が多めの挿絵なし】

「軽い気持ちで替え玉になったらとんでもない夫がついてきた。2」奏多悠香著 アルファポリス(レジーナ文庫.レジーナブックス) 2017年3月【異世界・架空の世界】【肌の露出が多めの挿絵なし】

「公爵令嬢の嗜み 4」澪亜著 KADOKAWA(カドカワBOOKS) 2017年3月【異世界・架空の世界】【肌の露出が多めの挿絵なし】

## ストーリー

「紅茶館くじら亭ダイアリー：シナモン・ジンジャーは雪解けの香り」伊佐良紫築著 KADOKAWA(富士見L文庫) 2017年2月【現代】【挿絵なし】

「今日から俺はロリのヒモ！3」暁雪著 KADOKAWA(MF文庫J) 2017年3月【現代】【肌の露出が多めの挿絵あり/キスシーンの挿絵あり】

「佐伯さんと、ひとつ屋根の下：I'll have Sherbet! 2」九曜著 KADOKAWA(ファミ通文庫) 2017年5月【現代】【肌の露出が多めの挿絵あり】

「左遷も悪くない 4」霧島まるは著 アルファポリス(アルファライト文庫) 2017年1月【異世界・架空の世界】【肌の露出が多めの挿絵なし】

「左遷も悪くない 5」霧島まるは著 アルファポリス(アルファライト文庫) 2017年3月【異世界・架空の世界】【肌の露出が多めの挿絵なし】

「砂に泳ぐ彼女」飛鳥井千砂著 KADOKAWA(角川文庫) 2017年6月【現代】【挿絵なし】

「座卓と草鞋と桜の枝と」会川いち著 アルファポリス(アルファポリス文庫) 2017年3月【歴史・時代】【肌の露出が多めの挿絵なし】

「最強喰い(ジャイアントキリング)のダークヒーロー 3」望公太著 SBクリエイティブ(GA文庫) 2017年3月【異世界・架空の世界】【肌の露出が多めの挿絵あり】

「最弱無敗の神装機竜(バハムート) 12」明月千里著 SBクリエイティブ(GA文庫) 2017年4月【異世界・架空の世界】【肌の露出が多めの挿絵あり】

「三毛猫カフェトリコロール」星月渉著 三交社(スカイハイ文庫) 2017年4月【現代】【肌の露出が多めの挿絵なし】

「私、能力は平均値でって言ったよね！：God bless me? 5」FUNA著 アース・スターエンターテイメント(EARTHSTARNOVEL) 2017年6月【異世界・架空の世界】【肌の露出が多めの挿絵なし】

「時をめぐる少女」天沢夏月著 KADOKAWA(メディアワークス文庫) 2017年5月【現代】【肌の露出が多めの挿絵なし】

「時空魔法で異世界と地球を行ったり来たり 2」かつ著 双葉社(モンスター文庫) 2017年3月【現代/異世界・架空の世界】【肌の露出が多めの挿絵なし】

「自称Fランクのお兄さまがゲームで評価される学園の頂点に君臨するそうですよ？」三河ごーすと著 KADOKAWA(MF文庫J) 2017年4月【現代】【肌の露出が多めの挿絵あり】

「柴犬のお嫁さん、はじめます。：ミコシバさん」結都せと著 KADOKAWA(ビーズログ文庫アリス) 2017年3月【現代】【肌の露出が多めの挿絵なし】

「終電の神様」阿川大樹著 実業之日本社(実業之日本社文庫) 2017年2月【現代】【肌の露出が多めの挿絵なし】

「週末陰陽師：とある保険営業のお祓い日報」遠藤遼著 三交社(スカイハイ文庫) 2017年4月【現代】【肌の露出が多めの挿絵なし】

## ストーリー

「重力アルケミック」柞刈湯葉著 星海社(星海社FICTIONS) 2017年2月【近未来・遠未来】【肌の露出が多めの挿絵なし】

「小暮写眞館 1」宮部みゆき著 新潮社(新潮文庫nex) 2017年1月【現代】【挿絵なし】

「小暮写眞館 2」宮部みゆき著 新潮社(新潮文庫nex) 2017年1月【現代】【挿絵なし】

「小暮写眞館 3」宮部みゆき著 新潮社(新潮文庫nex) 2017年2月【現代】【挿絵なし】

「小暮写眞館 4」宮部みゆき著 新潮社(新潮文庫nex) 2017年2月【現代】【挿絵なし】

「少女妄想中。」入間人間著 KADOKAWA(メディアワークス文庫) 2017年2月【現代】【肌の露出が多めの挿絵なし】

「神様の子守はじめました。5」霜月りつ著 コスミック出版(コスミック文庫α) 2017年3月【現代】【挿絵なし】

「神様の棲む診療所」竹村優希著 双葉社(双葉文庫) 2017年3月【現代】【肌の露出が多めの挿絵なし】

「進め!たかめ少女高雄ソライロデイズ。」三木なずな著 SBクリエイティブ(GA文庫) 2017年6月【現代】【肌の露出が多めの挿絵なし】

「水沢文具店 : あなただけの物語つづります」安澄加奈著 ポプラ社(ポプラ文庫ピュアフル) 2017年3月【現代】【挿絵なし】

「世界最強の人見知りと魔物が消えそうな黄昏迷宮 1」葉村哲著 KADOKAWA(MF文庫J) 2017年5月【異世界・架空の世界】【肌の露出が多めの挿絵あり】

「世界樹の上に村を作ってみませんか 2」氷純著 KADOKAWA(MFブックス) 2017年6月【異世界・架空の世界】【肌の露出が多めの挿絵あり】

「瀬川くんはゲームだけしていたい。2」中谷栄太著 SBクリエイティブ(GA文庫) 2017年4月【現代】【肌の露出が多めの挿絵あり】

「政と源」三浦しをん著 集英社(集英社オレンジ文庫) 2017年6月【現代】【挿絵なし】

「静かにしてますよ?」水清まり著 主婦と生活社(PASH!ブックス) 2017年2月【異世界・架空の世界】【肌の露出が多めの挿絵なし】

「先生とわたしのお弁当 : 二人の秘密と放課後レシピ」田代裕彦著 KADOKAWA(富士見L文庫) 2017年3月【現代】【挿絵なし】

「奪う者奪われる者 7」mino著 KADOKAWA(ファミ通文庫) 2017年2月【異世界・架空の世界】【肌の露出が多めの挿絵なし】

「地底アパートの迷惑な来客」蒼月海里著 ポプラ社(ポプラ文庫ピュアフル) 2017年1月【現代】【挿絵なし】

「天明の月」前田珠子著 集英社(コバルト文庫) 2017年6月【異世界・架空の世界】【肌の露出が多めの挿絵なし】

## ストーリー

「東京すみっこごはん [3]」成田名璃子著 光文社(光文社文庫) 2017年4月【現代】【肌の露出が多めの挿絵なし】

「東京廃区の戦女三師団(トリスケリオン) 2」舞阪洸著 KADOKAWA(富士見ファンタジア文庫) 2017年2月【現代】【肌の露出が多めの挿絵あり】

「憧れの魔法少女の正体が男でした。」山田絢著 KADOKAWA(ビーズログ文庫アリス) 2017年1月【現代】【肌の露出が多めの挿絵なし】

「突然ですが、お兄ちゃんと結婚しますっ!：そうか、布団なら敷いてあるぞ。」塀流通留著 KADOKAWA(MF文庫J) 2017年3月【現代】【肌の露出が多めの挿絵あり】

「謎解き茶房で朝食を」妃川螢著 KADOKAWA(富士見L文庫) 2017年1月【現代】【挿絵なし】

「猫と透さん、拾いました：彼らはソファで謎を解く」安東あや著 KADOKAWA(メディアワークス文庫) 2017年5月【現代】【肌の露出が多めの挿絵なし】

「猫と竜」アマラ著 宝島社(宝島社文庫) 2017年4月【異世界・架空の世界】【肌の露出が多めの挿絵なし】

「猫と竜と冒険王子とぐうたら少女 = The Cat and the Dragon, the Adventurous prince and the Lazy girl」アマラ著 宝島社 2017年1月【異世界・架空の世界】【肌の露出が多めの挿絵なし】

「猫曰く、エスパー課長は役に立たない。」山口幸三郎著 KADOKAWA(メディアワークス文庫) 2017年2月【現代】【肌の露出が多めの挿絵なし】

「非オタの彼女が俺の持ってるエロゲに興味津々なんだが…… 4」滝沢慧著 KADOKAWA(富士見ファンタジア文庫) 2017年1月【現代】【肌の露出が多めの挿絵あり】

「飛びたがりのバタフライ」櫻いいよ著 スターツ出版(スターツ出版文庫) 2017年1月【現代】【挿絵なし】

「物理さんで無双してたらモテモテになりました 8」kt60著 双葉社(モンスター文庫) 2017年4月【異世界・架空の世界】【肌の露出が多めの挿絵なし】

「物理的に孤立している俺の高校生活 = My Highschool Life is Physically Isolated」森田季節著 小学館(ガガガ文庫) 2017年2月【現代】【肌の露出が多めの挿絵あり】

「放課後は、異世界喫茶でコーヒーを」風見鶏著 KADOKAWA(富士見ファンタジア文庫) 2017年6月【異世界・架空の世界】【肌の露出が多めの挿絵なし】

「北欧貴族と猛禽妻の雪国狩り暮らし」江本マシメサ著 宝島社(宝島社文庫) 2017年5月【歴史・時代】【肌の露出が多めの挿絵なし】

「僕が恋したカフカな彼女」森晶麿著 KADOKAWA(富士見L文庫) 2017年1月【現代】【挿絵なし】

「僕の町のいたずら好きなチビ妖怪たち」翡翠ヒスイ著 KADOKAWA(メディアワークス文庫) 2017年3月【現代】【肌の露出が多めの挿絵なし】

「僕の部屋がダンジョンの休憩所になってしまった件 2」東国不動著 ツギクル(ツギクルブックス) 2017年6月【現代/異世界・架空の世界】【肌の露出が多めの挿絵なし】

## ストーリー

「僕らの空は群青色」砂川雨路著 スターツ出版(スターツ出版文庫) 2017年2月【現代】【挿絵なし】

「没落予定なので、鍛冶職人を目指す 4」CK著 KADOKAWA(カドカワBOOKS) 2017年4月【異世界・架空の世界】【肌の露出が多めの挿絵なし】

「魔物使いのもふもふ師弟生活」無嶋樹了著 ホビージャパン(HJ文庫) 2017年1月【異世界・架空の世界】【肌の露出が多めの挿絵なし】

「狼と香辛料 19」支倉凍砂著 KADOKAWA(電撃文庫) 2017年5月【異世界・架空の世界】【肌の露出が多めの挿絵なし】

## 呪い

「#拡散忌望」最東対地著 KADOKAWA(角川ホラー文庫) 2017年6月【現代】【挿絵なし】

「アイドル稼業、はじめました!」岩関昂道著 KADOKAWA(電撃文庫) 2017年4月【現代】【肌の露出が多めの挿絵あり】

「あやかし双子のお医者さん 3」椎名蓮月著 KADOKAWA(富士見L文庫) 2017年6月【現代】【挿絵なし】

「おにんぎょうさまがた」長谷川夕著 集英社(集英社オレンジ文庫) 2017年1月【現代】【肌の露出が多めの挿絵なし】

「ガチャにゆだねる異世界廃人生活 2」時野洋輔著 KADOKAWA(富士見ファンタジア文庫) 2017年6月【異世界・架空の世界】【肌の露出が多めの挿絵あり】

「かりゆしブルー・ブルー：空と神様の八月」カミツキレイニー著 KADOKAWA(角川スニーカー文庫) 2017年6月【現代】【肌の露出が多めの挿絵なし】

「ケダモノと王女の不本意なキス」松村亜紀著 KADOKAWA(ビーズログ文庫) 2017年3月【異世界・架空の世界】【肌の露出が多めの挿絵なし】

「こたえね背(そびら)に哭き叫べ」結城光流著 KADOKAWA(角川ビーンズ文庫) 2017年4月【歴史・時代】【挿絵なし】

「こどもつかい」清水崇監督;ブラジリィー・アン・山田;清水崇脚本;牧野修著 講談社(講談社タイガ) 2017年5月【現代】【挿絵なし】

「すべてがおまえに背いても：高貴な罪びとを愛した少女の物語」我鳥彩子著 集英社(コバルト文庫) 2017年4月【異世界・架空の世界】【肌の露出が多めの挿絵なし】

「てのひら開拓村で異世界建国記：増えてく嫁たちとのんびり無人島ライフ」星崎崑著 KADOKAWA(MF文庫J) 2017年6月【異世界・架空の世界】【肌の露出が多めの挿絵なし】

「ようこそ!ジョナサン異世界ダンジョン地下1階店へ」船橋由高著 講談社(講談社ラノベ文庫) 2017年6月【異世界・架空の世界】【肌の露出が多めの挿絵あり】

「京の縁結び縁見屋の娘」三好昌子著 宝島社(宝島社文庫) 2017年3月【歴史・時代】【挿絵なし】

## ストーリー

「京都寺町三条のホームズ 7」望月麻衣著 双葉社(双葉文庫) 2017年4月【現代】【挿絵なし】

「首洗い滝」内藤了著 講談社(講談社タイガ) 2017年6月【現代】【挿絵なし】

「週末陰陽師：とある保険営業のお祓い日報」遠藤遼著 三交社(スカイハイ文庫) 2017年4月【現代】【肌の露出が多めの挿絵なし】

「重装令嬢モアネット」さき著 KADOKAWA(角川ビーンズ文庫) 2017年3月【異世界・架空の世界】【肌の露出が多めの挿絵なし】

「心霊探偵八雲：ANOTHER FILES亡霊の願い」神永学著 KADOKAWA(角川文庫) 2017年2月【現代】【挿絵なし】

「森羅殿へようこそ：事故物件幽怪班[2]」伏見咲希著 講談社(講談社X文庫) 2017年4月【現代】【肌の露出が多めの挿絵なし】

「神さまの百貨店：たそがれ外商部が御用承ります。」佐々原史緒著 KADOKAWA(富士見L文庫) 2017年3月【現代】【挿絵なし】

「水中少女」堀川アサコ著 徳間書店(徳間文庫) 2017年3月【現代】【挿絵なし】

「浮雲心霊奇譚：赤眼の理」神永学著 集英社(集英社文庫) 2017年4月【歴史・時代】【肌の露出が多めの挿絵なし】

「僕の地味な人生がクズ兄貴のせいでエロコメディになっている。2」赤月カケヤ著 小学館(ガガガ文庫) 2017年3月【現代】【肌の露出が多めの挿絵あり/性描写の挿絵あり】

「夜見師」中村ふみ著 KADOKAWA(角川ホラー文庫) 2017年1月【現代】【挿絵なし】

## バトル・奇襲・戦闘

「〈Infinite Dendrogram〉-インフィニット・デンドログラム- 3」海道左近著 ホビージャパン(HJ文庫) 2017年4月【異世界・架空の世界】【肌の露出が多めの挿絵なし】

「《ハローワーク・ギルド》へようこそ! = Welcome to "Hello Work Guild"」小林三六九著 KADOKAWA(電撃文庫) 2017年1月【異世界・架空の世界】【肌の露出が多めの挿絵あり】

「29歳独身は異世界で自由に生きた……かった。= The 29 years old single in another dimension wished a life of liberty…… 6」リュート著 KADOKAWA(カドカワBOOKS) 2017年2月【異世界・架空の世界】【肌の露出が多めの挿絵なし】

「BORUTO-ボルト- : NARUTO NEXT GENERATIONS NOVEL 1」岸本斉史原作;池本幹雄原作;小太刀右京原作;重信康小説 集英社(JUMPjBOOKS) 2017年5月【異世界・架空の世界】【肌の露出が多めの挿絵なし】

「EXMOD 2」神野オキナ著 小学館(ガガガ文庫) 2017年5月【現代】【肌の露出が多めの挿絵あり/キスシーンの挿絵あり】

「Frontier World：召喚士として活動中 3」ながワサビ64著 KADOKAWA(ファミ通文庫) 2017年2月【異世界・架空の世界】【肌の露出が多めの挿絵なし】

## ストーリー

「IS〈インフィニット・ストラトス〉= INFINITE STRATOS 11」弓弦イズル著 オーバーラップ(オーバーラップ文庫) 2017年5月【現代】【肌の露出が多めの挿絵あり/性描写の挿絵あり】

「Only Sense Online 11」アロハ座長著 KADOKAWA(富士見ファンタジア文庫) 2017年1月【異世界・架空の世界】【肌の露出が多めの挿絵あり】

「Only Sense Online 12」アロハ座長著 KADOKAWA(富士見ファンタジア文庫) 2017年5月【異世界・架空の世界】【肌の露出が多めの挿絵あり】

「Re:ゼロから始める異世界生活 13」長月達平著 KADOKAWA(MF文庫J) 2017年6月【異世界・架空の世界】【肌の露出が多めの挿絵なし】

「Rock'n Role 5」ベーテ・有理・黒崎著;グループSNE著 KADOKAWA(富士見DRAGONBOOK) 2017年4月【異世界・架空の世界】【肌の露出が多めの挿絵なし】

「VRMMO学園で楽しい魔改造のススメ : 最弱ジョブで最強ダメージ出してみた」ハヤケン著 ホビージャパン(HJ文庫) 2017年6月【現代/異世界・架空の世界】【肌の露出が多めの挿絵なし】

「ああ勇者、君の苦しむ顔が見たいんだ = Ah Hero, I want to see that face of yours writhe in agony 3」ユウシャ・アイウエオン著 ポニーキャニオン(ぽにきゃんBOOKS) 2017年5月【異世界・架空の世界】【肌の露出が多めの挿絵なし】

「アサシンズプライド 5」天城ケイ著 KADOKAWA(富士見ファンタジア文庫) 2017年2月【異世界・架空の世界】【肌の露出が多めの挿絵あり】

「アサシンズプライド 6」天城ケイ著 KADOKAWA(富士見ファンタジア文庫) 2017年6月【異世界・架空の世界】【肌の露出が多めの挿絵あり】

「アストロノーツは魔法を使う = ASTRONAUTS USE MAGIC」天羽伊吹清著 KADOKAWA(電撃文庫) 2017年5月【異世界・架空の世界】【肌の露出が多めの挿絵あり】

「あやかし姫は愛されたい 1」岸根紅華著 オーバーラップ(オーバーラップ文庫) 2017年5月【異世界・架空の世界】【肌の露出が多めの挿絵あり】

「アラフォー賢者の異世界生活日記 3」寿安清著 KADOKAWA(MFブックス) 2017年4月【異世界・架空の世界】【肌の露出が多めの挿絵なし】

「アリの巣ダンジョンへようこそ! 2」テラン著 双葉社(モンスター文庫) 2017年5月【異世界・架空の世界】【肌の露出が多めの挿絵なし】

「ありふれた職業で世界最強 6」白米良著 オーバーラップ(オーバーラップ文庫) 2017年5月【異世界・架空の世界】【肌の露出が多めの挿絵なし】

「アンダンテ 01」日日日小説;川添枯美小説 ポニーキャニオン(ぽにきゃんBOOKS) 2017年2月【現代】【肌の露出が多めの挿絵なし】

「イノシシ令嬢と不憫な魔王 : 目指せ、婚約破棄!」秋杜フユ著 集英社(コバルト文庫) 2017年5月【異世界・架空の世界】【肌の露出が多めの挿絵なし】

「ヴァルハラの晩ご飯 4」三鏡一敏著 KADOKAWA(電撃文庫) 2017年2月【異世界・架空の世界】【肌の露出が多めの挿絵あり】

## ストーリー

「ヴァンパイア/ロード：君臨するは、終焉の賢王 2」葛西伸哉著 ホビージャパン(HJ文庫) 2017年2月【現代/歴史・時代】【肌の露出が多めの挿絵あり/キスシーンの挿絵あり】

「ウィザーディング・ゲーム」岬かつみ著 KADOKAWA(角川スニーカー文庫) 2017年3月【現代】【肌の露出が多めの挿絵あり】

「エイルン・ラストコード：架空世界より戦場へ 6」東龍乃助著 KADOKAWA(MF文庫J) 2017年4月【異世界・架空の世界】【肌の露出が多めの挿絵あり】

「エクスタス・オンライン 02」久慈マサムネ著 KADOKAWA(角川スニーカー文庫) 2017年1月【異世界・架空の世界】【肌の露出が多めの挿絵あり/性描写の挿絵あり】

「エクスタス・オンライン 03」久慈マサムネ著 KADOKAWA(角川スニーカー文庫) 2017年6月【異世界・架空の世界】【肌の露出が多めの挿絵あり/キスシーンの挿絵あり】

「エス・エクソシスト」霜月セイ著 KADOKAWA(角川スニーカー文庫) 2017年2月【現代】【肌の露出が多めの挿絵なし】

「オークの騎士 2」darnylee著 ポニーキャニオン(ぽにきゃんBOOKS) 2017年4月【異世界・架空の世界】【肌の露出が多めの挿絵なし】

「オカルトギア・オーバードライブ = Occult Gear Overdrive」涼暮皐著 KADOKAWA(ノベルゼロ) 2017年5月【異世界・架空の世界】【肌の露出が多めの挿絵なし】

「オリンポスの郵便ポスト = The Post at Mount Olympus」藻野多摩夫著 KADOKAWA(電撃文庫) 2017年3月【近未来・遠未来】【肌の露出が多めの挿絵なし】

「オルタンシア・サーガ：蒼の騎士団」セガゲームス原作;f4samurai原作;和智正喜著 KADOKAWA(富士見DRAGONBOOK) 2017年3月【異世界・架空の世界】【肌の露出が多めの挿絵なし】

「オレの恩返し：ハイスペック村づくり 2」ハーーナ殿下著 アース・スターエンターテイメント(EARTHSTARNOVEL) 2017年3月【異世界・架空の世界】【肌の露出が多めの挿絵あり】

「おれの料理が異世界を救う! 3」越智文比古著 KADOKAWA(MF文庫J) 2017年2月【異世界・架空の世界】【肌の露出が多めの挿絵あり/性描写の挿絵あり】

「ガチャにゆだねる異世界廃人生活 2」時野洋輔著 KADOKAWA(富士見ファンタジア文庫) 2017年6月【異世界・架空の世界】【肌の露出が多めの挿絵あり】

「カット&ペーストでこの世界を生きていく」咲夜著 ツギクル(ツギクルブックス) 2017年6月【異世界・架空の世界】【肌の露出が多めの挿絵なし】

「キマイラ 18」夢枕獏著 KADOKAWA(角川文庫) 2017年1月【現代】【肌の露出が多めの挿絵なし】

「キャラクターメイキングで異世界転生! = Let's make character for reincarnation in the new world! [2]」九重遙著 宝島社 2017年5月【異世界・架空の世界】【肌の露出が多めの挿絵なし】

「ギルティ・アームズ = GUILTY ARMS 3」秋堂カオル著 SBクリエイティブ(GA文庫) 2017年1月【現代/歴史・時代】【肌の露出が多めの挿絵あり】

## ストーリー

「ギルドは本日も平和なり 2」ナヤカ著 KADOKAWA(ファミ通文庫) 2017年4月【異世界・架空の世界】【肌の露出が多めの挿絵なし】

「ギルドレ 2」朝霧カフカ著 講談社(講談社BOX) 2017年2月【異世界・架空の世界】【肌の露出が多めの挿絵なし】

「くじ引き特賞:無双ハーレム権 4」三木なずな著 SBクリエイティブ(GA文庫) 2017年2月【異世界・架空の世界】【肌の露出が多めの挿絵あり/性描写の挿絵あり】

「クソゲー・オンライン〈仮〉3」つちせ八十八著 KADOKAWA(MF文庫J) 2017年3月【異世界・架空の世界】【肌の露出が多めの挿絵あり】

「クラウン・オブ・リザードマン : 少年は人の身を捨て復讐を誓う」雨木シュウスケ著 KADOKAWA(富士見ファンタジア文庫) 2017年4月【異世界・架空の世界】【肌の露出が多めの挿絵なし】

「グランブルーファンタジー 8」Cygames原作;はせがわみやび著 KADOKAWA(ファミ通文庫) 2017年6月【異世界・架空の世界】【肌の露出が多めの挿絵なし】

「グリムノーツ:運命に抗いし者たち」スクウェア・エニックス原作・監修;SOW著 KADOKAWA(ビーズログ文庫アリス) 2017年5月【異世界・架空の世界】【肌の露出が多めの挿

「グリモア:私立グリモワール魔法学園」栗原寛樹原作・監修;くしまちみなと著 KADOKAWA(電撃文庫) 2017年1月【異世界・架空の世界】【肌の露出が多めの挿絵なし】

「クロニクル・レギオン 6」丈月城著 集英社(ダッシュエックス文庫) 2017年5月【現代/歴史・時代】【肌の露出が多めの挿絵なし】

「ゲーム脳な召喚師:育成チートで天下無双」フジヤマ著 SBクリエイティブ(GA文庫) 2017年1月【異世界・架空の世界】【肌の露出が多めの挿絵なし】

「ケダモノと王女の不本意なキス」松村亜紀著 KADOKAWA(ビーズログ文庫) 2017年3月【異世界・架空の世界】【肌の露出が多めの挿絵なし】

「この勇者が俺TUEEEくせに慎重すぎる」土日月著 KADOKAWA(カドカワBOOKS) 2017年2月【異世界・架空の世界】【肌の露出が多めの挿絵あり】

「この勇者が俺TUEEEくせに慎重すぎる 2」土日月著 KADOKAWA(カドカワBOOKS) 2017年6月【異世界・架空の世界】【肌の露出が多めの挿絵なし】

「ゴブリンスレイヤー = GOBLIN SLAYER! 4ドラマCD付き限定特装版」蝸牛くも著 SBクリエイティブ(GA文庫) 2017年1月【異世界・架空の世界】【肌の露出が多めの挿絵あり】

「ゴブリンスレイヤー 5」蝸牛くも著 SBクリエイティブ(GA文庫) 2017年5月【異世界・架空の世界】【肌の露出が多めの挿絵あり】

「コミュ難の俺が、交渉スキルに全振りして転生した結果 3」朱月十話著 KADOKAWA(ファミ通文庫) 2017年1月【異世界・架空の世界】【肌の露出が多めの挿絵あり/性描写の挿絵あり】

「これは経費で落ちません!:経理部の森若さん 2」青木祐子著 集英社(集英社オレンジ文庫) 2017年4月【現代】【挿絵なし】

## ストーリー

「サイバーアーツ01」瀬尾つかさ著 KADOKAWA(角川スニーカー文庫) 2017年3月【近未来・遠未来】【肌の露出が多めの挿絵なし】

「ジャバウォック2」友野詳著 KADOKAWA(ノベルゼロ) 2017年4月【歴史・時代/異世界・架空の世界】【肌の露出が多めの挿絵なし】

「スキル喰らいの英雄譚:成長チートで誰よりも強くなる」浅葉ルウイ著 ホビージャパン(HJ文庫) 2017年2月【異世界・架空の世界】【肌の露出が多めの挿絵あり/キスシーンの挿絵あり】

「スキル喰らいの英雄譚2」浅葉ルウイ著 ホビージャパン(HJ文庫) 2017年6月【異世界・架空の世界】【肌の露出が多めの挿絵あり】

「スクールジャック=ガンスモーク = SCHOOL JACK=GUNSMOKE」坂下矜著 小学館(ガガガ文庫) 2017年6月【近未来・遠未来】【肌の露出が多めの挿絵なし】

「スタイリッシュ武器屋1」弘松涼著 主婦の友社(ヒーロー文庫) 2017年6月【異世界・架空の世界】【肌の露出が多めの挿絵なし】

「スティール!! = STEAL!!:最凶の人造魔術士と最強の魔術回収屋」桜咲良著 KADOKAWA(電撃文庫) 2017年3月【異世界・架空の世界】【肌の露出が多めの挿絵なし】

「ストライク・ザ・ブラッド17」三雲岳斗著 KADOKAWA(電撃文庫) 2017年6月【異世界・架空の世界】【肌の露出が多めの挿絵あり】

「スピリット・マイグレーション3」ヘロー天気著 アルファポリス(アルファライト文庫) 2017年1月【異世界・架空の世界】【肌の露出が多めの挿絵なし】

「スピリット・マイグレーション4」ヘロー天気著 アルファポリス(アルファライト文庫) 2017年4月【異世界・架空の世界】【肌の露出が多めの挿絵なし】

「セブンス4」三嶋与夢著 主婦の友社(ヒーロー文庫) 2017年3月【異世界・架空の世界】【肌の露出が多めの挿絵なし】

「セブンスブレイブ:チート?NO!もっといいモノさ!2」乃塚一翔著 アルファポリス(アルファライト文庫) 2017年2月【異世界・架空の世界】【肌の露出が多めの挿絵なし】

「セブンスブレイブ:チート?NO!もっといいモノさ!3」乃塚一翔著 アルファポリス(アルファライト文庫) 2017年6月【異世界・架空の世界】【肌の露出が多めの挿絵なし】

「ゼロの使い魔22」ヤマグチノボル著 KADOKAWA(MF文庫J) 2017年2月【異世界・架空の世界】【肌の露出が多めの挿絵あり】

「ソウルトランサー」菱川さかく著 徳間書店(徳間文庫) 2017年2月【異世界・架空の世界】【挿絵なし】

「ソードアート・オンラインオルタナティブガンゲイル・オンライン6」川原礫原案・監修;時雨沢恵一著 KADOKAWA(電撃文庫) 2017年3月【異世界・架空の世界】【肌の露出が多めの挿絵なし】

「そして黄昏の終末世界(トワイライト) = THE FARTHEST TWILIGHT 1」樋辻臥命著 オーバーラップ(オーバーラップ文庫) 2017年2月【異世界・架空の世界】【肌の露出が多めの挿絵あり】

## ストーリー

「そのオーク、前世(もと)ヤクザにて 3」機村械人著 SBクリエイティブ(GA文庫) 2017年4月【異世界・架空の世界】【肌の露出が多めの挿絵なし】

「その者。のちに… 03」ナハァト著 アース・スターエンターテイメント(EARTHSTARNOVEL) 2017年1月【異世界・架空の世界】【肌の露出が多めの挿絵あり】

「その者。のちに… 04」ナハァト著 アース・スターエンターテイメント(EARTHSTARNOVEL) 2017年4月【異世界・架空の世界】【肌の露出が多めの挿絵なし】

「ダンジョンに出会いを求めるのは間違っているだろうか 12」大森藤ノ著 SBクリエイティブ(GA文庫) 2017年5月【異世界・架空の世界】【肌の露出が多めの挿絵なし】

「チート魔術で運命をねじ伏せる 4」月夜涙著 双葉社(モンスター文庫) 2017年2月【異世界・架空の世界】【肌の露出が多めの挿絵あり】

「チェインクロニクル・カラーレス 3」セガ原作;重信康著 星海社(星海社FICTIONS) 2017年2月【異世界・架空の世界】【肌の露出が多めの挿絵なし】

「ディヴィジョン・マニューバ：英雄転生」妹尾尻尾著 講談社(講談社ラノベ文庫) 2017年3月【異世界・架空の世界】【肌の露出が多めの挿絵あり/性描写の挿絵あり】

「テイルズオブベルセリア 下」バンダイナムコエンターテイメント原作;山本カズヨシ著 KADOKAWA(電撃文庫) 2017年4月【異世界・架空の世界】【肌の露出が多めの挿絵あり】

「テイルズオブベルセリア 上」バンダイナムコエンターテイメント原作;山本カズヨシ著 KADOKAWA(電撃文庫) 2017年3月【異世界・架空の世界】【肌の露出が多めの挿絵あり】

「デート・ア・バレット：デート・ア・ライブフラグメント」橘公司原案・監修;東出祐一郎著 KADOKAWA(富士見ファンタジア文庫) 2017年3月【異世界・架空の世界】【肌の露出が多めの挿絵あり】

「デート・ア・ライブ 16」橘公司著 KADOKAWA(富士見ファンタジア文庫) 2017年3月【異世界・架空の世界】【肌の露出が多めの挿絵あり】

「できそこないの魔獣錬磨師(モンスタートレーナー) 7」見波タクミ著 KADOKAWA(富士見ファンタジア文庫) 2017年5月【異世界・架空の世界】【肌の露出が多めの挿絵あり/キスシーンの挿絵あり】

「できそこないの魔獣錬磨師(モンスタートレーナー)スライム・クロニクル」見波タクミ著 KADOKAWA(富士見ファンタジア文庫) 2017年1月【異世界・架空の世界】【肌の露出が多めの挿絵あり】

「デスクトップアーミー = DESKTOP ARMY [2]」手島史詞著 実業之日本社(Jノベルライト) 2017年3月【近未来・遠未来】【肌の露出が多めの挿絵なし】

「テスタメントシュピーゲル 3上」冲方丁著 KADOKAWA(角川スニーカー文庫) 2017年1月【異世界・架空の世界】【挿絵なし】

「デスマーチからはじまる異世界狂想曲 = Death Marching to the Parallel World Rhapsody 10」愛七ひろ著 KADOKAWA(カドカワBOOKS) 2017年4月【異世界・架空の世界】【肌の露出が多めの挿絵なし】

## ストーリー

「デボネア・リアル・エステート3」山貝エビス著 SBクリエイティブ(GA文庫) 2017年2月【異世界・架空の世界】【肌の露出が多めの挿絵あり/キスシーンの挿絵あり】

「ドラゴンさんは友達が欲しい! = Dragon want a Friend! 3」道草家守著 アース・スターエンターテイメント(EARTHSTARNOVEL) 2017年6月【異世界・架空の世界】【肌の露出が多めの挿絵なし】

「ドラゴンは寂しいと死んじゃいます = The dragon is lonely and dies : レベッカたんのにいたんは人類最強の傭兵2」藤原ゴンザレス著 アース・スターエンターテイメント(EARTHSTARNOVEL) 2017年5月【異世界・架空の世界】【肌の露出が多めの挿絵なし】

「ドラどら王子の新婚旅行」愛坂タカト著 講談社(講談社ラノベ文庫) 2017年6月【異世界・架空の世界】【肌の露出が多めの挿絵あり】

「ドリーム・ライフ〜夢の異世界生活〜3」愛山雄町著 TOブックス(Trinitasシリーズ) 2017年3月【異世界・架空の世界】【肌の露出が多めの挿絵なし】

「ナイツ&マジック7」天酒之瓢著 主婦の友社(ヒーロー文庫) 2017年4月【異世界・架空の世界】【肌の露出が多めの挿絵なし】

「ニアデッドNo.7 = Near Dead Number Seven」九岡望著 KADOKAWA(電撃文庫) 2017年4月【異世界・架空の世界】【肌の露出が多めの挿絵なし】

「ネクストライフ11」相野仁著 主婦の友社(ヒーロー文庫) 2017年4月【異世界・架空の世界】【肌の露出が多めの挿絵なし】

「ノウ無し転生王の双界制覇(ブラックアーツ)」藤原健市著 集英社(ダッシュエックス文庫) 2017年4月【異世界・架空の世界】【肌の露出が多めの挿絵あり】

「はぐれ魔導教士の無限英雄方程式(アンリミテッド) : たった二人の門下生」原雷火著 KADOKAWA(ファミ通文庫) 2017年2月【異世界・架空の世界】【肌の露出が多めの挿絵あり】

「ハズレ奇術師の英雄譚1」雨宮和希著 双葉社(モンスター文庫) 2017年5月【異世界・架空の世界】【肌の露出が多めの挿絵あり】

「バチカン奇跡調査官 : ゾンビ殺人事件」藤木稟著 KADOKAWA(角川ホラー文庫) 2017年2月【現代】【挿絵なし】

「バトルガールハイスクール PART.1」コロプラ原作・監修;八奈川景晶著 KADOKAWA(富士見ファンタジア文庫) 2017年6月【近未来・遠未来】【肌の露出が多めの挿絵あり】

「バベルノトウ : 名探偵三途川理vs赤毛そして天使」森川智喜著 講談社(講談社タイガ) 2017年5月【異世界・架空の世界】【挿絵なし】

「パラミリタリ・カンパニー : 萌える侵略者1」榊一郎著 講談社(講談社ラノベ文庫) 2017年5月【異世界・架空の世界】【肌の露出が多めの挿絵なし】

「はるかな空の東」村山早紀著 ポプラ社(ポプラ文庫ピュアフル) 2017年5月【異世界・架空の世界】【挿絵なし】

「ハンドシェイカー」GoHands原作;FrontierWorks原作;KADOKAWA原作;八薙玉造著 KADOKAWA(MF文庫J) 2017年1月【異世界・架空の世界】【肌の露出が多めの挿絵あり】

## ストーリー

「ハンドシェイカー 2」GoHands原作;FrontierWorks原作;KADOKAWA原作;八薙玉造著 KADOKAWA(MF文庫J) 2017年4月【異世界・架空の世界】【肌の露出が多めの挿絵なし】

「ハンドレッド = Hundred 13」箕崎准著 SBクリエイティブ(GA文庫) 2017年5月【異世界・架空の世界】【肌の露出が多めの挿絵あり】

「ヒーローお兄ちゃんとラスボス妹：抜剣!セイケンザー」逢空万太著 SBクリエイティブ(GA文庫) 2017年4月【異世界・架空の世界】【肌の露出が多めの挿絵なし】

「ヒマワリ:unUtopial World 4」林トモアキ著 KADOKAWA(角川スニーカー文庫) 2017年5月【近未来・遠未来】【肌の露出が多めの挿絵なし】

「ふぉーくーるあふたー = 4 cours after 4」水沢夢著 小学館(ガガガ文庫) 2017年3月【現代】【肌の露出が多めの挿絵あり】

「フラッグオブレガリア = Flag of Regalia：青天剣麗の姫と銀雷の機士」星散花燃著 KADOKAWA(電撃文庫) 2017年6月【異世界・架空の世界】【肌の露出が多めの挿絵あり】

「フラワーナイトガール [5]」是鐘リュウジ著 KADOKAWA(ファミ通文庫) 2017年2月【異世界・架空の世界】【肌の露出が多めの挿絵あり】

「ブレイブウィッチーズPrequel 2」島田フミカネ原作;ProjektWorldWitches原作;築地俊彦著 KADOKAWA(角川スニーカー文庫) 2017年6月【異世界・架空の世界】【肌の露出が多めの挿絵なし】

「ブレイブウィッチーズPrequel 2 オリジナルドラマCD付き同梱版」島田フミカネ原作;ProjektWorldWitches原作;築地俊彦著 KADOKAWA(角川スニーカー文庫) 2017年6月【異世界・架空の世界】【肌の露出が多めの挿絵なし】

「プロメテウス・トラップ」福田和代著 早川書房(ハヤカワ文庫JA) 2017年3月【現代】【挿絵なし】

「ぼくは異世界で付与魔法と召喚魔法を天秤にかける 9」横塚司著 双葉社(モンスター文庫) 2017年5月【現代/異世界・架空の世界】【肌の露出が多めの挿絵あり】

「モンスターハンター：クロスソウル」西野吾郎著 KADOKAWA(ファミ通文庫) 2017年1月【異世界・架空の世界】【肌の露出が多めの挿絵なし】

「モンスターハンター：クロスソウル 2」西野吾郎著 KADOKAWA(ファミ通文庫) 2017年5月【異世界・架空の世界】【肌の露出が多めの挿絵なし】

「ユリア・カエサルの決断：ガリア戦記 1」遠藤遼著 オーバーラップ(オーバーラップ文庫) 2017年4月【現代/歴史・時代/異世界・架空の世界】【肌の露出が多めの挿絵あり】

「ライオットグラスパー：異世界でスキル盗ってます 6」飛鳥けい著 KADOKAWA(MFブックス) 2017年6月【異世界・架空の世界】【肌の露出が多めの挿絵なし】

「ライブダンジョン! - LIVE DUNGEON! 2」dy冷凍著 KADOKAWA(カドカワBOOKS) 2017年4月【異世界・架空の世界】【肌の露出が多めの挿絵なし】

「リトルテイマー = Little Tamer 2」神無月紅著 KADOKAWA(カドカワBOOKS) 2017年1月【異世界・架空の世界】【肌の露出が多めの挿絵なし】

## ストーリー

「リトルテイマー = Little Tamer 3」神無月紅著 KADOKAWA(カドカワBOOKS) 2017年5月【異世界・架空の世界】【肌の露出が多めの挿絵なし】

「リビティウム皇国のブタクサ姫 4」佐崎一路著 新紀元社(MORNINGSTARBOOKS) 2017年4月【異世界・架空の世界】【肌の露出が多めの挿絵なし】

「リワールド・フロンティア = Reworld Frontier」国広仙戯著 TOブックス 2017年1月【異世界・架空の世界】【肌の露出が多めの挿絵なし】

「リワールド・フロンティア = Reworld Frontier 2」国広仙戯著 TOブックス 2017年5月【異世界・架空の世界】【肌の露出が多めの挿絵なし】

「ルーントルーパーズ：自衛隊漂流戦記 1」浜松春日著 アルファポリス(アルファライト文庫) 2017年1月【異世界・架空の世界】【肌の露出が多めの挿絵なし】

「ルーントルーパーズ：自衛隊漂流戦記 3」浜松春日著 アルファポリス(アルファライト文庫) 2017年5月【異世界・架空の世界】【肌の露出が多めの挿絵なし】

「レジェンド = legend 8」神無月紅著 KADOKAWA(カドカワBOOKS) 2017年3月【異世界・架空の世界】【肌の露出が多めの挿絵なし】

「レベル無限の契約者 = Contractor on an Infinite Level：神剣とスキルで世界最強」わたがし大五郎著 TOブックス 2017年2月【異世界・架空の世界】【肌の露出が多めの挿絵なし】

「レベル無限の契約者 = Contractor on an Infinite Level：神剣とスキルで世界最強 2」わたがし大五郎著 TOブックス 2017年6月【異世界・架空の世界】【肌の露出が多めの挿絵なし】

「ロクでなし魔術講師と禁忌教典(アカシックレコード) 8」羊太郎著 KADOKAWA(富士見ファンタジア文庫) 2017年3月【異世界・架空の世界】【肌の露出が多めの挿絵あり】

「ロボット・ハート・アップデート Ver. 2」門倉みさき著 京都アニメーション(KAエスマ文庫) 2017年3月【異世界・架空の世界】【肌の露出が多めの挿絵なし】

「ロボット・ハート・アップデート Ver. 3」門倉みさき著 京都アニメーション(KAエスマ文庫) 2017年6月【異世界・架空の世界】【肌の露出が多めの挿絵なし】

「ロル 下」PhysicsPoint著 KADOKAWA(角川スニーカー文庫) 2017年6月【近未来・遠未来】【肌の露出が多めの挿絵あり】

「ロル 上」PhysicsPoint著 KADOKAWA(角川スニーカー文庫) 2017年6月【近未来・遠未来】【肌の露出が多めの挿絵なし】

「ワーズワースの秘薬 [2]」文野あかね著 KADOKAWA(角川ビーンズ文庫) 2017年4月【異世界・架空の世界】【肌の露出が多めの挿絵なし】

「ワールド・イズ・コンティニュー 2」瀬尾つかさ著 KADOKAWA(富士見ファンタジア文庫) 2017年6月【異世界・架空の世界】【肌の露出が多めの挿絵あり】

「ワールドエネミー：不死者の少女と不死殺しの王」細音啓著 KADOKAWA(ノベルゼロ) 2017年1月【異世界・架空の世界】【肌の露出が多めの挿絵なし】

## ストーリー

「悪の組織の求人広告」喜友名トト著 KADOKAWA(ノベルゼロ) 2017年2月【近未来・遠未来】【肌の露出が多めの挿絵なし】

「悪の組織の求人広告2」喜友名トト著 KADOKAWA(ノベルゼロ) 2017年3月【近未来・遠未来】【肌の露出が多めの挿絵なし】

「悪逆騎士団 = Knights of Villainy：そのエルフ、凶暴につき2」水瀬葉月著 KADOKAWA(電撃文庫) 2017年5月【異世界・架空の世界】【肌の露出が多めの挿絵なし】

「暗黒騎士を脱がさないで5」木村心一著 KADOKAWA(富士見ファンタジア文庫) 2017年2月【現代/異世界・架空の世界】【肌の露出が多めの挿絵あり】

「異世界ギルドの英雄師弟(ベルセルク)2」あさのハジメ著 講談社(講談社ラノベ文庫) 2017年2月【異世界・架空の世界】【肌の露出が多めの挿絵あり】

「異世界ギルドの英雄師弟(ベルセルク)3」あさのハジメ著 講談社(講談社ラノベ文庫) 2017年6月【異世界・架空の世界】【肌の露出が多めの挿絵あり/キスシーンの挿絵あり】

「異世界でアイテムコレクター3」時野洋輔著 新紀元社(MORNINGSTARBOOKS) 2017年5月【異世界・架空の世界】【肌の露出が多めの挿絵なし】

「異世界でスキルを解体したらチートな嫁が増殖しました：概念交差のストラクチャー2」千月さかき著 KADOKAWA(カドカワBOOKS) 2017年1月【異世界・架空の世界】【肌の露出が多めの挿絵あり】

「異世界でスキルを解体したらチートな嫁が増殖しました：概念交差のストラクチャー3」千月さかき著 KADOKAWA(カドカワBOOKS) 2017年5月【異世界・架空の世界】【肌の露出が多めの挿絵あり】

「異世界でハンター始めました。：獲物はおいしくいただきます2」ゆうきりん著 KADOKAWA(ファミ通文庫) 2017年6月【異世界・架空の世界】【肌の露出が多めの挿絵なし】

「異世界で竜が許嫁です」山崎里佳著 KADOKAWA(角川ビーンズ文庫) 2017年6月【異世界・架空の世界】【肌の露出が多めの挿絵なし】

「異世界の魔法言語がどう見ても日本語だった件[2]」トラ子猫著 宝島社 2017年3月【異世界・架空の世界】【肌の露出が多めの挿絵あり】

「異世界は思ったよりも俺に優しい?」大川雅臣著 TOブックス 2017年2月【異世界・架空の世界】【肌の露出が多めの挿絵なし】

「異世界は思ったよりも俺に優しい?2」大川雅臣著 TOブックス 2017年6月【異世界・架空の世界】【肌の露出が多めの挿絵なし】

「異世界を制御魔法で切り開け!1」佐竹アキノリ著 アルファポリス(アルファライト文庫) 2017年4月【異世界・架空の世界】【肌の露出が多めの挿絵なし】

「異世界を制御魔法で切り開け!2」佐竹アキノリ著 アルファポリス(アルファライト文庫) 2017年6月【異世界・架空の世界】【肌の露出が多めの挿絵なし】

## ストーリー

「異世界温泉に転生した俺の効能がとんでもなさすぎる：アンタの中が気持ちいいわけじゃないんですけどっ!?」七鳥未奏著 KADOKAWA(MF文庫J) 2017年2月【異世界・架空の世界】【肌の露出が多めの挿絵あり/性描写の挿絵あり】

「異世界攻略(クリア)のゲームマスター」坂本一馬著 ホビージャパン(HJ文庫) 2017年5月【異世界・架空の世界】【肌の露出が多めの挿絵あり】

「異世界拷問姫 3」綾里けいし著 KADOKAWA(MF文庫J) 2017年2月【異世界・架空の世界】【肌の露出が多めの挿絵なし】

「異世界支配のスキルテイカー：ゼロから始める奴隷ハーレム 6」柑橘ゆすら著 講談社(講談社ラノベ文庫) 2017年5月【異世界・架空の世界】【肌の露出が多めの挿絵あり】

「異世界取材記：ライトノベルができるまで」田口仙年堂著 KADOKAWA(富士見ファンタジア文庫) 2017年3月【現代/異世界・架空の世界】【肌の露出が多めの挿絵あり】

「異世界召喚は二度目です 4」岸本和葉著 双葉社(モンスター文庫) 2017年2月【異世界・架空の世界】【肌の露出が多めの挿絵あり】

「異世界創造の絶対神 2」若桜拓海著 ホビージャパン(HJ文庫) 2017年2月【異世界・架空の世界】【肌の露出が多めの挿絵あり】

「異世界転移したのでチートを生かして魔法剣士やることにする = I'VE TRANSFERRED TO THE DIFFERENT WORLD,SO I BECOME A MAGIC SWORDSMAN BY CHEATING 4」進行諸島著 マイクロマガジン社(GCNOVELS) 2017年3月【異世界・架空の世界】【肌の露出が多めの挿絵あり】

「異世界魔王と召喚少女の奴隷魔術 7」むらさきゆきや著 講談社(講談社ラノベ文庫) 2017年3月【異世界・架空の世界】【肌の露出が多めの挿絵あり/性描写の挿絵あり】

「異世界迷宮でハーレムを 7」蘇我捨恥著 主婦の友社(ヒーロー文庫) 2017年3月【異世界・架空の世界】【肌の露出が多めの挿絵なし】

「異世界薬局 4」高山理図著 KADOKAWA(MFブックス) 2017年3月【異世界・架空の世界】【肌の露出が多めの挿絵なし】

「異端の神言遣い：俺たちはパワーワードで異世界を革命する」佐藤了著 KADOKAWA(ファミ通文庫) 2017年1月【異世界・架空の世界】【肌の露出が多めの挿絵あり】

「引きこもり英雄と神獣剣姫の隷属契約：ふたりぼっちの叛逆譚」永野水貴著 KADOKAWA(MF文庫J) 2017年4月【異世界・架空の世界】【肌の露出が多めの挿絵あり】

「隠しスキルで異世界無双 1」瀬戸メグル著 主婦の友社(ヒーロー文庫) 2017年4月【異世界・架空の世界】【肌の露出が多めの挿絵なし】

「運命の乙女は狂王に奪われる」木野美森著 アルファポリス(レジーナ文庫.レジーナブックス) 2017年3月【異世界・架空の世界】【肌の露出が多めの挿絵なし】

「永き聖戦の後に 2」榊一郎著 KADOKAWA(角川スニーカー文庫) 2017年2月【異世界・架空の世界】【肌の露出が多めの挿絵あり】

## ストーリー

「英雄エルフちゃんが二人の弟子を育てます!」秋月煌介著 KADOKAWA(MF文庫J) 2017年1月【異世界・架空の世界】【肌の露出が多めの挿絵あり】

「英雄なき世界にラスボスたちを」柳実冬貴著 KADOKAWA(MF文庫J) 2017年1月【異世界・架空の世界】【肌の露出が多めの挿絵あり】

「英雄なき世界にラスボスたちを 2」柳実冬貴著 KADOKAWA(MF文庫J) 2017年6月【異世界・架空の世界】【肌の露出が多めの挿絵あり】

「英雄の忘れ形見 1」風見祐輝著 主婦の友社(ヒーロー文庫) 2017年6月【異世界・架空の世界】【肌の露出が多めの挿絵あり】

「俺、ツインテールになります。4.5」水沢夢著 小学館(ガガガ文庫) 2017年3月【現代】【肌の露出が多めの挿絵あり/キスシーンの挿絵あり】

「俺、動物や魔物と話せるんです 2」錬金王著 KADOKAWA(MFブックス) 2017年3月【異世界・架空の世界】【肌の露出が多めの挿絵なし】

「俺だけ帰れるクラス転移 3」アネコユサギ著 KADOKAWA(MFブックス) 2017年2月【異世界・架空の世界】【肌の露出が多めの挿絵なし】

「俺たちは異世界に行ったらまず真っ先に物理法則を確認する 2」藍月要著 KADOKAWA(ファミ通文庫) 2017年5月【異世界・架空の世界】【肌の露出が多めの挿絵なし】

「俺の『鑑定』スキルがチートすぎて:伝説の勇者を読み"盗り"最強へ」澄守彩著 講談社(Kラノベブックス) 2017年6月【異世界・架空の世界】【肌の露出が多めの挿絵なし】

「俺の部屋ごと異世界へ!ネットとAmozonの力で無双する 1」月夜涙著 双葉社(モンスター文庫) 2017年3月【異世界・架空の世界】【肌の露出が多めの挿絵なし】

「我が偽りの名の下に集え、星々」庄司卓著 KADOKAWA(ファミ通文庫) 2017年5月【異世界・架空の世界】【肌の露出が多めの挿絵なし】

「灰かぶりの賢者 1」夏月涼著 オーバーラップ(オーバーラップ文庫) 2017年3月【異世界・架空の世界】【肌の露出が多めの挿絵あり】

「灰と幻想のグリムガル level.10」十文字青著 オーバーラップ(オーバーラップ文庫) 2017年3月【異世界・架空の世界】【肌の露出が多めの挿絵なし】

「学戦都市アスタリスク外伝:クインヴェールの翼 2」三屋咲ゆう著 KADOKAWA(MF文庫J) 2017年3月【異世界・架空の世界】【肌の露出が多めの挿絵なし】

「巻き込まれ異世界召喚記 1」結城ヒロ著 KADOKAWA(MF文庫J) 2017年3月【異世界・架空の世界】【肌の露出が多めの挿絵あり】

「棺の魔王(コフィン・ディファイラー) = COFFIN DEFILER 3」真島文吉著 主婦の友社(ヒーロー文庫) 2017年5月【異世界・架空の世界】【肌の露出が多めの挿絵なし】

「鑑定能力で調合師になります 6」空野進著 主婦の友社(ヒーロー文庫) 2017年4月【異世界・架空の世界】【肌の露出が多めの挿絵あり】

## ストーリー

「寄生してレベル上げたんだが、育ちすぎたかもしれない 2」伊垣久大著 KADOKAWA(カドカワBOOKS) 2017年2月【異世界・架空の世界】【肌の露出が多めの挿絵なし】

「寄生してレベル上げたんだが、育ちすぎたかもしれない 3」伊垣久大著 KADOKAWA(カドカワBOOKS) 2017年6月【異世界・架空の世界】【肌の露出が多めの挿絵なし】

「機械仕掛けのデイブレイク:Episode Aika」高橋びすい著 講談社(講談社ラノベ文庫) 2017年6月【異世界・架空の世界】【肌の露出が多めの挿絵あり/性描写の挿絵あり】

「機甲狩竜(パンツァーヤクト)のファンタジア 2」内田弘樹著 KADOKAWA(富士見ファンタジア文庫) 2017年2月【異世界・架空の世界】【肌の露出が多めの挿絵あり】

「機甲狩竜(パンツァーヤクト)のファンタジア 3」内田弘樹著 KADOKAWA(富士見ファンタジア文庫) 2017年6月【異世界・架空の世界】【肌の露出が多めの挿絵あり】

「偽る神のスナイパー = A SNIPER KILLS THE FALSE GOD 3」水野昴著 小学館(ガガガ文庫) 2017年2月【異世界・架空の世界】【肌の露出が多めの挿絵なし】

「逆成長チートで世界最強 1」佐竹アキノリ著 主婦の友社(ヒーロー文庫) 2017年5月【異世界・架空の世界】【肌の露出が多めの挿絵なし】

「逆転召喚:裏設定まで知り尽くした異世界に学校ごと召喚されて 3」三河ごーすと著 集英社(ダッシュエックス文庫) 2017年1月【異世界・架空の世界】【肌の露出が多めの挿絵あり】

「救世の背信者 2」望月唯一著 講談社(講談社ラノベ文庫) 2017年6月【異世界・架空の世界】【肌の露出が多めの挿絵なし】

「巨乳天使ミコピョン!」瀬戸メグル著 講談社(講談社ラノベ文庫) 2017年5月【現代】【肌の露出が多めの挿絵あり/キスシーンの挿絵あり】

「虚ろな暗殺者(アサシン)と究極の世界人形」舞阪洸著 KADOKAWA(ファミ通文庫) 2017年6月【異世界・架空の世界】【肌の露出が多めの挿絵あり/キスシーンの挿絵あり】

「銀河連合日本 5」松本保羽著 星海社(星海社FICTIONS) 2017年6月【近未来・遠未来】【肌の露出が多めの挿絵なし】

「銀色のスナイパー」名もなき多肉著 ポニーキャニオン(ぽにきゃんBOOKS) 2017年3月【異世界・架空の世界】【肌の露出が多めの挿絵なし】

「軍オタが魔法世界に転生したら、現代兵器で軍隊ハーレムを作っちゃいました!? 10」明鏡シスイ著 KADOKAWA(富士見ファンタジア文庫) 2017年4月【異世界・架空の世界】【肌の露出が多めの挿絵あり】

「激突のヘクセンナハト 4」川上稔著 KADOKAWA(電撃文庫) 2017年4月【現代/異世界・架空の世界】【肌の露出が多めの挿絵なし】

「月とうさぎのフォークロア。St.2」徒埜けんしん著 SBクリエイティブ(GA文庫) 2017年4月【異世界・架空の世界】【肌の露出が多めの挿絵あり】

「月の砂漠の略奪花嫁」貴嶋啓著 講談社(講談社X文庫) 2017年6月【異世界・架空の世界】【肌の露出が多めの挿絵なし】

## ストーリー

「賢者の剣 4」陽山純樹著 主婦の友社(ヒーロー文庫) 2017年3月【異世界・架空の世界】【肌の露出が多めの挿絵なし】

「賢者の孫 6」吉岡剛著 KADOKAWA(ファミ通文庫) 2017年3月【異世界・架空の世界】【肌の露出が多めの挿絵あり】

「現実主義勇者の王国再建記 = Re:CONSTRUCTION THE ELFRIEDEN KINGDOM TALES OF REALISTIC BRAVE 3」どぜう丸著 オーバーラップ(オーバーラップ文庫) 2017年2月【異世界・架空の世界】【肌の露出が多めの挿絵なし】

「現実主義勇者の王国再建記 = Re:CONSTRUCTION THE ELFRIEDEN KINGDOM TALES OF REALISTIC BRAVE 4」どぜう丸著 オーバーラップ(オーバーラップ文庫) 2017年6月【異世界・架空の世界】【肌の露出が多めの挿絵なし】

「皇太后のお化粧係 [3]」柏てん著 KADOKAWA(角川ビーンズ文庫) 2017年4月【異世界・架空の世界】【肌の露出が多めの挿絵なし】

「皇帝陛下の愛され絵師:その筆は奇跡を招く」日高砂羽著 集英社(コバルト文庫) 2017年4月【異世界・架空の世界】【肌の露出が多めの挿絵なし】

「紅蓮坂ブルース」桑原水菜著 集英社(コバルト文庫) 2017年1月【歴史・時代】【肌の露出が多めの挿絵なし】

「黒き魔眼のストレンジャー = Kuroki Magan no stranger:異世界×サバイバー」佐藤清十郎著 宝島社 2017年1月【異世界・架空の世界】【肌の露出が多めの挿絵なし】

「黒の召喚士 3」迷井豆腐著 オーバーラップ(オーバーラップ文庫) 2017年1月【異世界・架空の世界】【肌の露出が多めの挿絵なし】

「黒の召喚士 4」迷井豆腐著 オーバーラップ(オーバーラップ文庫) 2017年5月【異世界・架空の世界】【肌の露出が多めの挿絵あり】

「黒騎士さんは働きたくない 2」雨木シュウスケ著 集英社(ダッシュエックス文庫) 2017年4月【異世界・架空の世界】【肌の露出が多めの挿絵あり】

「今日が最後の人類(ヒト)だとしても 2」庵田定夏著 KADOKAWA(ファミ通文庫) 2017年6月【異世界・架空の世界】【肌の露出が多めの挿絵なし】

「混沌都市(ギガロポリス)の泥棒屋(バンディッド)」間宮真琴著 集英社(ダッシュエックス文庫) 2017年2月【異世界・架空の世界】【肌の露出が多めの挿絵あり】

「再召喚された勇者は一般人として生きていく? = WILL THE BRAVE SUMMONED AGAIN LIVE AS AN ORDINARY PERSON? [2]」かたなかじ著 宝島社 2017年2月【異世界・架空の世界】【肌の露出が多めの挿絵なし】

「再臨勇者の復讐譚:勇者やめて元魔王と組みます 3」羽咲うさぎ著 双葉社(モンスター文庫) 2017年4月【異世界・架空の世界】【肌の露出が多めの挿絵なし】

「最強をこじらせたレベルカンスト剣聖女ベアトリーチェの弱点:その名は『ぶーぶー』4」鎌池和馬著 KADOKAWA(電撃文庫) 2017年3月【異世界・架空の世界】【肌の露出が多めの挿絵あり】

## ストーリー

「最強喰い(ジャイアントキリング)のダークヒーロー 3」望公太著 SBクリエイティブ(GA文庫) 2017年3月【異世界・架空の世界】【肌の露出が多めの挿絵あり】

「最強魔法師の隠遁計画 1」イズシロ著 ホビージャパン(HJ文庫) 2017年3月【異世界・架空の世界】【肌の露出が多めの挿絵あり】

「最強魔法師の隠遁計画 2」イズシロ著 ホビージャパン(HJ文庫) 2017年5月【異世界・架空の世界】【肌の露出が多めの挿絵あり】

「最弱無敗の神装機竜(バハムート) 12」明月千里著 SBクリエイティブ(GA文庫) 2017年4月【異世界・架空の世界】【肌の露出が多めの挿絵あり】

「皿の上の聖騎士(パラディン) : A Tale of Armour 3」三浦勇雄著 KADOKAWA(ノベルゼロ) 2017年2月【異世界・架空の世界】【挿絵なし】

「三つの塔の物語 3」赤雪トナ著 オーバーラップ(オーバーラップ文庫) 2017年1月【異世界・架空の世界】【肌の露出が多めの挿絵なし】

「三千世界の英雄王(レイズナー) 3」壱日千次著 KADOKAWA(MF文庫J) 2017年3月【異世界・架空の世界】【肌の露出が多めの挿絵あり】

「算数で読み解く異世界魔法 = Decipher by Arithmetic the Magic of Another World」扇屋悠著 TOブックス 2017年3月【異世界・架空の世界】【肌の露出が多めの挿絵なし】

「四度目は嫌な死属性魔術師 2」デンスケ著 一二三書房(SagaForest) 2017年5月【異世界・架空の世界】【肌の露出が多めの挿絵あり】

「私、能力は平均値でって言ったよね! : God bless me? 4」FUNA著 アース・スターエンターテイメント(EARTHSTARNOVEL) 2017年3月【異世界・架空の世界】【肌の露出が多めの挿絵なし】

「私、能力は平均値でって言ったよね! : God bless me? 5」FUNA著 アース・スターエンターテイメント(EARTHSTARNOVEL) 2017年6月【異世界・架空の世界】【肌の露出が多めの挿絵なし】

「治癒魔法の間違った使い方 : 戦場を駆ける回復要員 4」くろかた著 KADOKAWA(MFブックス) 2017年1月【異世界・架空の世界】【肌の露出が多めの挿絵なし】

「治癒魔法の間違った使い方 : 戦場を駆ける回復要員 5」くろかた著 KADOKAWA(MFブックス) 2017年4月【異世界・架空の世界】【肌の露出が多めの挿絵なし】

「自称!平凡魔族の英雄ライフ : B級魔族なのにチートダンジョンを作ってしまった結果」あまうい白一著 講談社(Kラノベブックス) 2017年6月【異世界・架空の世界】【肌の露出が多めの挿絵あり】

「自動販売機に生まれ変わった俺は迷宮を彷徨う 3」昼熊著 KADOKAWA(角川スニーカー文庫) 2017年2月【異世界・架空の世界】【肌の露出が多めの挿絵あり】

「七星のスバル = Seven Senses of the Re'Union 5」田尾典丈著 小学館(ガガガ文庫) 2017年3月【現代】【肌の露出が多めの挿絵あり】

## ストーリー

「終奏のリフレイン＝Refrain of Outro」物草純平著 KADOKAWA(電撃文庫) 2017年3月【近未来・遠未来】【肌の露出が多めの挿絵なし】

「終末なにしてますか？もう一度だけ、会えますか？ #04」枯野瑛著 KADOKAWA(角川スニーカー文庫) 2017年4月【異世界・架空の世界】【肌の露出が多めの挿絵なし】

「終末なにしてますか？忙しいですか？救ってもらっていいですか？ #EX」枯野瑛著 KADOKAWA(角川スニーカー文庫) 2017年2月【異世界・架空の世界】【肌の露出が多めの挿絵なし】

「十鬼の絆：関ケ原奇譚 上巻」茂木あや著;アイディアファクトリー株式会社;デザインファクトリー株式会社監修 一二三書房(オトメイトノベル) 2017年4月【歴史・時代】【肌の露出が多めの挿絵なし】

「十歳の最強魔導師 2」天乃聖樹著 主婦の友社(ヒーロー文庫) 2017年6月【異世界・架空の世界】【肌の露出が多めの挿絵なし】

「銃皇無尽のファフニール 13」ツカサ著 講談社(講談社ラノベ文庫) 2017年2月【異世界・架空の世界】【肌の露出が多めの挿絵あり】

「銃皇無尽のファフニール 14」ツカサ著 講談社(講談社ラノベ文庫) 2017年6月【異世界・架空の世界】【肌の露出が多めの挿絵なし】

「盾の勇者の成り上がり 16」アネコユサギ著 KADOKAWA(MFブックス) 2017年1月【異世界・架空の世界】【肌の露出が多めの挿絵なし】

「盾の勇者の成り上がり 17」アネコユサギ著 KADOKAWA(MFブックス) 2017年3月【異世界・架空の世界】【肌の露出が多めの挿絵なし】

「女神の勇者を倒すゲスな方法：おお勇者よ!死なないとは鬱陶しい」笹木さくま著 KADOKAWA(ファミ通文庫) 2017年1月【異世界・架空の世界】【肌の露出が多めの挿絵あり】

「小さな魔女と野良犬騎士 2」麻倉英理也著 主婦の友社(ヒーロー文庫) 2017年5月【異世界・架空の世界】【肌の露出が多めの挿絵あり】

「少年Nのいない世界 02」石川宏千花著 講談社(講談社タイガ) 2017年5月【異世界・架空の世界】【挿絵なし】

「織田信奈の野望：全国版 18」春日みかげ著 KADOKAWA(富士見ファンタジア文庫) 2017年5月【歴史・時代】【肌の露出が多めの挿絵なし】

「食いしん坊エルフ 5」なっとうごはん著 TOブックス 2017年3月【異世界・架空の世界】【肌の露出が多めの挿絵なし】

「信長の弟：織田信行として生きて候 第1巻」ツマビラカズジ著 マイクロマガジン社(GCNOVELS) 2017年6月【現代/歴史・時代】【肌の露出が多めの挿絵なし】

「新フォーチュン・クエスト2(セカンド) 8」深沢美潮著 KADOKAWA(電撃文庫) 2017年1月【異世界・架空の世界】【肌の露出が多めの挿絵なし】

「新妹魔王の契約者(テスタメント) 10」上栖綴人著 KADOKAWA(角川スニーカー文庫) 2017年2月【現代】【肌の露出が多めの挿絵あり/性描写の挿絵あり】

## ストーリー

「新約とある魔術の禁書目録(インデックス) 18」鎌池和馬著 KADOKAWA(電撃文庫) 2017年5月【異世界・架空の世界】【肌の露出が多めの挿絵あり】

「神眼の勇者 6」ファースト著 双葉社(モンスター文庫) 2017年3月【異世界・架空の世界】【肌の露出が多めの挿絵あり】

「厨病激発ボーイ 4」れるりり原案;藤並みなと著 KADOKAWA(角川ビーンズ文庫) 2017年3月【現代】【肌の露出が多めの挿絵なし】

「世界の終わりの世界録(アンコール) 10」細音啓著 KADOKAWA(MF文庫J) 2017年5月【異世界・架空の世界】【肌の露出が多めの挿絵なし】

「世界の終わりの世界録(アンコール) 9」細音啓著 KADOKAWA(MF文庫J) 2017年1月【異世界・架空の世界】【肌の露出が多めの挿絵なし】

「世界最強は家族と仲良く出稼ぎ中! 4」空埜一樹著 ホビージャパン(HJ文庫) 2017年1月【異世界・架空の世界】【肌の露出が多めの挿絵なし】

「正しいセカイの終わらせ方 = Right way to bring the world to an end. : 黒衣の剣士、東京に現る」兎月山羊著 KADOKAWA(電撃文庫) 2017年6月【現代/異世界・架空の世界】【肌の露出が多めの挿絵あり】

「正しい異能の教育者 : ワケあり異能少女たちは最強の俺と卒業を目指す」朱月十話著 講談社(講談社ラノベ文庫) 2017年3月【異世界・架空の世界】【肌の露出が多めの挿絵あり/キスシーンの挿絵あり】

「精霊幻想記 6」北山結莉著 ホビージャパン(HJ文庫) 2017年1月【異世界・架空の世界】【肌の露出が多めの挿絵あり】

「精霊幻想記 7」北山結莉著 ホビージャパン(HJ文庫) 2017年4月【異世界・架空の世界】【肌の露出が多めの挿絵なし】

「精霊使いの剣舞(ブレイドダンス) 16」志瑞祐著 KADOKAWA(MF文庫J) 2017年2月【異世界・架空の世界】【肌の露出が多めの挿絵あり】

「聖剣が人間に転生してみたら、勇者に偏愛されて困っています。」富樫聖夜著 KADOKAWA(ビーズログ文庫) 2017年6月【異世界・架空の世界】【肌の露出が多めの挿絵なし】

「聖剣使いの禁呪詠唱(ワールドブレイク) 19」あわむら赤光著 SBクリエイティブ(GA文庫) 2017年2月【異世界・架空の世界】【肌の露出が多めの挿絵なし】

「聖剣使いの禁呪詠唱(ワールドブレイク) 20」あわむら赤光著 SBクリエイティブ(GA文庫) 2017年6月【異世界・架空の世界】【肌の露出が多めの挿絵なし】

「聖者無双 : サラリーマン、異世界で生き残るために歩む道 2」ブロッコリーライオン著 マイクロマガジン社(GCNOVELS) 2017年2月【異世界・架空の世界】【肌の露出が多めの挿絵なし】

「聖樹の国の禁呪使い 8」篠崎芳著 オーバーラップ(オーバーラップ文庫) 2017年1月【異世界・架空の世界】【肌の露出が多めの挿絵なし】

## ストーリー

「製造人間は頭が固い」上遠野浩平著 早川書房(ハヤカワ文庫JA) 2017年6月【異世界・架空の世界】【肌の露出が多めの挿絵なし】

「石と星の夜」遠藤文子著 東京創元社(創元推理文庫) 2017年1月【異世界・架空の世界】【挿絵なし】

「絶対に働きたくないダンジョンマスターが惰眠をむさぼるまで 4」鬼影スパナ著 オーバーラップ(オーバーラップ 文庫) 2017年2月【異世界・架空の世界】【肌の露出が多めの挿絵あり】

「絶対に働きたくないダンジョンマスターが惰眠をむさぼるまで 5」鬼影スパナ著 オーバーラップ(オーバーラップ 文庫) 2017年6月【異世界・架空の世界】【肌の露出が多めの挿絵あり】

「千年戦争アイギス：月下の花嫁 7」ひびき遊著 KADOKAWA(ファミ通文庫) 2017年1月【異世界・架空の世界】【肌の露出が多めの挿絵なし】

「千年戦争アイギス 白の帝国編2」むらさきゆきや著 KADOKAWA(ファミ通文庫) 2017年3月【異世界・架空の世界】【肌の露出が多めの挿絵あり】

「戦女神(ヴァルキュリア)の聖蜜」草薙アキ著 講談社(講談社ラノベ文庫) 2017年6月【異世界・架空の世界】【肌の露出が多めの挿絵あり/性描写の挿絵あり】

「創炎のヒストリア：神託少女の創世録 2」十本スイ著 KADOKAWA(MF文庫J) 2017年1月【異世界・架空の世界】【肌の露出が多めの挿絵なし】

「双星の陰陽師 [2]」田中創著;助野嘉昭著 集英社(JUMPjBOOKS) 2017年3月【現代】【肌の露出が多めの挿絵あり】

「想世のイシュタル」曽我部浩人著 講談社(講談社ラノベ文庫) 2017年3月【異世界・架空の世界】【肌の露出が多めの挿絵あり/性描写の挿絵あり】

「即死チートが最強すぎて、異世界のやつらがまるで相手にならないんですが。2」藤孝剛志著 アース・スターエンターテイメント(EARTHSTARNOVEL) 2017年2月【異世界・架空の世界】【肌の露出が多めの挿絵あり】

「村人ですが何か? = I am a villager,what about it? 2」白石新著 マイクロマガジン社(GCNOVELS) 2017年3月【異世界・架空の世界】【肌の露出が多めの挿絵あり】

「打算あり善行冒険者 2」唯野皓司著 主婦の友社(ヒーロー文庫) 2017年1月【異世界・架空の世界】【肌の露出が多めの挿絵あり/性描写の挿絵あり】

「大国チートなら異世界征服も楽勝ですよ?替え玉皇帝になったので美少女嫁も豊富です。」櫂末高彰著 KADOKAWA(MF文庫J) 2017年2月【異世界・架空の世界】【肌の露出が多めの挿絵あり】

「奪り者奪われる者 7」mino著 KADOKAWA(ファミ通文庫) 2017年2月【異世界・架空の世界】【肌の露出が多めの挿絵なし】

「地球丸ごと異世界転生：無敵のオレが、最弱だったスライムの子を最強にする 2」kt60著 SBクリエイティブ(GA文庫) 2017年3月【異世界・架空の世界】【肌の露出が多めの挿絵あり】

「置き去り勇者と不死鳥の翼」富永浩史著 ホビージャパン(HJ文庫) 2017年1月【異世界・架空の世界】【肌の露出が多めの挿絵あり】

## ストーリー

「蜘蛛ですが、なにか? 5」馬場翁著 KADOKAWA(カドカワBOOKS) 2017年2月【異世界・架空の世界】【肌の露出が多めの挿絵なし】

「蜘蛛ですが、なにか? 6」馬場翁著 KADOKAWA(カドカワBOOKS) 2017年6月【異世界・架空の世界】【肌の露出が多めの挿絵なし】

「通常攻撃が全体攻撃で二回攻撃のお母さんは好きですか? 2」井中だちま著 KADOKAWA(富士見ファンタジア文庫) 2017年4月【異世界・架空の世界】【肌の露出が多め

「底辺剣士は神獣(むすめ)と暮らす:家族で挑む迷宮攻略」番棚葵著 KADOKAWA(MF文庫J) 2017年1月【異世界・架空の世界】【肌の露出が多めの挿絵あり】

「天と地と姫と3」春日みかげ著 KADOKAWA(富士見ファンタジア文庫) 2017年2月【歴史・時代】【肌の露出が多めの挿絵なし】

「天界に裏切られた最強勇者は、魔王と○○した。= THE SECRET ALLIANCE BETWEEN THE NUTTY HERO AND THE STUPID DEVIL 001」月島秀一著 アース・スターエンターテイメント(EARTHSTARNOVEL) 2017年6月【異世界・架空の世界】【肌の露出が多めの挿絵なし】

「天地無用!GXP:真・天地無用!魎皇鬼外伝 15」梶島正樹著 KADOKAWA(富士見ファンタジア文庫) 2017年5月【異世界・架空の世界】【肌の露出が多めの挿絵なし】

「天明の月」前田珠子著 集英社(コバルト文庫) 2017年6月【異世界・架空の世界】【肌の露出が多めの挿絵なし】

「転生したらスライムだった件 = Regarding Reincarnated to Slime 10」伏瀬著 マイクロマガジン社(GCNOVELS) 2017年4月【異世界・架空の世界】【肌の露出が多めの挿絵なし】

「転生したらドラゴンの卵だった:最強以外目指さねぇ 4」猫子著 アース・スターエンターテイメント(EARTHSTARNOVEL) 2017年2月【異世界・架空の世界】【肌の露出が多めの挿絵なし】

「転生吸血鬼さんはお昼寝がしたい = A transmigration vampire would like to take a nap 3」ちょきんぎょ。著 アース・スターエンターテイメント(EARTHSTARNOVEL) 2017年1月【異世界・架空の世界】【肌の露出が多めの挿絵あり】

「転生少女の履歴書 4」唐澤和希著 主婦の友社(ヒーロー文庫) 2017年6月【異世界・架空の世界】【肌の露出が多めの挿絵なし】

「転生少女は自由に生きる。」池中織奈著 アルファポリス(レジーナ文庫,レジーナブックス) 2017年5月【異世界・架空の世界】【肌の露出が多めの挿絵なし】

「田中 = TANAKA THE WIZARD:年齢イコール彼女いない歴の魔法使い 4」ぶんころり著 マイクロマガジン社(GCNOVELS) 2017年2月【異世界・架空の世界】【肌の露出が多めの挿絵あり/性描写の挿絵あり】

「塔の管理をしてみよう 5」早秋著 新紀元社(MORNINGSTARBOOKS) 2017年3月【異世界・架空の世界】【肌の露出が多めの挿絵なし】

「東京ダンジョンスフィア」奈坂秋吾著 KADOKAWA(電撃文庫) 2017年1月【近未来・遠未来】【肌の露出が多めの挿絵なし】

## ストーリー

「東京廃区の戦女三師団(トリスケリオン) 2」舞阪洸著 KADOKAWA(富士見ファンタジア文庫) 2017年2月【現代】【肌の露出が多めの挿絵あり】

「童貞チート：最強社畜、異世界にたつ」ダブルてりやきチキン著 宝島社 2017年3月【異世界・架空の世界】【肌の露出が多めの挿絵なし】

「道-MEN：北海道を喰いに来た乙女」アサウラ著 集英社(ダッシュエックス文庫) 2017年6月【近未来・遠未来】【肌の露出が多めの挿絵あり】

「農民関連のスキルばっか上げてたら何故か強くなった。1」しょぼんぬ著 双葉社(モンスター文庫) 2017年4月【異世界・架空の世界】【肌の露出が多めの挿絵なし】

「覇界王ガオガイガー対ベターマン 上巻」矢立肇原作;竹田裕一郎著;米たにヨシトモ監修 新紀元社(MORNINGSTARBOOKS.THEKINGOFBRAVESGAOGAIGARNOVEL) 2017年6月【現代】【肌の露出が多めの挿絵なし】

「博多豚骨ラーメンズ 6」木崎ちあき著 KADOKAWA(メディアワークス文庫) 2017年3月【現代】【肌の露出が多めの挿絵なし】

「白翼のポラリス」阿部藍樹著 講談社(講談社ラノベ文庫) 2017年3月【異世界・架空の世界】【肌の露出が多めの挿絵あり】

「反逆の勇者と道具袋 3」大沢雅紀著 アルファポリス(アルファライト文庫) 2017年2月【異世界・架空の世界】【肌の露出が多めの挿絵あり】

「反逆の勇者と道具袋 4」大沢雅紀著 アルファポリス(アルファライト文庫) 2017年4月【現代/異世界・架空の世界】【肌の露出が多めの挿絵あり】

「必勝ダンジョン運営方法 6」雪だるま著 双葉社(モンスター文庫) 2017年4月【異世界・架空の世界】【肌の露出が多めの挿絵あり】

「必中の投擲士：石ころ投げて聖女様助けたった! 1」餅々ころっけ著 新紀元社(MORNINGSTARBOOKS) 2017年6月【異世界・架空の世界】【肌の露出が多めの挿絵なし】

「氷竜王と六花の姫」小野はるか著 KADOKAWA(角川ビーンズ文庫) 2017年6月【異世界・架空の世界】【肌の露出が多めの挿絵なし】

「漂海のレクキール = La LEQKEL derive dans la mer.」秋目人著 小学館(ガガガ文庫) 2017年5月【異世界・架空の世界】【肌の露出が多めの挿絵なし】

「風蜘蛛の棘」佐々木禎子著;京極夏彦Founder KADOKAWA(富士見L文庫) 2017年4月【現代】【挿絵なし】

「復活魔王はお見通し? 2」高崎三吉著 主婦の友社(ヒーロー文庫) 2017年4月【異世界・架空の世界】【肌の露出が多めの挿絵あり】

「腹へり姫の受難：王子様、食べていいですか?」ひずき優著 集英社(コバルト文庫) 2017年4月【異世界・架空の世界】【肌の露出が多めの挿絵なし】

「物理さんで無双してたらモテモテになりました 8」kt60著 双葉社(モンスター文庫) 2017年4月【異世界・架空の世界】【肌の露出が多めの挿絵なし】

## ストーリー

「平凡なる皇帝 = ORDINARY EMPEROR 1」三国司著 一二三書房(SagaForest) 2017年5月【異世界・架空の世界】【肌の露出が多めの挿絵なし】

「暴血覚醒(ブライト・ブラッド)」中村ヒロ著 SBクリエイティブ(GA文庫) 2017年5月【異世界・架空の世界】【肌の露出が多めの挿絵なし】

「冒険者高専冒険科:女冒険者のLEVEL UPをじっくり見守る俺の話 1」つよぐち2号著 アース・スターエンターテイメント(EARTHSTARNOVEL) 2017年4月【近未来・遠未来/異世界・架空の世界】【肌の露出が多めの挿絵なし】

「僕の部屋がダンジョンの休憩所になってしまった件」東国不動著 ツギクル(ツギクルブックス) 2017年2月【現代/異世界・架空の世界】【肌の露出が多めの挿絵あり/キスシーンの挿絵あり】

「魔王になったら領地が無人島だった = I Become the King of Darkness and My Territory is an Uninhabited Island 3」昼寝する亡霊著 マイクロマガジン社(GCNOVELS) 2017年6月【異世界・架空の世界】【肌の露出が多めの挿絵あり】

「魔王の俺が奴隷エルフを嫁にしたんだが、どう愛でればいい? 1」手島史詞著 ホビージャパン(HJ文庫) 2017年2月【異世界・架空の世界】【肌の露出が多めの挿絵あり】

「魔王の俺が奴隷エルフを嫁にしたんだが、どう愛でればいい? 2」手島史詞著 ホビージャパン(HJ文庫) 2017年6月【異世界・架空の世界】【肌の露出が多めの挿絵なし】

「魔王軍最強の魔術師は人間だった 2」羽田遼亮著 双葉社(モンスター文庫) 2017年3月【異世界・架空の世界】【肌の露出が多めの挿絵なし】

「魔技科の剣士と召喚魔王(ヴァシレウス) 13」三原みつき著 KADOKAWA(MF文庫J) 2017年1月【異世界・架空の世界】【肌の露出が多めの挿絵あり/性描写の挿絵あり】

「魔術学園領域の拳王(バーサーカー):黒焔姫秘約」下等妙人著 KADOKAWA(富士見ファンタジア文庫) 2017年1月【現代】【肌の露出が多めの挿絵あり】

「魔術学園領域の拳王(バーサーカー) 2」下等妙人著 KADOKAWA(富士見ファンタジア文庫) 2017年5月【異世界・架空の世界】【肌の露出が多めの挿絵あり】

「魔術破りのリベンジ・マギア 1」子子子子子子子著 ホビージャパン(HJ文庫) 2017年6月【異世界・架空の世界】【肌の露出が多めの挿絵あり】

「魔女と魔城のサバトマリナ」雨木シュウスケ著 講談社(講談社ラノベ文庫) 2017年3月【現代】【肌の露出が多めの挿絵なし】

「魔人執行官(デモーニック・マーシャル) = Demonic Marshal 2」佐島勤著 KADOKAWA(電撃文庫) 2017年4月【近未来・遠未来】【肌の露出が多めの挿絵あり】

「魔装学園H×H(ハイブリッド・ハート)10」久慈マサムネ著 KADOKAWA(角川スニーカー文庫) 2017年2月【異世界・架空の世界】【肌の露出が多めの挿絵あり/性描写の挿絵あり】

「魔弾の王と戦姫(ヴァナディース) 16」川口士著 KADOKAWA(MF文庫J) 2017年1月【異世界・架空の世界】【肌の露出が多めの挿絵なし】

「魔物使いのもふもふ師弟生活 2」無嶋樹了著 ホビージャパン(HJ文庫) 2017年6月【異世界・架空の世界】【肌の露出が多めの挿絵なし】

## ストーリー

「魔法医師(メディサン・ドゥ・マージ)の診療記録 = medecin du mage et record médical 5」手代木正太郎著 小学館(ガガガ文庫) 2017年4月【異世界・架空の世界】【肌の露出が多めの挿絵なし】

「魔法科高校の劣等生 = The irregular at magic high school 21」佐島勤著 KADOKAWA(電撃文庫)(電撃文庫) 2017年2月【現代】【肌の露出が多めの挿絵あり】

「魔法科高校の劣等生 = The irregular at magic high school 22」佐島勤著 KADOKAWA(電撃文庫) 2017年6月【現代】【肌の露出が多めの挿絵あり】

「魔法密売人:極道、異世界を破滅へと導く」真坂マサル著 KADOKAWA(電撃文庫) 2017年2月【異世界・架空の世界】【肌の露出が多めの挿絵あり/性描写の挿絵あり】

「未踏召喚://ブラッドサイン 7」鎌池和馬著 KADOKAWA(電撃文庫) 2017年6月【異世界・架空の世界】【肌の露出が多めの挿絵なし】

「明智小五郎事件簿 11」江戸川乱歩著 集英社(集英社文庫) 2017年3月【歴史・時代】【挿絵なし】

「迷宮料理人ナギの冒険:地下30階から生還するためのレシピ」ゆうきりん著 KADOKAWA(電撃文庫) 2017年1月【異世界・架空の世界】【肌の露出が多めの挿絵あり】

「滅びゆく世界を救うために必要な俺以外の主人公の数を求めよ 2」みかみてれん著 KADOKAWA(角川スニーカー文庫) 2017年3月【異世界・架空の世界】【肌の露出が多めの挿絵なし】

「夜空ノ一振リ 2」雪崎ハルカ著 講談社(講談社ラノベ文庫) 2017年3月【異世界・架空の世界】【肌の露出が多めの挿絵なし】

「野生のラスボスが現れた! = wild final boss appeared! 4」炎頭著 アース・スターエンターテイメント(EARTHSTARNOVEL) 2017年4月【異世界・架空の世界】【肌の露出が多めの挿絵なし】

「勇者のセガレ」和ケ原聡司著 KADOKAWA(電撃文庫) 2017年1月【現代】【肌の露出が多めの挿絵あり】

「勇者は、奴隷の君は笑え、と言った」内堀優一著 KADOKAWA(ノベルゼロ) 2017年3月【異世界・架空の世界】【肌の露出が多めの挿絵なし】

「勇者召喚が似合わない僕らのクラス = Our class doesn't suit to be summoned heroes.」白神怜司著 KADOKAWA(カドカワBOOKS) 2017年6月【異世界・架空の世界】【肌の露出が多めの挿絵なし】

「悠久の愚者アズリーの、賢者のすゝめ = The principle of a philosopher by eternal fool "Asley" 5」壱弐参著 アース・スターエンターテイメント(EARTHSTARNOVEL) 2017年1月【異世界・架空の世界】【肌の露出が多めの挿絵あり】

「妖怪博士:私立探偵明智小五郎」江戸川乱歩著 新潮社(新潮文庫nex) 2017年3月【歴史・時代】【挿絵なし】

「用務員さんは勇者じゃありませんので 7」棚花尋平著 KADOKAWA(MFブックス) 2017年5月【異世界・架空の世界】【肌の露出が多めの挿絵あり】

## ストーリー

「螺旋のエンペロイダー Spin4.」上遠野浩平著 KADOKAWA(電撃文庫) 2017年1月【現代】【肌の露出が多めの挿絵なし】

「落第騎士の英雄譚(キャバルリィ) 12」海空りく著 SBクリエイティブ(GA文庫) 2017年4月【異世界・架空の世界】【肌の露出が多めの挿絵あり】

「落第騎士の英雄譚(キャバルリィ) 13 ドラマCD付き限定特装版」海空りく著 SBクリエイティブ(GA文庫) 2017年1月【異世界・架空の世界】【肌の露出が多めの挿絵あり】

「龍と狐のジャイアント・キリング 2」神秋昌史著 ホビージャパン(HJ文庫) 2017年2月【異世界・架空の世界】【肌の露出が多めの挿絵あり】

「六畳間の侵略者!? 25」健速著 ホビージャパン(HJ文庫) 2017年3月【異世界・架空の世界】【肌の露出が多めの挿絵なし】

「鬱金の暁闇 30」前田珠子著 集英社(コバルト文庫) 2017年3月【異世界・架空の世界】【肌の露出が多めの挿絵なし】

「薔薇の乙女は神に祝福される」花夜光著 講談社(講談社X文庫) 2017年6月【現代】【肌の露出が多めの挿絵なし】

「蟇の楼」和智正喜著;京極夏彦Founder KADOKAWA(富士見L文庫) 2017年5月【歴史・時代】【肌の露出が多めの挿絵なし】

## パラレルワールド

「BLAME! THE ANTHOLOGY」弐瓶勉原作;小川一水;飛浩隆他著 早川書房(ハヤカワ文庫JA) 2017年5月【異世界・架空の世界】【肌の露出が多めの挿絵なし】

「アンダンテ 01」日日日小説;川添枯美小説 ポニーキャニオン(ぽにきゃんBOOKS) 2017年2月【現代】【肌の露出が多めの挿絵なし】

「はたらく魔王さま!ハイスクールN!」和ケ原聡司著 KADOKAWA(電撃文庫) 2017年2月【現代】【肌の露出が多めの挿絵なし】

「ハンドシェイカー」GoHands原作;FrontierWorks原作;KADOKAWA原作;八薙玉造著 KADOKAWA(MF文庫J) 2017年1月【異世界・架空の世界】【肌の露出が多めの挿絵あり】

「俺だけ帰れるクラス転移 3」アネコユサギ著 KADOKAWA(MFブックス) 2017年2月【異世界・架空の世界】【肌の露出が多めの挿絵なし】

「棄種たちの冬」つかいまこと著 早川書房(ハヤカワ文庫JA) 2017年1月【近未来・遠未来】【挿絵なし】

「君に出会えた4%の奇跡」広瀬未衣著 双葉社(双葉文庫) 2017年5月【現代】【挿絵なし】

「世界、それはすべて君のせい」くらゆいあゆ著 集英社(集英社オレンジ文庫) 2017年4月【現代】【挿絵なし】

「正しいセカイの終わらせ方 = Right way to bring the world to an end. : 黒衣の剣士、東京に現る」兎月山羊著 KADOKAWA(電撃文庫) 2017年6月【現代/異世界・架空の世界】【肌の露出が多めの挿絵あり】

## ストーリー

「追伸ソラゴトに微笑んだ君へ」田辺屋敷著 KADOKAWA(富士見ファンタジア文庫) 2017年1月【現代】【肌の露出が多めの挿絵あり】

「追伸ソラゴトに微笑んだ君へ 2」田辺屋敷著 KADOKAWA(富士見ファンタジア文庫) 2017年5月【現代】【肌の露出が多めの挿絵あり】

## 引きこもり・寄生

「10年ごしの引きニートを辞めて外出したら 4」坂東太郎著 オーバーラップ(オーバーラップ文庫) 2017年6月【異世界・架空の世界】【肌の露出が多めの挿絵なし】

「うちの居候が世界を掌握している! 16」七条剛著 SBクリエイティブ(GA文庫) 2017年2月【現代】【肌の露出が多めの挿絵なし】

「セブンキャストのひきこもり魔術王 4」岬かつみ著 KADOKAWA(富士見ファンタジア文庫) 2017年4月【異世界・架空の世界】【肌の露出が多めの挿絵あり】

「ダンジョンを造ろう 4」渡良瀬ユウ著 KADOKAWA(MFブックス) 2017年5月【異世界・架空の世界】【肌の露出が多めの挿絵なし】

「ひきこもりの弟だった」葦舟ナツ著 KADOKAWA(メディアワークス文庫) 2017年3月【現代】【肌の露出が多めの挿絵なし】

「引きこもり英雄と神獣剣姫の隷属契約:ふたりぼっちの叛逆譚」永野水貴著 KADOKAWA(MF文庫J) 2017年4月【異世界・架空の世界】【肌の露出が多めの挿絵あり】

「寄生してレベル上げたんだが、育ちすぎたかもしれない 2」伊垣久大著 KADOKAWA(カドカワBOOKS) 2017年2月【異世界・架空の世界】【肌の露出が多めの挿絵なし】

「寄生してレベル上げたんだが、育ちすぎたかもしれない 3」伊垣久大著 KADOKAWA(カドカワBOOKS) 2017年6月【異世界・架空の世界】【肌の露出が多めの挿絵なし】

「後宮に月は満ちる:金椛国春秋」篠原悠希著 KADOKAWA(角川文庫) 2017年6月【異世界・架空の世界】【挿絵なし】

「公爵夫妻の不器用な愛情」芝原歌織著 講談社(講談社X文庫) 2017年6月【異世界・架空の世界】【肌の露出が多めの挿絵なし】

「重装令嬢モアネット」さき著 KADOKAWA(角川ビーンズ文庫) 2017年3月【異世界・架空の世界】【肌の露出が多めの挿絵なし】

「絶対ナル孤独者(アイソレータ) = THE ISOLATOR realization of absolute solitude 4」川原礫著 KADOKAWA(電撃文庫) 2017年5月【現代】【肌の露出が多めの挿絵なし】

「通常攻撃が全体攻撃で二回攻撃のお母さんは好きですか?」井中だちま著 KADOKAWA(富士見ファンタジア文庫) 2017年1月【異世界・架空の世界】【肌の露出が多めの挿絵あり】

「縫い上げ!脱がして?着せかえる!!:彼女が高校デビューに失敗して引きこもりと化したので、俺が青春をコーディネートすることに。」うわみくるま著 KADOKAWA(電撃文庫) 2017年3月【現代】【肌の露出が多めの挿絵あり】

## ストーリー

「魔王の俺が奴隷エルフを嫁にしたんだが、どう愛でればいい？2」手島史詞著 ホビージャパン(HJ文庫) 2017年6月【異世界・架空の世界】【肌の露出が多めの挿絵なし】

### 秘密結社

「正しいセカイの終わらせ方 = Right way to bring the world to an end. : 黒衣の剣士、東京に現る」兎月山羊著 KADOKAWA(電撃文庫) 2017年6月【現代/異世界・架空の世界】【肌の露出が多めの挿絵あり】

「青の祓魔師 スパイ・ゲーム」加藤和恵著;矢島綾著 集英社(JUMPjBOOKS) 2017年3月【現代】【肌の露出が多めの挿絵あり】

### 病気・医療

「21グラムの恋」太秦あを著 三交社(スカイハイ文庫) 2017年6月【現代】【肌の露出が多めの挿絵なし】

「Chaos;Child : Children's Revive」MAGES.Chiyost.inc原作;梅原英司著 講談社(講談社ラノベ文庫) 2017年3月【現代】【肌の露出が多めの挿絵なし】

「EXMOD : 思春期ノ能力者」神野オキナ著 小学館(ガガガ文庫) 2017年1月【現代】【肌の露出が多めの挿絵あり】

「P・O・S：キャメルマート京洛病院店の四季」鏑木蓮著 早川書房(ハヤカワ文庫JA) 2017年5月【現代】【挿絵なし】

「いつかの空、君との魔法 2」藤宮カズキ著 KADOKAWA(角川スニーカー文庫) 2017年1月【異世界・架空の世界】【肌の露出が多めの挿絵なし】

「エリート医師の溺愛処方箋」鳴瀬菜々子著 スターツ出版(ベリーズ文庫) 2017年2月【現代】【挿絵なし】

「オークの騎士 2」darnylee著 ポニーキャニオン(ぽにきゃんBOOKS) 2017年4月【異世界・架空の世界】【肌の露出が多めの挿絵なし】

「おことばですが、魔法医さま。：異世界の医療は問題が多すぎて、メスを入れざるを得ませんでした」時田唯著 KADOKAWA(電撃文庫) 2017年2月【異世界・架空の世界】【肌の露出が多めの挿絵あり】

「シマイチ古道具商：春夏冬人情ものがたり」蓮見恭子著 新潮社(新潮文庫nex) 2017年4月【現代】【挿絵なし】

「だからお兄ちゃんと呼ぶなって! 2」桐山なると著 KADOKAWA(ファミ通文庫) 2017年3月【現代】【肌の露出が多めの挿絵あり】

「チェインクロニクル・カラーレス 3」セガ原作;重信康著 星海社(星海社FICTIONS) 2017年2月【異世界・架空の世界】【肌の露出が多めの挿絵なし】

「トリア・ルーセントが人間になるまで」三田千恵著 KADOKAWA(ファミ通文庫) 2017年4月【異世界・架空の世界】【肌の露出が多めの挿絵あり/キスシーンの挿絵あり】

## ストーリー

「ファイナルファンタジー14 きみの傷とぼくらの絆：ON〈THE NOVEL〉LINE」藤原祐著；スクウェア・エニックス監修 KADOKAWA(電撃文庫) 2017年6月【現代】【肌の露出が多めの挿絵なし】

「マクロスΔ 2」小太刀右京著 講談社(講談社ラノベ文庫) 2017年3月【異世界・架空の世界】【肌の露出が多めの挿絵なし】

「モンスター娘のお医者さん 3」折口良乃著 集英社(ダッシュエックス文庫) 2017年6月【異世界・架空の世界】【肌の露出が多めの挿絵あり】

「ラストレター」浅海ユウ著 スターツ出版(スターツ出版文庫) 2017年4月【現代】【肌の露出が多めの挿絵なし】

「異世界薬局 4」高山理図著 KADOKAWA(MFブックス) 2017年3月【異世界・架空の世界】【肌の露出が多めの挿絵なし】

「一年前の君に、一年後の君と。= To you a year ago,with you a year later.」相原あきら著 KADOKAWA(メディアワークス文庫) 2017年3月【現代】【挿絵なし】

「嘘が見える僕は、素直な君に恋をした」桜井美奈著 双葉社(双葉文庫) 2017年4月【現代】【挿絵なし】

「霞村四丁目の郵便屋さん」朝比奈希夜著 スターツ出版(スターツ出版文庫) 2017年4月【現代】【挿絵なし】

「虚弱王女と口下手な薬師：告白が日課ですが、何か。」秋杜フユ著 集英社(コバルト文庫) 2017年2月【異世界・架空の世界】【肌の露出が多めの挿絵なし】

「君とソースと僕の恋」本田晴巳著 スターツ出版(スターツ出版文庫) 2017年4月【現代】【挿絵なし】

「君に謝りたくて俺は」わかつきひかる著 講談社(講談社ラノベ文庫) 2017年6月【現代】【肌の露出が多めの挿絵なし】

「君の膵臓をたべたい」住野よる著 双葉社(双葉文庫) 2017年4月【現代】【挿絵なし】

「君は月夜に光り輝く」佐野徹夜著 KADOKAWA(メディアワークス文庫) 2017年2月【現代】【肌の露出が多めの挿絵なし】

「後宮に月は満ちる：金椛国春秋」篠原悠希著 KADOKAWA(角川文庫) 2017年6月【異世界・架空の世界】【挿絵なし】

「御曹司さまの言いなりなんてっ!」岩長咲耶著 スターツ出版(ベリーズ文庫) 2017年6月【現代】【挿絵なし】

「黒の派遣 = THE BLACK AGENCY」江崎双六著 TOブックス(TO文庫) 2017年2月【現代】【挿絵なし】

「桜のような僕の恋人」宇山佳佑著 集英社(集英社文庫) 2017年2月【現代】【挿絵なし】

「消えてなくなっても」椰月美智子著 KADOKAWA(角川文庫) 2017年5月【現代】【挿絵なし】

「新宿コネクティブ 1」内堀優一著 ホビージャパン(HJ文庫) 2017年5月【現代】【肌の露出が多めの挿絵なし】

## ストーリー

「神様の棲む診療所」竹村優希著 双葉社(双葉文庫) 2017年3月【現代】【肌の露出が多めの挿絵なし】

「水中少女」堀川アサコ著 徳間書店(徳間文庫) 2017年3月【現代】【挿絵なし】

「世界、それはすべて君のせい」くらゆいあゆ著 集英社(集英社オレンジ文庫) 2017年4月【現代】【挿絵なし】

「聖剣使いの禁呪詠唱(ワールドブレイク) 20」あわむら赤光著 SBクリエイティブ(GA文庫) 2017年6月【異世界・架空の世界】【肌の露出が多めの挿絵なし】

「太陽に捧ぐラストボール 下」高橋あこ著 スターツ出版(スターツ出版文庫) 2017年6月【現代】【挿絵なし】

「太陽に捧ぐラストボール 上」高橋あこ著 スターツ出版(スターツ出版文庫) 2017年6月【現代】【挿絵なし】

「大正箱娘 [2]」紅玉いづき著 講談社(講談社タイガ) 2017年3月【歴史・時代】【挿絵なし】

「濁った瞳のリリアンヌ 1」天界著 新紀元社(MORNINGSTARBOOKS) 2017年5月【異世界・架空の世界】【肌の露出が多めの挿絵なし】

「天久鷹央の推理カルテ 5」知念実希人著 新潮社(新潮文庫nex) 2017年3月【現代】【挿絵なし】

「天才外科医が異世界で闇医者を始めました。4」柊むぅ著 双葉社(モンスター文庫) 2017年5月【異世界・架空の世界】【肌の露出が多めの挿絵なし】

「八月の終わりは、きっと世界の終わりに似ている。」天沢夏月著 KADOKAWA(メディアワークス文庫) 2017年1月【現代/近未来・遠未来】【挿絵なし】

「秘書室室長がグイグイ迫ってきます!」佐倉伊織著 スターツ出版(ベリーズ文庫) 2017年4月【現代】【挿絵なし】

「風呂場女神」小声奏著 アルファポリス(レジーナ文庫.レジーナブックス) 2017年4月【現代/異世界・架空の世界】【肌の露出が多めの挿絵なし】

「魔法医師(メディサン・ドゥ・マージ)の診療記録 = medecin du mage et record médical 5」手代木正太郎著 小学館(ガガガ文庫) 2017年4月【異世界・架空の世界】【肌の露出が多めの挿絵なし】

「命の後で咲いた花 = The Flower which bloomed after her Life」綾崎隼著 KADOKAWA(メディアワークス文庫) 2017年1月【現代】【挿絵なし】

### 復讐

「ああ勇者、君の苦しむ顔が見たいんだ = Ah Hero, I want to see that face of yours writhe in agony 3」ユウシャ・アイウエオン著 ポニーキャニオン(ぽにきゃんBOOKS) 2017年5月【異世界・架空の世界】【肌の露出が多めの挿絵なし】

「あなたの恋人、強奪します。新装版」永嶋恵美著 徳間書店(徳間文庫) 2017年6月【現代】【肌の露出が多めの挿絵なし】

## ストーリー

「いづれ神話の放課後戦争(ラグナロク) 6」なめこ印著 KADOKAWA(富士見ファンタジア文庫) 2017年4月【異世界・架空の世界】【肌の露出が多めの挿絵あり】

「オルタンシア・サーガ：蒼の騎士団」セガゲームス原作;f4samurai原作;和智正喜著 KADOKAWA(富士見DRAGONBOOK) 2017年3月【異世界・架空の世界】【肌の露出が多めの挿絵なし】

「クラウン・オブ・リザードマン：少年は人の身を捨て復讐を誓う」雨木シュウスケ著 KADOKAWA(富士見ファンタジア文庫) 2017年4月【異世界・架空の世界】【肌の露出が多めの挿絵なし】

「ジャンキージャンクガンズ：鉄想機譚：The Fantasy & Steam Punk」天酒之瓢著 KADOKAWA(カドカワBOOKS) 2017年2月【異世界・架空の世界】【肌の露出が多めの挿絵あり】

「そして黄昏の終末世界(トワイライト) = THE FARTHEST TWILIGHT 1」樋辻臥命著 オーバーラップ(オーバーラップ文庫) 2017年2月【異世界・架空の世界】【肌の露出が多めの挿絵あり】

「そのガーゴイルは地上でも危険です [2]」大地の怒り著 宝島社 2017年5月【異世界・架空の世界】【肌の露出が多めの挿絵あり】

「テイルズオブベルセリア 下」バンダイナムコエンターテインメント原作;山本カズヨシ著 KADOKAWA(電撃文庫) 2017年4月【異世界・架空の世界】【肌の露出が多めの挿絵あり】

「テイルズオブベルセリア 上」バンダイナムコエンターテインメント原作;山本カズヨシ著 KADOKAWA(電撃文庫) 2017年3月【異世界・架空の世界】【肌の露出が多めの挿絵あり】

「ニアデッドNo.7 = Near Dead Number Seven」九岡望著 KADOKAWA(電撃文庫) 2017年4月【異世界・架空の世界】【肌の露出が多めの挿絵なし】

「ハンドレッド = Hundred 13」箕崎准著 SBクリエイティブ(GA文庫) 2017年5月【異世界・架空の世界】【肌の露出が多めの挿絵あり】

「ポンコツ魔神逃亡中!」鏑木ハルカ著 ポニーキャニオン(ぽにきゃんBOOKS) 2017年2月【異世界・架空の世界】【肌の露出が多めの挿絵あり】

「暗極の星に道を問え = Ask the ultimate dark star about the way to live」エドワード・スミス著 KADOKAWA(電撃文庫) 2017年2月【異世界・架空の世界】【肌の露出が多めの挿絵あり】

「銀河中心点：アルマゲスト宙域」三度笠著 KADOKAWA(カドカワBOOKS) 2017年3月【異世界・架空の世界】【肌の露出が多めの挿絵なし】

「後宮幻華伝：奇奇怪怪なる花嫁は謎めく機巧を踊らす」はるおかりの著 集英社(コバルト文庫) 2017年3月【異世界・架空の世界】【肌の露出が多めの挿絵なし】

「後宮香妃物語：龍の皇太子とめぐる恋」伊藤たつき著 KADOKAWA(角川ビーンズ文庫) 2017年5月【異世界・架空の世界】【肌の露出が多めの挿絵なし】

「御社のデータが流出しています：吹鳴寺籐子のセキュリティチェック」一田和樹著 早川書房(ハヤカワ文庫JA) 2017年6月【現代】【挿絵なし】

## ストーリー

「紅蓮坂ブルース」桑原水菜著 集英社(コバルト文庫) 2017年1月【歴史・時代】【肌の露出が多めの挿絵なし】

「左利きだったから異世界に連れて行かれた 5」十一屋翠著 KADOKAWA(カドカワBOOKS) 2017年3月【異世界・架空の世界】【肌の露出が多めの挿絵あり】

「再臨勇者の復讐譚：勇者やめて元魔王と組みます 3」羽咲うさぎ著 双葉社(モンスター文庫) 2017年4月【異世界・架空の世界】【肌の露出が多めの挿絵なし】

「最強喰い(ジャイアントキリング)のダークヒーロー 3」望公太著 SBクリエイティブ(GA文庫) 2017年3月【異世界・架空の世界】【肌の露出が多めの挿絵あり】

「最弱骨少女は進化したい! = The skeleton girl is ambitious of evolution! 1」kimimaro著 アース・スターエンターテイメント(EARTHSTARNOVEL) 2017年2月【異世界・架空の世界】【肌の露出が多めの挿絵あり】

「四度目は嫌な死属性魔術師 2」デンスケ著 一二三書房(SagaForest) 2017年5月【異世界・架空の世界】【肌の露出が多めの挿絵あり】

「死者ノ棘」日野草著 祥伝社(祥伝社文庫) 2017年6月【現代】【挿絵なし】

「終末ノ再生者(リアクター) 2」河端ジュン一著 KADOKAWA(富士見ファンタジア文庫) 2017年3月【近未来・遠未来】【肌の露出が多めの挿絵あり/キスシーンの挿絵あり】

「盾の勇者の成り上がり 16」アネコユサギ著 KADOKAWA(MFブックス) 2017年1月【異世界・架空の世界】【肌の露出が多めの挿絵なし】

「盾の勇者の成り上がり 17」アネコユサギ著 KADOKAWA(MFブックス) 2017年3月【異世界・架空の世界】【肌の露出が多めの挿絵なし】

「精霊幻想記 7」北山結莉著 ホビージャパン(HJ文庫) 2017年4月【異世界・架空の世界】【肌の露出が多めの挿絵なし】

「天空の翼地上の星」中村ふみ著 講談社(講談社X文庫) 2017年4月【異世界・架空の世界】【肌の露出が多めの挿絵なし】

「二度目の勇者は復讐の道を嗤い歩む 3」木塚ネロ著 KADOKAWA(MFブックス) 2017年6月【異世界・架空の世界】【肌の露出が多めの挿絵なし】

「魔術破りのリベンジ・マギア 1」子子子子子子著 ホビージャパン(HJ文庫) 2017年6月【異世界・架空の世界】【肌の露出が多めの挿絵あり】

「魔法使いは終わらない：傭兵団ミストルティン-七人の魔法使い」八薙玉造著 集英社(ダッシュエックス文庫) 2017年4月【異世界・架空の世界】【肌の露出が多めの挿絵なし】

「魔法密売人：極道、異世界を破滅へと導く」真坂マサル著 KADOKAWA(電撃文庫) 2017年2月【異世界・架空の世界】【肌の露出が多めの挿絵あり/性描写の挿絵あり】

「未踏召喚://ブラッドサイン 7」鎌池和馬著 KADOKAWA(電撃文庫) 2017年6月【異世界・架空の世界】【肌の露出が多めの挿絵なし】

## ストーリー

「明智小五郎事件簿11」江戸川乱歩著 集英社(集英社文庫) 2017年3月【歴史・時代】【挿絵なし】

「夜伽の国の月光姫5」青野海鳥著 TOブックス 2017年1月【異世界・架空の世界】【肌の露出が多めの挿絵あり】

「妖怪博士：私立探偵明智小五郎」江戸川乱歩著 新潮社(新潮文庫nex) 2017年3月【歴史・時代】【挿絵なし】

### 勉強

「なぜ、勉強オタクが異能戦でもトップを独走できるのか？」霜野おつかい著 SBクリエイティブ(GA文庫) 2017年5月【近未来・遠未来】【肌の露出が多めの挿絵あり】

「ひるなかの流星：映画ノベライズ」やまもり三香原作;ひずき優著 集英社(集英社オレンジ文庫) 2017年2月【現代】【挿絵なし】

「ようこそ実力至上主義の教室へ6」衣笠彰梧著 KADOKAWA(MF文庫J) 2017年5月【現代】【肌の露出が多めの挿絵なし】

「愛原そよぎのなやみごと：時を止める能力者にどうやったら勝てると思う？」雪瀬ひうろ著 KADOKAWA(ファミ通文庫) 2017年3月【現代】【肌の露出が多めの挿絵なし】

「霞村四丁目の郵便屋さん」朝比奈希夜著 スターツ出版(スターツ出版文庫) 2017年4月【現代】【挿絵なし】

「資格の神様」十階堂一系著 KADOKAWA(電撃文庫) 2017年5月【現代】【肌の露出が多めの挿絵なし】

「突然ですが、お兄ちゃんと結婚しますっ！：そうか、布団なら敷いてあるぞ。」塀流通留著 KADOKAWA(MF文庫J) 2017年3月【現代】【肌の露出が多めの挿絵あり】

「放課後はキミと一緒に」りぃ著 KADOKAWA(角川ビーンズ文庫) 2017年2月【現代】【肌の露出が多めの挿絵なし】

「僕のヒーローアカデミア = MY HERO ACADEMIA：雄英白書2」堀越耕平著;誉司アンリ著 集英社(JUMPjBOOKS) 2017年2月【現代】【肌の露出が多めの挿絵あり】

「巫女華伝：恋の舞とまほろばの君」岐川新著 KADOKAWA(角川ビーンズ文庫) 2017年2月【異世界・架空の世界】【肌の露出が多めの挿絵なし】

### 勉強＞試験・受験

「ある日、爆弾がおちてきて 新装版」古橋秀之著 KADOKAWA(メディアワークス文庫) 2017年4月【現代】【肌の露出が多めの挿絵なし】

「うちの居候が世界を掌握している！16」七条剛著 SBクリエイティブ(GA文庫) 2017年2月【現代】【肌の露出が多めの挿絵なし】

「スキル喰らいの英雄譚2」浅葉ルウイ著 ホビージャパン(HJ文庫) 2017年6月【異世界・架空の世界】【肌の露出が多めの挿絵あり】

## ストーリー

「なぜ、勉強オタクが異能戦でもトップを独走できるのか?」霜野おつかい著 SBクリエイティブ(GA文庫) 2017年5月【近未来・遠未来】【肌の露出が多めの挿絵あり】

「ようこそ実力至上主義の教室へ 6」衣笠彰梧著 KADOKAWA(MF文庫J) 2017年5月【現代】【肌の露出が多めの挿絵なし】

「銀河中心点:アルマゲスト宙域」三度笠著 KADOKAWA(カドカワBOOKS) 2017年3月【異世界・架空の世界】【肌の露出が多めの挿絵なし】

「君に恋をするなんて、ありえないはずだった」筏田かつら著 宝島社(宝島社文庫) 2017年4月【現代】【挿絵なし】

「黒の召喚士 3」迷井豆腐著 オーバーラップ(オーバーラップ文庫) 2017年1月【異世界・架空の世界】【肌の露出が多めの挿絵なし】

「最良の嘘の最後のひと言」河野裕著 東京創元社(創元推理文庫) 2017年2月【現代】【挿絵なし】

「資格の神様」十階堂一系著 KADOKAWA(電撃文庫) 2017年5月【現代】【肌の露出が多めの挿絵なし】

「努力しすぎた世界最強の武闘家は、魔法世界を余裕で生き抜く。」わんこそば著 集英社(ダッシュエックス文庫) 2017年6月【異世界・架空の世界】【肌の露出が多めの挿絵なし】

### 変身・変形

「ヴァルハラの晩ご飯 5」三鏡一敏著 KADOKAWA(電撃文庫) 2017年6月【異世界・架空の世界】【肌の露出が多めの挿絵あり】

「キマイラ 18」夢枕獏著 KADOKAWA(角川文庫) 2017年1月【現代】【肌の露出が多めの挿絵なし】

「キモイマン」中沢健著 小学館(ガガガ文庫) 2017年1月【現代】【肌の露出が多めの挿絵なし】

「ソウルトランサー」菱川さかく著 徳間書店(徳間文庫) 2017年2月【異世界・架空の世界】【挿絵なし】

「ハンドシェイカー」GoHands原作;FrontierWorks原作;KADOKAWA原作;八薙玉造著 KADOKAWA(MF文庫J) 2017年1月【異世界・架空の世界】【肌の露出が多めの挿絵あり】

「ヒーローお兄ちゃんとラスボス妹:抜剣!セイケンザー」逢空万太著 SBクリエイティブ(GA文庫) 2017年4月【異世界・架空の世界】【肌の露出が多めの挿絵なし】

「ふぉーくーるあふたー = 4 cours after 4」水沢夢著 小学館(ガガガ文庫) 2017年3月【現代】【肌の露出が多めの挿絵あり】

「フラッグオブレガリア = Flag of Regalia:青天剣麗の姫と銀雷の機士」星散花燃著 KADOKAWA(電撃文庫) 2017年6月【異世界・架空の世界】【肌の露出が多めの挿絵あり】

「まるで人だな、ルーシー」零真似著 KADOKAWA(角川スニーカー文庫) 2017年2月【現代】【肌の露出が多めの挿絵なし】

## ストーリー

「俺、ツインテールになります。4.5」水沢夢著 小学館(ガガガ文庫) 2017年3月【現代】【肌の露出が多めの挿絵あり/キスシーンの挿絵あり】

「家出青年、猫ホストになる」水島忍著 集英社(集英社オレンジ文庫) 2017年1月【現代】【肌の露出が多めの挿絵なし】

「黒猫王子の喫茶店：お客様は猫様です」高橋由太著 KADOKAWA(角川文庫) 2017年4月【現代】【挿絵なし】

「最弱骨少女は進化したい! = The skeleton girl is ambitious of evolution! 1」kimimaro著 アース・スターエンターテイメント(EARTHSTARNOVEL) 2017年2月【異世界・架空の世界】【肌の露出が多めの挿絵あり】

「神様の子守はじめました。5」霜月りつ著 コスミック出版(コスミック文庫α) 2017年3月【現代】【挿絵なし】

「神様の弟子：チビ龍の子育て」加賀見彰著 コスミック出版(コスミック文庫α) 2017年4月【現代】【挿絵なし】

「水中少女」堀川アサコ著 徳間書店(徳間文庫) 2017年3月【現代】【挿絵なし】

「旦那様の頭が獣なのはどうも私のせいらしい 2」紫月恵里著 一迅社(一迅社文庫アイリス) 2017年3月【異世界・架空の世界】【肌の露出が多めの挿絵なし】

「猫と竜」アマラ著 宝島社(宝島社文庫) 2017年4月【異世界・架空の世界】【肌の露出が多めの挿絵なし】

「半妖の子」廣嶋玲子著 東京創元社(創元推理文庫) 2017年6月【歴史・時代】【肌の露出が多めの挿絵なし】

「放課後の厄災魔女：ちやほやされたい先生の嫌われ生活」てにをは著 KADOKAWA(ノベルゼロ) 2017年6月【現代】【肌の露出が多めの挿絵あり】

「魔女と魔城のサバトマリナ」雨木シュウスケ著 講談社(講談社ラノベ文庫) 2017年3月【現代】【肌の露出が多めの挿絵あり】

「幽落町おばけ駄菓子屋[9]」蒼月海里著 KADOKAWA(角川ホラー文庫) 2017年4月【異世界・架空の世界】【肌の露出が多めの挿絵なし】

「乱歩の変身」江戸川乱歩著 光文社(光文社文庫) 2017年4月【歴史・時代】【挿絵なし】

### 変身・変形＞魔装

「Fate/strange Fake 4」TYPE-MOON原作;成田良悟著 KADOKAWA(電撃文庫) 2017年4月【異世界・架空の世界】【肌の露出が多めの挿絵なし】

「ディヴィジョン・マニューバ：英雄転生」妹尾尻尾著 講談社(講談社ラノベ文庫) 2017年3月【異世界・架空の世界】【肌の露出が多めの挿絵あり/性描写の挿絵あり】

「デート・ア・ライブ 16」橘公司著 KADOKAWA(富士見ファンタジア文庫) 2017年3月【異世界・架空の世界】【肌の露出が多めの挿絵あり】

## ストーリー

「デスクトップアーミー = DESKTOP ARMY [2]」手島史詞著 実業之日本社(Jノベルライト) 2017年3月【近未来・遠未来】【肌の露出が多めの挿絵なし】

「ナイツ&マジック 7」天酒之瓢著 主婦の友社(ヒーロー文庫) 2017年4月【異世界・架空の世界】【肌の露出が多めの挿絵なし】

「俺、ツインテールになります。4.5」水沢夢著 小学館(ガガガ文庫) 2017年3月【現代】【肌の露出が多めの挿絵あり/キスシーンの挿絵あり】

「聖樹の国の禁呪使い 8」篠崎芳著 オーバーラップ(オーバーラップ文庫) 2017年1月【異世界・架空の世界】【肌の露出が多めの挿絵なし】

「魔装学園H×H(ハイブリッド・ハート) 11」久慈マサムネ著 KADOKAWA(角川スニーカー文庫) 2017年6月【異世界・架空の世界】【肌の露出が多めの挿絵あり/キスシーンの挿絵あり/性描写の挿絵あり】

「魔装学園H×H(ハイブリッド・ハート)10」久慈マサムネ著 KADOKAWA(角川スニーカー文庫) 2017年2月【異世界・架空の世界】【肌の露出が多めの挿絵あり/性描写の挿絵あり】

## 冒険・旅

「「おくのほそ道」殺人事件 : 歴史探偵・月村弘平の事件簿」風野真知雄著 実業之日本社(実業之日本社文庫) 2017年4月【現代】【挿絵なし】

「10年ごしの引きニートを辞めて外出したら 4」坂東太郎著 オーバーラップ(オーバーラップ文庫) 2017年6月【異世界・架空の世界】【肌の露出が多めの挿絵なし】

「BLAME! THE ANTHOLOGY」弐瓶勉原作;小川一水;飛浩隆他著 早川書房(ハヤカワ文庫JA) 2017年5月【異世界・架空の世界】【肌の露出が多めの挿絵なし】

「Rock'n Role 5」ベーテ・有理・黒崎著;グループSNE著 KADOKAWA(富士見DRAGONBOOK) 2017年4月【異世界・架空の世界】【肌の露出が多めの挿絵なし】

「ああ勇者、君の苦しむ顔が見たいんだ = Ah Hero,I want to see that face of yours writhe in agony 3」ユウシャ・アイウエオン著 ポニーキャニオン(ぽにきゃんBOOKS) 2017年5月【異世界・架空の世界】【肌の露出が多めの挿絵なし】

「ヴァルハラの晩ご飯 4」三鏡一敏著 KADOKAWA(電撃文庫) 2017年2月【異世界・架空の世界】【肌の露出が多めの挿絵あり】

「エルフと戦車と僕の毎日 2[下]」佐藤大輔著 KADOKAWA(カドカワBOOKS) 2017年5月【異世界・架空の世界】【肌の露出が多めの挿絵なし】

「エルフと戦車と僕の毎日 2[上]」佐藤大輔著 KADOKAWA(カドカワBOOKS) 2017年5月【異世界・架空の世界】【肌の露出が多めの挿絵なし】

「おいしい逃走(ツアー)!東京発京都行 : 謎の箱と、SAグルメ食べ歩き」桔梗楓著 マイナビ出版(ファン文庫) 2017年3月【現代】【挿絵なし】

「オークの騎士 2」darnylee著 ポニーキャニオン(ぽにきゃんBOOKS) 2017年4月【異世界・架空の世界】【肌の露出が多めの挿絵なし】

## ストーリー

「オーダーは探偵に [8]」近江泉美著 KADOKAWA(メディアワークス文庫) 2017年3月【現代】【挿絵なし】

「おことばですが、魔法医さま。: 異世界の医療は問題が多すぎて、メスを入れざるを得ませんでした」時田唯著 KADOKAWA(電撃文庫) 2017年2月【異世界・架空の世界】【肌の露出が多めの挿絵あり】

「オリンポスの郵便ポスト = The Post at Mount Olympus」藻野多摩夫著 KADOKAWA(電撃文庫) 2017年3月【近未来・遠未来】【肌の露出が多めの挿絵なし】

「カット&ペーストでこの世界を生きていく」咲夜著 ツギクル(ツギクルブックス) 2017年6月【異世界・架空の世界】【肌の露出が多めの挿絵なし】

「キャラクターメイキングで異世界転生! = Let's make character for reincarnation in the new world! [2]」九重遥著 宝島社 2017年5月【異世界・架空の世界】【肌の露出が多めの挿絵なし】

「クソゲー・オンライン〈仮〉3」つちせ八十八著 KADOKAWA(MF文庫J) 2017年3月【異世界・架空の世界】【肌の露出が多めの挿絵あり】

「くまクマ熊ベアー 6」くまなの著 主婦と生活社(PASH!ブックス) 2017年4月【異世界・架空の世界】【肌の露出が多めの挿絵なし】

「この勇者が俺TUEEEくせに慎重すぎる」土日月著 KADOKAWA(カドカワBOOKS) 2017年2月【異世界・架空の世界】【肌の露出が多めの挿絵あり】

「ゴブリンスレイヤー = GOBLIN SLAYER! 4 ドラマCD付き限定特装版」蝸牛くも著 SBクリエイティブ(GA文庫) 2017年1月【異世界・架空の世界】【肌の露出が多めの挿絵あり】

「サークルクラッシャーのあの娘(こ)、ぼくが既読スルー決めたらどんな顔するだろう 2」秀章著 KADOKAWA(角川スニーカー文庫) 2017年3月【異世界・架空の世界】【肌の露出が多めの挿絵なし】

「スキル喰らいの英雄譚 2」浅葉ルウイ著 ホビージャパン(HJ文庫) 2017年6月【異世界・架空の世界】【肌の露出が多めの挿絵あり】

「スタイリッシュ武器屋 1」弘松涼著 主婦の友社(ヒーロー文庫) 2017年6月【異世界・架空の世界】【肌の露出が多めの挿絵なし】

「スピリット・マイグレーション 3」ヘロー天気著 アルファポリス(アルファライト文庫) 2017年1月【異世界・架空の世界】【肌の露出が多めの挿絵なし】

「スピリット・マイグレーション 4」ヘロー天気著 アルファポリス(アルファライト文庫) 2017年4月【異世界・架空の世界】【肌の露出が多めの挿絵なし】

「スピリット・マイグレーション 5」ヘロー天気著 アルファポリス(アルファライト文庫) 2017年6月【異世界・架空の世界】【肌の露出が多めの挿絵なし】

「すまん、資金ブーストよりチートなスキル持ってる奴おる? 3」えきさいたー著 集英社(ダッシュエックス文庫) 2017年6月【異世界・架空の世界】【肌の露出が多めの挿絵あり/性描写の挿絵あり】

## ストーリー

「ゼロから始める魔法の書 9」虎走かける著 KADOKAWA(電撃文庫) 2017年4月【異世界・架空の世界】【肌の露出が多めの挿絵あり】

「ゼロの使い魔 22」ヤマグチノボル著 KADOKAWA(MF文庫J) 2017年2月【異世界・架空の世界】【肌の露出が多めの挿絵あり】

「そのガーゴイルは地上でも危険です [2]」大地の怒り著 宝島社 2017年5月【異世界・架空の世界】【肌の露出が多めの挿絵あり】

「その者。のちに… 04」ナハァト著 アース・スターエンターテイメント(EARTHSTARNOVEL) 2017年4月【異世界・架空の世界】【肌の露出が多めの挿絵なし】

「たとえばラストダンジョン前の村の少年が序盤の街で暮らすような物語」サトウとシオ著 SBクリエイティブ(GA文庫) 2017年2月【異世界・架空の世界】【肌の露出が多めの挿絵なし】

「ダンジョンに出会いを求めるのは間違っているだろうか 外伝[9]」大森藤ノ著 SBクリエイティブ(GA文庫) 2017年6月【異世界・架空の世界】【肌の露出が多めの挿絵なし】

「ダンジョンに出会いを求めるのは間違っているだろうかファミリアクロニクル：episodeリュー」大森藤ノ著 SBクリエイティブ(GA文庫) 2017年3月【異世界・架空の世界】【肌の露出が多めの挿絵あり】

「チート魔術で運命をねじ伏せる 4」月夜涙著 双葉社(モンスター文庫) 2017年2月【異世界・架空の世界】【肌の露出が多めの挿絵あり】

「テイルズオブベルセリア 下」バンダイナムコエンターテイメント原作;山本カズヨシ著 KADOKAWA(電撃文庫) 2017年4月【異世界・架空の世界】【肌の露出が多めの挿絵あり】

「テイルズオブベルセリア 上」バンダイナムコエンターテイメント原作;山本カズヨシ著 KADOKAWA(電撃文庫) 2017年3月【異世界・架空の世界】【肌の露出が多めの挿絵あり】

「ドラどら王子の新婚旅行」愛坂タカト著 講談社(講談社ラノベ文庫) 2017年6月【異世界・架空の世界】【肌の露出が多めの挿絵あり】

「トリア・ルーセントが人間になるまで」三田千恵著 KADOKAWA(ファミ通文庫) 2017年4月【異世界・架空の世界】【肌の露出が多めの挿絵あり/キスシーンの挿絵あり】

「ドリーム・ライフ〜夢の異世界生活〜 3」愛山雄町著 TOブックス(Trinitasシリーズ) 2017年3月【異世界・架空の世界】【肌の露出が多めの挿絵なし】

「ビアンカ・オーバーステップ 下」筒城灯士郎著 星海社(星海社FICTIONS) 2017年3月【異世界・架空の世界】【挿絵なし】

「ビアンカ・オーバーステップ 上」筒城灯士郎著 星海社(星海社FICTIONS) 2017年3月【異世界・架空の世界】【挿絵なし】

「ひとり旅の神様」五十嵐雄策著 KADOKAWA(メディアワークス文庫) 2017年1月【現代】【挿絵なし】

「ファイナルファンタジー14きみの傷とぼくらの絆：ON〈THE NOVEL〉LINE」藤原祐著;スクウェア・エニックス監修 KADOKAWA(電撃文庫) 2017年6月【現代】【肌の露出が多めの挿絵なし】

## ストーリー

「フェンリルの鎖 1」うかれ猫著 ホビージャパン(HJ文庫) 2017年5月【異世界・架空の世界】【肌の露出が多めの挿絵あり】

「フラワーナイトガール：エピソードコレクション 2」月本一著;田口仙年堂著;川添枯美著;水無瀬さんご著;葵龍之介著;是鐘リュウジ著 KADOKAWA(ファミ通文庫) 2017年2月【異世界・架空の世界】【肌の露出が多めの挿絵なし】

「フレームアームズ・ガール：可愛いってどういうこと?」コトブキヤ原作;手島史詞著 KADOKAWA(ファミ通文庫) 2017年4月【異世界・架空の世界】【肌の露出が多めの挿絵なし】

「めがみめぐり：ツクモと聖地と七柱のめがみ」カプコン原作;櫂末高彰著 KADOKAWA(ファミ通文庫) 2017年3月【現代】【肌の露出が多めの挿絵なし】

「モンスターハンター：クロスソウル」西野吾郎著 KADOKAWA(ファミ通文庫) 2017年1月【異世界・架空の世界】【肌の露出が多めの挿絵なし】

「やがて恋するヴィヴィ・レイン = How Vivi Lane Falls in Love 2」犬村小六著 小学館(ガガガ文庫) 2017年1月【異世界・架空の世界】【肌の露出が多めの挿絵なし】

「やがて恋するヴィヴィ・レイン = How Vivi Lane Falls in Love 3」犬村小六著 小学館(ガガガ文庫) 2017年5月【異世界・架空の世界】【肌の露出が多めの挿絵なし】

「ライオットグラスパー：異世界でスキル盗ってます 6」飛鳥けい著 KADOKAWA(MFブックス) 2017年6月【異世界・架空の世界】【肌の露出が多めの挿絵なし】

「リワールド・フロンティア = Reworld Frontier」国広仙戯著 TOブックス 2017年1月【異世界・架空の世界】【肌の露出が多めの挿絵なし】

「リワールド・フロンティア = Reworld Frontier 2」国広仙戯著 TOブックス 2017年5月【異世界・架空の世界】【肌の露出が多めの挿絵なし】

「レベル無限の契約者 = Contractor on an Infinite Level：神剣とスキルで世界最強」わたがし大五郎著 TOブックス 2017年2月【異世界・架空の世界】【肌の露出が多めの挿絵なし】

「ワールド・ティーチャー：異世界式教育エージェント 5」ネコ光一著 オーバーラップ(オーバーラップ文庫) 2017年3月【異世界・架空の世界】【肌の露出が多めの挿絵あり】

「ワールドエンド・ハイランド：世界樹の街の支配人になって没落領地を復興させます。」つくも三太著 KADOKAWA(MF文庫J) 2017年4月【異世界・架空の世界】【肌の露出が多めの挿絵なし】

「異世界でハンター始めました。：獲物はおいしくいただきます 2」ゆうきりん著 KADOKAWA(ファミ通文庫) 2017年6月【異世界・架空の世界】【肌の露出が多めの挿絵なし】

「異世界の魔法言語かどっち見ても日本語だった件 [2]」トラ子猫著 宝島社 2017年3月【異世界・架空の世界】【肌の露出が多めの挿絵あり】

「異世界は思ったよりも俺に優しい?」大川雅臣著 TOブックス 2017年2月【異世界・架空の世界】【肌の露出が多めの挿絵なし】

「異世界は思ったよりも俺に優しい? 2」大川雅臣著 TOブックス 2017年6月【異世界・架空の世界】【肌の露出が多めの挿絵なし】

## ストーリー

「異世界を制御魔法で切り開け！1」佐竹アキノリ著 アルファポリス(アルファライト文庫) 2017年4月【異世界・架空の世界】【肌の露出が多めの挿絵なし】

「異世界を制御魔法で切り開け！2」佐竹アキノリ著 アルファポリス(アルファライト文庫) 2017年6月【異世界・架空の世界】【肌の露出が多めの挿絵なし】

「異世界取材記：ライトノベルができるまで」田口仙年堂著 KADOKAWA(富士見ファンタジア文庫) 2017年3月【現代/異世界・架空の世界】【肌の露出が多めの挿絵あり】

「異世界修学旅行 5」岡本タクヤ著 小学館(ガガガ文庫) 2017年3月【異世界・架空の世界】【肌の露出が多めの挿絵あり】

「異世界魔王と召喚少女の奴隷魔術 7」むらさきゆきや著 講談社(講談社ラノベ文庫) 2017年3月【異世界・架空の世界】【肌の露出が多めの挿絵あり/性描写の挿絵あり】

「異端の神言遣い：俺たちはパワーワードで異世界を革命する」佐藤了著 KADOKAWA(ファミ通文庫) 2017年1月【異世界・架空の世界】【肌の露出が多めの挿絵あり】

「英雄エルフちゃんが二人の弟子を育てます!」秋月煌介著 KADOKAWA(MF文庫J) 2017年1月【異世界・架空の世界】【肌の露出が多めの挿絵あり】

「英雄の忘れ形見 1」風見祐輝著 主婦の友社(ヒーロー文庫) 2017年6月【異世界・架空の世界】【肌の露出が多めの挿絵あり】

「英雄教室 8」新木伸著 集英社(ダッシュエックス文庫) 2017年5月【現代/異世界・架空の世界】【肌の露出が多めの挿絵なし】

「俺、動物や魔物と話せるんです 2」錬金王著 KADOKAWA(MFブックス) 2017年3月【異世界・架空の世界】【肌の露出が多めの挿絵なし】

「俺と蛙さんの異世界放浪記 4」くずもち著 アルファポリス(アルファライト文庫) 2017年3月【異世界・架空の世界】【肌の露出が多めの挿絵あり】

「俺と蛙さんの異世界放浪記 5」くずもち著 アルファポリス(アルファライト文庫) 2017年5月【異世界・架空の世界】【肌の露出が多めの挿絵なし】

「俺の死亡フラグが留まるところを知らない 4」泉著 宝島社 2017年3月【異世界・架空の世界】【肌の露出が多めの挿絵なし】

「下僕ハーレムにチェックメイトです!」赤福大和著 講談社(講談社ラノベ文庫) 2017年5月【異世界・架空の世界】【肌の露出が多めの挿絵あり/性描写の挿絵あり】

「化けてます：こだぬき、落語家修業中」遠原嘉乃著 双葉社(双葉文庫) 2017年4月【現代】【肌の露出が多めの挿絵なし】

「暇人、魔王の姿で異世界へ：時々チートなぶらり旅 4」藍敦著 KADOKAWA(ファミ通文庫) 2017年2月【異世界・架空の世界】【肌の露出が多めの挿絵あり】

「灰かぶりの賢者 1」夏月涼著 オーバーラップ(オーバーラップ文庫) 2017年3月【異世界・架空の世界】【肌の露出が多めの挿絵あり】

## ストーリー

「寄生してレベル上げたんだが、育ちすぎたかもしれない2」伊垣久大著 KADOKAWA(カドカワBOOKS) 2017年2月【異世界・架空の世界】【肌の露出が多めの挿絵なし】

「寄生してレベル上げたんだが、育ちすぎたかもしれない3」伊垣久大著 KADOKAWA(カドカワBOOKS) 2017年6月【異世界・架空の世界】【肌の露出が多めの挿絵なし】

「希望のクライノート = Kleinod von Die Hoffnung : 魔法戦士は異世界限定ガチャを回す」オスカル著 宝島社 2017年2月【異世界・架空の世界】【肌の露出が多めの挿絵なし】

「機甲狩竜(パンツァーヤクト)のファンタジア2」内田弘樹著 KADOKAWA(富士見ファンタジア文庫) 2017年2月【異世界・架空の世界】【肌の露出が多めの挿絵あり】

「帰ってきた元勇者8」ニシ著 ポニーキャニオン(ぽにきゃんBOOKS) 2017年4月【異世界・架空の世界】【肌の露出が多めの挿絵あり/キスシーンの挿絵あり】

「逆成長チートで世界最強1」佐竹アキノリ著 主婦の友社(ヒーロー文庫) 2017年5月【異世界・架空の世界】【肌の露出が多めの挿絵なし】

「金色の文字使い(ワードマスター): 勇者四人に巻き込まれたユニークチート10」十本スイ著 KADOKAWA(富士見ファンタジア文庫) 2017年3月【異世界・架空の世界】【肌の露出が多めの挿絵なし】

「金色の文字使い(ワードマスター) 野望の軌跡編」十本スイ著 KADOKAWA(富士見ファンタジア文庫) 2017年6月【異世界・架空の世界】【肌の露出が多めの挿絵なし】

「銀色のスナイパー」名もなき多肉著 ポニーキャニオン(ぽにきゃんBOOKS) 2017年3月【異世界・架空の世界】【肌の露出が多めの挿絵なし】

「駆除人3」花黒子著 KADOKAWA(MFブックス) 2017年1月【異世界・架空の世界】【肌の露出が多めの挿絵なし】

「君の膵臓をたべたい」住野よる著 双葉社(双葉文庫) 2017年4月【現代】【挿絵なし】

「剣と炎のディアスフェルド2」佐藤ケイ著 KADOKAWA(電撃文庫) 2017年2月【異世界・架空の世界】【肌の露出が多めの挿絵なし】

「賢者の剣4」陽山純樹著 主婦の友社(ヒーロー文庫) 2017年3月【異世界・架空の世界】【肌の露出が多めの挿絵なし】

「賢者の弟子を名乗る賢者 = She professed herself pupil of the wise man 7」りゅうせんひろつぐ著 マイクロマガジン社(GCNOVELS) 2017年4月【異世界・架空の世界】【肌の露出が多めの挿絵あり】

「賢者の弟子を名乗る賢者 = She professed herself pupil of the wise man 7 限定版」りゅうせんひろつぐ著 マイクロマガジン社(GCNOVELS) 2017年4月【異世界・架空の世界】【肌の露出が多めの挿絵あり】

「幻獣調査員2」綾里けいし著 KADOKAWA(ファミ通文庫) 2017年6月【異世界・架空の世界】【肌の露出が多めの挿絵なし】

「高1ですが異世界で城主はじめました11」鏡裕之著 ホビージャパン(HJ文庫) 2017年5月【異世界・架空の世界】【肌の露出が多めの挿絵あり】

## ストーリー

「酷幻想をアイテムチートで生き抜く = He survives the real fantasy world by cheating at the items 05」風来山著 マイクロマガジン社(GCNOVELS) 2017年5月【異世界・架空の世界】【肌の露出が多めの挿絵あり/キスシーンの挿絵あり/性描写の挿絵あり】

「黒き魔眼のストレンジャー = Kuroki Magan no stranger : 異世界×サバイバー」佐藤清十郎著 宝島社 2017年1月【異世界・架空の世界】【肌の露出が多めの挿絵なし】

「黒の召喚士 3」迷井豆腐著 オーバーラップ(オーバーラップ文庫) 2017年1月【異世界・架空の世界】【肌の露出が多めの挿絵なし】

「今日から俺はロリのヒモ! 3」暁雪著 KADOKAWA(MF文庫J) 2017年3月【現代】【肌の露出が多めの挿絵あり/キスシーンの挿絵あり】

「左遷も悪くない 5」霧島まるは著 アルファポリス(アルファライト文庫) 2017年3月【異世界・架空の世界】【肌の露出が多めの挿絵なし】

「左利きだったから異世界に連れて行かれた 5」十一屋翠著 KADOKAWA(カドカワBOOKS) 2017年3月【異世界・架空の世界】【肌の露出が多めの挿絵あり】

「再召喚された勇者は一般人として生きていく? = WILL THE BRAVE SUMMONED AGAIN LIVE AS AN ORDINARY PERSON? [2]」かたなかじ著 宝島社 2017年2月【異世界・架空の世界】【肌の露出が多めの挿絵なし】

「再臨勇者の復讐譚 : 勇者やめて元魔王と組みます 3」羽咲うさぎ著 双葉社(モンスター文庫) 2017年4月【異世界・架空の世界】【肌の露出が多めの挿絵なし】

「最強の種族が人間だった件 3」柑橘ゆすら著 集英社(ダッシュエックス文庫) 2017年2月【異世界・架空の世界】【肌の露出が多めの挿絵あり/性描写の挿絵あり】

「最強をこじらせたレベルカンスト剣聖女ベアトリーチェの弱点 : その名は『ぶーぶー』4」鎌池和馬著 KADOKAWA(電撃文庫) 2017年3月【異世界・架空の世界】【肌の露出が多めの挿絵あり】

「最強呪族転生 = Reincarnation of sherman : チート魔術師のスローライフ 3」猫子著 アース・スターエンターテイメント(EARTHSTARNOVEL) 2017年6月【異世界・架空の世界】【肌の露出が多めの挿絵なし】

「最弱骨少女は進化したい! = The skeleton girl is ambitious of evolution! 1」kimimaro著 アース・スターエンターテイメント(EARTHSTARNOVEL) 2017年2月【異世界・架空の世界】【肌の露出が多めの挿絵あり】

「三つの塔の物語 3」赤雪トナ著 オーバーラップ(オーバーラップ文庫) 2017年1月【異世界・架空の世界】【肌の露出が多めの挿絵なし】

「私、能力は平均値でって言ったよね! : God bless me? 4」FUNA著 アース・スターエンターテイメント(EARTHSTARNOVEL) 2017年3月【異世界・架空の世界】【肌の露出が多めの挿絵なし】

## ストーリー

「私、能力は平均値でって言ったよね！:God bless me? 5」FUNA著 アース・スターエンターテイメント(EARTHSTARNOVEL) 2017年6月【異世界・架空の世界】【肌の露出が多めの挿絵なし】

「治癒魔法の間違った使い方：戦場を駆ける回復要員 4」くろかた著 KADOKAWA(MFブックス) 2017年1月【異世界・架空の世界】【肌の露出が多めの挿絵なし】

「治癒魔法の間違った使い方：戦場を駆ける回復要員 5」くろかた著 KADOKAWA(MFブックス) 2017年4月【異世界・架空の世界】【肌の露出が多めの挿絵なし】

「自重しない元勇者の強くて楽しいニューゲーム 2」新木伸著 集英社(ダッシュエックス文庫) 2017年3月【異世界・架空の世界】【肌の露出が多めの挿絵あり/性描写の挿絵あり】

「女神めし」原宏一著 祥伝社(祥伝社文庫) 2017年5月【現代】【挿絵なし】

「小説ひるね姫：知らないワタシの物語」神山健治著 KADOKAWA(角川文庫) 2017年2月【近未来・遠未来/異世界・架空の世界】【挿絵なし】

「食べるだけでレベルアップ！:駄女神といっしょに異世界無双」kt60著 KADOKAWA(富士見ファンタジア文庫) 2017年3月【異世界・架空の世界】【肌の露出が多めの挿絵あり/性描写の挿絵あり】

「新フォーチュン・クエスト2(セカンド) 8」深沢美潮著 KADOKAWA(電撃文庫) 2017年1月【異世界・架空の世界】【肌の露出が多めの挿絵なし】

「神眼の勇者 6」ファースト著 双葉社(モンスター文庫) 2017年3月【異世界・架空の世界】【肌の露出が多めの挿絵あり】

「世界の終わりの世界録(アンコール) 10」細音啓著 KADOKAWA(MF文庫J) 2017年5月【異世界・架空の世界】【肌の露出が多めの挿絵なし】

「世界の終わりの世界録(アンコール) 9」細音啓著 KADOKAWA(MF文庫J) 2017年1月【異世界・架空の世界】【肌の露出が多めの挿絵なし】

「世界最強の人見知りと魔物が消えそうな黄昏迷宮 1」葉村哲著 KADOKAWA(MF文庫J) 2017年5月【異世界・架空の世界】【肌の露出が多めの挿絵あり】

「世界最強は家族と仲良く出稼ぎ中! 4」空埜一樹著 ホビージャパン(HJ文庫) 2017年1月【異世界・架空の世界】【肌の露出が多めの挿絵なし】

「成長チートでなんでもできるようになったが、無職だけは辞められないようです 2」時野洋輔著 新紀元社(MORNINGSTARBOOKS) 2017年1月【異世界・架空の世界】【肌の露出が多めの挿絵あり】

「成長チートでなんでもできるようになったが、無職だけは辞められないようです 3」時野洋輔著 新紀元社(MORNINGSTARBOOKS) 2017年6月【異世界・架空の世界】【肌の露出が多めの挿絵なし】

「双翼の王獣騎士団：狼王子と氷の貴公子」瑞山いつき著 一迅社(一迅社文庫アイリス) 2017年5月【異世界・架空の世界】【肌の露出が多めの挿絵なし】

## ストーリー

「村人ですが何か? = I am a villager,what about it? 2」白石新著 マイクロマガジン社(GCNOVELS) 2017年3月【異世界・架空の世界】【肌の露出が多めの挿絵あり】

「恥知らずのパープルヘイズ:ジョジョの奇妙な冒険より」荒木飛呂彦原作;上遠野浩平著 集英社(集英社文庫) 2017年6月【異世界・架空の世界】【肌の露出が多めの挿絵なし】

「蜘蛛ですが、なにか? 6」馬場翁著 KADOKAWA(カドカワBOOKS) 2017年6月【異世界・架空の世界】【肌の露出が多めの挿絵なし】

「通常攻撃が全体攻撃で二回攻撃のお母さんは好きですか?」井中だちま著 KADOKAWA(富士見ファンタジア文庫) 2017年1月【異世界・架空の世界】【肌の露出が多めの挿絵あり】

「底辺剣士は神獣(むすめ)と暮らす:家族で挑む迷宮攻略」番棚葵著 KADOKAWA(MF文庫J) 2017年1月【異世界・架空の世界】【肌の露出が多めの挿絵あり】

「天地無用!GXP:真・天地無用!魎皇鬼外伝 15」梶島正樹著 KADOKAWA(富士見ファンタジア文庫) 2017年5月【異世界・架空の世界】【肌の露出が多めの挿絵なし】

「転生吸血鬼さんはお昼寝がしたい = A transmigration vampire would like to take a nap 4」ちょきんぎょ。著 アース・スターエンターテイメント(EARTHSTARNOVEL) 2017年5月【異世界・架空の世界】【肌の露出が多めの挿絵あり】

「転生勇者の成り上がり 1」雨宮和希著 オーバーラップ(オーバーラップ文庫) 2017年6月【異世界・架空の世界】【肌の露出が多めの挿絵なし】

「猫と竜」アマラ著 宝島社(宝島社文庫) 2017年4月【異世界・架空の世界】【肌の露出が多めの挿絵なし】

「猫と竜と冒険王子とぐうたら少女 = The Cat and the Dragon,the Adventurous prince and the Lazy girl」アマラ著 宝島社 2017年1月【異世界・架空の世界】【肌の露出が多めの挿絵なし】

「農民関連のスキルばっか上げてたら何故か強くなった。1」しょぼんぬ著 双葉社(モンスター文庫) 2017年4月【異世界・架空の世界】【肌の露出が多めの挿絵なし】

「縛りプレイ英雄記:奇跡の起きない聖女様」語部マサユキ著 KADOKAWA(角川スニーカー文庫) 2017年3月【異世界・架空の世界】【肌の露出が多めの挿絵あり】

「反逆の勇者と道具袋 3」大沢雅紀著 アルファポリス(アルファライト文庫) 2017年2月【異世界・架空の世界】【肌の露出が多めの挿絵あり】

「必中の投擲士:石ころ投げて聖女様助けたった! 1」餅々ころっけ著 新紀元社(MORNINGSTARBOOKS) 2017年6月【異世界・架空の世界】【肌の露出が多めの挿絵なし】

「漂海のレクキール = La LEQKEL derive dans la mer.」秋目人著 小学館(ガガガ文庫) 2017年5月【異世界・架空の世界】【肌の露出が多めの挿絵なし】

「武に身を捧げて百と余年。エルフでやり直す武者修行 10」赤石赫々著 KADOKAWA(富士見ファンタジア文庫) 2017年2月【異世界・架空の世界】【肌の露出が多めの挿絵なし】

「物理さんで無双してたらモテモテになりました 8」kt60著 双葉社(モンスター文庫) 2017年4月【異世界・架空の世界】【肌の露出が多めの挿絵なし】

## ストーリー

「僕を導く、カーナビな幽霊(かのじょ)」伊原柊人著 KADOKAWA(メディアワークス文庫) 2017年5月【現代】【肌の露出が多めの挿絵なし】

「魔王さまと行く!ワンランク上の異世界ツアー!! 2」猫又ぬこ著 ホビージャパン(HJ文庫) 2017年2月【異世界・架空の世界】【肌の露出が多めの挿絵あり】

「魔王ですが起床したら城が消えていました。」みなかみしょう著 アース・スターエンターテイメント(EARTHSTARNOVEL) 2017年3月【異世界・架空の世界】【肌の露出が多めの挿絵なし】

「魔王城のシェフ:黒竜のローストからはじまる異世界グルメ伝」水城水城著 KADOKAWA(ファミ通文庫) 2017年4月【異世界・架空の世界】【肌の露出が多めの挿絵あり】

「魔眼のご主人様。= My Master with Evil Eye」黒森白兎著 TOブックス 2017年5月【異世界・架空の世界】【肌の露出が多めの挿絵なし】

「魔導機人アルミュナーレ = SORCERY ARMS ARMUNAIRE 3」凜乃初著 KADOKAWA(MFブックス) 2017年1月【異世界・架空の世界】【肌の露出が多めの挿絵なし】

「魔法?そんなことより筋肉だ! 1」どらねこ著 KADOKAWA(MFブックス) 2017年6月【異世界・架空の世界】【肌の露出が多めの挿絵なし】

「魔法医師(メディサン・ドゥ・マージ)の診療記録 = medecin du mage et record médical 5」手代木正太郎著 小学館(ガガガ文庫) 2017年4月【異世界・架空の世界】【肌の露出が多めの挿絵なし】

「迷宮料理人ナギの冒険:地下30階から生還するためのレシピ」ゆうきりん著 KADOKAWA(電撃文庫) 2017年1月【異世界・架空の世界】【肌の露出が多めの挿絵あり】

「夜伽の国の月光姫 5」青野海鳥著 TOブックス 2017年1月【異世界・架空の世界】【肌の露出が多めの挿絵あり】

「勇者に期待した僕がバカでした 3」ハマカズシ著 小学館(ガガガ文庫) 2017年3月【異世界・架空の世界】【肌の露出が多めの挿絵あり】

「勇者のパーティで、僕だけ二軍!?」布施瓢箪著 KADOKAWA(富士見ファンタジア文庫) 2017年2月【異世界・架空の世界】【肌の露出が多めの挿絵あり】

「勇者のパーティで、僕だけ二軍!? 2」布施瓢箪著 KADOKAWA(富士見ファンタジア文庫) 2017年5月【異世界・架空の世界】【肌の露出が多めの挿絵あり】

「勇者は、奴隷の君は笑え、と言った」内堀優一著 KADOKAWA(ノベルゼロ) 2017年3月【異世界・架空の世界】【肌の露出が多めの挿絵なし】

「悠久の愚者アズリーの、賢者のすゝめ = The principle of a philosopher by eternal fool "Asley" 5」壱弐参著 アース・スターエンターテイメント(EARTHSTARNOVEL) 2017年1月【異世界・架空の世界】【肌の露出が多めの挿絵あり】

「悠久の愚者アズリーの、賢者のすゝめ = The principle of a philosopher by eternal fool "Asley" 6」壱弐参著 アース・スターエンターテイメント(EARTHSTARNOVEL) 2017年5月【異世界・架空の世界】【肌の露出が多めの挿絵なし】

## ストーリー

「用務員さんは勇者じゃありませんので 7」棚花尋平著 KADOKAWA(MFブックス) 2017年5月【異世界・架空の世界】【肌の露出が多めの挿絵あり】

「裏世界ピクニック：ふたりの怪異探検ファイル」宮澤伊織著 早川書房(ハヤカワ文庫JA) 2017年2月【現代】【肌の露出が多めの挿絵なし】

「緑王の盾と真冬の国 = THE SHIELD OF THE GREEN KING AND THE COUNTRY IN ETERNAL WINTER 2」ぷにちゃん著 KADOKAWA(カドカワBOOKS) 2017年3月【異世界・架空の世界】【肌の露出が多めの挿絵なし】

「狼と香辛料 19」支倉凍砂著 KADOKAWA(電撃文庫) 2017年5月【異世界・架空の世界】【肌の露出が多めの挿絵なし】

「老後に備えて異世界で8万枚の金貨を貯めます = Saving 80,000 gold coins in the different world for my old age」FUNA著 講談社(Kラノベブックス) 2017年6月【現代/異世界・架空の世界】【肌の露出が多めの挿絵なし】

「蜃の楼」和智正喜著;京極夏彦Founder KADOKAWA(富士見L文庫) 2017年5月【歴史・時代】【肌の露出が多めの挿絵なし】

「黎明国花伝 [2]」喜咲冬子著 KADOKAWA(富士見L文庫) 2017年2月【異世界・架空の世界】【挿絵なし】

## 冒険・旅＞クエスト・攻略

「〈Infinite Dendrogram〉-インフィニット・デンドログラム- 2」海道左近著 ホビージャパン(HJ文庫) 2017年1月【異世界・架空の世界】【肌の露出が多めの挿絵なし】

「〈Infinite Dendrogram〉-インフィニット・デンドログラム- 3」海道左近著 ホビージャパン(HJ文庫) 2017年4月【異世界・架空の世界】【肌の露出が多めの挿絵なし】

「Frontier World：召喚士として活動中 3」ながワサビ64著 KADOKAWA(ファミ通文庫) 2017年2月【異世界・架空の世界】【肌の露出が多めの挿絵なし】

「Only Sense Online 11」アロハ座長著 KADOKAWA(富士見ファンタジア文庫) 2017年1月【異世界・架空の世界】【肌の露出が多めの挿絵あり】

「Only Sense Online 12」アロハ座長著 KADOKAWA(富士見ファンタジア文庫) 2017年5月【異世界・架空の世界】【肌の露出が多めの挿絵あり】

「アイテムチートな奴隷ハーレム建国記 4」猫又ぬこ著 ホビージャパン(HJ文庫) 2017年3月【異世界・架空の世界】【肌の露出が多めの挿絵あり】

「お仕事中、迷子の俺サマ拾いました！：フォルテックの獣使い」村沢侑著 KADOKAWA(ビーズログ文庫) 2017年1月【異世界・架空の世界】【肌の露出が多めの挿絵なし】

「ガチャを回して仲間を増やす最強の美少女軍団を作り上げろ = You increase families and make beautiful girl army corps,and put it up 2」ちんくるり著 マイクロマガジン社(GCNOVELS) 2017年4月【異世界・架空の世界】【肌の露出が多めの挿絵あり】

## ストーリー

「ギルドは本日も平和なり 2」ナヤカ著 KADOKAWA(ファミ通文庫) 2017年4月【異世界・架空の世界】【肌の露出が多めの挿絵なし】

「グランブルーファンタジー 7」Cygames原作;はせがわみやび著 KADOKAWA(ファミ通文庫) 2017年3月【異世界・架空の世界】【肌の露出が多めの挿絵なし】

「クロニクル・レギオン 6」丈月城著 集英社(ダッシュエックス文庫) 2017年5月【現代/歴史・時代】【肌の露出が多めの挿絵なし】

「この素晴らしい世界に祝福を! 11」暁なつめ著 KADOKAWA(角川スニーカー文庫) 2017年5月【異世界・架空の世界】【肌の露出が多めの挿絵なし】

「ゴブリンスレイヤー 5」蝸牛くも著 SBクリエイティブ(GA文庫) 2017年5月【異世界・架空の世界】【肌の露出が多めの挿絵あり】

「スキル喰らいの英雄譚:成長チートで誰よりも強くなる」浅葉ルウイ著 ホビージャパン(HJ文庫) 2017年2月【異世界・架空の世界】【肌の露出が多めの挿絵あり/キスシーンの挿絵あり】

「スティール!! = STEAL!! : 最凶の人造魔術士と最強の魔術回収屋」桜咲良636著 KADOKAWA(電撃文庫) 2017年3月【異世界・架空の世界】【肌の露出が多めの挿絵なし】

「すまん、資金ブーストよりチートなスキル持ってる奴おる? 2」えきさいたー著 集英社(ダッシュエックス文庫) 2017年2月【異世界・架空の世界】【肌の露出が多めの挿絵なし】

「セブンキャストのひきこもり魔術王 4」岬かつみ著 KADOKAWA(富士見ファンタジア文庫) 2017年4月【異世界・架空の世界】【肌の露出が多めの挿絵あり】

「セブンス 4」三嶋与夢著 主婦の友社(ヒーロー文庫) 2017年3月【異世界・架空の世界】【肌の露出が多めの挿絵なし】

「セブンスブレイブ:チート?NO!もっといいモノを! 2」乃塚一翔著 アルファポリス(アルファライト文庫) 2017年2月【異世界・架空の世界】【肌の露出が多めの挿絵なし】

「セラエノ・コレクション:クトゥルフ神話TRPGリプレイ」内山靖二郎著;狐印画 KADOKAWA(ログインテーブルトークRPGシリーズ) 2017年5月【異世界・架空の世界】【肌の露出が多めの挿絵なし】

「ダンジョンに出会いを求めるのは間違っているだろうか 12」大森藤ノ著 SBクリエイティブ(GA文庫) 2017年5月【異世界・架空の世界】【肌の露出が多めの挿絵なし】

「デスゲームから始めるMMOスローライフ 2」草薙アキ著 KADOKAWA(富士見ファンタジア文庫) 2017年4月【異世界・架空の世界】【肌の露出が多めの挿絵あり】

「デスマーチからはじまる異世界狂想曲 = Death Marching to the Parallel World Rhapsody 10」愛七ひろ著 KADOKAWA(カドカワBOOKS) 2017年4月【異世界・架空の世界】【肌の露出が多めの挿絵なし】

「てのひら開拓村で異世界建国記:増えてく嫁たちとのんびり無人島ライフ」星崎崑著 KADOKAWA(MF文庫J) 2017年6月【異世界・架空の世界】【肌の露出が多めの挿絵なし】

「なんちゃってシンデレラ、はじめました。」汐邑雛著 KADOKAWA(ビーズログ文庫) 2017年4月【異世界・架空の世界】【肌の露出が多めの挿絵なし】

## ストーリー

「ニートだけどハロワにいったら異世界につれてかれた 8」桂かすが著 KADOKAWA(MFブックス) 2017年4月【異世界・架空の世界】【肌の露出が多めの挿絵なし】

「はるかな空の東」村山早紀著 ポプラ社(ポプラ文庫ピュアフル) 2017年5月【異世界・架空の世界】【挿絵なし】

「プロデュース・オンライン : 棒声優はネトゲで変わりたい。」田尾典丈著 KADOKAWA(富士見ファンタジア文庫) 2017年2月【現代】【肌の露出が多めの挿絵あり】

「ポンコツ魔神逃亡中!」鏑木ハルカ著 ポニーキャニオン(ぽにきゃんBOOKS) 2017年2月【異世界・架空の世界】【肌の露出が多めの挿絵あり】

「ライブダンジョン! = LIVE DUNGEON! 2」dy冷凍著 KADOKAWA(カドカワBOOKS) 2017年4月【異世界・架空の世界】【肌の露出が多めの挿絵なし】

「リアル世界にダンジョンが出来た = A dungeon was born in the real world [2]」ダンジョンマスター著 宝島社 2017年6月【現代/異世界・架空の世界】【肌の露出が多めの挿絵あり】

「リトルテイマー = Little Tamer 2」神無月紅著 KADOKAWA(カドカワBOOKS) 2017年1月【異世界・架空の世界】【肌の露出が多めの挿絵なし】

「リトルテイマー = Little Tamer 3」神無月紅著 KADOKAWA(カドカワBOOKS) 2017年5月【異世界・架空の世界】【肌の露出が多めの挿絵なし】

「るるいえあかでみっく : クトゥルフ神話TRPGリプレイ」内山靖二郎著;狐印画 KADOKAWA(ログインテーブルトークRPGシリーズ.ログインテーブルトークRPGリプレイ) 2017年5月【現代】【肌の露出が多めの挿絵なし】

「レア・クラスチェンジ! = Rare Class Change : 魔物使いちゃんとレア従魔の異世界ゆる旅 3」黒杉くろん著 TOブックス 2017年2月【異世界・架空の世界】【肌の露出が多めの挿絵なし】

「レディ・ヴィクトリア [3]」篠田真由美著 講談社(講談社タイガ) 2017年3月【歴史・時代】【挿絵なし】

「悪逆騎士団 = Knights of Villainy : そのエルフ、凶暴につき 2」水瀬葉月著 KADOKAWA(電撃文庫) 2017年5月【異世界・架空の世界】【肌の露出が多めの挿絵なし】

「異世界ギルドの英雄師弟(ベルセルク) 2」あさのハジメ著 講談社(講談社ラノベ文庫) 2017年2月【異世界・架空の世界】【肌の露出が多めの挿絵あり】

「異世界でスキルを解体したらチートな嫁が増殖しました : 概念交差のストラクチャー 2」千月さかき著 KADOKAWA(カドカワBOOKS) 2017年1月【異世界・架空の世界】【肌の露出が多めの挿絵あり】

「異世界でスキルを解体したらチートな嫁が増殖しました : 概念交差のストラクチャー 3」千月さかき著 KADOKAWA(カドカワBOOKS) 2017年5月【異世界・架空の世界】【肌の露出が多めの挿絵あり】

「俺、冒険者! : 無双スキルは平面魔法 1」みそたくあん著 KADOKAWA(MFブックス) 2017年5月【異世界・架空の世界】【肌の露出が多めの挿絵なし】

## ストーリー

「黒の召喚士 4」迷井豆腐著 オーバーラップ(オーバーラップ文庫) 2017年5月【異世界・架空の世界】【肌の露出が多めの挿絵あり】

「最強魔王様の日本グルメ[2]」kimimaro著 宝島社 2017年5月【現代】【肌の露出が多めの挿絵なし】

「皿の上の聖騎士(パラディン):A Tale of Armour 3」三浦勇雄著 KADOKAWA(ノベルゼロ) 2017年2月【異世界・架空の世界】【挿絵なし】

「時空魔法で異世界と地球を行ったり来たり 2」かつ著 双葉社(モンスター文庫) 2017年3月【現代/異世界・架空の世界】【肌の露出が多めの挿絵なし】

「自称!平凡魔族の英雄ライフ:B級魔族なのにチートダンジョンを作ってしまった結果」あまうい白一著 講談社(Kラノベブックス) 2017年6月【異世界・架空の世界】【肌の露出が多めの挿絵あり】

「自動販売機に生まれ変わった俺は迷宮を彷徨う 3」昼熊著 KADOKAWA(角川スニーカー文庫) 2017年2月【異世界・架空の世界】【肌の露出が多めの挿絵あり】

「小説星を追う子ども」新海誠原作;あきさかあさひ著 KADOKAWA(角川文庫) 2017年6月【現代/異世界・架空の世界】【挿絵なし】

「聖者無双:サラリーマン、異世界で生き残るために歩む道 2」ブロッコリーライオン著 マイクロマガジン社(GCNOVELS) 2017年2月【異世界・架空の世界】【肌の露出が多めの挿絵なし】

「造られしイノチとキレイなセカイ 3」緋月薙著 ホビージャパン(HJ文庫) 2017年4月【異世界・架空の世界】【肌の露出が多めの挿絵なし】

「村人ですが何か? = I am a villager,what about it? 2」白石新著 マイクロマガジン社(GCNOVELS) 2017年3月【異世界・架空の世界】【肌の露出が多めの挿絵あり】

「打算あり善行冒険者 2」唯野皓司著 主婦の友社(ヒーロー文庫) 2017年1月【異世界・架空の世界】【肌の露出が多めの挿絵あり/性描写の挿絵あり】

「通常攻撃が全体攻撃で二回攻撃のお母さんは好きですか? 2」井中だちま著 KADOKAWA(富士見ファンタジア文庫) 2017年4月【異世界・架空の世界】【肌の露出が多め

「奴隷商人になったよin異世界 = I BECAME A SLAVE TRADER IN THE DIFFERENT WORLD 2」ルンパルンパ著 ポニーキャニオン(ぽにきゃんBOOKS) 2017年5月【現代/異世界・架空の世界】【肌の露出が多めの挿絵なし】

「塔の管理をしてみよう 5」早秋著 新紀元社(MORNINGSTARBOOKS) 2017年3月【異世界・架空の世界】【肌の露出が多めの挿絵なし】

「東京廃区の戦女三師団(トリスケリオン) 2」舞阪洸著 KADOKAWA(富士見ファンタジア文庫) 2017年2月【現代】【肌の露出が多めの挿絵あり】

「白翼のポラリス」阿部藍樹著 講談社(講談社ラノベ文庫) 2017年3月【異世界・架空の世界】【肌の露出が多めの挿絵あり】

## ストーリー

「冒険者高専冒険科：女冒険者のLEVEL UPをじっくり見守る俺の話 1」つよぐち2号著 アース・スターエンターテイメント(EARTHSTARNOVEL) 2017年4月【近未来・遠未来/異世界・架空の世界】【肌の露出が多めの挿絵なし】

「僕の部屋がダンジョンの休憩所になってしまった件」東国不動著 ツギクル(ツギクルブックス) 2017年2月【現代/異世界・架空の世界】【肌の露出が多めの挿絵あり/キスシーンの挿絵あり】

「本好きの下剋上：司書になるためには手段を選んでいられません 第3部[2]」香月美夜著 TOブックス 2017年1月【異世界・架空の世界】【肌の露出が多めの挿絵なし】

「魔王になったら領地が無人島だった = I Become the King of Darkness and My Territory is an Uninhabited Island 3」昼寝する亡霊著 マイクロマガジン社(GCNOVELS) 2017年6月【異世界・架空の世界】【肌の露出が多めの挿絵あり】

「狼と羊皮紙：新説狼と香辛料 2」支倉凍砂著 KADOKAWA(電撃文庫) 2017年3月【異世界・架空の世界】【肌の露出が多めの挿絵なし】

## ほのぼの

「〈仮〉花嫁のやんごとなき事情 [13]」夕鷺かのう著 KADOKAWA(ビーズログ文庫) 2017年2月【異世界・架空の世界】【肌の露出が多めの挿絵なし】

「Frontier World：召喚士として活動中 3」ながワサビ64著 KADOKAWA(ファミ通文庫) 2017年2月【異世界・架空の世界】【肌の露出が多めの挿絵なし】

「P・O・S：キャメルマート京洛病院店の四季」鏑木蓮著 早川書房(ハヤカワ文庫JA) 2017年5月【現代】【挿絵なし】

「あの頃、きみと陽だまりで」夏雪なつめ著 スターツ出版(スターツ出版文庫) 2017年2月【現代】【挿絵なし】

「アラフォー社畜のゴーレムマスター 1」高見梁川著 双葉社(モンスター文庫) 2017年5月【異世界・架空の世界】【肌の露出が多めの挿絵なし】

「おいしいベランダ。[3]」竹岡葉月著 KADOKAWA(富士見L文庫) 2017年6月【現代】【挿絵なし】

「おっさん、聖剣を抜く。1」スフレ著 アース・スターエンターテイメント(EARTHSTARNOVEL) 2017年5月【異世界・架空の世界】【肌の露出が多めの挿絵なし】

「カカノムモノ」浅葉なつ著 新潮社(新潮文庫nex) 2017年5月【現代】【肌の露出が多めの挿絵なし】

「かぜまち美術館の謎便り」森晶麿著 新潮社(新潮文庫nex) 2017年6月【現代】【挿絵なし】

「くまクマ熊ベアー 6」くまなの著 主婦と生活社(PASH!ブックス) 2017年4月【異世界・架空の世界】【肌の露出が多めの挿絵なし】

「こぐちさんと僕のビブリアファイト部活動日誌：ビブリア古書堂の事件手帖スピンオフ」三上延原作・監修;峰守ひろかず著 KADOKAWA(電撃文庫) 2017年3月【現代】【肌の露出が多めの挿絵なし】

## ストーリー

「こんこん、いなり不動産」猫屋ちゃき著 マイナビ出版(ファン文庫) 2017年4月【現代】【挿絵なし】

「さよならの神様」鈴森丹子著 KADOKAWA(メディアワークス文庫) 2017年6月【現代】【肌の露出が多めの挿絵なし】

「スープ屋かまくら来客簿：あやかしに効く春野菜の夕焼け色スープ」和泉桂著 KADOKAWA(富士見L文庫) 2017年4月【現代】【挿絵なし】

「ただいまの神様」鈴森丹子著 KADOKAWA(メディアワークス文庫) 2017年1月【現代】【肌の露出が多めの挿絵なし】

「ちどり亭にようこそ = Welcome to Chidori-tei 2」十三湊著 KADOKAWA(メディアワークス文庫) 2017年4月【現代】【肌の露出が多めの挿絵なし】

「デスマーチからはじまる異世界狂想曲 = Death Marching to the Parallel World Rhapsody 10」愛七ひろ著 KADOKAWA(カドカワBOOKS) 2017年4月【異世界・架空の世界】【肌の露出が多めの挿絵なし】

「ドラゴンは寂しいと死んじゃいます = The dragon is lonely and dies：レベッカたんのにいたんは人類最強の傭兵 1」藤原ゴンザレス著 アース・スターエンターテイメント(EARTHSTARNOVEL) 2017年1月【異世界・架空の世界】【肌の露出が多めの挿絵なし】

「バイトリーダーがはじめる異世界ファミレス無双：姫騎士と魔王の娘で繁盛するまで帰れません」長野聖樹著 集英社(ダッシュエックス文庫) 2017年5月【異世界・架空の世界】【肌の露出が多めの挿絵なし】

「ひよっこ家族の朝ごはん：お父さんとアサリのうどん」汐見舜一著 KADOKAWA(富士見L文庫) 2017年5月【現代】【挿絵なし】

「まぼろしメゾンの大家さん：あやかし新生活、始めました。」宮田光著 KADOKAWA(富士見L文庫) 2017年6月【現代】【挿絵なし】

「めがみめぐり：ツクモと聖地と七柱のめがみ」カプコン原作;櫂末高彰著 KADOKAWA(ファミ通文庫) 2017年3月【現代】【肌の露出が多めの挿絵なし】

「ゆきうさぎのお品書き [3]」小湊悠貴著 集英社(集英社オレンジ文庫) 2017年1月【現代】【挿絵なし】

「リワールド・フロンティア = Reworld Frontier」国広仙戯著 TOブックス 2017年1月【異世界・架空の世界】【肌の露出が多めの挿絵なし】

「わたしはさくら。：捏造恋愛バラエティ、収録中」光明寺祭人著 マイナビ出版(ファン文庫) 2017年1月【現代】【挿絵なし】

「悪魔のような公爵一家 = DEMONIC FAMILY THE DUKE OF RACTOS 2」逆又練物著 TOブックス 2017年6月【異世界・架空の世界】【肌の露出が多めの挿絵なし】

「暗黒騎士を脱がさないで 5」木村心一著 KADOKAWA(富士見ファンタジア文庫) 2017年2月【現代/異世界・架空の世界】【肌の露出が多めの挿絵あり】

## ストーリー

「異空菓子処「ノン・シュガー」」神田未亜著 KADOKAWA(カドカワBOOKS) 2017年1月【異世界・架空の世界】【肌の露出が多めの挿絵なし】

「異世界を制御魔法で切り開け! 1」佐竹アキノリ著 アルファポリス(アルファライト文庫) 2017年4月【異世界・架空の世界】【肌の露出が多めの挿絵なし】

「異世界を制御魔法で切り開け! 2」佐竹アキノリ著 アルファポリス(アルファライト文庫) 2017年6月【異世界・架空の世界】【肌の露出が多めの挿絵なし】

「英雄教室 7」新木伸著 集英社(ダッシュエックス文庫) 2017年1月【異世界・架空の世界】【肌の露出が多めの挿絵あり】

「英雄教室 7 オーディオドラマダウンロードシリアルコード付き限定版」新木伸著 集英社(ダッシュエックス文庫) 2017年1月【異世界・架空の世界】【肌の露出が多めの挿絵あり】

「王と月 2」夏目みや著 アルファポリス(レジーナ文庫.レジーナブックス) 2017年5月【異世界・架空の世界】【肌の露出が多めの挿絵なし】

「王太子様は無自覚!?溺愛症候群なんです」ふじさわさほ著 スターツ出版(ベリーズ文庫) 2017年2月【異世界・架空の世界】【挿絵なし】

「俺、動物や魔物と話せるんです 2」錬金王著 KADOKAWA(MFブックス) 2017年3月【異世界・架空の世界】【肌の露出が多めの挿絵なし】

「俺と蛙さんの異世界放浪記 4」くずもち著 アルファポリス(アルファライト文庫) 2017年3月【異世界・架空の世界】【肌の露出が多めの挿絵あり】

「俺のペットは聖女さま = My pet is a holy girl 4」ムク文鳥著 TOブックス 2017年3月【異世界・架空の世界】【肌の露出が多めの挿絵あり】

「可愛ければ変態でも好きになってくれますか? 2」花間燈著 KADOKAWA(MF文庫J) 2017年5月【現代】【肌の露出が多めの挿絵あり】

「花屋「ゆめゆめ」で不思議な花束を」編乃肌著 マイナビ出版(ファン文庫) 2017年3月【現代】【挿絵なし】

「廻る素敵な隣人。」杜奏みなや著 KADOKAWA(メディアワークス文庫) 2017年1月【現代】【挿絵なし】

「規格外れの英雄に育てられた、常識外れの魔法剣士 1」kt60著 双葉社(モンスター文庫) 2017年2月【異世界・架空の世界】【肌の露出が多めの挿絵なし】

「喫茶『猫の木』の日常。:猫マスターと初恋レモネード」植原翠著 マイナビ出版(ファン文庫) 2017年4月【現代】【肌の露出が多めの挿絵なし】

「京都の甘味処は神様専用です」桑野和明著 双葉社(双葉文庫) 2017年5月【現代】【挿絵なし】

「契約結婚はじめました。:椿屋敷の偽夫婦」白川紺子著 集英社(集英社オレンジ文庫) 2017年5月【現代】【肌の露出が多めの挿絵なし】

## ストーリー

「公爵令嬢は騎士団長〈62〉の幼妻 3」筧千里著 KADOKAWA(カドカワBOOKS) 2017年2月【異世界・架空の世界】【肌の露出が多めの挿絵なし】

「紅茶館くじら亭ダイアリー：シナモン・ジンジャーは雪解けの香り」伊佐良紫築著 KADOKAWA(富士見L文庫) 2017年2月【現代】【挿絵なし】

「左遷も悪くない 4」霧島まるは著 アルファポリス(アルファライト文庫) 2017年1月【異世界・架空の世界】【肌の露出が多めの挿絵なし】

「左遷も悪くない 5」霧島まるは著 アルファポリス(アルファライト文庫) 2017年3月【異世界・架空の世界】【肌の露出が多めの挿絵なし】

「座卓と草鞋と桜の枝と」会川いち著 アルファポリス(アルファポリス文庫) 2017年3月【歴史・時代】【肌の露出が多めの挿絵なし】

「三毛猫カフェトリコロール」星月渉著 三交社(スカイハイ文庫) 2017年4月【現代】【肌の露出が多めの挿絵なし】

「四度目は嫌な死属性魔術師 2」デンスケ著 一二三書房(SagaForest) 2017年5月【異世界・架空の世界】【肌の露出が多めの挿絵あり】

「柴犬のお嫁さん、はじめます。：ミコシバさん」結都せと著 KADOKAWA(ビーズログ文庫アリス) 2017年3月【現代】【肌の露出が多めの挿絵なし】

「終電の神様」阿川大樹著 実業之日本社(実業之日本社文庫) 2017年2月【現代】【肌の露出が多めの挿絵なし】

「十歳の最強魔導師 1」天乃聖樹著 主婦の友社(ヒーロー文庫) 2017年4月【異世界・架空の世界】【肌の露出が多めの挿絵なし】

「出雲のあやかしホテルに就職します 2」硝子町玻璃著 双葉社(双葉文庫) 2017年5月【現代】【挿絵なし】

「少女妄想中。」入間人間著 KADOKAWA(メディアワークス文庫) 2017年2月【現代】【肌の露出が多めの挿絵なし】

「神様の棲む診療所」竹村優希著 双葉社(双葉文庫) 2017年3月【現代】【肌の露出が多めの挿絵なし】

「水沢文具店：あなただけの物語つづります」安澄加奈著 ポプラ社(ポプラ文庫ピュアフル) 2017年3月【現代】【挿絵なし】

「世界樹の上に村を作ってみませんか 2」氷純著 KADOKAWA(MFブックス) 2017年6月【異世界・架空の世界】【肌の露出が多めの挿絵あり】

「晴安寺流便利屋帳 安住兄妹は日々是戦い!の巻」真中みずほ著 ポプラ社(ポプラ文庫ピュアフル) 2017年1月【現代】【挿絵なし】

「静かにしてますよ?」水清まり著 主婦と生活社(PASH!ブックス) 2017年2月【異世界・架空の世界】【肌の露出が多めの挿絵なし】

## ストーリー

「双翼の王獣騎士団：狼王子と氷の貴公子」瑞山いつき著 一迅社(一迅社文庫アイリス) 2017年5月【異世界・架空の世界】【肌の露出が多めの挿絵なし】

「造られしイノチとキレイなセカイ 3」緋月薙著 ホビージャパン(HJ文庫) 2017年4月【異世界・架空の世界】【肌の露出が多めの挿絵なし】

「地底アパートの迷惑な来客」蒼月海里著 ポプラ社(ポプラ文庫ピュアフル) 2017年1月【現代】【挿絵なし】

「天使の3P! = Here comes the three angels ×9」蒼山サグ著 KADOKAWA(電撃文庫) 2017年3月【現代】【肌の露出が多めの挿絵あり】

「天明の月」前田珠子著 集英社(コバルト文庫) 2017年6月【異世界・架空の世界】【肌の露出が多めの挿絵なし】

「東京すみっこごはん [3]」成田名璃子著 光文社(光文社文庫) 2017年4月【現代】【肌の露出が多めの挿絵なし】

「東京バルがゆく [2]」似鳥航一著 KADOKAWA(メディアワークス文庫) 2017年5月【現代】【挿絵なし】

「湯屋の怪異とカラクリ奇譚 2」会川いち著 KADOKAWA(メディアワークス文庫) 2017年4月【歴史・時代】【肌の露出が多めの挿絵なし】

「読者(ぼく)と主人公(かのじょ)と二人のこれから」岬鷺宮著 KADOKAWA(電撃文庫) 2017年4月【現代】【肌の露出が多めの挿絵なし】

「謎解き茶房で朝食を」妃川螢著 KADOKAWA(富士見L文庫) 2017年1月【現代】【挿絵なし】

「猫と透さん、拾いました：彼らはソファで謎を解く」安東あや著 KADOKAWA(メディアワークス文庫) 2017年5月【現代】【肌の露出が多めの挿絵なし】

「猫伯爵の憂鬱：紅茶係はもふもふがお好き」かたやま和華著 集英社(コバルト文庫) 2017年2月【異世界・架空の世界】【肌の露出が多めの挿絵なし】

「猫曰く、エスパー課長は役に立たない。」山口幸三郎著 KADOKAWA(メディアワークス文庫) 2017年2月【現代】【肌の露出が多めの挿絵なし】

「農民関連のスキルばっか上げてたら何故か強くなった。1」しょぼんぬ著 双葉社(モンスター文庫) 2017年4月【異世界・架空の世界】【肌の露出が多めの挿絵なし】

「箱入り魔女様のおかげさま」くるひなた著 アルファポリス(レジーナ文庫.レジーナブックス) 2017年2月【異世界・架空の世界】【肌の露出が多めの挿絵なし】

「宝石吐きのおんなのこ 6」なみあと著 ポニーキャニオン(ぽにきゃんBOOKS) 2017年6月【異世界・架空の世界】【肌の露出が多めの挿絵なし】

「放課後は、異世界喫茶でコーヒーを」風見鶏著 KADOKAWA(富士見ファンタジア文庫) 2017年6月【異世界・架空の世界】【肌の露出が多めの挿絵なし】

「僕の町のいたずら好きなチビ妖怪たち」翡翠ヒスイ著 KADOKAWA(メディアワークス文庫) 2017年3月【現代】【肌の露出が多めの挿絵なし】

## ストーリー

「万国菓子舗お気に召すまま[3]」溝口智子著 マイナビ出版(ファン文庫) 2017年6月【現代】【挿絵なし】

「勇者召喚に巻き込まれたけど、異世界は平和でした 1」灯台著 新紀元社(MORNINGSTARBOOKS) 2017年6月【異世界・架空の世界】【肌の露出が多めの挿絵なし】

「竜の専属紅茶師」鳴澤うた著 アルファポリス(レジーナ文庫.レジーナブックス) 2017年1月【異世界・架空の世界】【肌の露出が多めの挿絵なし】

「恋人に捨てられたので、皇子様に逆告白しました」森崎朝香著 一迅社(一迅社文庫アイリス) 2017年6月【異世界・架空の世界】【肌の露出が多めの挿絵なし】

「狼と香辛料 19」支倉凍砂著 KADOKAWA(電撃文庫) 2017年5月【異世界・架空の世界】【肌の露出が多めの挿絵なし】

「和雑貨うなめ堂の友戯帳」真鍋卓著 KADOKAWA(富士見L文庫) 2017年6月【現代】【挿絵なし】

## ホラー・オカルト

「#拡散忌望」最東対地著 KADOKAWA(角川ホラー文庫) 2017年6月【現代】【挿絵なし】

「F 霊能捜査官・橘川七海」塔山郁著 宝島社(宝島社文庫) 2017年2月【現代】【肌の露出が多めの挿絵なし】

「アンダンテ 01」日日日小説;川添枯美小説 ポニーキャニオン(ぽにきゃんBOOKS) 2017年2月【現代】【肌の露出が多めの挿絵なし】

「おそれミミズク:あるいは彼岸の渡し綱」オキシタケヒコ著 講談社(講談社タイガ) 2017年2月【現代】【挿絵なし】

「おにんぎょうさまがた」長谷川夕著 集英社(集英社オレンジ文庫) 2017年1月【現代】【肌の露出が多めの挿絵なし】

「おんみょう紅茶屋らぷさん [2]」古野まほろ著 KADOKAWA(メディアワークス文庫) 2017年1月【現代】【挿絵なし】

「かりゆしブルー・ブルー:空と神様の八月」カミツキレイニー著 KADOKAWA(角川スニーカー文庫) 2017年6月【現代】【肌の露出が多めの挿絵なし】

「ゴーストケース:心霊科学捜査官」柴田勝家著 講談社(講談社タイガ) 2017年1月【現代】【挿絵なし】

「こどもつかい」清水崇監督;ブラジリィー・アン・山田;清水崇脚本;牧野修著 講談社(講談社タイガ) 2017年5月【現代】【挿絵なし】

「さよならのための七日間:夜桜荘交幽帳」井上悠宇著 KADOKAWA(富士見L文庫) 2017年4月【現代】【挿絵なし】

「セラエノ・コレクション:クトゥルフ神話TRPGリプレイ」内山靖二郎著;狐印画 KADOKAWA(ログインテーブルトークRPGシリーズ) 2017年5月【異世界・架空の世界】【肌の露出が多めの挿絵なし】

## ストーリー

「ニアデッドNo.7 = Near Dead Number Seven」九岡望著 KADOKAWA(電撃文庫) 2017年4月【異世界・架空の世界】【肌の露出が多めの挿絵なし】

「ハナシマさん 2」天宮伊佐著 小学館(ガガガ文庫) 2017年1月【現代】【肌の露出が多めの挿絵なし】

「プラットホームの彼女」水沢秋生著 光文社(光文社文庫) 2017年6月【現代】【挿絵なし】

「ベースメント」井川楊枝著 TOブックス(TO文庫) 2017年1月【現代】【挿絵なし】

「ホーンテッド・キャンパス [11]」櫛木理宇著 KADOKAWA(角川ホラー文庫) 2017年3月【現代】【肌の露出が多めの挿絵なし】

「ホーンテッド・キャンパス [12]」櫛木理宇著 KADOKAWA(角川ホラー文庫) 2017年10月【現代】【肌の露出が多めの挿絵なし】

「ぼんくら陰陽師の鬼嫁 2」秋田みやび著 KADOKAWA(富士見L文庫) 2017年4月【現代】【挿絵なし】

「まるで人だな、ルーシー」零真似著 KADOKAWA(角川スニーカー文庫) 2017年2月【現代】【肌の露出が多めの挿絵なし】

「やはり雨は嘘をつかない：こうもり先輩と雨女」皆藤黒助著 講談社(講談社タイガ) 2017年6月【現代】【肌の露出が多めの挿絵なし】

「るるいえあかでみっく：クトゥルフ神話TRPGリプレイ」内山靖二郎著;狐印画 KADOKAWA(ログインテーブルトークRPGシリーズ.ログインテーブルトークRPGリプレイ) 2017年5月【現代】【肌の露出が多めの挿絵なし】

「暗夜鬼譚 [2]」瀬川貴次著 集英社(集英社文庫) 2017年5月【歴史・時代】【挿絵なし】

「噂屋ワタルくん：学校の怪談と傍若無人な観察者」柳田狐狗狸著 KADOKAWA(メディアワークス文庫) 2017年4月【現代】【挿絵なし】

「俺の幼なじみは宇宙人に侵略されている」橘九位著 講談社(講談社ラノベ文庫) 2017年5月【現代】【肌の露出が多めの挿絵なし】

「花屋の倅と寺息子 [2]」葛来奈都著 三交社(スカイハイ文庫) 2017年3月【現代】【肌の露出が多めの挿絵なし】

「巨乳天使ミコピョン！」瀬戸メグル著 講談社(講談社ラノベ文庫) 2017年5月【現代】【肌の露出が多めの挿絵あり/キスシーンの挿絵あり】

「空き店舗〈幽霊つき〉あります」ささきかつお著 幻冬舎(幻冬舎文庫) 2017年5月【現代】【挿絵なし】

「結物語」西尾維新著 講談社(講談社BOX) 2017年1月【現代】【肌の露出が多めの挿絵なし】

「最後の晩ごはん [8]」椹野道流著 KADOKAWA(角川文庫) 2017年6月【現代】【肌の露出が多めの挿絵なし】

「首洗い滝」内藤了著 講談社(講談社タイガ) 2017年6月【現代】【挿絵なし】

## ストーリー

「小暮写眞館 1」宮部みゆき著 新潮社(新潮文庫nex) 2017年1月【現代】【挿絵なし】

「小暮写眞館 2」宮部みゆき著 新潮社(新潮文庫nex) 2017年1月【現代】【挿絵なし】

「少年探偵団:私立探偵明智小五郎」江戸川乱歩著 新潮社(新潮文庫nex) 2017年1月【現代】【挿絵なし】

「心霊探偵八雲:ANOTHER FILES亡霊の願い」神永学著 KADOKAWA(角川文庫) 2017年2月【現代】【挿絵なし】

「森羅殿へようこそ:事故物件幽怪班 [2]」伏見咲希著 講談社(講談社X文庫) 2017年4月【現代】【肌の露出が多めの挿絵なし】

「石神様の仰ることは」黒辺あゆみ著 KADOKAWA(ビーズログ文庫アリス) 2017年2月【現代】【肌の露出が多めの挿絵あり】

「追伸ソラゴトに微笑んだ君へ 2」田辺屋敷著 KADOKAWA(富士見ファンタジア文庫) 2017年5月【現代】【肌の露出が多めの挿絵あり】

「天保院京花の葬送:フューネラル・マーチ」山口幸三郎著 KADOKAWA(メディアワークス文庫) 2017年1月【現代】【肌の露出が多めの挿絵なし】

「浮雲心霊奇譚:赤眼の理」神永学著 集英社(集英社文庫) 2017年4月【歴史・時代】【肌の露出が多めの挿絵なし】

「万華鏡位相〜Devil's Scope〜:欧州妖異譚 15」篠原美季著 講談社(講談社X文庫) 2017年3月【現代】【肌の露出が多めの挿絵なし】

「明治あやかし新聞:怠惰な記者の裏稼業」さとみ桜著 KADOKAWA(メディアワークス文庫) 2017年3月【歴史・時代】【挿絵なし】

「夜の瞳」風森章羽著 講談社(講談社タイガ) 2017年3月【現代】【挿絵なし】

「夜見師」中村ふみ著 KADOKAWA(角川ホラー文庫) 2017年1月【現代】【挿絵なし】

「裏世界ピクニック:ふたりの怪異探検ファイル」宮澤伊織著 早川書房(ハヤカワ文庫JA) 2017年2月【現代】【肌の露出が多めの挿絵なし】

「霊感少女は箱の中」甲田学人著 KADOKAWA(電撃文庫) 2017年1月【現代】【肌の露出が多めの挿絵なし】

### ミステリー・サスペンス・謎解き

「「おくのほそ道」殺人事件:歴史探偵・月村弘平の事件簿」風野真知雄著 実業之日本社(実業之日本社文庫) 2017年4月【現代】【挿絵なし】

「BLAME! THE ANTHOLOGY」弐瓶勉原作;小川一水;飛浩隆他著 早川書房(ハヤカワ文庫JA) 2017年5月【異世界・架空の世界】【肌の露出が多めの挿絵なし】

「Chaos;Child : Children's Revive」MAGES.Chiyost.inc原作;梅原英司著 講談社(講談社ラノベ文庫) 2017年3月【現代】【肌の露出が多めの挿絵なし】

## ストーリー

「D坂の美少年」西尾維新著 講談社(講談社タイガ) 2017年3月【現代】【肌の露出が多めの挿絵なし】

「Eje〈c〉t」貴志川裕呉著 KADOKAWA(カドカワBOOKS) 2017年3月【近未来・遠未来】【肌の露出が多めの挿絵あり】

「EXMOD：思春期ノ能力者」神野オキナ著 小学館(ガガガ文庫) 2017年1月【現代】【肌の露出が多めの挿絵あり】

「F 霊能捜査官・橘川七海」塔山郁著 宝島社(宝島社文庫) 2017年2月【現代】【肌の露出が多めの挿絵なし】

「LOST：失覚探偵 下」周木律著 講談社(講談社タイガ) 2017年4月【現代】【挿絵なし】

「LOST：失覚探偵 中」周木律著 講談社(講談社タイガ) 2017年1月【現代】【挿絵なし】

「P・O・S：キャメルマート京洛病院店の四季」鏑木蓮著 早川書房(ハヤカワ文庫JA) 2017年5月【現代】【挿絵なし】

「アイレスの死書 = The Book of the Dead AIRES 1」蓮見景夏著 オーバーラップ(オーバーラップ文庫) 2017年4月【歴史・時代/異世界・架空の世界】【肌の露出が多めの挿絵なし】

「あやかし双子のお医者さん 2」椎名蓮月著 KADOKAWA(富士見L文庫) 2017年3月【現代】【挿絵なし】

「あやかし双子のお医者さん 3」椎名蓮月著 KADOKAWA(富士見L文庫) 2017年6月【現代】【挿絵なし】

「イケメン伯爵の契約結婚事情」坂野真夢著 スターツ出版(ベリーズ文庫) 2017年1月【異世界・架空の世界】【挿絵なし】

「イノシシ令嬢と不憫な魔王：目指せ、婚約破棄!」秋杜フユ著 集英社(コバルト文庫) 2017年5月【異世界・架空の世界】【肌の露出が多めの挿絵なし】

「ウサギの天使が呼んでいる：ほしがり探偵ユリオ」青柳碧人著 東京創元社(創元推理文庫) 2017年5月【現代】【肌の露出が多めの挿絵なし】

「うさぎ強盗には死んでもらう」橘ユマ著 KADOKAWA(角川スニーカー文庫) 2017年1月【現代】【肌の露出が多めの挿絵なし】

「うちの執事に願ったならば」髙里椎奈著 KADOKAWA(角川文庫) 2017年3月【現代】【挿絵なし】

「エス・エクソシスト」霜月セイ著 KADOKAWA(角川スニーカー文庫) 2017年2月【現代】【肌の露出が多めの挿絵なし】

「おいしい逃走(ツアー)!東京発京都行：謎の箱と、SAグルメ食べ歩き」桔梗楓著 マイナビ出版(ファン文庫) 2017年3月【現代】【挿絵なし】

「オイディプスの檻：犯罪心理分析班」佐藤青南著 KADOKAWA(富士見L文庫) 2017年3月【現代】【挿絵なし】

## ストーリー

「オーダーは探偵に [8]」近江泉美著 KADOKAWA(メディアワークス文庫) 2017年3月【現代】【挿絵なし】

「オーダーは探偵に [9]」近江泉美著 KADOKAWA(メディアワークス文庫) 2017年5月【現代】【挿絵なし】

「おんみょう紅茶屋らぷさん [2]」古野まほろ著 KADOKAWA(メディアワークス文庫) 2017年1月【現代】【挿絵なし】

「かぜまち美術館の謎便り」森晶麿著 新潮社(新潮文庫nex) 2017年6月【現代】【挿絵なし】

「カミサマ探偵のおしながき 2の膳」佐原菜月著 KADOKAWA(メディアワークス文庫) 2017年6月【現代】【肌の露出が多めの挿絵なし】

「カロリーは引いてください!：学食ガールと満腹男子」日向夏著 KADOKAWA(富士見L文庫) 2017年5月【現代】【挿絵なし】

「キネマ探偵カレイドミステリー」斜線堂有紀著 KADOKAWA(メディアワークス文庫) 2017年2月【現代】【挿絵なし】

「キャスター探偵：金曜23時20分の男」愁堂れな著 集英社(集英社オレンジ文庫) 2017年2月【現代】【肌の露出が多めの挿絵なし】

「キリングメンバー = KILLING MEMBER：遥か彼方と冬の音」秋月陽澄著 KADOKAWA(電撃文庫) 2017年5月【現代】【肌の露出が多めの挿絵なし】

「ギルドレ 2」朝霧カフカ著 講談社(講談社BOX) 2017年2月【異世界・架空の世界】【肌の露出が多めの挿絵なし】

「ケーキ王子の名推理(スペシャリテ) 2」七月隆文著 新潮社(新潮文庫nex) 2017年4月【現代】【挿絵なし】

「ゴーストケース：心霊科学捜査官」柴田勝家著 講談社(講談社タイガ) 2017年1月【現代】【挿絵なし】

「さびしい独裁者 新装版」赤川次郎著 徳間書店(徳間文庫) 2017年1月【現代】【挿絵なし】

「されど罪人は竜と踊る = Dances with the Dragons 19」浅井ラボ著 小学館(ガガガ文庫) 2017年2月【異世界・架空の世界】【肌の露出が多めの挿絵なし】

「ジャナ研の憂鬱な事件簿」酒井田寛太郎著 小学館(ガガガ文庫) 2017年5月【現代】【肌の露出が多めの挿絵なし】

「スイーツ刑事：ウェディングケーキ殺人事件」大平しおり著 KADOKAWA(メディアワークス文庫) 2017年5月【現代】【肌の露出が多めの挿絵なし】

「スクールポーカーウォーズ 3」維羽裕介著 集英社(JUMPjBOOKS) 2017年6月【現代】【肌の露出が多めの挿絵なし】

「ストーミー・ガール」田中啓文著 光文社(光文社文庫) 2017年2月【現代】【肌の露出が多めの挿絵なし】

ストーリー

「セブンスブレイブ : チート?NO!もっといいモノさ! 2」乃塚一翔著 アルファポリス(アルファライト文庫) 2017年2月【異世界・架空の世界】【肌の露出が多めの挿絵なし】

「ソウルトランサー」菱川さかく著 徳間書店(徳間文庫) 2017年2月【異世界・架空の世界】【挿絵なし】

「だいじな本のみつけ方」大崎梢著 光文社(光文社文庫) 2017年4月【現代】【挿絵なし】

「だからお兄ちゃんと呼ぶなって! 2」桐山なると著 KADOKAWA(ファミ通文庫) 2017年3月【現代】【肌の露出が多めの挿絵あり】

「たちあがれ、大仏」椎本孝思著 幻冬舎(幻冬舎文庫) 2017年3月【現代】【肌の露出が多めの挿絵なし】

「ダンガンロンパ十神 下」佐藤友哉著 星海社(星海社FICTIONS) 2017年2月【現代】【挿絵なし】

「ダンガンロンパ霧切 5」北山猛邦著 星海社(星海社FICTIONS) 2017年3月【現代】【挿絵なし】

「ディリュージョン社の提供でお送りします」はやみねかおる著 講談社(講談社タイガ) 2017年4月【現代】【挿絵なし】

「テルテル坊主の奇妙な過去帳」江崎双六著 三交社(スカイハイ文庫) 2017年1月【現代】【肌の露出が多めの挿絵なし】

「ナウ・ローディング」詠坂雄二著 光文社(光文社文庫) 2017年1月【現代】【肌の露出が多めの挿絵なし】

「ニアデッドNo.7 = Near Dead Number Seven」九岡望著 KADOKAWA(電撃文庫) 2017年4月【異世界・架空の世界】【肌の露出が多めの挿絵なし】

「ニャン氏の事件簿」松尾由美著 東京創元社(創元推理文庫) 2017年2月【現代】【挿絵なし】

「バチカン奇跡調査官 : ゾンビ殺人事件」藤木稟著 KADOKAWA(角川ホラー文庫) 2017年2月【現代】【挿絵なし】

「ハナシマさん 2」天宮伊佐著 小学館(ガガガ文庫) 2017年1月【現代】【肌の露出が多めの挿絵なし】

「バベルノトウ : 名探偵三途川理vs赤毛そして天使」森川智喜著 講談社(講談社タイガ) 2017年5月【異世界・架空の世界】【挿絵なし】

「ビブリア古書堂の事件手帖 7」三上延著 KADOKAWA(メディアワークス文庫) 2017年2月【現代】【挿絵なし】

「ブライディ家の押しかけ花婿」白川紺子著 集英社(コバルト文庫) 2017年5月【異世界・架空の世界】【肌の露出が多めの挿絵なし】

「ブラック・ヴィーナス : 天才株トレーダー・二礼茜」城山真一著 宝島社(宝島社文庫) 2017年2月【現代】【挿絵なし】

## ストーリー

「プロメテウス・トラップ」福田和代著 早川書房(ハヤカワ文庫JA) 2017年3月【現代】【挿絵なし】

「ホーンテッド・キャンパス [11]」櫛木理宇著 KADOKAWA(角川ホラー文庫) 2017年3月【現代】【肌の露出が多めの挿絵なし】

「ホーンテッド・キャンパス [12]」櫛木理宇著 KADOKAWA(角川ホラー文庫) 2017年10月【現代】【肌の露出が多めの挿絵なし】

「ぼんくら陰陽師の鬼嫁 2」秋田みやび著 KADOKAWA(富士見L文庫) 2017年4月【現代】【挿絵なし】

「やはり雨は嘘をつかない:こうもり先輩と雨女」皆藤黒助著 講談社(講談社タイガ) 2017年6月【現代】【肌の露出が多めの挿絵なし】

「ようこそ授賞式の夕べに」大崎梢著 東京創元社(創元推理文庫) 2017年2月【現代】【挿絵なし】

「リケジョ探偵の謎解きラボ」喜多喜久著 宝島社(宝島社文庫) 2017年5月【現代】【挿絵なし】

「リリエールと祈りの国」白石定規著 SBクリエイティブ(GA文庫) 2017年3月【異世界・架空の世界】【肌の露出が多めの挿絵なし】

「レディ・ヴィクトリア [3]」篠田真由美著 講談社(講談社タイガ) 2017年3月【歴史・時代】【挿絵なし】

「レディローズは平民になりたい 2」こおりあめ著 KADOKAWA(角川ビーンズ文庫) 2017年4月【異世界・架空の世界】【肌の露出が多めの挿絵なし】

「ロル 下」PhysicsPoint著 KADOKAWA(角川スニーカー文庫) 2017年6月【近未来・遠未来】【肌の露出が多めの挿絵あり】

「ロル 上」PhysicsPoint著 KADOKAWA(角川スニーカー文庫) 2017年6月【近未来・遠未来】【肌の露出が多めの挿絵なし】

「わが家は祇園(まち)の拝み屋さん 4」望月麻衣著 KADOKAWA(角川文庫) 2017年1月【現代/異世界・架空の世界】【挿絵なし】

「わが家は祇園(まち)の拝み屋さん 5」望月麻衣著 KADOKAWA(角川文庫) 2017年5月【現代/異世界・架空の世界】【挿絵なし】

「わたしはさくら。:捏造恋愛バラエティ、収録中」光明寺祭人著 マイナビ出版(ファン文庫) 2017年1月【現代】【挿絵なし】

「悪魔のような公爵一家 = DEMONIC FAMILY THE DUKE OF RACTOS 2」逆又練物著 TOブックス 2017年6月【異世界・架空の世界】【肌の露出が多めの挿絵なし】

「綾志別町役場妖怪課:暗闇コサックダンス」青柳碧人著 KADOKAWA(角川文庫) 2017年2月【異世界・架空の世界】【挿絵なし】

## ストーリー

「異世界監獄√楽園化計画：絶対無罪で指名手配犯の俺と〈属性:人食い〉のハンニバルガール」縹けいか著 集英社(ダッシュエックス文庫) 2017年4月【歴史・時代/異世界・架空の世界】【肌の露出が多めの挿絵なし】

「異端なる尋問官の事件調書 file.01」永野水貴著 KADOKAWA(ノベルゼロ) 2017年3月【異世界・架空の世界】【肌の露出が多めの挿絵なし】

「遺跡発掘師は笑わない [6]」桑原水菜著 KADOKAWA(角川文庫) 2017年5月【現代】【挿絵なし】

「一年前の君に、一年後の君と。= To you a year ago,with you a year later.」相原あきら著 KADOKAWA(メディアワークス文庫) 2017年3月【現代】【挿絵なし】

「陰陽屋狐の子守歌：よろず占い処」天野頌子著 ポプラ社(ポプラ文庫ピュアフル) 2017年1月【現代】【挿絵なし】

「嘘つきみーくんと壊れたまーちゃん 11」入間人間著 KADOKAWA(電撃文庫) 2017年6月【近未来・遠未来】【肌の露出が多めの挿絵なし】

「噂屋ワタルくん：学校の怪談と傍若無人な観察者」柳田狐狗狸著 KADOKAWA(メディアワークス文庫) 2017年4月【現代】【挿絵なし】

「横浜元町コレクターズ・カフェ」柳瀬みちる著 KADOKAWA(角川文庫) 2017年3月【現代】【肌の露出が多めの挿絵なし】

「王立探偵シオンの過ち」我鳥彩子著 集英社(コバルト文庫) 2017年5月【異世界・架空の世界】【肌の露出が多めの挿絵なし】

「屋上で縁結び」岡篠名桜著 集英社(集英社文庫) 2017年1月【現代】【肌の露出が多めの挿絵なし】

「屋上のテロリスト」知念実希人著 光文社(光文社文庫) 2017年4月【異世界・架空の世界】【挿絵なし】

「屋上の名探偵」市川哲也著 東京創元社(創元推理文庫) 2017年1月【現代】【挿絵なし】

「下鴨アンティーク [6]」白川紺子著 集英社(集英社オレンジ文庫) 2017年6月【現代】【挿絵なし】

「下町アパートのふしぎ管理人」大城密著 KADOKAWA(角川文庫) 2017年1月【現代】【挿絵なし】

「可愛ければ変態でも好きになってくれますか？」花間燈著 KADOKAWA(MF文庫J) 2017年1月【現代】【肌の露出が多めの挿絵あり】

「歌姫島(ディーヴァアイランド)の支配人候補」兎月竜之介著 KADOKAWA(ノベルゼロ) 2017年4月【異世界・架空の世界】【肌の露出が多めの挿絵なし】

「花屋「ゆめゆめ」で不思議な花束を」編乃肌著 マイナビ出版(ファン文庫) 2017年3月【現代】【挿絵なし】

## ストーリー

「回想のぬいぐるみ警部」西澤保彦著 東京創元社(創元推理文庫) 2017年3月【現代】【挿絵なし】

「灰と幻想のグリムガル level.10」十文字青著 オーバーラップ(オーバーラップ文庫) 2017年3月【異世界・架空の世界】【肌の露出が多めの挿絵なし】

「確率捜査官御子柴岳人 [2]」神永学著 KADOKAWA(角川文庫) 2017年6月【現代】【挿絵なし】

「鎌倉おやつ処の死に神 3」谷崎泉著 KADOKAWA(富士見L文庫) 2017年1月【現代】【挿絵なし】

「鎌倉香房メモリーズ 5」阿部暁子著 集英社(集英社オレンジ文庫) 2017年3月【現代】【挿絵なし】

「棄種たちの冬」つかいまこと著 早川書房(ハヤカワ文庫JA) 2017年1月【近未来・遠未来】【挿絵なし】

「吉祥寺よろず怪事(あやごと)請負処」結城光流著 KADOKAWA(角川文庫) 2017年4月【現代】【挿絵なし】

「喫茶『猫の木』の日常。:猫マスターと初恋レモネード」植原翠著 マイナビ出版(ファン文庫) 2017年4月【現代】【肌の露出が多めの挿絵なし】

「喫茶ルパンで秘密の会議」蒼井蘭子著 三交社(スカイハイ文庫) 2017年2月【現代】【肌の露出が多めの挿絵なし】

「吸血鬼と怪猫殿」赤川次郎著 集英社(集英社文庫) 2017年2月【現代】【肌の露出が多めの挿絵なし】

「京の縁結び縁見屋の娘」三好昌子著 宝島社(宝島社文庫) 2017年3月【歴史・時代】【挿絵なし】

「京都寺町三条のホームズ 6.5」望月麻衣著 双葉社(双葉文庫) 2017年4月【現代】【肌の露出が多めの挿絵なし】

「京都寺町三条のホームズ 7」望月麻衣著 双葉社(双葉文庫) 2017年4月【現代】【挿絵なし】

「境界探偵モンストルム = Monstrum The Borderline Detective 2」十文字青著 KADOKAWA(ノベルゼロ) 2017年1月【近未来・遠未来】【肌の露出が多めの挿絵なし】

「玉妖綺譚 2」真園めぐみ著 東京創元社(創元推理文庫) 2017年2月【異世界・架空の世界】【挿絵なし】

「空き店舗〈幽霊つき〉あります」ささきかつお著 幻冬舎(幻冬舎文庫) 2017年5月【現代】【挿絵なし】

「繰り返されるタイムリープの果てに、きみの瞳に映る人は」青葉優一著 KADOKAWA(メディアワークス文庫) 2017年3月【現代】【肌の露出が多めの挿絵なし】

「君とソースと僕の恋」本田晴巳著 スターツ出版(スターツ出版文庫) 2017年4月【現代】【挿絵なし】

## ストーリー

「契約結婚はじめました。:椿屋敷の偽夫婦」白川紺子著 集英社(集英社オレンジ文庫) 2017年5月【現代】【肌の露出が多めの挿絵なし】

「決戦のとき」あさのあつこ著 ポプラ社(ポプラ文庫ピュアフル) 2017年3月【現代】【挿絵なし】

「結物語」西尾維新著 講談社(講談社BOX) 2017年1月【現代】【肌の露出が多めの挿絵なし】

「月世界紳士録」三木笙子著 集英社(集英社オレンジ文庫) 2017年6月【現代】【挿絵なし】

「建築士・音無薫子の設計ノート[2]」逢上央士著 宝島社(宝島社文庫) 2017年2月【現代】【挿絵なし】

「鍵屋甘味処改 5」梨沙著 集英社(集英社オレンジ文庫) 2017年1月【現代】【挿絵なし】

「後宮幻華伝:奇奇怪怪なる花嫁は謎めく機巧を踊らす」はるおかりの著 集英社(コバルト文庫) 2017年3月【異世界・架空の世界】【肌の露出が多めの挿絵なし】

「御伽噺を翔ける魔女」山本風碧著 KADOKAWA(ビーズログ文庫アリス) 2017年1月【異世界・架空の世界】【肌の露出が多めの挿絵なし】

「御社のデータが流出しています:吹鳴寺籐子のセキュリティチェック」一田和樹著 早川書房(ハヤカワ文庫JA) 2017年6月【現代】【挿絵なし】

「紅蓮坂ブルース」桑原水菜著 集英社(コバルト文庫) 2017年1月【歴史・時代】【肌の露出が多めの挿絵なし】

「黒の派遣 = THE BLACK AGENCY」江崎双六著 TOブックス(TO文庫) 2017年2月【現代】【挿絵なし】

「黒猫王子の喫茶店:お客様は猫様です」高橋由太著 KADOKAWA(角川文庫) 2017年4月【現代】【挿絵なし】

「座敷童子の代理人 5」仁科裕貴著 KADOKAWA(メディアワークス文庫) 2017年6月【現代】【肌の露出が多めの挿絵なし】

「最悪探偵 = The worst detective」望公太著 KADOKAWA(ノベルゼロ) 2017年2月【現代】【肌の露出が多めの挿絵あり】

「札幌アンダーソング[2]」小路幸也著 KADOKAWA(角川文庫) 2017年1月【現代】【肌の露出が多めの挿絵なし】

「死にかけ陛下の権謀恋愛術」山咲黒著 KADOKAWA(ビーズログ文庫) 2017年5月【異世界・架空の世界】【肌の露出が多めの挿絵なし】

「死者ノ棘」日野草著 祥伝社(祥伝社文庫) 2017年6月【現代】【挿絵なし】

「私たちは生きているのか? = Are We Under the Biofeedback?」森博嗣著 講談社(講談社タイガ) 2017年2月【近未来・遠未来】【挿絵なし】

「時をかける眼鏡[5]」椹野道流著 集英社(集英社オレンジ文庫) 2017年4月【異世界・架空の世界】【肌の露出が多めの挿絵なし】

## ストーリー

「七星のスバル = Seven Senses of the Re'Union 5」田尾典丈著 小学館(ガガガ文庫) 2017年3月【現代】【肌の露出が多めの挿絵あり】

「七番目の姫神は語らない:光の聖女と千年王国の謎」小湊悠貴著 集英社(コバルト文庫) 2017年6月【異世界・架空の世界】【肌の露出が多めの挿絵なし】

「質屋からすのワケアリ帳簿 [3]」南潔著 マイナビ出版(ファン文庫) 2017年5月【現代】【挿絵なし】

「首洗い滝」内藤了著 講談社(講談社タイガ) 2017年6月【現代】【挿絵なし】

「終末ノ再生者(リアクター) 2」河端ジュン一著 KADOKAWA(富士見ファンタジア文庫) 2017年3月【近未来・遠未来】【肌の露出が多めの挿絵あり/キスシーンの挿絵あり】

「十三番目の女神は還らない:眠れる聖女と禁断の書」小湊悠貴著 集英社(コバルト文庫) 2017年1月【異世界・架空の世界】【肌の露出が多めの挿絵なし】

「女流棋士は三度殺される」はまだ語録著 宝島社(宝島社文庫) 2017年4月【現代】【挿絵なし】

「小暮写眞館 1」宮部みゆき著 新潮社(新潮文庫nex) 2017年1月【現代】【挿絵なし】

「小暮写眞館 2」宮部みゆき著 新潮社(新潮文庫nex) 2017年1月【現代】【挿絵なし】

「小暮写眞館 3」宮部みゆき著 新潮社(新潮文庫nex) 2017年2月【現代】【挿絵なし】

「小暮写眞館 4」宮部みゆき著 新潮社(新潮文庫nex) 2017年2月【現代】【挿絵なし】

「少年Nのいない世界 02」石川宏千花著 講談社(講談社タイガ) 2017年5月【異世界・架空の世界】【挿絵なし】

「少年探偵団:私立探偵明智小五郎」江戸川乱歩著 新潮社(新潮文庫nex) 2017年1月【現代】【挿絵なし】

「消えてなくなっても」椰月美智子著 KADOKAWA(角川文庫) 2017年5月【現代】【挿絵なし】

「上倉家のあやかし同居人:見習い鍵守と、ふしぎの蔵のつくも神 2」梅谷百著 KADOKAWA(メディアワークス文庫) 2017年4月【現代】【肌の露出が多めの挿絵なし】

「浄天眼謎とき異聞録:明治つれづれ推理 下」一色美雨季著 マイナビ出版(ファン文庫) 2017年1月【歴史・時代】【肌の露出が多めの挿絵なし】

「心霊探偵八雲:ANOTHER FILES亡霊の願い」神永学著 KADOKAWA(角川文庫) 2017年2月【現代】【挿絵なし】

「新宿コネクティブ 1」内堀優一著 ホビージャパン(HJ文庫) 2017年5月【現代】【肌の露出が多めの挿絵なし】

「森羅殿へようこそ:事故物件幽怪班 [2]」伏見咲希著 講談社(講談社X文庫) 2017年1月【現代】【肌の露出が多めの挿絵なし】

「真夜中の騎士 新装版」赤川次郎著 徳間書店(徳間文庫) 2017年5月【現代】【挿絵なし】

「神の値段」一色さゆり著 宝島社(宝島社文庫) 2017年1月【現代】【挿絵なし】

## ストーリー

「神様の願いごと」沖田円著 スターツ出版(スターツ出版文庫) 2017年3月【現代】【挿絵なし】

「神様の子守はじめました。5」霜月りつ著 コスミック出版(コスミック文庫α) 2017年3月【現代】【挿絵なし】

「人狼×討伐のメソッド 2」斜守モル著 KADOKAWA(MF文庫J) 2017年5月【現代】【肌の露出が多めの挿絵なし】

「水中少女」堀川アサコ著 徳間書店(徳間文庫) 2017年3月【現代】【挿絵なし】

「雀と五位鷺推当帖」平谷美樹著 角川春樹事務所(ハルキ文庫) 2017年10月【歴史・時代】【挿絵なし】

「晴安寺流便利屋帳 安住兄妹は日々是戦い!の巻」真中みずほ著 ポプラ社(ポプラ文庫ピュアフル) 2017年1月【現代】【挿絵なし】

「先生とわたしのお弁当:二人の秘密と放課後レシピ」田代裕彦著 KADOKAWA(富士見L文庫) 2017年3月【現代】【挿絵なし】

「大正箱娘 [2]」紅玉いづき著 講談社(講談社タイガ) 2017年3月【歴史・時代】【挿絵なし】

「探偵が早すぎる 上」井上真偽著 講談社(講談社タイガ) 2017年5月【異世界・架空の世界】【挿絵なし】

「探偵の流儀」福田栄一著 光文社(光文社文庫) 2017年2月【現代】【挿絵なし】

「男装した伯爵令嬢ですが、大公殿下にプロポーズされました」藍里まめ著 スターツ出版(ベリーズ文庫) 2017年6月【異世界・架空の世界】【挿絵なし】

「追伸ソラゴトに微笑んだ君へ」田辺屋敷著 KADOKAWA(富士見ファンタジア文庫) 2017年1月【現代】【肌の露出が多めの挿絵あり】

「天久鷹央の推理カルテ 5」知念実希人著 新潮社(新潮文庫nex) 2017年3月【現代】【挿絵なし】

「天才・逢木恭平のキカイな推理 = Genius Kyohei Airagi's Strange Inference」京本喬介著 KADOKAWA(メディアワークス文庫) 2017年2月【現代】【肌の露出が多めの挿絵なし】

「天保院京花の葬送:フューネラル・マーチ」山口幸三郎著 KADOKAWA(メディアワークス文庫) 2017年1月【現代】【肌の露出が多めの挿絵なし】

「湯屋の怪異とカラクリ奇譚 2」会川いち著 KADOKAWA(メディアワークス文庫) 2017年4月【歴史・時代】【肌の露出が多めの挿絵なし】

「奈良町ひとり陰陽師」仲町六絵著 KADOKAWA(メディアワークス文庫) 2017年6月【現代】【肌の露出が多めの挿絵なし】

「謎解き茶房で朝食を」妃川螢著 KADOKAWA(富士見L文庫) 2017年1月【現代】【挿絵なし】

「二度目の勇者は復讐の道を嗤い歩む 3」木塚ネロ著 KADOKAWA(MFブックス) 2017年6月【異世界・架空の世界】【肌の露出が多めの挿絵なし】

ストーリー

「猫と透さん、拾いました:彼らはソファで謎を解く」安東あや著 KADOKAWA(メディアワークス文庫) 2017年5月【現代】【肌の露出が多めの挿絵なし】

「白バイガール [2]」佐藤青南著 実業之日本社(実業之日本社文庫) 2017年2月【現代】【肌の露出が多めの挿絵なし】

「縛りプレイ英雄記:奇跡の起きない聖女様」語部マサユキ著 KADOKAWA(角川スニーカー文庫) 2017年3月【異世界・架空の世界】【肌の露出が多めの挿絵あり】

「彼女と俺とみんなの放送:This is "Namahouso" Youth Story 2」高峰自由著 KADOKAWA(電撃文庫) 2017年2月【現代】【肌の露出が多めの挿絵あり/キスシーンの挿絵

「飛べない鍵姫と解けない飛行士:その箱、開けるべからず」山本瑤著 集英社(コバルト文庫) 2017年3月【異世界・架空の世界】【肌の露出が多めの挿絵なし】

「筆跡鑑定人・東雲清一郎は、書を書かない。[3]」谷春慶著 宝島社(宝島社文庫) 2017年6月【現代】【肌の露出が多めの挿絵なし】

「不良品探偵」滝田務雄著 東京創元社(創元推理文庫) 2017年4月【現代】【挿絵なし】

「浮雲心霊奇譚:赤眼の理」神永学著 集英社(集英社文庫) 2017年4月【歴史・時代】【肌の露出が多めの挿絵なし】

「風蜘蛛の棘」佐々木禎子著;京極夏彦Founder KADOKAWA(富士見L文庫) 2017年4月【現代】【挿絵なし】

「風呂場女神」小声奏著 アルファポリス(レジーナ文庫.レジーナブックス) 2017年4月【現代/異世界・架空の世界】【肌の露出が多めの挿絵なし】

「福を招くと聞きまして。:招福招来」森川秀樹著 KADOKAWA(富士見L文庫) 2017年2月【現代】【挿絵なし】

「壁と孔雀」小路幸也著 早川書房(ハヤカワ文庫JA) 2017年2月【現代】【挿絵なし】

「宝石王子と五つの謎:おしゃべりシェパードと内緒の話」あさぎ千夜春著 三交社(スカイハイ文庫) 2017年2月【現代】【肌の露出が多めの挿絵なし】

「僕が恋したカフカな彼女」森晶麿著 KADOKAWA(富士見L文庫) 2017年1月【現代】【挿絵なし】

「僕と死神(ボディガード)の赤い罪」天野頌子著 講談社(講談社タイガ) 2017年6月【現代】【肌の露出が多めの挿絵なし】

「僕の殺人」太田忠司著 徳間書店(徳間文庫) 2017年3月【現代】【挿絵なし】

「僕の文芸部にビッグがいるなんてありえない。9」赤福大和著 講談社(講談社ラノベ文庫) 2017年6月【現代】【肌の露出が多めの挿絵あり】

「僕はもう憑かれたよ」七尾与史著 宝島社(宝島社文庫) 2017年3月【現代】【挿絵なし】

「僕を導く、カーナビな幽霊(かのじょ)」伊season人著 KADOKAWA(メディアワークス文庫) 2017年5月【現代】【肌の露出が多めの挿絵なし】

ストーリー

「魔法医師(メディサン・ドゥ・マージ)の診療記録 = medecin du mage et record médical 5」手代木正太郎著 小学館(ガガガ文庫) 2017年4月【異世界・架空の世界】【肌の露出が多めの挿絵なし】

「万華鏡位相〜Devil's Scope〜：欧州妖異譚 15」篠原美季著 講談社(講談社X文庫) 2017年3月【現代】【肌の露出が多めの挿絵なし】

「無法の弁護人 3」師走トオル著 KADOKAWA(ノベルゼロ) 2017年2月【現代】【肌の露出が多めの挿絵なし】

「明治あやかし新聞：怠惰な記者の裏稼業」さとみ桜著 KADOKAWA(メディアワークス文庫) 2017年3月【歴史・時代】【挿絵なし】

「明智小五郎事件簿 10」江戸川乱歩著 集英社(集英社文庫) 2017年2月【歴史・時代】【挿絵なし】

「明智小五郎事件簿 11」江戸川乱歩著 集英社(集英社文庫) 2017年3月【歴史・時代】【挿絵なし】

「明智小五郎事件簿 12」江戸川乱歩著 集英社(集英社文庫) 2017年4月【歴史・時代】【挿絵なし】

「夜の瞳」風森章羽著 講談社(講談社タイガ) 2017年3月【現代】【挿絵なし】

「郵便配達人花木瞳子が望み見る」二宮敦人著 TOブックス(TO文庫) 2017年5月【現代】【挿絵なし】

「妖怪博士：私立探偵明智小五郎」江戸川乱歩著 新潮社(新潮文庫nex) 2017年3月【歴史・時代】【挿絵なし】

「乱歩の変身」江戸川乱歩著 光文社(光文社文庫) 2017年4月【歴史・時代】【挿絵なし】

「乱歩の猟奇」江戸川乱歩著 光文社(光文社文庫) 2017年3月【歴史・時代】【挿絵なし】

「寮生：一九七一年、函館。」今野敏著 集英社(集英社文庫) 2017年6月【現代】【挿絵なし】

「臨床真実士(ヴェリティエ)ユイカの論理 [2]」古野まほろ著 講談社(講談社タイガ) 2017年1月【現代】【挿絵なし】

「令嬢鑑定士と画廊の悪魔 [2]」糸森環著 KADOKAWA(角川ビーンズ文庫) 2017年4月【異世界・架空の世界】【肌の露出が多めの挿絵なし】

「零の記憶 [2]」風島ゆう著 三交社(スカイハイ文庫) 2017年6月【現代】【肌の露出が多めの挿絵なし】

「霊感少女は箱の中」甲田学人著 KADOKAWA(電撃文庫) 2017年1月【現代】【肌の露出が多めの挿絵なし】

「恋人に捨てられたので、皇子様に逆告白しました」森崎朝香著 一迅社(一迅社文庫アイリス) 2017年6月【異世界・架空の世界】【肌の露出が多めの挿絵なし】

「露西亜の時間旅行者」三木笙子著 幻冬舎(幻冬舎文庫) 2017年1月【歴史・時代】【挿絵なし】

## ストーリー

「惑星カロン」初野晴著 KADOKAWA(角川文庫) 2017年1月【現代】【挿絵なし】

「櫻子さんの足下には死体が埋まっている[11]」太田紫織著 KADOKAWA(角川文庫) 2017年3月【現代】【肌の露出が多めの挿絵なし】

「絵鬼の轉」愁堂れな著;京極夏彦Founder KADOKAWA(富士見L文庫) 2017年5月【歴史・時代】【挿絵なし】

「薔薇の乙女は秘密の扉を開ける」花夜光著 講談社(講談社X文庫) 2017年3月【現代】【肌の露出が多めの挿絵なし】

「昼の楼」和智正喜著;京極夏彦Founder KADOKAWA(富士見L文庫) 2017年5月【歴史・時代】【肌の露出が多めの挿絵なし】

## メルヘン

「いじわる令嬢のゆゆしき事情[2]」九江桜著 KADOKAWA(角川ビーンズ文庫) 2017年5月【異世界・架空の世界】【肌の露出が多めの挿絵なし】

「ヴァルハラの晩ご飯4」三鏡一敏著 KADOKAWA(電撃文庫) 2017年2月【異世界・架空の世界】【肌の露出が多めの挿絵あり】

「ヴァルハラの晩ご飯5」三鏡一敏著 KADOKAWA(電撃文庫) 2017年6月【異世界・架空の世界】【肌の露出が多めの挿絵あり】

「さよならの神様」鈴森丹子著 KADOKAWA(メディアワークス文庫) 2017年6月【現代】【肌の露出が多めの挿絵なし】

「月世界紳士録」三木笙子著 集英社(集英社オレンジ文庫) 2017年6月【現代】【挿絵なし】

「御伽噺を翔ける魔女」山本風碧著 KADOKAWA(ビーズログ文庫アリス) 2017年1月【異世界・架空の世界】【肌の露出が多めの挿絵なし】

「始まりの魔法使い1」石之宮カント著 KADOKAWA(富士見ファンタジア文庫) 2017年5月【異世界・架空の世界】【肌の露出が多めの挿絵あり】

「消えてなくなっても」椰月美智子著 KADOKAWA(角川文庫) 2017年5月【現代】【挿絵なし】

「神様の棲む診療所」竹村優希著 双葉社(双葉文庫) 2017年3月【現代】【肌の露出が多めの挿絵なし】

「聖女が魔を抱く童話(メルヒェン):葡萄の聖女の料理帖」長尾彩子著 集英社(コバルト文庫) 2017年3月【異世界・架空の世界】【肌の露出が多めの挿絵なし】

「双翼の王獣騎士団:狼王子と氷の貴公子」瑞山いつき著 一迅社(一迅社文庫アイリス) 2017年5月【異世界・架空の世界】【肌の露出が多めの挿絵なし】

「旦那様の頭が獣なのはどうも私のせいらしい2」紫月恵里著 一迅社(一迅社文庫アイリス) 2017年3月【異世界・架空の世界】【肌の露出が多めの挿絵なし】

「憧れの魔法少女の正体が男でした。」山田絢著 KADOKAWA(ビーズログ文庫アリス) 2017年1月【現代】【肌の露出が多めの挿絵なし】

## ストーリー

「猫伯爵の憂鬱：紅茶係はもふもふがお好き」かたやま和華著 集英社(コバルト文庫) 2017年2月【異世界・架空の世界】【肌の露出が多めの挿絵なし】

「片手の楽園」河野裕著 KADOKAWA(角川文庫) 2017年1月【現代】【挿絵なし】

「恋人に捨てられたので、皇子様に逆告白しました」森崎朝香著 一迅社(一迅社文庫アイリス) 2017年6月【異世界・架空の世界】【肌の露出が多めの挿絵なし】

## 問題解決

「《ハローワーク・ギルド》へようこそ! = Welcome to "Hello Work Guild"」小林三六九著 KADOKAWA(電撃文庫) 2017年1月【異世界・架空の世界】【肌の露出が多めの挿絵あり】

「10年ごしの引きニートを辞めて外出したら3」坂東太郎著 オーバーラップ(オーバーラップ文庫) 2017年2月【異世界・架空の世界】【肌の露出が多めの挿絵あり】

「Bの戦場 2」ゆきた志旗著 集英社(集英社オレンジ文庫) 2017年6月【現代】【肌の露出が多めの挿絵なし】

「LOST : 失覚探偵 下」周木律著 講談社(講談社タイガ) 2017年4月【現代】【挿絵なし】

「LOST : 失覚探偵 中」周木律著 講談社(講談社タイガ) 2017年1月【現代】【挿絵なし】

「Re:ゼロから始める異世界生活 12」長月達平著 KADOKAWA(MF文庫J) 2017年3月【異世界・架空の世界】【肌の露出が多めの挿絵あり/キスシーンの挿絵あり】

「RE;SET>学園シミュレーション：1万4327度目のボクは、1度目のキミに恋をする。」土橋真二郎著 KADOKAWA(富士見ファンタジア文庫) 2017年3月【近未来・遠未来】【肌の露出が多めの挿絵あり】

「アイドル稼業、はじめました!」岩関昂道著 KADOKAWA(電撃文庫) 2017年4月【現代】【肌の露出が多めの挿絵あり】

「あなたの恋人、強奪します。新装版」永嶋恵美著 徳間書店(徳間文庫) 2017年6月【現代】【肌の露出が多めの挿絵なし】

「あやかし夫婦は青春を謳歌する。」友麻碧著 KADOKAWA(富士見L文庫) 2017年5月【現代/歴史・時代】【挿絵なし】

「アンチスキル・ゲーミフィケーション 2」土橋真二郎著 KADOKAWA(MF文庫J) 2017年3月【異世界・架空の世界】【肌の露出が多めの挿絵あり】

「イックーさん」華早漏曇著 KADOKAWA(角川スニーカー文庫) 2017年4月【歴史・時代/異世界・架空の世界】【肌の露出が多めの挿絵あり】

「ヴァルハラの晩ご飯 5」三鏡一敏著 KADOKAWA(電撃文庫) 2017年6月【異世界・架空の世界】【肌の露出が多めの挿絵あり】

「おこぼれ姫と円卓の騎士 [16]」石田リンネ著 KADOKAWA(ビーズログ文庫) 2017年2月【異世界・架空の世界】【肌の露出が多めの挿絵なし】

ストーリー

「オタクガール、悪役令嬢に転生する。」富士ゆゆ著 KADOKAWA(ビーズログ文庫アリス) 2017年2月【異世界・架空の世界】【肌の露出が多めの挿絵なし】

「おんみょう紅茶屋らぷさん [2]」古野まほろ著 KADOKAWA(メディアワークス文庫) 2017年1月【現代】【挿絵なし】

「かりゆしブルー・ブルー：空と神様の八月」カミツキレイニー著 KADOKAWA(角川スニーカー文庫) 2017年6月【現代】【肌の露出が多めの挿絵なし】

「カロリーは引いてください！：学食ガールと満腹男子」日向夏著 KADOKAWA(富士見L文庫) 2017年5月【現代】【挿絵なし】

「きみがすべてを忘れる前に」喜多南著 宝島社(宝島社文庫) 2017年3月【現代】【肌の露出が多めの挿絵なし】

「くずクマさんとハチミツJK 2」烏川さいか著 KADOKAWA(MF文庫J) 2017年5月【現代】【肌の露出が多めの挿絵なし】

「ケーキ王子の名推理(スペシャリテ) 2」七月隆文著 新潮社(新潮文庫nex) 2017年4月【現代】【挿絵なし】

「ケダモノと王女の不本意なキス」松村亜紀著 KADOKAWA(ビーズログ文庫) 2017年3月【異世界・架空の世界】【肌の露出が多めの挿絵なし】

「これは経費で落ちません！：経理部の森若さん 2」青木祐子著 集英社(集英社オレンジ文庫) 2017年4月【現代】【挿絵なし】

「サークルクラッシャーのあの娘(こ)、ぼくが既読スルー決めたらどんな顔するだろう 2」秀章著 KADOKAWA(角川スニーカー文庫) 2017年3月【異世界・架空の世界】【肌の露出が多めの挿絵なし】

「さびしい独裁者 新装版」赤川次郎著 徳間書店(徳間文庫) 2017年1月【現代】【挿絵なし】

「しつけ屋美月の事件手帖：その飼い主、取扱い注意!?」相戸結衣著 マイナビ出版(ファン文庫) 2017年2月【現代】【挿絵なし】

「ダンガンロンパ霧切 5」北山猛邦著 星海社(星海社FICTIONS) 2017年3月【現代】【挿絵なし】

「ドラゴン嫁はかまってほしい 2」初美陽一著 KADOKAWA(富士見ファンタジア文庫) 2017年2月【異世界・架空の世界】【肌の露出が多めの挿絵あり/性描写の挿絵あり】

「ドリームハッカーズ：コミュ障たちの現実チートピア」出口きぬごし著 KADOKAWA(電撃文庫) 2017年1月【近未来・遠未来】【肌の露出が多めの挿絵あり】

「はたらく魔王さま! 17」和ケ原聡司著 KADOKAWA(電撃文庫) 2017年5月【現代】【肌の露出が多めの挿絵なし】

「バチカン奇跡調査官：ゾンビ殺人事件」藤木稟著 KADOKAWA(角川ホラー文庫) 2017年2月【現代】【挿絵なし】

## ストーリー

「バベルノトウ:名探偵三途川理vs赤毛そして天使」森川智喜著 講談社(講談社タイガ) 2017年5月【異世界・架空の世界】【挿絵なし】

「ひとり吹奏楽部:ハルチカ番外篇」初野晴著 KADOKAWA(角川文庫) 2017年2月【現代】【挿絵なし】

「ビブリア古書堂の事件手帖7」三上延著 KADOKAWA(メディアワークス文庫) 2017年2月【現代】【挿絵なし】

「ファイナルファンタジー14きみの傷とぼくらの絆:ON〈THE NOVEL〉LINE」藤原祐著;スクウェア・エニックス監修 KADOKAWA(電撃文庫) 2017年6月【現代】【肌の露出が多めの挿絵なし】

「ブラック・ヴィーナス:天才株トレーダー・二礼茜」城山真一著 宝島社(宝島社文庫) 2017年2月【現代】【挿絵なし】

「フレイム王国興亡記6」疎陀陽著 オーバーラップ(オーバーラップ文庫) 2017年1月【異世界・架空の世界】【肌の露出が多めの挿絵あり】

「ぼくらはみんなアブノーマル」佐々山プラス著 KADOKAWA(電撃文庫) 2017年1月【現代】【肌の露出が多めの挿絵あり】

「ぼんくら陰陽師の鬼嫁2」秋田みやび著 KADOKAWA(富士見L文庫) 2017年4月【現代】【挿絵なし】

「マギクラフト・マイスター11」秋ぎつね著 KADOKAWA(MFブックス) 2017年3月【異世界・架空の世界】【肌の露出が多めの挿絵なし】

「ようこそ!ジョナサン異世界ダンジョン地下1階店へ」船橋由高著 講談社(講談社ラノベ文庫) 2017年6月【異世界・架空の世界】【肌の露出が多めの挿絵あり】

「ライブダンジョン! = LIVE DUNGEON! 2」dy冷凍著 KADOKAWA(カドカワBOOKS) 2017年4月【異世界・架空の世界】【肌の露出が多めの挿絵なし】

「ラノベのプロ! 2」望公太著 KADOKAWA(富士見ファンタジア文庫) 2017年6月【現代】【肌の露出が多めの挿絵なし】

「リリエールと祈りの国」白石定規著 SBクリエイティブ(GA文庫) 2017年3月【異世界・架空の世界】【肌の露出が多めの挿絵なし】

「レーゼンシア帝国繁栄紀:通りすがりの賢帝」七条剛著 SBクリエイティブ(GA文庫) 2017年4月【異世界・架空の世界】【肌の露出が多めの挿絵あり】

「愛原そよぎのなやみごと:時を止める能力者にどうやったら勝てると思う?」雪瀬ひうろ著 KADOKAWA(ファミ通文庫) 2017年3月【現代】【肌の露出が多めの挿絵なし】

「綾志別町役場妖怪課:暗闇コサックダンス」青柳碧人著 KADOKAWA(角川文庫) 2017年2月【異世界・架空の世界】【挿絵なし】

「異世界コンビニ1」榎木ユウ著 アルファポリス(アルファポリス文庫) 2017年1月【異世界・架空の世界】【肌の露出が多めの挿絵あり】

## ストーリー

「異世界コンビニ 2」榎木ユウ著 アルファポリス(アルファポリス文庫) 2017年2月【異世界・架空の世界】【肌の露出が多めの挿絵なし】

「異世界コンビニ 3」榎木ユウ著 アルファポリス(アルファポリス文庫) 2017年3月【異世界・架空の世界】【肌の露出が多めの挿絵あり】

「異世界でカフェを開店しました。1」甘沢林檎著 アルファポリス(レジーナ文庫.レジーナブックス) 2017年3月【異世界・架空の世界】【肌の露出が多めの挿絵なし】

「異世界でカフェを開店しました。2」甘沢林檎著 アルファポリス(レジーナ文庫.レジーナブックス) 2017年6月【異世界・架空の世界】【肌の露出が多めの挿絵なし】

「異世界で竜が許嫁です」山崎里佳著 KADOKAWA(角川ビーンズ文庫) 2017年6月【異世界・架空の世界】【肌の露出が多めの挿絵なし】

「異世界ならニートが働くと思った? 5」刈野ミカタ著 KADOKAWA(MF文庫J) 2017年5月【異世界・架空の世界】【肌の露出が多めの挿絵あり/キスシーンの挿絵あり】

「異世界温泉に転生した俺の効能がとんでもすぎる:アンタの中が気持ちいいわけじゃないんですけどっ!?」七鳥未奏著 KADOKAWA(MF文庫J) 2017年2月【異世界・架空の世界】【肌の露出が多めの挿絵あり/性描写の挿絵あり】

「異世界温泉に転生した俺の効能がとんでもすぎる 2」七鳥未奏著 KADOKAWA(MF文庫J) 2017年6月【異世界・架空の世界】【肌の露出が多めの挿絵あり】

「異世界修学旅行 5」岡本タクヤ著 小学館(ガガガ文庫) 2017年3月【異世界・架空の世界】【肌の露出が多めの挿絵あり】

「異世界転移バーテンダーのカクテルポーション 3」score著 KADOKAWA(MFブックス) 2017年1月【異世界・架空の世界】【肌の露出が多めの挿絵なし】

「一華後宮料理帖 第3品」三川みり著 KADOKAWA(角川ビーンズ文庫) 2017年3月【異世界・架空の世界】【肌の露出が多めの挿絵なし】

「陰陽屋狐の子守歌:よろず占い処」天野頌子著 ポプラ社(ポプラ文庫ピュアフル) 2017年1月【現代】【挿絵なし】

「王と月 2」夏目みや著 アルファポリス(レジーナ文庫.レジーナブックス) 2017年5月【異世界・架空の世界】【肌の露出が多めの挿絵なし】

「黄泉坂案内人 [2]」仁木英之著 KADOKAWA(角川文庫) 2017年6月【現代/歴史・時代】【挿絵なし】

「屋上で縁結び」岡篠名桜著 集英社(集英社文庫) 2017年1月【現代】【肌の露出が多めの挿絵なし】

「俺たちは空気が読めない 2」鏡銀鉢著 KADOKAWA(MF文庫J) 2017年2月【現代】【肌の露出が多めの挿絵あり/性描写の挿絵あり】

「俺の異世界姉妹が自重しない! 2」緋色の雨著 双葉社(モンスター文庫) 2017年5月【異世界・架空の世界】【肌の露出が多めの挿絵なし】

## ストーリー

「俺の死亡フラグが留まるところを知らない 4」泉著 宝島社 2017年3月【異世界・架空の世界】【肌の露出が多めの挿絵なし】

「花屋「ゆめゆめ」で不思議な花束を」編乃肌著 マイナビ出版(ファン文庫) 2017年3月【現代】【挿絵なし】

「花魁さんと書道ガール 2」瀬那和章著 東京創元社(創元推理文庫) 2017年1月【現代】【肌の露出が多めの挿絵なし】

「花冠の王国の花嫌い姫 [4]」長月遥著 KADOKAWA(ビーズログ文庫) 2017年3月【異世界・架空の世界】【肌の露出が多めの挿絵なし】

「懐かしい食堂あります [2]」似鳥航一著 KADOKAWA(角川文庫) 2017年6月【現代/歴史・時代】【挿絵なし】

「拡張少女系トライナリー:サマープリズム」コーエーテクモゲームス原作;東映アニメーション原作;柄本和昭著 KADOKAWA(ファミ通文庫) 2017年5月【現代】【肌の露出が多めの挿絵なし】

「鑑定能力で調合師になります 6」空野進著 主婦の友社(ヒーロー文庫) 2017年4月【異世界・架空の世界】【肌の露出が多めの挿絵あり】

「棄種たちの冬」つかいまこと著 早川書房(ハヤカワ文庫JA) 2017年1月【近未来・遠未来】【挿絵なし】

「喫茶ルパンで秘密の会議」蒼井蘭子著 三交社(スカイハイ文庫) 2017年2月【現代】【肌の露出が多めの挿絵なし】

「虚弱王女と口下手な薬師:告白が日課ですが、何か。」秋杜フユ著 集英社(コバルト文庫) 2017年2月【異世界・架空の世界】【肌の露出が多めの挿絵なし】

「建築士・音無薫子の設計ノート [2]」逢上央士著 宝島社(宝島社文庫) 2017年2月【現代】【挿絵なし】

「現実主義勇者の王国再建記 = Re:CONSTRUCTION THE ELFRIEDEN KINGDOM TALES OF REALISTIC BRAVE 3」どぜう丸著 オーバーラップ(オーバーラップ文庫) 2017年2月【異世界・架空の世界】【肌の露出が多めの挿絵なし】

「現実主義勇者の王国再建記 = Re:CONSTRUCTION THE ELFRIEDEN KINGDOM TALES OF REALISTIC BRAVE 4」どぜう丸著 オーバーラップ(オーバーラップ文庫) 2017年6月【異世界・架空の世界】【肌の露出が多めの挿絵なし】

「高1ですが異世界で城主はじめました 11」鏡裕之著 ホビージャパン(HJ文庫) 2017年5月【異世界・架空の世界】【肌の露出が多めの挿絵あり】

「黒の魔術士と最期の彼女」秋野真珠著 KADOKAWA(ビーズログ文庫) 2017年2月【異世界・架空の世界】【肌の露出が多めの挿絵なし】

「今日から、あやかし町長です。2」糸森環著 KADOKAWA(富士見L文庫) 2017年4月【異世界・架空の世界】【挿絵なし】

## ストーリー

「左利きだったから異世界に連れて行かれた 5」十一屋翠著 KADOKAWA(カドカワBOOKS) 2017年3月【異世界・架空の世界】【肌の露出が多めの挿絵あり】

「札幌アンダーソング [2]」小路幸也著 KADOKAWA(角川文庫) 2017年1月【現代】【肌の露出が多めの挿絵なし】

「三つの塔の物語 3」赤雪トナ著 オーバーラップ(オーバーラップ文庫) 2017年1月【異世界・架空の世界】【肌の露出が多めの挿絵なし】

「残念公主のなりきり仙人録:敏腕家令に監視されてますが、皇宮事情はお任せください!」チサトアキラ著 KADOKAWA(ビーズログ文庫) 2017年3月【異世界・架空の世界】【肌の露出が多めの挿絵なし】

「視えるふたりの恋愛相談室」おみの維音著 KADOKAWA(角川ビーンズ文庫) 2017年1月【現代】【肌の露出が多めの挿絵なし】

「時をかける眼鏡 [5]」椹野道流著 集英社(集英社オレンジ文庫) 2017年4月【異世界・架空の世界】【肌の露出が多めの挿絵なし】

「弱キャラ友崎くん = The Low Tier Character"TOMOZAKI-kun" Lv.4」屋久ユウキ著 小学館(ガガガ文庫) 2017年6月【現代】【肌の露出が多めの挿絵なし】

「十三番目の女神は還らない:眠れる聖女と禁断の書」小湊悠貴著 集英社(コバルト文庫) 2017年1月【異世界・架空の世界】【肌の露出が多めの挿絵なし】

「出雲のあやかしホテルに就職します 2」硝子町玻璃著 双葉社(双葉文庫) 2017年5月【現代】【挿絵なし】

「深海カフェ海底二万哩 3」蒼月海里著 KADOKAWA(角川文庫) 2017年5月【現代】【肌の露出が多めの挿絵なし】

「真行寺美琴のぬいぐるみ事件簿」飯田雪子著 ポプラ社(ポプラ文庫ピュアフル) 2017年1月【現代】【挿絵なし】

「神様の弟子:チビ龍の子育て」加賀見彰著 コスミック出版(コスミック文庫α) 2017年4月【現代】【挿絵なし】

「人外ネゴシエーター 3」麻城ゆう著 新書館(新書館ウィングス文庫) 2017年6月【現代】【肌の露出が多めの挿絵なし】

「雀と五位鷺推当帖」平谷美樹著 角川春樹事務所(ハルキ文庫) 2017年10月【歴史・時代】【挿絵なし】

「瀬川くんはゲームだけしていたい。2」中谷栄太著 SBクリエイティブ(GA文庫) 2017年4月【現代】【肌の露出が多めの挿絵あり】

「晴ケ丘高校洗濯部!」梨木れいあ著 スターツ出版(スターツ出版文庫) 2017年1月【現代】【挿絵なし】

「青春絶対つぶすマンな俺に救いはいらない。」境田吉孝著 小学館(ガガガ文庫) 2017年4月【現代】【肌の露出が多めの挿絵なし】

## ストーリー

「青白く輝く月を見たか? = Did the Moon Shed a Pale Light?」森博嗣著 講談社(講談社タイガ) 2017年6月【近未来・遠未来】【挿絵なし】

「石神様の仰ることは」黒辺あゆみ著 KADOKAWA(ビーズログ文庫アリス) 2017年2月【現代】【肌の露出が多めの挿絵あり】

「先生、原稿まだですか!: 新米編集者、ベストセラーを作る」織川制吾著 集英社(集英社オレンジ文庫) 2017年5月【現代】【挿絵なし】

「卒業のカノン: 穂瑞沙羅華の課外活動」機本伸司著 角川春樹事務所(ハルキ文庫) 2017年5月【近未来・遠未来】【挿絵なし】

「探偵の流儀」福田栄一著 光文社(光文社文庫) 2017年2月【現代】【挿絵なし】

「中古でも恋がしたい! 10」田尾典丈著 SBクリエイティブ(GA文庫) 2017年6月【現代】【肌の露出が多めの挿絵あり】

「中目黒リバーエッジハウス: ワケありだらけのシェアオフィスはじまりの春」岩本薫著 集英社(集英社オレンジ文庫) 2017年3月【現代】【挿絵なし】

「天才・逢木恭平のキカイな推理 = Genius Kyohei Airagi's Strange Inference」京本喬介著 KADOKAWA(メディアワークス文庫) 2017年2月【現代】【肌の露出が多めの挿絵なし】

「天使のスタートアップ」水沢あきと著 星海社(星海社FICTIONS) 2017年6月【現代】【肌の露出が多めの挿絵なし】

「天保院京花の葬送: フューネラル・マーチ」山口幸三郎著 KADOKAWA(メディアワークス文庫) 2017年1月【現代】【肌の露出が多めの挿絵なし】

「転生貴族の異世界冒険録 = Wonderful adventure in Another world!: 自重を知らない神々の使徒 1」夜州著 一二三書房(SagaForest) 2017年6月【異世界・架空の世界】【肌の露出が多めの挿絵なし】

「転生魔術師の英雄譚 2」佐竹アキノリ著 主婦の友社(ヒーロー文庫) 2017年3月【異世界・架空の世界】【肌の露出が多めの挿絵なし】

「憧れの作家は人間じゃありませんでした」澤村御影著 KADOKAWA(角川文庫) 2017年4月【現代】【挿絵なし】

「猫曰く、エスパー課長は役に立たない。」山口幸三郎著 KADOKAWA(メディアワークス文庫) 2017年2月【現代】【肌の露出が多めの挿絵なし】

「白球ガールズ」赤澤竜也著 KADOKAWA(角川文庫) 2017年6月【現代】【挿絵なし】

「箱入り魔女様のおかげさま」くるひなた著 アルファポリス(レジーナ文庫.レジーナブックス) 2017年2月【異世界・架空の世界】【肌の露出が多めの挿絵なし】

「八男って、それはないでしょう! 11」Y.A著 KADOKAWA(MFブックス) 2017年6月【異世界・架空の世界】【肌の露出が多めの挿絵なし】

「緋紗子さんには、9つの秘密がある」清水晴木著 講談社(講談社タイガ) 2017年5月【現代】【挿絵なし】

## ストーリー

「筆跡鑑定人・東雲清一郎は、書を書かない。」[3]」谷春慶著 宝島社(宝島社文庫) 2017年6月【現代】【肌の露出が多めの挿絵なし】

「風呂場女神」小声奏著 アルファポリス(レジーナ文庫.レジーナブックス) 2017年4月【現代/異世界・架空の世界】【肌の露出が多めの挿絵なし】

「壁と孔雀」小路幸也著 早川書房(ハヤカワ文庫JA) 2017年2月【現代】【挿絵なし】

「宝石商リチャード氏の謎鑑定 [4]」辻村七子著 集英社(集英社オレンジ文庫) 2017年2月【現代】【肌の露出が多めの挿絵なし】

「縫い上げ!脱がして?着せかえる!! : 彼女が高校デビューに失敗して引きこもりと化したので、俺が青春をコーディネートすることに。」うわみくるま著 KADOKAWA(電撃文庫) 2017年3月【現代】【肌の露出が多めの挿絵あり】

「僕が恋したカフカな彼女」森晶麿著 KADOKAWA(富士見L文庫) 2017年1月【現代】【挿絵なし】

「僕の地味な人生がクズ兄貴のせいでエロコメディになっている。2」赤月カケヤ著 小学館(ガガガ文庫) 2017年3月【現代】【肌の露出が多めの挿絵あり/性描写の挿絵あり】

「僕の町のいたずら好きなチビ妖怪たち」翡翠ヒスイ著 KADOKAWA(メディアワークス文庫) 2017年3月【現代】【肌の露出が多めの挿絵なし】

「僕は小説が書けない」中村航著;中田永一著 KADOKAWA(角川文庫) 2017年6月【現代】【挿絵なし】

「僕らが明日に踏み出す方法」岬鷺宮著 KADOKAWA(メディアワークス文庫) 2017年6月【現代】【肌の露出が多めの挿絵なし】

「魔王になったら領地が無人島だった = I Become the King of Darkness and My Territory is an Uninhabited Island 3」昼寝する亡霊著 マイクロマガジン社(GCNOVELS) 2017年6月【異世界・架空の世界】【肌の露出が多めの挿絵あり】

「魔眼のご主人様。= My Master with Evil Eye」黒森白兎著 TOブックス 2017年5月【異世界・架空の世界】【肌の露出が多めの挿絵なし】

「妹=(は)絶滅したのです 2」八奈川景晶著 KADOKAWA(富士見ファンタジア文庫) 2017年1月【近未来・遠未来】【肌の露出が多めの挿絵あり】

「明治あやかし新聞 : 怠惰な記者の裏稼業」さとみ桜著 KADOKAWA(メディアワークス文庫) 2017年3月【歴史・時代】【挿絵なし】

「妄想刑事(でか)エニグマの執着」七尾与史著 徳間書店(徳間文庫) 2017年2月【現代】【肌の露出が多めの挿絵なし】

「勇者のセガレ」和ケ原聡司著 KADOKAWA(電撃文庫) 2017年1月【現代】【肌の露出が多めの挿絵あり】

「勇者の武器屋経営 1」至道流星著 星海社(星海社FICTIONS) 2017年5月【異世界・架空の世界】【挿絵なし】

## ストーリー

「勇者召喚に巻き込まれたけど、異世界は平和でした 1」灯台著 新紀元社(MORNINGSTARBOOKS) 2017年6月【異世界・架空の世界】【肌の露出が多めの挿絵なし】

「臨床真実士(ヴェリティエ)ユイカの論理 [2]」古野まほろ著 講談社(講談社タイガ) 2017年1月【現代】【挿絵なし】

「冷酷王太子はじゃじゃ馬な花嫁を手なずけたい」佐倉伊織著 スターツ出版(ベリーズ文庫) 2017年5月【異世界・架空の世界】【挿絵なし】

「零の記憶 [2]」風島ゆう著 三交社(スカイハイ文庫) 2017年6月【現代】【肌の露出が多めの挿絵なし】

「和雑貨うなる堂の友戯帳」真鍋卓著 KADOKAWA(富士見L文庫) 2017年6月【現代】【挿絵なし】

「櫻子さんの足下には死体が埋まっている [11]」太田紫織著 KADOKAWA(角川文庫) 2017年3月【現代】【肌の露出が多めの挿絵なし】

## 友情

「21グラムの恋」太秦あを著 三交社(スカイハイ文庫) 2017年6月【現代】【肌の露出が多めの挿絵なし】

「BORUTO-ボルト- : NARUTO NEXT GENERATIONS NOVEL 1」岸本斉史原作;池本幹雄原作;小太刀右京原作;重信康小説 集英社(JUMPjBOOKS) 2017年5月【異世界・架空の世界】【肌の露出が多めの挿絵なし】

「Chaos;Child : Children's Revive」MAGES.Chiyost.inc原作;梅原英司著 講談社(講談社ラノベ文庫) 2017年3月【現代】【肌の露出が多めの挿絵なし】

「Re:ゼロから始める異世界生活 13」長月達平著 KADOKAWA(MF文庫J) 2017年6月【異世界・架空の世界】【肌の露出が多めの挿絵なし】

「TV animation free! novelize 第2版」横谷昌宏著 京都アニメーション(KAエスマ文庫) 2017年6月【現代】【肌の露出が多めの挿絵なし】

「アイ★チュウ : Fan×Fun×Gift♪♪ 2」リベル・エンタテインメント原作・監修;pero著 KADOKAWA(ビーズログ文庫アリス) 2017年4月【現代】【肌の露出が多めの挿絵なし】

「アイドル稼業、はじめました!」岩関昂道著 KADOKAWA(電撃文庫) 2017年4月【現代】【肌の露出が多めの挿絵あり】

「アカシックリコード」水野良著 KADOKAWA(ノベルゼロ) 2017年6月【現代】【肌の露出が多めの挿絵あり】

「いつかの空、君との魔法 2」藤宮カズキ著 KADOKAWA(角川スニーカー文庫) 2017年1月【異世界・架空の世界】【肌の露出が多めの挿絵なし】

「おそれミミズク : あるいは彼岸の渡し綱」オキシタケヒコ著 講談社(講談社タイガ) 2017年2月【現代】【挿絵なし】

## ストーリー

「おにんぎょうさまがた」長谷川夕著 集英社(集英社オレンジ文庫) 2017年1月【現代】【肌の露出が多めの挿絵なし】

「オレ、NO力者につき!」阿智太郎著 KADOKAWA(電撃文庫) 2017年5月【近未来・遠未来】【肌の露出が多めの挿絵なし】

「キラプリおじさんと幼女先輩」岩沢藍著 KADOKAWA(電撃文庫) 2017年3月【現代】【肌の露出が多めの挿絵あり】

「クラスでバカにされてるオタクなぼくが、気づいたら不良たちから崇拝されててガクブル」諏訪錦著 アルファポリス(アルファポリス文庫) 2017年6月【現代】【肌の露出が多めの挿絵なし】

「こたえぬ背(そびら)に哭き叫べ」結城光流著 KADOKAWA(角川ビーンズ文庫) 2017年4月【歴史・時代】【挿絵なし】

「この度、友情結婚いたしました。」田崎くるみ著 スターツ出版(ベリーズ文庫) 2017年1月【現代】【挿絵なし】

「これは余が余の為に頑張る物語である 4」文月ゆうり著 アルファポリス(レジーナ文庫.レジーナブックス) 2017年1月【異世界・架空の世界】【肌の露出が多めの挿絵なし】

「ジャナ研の憂鬱な事件簿」酒井田寛太郎著 小学館(ガガガ文庫) 2017年5月【現代】【肌の露出が多めの挿絵なし】

「スーパーカブ」トネ・コーケン著 KADOKAWA(角川スニーカー文庫) 2017年5月【現代】【肌の露出が多めの挿絵あり】

「スピリット・マイグレーション 5」ヘロー天気著 アルファポリス(アルファライト文庫) 2017年6月【異世界・架空の世界】【肌の露出が多めの挿絵なし】

「すもうガールズ」鹿目けい子著 幻冬舎(幻冬舎文庫) 2017年3月【現代】【肌の露出が多めの挿絵なし】

「セブンキャストのひきこもり魔術王 4」岬かつみ著 KADOKAWA(富士見ファンタジア文庫) 2017年4月【異世界・架空の世界】【肌の露出が多めの挿絵あり】

「たとえばラストダンジョン前の村の少年が序盤の街で暮らすような物語 2」サトウとシオ著 SBクリエイティブ(GA文庫) 2017年6月【異世界・架空の世界】【肌の露出が多めの挿絵なし】

「ドラゴンさんは友達が欲しい! = Dragon want a Friend! 3」道草家守著 アース・スターエンターテイメント(EARTHSTARNOVEL) 2017年6月【異世界・架空の世界】【肌の露出が多めの挿絵なし】

「ドリームハッカーズ:コミュ障たちの現実チートピア」出口きぬごし著 KADOKAWA(電撃文庫) 2017年1月【近未来・遠未来】【肌の露出が多めの挿絵あり】

「ネット小説家になろうクロニクル 2」津田彷徨著 星海社(星海社FICTIONS) 2017年2月【現代】【肌の露出が多めの挿絵なし】

「バトルガールハイスクール PART.1」コロプラ原作・監修;八奈川景晶著 KADOKAWA(富士見ファンタジア文庫) 2017年6月【近未来・遠未来】【肌の露出が多めの挿絵あり】

## ストーリー

「ひきこもりの弟だった」葦舟ナツ著 KADOKAWA(メディアワークス文庫) 2017年3月【現代】【肌の露出が多めの挿絵なし】

「ひとり吹奏楽部：ハルチカ番外篇」初野晴著 KADOKAWA(角川文庫) 2017年2月【現代】【挿絵なし】

「フェンリルの鎖 1」うかれ猫著 ホビージャパン(HJ文庫) 2017年5月【異世界・架空の世界】【肌の露出が多めの挿絵あり】

「フラワーナイトガール [5]」是鐘リュウジ著 KADOKAWA(ファミ通文庫) 2017年2月【異世界・架空の世界】【肌の露出が多めの挿絵あり】

「フラワーナイトガール [6]」是鐘リュウジ著 KADOKAWA(ファミ通文庫) 2017年6月【異世界・架空の世界】【肌の露出が多めの挿絵なし】

「フレイム王国興亡記 6」疎陀陽著 オーバーラップ(オーバーラップ文庫) 2017年1月【異世界・架空の世界】【肌の露出が多めの挿絵あり】

「ホテル王と偽りマリアージュ」水守恵蓮著 スターツ出版(ベリーズ文庫) 2017年5月【現代】【挿絵なし】

「メルヘン・メドヘン」松智洋著;StoryWorks著 集英社(ダッシュエックス文庫) 2017年2月【現代／異世界・架空の世界】【肌の露出が多めの挿絵あり】

「やがて恋するヴィヴィ・レイン = How Vivi Lane Falls in Love 2」犬村小六著 小学館(ガガガ文庫) 2017年1月【異世界・架空の世界】【肌の露出が多めの挿絵なし】

「やがて恋するヴィヴィ・レイン = How Vivi Lane Falls in Love 3」犬村小六著 小学館(ガガガ文庫) 2017年5月【異世界・架空の世界】【肌の露出が多めの挿絵なし】

「リワールド・フロンティア = Reworld Frontier」国広仙戯著 TOブックス 2017年1月【異世界・架空の世界】【肌の露出が多めの挿絵なし】

「リワールド・フロンティア = Reworld Frontier 2」国広仙戯著 TOブックス 2017年5月【異世界・架空の世界】【肌の露出が多めの挿絵なし】

「ルーントルーパーズ：自衛隊漂流戦記 2」浜松春日著 アルファポリス(アルファライト文庫) 2017年3月【異世界・架空の世界】【肌の露出が多めの挿絵なし】

「ルーントルーパーズ：自衛隊漂流戦記 3」浜松春日著 アルファポリス(アルファライト文庫) 2017年5月【異世界・架空の世界】【肌の露出が多めの挿絵なし】

「ロボット・ハート・アップデート Ver. 2」門倉みさき著 京都アニメーション(KAエスマ文庫) 2017年3月【異世界・架空の世界】【肌の露出が多めの挿絵なし】

「ロボット・ハート・アップデート Ver. 3」門倉みさき著 京都アニメーション(KAエスマ文庫) 2017年6月【異世界・架空の世界】【肌の露出が多めの挿絵なし】

「異世界は思ったよりも俺に優しい? 2」大川雅臣著 TOブックス 2017年6月【異世界・架空の世界】【肌の露出が多めの挿絵なし】

## ストーリー

「俺のペットは聖女さま = My pet is a holy girl 4」ムク文鳥著 TOブックス 2017年3月【異世界・架空の世界】【肌の露出が多めの挿絵あり】

「俺の青春を生け贄に、彼女の前髪をオープン 2」凪木エコ著 KADOKAWA(富士見ファンタジア文庫) 2017年5月【現代】【肌の露出が多めの挿絵あり】

「俺は/私はオタク友達がほしいっ!」左リュウ著 ポニーキャニオン(ぽにきゃんBOOKS) 2017年2月【現代】【肌の露出が多めの挿絵あり】

「下鴨アンティーク [6]」白川紺子著 集英社(集英社オレンジ文庫) 2017年6月【現代】【挿絵なし】

「花屋の倅と寺息子 [2]」葛来奈都著 三交社(スカイハイ文庫) 2017年3月【現代】【肌の露出が多めの挿絵なし】

「花魁さんと書道ガール 2」瀬那和章著 東京創元社(創元推理文庫) 2017年1月【現代】【肌の露出が多めの挿絵なし】

「拡張少女系トライナリー:サマープリズム」コーエーテクモゲームス原作;東映アニメーション原作;柄本和昭著 KADOKAWA(ファミ通文庫) 2017年5月【現代】【肌の露出が多めの挿絵なし】

「巻き込まれ異世界召喚記 1」結城ヒロ著 KADOKAWA(MF文庫J) 2017年3月【異世界・架空の世界】【肌の露出が多めの挿絵あり】

「逆境シンデレラ:御曹司の強引な求愛」あさぎ千夜春著 スターツ出版(ベリーズ文庫) 2017年3月【現代】【挿絵なし】

「京都あやかし絵師の癒し帖」八谷紬著 スターツ出版(スターツ出版文庫) 2017年6月【現代】【挿絵なし】

「教室の隅にいた女が、調子に乗るとこうなります。」秋吉ユイ著 幻冬舎(幻冬舎文庫) 2017年5月【現代】【肌の露出が多めの挿絵なし】

「金曜日の本屋さん [2]」名取佐和子著 角川春樹事務所(ハルキ文庫) 2017年2月【現代】【挿絵なし】

「君が涙を忘れる日まで。」菊川あすか著 スターツ出版(スターツ出版文庫) 2017年5月【現代】【挿絵なし】

「君と星の話をしよう:降織天文館とオリオン座の少年」相川真著 集英社(集英社オレンジ文庫) 2017年3月【現代】【挿絵なし】

「君の膵臓をたべたい」住野よる著 双葉社(双葉文庫) 2017年4月【現代】【挿絵なし】

「君は月夜に光り輝く」佐野徹夜著 KADOKAWA(メディアワークス文庫) 2017年2月【現代】【肌の露出が多めの挿絵なし】

「御曹司は身代わり秘書を溺愛しています」有坂芽流著 スターツ出版(ベリーズ文庫) 2017年1月【現代】【挿絵なし】

## ストーリー

「左遷も悪くない 5」霧島まるは著 アルファポリス(アルファライト文庫) 2017年3月【異世界・架空の世界】【肌の露出が多めの挿絵なし】

「最近はあやかしだって高校に行くんです。:普通ですが何か?」流星香著 KADOKAWA(ビーズログ文庫アリス) 2017年4月【現代】【肌の露出が多めの挿絵なし】

「三つの塔の物語 3」赤雪トナ著 オーバーラップ(オーバーラップ文庫) 2017年1月【異世界・架空の世界】【肌の露出が多めの挿絵なし】

「死者ノ棘」日野草著 祥伝社(祥伝社文庫) 2017年6月【現代】【挿絵なし】

「私、能力は平均値でって言ったよね! : God bless me? 5」FUNA著 アース・スターエンターテイメント(EARTHSTARNOVEL) 2017年6月【異世界・架空の世界】【肌の露出が多めの挿絵なし】

「十歳の最強魔導師 2」天乃聖樹著 主婦の友社(ヒーロー文庫) 2017年6月【異世界・架空の世界】【肌の露出が多めの挿絵なし】

「女王のポーカー [2]」維羽裕介著 新潮社(新潮文庫nex) 2017年3月【現代】【挿絵なし】

「小暮写眞館 1」宮部みゆき著 新潮社(新潮文庫nex) 2017年1月【現代】【挿絵なし】

「小暮写眞館 2」宮部みゆき著 新潮社(新潮文庫nex) 2017年1月【現代】【挿絵なし】

「少年Nのいない世界 02」石川宏千花著 講談社(講談社タイガ) 2017年5月【異世界・架空の世界】【挿絵なし】

「織田信奈の野望:全国版 18」春日みかげ著 KADOKAWA(富士見ファンタジア文庫) 2017年5月【歴史・時代】【肌の露出が多めの挿絵なし】

「職業無職の俺が冒険者を目指すワケ。4」スフレ著 KADOKAWA(カドカワBOOKS) 2017年1月【異世界・架空の世界】【肌の露出が多めの挿絵あり】

「身代わり伯爵と終幕の続き」清家未森著 KADOKAWA(角川ビーンズ文庫) 2017年5月【歴史・時代】【肌の露出が多めの挿絵なし】

「人外ネゴシエーター 3」麻城ゆう著 新書館(新書館ウィングス文庫) 2017年6月【現代】【肌の露出が多めの挿絵なし】

「世界のまんなかで笑うキミへ」相沢ちせ著 スターツ出版(スターツ出版文庫) 2017年5月【現代】【挿絵なし】

「星の涙」みのりfrom三月のパンタシア著 スターツ出版(スターツ出版文庫) 2017年3月【現代】【挿絵なし】

「青春注意報!」くらゆいあゆ著 KADOKAWA(角川ビーンズ文庫) 2017年2月【現代】【肌の露出が多めの挿絵なし】

「絶対ナル孤独者(アイソレータ) = THE ISOLATOR realization of absolute solitude 4」川原礫著 KADOKAWA(電撃文庫) 2017年5月【現代】【肌の露出が多めの挿絵なし】

「帝一の國:映画ノベライズ」古屋兎丸原作;いずみ吉紘脚本;久麻當郎小説 集英社(JUMPjBOOKS) 2017年5月【現代】【肌の露出が多めの挿絵なし】

## ストーリー

「底辺剣士は神獣(むすめ)と暮らす 2」番棚葵著 KADOKAWA(MF文庫J) 2017年4月【異世界・架空の世界】【肌の露出が多めの挿絵あり】

「天と地と姫と 3」春日みかげ著 KADOKAWA(富士見ファンタジア文庫) 2017年2月【歴史・時代】【肌の露出が多めの挿絵なし】

「転生少女の履歴書 4」唐澤和希著 主婦の友社(ヒーロー文庫) 2017年6月【異世界・架空の世界】【肌の露出が多めの挿絵なし】

「東京バルがゆく[2]」似鳥航一著 KADOKAWA(メディアワークス文庫) 2017年5月【現代】【挿絵なし】

「白バイガール[2]」佐藤青南著 実業之日本社(実業之日本社文庫) 2017年2月【現代】【肌の露出が多めの挿絵なし】

「緋紗子さんには、9つの秘密がある」清水晴木著 講談社(講談社タイガ) 2017年5月【現代】【挿絵なし】

「腹黒エリートが甘くてズルいんです」実花子著 スターツ出版(ベリーズ文庫) 2017年5月【現代】【挿絵なし】

「物理的に孤立している俺の高校生活 = My Highschool Life is Physically Isolated」森田季節著 小学館(ガガガ文庫) 2017年2月【現代】【肌の露出が多めの挿絵あり】

「物理的に孤立している俺の高校生活 = My Highschool Life is Physically Isolated 2」森田季節著 小学館(ガガガ文庫) 2017年6月【現代】【肌の露出が多めの挿絵あり】

「宝石王子と五つの謎：おしゃべりシェパードと内緒の話」あさぎ千夜春著 三交社(スカイハイ文庫) 2017年2月【現代】【肌の露出が多めの挿絵なし】

「放課後はキミと一緒に」りぃ著 KADOKAWA(角川ビーンズ文庫) 2017年2月【現代】【肌の露出が多めの挿絵なし】

「縫い上げ!脱がして?着せかえる!!：彼女が高校デビューに失敗して引きこもりと化したので、俺が青春をコーディネートすることに。」うわみくるま著 KADOKAWA(電撃文庫) 2017年3月【現代】【肌の露出が多めの挿絵あり】

「僕のヒーローアカデミア = MY HERO ACADEMIA：雄英白書 2」堀越耕平著;誉司アンリ著 集英社(JUMPjBOOKS) 2017年2月【現代】【肌の露出が多めの挿絵あり】

「僕らの空は群青色」砂川雨路著 スターツ出版(スターツ出版文庫) 2017年2月【現代】【挿絵なし】

「魔王さまと行く!ワンランク上の異世界ツアー!! 2」猫又ぬこ著 ホビージャパン(HJ文庫) 2017年2月【異世界・架空の世界】【肌の露出が多めの挿絵あり】

「魔導の福音」佐藤さくら著 東京創元社(創元推理文庫) 2017年3月【異世界・架空の世界】【挿絵なし】

「魔物使いのもふもふ師弟生活 2」無嶋樹了著 ホビージャパン(HJ文庫) 2017年6月【異世界・架空の世界】【肌の露出が多めの挿絵なし】

## ストーリー

「命の後で咲いた花 = The Flower which bloomed after her Life」綾崎隼著 KADOKAWA(メディアワークス文庫) 2017年1月【現代】【挿絵なし】

「夜伽の国の月光姫 5」青野海鳥著 TOブックス 2017年1月【異世界・架空の世界】【肌の露出が多めの挿絵あり】

「友人キャラは大変ですか? = Is it tough being "a friend"? 2」伊達康著 小学館(ガガガ文庫) 2017年4月【現代】【肌の露出が多めの挿絵あり】

「友達いらない同盟 2」園生凪著 講談社(講談社ラノベ文庫) 2017年6月【現代】【肌の露出が多めの挿絵あり】

「幽落町おばけ駄菓子屋 [9]」蒼月海里著 KADOKAWA(角川ホラー文庫) 2017年4月【異世界・架空の世界】【肌の露出が多めの挿絵なし】

「傭兵団の料理番 3」川井昂著 主婦の友社(ヒーロー文庫) 2017年6月【異世界・架空の世界】【肌の露出が多めの挿絵なし】

「霊感少女は箱の中」甲田学人著 KADOKAWA(電撃文庫) 2017年1月【現代】【肌の露出が多めの挿絵なし】

「縊鬼の囀」愁堂れな著;京極夏彦Founder KADOKAWA(富士見L文庫) 2017年5月【歴史・時代】【挿絵なし】

## 料理

「あやかしお宿に新米入ります。」友麻碧著 KADOKAWA(富士見L文庫) 2017年5月【異世界・架空の世界】【挿絵なし】

「あやかし屋台なごみ亭 2」篠宮あすか著 双葉社(双葉文庫) 2017年3月【現代】【肌の露出が多めの挿絵なし】

「いい加減な夜食 4」秋川滝美著 アルファポリス(アルファポリス文庫) 2017年3月【現代】【挿絵なし】

「ヴァルハラの晩ご飯 4」三鏡一敏著 KADOKAWA(電撃文庫) 2017年2月【異世界・架空の世界】【肌の露出が多めの挿絵あり】

「ヴァルハラの晩ご飯 5」三鏡一敏著 KADOKAWA(電撃文庫) 2017年6月【異世界・架空の世界】【肌の露出が多めの挿絵あり】

「エプロン男子:今晩、出張シェフがうかがいます」山本瑤著 集英社(集英社オレンジ文庫) 2017年4月【現代】【挿絵なし】

「おいしいベランダ。[3]」竹岡葉月著 KADOKAWA(富士見L文庫) 2017年6月【現代】【挿絵なし】

「オーダーは探偵に [8]」近江泉美著 KADOKAWA(メディアワークス文庫) 2017年3月【現代】【挿絵なし】

「おれの料理が異世界を救う! 3」越智文比古著 KADOKAWA(MF文庫J) 2017年2月【異世界・架空の世界】【肌の露出が多めの挿絵あり/性描写の挿絵あり】

## ストーリー

「カミサマ探偵のおしながき 2の膳」佐原菜月著 KADOKAWA(メディアワークス文庫) 2017年6月【現代】【肌の露出が多めの挿絵なし】

「カロリーは引いてください!：学食ガールと満腹男子」日向夏著 KADOKAWA(富士見L文庫) 2017年5月【現代】【挿絵なし】

「キッチン・ミクリヤの魔法の料理 2」吉田安寿著 双葉社(双葉文庫) 2017年2月【現代】【挿絵なし】

「クールなお医者様のギャップに溶けてます」春海あずみ著 スターツ出版(ベリーズ文庫) 2017年6月【現代】【挿絵なし】

「スープ屋かまくら来客簿：あやかしに効く春野菜の夕焼け色スープ」和泉桂著 KADOKAWA(富士見L文庫) 2017年4月【現代】【挿絵なし】

「すしそばてんぷら」藤野千夜著 角川春樹事務所(ハルキ文庫) 2017年1月【現代】【挿絵なし】

「ソードアート・オンライン オルタナティブ ガンゲイル・オンライン 6」川原礫原案・監修;時雨沢恵一著 KADOKAWA(電撃文庫) 2017年3月【異世界・架空の世界】【肌の露出が多めの挿絵なし】

「たとえばラストダンジョン前の村の少年が序盤の街で暮らすような物語」サトウとシオ著 SBクリエイティブ(GA文庫) 2017年2月【異世界・架空の世界】【肌の露出が多めの挿絵なし】

「ちどり亭にようこそ = Welcome to Chidori-tei 2」十三湊著 KADOKAWA(メディアワークス文庫) 2017年4月【現代】【肌の露出が多めの挿絵なし】

「できそこないの魔獣錬磨師(モンスタートレーナー)スライム・クロニクル」見波タクミ著 KADOKAWA(富士見ファンタジア文庫) 2017年1月【異世界・架空の世界】【肌の露出が多めの挿絵あり】

「デスゲームから始めるMMOスローライフ 2」草薙アキ著 KADOKAWA(富士見ファンタジア文庫) 2017年4月【異世界・架空の世界】【肌の露出が多めの挿絵あり】

「ドラゴンは寂しいと死んじゃいます = The dragon is lonely and dies：レベッカたんのにいたんは人類最強の傭兵 1」藤原ゴンザレス著 アース・スターエンターテイメント(EARTHSTARNOVEL) 2017年1月【異世界・架空の世界】【肌の露出が多めの挿絵なし】

「バイトリーダーがはじめる異世界ファミレス無双：姫騎士と魔王の娘で繁盛するまで帰れません」長野聖樹著 集英社(ダッシュエックス文庫) 2017年5月【異世界・架空の世界】【肌の露出が多めの挿絵なし】

「フェアリーテイル・クロニクル：空気読まない異世界ライフ 14」埴輪星人著 KADOKAWA(MFブックス) 2017年5月【異世界・架空の世界】【肌の露出が多めの挿絵なし】

「ポーション頼みで生き延びます!」FUNA著 講談社(Kラノベブックス) 2017年6月【異世界・架空の世界】【肌の露出が多めの挿絵なし】

「ゆきうさぎのお品書き [3]」小湊悠貴著 集英社(集英社オレンジ文庫) 2017年1月【現代】【挿絵なし】

ストーリー

「ルーントルーパーズ:自衛隊漂流戦記 2」浜松春日著 アルファポリス(アルファライト文庫) 2017年3月【異世界・架空の世界】【肌の露出が多めの挿絵なし】

「悪役令嬢に転生したけどごはんがおいしくて幸せです!」矢御あやせ著 宝島社 2017年4月【異世界・架空の世界】【肌の露出が多めの挿絵なし】

「異世界お好み焼きチェーン:大阪のオバチャン、美少女剣士に転生して、お好み焼き布教!」森田季節著 アース・スターエンテーテイメント(EARTHSTARNOVEL) 2017年6月【異世界・架空の世界】【肌の露出が多めの挿絵あり】

「異世界でアイテムコレクター 3」時野洋輔著 新紀元社(MORNINGSTARBOOKS) 2017年5月【異世界・架空の世界】【肌の露出が多めの挿絵なし】

「異世界でカフェを開店しました。1」甘沢林檎著 アルファポリス(レジーナ文庫.レジーナブックス) 2017年3月【異世界・架空の世界】【肌の露出が多めの挿絵なし】

「異世界でカフェを開店しました。2」甘沢林檎著 アルファポリス(レジーナ文庫.レジーナブックス) 2017年6月【異世界・架空の世界】【肌の露出が多めの挿絵なし】

「異世界でハンター始めました。:獲物はおいしくいただきます 2」ゆうきりん著 KADOKAWA(ファミ通文庫) 2017年6月【異世界・架空の世界】【肌の露出が多めの挿絵なし】

「異世界に来たみたいだけど如何すれば良いのだろう = WHAT SHOULD I DO IN DIFFERENT WORLD? 2」舞著 マイクロマガジン社(GCNOVELS) 2017年4月【異世界・架空の世界】【肌の露出が多めの挿絵なし】

「異世界駅舎の喫茶店 = The Coffee Shop in A Different World Station [2]」Swind著 宝島社 2017年6月【異世界・架空の世界】【肌の露出が多めの挿絵なし】

「異世界居酒屋「のぶ」3杯目」蟬川夏哉著 宝島社(宝島社文庫) 2017年3月【異世界・架空の世界】【肌の露出が多めの挿絵なし】

「一華後宮料理帖 第3品」三川みり著 KADOKAWA(角川ビーンズ文庫) 2017年3月【異世界・架空の世界】【肌の露出が多めの挿絵なし】

「下鴨アンティーク [6]」白川紺子著 集英社(集英社オレンジ文庫) 2017年6月【現代】【挿絵なし】

「暇人、魔王の姿で異世界へ:時々チートなぶらり旅 4」藍敦著 KADOKAWA(ファミ通文庫) 2017年2月【異世界・架空の世界】【肌の露出が多めの挿絵あり】

「懐かしい食堂あります [2]」似鳥航一著 KADOKAWA(角川文庫) 2017年6月【現代/歴史・時代】【挿絵なし】

「鎌倉香房メモリーズ 5」阿部暁子著 集英社(集英社オレンジ文庫) 2017年3月【現代】【挿絵なし】

「強引男子のイジワルで甘い独占欲」pinori著 スターツ出版(ベリーズ文庫) 2017年3月【現代】【挿絵なし】

「契約結婚はじめました。:椿屋敷の偽夫婦」白川紺子著 集英社(集英社オレンジ文庫) 2017年5月【現代】【肌の露出が多めの挿絵なし】

## ストーリー

「軽い気持ちで替え玉になったらとんでもない夫がついてきた。1」奏多悠香著 アルファポリス(レジーナ文庫.レジーナブックス) 2017年2月【異世界・架空の世界】【肌の露出が多めの挿絵なし】

「鍵屋甘味処改 5」梨沙著 集英社(集英社オレンジ文庫) 2017年1月【現代】【挿絵なし】

「康太の異世界ごはん 2」中野在太著 主婦の友社(ヒーロー文庫) 2017年3月【異世界・架空の世界】【肌の露出が多めの挿絵なし】

「紅茶館くじら亭ダイアリー：シナモン・ジンジャーは雪解けの香り」伊佐良紫築著 KADOKAWA(富士見L文庫) 2017年2月【現代】【挿絵なし】

「座卓と草鞋と桜の枝と」会川いち著 アルファポリス(アルファポリス文庫) 2017年3月【歴史・時代】【肌の露出が多めの挿絵なし】

「最強魔王様の日本グルメ [2]」kimimaro著 宝島社 2017年5月【現代】【肌の露出が多めの挿絵なし】

「最後の晩ごはん [8]」椹野道流著 KADOKAWA(角川文庫) 2017年6月【現代】【肌の露出が多めの挿絵なし】

「女神めし」原宏一著 祥伝社(祥伝社文庫) 2017年5月【現代】【挿絵なし】

「杖と林檎の秘密結婚 [2]」仲村つばき著 KADOKAWA(ビーズログ文庫) 2017年4月【異世界・架空の世界】【肌の露出が多めの挿絵なし】

「食いしん坊エルフ 5」なっとうごはん著 TOブックス 2017年3月【異世界・架空の世界】【肌の露出が多めの挿絵なし】

「食べるだけでレベルアップ！：駄女神といっしょに異世界無双」kt60著 KADOKAWA(富士見ファンタジア文庫) 2017年3月【異世界・架空の世界】【肌の露出が多めの挿絵あり/性描写の挿絵あり】

「神様の定食屋」中村颯希著 双葉社(双葉文庫) 2017年6月【現代】【挿絵なし】

「進め!たかめ少女高雄ソライロデイズ。」三木なずな著 SBクリエイティブ(GA文庫) 2017年6月【現代】【肌の露出が多めの挿絵なし】

「聖女が魔を抱く童話(メルヒェン)：葡萄の聖女の料理帖」長尾彩子著 集英社(コバルト文庫) 2017年3月【異世界・架空の世界】【肌の露出が多めの挿絵なし】

「先生とわたしのお弁当：二人の秘密と放課後レシピ」田代裕彦著 KADOKAWA(富士見L文庫) 2017年3月【現代】【挿絵なし】

「戦国小町苦労譚 5」夾竹桃著 アース・スターエンターテイメント(EARTHSTARNOVEL) 2017年4月【歴史・時代】【肌の露出が多めの挿絵なし】

「銭(インチキ)の力で、戦国の世を駆け抜ける。4」Y,A著 KADOKAWA(MFブックス) 2017年5月【歴史・時代】【肌の露出が多めの挿絵なし】

「双子喫茶と悪魔の料理書」望月唯一著 講談社(講談社ラノベ文庫) 2017年6月【現代】【肌の露出が多めの挿絵あり/キスシーンの挿絵あり/性描写の挿絵あり】

## ストーリー

「濁った瞳のリリアンヌ 1」天界著 新紀元社(MORNINGSTARBOOKS) 2017年5月【異世界・架空の世界】【肌の露出が多めの挿絵なし】

「旦那様と契約結婚!?:イケメン御曹司に拾われました」夏雪なつめ著 スターツ出版(ベリーズ文庫) 2017年4月【現代】【挿絵なし】

「長崎・オランダ坂の洋館カフェ:シュガーロードと秘密の本」江本マシメサ著 宝島社(宝島社文庫) 2017年4月【現代】【挿絵なし】

「鳥かごの大神官さまと侯爵令嬢」佐槻奏多著 一迅社(一迅社文庫アイリス) 2017年5月【異世界・架空の世界】【肌の露出が多めの挿絵なし】

「転生したらドラゴンの卵だった:最強以外目指さねぇ 4」猫子著 アース・スターエンターテイメント(EARTHSTARNOVEL) 2017年2月【異世界・架空の世界】【肌の露出が多めの挿絵なし】

「東京すみっこごはん [3]」成田名璃子著 光文社(光文社文庫) 2017年4月【現代】【肌の露出が多めの挿絵なし】

「東京バルがゆく [2]」似鳥航一著 KADOKAWA(メディアワークス文庫) 2017年5月【現代】【挿絵なし】

「謎解き茶房で朝食を」妃川螢著 KADOKAWA(富士見L文庫) 2017年1月【現代】【挿絵なし】

「覇界王ガオガイガー対ベターマン 上巻」矢立肇原作;竹田裕一郎著;米たにヨシトモ監修 新紀元社(MORNINGSTARBOOKS.THEKINGOFBRAVESGAOGAIGARNOVEL) 2017年6月【現代】【肌の露出が多めの挿絵なし】

「必勝ダンジョン運営方法 6」雪だるま著 双葉社(モンスター文庫) 2017年4月【異世界・架空の世界】【肌の露出が多めの挿絵あり】

「漂海のレクキール = La LEQKEL derive dans la mer.」秋目人著 小学館(ガガガ文庫) 2017年5月【異世界・架空の世界】【肌の露出が多めの挿絵なし】

「腹へり姫の受難:王子様、食べていいですか?」ひずき優著 集英社(コバルト文庫) 2017年4月【異世界・架空の世界】【肌の露出が多めの挿絵なし】

「弁当屋さんのおもてなし:ほかほかごはんと北海鮭かま」喜多みどり著 KADOKAWA(角川文庫) 2017年5月【現代】【挿絵なし】

「放課後は、異世界喫茶でコーヒーを」風見鶏著 KADOKAWA(富士見ファンタジア文庫) 2017年6月【異世界・架空の世界】【肌の露出が多めの挿絵なし】

「北欧貴族と猛禽妻の雪国狩り暮らし」江本マシメサ著 宝島社(宝島社文庫) 2017年5月【歴史・時代】【肌の露出が多めの挿絵なし】

「魔王さまと行く!ワンランク上の異世界ツアー!! 2」猫又ぬこ著 ホビージャパン(HJ文庫) 2017年2月【異世界・架空の世界】【肌の露出が多めの挿絵あり】

「魔王城のシェフ:黒竜のローストからはじまる異世界グルメ伝」水城水城著 KADOKAWA(ファミ通文庫) 2017年4月【異世界・架空の世界】【肌の露出が多めの挿絵あり】

## ストーリー

「迷宮料理人ナギの冒険：地下30階から生還するためのレシピ」ゆうきりん著 KADOKAWA(電撃文庫) 2017年1月【異世界・架空の世界】【肌の露出が多めの挿絵あり】

「傭兵団の料理番2」川井昂著 主婦の友社(ヒーロー文庫) 2017年1月【異世界・架空の世界】【肌の露出が多めの挿絵あり】

「傭兵団の料理番3」川井昂著 主婦の友社(ヒーロー文庫) 2017年6月【異世界・架空の世界】【肌の露出が多めの挿絵なし】

「落第騎士の英雄譚(キャバルリィ)12」海空りく著 SBクリエイティブ(GA文庫) 2017年4月【異世界・架空の世界】【肌の露出が多めの挿絵あり】

「露西亜の時間旅行者」三木笙子著 幻冬舎(幻冬舎文庫) 2017年1月【歴史・時代】【挿絵なし】

「薔薇姫は支配者として君臨する」夜猫著 ポニーキャニオン(ぽにきゃんBOOKS) 2017年3月【異世界・架空の世界】【肌の露出が多めの挿絵なし】

## 【乗り物】

### 車椅子

「夜見師」中村ふみ著 KADOKAWA(角川ホラー文庫) 2017年1月【現代】【挿絵なし】

### 自動車・バス

「おいしい逃走(ツアー)!東京発京都行：謎の箱と、SAグルメ食べ歩き」桔梗楓著 マイナビ出版(ファン文庫) 2017年3月【現代】【挿絵なし】

「小説ひるね姫：知らないワタシの物語」神山健治著 KADOKAWA(角川文庫) 2017年2月【近未来・遠未来/異世界・架空の世界】【挿絵なし】

「僕を導く、カーナビな幽霊(かのじょ)」伊原柊人著 KADOKAWA(メディアワークス文庫) 2017年5月【現代】【肌の露出が多めの挿絵なし】

「冷徹社長が溺愛キス!?」紅カオル著 スターツ出版(ベリーズ文庫) 2017年3月【現代】【挿絵なし】

### 船・潜水艦

「ダイブ!：潜水系公務員は謎だらけ」山本賀代著 マイナビ出版(ファン文庫) 2017年2月【現代】【挿絵なし】

「ルーントルーパーズ：自衛隊漂流戦記 1」浜松春日著 アルファポリス(アルファライト文庫) 2017年1月【異世界・架空の世界】【肌の露出が多めの挿絵なし】

「遺跡発掘師は笑わない [6]」桑原水菜著 KADOKAWA(角川文庫) 2017年5月【現代】【挿絵なし】

「我が偽りの名の下に集え、星々」庄司卓著 KADOKAWA(ファミ通文庫) 2017年5月【異世界・架空の世界】【肌の露出が多めの挿絵なし】

「銀河中心点：アルマゲスト宙域」三度笠著 KADOKAWA(カドカワBOOKS) 2017年3月【異世界・架空の世界】【肌の露出が多めの挿絵なし】

「青白く輝く月を見たか? = Did the Moon Shed a Pale Light?」森博嗣著 講談社(講談社タイガ) 2017年6月【近未来・遠未来】【挿絵なし】

「白翼のポラリス」阿部藍樹著 講談社(講談社ラノベ文庫) 2017年3月【異世界・架空の世界】【肌の露出が多めの挿絵あり】

「漂海のレクキール = La LEQKEL derive dans la mer.」秋目人著 小学館(ガガガ文庫) 2017年5月【異世界・架空の世界】【肌の露出が多めの挿絵なし】

「用務員さんは勇者じゃありませんので 7」棚花尋平著 KADOKAWA(MFブックス) 2017年5月【異世界・架空の世界】【肌の露出が多めの挿絵あり】

## 乗り物

### 戦車・戦艦・戦闘機

「86-エイティシックス-」安里アサト著 KADOKAWA(電撃文庫) 2017年2月【異世界・架空の世界】【肌の露出が多めの挿絵なし】

「アウトブレイク・カンパニー = Outbreak Company：萌える侵略者 17」榊一郎著 講談社(講談社ラノベ文庫) 2017年3月【異世界・架空の世界】【肌の露出が多めの挿絵あり】

「エルフと戦車と僕の毎日 2[下]」佐藤大輔著 KADOKAWA(カドカワBOOKS) 2017年5月【異世界・架空の世界】【肌の露出が多めの挿絵なし】

「エルフと戦車と僕の毎日 2[上]」佐藤大輔著 KADOKAWA(カドカワBOOKS) 2017年5月【異世界・架空の世界】【肌の露出が多めの挿絵なし】

「グランブルーファンタジー 7」Cygames原作;はせがわみやび著 KADOKAWA(ファミ通文庫) 2017年3月【異世界・架空の世界】【肌の露出が多めの挿絵なし】

「ストライクフォール = STRIKE FALL 2」長谷敏司著 小学館(ガガガ文庫) 2017年3月【異世界・架空の世界】【肌の露出が多めの挿絵なし】

「ナイツ&マジック 7」天酒之瓢著 主婦の友社(ヒーロー文庫) 2017年4月【異世界・架空の世界】【肌の露出が多めの挿絵なし】

「ノーブルウィッチーズ 6」島田フミカネ原作;ProjektWorldWitches原作;南房秀久著 KADOKAWA(角川スニーカー文庫) 2017年5月【異世界・架空の世界】【肌の露出が多めの挿絵なし】

「ノーブルウィッチーズ 6 オリジナルドラマCD付き同梱版」島田フミカネ原作;ProjektWorldWitches原作;南房秀久著 KADOKAWA(角川スニーカー文庫) 2017年5月【異世界・架空の世界】【肌の露出が多めの挿絵なし】

「ブレイブウィッチーズPrequel 2」島田フミカネ原作;ProjektWorldWitches原作;築地俊彦著 KADOKAWA(角川スニーカー文庫) 2017年6月【異世界・架空の世界】【肌の露出が多めの挿絵なし】

「ブレイブウィッチーズPrequel 2 オリジナルドラマCD付き同梱版」島田フミカネ原作;ProjektWorldWitches原作;築地俊彦著 KADOKAWA(角川スニーカー文庫) 2017年6月【異世界・架空の世界】【肌の露出が多めの挿絵なし】

「艦魂戦記：もうひとつの日本海軍史」三好幹也著 イカロス出版(AXISLABEL) 2017年5月【現代/歴史・時代】【肌の露出が多めの挿絵なし】

「機甲狩竜(パンツァーヤクト)のファンタジア 2」内田弘樹著 KADOKAWA(富士見ファンタジア文庫) 2017年2月【異世界・架空の世界】【肌の露出が多めの挿絵あり】

「機甲狩竜(パンツァーヤクト)のファンタジア 3」内田弘樹著 KADOKAWA(富士見ファンタジア文庫) 2017年6月【異世界・架空の世界】【肌の露出が多めの挿絵あり】

「偽る神のスナイパー = A SNIPER KILLS THE FALSE GOD 3」水野昴著 小学館(ガガガ文庫) 2017年2月【異世界・架空の世界】【肌の露出が多めの挿絵なし】

# 乗り物

「銀河連合日本 4」松本保羽著 星海社(星海社FICTIONS) 2017年2月【近未来・遠未来】【肌の露出が多めの挿絵あり/キスシーンの挿絵あり】

「置き去り勇者と不死鳥の翼」富永浩史著 ホビージャパン(HJ文庫) 2017年1月【異世界・架空の世界】【肌の露出が多めの挿絵あり】

## 電車・新幹線

「EXMOD：思春期ノ能力者」神野オキナ著 小学館(ガガガ文庫) 2017年1月【現代】【肌の露出が多めの挿絵あり】

「うさぎ強盗には死んでもらう」橘ユマ著 KADOKAWA(角川スニーカー文庫) 2017年1月【現代】【肌の露出が多めの挿絵なし】

「キモイマン」中沢健著 小学館(ガガガ文庫) 2017年1月【現代】【肌の露出が多めの挿絵なし】

「クールなお医者様のギャップに溶けてます」春海あずみ著 スターツ出版(ベリーズ文庫) 2017年6月【現代】【挿絵なし】

「プラットホームの彼女」水沢秋生著 光文社(光文社文庫) 2017年6月【現代】【挿絵なし】

「めがみめぐり：ツクモと聖地と七柱のめがみ」カプコン原作;欅末高彰著 KADOKAWA(ファミ通文庫) 2017年3月【現代】【肌の露出が多めの挿絵なし】

「運転、見合わせ中」畑野智美著 実業之日本社(実業之日本社文庫) 2017年4月【現代】【肌の露出が多めの挿絵なし】

「銀河連合日本 4」松本保羽著 星海社(星海社FICTIONS) 2017年2月【近未来・遠未来】【肌の露出が多めの挿絵あり/キスシーンの挿絵あり】

「君が涙を忘れる日まで。」菊川あすか著 スターツ出版(スターツ出版文庫) 2017年5月【現代】【挿絵なし】

「自殺するには向かない季節」海老名龍人著 講談社(講談社ラノベ文庫) 2017年5月【現代】【肌の露出が多めの挿絵なし】

「終電の神様」阿川大樹著 実業之日本社(実業之日本社文庫) 2017年2月【現代】【肌の露出が多めの挿絵なし】

「進め!たかめ少女高雄ソライロデイズ。」三木なずな著 SBクリエイティブ(GA文庫) 2017年6月【現代】【肌の露出が多めの挿絵なし】

「世界、それはすべて君のせい」くらゆいあゆ著 集英社(集英社オレンジ文庫) 2017年4月【現代】【挿絵なし】

「僕はまだ、君の名前を呼んでいない：lost your name」小野崎まち著 マイナビ出版(ファン文庫) 2017年6月【現代】【肌の露出が多めの挿絵なし】

## 乗り物

### 乗り物一般

「グランブルーファンタジー 7」Cygames原作;はせがわみやび著 KADOKAWA(ファミ通文庫) 2017年3月【異世界・架空の世界】【肌の露出が多めの挿絵なし】

「グランブルーファンタジー 8」Cygames原作;はせがわみやび著 KADOKAWA(ファミ通文庫) 2017年6月【異世界・架空の世界】【肌の露出が多めの挿絵なし】

「テスタメントシュピーゲル 3上」冲方丁著 KADOKAWA(角川スニーカー文庫) 2017年1月【異世界・架空の世界】【挿絵なし】

「暇人、魔王の姿で異世界へ:時々チートなぶらり旅 4」藍敦著 KADOKAWA(ファミ通文庫) 2017年2月【異世界・架空の世界】【肌の露出が多めの挿絵あり】

「屈折する星屑」江波光則著 早川書房(ハヤカワ文庫JA) 2017年3月【異世界・架空の世界】【挿絵なし】

### バイク

「スーパーカブ」トネ・コーケン著 KADOKAWA(角川スニーカー文庫) 2017年5月【現代】【肌の露出が多めの挿絵あり】

「ロボット・ハート・アップデート Ver. 2」門倉みさき著 京都アニメーション(KAエスマ文庫) 2017年3月【異世界・架空の世界】【肌の露出が多めの挿絵なし】

「白バイガール [2]」佐藤青南著 実業之日本社(実業之日本社文庫) 2017年2月【現代】【肌の露出が多めの挿絵なし】

### 飛行機

「マクロスΔ 2」小太刀右京著 講談社(講談社ラノベ文庫) 2017年3月【異世界・架空の世界】【肌の露出が多めの挿絵なし】

「蒼戟の疾走者(ストラトランナー) = STRATORUNNER IN THE SKY : 落ちこぼれ騎士の逆転戦略」犬亥著 KADOKAWA(電撃文庫) 2017年5月【異世界・架空の世界】【肌の露出が多めの挿絵なし】

「置き去り勇者と不死鳥の翼」富永浩史著 ホビージャパン(HJ文庫) 2017年1月【異世界・架空の世界】【肌の露出が多めの挿絵あり】

「白翼のポラリス」阿部藍樹著 講談社(講談社ラノベ文庫) 2017年3月【異世界・架空の世界】【肌の露出が多めの挿絵あり】

「飛べない鍵姫と解けない飛行士:その箱、開けるべからず」山本瑤著 集英社(コバルト文庫) 2017年3月【異世界・架空の世界】【肌の露出が多めの挿絵なし】

「竜と魔法の空戦記:はぐれ魔導技師と穴あき紫電改」手島史詞著 マイクロマガジン社(GCNOVELS) 2017年6月【異世界・架空の世界】【肌の露出が多めの挿絵あり】

# 【自然・環境】

## 宇宙・地球・天体

「アストロノーツは魔法を使う = ASTRONAUTS USE MAGIC」天羽伊吹清著 KADOKAWA(電撃文庫) 2017年5月【異世界・架空の世界】【肌の露出が多めの挿絵あり】

「うちの居候が世界を掌握している! 16」七条剛著 SBクリエイティブ(GA文庫) 2017年2月【現代】【肌の露出が多めの挿絵なし】

「この星空には君が足りない!」有丈ほえる著 京都アニメーション(KAエスマ文庫) 2017年3月【異世界・架空の世界】【肌の露出が多めの挿絵なし】

「この星空には君が足りない! 2」有丈ほえる著 京都アニメーション(KAエスマ文庫) 2017年1月【異世界・架空の世界】【肌の露出が多めの挿絵なし】

「ストライクフォール = STRIKE FALL 2」長谷敏司著 小学館(ガガガ文庫) 2017年3月【異世界・架空の世界】【肌の露出が多めの挿絵なし】

「ふぉーくーるあふたー = 4 cours after 4」水沢夢著 小学館(ガガガ文庫) 2017年3月【現代】【肌の露出が多めの挿絵あり】

「宇宙軍士官学校-幕間(インターミッション)-」鷹見一幸著 早川書房(ハヤカワ文庫JA) 2017年3月【異世界・架空の世界】【挿絵なし】

「我が偽りの名の下に集え、星々」庄司卓著 KADOKAWA(ファミ通文庫) 2017年5月【異世界・架空の世界】【肌の露出が多めの挿絵なし】

「銀河中心点:アルマゲスト宙域」三度笠著 KADOKAWA(カドカワBOOKS) 2017年3月【異世界・架空の世界】【肌の露出が多めの挿絵なし】

「銀河連合日本 5」松本保羽著 星海社(星海社FICTIONS) 2017年6月【近未来・遠未来】【肌の露出が多めの挿絵なし】

「月とライカと吸血姫(ノスフェラトゥ) 2」牧野圭祐著 小学館(ガガガ文庫) 2017年4月【歴史・時代/異世界・架空の世界】【肌の露出が多めの挿絵なし】

「新・星をひとつ貰っちゃったので、なんとかやってみる 1」茂木鈴著 オークラ出版(NMG文庫) 2017年1月【異世界・架空の世界】【肌の露出が多めの挿絵あり】

「卒業のカノン:穂瑞沙羅華の課外活動」機本伸司著 角川春樹事務所(ハルキ文庫) 2017年5月【近未来・遠未来】【挿絵なし】

「置き去り勇者と不死鳥の翼」富永浩史著 ホビージャパン(HJ文庫) 2017年1月【異世界・架空の世界】【肌の露出が多めの挿絵あり】

「覇界王ガオガイガー対ベターマン 上巻」矢立肇原作;竹田裕一郎著;米たにヨシトモ監修 新紀元社(MORNINGSTARBOOKS.THEKINGOFBRAVESGAOGAIGARNOVEL) 2017年6月【現代】【肌の露出が多めの挿絵なし】

**自然・環境**

**海・川**

「あの頃、きみと陽だまりで」夏雪なつめ著 スターツ出版(スターツ出版文庫) 2017年2月【現代】【挿絵なし】

「この度、友情結婚いたしました。」田崎くるみ著 スターツ出版(ベリーズ文庫) 2017年1月【現代】【挿絵なし】

「ダイブ!：潜水系公務員は謎だらけ」山本賀代著 マイナビ出版(ファン文庫) 2017年2月【現代】【挿絵なし】

「ニャン氏の事件簿」松尾由美著 東京創元社(創元推理文庫) 2017年2月【現代】【挿絵なし】

「ルーントルーパーズ：自衛隊漂流戦記 1」浜松春日著 アルファポリス(アルファライト文庫) 2017年1月【異世界・架空の世界】【肌の露出が多めの挿絵なし】

「悪役令嬢は隣国の王太子に溺愛される 2」ぷにちゃん著 KADOKAWA(ビーズログ文庫) 2017年2月【異世界・架空の世界】【肌の露出が多めの挿絵なし】

「遺跡発掘師は笑わない [6]」桑原水菜著 KADOKAWA(角川文庫) 2017年5月【現代】【挿絵なし】

「嘘が見える僕は、素直な君に恋をした」桜井美奈著 双葉社(双葉文庫) 2017年4月【現代】【挿絵なし】

「英雄教室 8」新木伸著 集英社(ダッシュエックス文庫) 2017年5月【現代/異世界・架空の世界】【肌の露出が多めの挿絵なし】

「艦魂戦記：もうひとつの日本海軍史」三好幹也著 イカロス出版(AXISLABEL) 2017年5月【現代/歴史・時代】【肌の露出が多めの挿絵なし】

「喫茶『猫の木』の日常。：猫マスターと初恋レモネード」植原翠著 マイナビ出版(ファン文庫) 2017年4月【現代】【肌の露出が多めの挿絵なし】

「駆除人 3」花黒子著 KADOKAWA(MFブックス) 2017年1月【異世界・架空の世界】【肌の露出が多めの挿絵なし】

「世界のまんなかで笑うキミへ」相沢ちせ著 スターツ出版(スターツ出版文庫) 2017年5月【現代】【挿絵なし】

「白翼のポラリス」阿部藍樹著 講談社(講談社ラノベ文庫) 2017年3月【異世界・架空の世界】【肌の露出が多めの挿絵あり】

「漂海のレクキール = La LEQKEL derive dans la mer.」秋目人著 小学館(ガガガ文庫) 2017年5月【異世界・架空の世界】【肌の露出が多めの挿絵なし】

「落第騎士の英雄譚(キャバルリィ) 13 ドラマCD付き限定特装版」海空りく著 SBクリエイティブ(GA文庫) 2017年1月【異世界・架空の世界】【肌の露出が多めの挿絵あり】

## 自然・環境

### 砂漠

「月の砂漠の略奪花嫁」貴嶋啓著 講談社(講談社X文庫) 2017年6月【異世界・架空の世界】【肌の露出が多めの挿絵なし】

「用務員さんは勇者じゃありませんので 7」棚花尋平著 KADOKAWA(MFブックス) 2017年5月【異世界・架空の世界】【肌の露出が多めの挿絵あり】

「落第騎士の英雄譚(キャバルリィ) 13 ドラマCD付き限定特装版」海空りく著 SBクリエイティブ(GA文庫) 2017年1月【異世界・架空の世界】【肌の露出が多めの挿絵あり】

### 植物・樹木

「フラワーナイトガール [5]」是鐘リュウジ著 KADOKAWA(ファミ通文庫) 2017年2月【異世界・架空の世界】【肌の露出が多めの挿絵あり】

「フラワーナイトガール [6]」是鐘リュウジ著 KADOKAWA(ファミ通文庫) 2017年6月【異世界・架空の世界】【肌の露出が多めの挿絵なし】

「因業探偵：新藤礼都の事件簿」小林泰三著 光文社(光文社文庫) 2017年6月【現代】【挿絵なし】

「花屋「ゆめゆめ」で不思議な花束を」編乃肌著 マイナビ出版(ファン文庫) 2017年3月【現代】【挿絵なし】

「花屋の倅と寺息子 [2]」葛来奈都著 三交社(スカイハイ文庫) 2017年3月【現代】【肌の露出が多めの挿絵なし】

「軽い気持ちで替え玉になったらとんでもない夫がついてきた。1」奏多悠香著 アルファポリス(レジーナ文庫.レジーナブックス) 2017年2月【異世界・架空の世界】【肌の露出が多めの挿絵なし】

「桜のような僕の恋人」宇山佳佑著 集英社(集英社文庫) 2017年2月【現代】【挿絵なし】

「森羅殿へようこそ：事故物件幽怪班 [2]」伏見咲希著 講談社(講談社X文庫) 2017年4月【現代】【肌の露出が多めの挿絵なし】

「世界樹の上に村を作ってみませんか 1」氷純著 KADOKAWA(MFブックス) 2017年2月【異世界・架空の世界】【肌の露出が多めの挿絵なし】

「転生乙女は恋なんかしない [2]」小野上明夜著 一迅社(一迅社文庫アイリス) 2017年4月【異世界・架空の世界】【肌の露出が多めの挿絵なし】

「棘道の英獣譚」野々上大三郎著 集英社(ダッシュエックス文庫) 2017年3月【異世界・架空の世界】【肌の露出が多めの挿絵なし】

### 空・星・月

「いじわる令嬢のゆゆしき事情 [2]」九江桜著 KADOKAWA(角川ビーンズ文庫) 2017年5月【異世界・架空の世界】【肌の露出が多めの挿絵なし】

## 自然・環境

「きみの祈りを守る歌：天球の星使い」天川栄人著 KADOKAWA(角川ビーンズ文庫) 2017年5月【異世界・架空の世界】【肌の露出が多めの挿絵なし】

「グランブルーファンタジー 7」Cygames原作;はせがわみやび著 KADOKAWA(ファミ通文庫) 2017年3月【異世界・架空の世界】【肌の露出が多めの挿絵なし】

「グランブルーファンタジー 8」Cygames原作;はせがわみやび著 KADOKAWA(ファミ通文庫) 2017年6月【異世界・架空の世界】【肌の露出が多めの挿絵なし】

「この星空には君が足りない!」有丈ほえる著 京都アニメーション(KAエスマ文庫) 2017年3月【異世界・架空の世界】【肌の露出が多めの挿絵なし】

「この星空には君が足りない! 2」有丈ほえる著 京都アニメーション(KAエスマ文庫) 2017年1月【異世界・架空の世界】【肌の露出が多めの挿絵なし】

「スピリット・マイグレーション 4」ヘロー天気著 アルファポリス(アルファライト文庫) 2017年4月【異世界・架空の世界】【肌の露出が多めの挿絵なし】

「ビアンカ・オーバーステップ 上」筒城灯士郎著 星海社(星海社FICTIONS) 2017年3月【異世界・架空の世界】【挿絵なし】

「ひるなかの流星：映画ノベライズ」やまもり三香原作;ひずき優著 集英社(集英社オレンジ文庫) 2017年2月【現代】【挿絵なし】

「マクロスΔ 2」小太刀右京著 講談社(講談社ラノベ文庫) 2017年3月【異世界・架空の世界】【肌の露出が多めの挿絵なし】

「王と月 1」夏目みや著 アルファポリス(レジーナ文庫.レジーナブックス) 2017年4月【異世界・架空の世界】【肌の露出が多めの挿絵あり】

「王と月 3」夏目みや著 アルファポリス(レジーナ文庫.レジーナブックス) 2017年6月【異世界・架空の世界】【肌の露出が多めの挿絵なし】

「君と星の話をしよう：降織天文館とオリオン座の少年」相川真著 集英社(集英社オレンジ文庫) 2017年3月【現代】【挿絵なし】

「君に出会えた4%の奇跡」広瀬未衣著 双葉社(双葉文庫) 2017年5月【現代】【挿絵なし】

「銃皇無尽のファフニール 14」ツカサ著 講談社(講談社ラノベ文庫) 2017年6月【異世界・架空の世界】【肌の露出が多めの挿絵なし】

「小説星を追う子ども」新海誠原作;あきさかあさひ著 KADOKAWA(角川文庫) 2017年6月【現代/異世界・架空の世界】【挿絵なし】

### 天気

「やはり雨は嘘をつかない：こうもり先輩と雨女」皆藤黒助著 講談社(講談社タイガ) 2017年6月【現代】【肌の露出が多めの挿絵なし】

**自然・環境**

### 森・山

「イックーさん」華早漏曇著 KADOKAWA(角川スニーカー文庫) 2017年4月【歴史・時代/異世界・架空の世界】【肌の露出が多めの挿絵あり】

「おっさん、聖剣を抜く。1」スフレ著 アース・スターエンターテイメント(EARTHSTARNOVEL) 2017年5月【異世界・架空の世界】【肌の露出が多めの挿絵なし】

「グリムノーツ:運命に抗いし者たち」スクウェア・エニックス原作・監修;SOW著 KADOKAWA(ビーズログ文庫アリス) 2017年5月【異世界・架空の世界】【肌の露出が多めの挿

「ニャン氏の事件簿」松尾由美著 東京創元社(創元推理文庫) 2017年2月【現代】【挿絵なし】

「ほま高登山部ダイアリー = Homako Mountain Climbing Club Diary」細音啓著 小学館(ガガガ文庫) 2017年2月【現代】【肌の露出が多めの挿絵あり】

「リビティウム皇国のブタクサ姫 4」佐崎一路著 新紀元社(MORNINGSTARBOOKS) 2017年4月【異世界・架空の世界】【肌の露出が多めの挿絵なし】

「悪逆騎士団 = Knights of Villainy : そのエルフ、凶暴につき 2」水瀬葉月著 KADOKAWA(電撃文庫) 2017年5月【異世界・架空の世界】【肌の露出が多めの挿絵なし】

「悪役令嬢は隣国の王太子に溺愛される 3」ぷにちゃん著 KADOKAWA(ビーズログ文庫) 2017年6月【異世界・架空の世界】【肌の露出が多めの挿絵なし】

「引きこもり英雄と神獣剣姫の隷属契約 : ふたりぼっちの叛逆譚」永野水貴著 KADOKAWA(MF文庫J) 2017年4月【異世界・架空の世界】【肌の露出が多めの挿絵あり】

「英雄の忘れ形見 1」風見祐輝著 主婦の友社(ヒーロー文庫) 2017年6月【異世界・架空の世界】【肌の露出が多めの挿絵あり】

「化けてます : こだぬき、落語家修業中」遠原嘉乃著 双葉社(双葉文庫) 2017年4月【現代】【肌の露出が多めの挿絵なし】

「黒騎士さんは働きたくない 2」雨木シュウスケ著 集英社(ダッシュエックス文庫) 2017年4月【異世界・架空の世界】【肌の露出が多めの挿絵あり】

「首洗い滝」内藤了著 講談社(講談社タイガ) 2017年6月【現代】【挿絵なし】

「重装令嬢モアネット」さき著 KADOKAWA(角川ビーンズ文庫) 2017年3月【異世界・架空の世界】【肌の露出が多めの挿絵なし】

「召喚獣ですがご主人様がきびしいです」みゅうみゅう著 宝島社 2017年2月【異世界・架空の世界】【肌の露出が多めの挿絵なし】

「消えてなくなっても」椰月美智子著 KADOKAWA(角川文庫) 2017年5月【現代】【挿絵なし】

「人狼×討伐のメソッド 2」斜守モル著 KADOKAWA(MF文庫J) 2017年5月【現代】【肌の露出が多めの挿絵なし】

「転生乙女は恋なんかしない [2]」小野上明夜著 一迅社(一迅社文庫アイリス) 2017年4月【異世界・架空の世界】【肌の露出が多めの挿絵なし】

**自然・環境**

「猫と竜」アマラ著 宝島社(宝島社文庫) 2017年4月【異世界・架空の世界】【肌の露出が多めの挿絵なし】

「猫と竜と冒険王子とぐうたら少女 = The Cat and the Dragon,the Adventurous prince and the Lazy girl」アマラ著 宝島社 2017年1月【異世界・架空の世界】【肌の露出が多めの挿絵なし】

「魔法?そんなことより筋肉だ! 1」どらねこ著 KADOKAWA(MFブックス) 2017年6月【異世界・架空の世界】【肌の露出が多めの挿絵なし】

「零の記憶 [2]」風島ゆう著 三交社(スカイハイ文庫) 2017年6月【現代】【肌の露出が多めの挿絵なし】

「棘道の英獣譚」野々上大三郎著 集英社(ダッシュエックス文庫) 2017年3月【異世界・架空の世界】【肌の露出が多めの挿絵なし】

山

「冷徹社長が溺愛キス!?」紅カオル著 スターツ出版(ベリーズ文庫) 2017年3月【現代】【挿絵なし】

# 【場所・建物・施設】

## 一軒家

「F 霊能捜査官・橘川七海」塔山郁著 宝島社(宝島社文庫) 2017年2月【現代】【肌の露出が多めの挿絵なし】

「鳩子さんとあやかし暮らし」野梨原花南著 KADOKAWA(富士見L文庫) 2017年6月【現代】【肌の露出が多めの挿絵なし】

## 映画館

「強引男子のイジワルで甘い独占欲」pinori著 スターツ出版(ベリーズ文庫) 2017年3月【現代】【挿絵なし】

「福を招くと聞きまして。:招福招来」森川秀樹著 KADOKAWA(富士見L文庫) 2017年2月【現代】【挿絵なし】

## 駅

「プラットホームの彼女」水沢秋生著 光文社(光文社文庫) 2017年6月【現代】【挿絵なし】

## お店・飲食店・カフェ

「P・O・S:キャメルマート京洛病院店の四季」鏑木蓮著 早川書房(ハヤカワ文庫JA) 2017年5月【現代】【挿絵なし】

「YOSAKOIソーラン娘:札幌が踊る夏」田丸久深著 宝島社(宝島社文庫) 2017年4月【現代】【挿絵なし】

「あやかし屋台なごみ亭2」篠宮あすか著 双葉社(双葉文庫) 2017年3月【現代】【肌の露出が多めの挿絵なし】

「アンチスキル・ゲーミフィケーション2」土橋真二郎著 KADOKAWA(MF文庫J) 2017年3月【異世界・架空の世界】【肌の露出が多めの挿絵あり】

「ウサギの天使が呼んでいる:ほしがり探偵ユリオ」青柳碧人著 東京創元社(創元推理文庫) 2017年5月【現代】【肌の露出が多めの挿絵なし】

「オーダーは探偵に[8]」近江泉美著 KADOKAWA(メディアワークス文庫) 2017年3月【現代】【挿絵なし】

「オーダーは探偵に[9]」近江泉美著 KADOKAWA(メディアワークス文庫) 2017年5月【現代】【挿絵なし】

「おやつカフェでひとやすみ:しあわせの座敷わらし」瀬王みかる著 集英社(集英社オレンジ文庫) 2017年3月【現代】【肌の露出が多めの挿絵なし】

「カミサマ探偵のおしながき 2の膳」佐原菜月著 KADOKAWA(メディアワークス文庫) 2017年6月【現代】【肌の露出が多めの挿絵なし】

## 場所・建物・施設

「キッチン・ミクリヤの魔法の料理 2」吉田安寿著 双葉社(双葉文庫) 2017年2月【現代】【挿絵なし】

「ケーキ王子の名推理(スペシャリテ) 2」七月隆文著 新潮社(新潮文庫nex) 2017年4月【現代】【挿絵なし】

「さよなら、サイキック 2」清野静著 KADOKAWA(角川スニーカー文庫) 2017年1月【現代】【肌の露出が多めの挿絵なし】

「シマイチ古道具商：春夏冬人情ものがたり」蓮見恭子著 新潮社(新潮文庫nex) 2017年4月【現代】【挿絵なし】

「スイーツ刑事：ウェディングケーキ殺人事件」大平しおり著 KADOKAWA(メディアワークス文庫) 2017年5月【現代】【肌の露出が多めの挿絵なし】

「スープ屋かまくら来客簿：あやかしに効く春野菜の夕焼け色スープ」和泉桂著 KADOKAWA(富士見L文庫) 2017年4月【現代】【挿絵なし】

「すしそばてんぷら」藤野千夜著 角川春樹事務所(ハルキ文庫) 2017年1月【現代】【挿絵なし】

「ダンジョンに出会いを求めるのは間違っているだろうかファミリアクロニクル：episodeリュー」大森藤ノ著 SBクリエイティブ(GA文庫) 2017年3月【異世界・架空の世界】【肌の露出が多めの挿絵あり】

「バイトリーダーがはじめる異世界ファミレス無双：姫騎士と魔王の娘で繁盛するまで帰れません」長野聖樹著 集英社(ダッシュエックス文庫) 2017年5月【異世界・架空の世界】【肌の露出が多めの挿絵なし】

「ゆきうさぎのお品書き [3]」小湊悠貴著 集英社(集英社オレンジ文庫) 2017年1月【現代】【挿絵なし】

「ようこそ!ジョナサン異世界ダンジョン地下1階店へ」船橋由高著 講談社(講談社ラノベ文庫) 2017年6月【異世界・架空の世界】【肌の露出が多めの挿絵あり】

「ようこそ哲学メイド喫茶ソファンディへ」逢坂千紘著 星海社(星海社FICTIONS) 2017年4月【現代】【肌の露出が多めの挿絵なし】

「レディローズは平民になりたい」こおりあめ著 KADOKAWA(角川ビーンズ文庫) 2017年1月【異世界・架空の世界】【肌の露出が多めの挿絵なし】

「わが家は祇園(まち)の拝み屋さん 4」望月麻衣著 KADOKAWA(角川文庫) 2017年1月【現代/異世界・架空の世界】【挿絵なし】

「わが家は祇園(まち)の拝み屋さん 5」望月麻衣著 KADOKAWA(角川文庫) 2017年5月【現代/異世界・架空の世界】【挿絵なし】

「異世界Cァート繁盛記5」新木伸著 集英社(ダッシュエックス文庫) 2017年2月【現代/異世界・架空の世界】【肌の露出が多めの挿絵あり】

「異世界でカフェを開店しました。1」甘沢林檎著 アルファポリス(レジーナ文庫.レジーナブックス) 2017年3月【異世界・架空の世界】【肌の露出が多めの挿絵なし】

## 場所・建物・施設

「異世界でカフェを開店しました。2」甘沢林檎著 アルファポリス(レジーナ文庫.レジーナブックス) 2017年6月【異世界・架空の世界】【肌の露出が多めの挿絵なし】

「異世界駅舎の喫茶店 = The Coffee Shop in A Different World Station [2]」Swind著 宝島社 2017年6月【異世界・架空の世界】【肌の露出が多めの挿絵なし】

「異世界居酒屋「のぶ」3杯目」蝉川夏哉著 宝島社(宝島社文庫) 2017年3月【異世界・架空の世界】【肌の露出が多めの挿絵なし】

「異世界詐欺師のなんちゃって経営術(コンサルティング) 4」宮地拓海著 KADOKAWA(角川スニーカー文庫) 2017年3月【異世界・架空の世界】【肌の露出が多めの挿絵あり】

「異世界転移バーテンダーのカクテルポーション 3」score著 KADOKAWA(MFブックス) 2017年1月【異世界・架空の世界】【肌の露出が多めの挿絵なし】

「異世界落語 2」朱雀新吾著;柳家喬太郎落語監修 主婦の友社(ヒーロー文庫) 2017年1月【異世界・架空の世界】【肌の露出が多めの挿絵なし】

「雨あがりの印刷所」夏川鳴海著 KADOKAWA(メディアワークス文庫) 2017年6月【現代】【肌の露出が多めの挿絵なし】

「横浜元町コレクターズ・カフェ」柳瀬みちる著 KADOKAWA(角川文庫) 2017年3月【現代】【肌の露出が多めの挿絵なし】

「家出青年、猫ホストになる」水島忍著 集英社(集英社オレンジ文庫) 2017年1月【現代】【肌の露出が多めの挿絵なし】

「花屋「ゆめゆめ」で不思議な花束を」編乃肌著 マイナビ出版(ファン文庫) 2017年3月【現代】【挿絵なし】

「花屋の倅と寺息子 [2]」葛来奈都著 三交社(スカイハイ文庫) 2017年3月【現代】【肌の露出が多めの挿絵なし】

「懐かしい食堂あります [2]」似鳥航一著 KADOKAWA(角川文庫) 2017年6月【現代/歴史・時代】【挿絵なし】

「鎌倉香房メモリーズ 5」阿部暁子著 集英社(集英社オレンジ文庫) 2017年3月【現代】【挿絵なし】

「喫茶『猫の木』の日常。: 猫マスターと初恋レモネード」植原翠著 マイナビ出版(ファン文庫) 2017年4月【現代】【肌の露出が多めの挿絵なし】

「喫茶ルパンで秘密の会議」蒼井蘭子著 三交社(スカイハイ文庫) 2017年2月【現代】【肌の露出が多めの挿絵なし】

「京都の甘味処は神様専用です」桑野和明著 双葉社(双葉文庫) 2017年5月【現代】【挿絵なし】

「京都寺町三条のホームズ 7」望月麻衣著 双葉社(双葉文庫) 2017年4月【現代】【挿絵なし】

「境界探偵モンストルム = Monstrum The Borderline Detective 2」十文字青著 KADOKAWA(ノベルゼロ) 2017年1月【近未来・遠未来】【肌の露出が多めの挿絵なし】

## 場所・建物・施設

「空き店舗〈幽霊つき〉あります」ささきかつお著 幻冬舎(幻冬舎文庫) 2017年5月【現代】【挿絵なし】

「君に叶わぬ恋をしている」道具小路著 KADOKAWA(富士見L文庫) 2017年1月【現代】【挿絵なし】

「芸者でGO!」山本幸久著 実業之日本社(実業之日本社文庫) 2017年6月【現代】【肌の露出が多めの挿絵なし】

「鍵屋甘味処改 5」梨沙著 集英社(集英社オレンジ文庫) 2017年1月【現代】【挿絵なし】

「紅茶館くじら亭ダイアリー:シナモン・ジンジャーは雪解けの香り」伊佐良紫築著 KADOKAWA(富士見L文庫) 2017年2月【現代】【挿絵なし】

「紅蓮坂ブルース」桑原水菜著 集英社(コバルト文庫) 2017年1月【歴史・時代】【肌の露出が多めの挿絵なし】

「黒猫王子の喫茶店:お客様は猫様です」高橋由太著 KADOKAWA(角川文庫) 2017年4月【現代】【挿絵なし】

「今日から、あやかし町長です。2」糸森環著 KADOKAWA(富士見L文庫) 2017年4月【異世界・架空の世界】【挿絵なし】

「最強魔王様の日本グルメ[2]」kimimaro著 宝島社 2017年5月【現代】【肌の露出が多めの挿絵なし】

「最後の晩ごはん[8]」椹野道流著 KADOKAWA(角川文庫) 2017年6月【現代】【肌の露出が多めの挿絵なし】

「三毛猫カフェトリコロール」星月渉著 三交社(スカイハイ文庫) 2017年4月【現代】【肌の露出が多めの挿絵なし】

「女神めし」原宏一著 祥伝社(祥伝社文庫) 2017年5月【現代】【挿絵なし】

「小暮写眞館 1」宮部みゆき著 新潮社(新潮文庫nex) 2017年1月【現代】【挿絵なし】

「小暮写眞館 2」宮部みゆき著 新潮社(新潮文庫nex) 2017年1月【現代】【挿絵なし】

「小暮写眞館 3」宮部みゆき著 新潮社(新潮文庫nex) 2017年2月【現代】【挿絵なし】

「小暮写眞館 4」宮部みゆき著 新潮社(新潮文庫nex) 2017年2月【現代】【挿絵なし】

「森羅殿へようこそ:事故物件幽怪班[2]」伏見咲希著 講談社(講談社X文庫) 2017年4月【現代】【肌の露出が多めの挿絵なし】

「神様の定食屋」中村颯希著 双葉社(双葉文庫) 2017年6月【現代】【挿絵なし】

「水沢文具店:あなただけの物語つづります」安澄加奈著 ポプラ社(ポプラ文庫ピュアフル) 2017年3月【現代】【挿絵なし】

「戦うパン屋と機械じかけの看板娘(オートマタンウェイトレス) 6」SOW著 ホビージャパン(HJ文庫) 2017年1月【異世界・架空の世界】【肌の露出が多めの挿絵なし】

## 場所・建物・施設

「双子喫茶と悪魔の料理書」望月唯一著 講談社(講談社ラノベ文庫) 2017年6月【現代】【肌の露出が多めの挿絵あり/キスシーンの挿絵あり/性描写の挿絵あり】

「地底アパートの迷惑な来客」蒼月海里著 ポプラ社(ポプラ文庫ピュアフル) 2017年1月【現代】【挿絵なし】

「中目黒リバーエッジハウス:ワケありだらけのシェアオフィスはじまりの春」岩本薫著 集英社(集英社オレンジ文庫) 2017年3月【現代】【挿絵なし】

「長崎・オランダ坂の洋館カフェ:シュガーロードと秘密の本」江本マシメサ著 宝島社(宝島社文庫) 2017年4月【現代】【挿絵なし】

「奈良町ひとり陰陽師」仲町六絵著 KADOKAWA(メディアワークス文庫) 2017年6月【現代】【肌の露出が多めの挿絵なし】

「謎解き茶房で朝食を」妃川螢著 KADOKAWA(富士見L文庫) 2017年1月【現代】【挿絵なし】

「放課後は、異世界喫茶でコーヒーを」風見鶏著 KADOKAWA(富士見ファンタジア文庫) 2017年6月【異世界・架空の世界】【肌の露出が多めの挿絵なし】

「勇者ですが異世界でエルフ嫁とピザ店始めます」城崎火也著 集英社(ダッシュエックス文庫) 2017年1月【異世界・架空の世界】【肌の露出が多めの挿絵あり/キスシーンの挿絵あり】

「幽落町おばけ駄菓子屋[9]」蒼月海里著 KADOKAWA(角川ホラー文庫) 2017年4月【異世界・架空の世界】【肌の露出が多めの挿絵なし】

「令嬢アスティの幻想質屋」遊森謡子著 アルファポリス(レジーナ文庫,レジーナブックス) 2017年2月【異世界・架空の世界】【肌の露出が多めの挿絵なし】

「和雑貨うなゐ堂の友戯帳」真鍋卓著 KADOKAWA(富士見L文庫) 2017年6月【現代】【挿絵なし】

## 温泉・浴室・銭湯

「14歳とイラストレーター 2」むらさきゆきや著 KADOKAWA(MF文庫J) 2017年3月【現代】【肌の露出が多めの挿絵あり】

「アトム ザ・ビギニング = ATOM THE BEGINNING:僕オモウ故ニ僕アリ」藤咲淳一著 小学館(ガガガ文庫) 2017年4月【近未来・遠未来】【肌の露出が多めの挿絵なし】

「異世界温泉に転生した俺の効能がとんでもすぎる:アンタの中が気持ちいいわけじゃないんですけどっ!?」七鳥未奏著 KADOKAWA(MF文庫J) 2017年2月【異世界・架空の世界】【肌の露出が多めの挿絵あり/性描写の挿絵あり】

「異世界温泉に転生した俺の効能がとんでもすぎる 2」七鳥未奏著 KADOKAWA(MF文庫J) 2017年6月【異世界・架空の世界】【肌の露出が多めの挿絵あり】

「下町アパートのふしぎ管理人」大城密著 KADOKAWA(角川文庫) 2017年1月【現代】【挿絵なし】

「暇人、魔王の姿で異世界へ:時々チートなぶらり旅 4」藍敦著 KADOKAWA(ファミ通文庫) 2017年2月【異世界・架空の世界】【肌の露出が多めの挿絵あり】

## 場所・建物・施設

「座敷童子の代理人 5」仁科裕貴著 KADOKAWA(メディアワークス文庫) 2017年6月【現代】【肌の露出が多めの挿絵なし】

「神様の子守はじめました。5」霜月りつ著 コスミック出版(コスミック文庫α) 2017年3月【現代】【挿絵なし】

「湯屋の怪異とカラクリ奇譚 2」会川いち著 KADOKAWA(メディアワークス文庫) 2017年4月【歴史・時代】【肌の露出が多めの挿絵なし】

「風呂場女神」小声奏著 アルファポリス(レジーナ文庫.レジーナブックス) 2017年4月【現代/異世界・架空の世界】【肌の露出が多めの挿絵なし】

### 会社

「YOSAKOIソーラン娘:札幌が踊る夏」田丸久深著 宝島社(宝島社文庫) 2017年4月【現代】【挿絵なし】

「イジワル御曹司に愛されています」西ナナヲ著 スターツ出版(ベリーズ文庫) 2017年5月【現代】【挿絵なし】

「イジワル上司に焦らされてます」小春りん著 スターツ出版(ベリーズ文庫) 2017年4月【現代】【挿絵なし】

「イジワル同期とスイートライフ」西ナナヲ著 スターツ出版(ベリーズ文庫) 2017年2月【現代】【挿絵なし】

「エプロン男子:今晩、出張シェフがうかがいます」山本瑤著 集英社(集英社オレンジ文庫) 2017年4月【現代】【挿絵なし】

「エリート上司の過保護な独占愛」高田ちさき著 スターツ出版(ベリーズ文庫) 2017年1月【現代】【挿絵なし】

「カラフルノート:久我デザイン事務所の春嵐」日野祐希著 三交社(スカイハイ文庫) 2017年5月【現代】【肌の露出が多めの挿絵なし】

「クールなCEOと社内政略結婚!?」高田ちさき著 スターツ出版(ベリーズ文庫) 2017年3月【現代】【挿絵なし】

「これは経費で落ちません!:経理部の森若さん 2」青木祐子著 集英社(集英社オレンジ文庫) 2017年4月【現代】【挿絵なし】

「ツンデレ社長の甘い求愛」田崎くるみ著 スターツ出版(ベリーズ文庫) 2017年5月【現代】【挿絵なし】

「ディリュージョン社の提供でお送りします」はやみねかおる著 講談社(講談社タイガ) 2017年4月【現代】【挿絵なし】

「ネット小説家になろうクロニクル 3」津田彷徨著 星海社(星海社FICTIONS) 2017年5月【現代】【肌の露出が多めの挿絵なし】

「ハッピー・レボリューション = Happy Revolution」星奏なつめ著 KADOKAWA(メディアワークス文庫) 2017年3月【現代】【肌の露出が多めの挿絵なし】

## 場所・建物・施設

「ヒーローズ〈株〉(かぶしきがいしゃ)!!! 続」北川恵海著 KADOKAWA(メディアワークス文庫) 2017年4月【現代】【挿絵なし】

「ヒマワリ:unUtopial World 4」林トモアキ著 KADOKAWA(角川スニーカー文庫) 2017年5月【近未来・遠未来】【肌の露出が多めの挿絵なし】

「ブラック企業に勤めております。[2]」要はる著 集英社(集英社オレンジ文庫) 2017年5月【現代】【肌の露出が多めの挿絵なし】

「もしもパワハラ上司がドラゴンにさらわれたら」蒼月海里著 幻冬舎(幻冬舎文庫) 2017年1月【現代】【肌の露出が多めの挿絵なし】

「モテ系同期と偽装恋愛!?」藍里まめ著 スターツ出版(ベリーズ文庫) 2017年2月【現代】【挿絵なし】

「悪の組織の求人広告」喜友名トト著 KADOKAWA(ノベルゼロ) 2017年2月【近未来・遠未来】【肌の露出が多めの挿絵なし】

「悪の組織の求人広告 2」喜友名トト著 KADOKAWA(ノベルゼロ) 2017年3月【近未来・遠未来】【肌の露出が多めの挿絵なし】

「逆境シンデレラ:御曹司の強引な求愛」あさぎ千夜春著 スターツ出版(ベリーズ文庫) 2017年3月【現代】【挿絵なし】

「強引なカレの甘い束縛」惣領莉沙著 スターツ出版(ベリーズ文庫) 2017年2月【現代】【挿絵なし】

「強引社長の不器用な溺愛」砂川雨路著 スターツ出版(ベリーズ文庫) 2017年6月【現代】【挿絵なし】

「強引上司と過保護な社内恋愛!?」悠木にこら著 スターツ出版(ベリーズ文庫) 2017年4月【現代】【挿絵なし】

「強引男子のイジワルで甘い独占欲」pinori著 スターツ出版(ベリーズ文庫) 2017年3月【現代】【挿絵なし】

「教室の隅にいた女が、調子に乗るとこうなります。」秋吉ユイ著 幻冬舎(幻冬舎文庫) 2017年5月【現代】【肌の露出が多めの挿絵なし】

「兼業作家、八乙女累は充実している」夏海公司著 KADOKAWA(メディアワークス文庫) 2017年5月【現代】【肌の露出が多めの挿絵なし】

「建築士・音無薫子の設計ノート[2]」逢上央士著 宝島社(宝島社文庫) 2017年2月【現代】【挿絵なし】

「御曹司さまの言いなりなんてっ!」岩長咲耶著 スターツ出版(ベリーズ文庫) 2017年6月【現代】【挿絵なし】

「校閲ガール ア・ラ・モード」宮木あや子著 KADOKAWA(角川文庫) 2017年6月【現代】【肌の露出が多めの挿絵なし】

**場所・建物・施設**

「最良の嘘の最後のひと言」河野裕著 東京創元社(創元推理文庫) 2017年2月【現代】【挿絵なし】

「小暮写眞館 2」宮部みゆき著 新潮社(新潮文庫nex) 2017年1月【現代】【挿絵なし】

「真夜中の騎士 新装版」赤川次郎著 徳間書店(徳間文庫) 2017年5月【現代】【挿絵なし】

「先生、原稿まだですか!：新米編集者、ベストセラーを作る」織川制吾著 集英社(集英社オレンジ文庫) 2017年5月【現代】【挿絵なし】

「天使のスタートアップ」水沢あきと著 星海社(星海社FICTIONS) 2017年6月【現代】【肌の露出が多めの挿絵なし】

「謎解き茶房で朝食を」妃川螢著 KADOKAWA(富士見L文庫) 2017年1月【現代】【挿絵なし】

「秘書室室長がグイグイ迫ってきます!」佐倉伊織著 スターツ出版(ベリーズ文庫) 2017年4月【現代】【挿絵なし】

「僕と死神(ボディガード)の赤い罪」天野頌子著 講談社(講談社タイガ) 2017年6月【現代】【肌の露出が多めの挿絵なし】

「明治あやかし新聞：怠惰な記者の裏稼業」さとみ桜著 KADOKAWA(メディアワークス文庫) 2017年3月【歴史・時代】【挿絵なし】

「明智小五郎事件簿 12」江戸川乱歩著 集英社(集英社文庫) 2017年4月【歴史・時代】【挿絵なし】

「臨時社長秘書は今日も巻き込まれてます!」佳月弥生著 スターツ出版(ベリーズ文庫) 2017年3月【現代】【挿絵なし】

「冷徹社長が溺愛キス!?」紅カオル著 スターツ出版(ベリーズ文庫) 2017年3月【現代】【挿絵なし】

### 会社＞出版社

「装幀室のおしごと。：本の表情つくりませんか?」範乃秋晴著 KADOKAWA(メディアワークス文庫) 2017年2月【現代】【肌の露出が多めの挿絵なし】

### 会社＞ブラック企業

「ブラック企業に勤めております。[2]」要はる著 集英社(集英社オレンジ文庫) 2017年5月【現代】【肌の露出が多めの挿絵なし】

### 宮廷・城

「〈この世界はもう俺が救って富と権力を手に入れたし、女騎士や女魔王と城で楽しく暮らしてるから、俺以外の勇者は〉もう異世界に来ないでください。」伊藤ヒロ著 KADOKAWA(MF文庫J) 2017年3月【異世界・架空の世界】【肌の露出が多めの挿絵あり】

「アサシンズプライド 6」天城ケイ著 KADOKAWA(富士見ファンタジア文庫) 2017年6月【異世界・架空の世界】【肌の露出が多めの挿絵あり】

## 場所・建物・施設

「カタブツ皇帝陛下は新妻への過保護がとまらない」桃城猫緒著 スターツ出版(ベリーズ文庫) 2017年5月【異世界・架空の世界】【挿絵なし】

「こたえぬ背(そびら)に哭き叫べ」結城光流著 KADOKAWA(角川ビーンズ文庫) 2017年4月【歴史・時代】【挿絵なし】

「さらわれ花嫁：愛と恋と陰謀に巻き込まれました」星野あたる著 スターツ出版(ベリーズ文庫) 2017年6月【異世界・架空の世界】【挿絵なし】

「ジャバウォック 2」友野詳著 KADOKAWA(ノベルゼロ) 2017年4月【歴史・時代/異世界・架空の世界】【肌の露出が多めの挿絵なし】

「スピリット・マイグレーション 5」ヘロー天気著 アルファポリス(アルファライト文庫) 2017年6月【異世界・架空の世界】【肌の露出が多めの挿絵なし】

「ダンジョンを造ろう 4」渡良瀬ユウ著 KADOKAWA(MFブックス) 2017年5月【異世界・架空の世界】【肌の露出が多めの挿絵なし】

「トカゲなわたし」かなん著 アルファポリス(レジーナ文庫.レジーナブックス) 2017年6月【異世界・架空の世界】【肌の露出が多めの挿絵なし】

「ドラゴンは寂しいと死んじゃいます = The dragon is lonely and dies : レベッカたんのにいたんは人類最強の傭兵 2」藤原ゴンザレス著 アース・スターエンテイメント(EARTHSTARNOVEL) 2017年5月【異世界・架空の世界】【肌の露出が多めの挿絵なし】

「ドラどら王子の新婚旅行」愛坂タカト著 講談社(講談社ラノベ文庫) 2017年6月【異世界・架空の世界】【肌の露出が多めの挿絵あり】

「ネクストライフ 11」相野仁著 主婦の友社(ヒーロー文庫) 2017年4月【異世界・架空の世界】【肌の露出が多めの挿絵なし】

「ばけもの好む中将 6」瀬川貴次著 集英社(集英社文庫) 2017年6月【異世界・架空の世界】【挿絵なし】

「ようこそ自由で平和な魔王の城へ！：人は、クズになれる」三河ごーすと著 講談社(講談社ラノベ文庫) 2017年6月【異世界・架空の世界】【肌の露出が多めの挿絵あり/キスシーンの挿絵あり】

「ワーズワースの秘薬 [2]」文野あかね著 KADOKAWA(角川ビーンズ文庫) 2017年4月【異世界・架空の世界】【肌の露出が多めの挿絵なし】

「わが家は祇園(まち)の拝み屋さん 5」望月麻衣著 KADOKAWA(角川文庫) 2017年5月【現代/異世界・架空の世界】【挿絵なし】

「王と月 1」夏目みや著 アルファポリス(レジーナ文庫.レジーナブックス) 2017年4月【異世界・架空の世界】【肌の露出が多めの挿絵あり】

「王と月 2」夏目みや著 アルファポリス(レジーナ文庫.レジーナブックス) 2017年5月【異世界・架空の世界】【肌の露出が多めの挿絵なし】

「王と月 3」夏目みや著 アルファポリス(レジーナ文庫.レジーナブックス) 2017年6月【異世界・架空の世界】【肌の露出が多めの挿絵なし】

## 場所・建物・施設

「後宮に月は満ちる：金椛国春秋」篠原悠希著 KADOKAWA(角川文庫) 2017年6月【異世界・架空の世界】【挿絵なし】

「後宮香妃物語：龍の皇太子とめぐる恋」伊藤たつき著 KADOKAWA(角川ビーンズ文庫) 2017年5月【異世界・架空の世界】【肌の露出が多めの挿絵なし】

「後宮樂華伝：血染めの花嫁は妙なる謎を奏でる」はるおかりの著 集英社(コバルト文庫) 2017年6月【異世界・架空の世界】【肌の露出が多めの挿絵なし】

「皇太后のお化粧係[3]」柏てん著 KADOKAWA(角川ビーンズ文庫) 2017年4月【異世界・架空の世界】【肌の露出が多めの挿絵なし】

「紅霞後宮物語 第5幕」雪村花菜著 KADOKAWA(富士見L文庫) 2017年2月【異世界・架空の世界】【挿絵なし】

「自称!平凡魔族の英雄ライフ：B級魔族なのにチートダンジョンを作ってしまった結果」あまうい白一著 講談社(Kラノベブックス) 2017年6月【異世界・架空の世界】【肌の露出が多めの挿絵あり】

「七番目の姫神は語らない：光の聖女と千年王国の謎」小湊悠貴著 集英社(コバルト文庫) 2017年6月【異世界・架空の世界】【肌の露出が多めの挿絵なし】

「十三番目の女神は還らない：眠れる聖女と禁断の書」小湊悠貴著 集英社(コバルト文庫) 2017年1月【異世界・架空の世界】【肌の露出が多めの挿絵なし】

「重装令嬢モアネット」さき著 KADOKAWA(角川ビーンズ文庫) 2017年3月【異世界・架空の世界】【肌の露出が多めの挿絵なし】

「信長の弟：織田信行として生きて候 第1巻」ツマビラカズジ著 マイクロマガジン社(GCNOVELS) 2017年6月【現代/歴史・時代】【肌の露出が多めの挿絵なし】

「身代わり伯爵と終幕の続き」清家未森著 KADOKAWA(角川ビーンズ文庫) 2017年5月【歴史・時代】【肌の露出が多めの挿絵なし】

「男装した伯爵令嬢ですが、大公殿下にプロポーズされました」藍里まめ著 スターツ出版(ベリーズ文庫) 2017年6月【異世界・架空の世界】【挿絵なし】

「天と地と姫と 4」春日みかげ著 KADOKAWA(富士見ファンタジア文庫) 2017年6月【歴史・時代】【肌の露出が多めの挿絵なし】

「天界に裏切られた最強勇者は、魔王と〇〇した。= THE SECRET ALLIANCE BETWEEN THE NUTTY HERO AND THE STUPID DEVIL 001」月島秀一著 アース・スターエンターテイメント(EARTHSTARNOVEL) 2017年6月【異世界・架空の世界】【肌の露出が多めの挿絵なし】

「天空の翼地上の星」中村ふみ著 講談社(講談社X文庫) 2017年4月【異世界・架空の世界】【肌の露出が多めの挿絵なし】

「豚公爵に転生したから、今度は君に好きと言いたい 2」合田拍子著 KADOKAWA(富士見ファンタジア文庫) 2017年4月【異世界・架空の世界】【肌の露出が多めの挿絵あり】

「八男って、それはないでしょう! 10」Y.A著 KADOKAWA(MFブックス) 2017年2月【異世界・架空の世界】【肌の露出が多めの挿絵なし】

場所・建物・施設

「氷竜王と六花の姫」小野はるか著 KADOKAWA(角川ビーンズ文庫) 2017年6月【異世界・架空の世界】【肌の露出が多めの挿絵なし】

「本好きの下剋上:司書になるためには手段を選んでいられません 第3部[2]」香月美夜著 TOブックス 2017年1月【異世界・架空の世界】【肌の露出が多めの挿絵なし】

「魔王の俺が奴隷エルフを嫁にしたんだが、どう愛でればいい? 2」手島史詞著 ホビージャパン(HJ文庫) 2017年6月【異世界・架空の世界】【肌の露出が多めの挿絵なし】

「魔王城のシェフ:黒竜のローストからはじまる異世界グルメ伝」水城水城著 KADOKAWA(ファミ通文庫) 2017年4月【異世界・架空の世界】【肌の露出が多めの挿絵あり】

「夜葬師と霧の侯爵:かりそめ夫婦と迷宮の王」白川紺子著 集英社(コバルト文庫) 2017年1月【異世界・架空の世界】【肌の露出が多めの挿絵なし】

「理想のヒモ生活 9」渡辺恒彦著 主婦の友社(ヒーロー文庫) 2017年6月【異世界・架空の世界】【肌の露出が多めの挿絵あり】

「流星茶房物語 [2]」羽倉せい著 KADOKAWA(角川ビーンズ文庫) 2017年2月【異世界・架空の世界】【肌の露出が多めの挿絵なし】

「恋衣花草紙:山吹の姫の物語」小田菜摘著 KADOKAWA(ビーズログ文庫) 2017年4月【歴史・時代】【肌の露出が多めの挿絵なし】

## 教会

「この素晴らしい世界に爆焔を!:この素晴らしい世界に祝福を!スピンオフ 続」暁なつめ著 KADOKAWA(角川スニーカー文庫) 2017年1月【異世界・架空の世界】【肌の露出が多めの挿絵なし】

「ワールドエネミー:不死者の少女と不死殺しの王」細音啓著 KADOKAWA(ノベルゼロ) 2017年1月【異世界・架空の世界】【肌の露出が多めの挿絵なし】

「聖獣様と泣きむし聖女 [2]」かいとーこ著 一迅社(一迅社文庫アイリス) 2017年1月【異世界・架空の世界】【肌の露出が多めの挿絵なし】

「令嬢鑑定士と画廊の悪魔 [2]」糸森環著 KADOKAWA(角川ビーンズ文庫) 2017年4月【異世界・架空の世界】【肌の露出が多めの挿絵なし】

「恋と悪魔と黙示録 [8]」糸森環著 一迅社(一迅社文庫アイリス) 2017年1月【異世界・架空の世界】【肌の露出が多めの挿絵なし】

## 高速道路

「おいしい逃走(ツアー)!東京発京都行:謎の箱と、SAグルメ食べ歩き」桔梗楓著 マイナビ出版(ファン文庫) 2017年3月【現代】【挿絵なし】

「白バイガール [2]」佐藤青南著 実業之日本社(実業之日本社文庫) 2017年2月【現代】【肌の露出が多めの挿絵なし】

## 場所・建物・施設

### 拘置所・留置場

「約束の国 4」カルロ・ゼン著 星海社(星海社FICTIONS) 2017年1月【異世界・架空の世界】【肌の露出が多めの挿絵なし】

### 古代遺跡

「ガチャにゆだねる異世界廃人生活 2」時野洋輔著 KADOKAWA(富士見ファンタジア文庫) 2017年6月【異世界・架空の世界】【肌の露出が多めの挿絵あり】

### 裁判所

「剣と魔法と裁判所 = SWORD AND MAGIC AND COURTHOUSE」蘇之一行著 KADOKAWA(電撃文庫) 2017年4月【異世界・架空の世界】【肌の露出が多めの挿絵あり】

「無法の弁護人 3」師走トオル著 KADOKAWA(ノベルゼロ) 2017年2月【現代】【肌の露出が多めの挿絵なし】

### 島・人工島

「ストライク・ザ・ブラッド 17」三雲岳斗著 KADOKAWA(電撃文庫) 2017年6月【異世界・架空の世界】【肌の露出が多めの挿絵あり】

### 修道院・教会

「七番目の姫神は語らない：光の聖女と千年王国の謎」小湊悠貴著 集英社(コバルト文庫) 2017年6月【異世界・架空の世界】【肌の露出が多めの挿絵なし】

### 書店

「ネット小説家になろうクロニクル 3」津田彷徨著 星海社(星海社FICTIONS) 2017年5月【現代】【肌の露出が多めの挿絵なし】

「ビブリア古書堂の事件手帖 7」三上延著 KADOKAWA(メディアワークス文庫) 2017年2月【現代】【挿絵なし】

「ようこそ授賞式の夕べに」大崎梢著 東京創元社(創元推理文庫) 2017年2月【現代】【挿絵なし】

「金曜日の本屋さん [2]」名取佐和子著 角川春樹事務所(ハルキ文庫) 2017年2月【現代】【挿絵なし】

「空き店舗〈幽霊つき〉ありけす」ささきかつお著 幻冬舎(幻冬舎文庫) 2017年5月【現代】【挿絵なし】

「校閲ガール ア・ラ・モード」宮木あや子著 KADOKAWA(角川文庫) 2017年6月【現代】【肌の露出が多めの挿絵なし】

## 場所・建物・施設

### 水族館

「深海カフェ海底二万哩 3」蒼月海里著 KADOKAWA(角川文庫) 2017年5月【現代】【肌の露出が多めの挿絵なし】

### 寺・神社

「あやかしとおばんざい:ふたごの京都妖怪ごはん日記 2」仲町六絵著 KADOKAWA(メディアワークス文庫) 2017年2月【現代】【肌の露出が多めの挿絵なし】

「イックーさん」華早漏曇著 KADOKAWA(角川スニーカー文庫) 2017年4月【歴史・時代/異世界・架空の世界】【肌の露出が多めの挿絵あり】

「うちの執事に願ったならば」高里椎奈著 KADOKAWA(角川文庫) 2017年3月【現代】【挿絵なし】

「こんこん、いなり不動産」猫屋ちゃき著 マイナビ出版(ファン文庫) 2017年4月【現代】【挿絵なし】

「テルテル坊主の奇妙な過去帳」江崎双六著 三交社(スカイハイ文庫) 2017年1月【現代】【肌の露出が多めの挿絵なし】

「ぼんくら陰陽師の鬼嫁 2」秋田みやび著 KADOKAWA(富士見L文庫) 2017年4月【現代】【挿絵なし】

「めがみめぐり:ツクモと聖地と七柱のめがみ」カプコン原作;櫂末高彰著 KADOKAWA(ファミ通文庫) 2017年3月【現代】【肌の露出が多めの挿絵なし】

「陰陽屋狐の子守歌:よろず占い処」天野頌子著 ポプラ社(ポプラ文庫ピュアフル) 2017年1月【現代】【挿絵なし】

「屋上で縁結び」岡篠名桜著 集英社(集英社文庫) 2017年1月【現代】【肌の露出が多めの挿絵なし】

「花屋の倅と寺息子 [2]」葛来奈都著 三交社(スカイハイ文庫) 2017年3月【現代】【肌の露出が多めの挿絵なし】

「京都寺町三条のホームズ 6.5」望月麻衣著 双葉社(双葉文庫) 2017年4月【現代】【肌の露出が多めの挿絵なし】

「京都寺町三条のホームズ 7」望月麻衣著 双葉社(双葉文庫) 2017年4月【現代】【挿絵なし】

「結物語」西尾維新著 講談社(講談社BOX) 2017年1月【現代】【肌の露出が多めの挿絵なし】

「資格の神様」十階堂一系著 KADOKAWA(電撃文庫) 2017年5月【現代】【肌の露出が多めの挿絵なし】

「神様たちのお伊勢参り」竹村優希著 双葉社(双葉文庫) 2017年6月【現代】【肌の露出が多めの挿絵なし】

「神様の願いごと」沖田円著 スターツ出版(スターツ出版文庫) 2017年3月【現代】【挿絵なし】

## 場所・建物・施設

「神様の子守はじめました。5」霜月りつ著 コスミック出版(コスミック文庫α) 2017年3月【現代】【挿絵なし】

「神様の棲む診療所」竹村優希著 双葉社(双葉文庫) 2017年3月【現代】【肌の露出が多めの挿絵なし】

「神様の定食屋」中村颯希著 双葉社(双葉文庫) 2017年6月【現代】【挿絵なし】

「水中少女」堀川アサコ著 徳間書店(徳間文庫) 2017年3月【現代】【挿絵なし】

「晴安寺流便利屋帳 安住兄妹は日々是戦い!の巻」真中みずほ著 ポプラ社(ポプラ文庫ピュアフル) 2017年1月【現代】【挿絵なし】

「石神様の仰ることは」黒辺あゆみ著 KADOKAWA(ビーズログ文庫アリス) 2017年2月【現代】【肌の露出が多めの挿絵あり】

「中古でも恋がしたい! 10」田尾典丈著 SBクリエイティブ(GA文庫) 2017年6月【現代】【肌の露出が多めの挿絵あり】

「奈良町ひとり陰陽師」仲町六絵著 KADOKAWA(メディアワークス文庫) 2017年6月【現代】【肌の露出が多めの挿絵なし】

「未踏召喚://ブラッドサイン 7」鎌池和馬著 KADOKAWA(電撃文庫) 2017年6月【異世界・架空の世界】【肌の露出が多めの挿絵なし】

## 道場

「ストライキングガール! = Striking Girl!」EDA著 KADOKAWA(カドカワBOOKS) 2017年4月【現代】【肌の露出が多めの挿絵なし】

「ナイショの恋人は副社長!?」宇佐木著 スターツ出版(ベリーズ文庫) 2017年1月【現代】【挿絵なし】

## 図書館・図書室

「アイレスの死書 = The Book of the Dead AIRES 1」蓮見景夏著 オーバーラップ(オーバーラップ文庫) 2017年4月【歴史・時代/異世界・架空の世界】【肌の露出が多めの挿絵なし】

「あやかしとおばんざい:ふたごの京都妖怪ごはん日記 2」仲町六絵著 KADOKAWA(メディアワークス文庫) 2017年2月【現代】【肌の露出が多めの挿絵なし】

「あやかし双子のお医者さん 2」椎名蓮月著 KADOKAWA(富士見L文庫) 2017年3月【現代】【挿絵なし】

「ある日、爆弾がおちてきて 新装版」古橋秀之著 KADOKAWA(メディアワークス文庫) 2017年4月【現代】【肌の露出が多めの挿絵なし】

「こぐちさんと僕のビブリアファイト部活動日誌.ビブリア古書堂の事件手帖スピンオフ」二上延原作・監修;峰守ひろかず著 KADOKAWA(電撃文庫) 2017年3月【現代】【肌の露出が多めの挿絵なし】

## 場所・建物・施設

「スクールポーカーウォーズ 3」維羽裕介著 集英社(JUMPjBOOKS) 2017年6月【現代】【肌の露出が多めの挿絵なし】

「異世界転移バーテンダーのカクテルポーション 3」score著 KADOKAWA(MFブックス) 2017年1月【異世界・架空の世界】【肌の露出が多めの挿絵なし】

「王と月 2」夏目みや著 アルファポリス(レジーナ文庫.レジーナブックス) 2017年5月【異世界・架空の世界】【肌の露出が多めの挿絵なし】

「境域のアルスマグナ 2」絵戸太郎著 KADOKAWA(MF文庫J) 2017年3月【現代】【肌の露出が多めの挿絵あり/キスシーンの挿絵あり】

「軽い気持ちで替え玉になったらとんでもない夫がついてきた。2」奏多悠香著 アルファポリス(レジーナ文庫.レジーナブックス) 2017年3月【異世界・架空の世界】【肌の露出が多めの挿絵なし】

「三月の雪は、きみの嘘」いぬじゅん著 スターツ出版(スターツ出版文庫) 2017年5月【現代】【挿絵なし】

「自殺するには向かない季節」海老名龍人著 講談社(講談社ラノベ文庫) 2017年5月【現代】【肌の露出が多めの挿絵なし】

「神様、縁の売買はじめました。」叶田キズ著 三交社(スカイハイ文庫) 2017年5月【現代】【肌の露出が多めの挿絵なし】

「放課後図書室」麻沢奏著 スターツ出版(スターツ出版文庫) 2017年3月【現代】【挿絵なし】

「僕らの空は群青色」砂川雨路著 スターツ出版(スターツ出版文庫) 2017年2月【現代】【挿絵なし】

### 飛行場・空港

「蒼駁の疾走者(ストラトランナー) = STRATORUNNER IN THE SKY：落ちこぼれ騎士の逆転戦略」犬亥著 KADOKAWA(電撃文庫) 2017年5月【異世界・架空の世界】【肌の露出が多めの挿絵なし】

### 美術館・ギャラリー・美術室

「Fコース」山田悠介著 KADOKAWA(角川文庫) 2017年5月【現代】【挿絵なし】

「かぜまち美術館の謎便り」森晶麿著 新潮社(新潮文庫nex) 2017年6月【現代】【挿絵なし】

「桜のような僕の恋人」宇山佳佑著 集英社(集英社文庫) 2017年2月【現代】【挿絵なし】

「神の値段」一色さゆり著 宝島社(宝島社文庫) 2017年1月【現代】【挿絵なし】

「世界のまんなかで笑うキミへ」相沢ちせ著 スターツ出版(スターツ出版文庫) 2017年5月【現代】【挿絵なし】

## 場所・建物・施設

### 百貨店・デパート

「神さまの百貨店：たそがれ外商部が御用承ります。」佐々原史緒著 KADOKAWA(富士見L文庫) 2017年3月【現代】【挿絵なし】

### 病院・保健室・施術所

「#拡散希望」最東対地著 KADOKAWA(角川ホラー文庫) 2017年6月【現代】【挿絵なし】

「21グラムの恋」太秦あを著 三交社(スカイハイ文庫) 2017年6月【現代】【肌の露出が多めの挿絵なし】

「P・O・S：キャメルマート京洛病院店の四季」鏑木蓮著 早川書房(ハヤカワ文庫JA) 2017年5月【現代】【挿絵なし】

「エリート医師の溺愛処方箋」鳴瀬菜々子著 スターツ出版(ベリーズ文庫) 2017年2月【現代】【挿絵なし】

「クールなお医者様のギャップに溶けてます」春海あずみ著 スターツ出版(ベリーズ文庫) 2017年6月【現代】【挿絵なし】

「さびしい独裁者 新装版」赤川次郎著 徳間書店(徳間文庫) 2017年1月【現代】【挿絵なし】

「モンスター娘のお医者さん 3」折口良乃著 集英社(ダッシュエックス文庫) 2017年6月【異世界・架空の世界】【肌の露出が多めの挿絵あり】

「ラストレター」浅海ユウ著 スターツ出版(スターツ出版文庫) 2017年4月【現代】【肌の露出が多めの挿絵なし】

「一年前の君に、一年後の君と。= To you a year ago, with you a year later.」相原あきら著 KADOKAWA(メディアワークス文庫) 2017年3月【現代】【挿絵なし】

「雨の降る日は学校に行かない」相沢沙呼著 集英社(集英社文庫) 2017年3月【現代】【挿絵なし】

「嘘が見える僕は、素直な君に恋をした」桜井美奈著 双葉社(双葉文庫) 2017年4月【現代】【挿絵なし】

「君は月夜に光り輝く」佐野徹夜著 KADOKAWA(メディアワークス文庫) 2017年2月【現代】【肌の露出が多めの挿絵なし】

「御曹司の溺愛エスコート」若菜モモ著 スターツ出版(ベリーズ文庫) 2017年4月【現代】【挿絵なし】

「冴えない彼女(ヒロイン)の育てかた 12」丸戸史明著 KADOKAWA(富士見ファンタジア文庫) 2017年3月【現代】【肌の露出が多めの挿絵なし】

「桜のような僕の恋人」宇山佳佑著 集英社(集英社文庫) 2017年2月【現代】【挿絵なし】

「自殺するには向かない季節」海老名龍人著 講談社(講談社ラノベ文庫) 2017年5月【現代】【肌の露出が多めの挿絵なし】

## 場所・建物・施設

「終わる世界の片隅で、また君に恋をする」五十嵐雄策著 KADOKAWA(電撃文庫) 2017年5月【現代】【肌の露出が多めの挿絵なし】

「消えてなくなっても」椰月美智子著 KADOKAWA(角川文庫) 2017年5月【現代】【挿絵なし】

「神様の棲む診療所」竹村優希著 双葉社(双葉文庫) 2017年3月【現代】【肌の露出が多めの挿絵なし】

「人外ネゴシエーター 3」麻城ゆう著 新書館(新書館ウィングス文庫) 2017年6月【現代】【肌の露出が多めの挿絵なし】

「天久鷹央の推理カルテ 5」知念実希人著 新潮社(新潮文庫nex) 2017年3月【現代】【挿絵なし】

「鳩子さんとあやかし暮らし」野梨原花南著 KADOKAWA(富士見L文庫) 2017年6月【現代】【肌の露出が多めの挿絵なし】

「片手の楽園」河野裕著 KADOKAWA(角川文庫) 2017年1月【現代】【挿絵なし】

「僕らが明日に踏み出す方法」岬鷺宮著 KADOKAWA(メディアワークス文庫) 2017年6月【現代】【肌の露出が多めの挿絵なし】

「僕らの空は群青色」砂川雨路著 スターツ出版(スターツ出版文庫) 2017年2月【現代】【挿絵なし】

「命の後で咲いた花 = The Flower which bloomed after her Life」綾崎隼著 KADOKAWA(メディアワークス文庫) 2017年1月【現代】【挿絵なし】

### 美容室

「サヨナラ坂の美容院」石田空著 マイナビ出版(ファン文庫) 2017年5月【現代】【肌の露出が多めの挿絵なし】

「シャンプーと視線の先で：夢解き美容師、葉所日陰」枕木みる太著 KADOKAWA(メディアワークス文庫) 2017年6月【現代】【肌の露出が多めの挿絵なし】

「桜のような僕の恋人」宇山佳佑著 集英社(集英社文庫) 2017年2月【現代】【挿絵なし】

### 北極基地

「青白く輝く月を見たか? = Did the Moon Shed a Pale Light?」森博嗣著 講談社(講談社タイガ) 2017年6月【近未来・遠未来】【挿絵なし】

### ホテル・宿

「Bの戦場 2」ゆきた志旗著 集英社(集英社オレンジ文庫) 2017年6月【現代】【肌の露出が多めの挿絵なし】

「LOST：失覚探偵 下」周木律著 講談社(講談社タイガ) 2017年4月【現代】【挿絵なし】

「あやかしお宿に新米入ります。」友麻碧著 KADOKAWA(富士見L文庫) 2017年5月【異世界・架空の世界】【挿絵なし】

## 場所・建物・施設

「おいしい逃走(ツアー)!東京発京都行:謎の箱と、SAグルメ食べ歩き」桔梗楓著 マイナビ出版(ファン文庫) 2017年3月【現代】【挿絵なし】

「スイーツ刑事:ウェディングケーキ殺人事件」大平しおり著 KADOKAWA(メディアワークス文庫) 2017年5月【現代】【肌の露出が多めの挿絵なし】

「セーブ&ロードのできる宿屋さん:カンスト転生者が宿屋で新人育成を始めたようです 3」稲荷竜著 集英社(ダッシュエックス文庫) 2017年3月【異世界・架空の世界】【肌の露出が多めの挿絵なし】

「フレイム王国興亡記 6」疎陀陽著 オーバーラップ(オーバーラップ文庫) 2017年1月【異世界・架空の世界】【肌の露出が多めの挿絵あり】

「ホテルギガントキャッスルへようこそ」SOW著 集英社(ダッシュエックス文庫) 2017年3月【異世界・架空の世界】【肌の露出が多めの挿絵あり】

「座敷童子の代理人 5」仁科裕貴著 KADOKAWA(メディアワークス文庫) 2017年6月【現代】【肌の露出が多めの挿絵なし】

「出雲のあやかしホテルに就職します 2」硝子町玻璃著 双葉社(双葉文庫) 2017年5月【現代】【挿絵なし】

「鳩子さんとあやかし暮らし」野梨原花南著 KADOKAWA(富士見L文庫) 2017年6月【現代】【肌の露出が多めの挿絵なし】

### マンション・アパート

「おいしいベランダ。[3]」竹岡葉月著 KADOKAWA(富士見L文庫) 2017年6月【現代】【挿絵なし】

「さよならのための七日間:夜桜荘交幽帳」井上悠宇著 KADOKAWA(富士見L文庫) 2017年4月【現代】【挿絵なし】

「ひよっこ家族の朝ごはん:お父さんとアサリのうどん」汐見舜一著 KADOKAWA(富士見L文庫) 2017年5月【現代】【挿絵なし】

「まぼろしメゾンの大家さん:あやかし新生活、始めました。」宮田光著 KADOKAWA(富士見L文庫) 2017年6月【現代】【挿絵なし】

「下町アパートのふしぎ管理人」大城密著 KADOKAWA(角川文庫) 2017年1月【現代】【挿絵なし】

「家電彼氏」雪乃下ナチ著 KADOKAWA(ビーズログ文庫アリス) 2017年2月【現代】【肌の露出が多めの挿絵なし】

「回想のぬいぐるみ警部」西澤保彦著 東京創元社(創元推理文庫) 2017年3月【現代】【挿絵なし】

「佐伯さんと、ひとつ屋根の下:I'll have Sherbet! 2」九曜著 KADOKAWA(ファミ通文庫) 2017年5月【現代】【肌の露出が多めの挿絵あり】

## 場所・建物・施設

「編集さんとJK作家の正しいつきあい方」あさのハジメ著 KADOKAWA(富士見ファンタジア文庫) 2017年3月【現代】【肌の露出が多めの挿絵あり】

### 役所・庁舎

「綾志別町役場妖怪課：暗闇コサックダンス」青柳碧人著 KADOKAWA(角川文庫) 2017年2月【異世界・架空の世界】【挿絵なし】

### 遊園地

「いでおろーぐ! = ideologue! 6」椎田十三著 KADOKAWA(電撃文庫) 2017年4月【現代/近未来・遠未来/異世界・架空の世界】【肌の露出が多めの挿絵あり】

### 寮

「寮生：一九七一年、函館。」今野敏著 集英社(集英社文庫) 2017年6月【現代】【挿絵なし】

# 【学校・学園・学生】

## 高校・高校生

「#拡散忌望」最東対地著 KADOKAWA(角川ホラー文庫) 2017年6月【現代】【挿絵なし】

「21グラムの恋」太秦あを著 三交社(スカイハイ文庫) 2017年6月【現代】【肌の露出が多めの挿絵なし】

「BLゲームの主人公の弟であることに気がつきました」花果唯著 KADOKAWA(ビーズログ文庫アリス) 2017年5月【異世界・架空の世界】【肌の露出が多めの挿絵なし】

「Chaos;Child : Children's Revive」MAGES.Chiyost.inc原作;梅原英司著 講談社(講談社ラノベ文庫) 2017年3月【現代】【肌の露出が多めの挿絵なし】

「Eje〈c〉t」貴志川裕呉著 KADOKAWA(カドカワBOOKS) 2017年3月【近未来・遠未来】【肌の露出が多めの挿絵あり】

「EXMOD:思春期ノ能力者」神野オキナ著 小学館(ガガガ文庫) 2017年1月【現代】【肌の露出が多めの挿絵あり】

「Fコース」山田悠介著 KADOKAWA(角川文庫) 2017年5月【現代】【挿絵なし】

「RE;SET>学園シミュレーション:1万4327度目のボクは、1度目のキミに恋をする。」土橋真二郎著 KADOKAWA(富士見ファンタジア文庫) 2017年3月【近未来・遠未来】【肌の露出が多めの挿絵あり】

「TV animation free! novelize 第2版」横谷昌宏著 京都アニメーション(KAエスマ文庫) 2017年6月【現代】【肌の露出が多めの挿絵なし】

「VRMMO学園で楽しい魔改造のススメ:最弱ジョブで最強ダメージ出してみた」ハヤケン著 ホビージャパン(HJ文庫) 2017年6月【現代/異世界・架空の世界】【肌の露出が多めの挿絵なし】

「アイ★チュウ:Fan×Fun×Gift♪♪ 2」リベル・エンタテインメント原作・監修;pero著 KADOKAWA(ビーズログ文庫アリス) 2017年4月【現代】【肌の露出が多めの挿絵なし】

「あざみ野高校女子送球部!」小瀬木麻美著 ポプラ社(ポプラ文庫ピュアフル) 2017年5月【現代】【挿絵なし】

「あの、一緒に戦争(ブカツ)しませんか?」高村透著 KADOKAWA(電撃文庫) 2017年6月【現代】【肌の露出が多めの挿絵なし】

「あの頃、きみと陽だまりで」夏雪なつめ著 スターツ出版(スターツ出版文庫) 2017年2月【現代】【挿絵なし】

「あやかし双子のお医者さん 3」椎名蓮月著 KADOKAWA(富士見L文庫) 2017年6月【現代】【挿絵なし】

## 学校・学園・学生

「あやかし夫婦は青春を謳歌する。」友麻碧著 KADOKAWA(富士見L文庫) 2017年5月【現代/歴史・時代】【挿絵なし】

「ありえない青と、終わらない春」清水苺著 講談社(講談社ラノベ文庫) 2017年6月【現代】【肌の露出が多めの挿絵なし】

「ありふれた職業で世界最強 6」白米良著 オーバーラップ(オーバーラップ文庫) 2017年5月【異世界・架空の世界】【肌の露出が多めの挿絵なし】

「アルスマグナThe Beginning：コンスタンティンを捜せ!」石倉リサ著;九瓏ノ主学園生徒会監修 KADOKAWA(ビーズログ文庫アリス) 2017年3月【現代】【肌の露出が多めの挿絵なし】

「ある日、爆弾がおちてきて 新装版」古橋秀之著 KADOKAWA(メディアワークス文庫) 2017年4月【現代】【肌の露出が多めの挿絵なし】

「アンダンテ 01」日日日小説;川添枯美小説 ポニーキャニオン(ぽにきゃんBOOKS) 2017年2月【現代】【肌の露出が多めの挿絵なし】

「いい加減な夜食 4」秋川滝美著 アルファポリス(アルファポリス文庫) 2017年3月【現代】【挿絵なし】

「いでおろーぐ! = ideologue! 6」椎田十三著 KADOKAWA(電撃文庫) 2017年4月【現代/近未来・遠未来/異世界・架空の世界】【肌の露出が多めの挿絵あり】

「ヴァンパイア/ロード：君臨するは、終焉の賢王 2」葛西伸哉著 ホビージャパン(HJ文庫) 2017年2月【現代/歴史・時代】【肌の露出が多めの挿絵あり/キスシーンの挿絵あり】

「エスケープ・シープ・ランド = ESCAPE SHEEP LAND」馬場翁著 KADOKAWA(カドカワBOOKS) 2017年3月【現代】【肌の露出が多めの挿絵なし】

「エルフと戦車と僕の毎日 2[下]」佐藤大輔著 KADOKAWA(カドカワBOOKS) 2017年5月【異世界・架空の世界】【肌の露出が多めの挿絵なし】

「エルフと戦車と僕の毎日 2[上]」佐藤大輔著 KADOKAWA(カドカワBOOKS) 2017年5月【異世界・架空の世界】【肌の露出が多めの挿絵なし】

「エルフ嫁と始める異世界領主生活 = Life as the lord of Yngling with the elven bride 4」鷲宮だいじん著 KADOKAWA(電撃文庫) 2017年4月【異世界・架空の世界】【肌の露出が多めの挿絵あり】

「エロマンガ先生 8」伏見つかさ著 KADOKAWA(電撃文庫) 2017年1月【現代】【肌の露出が多めの挿絵あり】

「オオカミさんとハッピーエンドのあとのおはなし」沖田雅著 KADOKAWA(電撃文庫) 2017年4月【現代/異世界・架空の世界】【肌の露出が多めの挿絵あり/キスシーンの挿絵あり/性描写の挿絵あり】

「オーダーは探偵に [8]」近江泉美著 KADOKAWA(メディアワークス文庫) 2017年3月【現代】【挿絵なし】

「オーダーは探偵に [9]」近江泉美著 KADOKAWA(メディアワークス文庫) 2017年5月【現代】【挿絵なし】

## 学校・学園・学生

「オタクガール、悪役令嬢に転生する。」富士ゆゆ著 KADOKAWA(ビーズログ文庫アリス) 2017年2月【異世界・架空の世界】【肌の露出が多めの挿絵なし】

「オタサーの姫と恋ができるわけがない。4」佐倉唄著 KADOKAWA(富士見ファンタジア文庫) 2017年5月【現代】【肌の露出が多めの挿絵なし】

「おにぎりスタッバー」大澤めぐみ著 KADOKAWA(角川スニーカー文庫) 2017年1月【現代】【肌の露出が多めの挿絵なし】

「オレ、NO力者につき!」阿智太郎著 KADOKAWA(電撃文庫) 2017年5月【近未来・遠未来】【肌の露出が多めの挿絵なし】

「お仕事中、迷子の俺サマ拾いました!:フォルテックの獣使い」村沢侑著 KADOKAWA(ビーズログ文庫) 2017年1月【異世界・架空の世界】【肌の露出が多めの挿絵なし】

「カブキブ!6」榎田ユウリ著 KADOKAWA(角川文庫) 2017年3月【現代】【挿絵なし】

「カラフルノート:久我デザイン事務所の春嵐」日野祐希著 三交社(スカイハイ文庫) 2017年5月【現代】【肌の露出が多めの挿絵なし】

「かりゆしブルー・ブルー:空と神様の八月」カミツキレイニー著 KADOKAWA(角川スニーカー文庫) 2017年6月【現代】【肌の露出が多めの挿絵なし】

「キマイラ18」夢枕獏著 KADOKAWA(角川文庫) 2017年1月【現代】【肌の露出が多めの挿絵なし】

「きみがすべてを忘れる前に」喜多南著 宝島社(宝島社文庫) 2017年3月【現代】【肌の露出が多めの挿絵なし】

「キモイマン」中沢健著 小学館(ガガガ文庫) 2017年1月【現代】【肌の露出が多めの挿絵なし】

「ギャルこん!2」三門鉄狼著 講談社(講談社ラノベ文庫) 2017年2月【現代】【肌の露出が多めの挿絵あり/キスシーンの挿絵あり/性描写の挿絵あり】

「ギャルスレイヤーだけどギャルしかいない世界に来たからギャルサーの王子になることにした」白乃友著 ホビージャパン(HJ文庫) 2017年3月【現代/異世界・架空の世界】【肌の露出が多めの挿絵なし】

「くずクマさんとハチミツJK2」烏川さいか著 KADOKAWA(MF文庫J) 2017年5月【現代】【肌の露出が多めの挿絵なし】

「クラスでバカにされてるオタクなぼくが、気づいたら不良たちから崇拝されててガクブル」諏訪錦著 アルファポリス(アルファポリス文庫) 2017年6月【現代】【肌の露出が多めの挿絵なし】

「クラスのギャルとゲーム実況 part.1」琴平稜著 KADOKAWA(富士見ファンタジア文庫) 2017年4月【現代】【肌の露出が多めの挿絵あり】

「ケーキ王子の名推理(スペシャリテ)2」七月隆文著 新潮社(新潮文庫nex) 2017年4月【現代】【挿絵なし】

## 学校・学園・学生

「ゲーム・プレイング・ロール ver.1」木村心一著 KADOKAWA(角川スニーカー文庫) 2017年5月【異世界・架空の世界】【肌の露出が多めの挿絵あり】

「こぐちさんと僕のビブリアファイト部活動日誌：ビブリア古書堂の事件手帖スピンオフ」三上延原作・監修;峰守ひろかず著 KADOKAWA(電撃文庫) 2017年3月【現代】【肌の露出が多めの挿絵なし】

「サイバーアーツ 01」瀬尾つかさ著 KADOKAWA(角川スニーカー文庫) 2017年3月【近未来・遠未来】【肌の露出が多めの挿絵なし】

「さよなら、サイキック 2」清野静著 KADOKAWA(角川スニーカー文庫) 2017年1月【現代】【肌の露出が多めの挿絵なし】

「さよならのための七日間：夜桜荘交幽帳」井上悠宇著 KADOKAWA(富士見L文庫) 2017年4月【現代】【挿絵なし】

「サヨナラ坂の美容院」石田空著 マイナビ出版(ファン文庫) 2017年5月【現代】【肌の露出が多めの挿絵なし】

「シマイチ古道具商：春夏冬人情ものがたり」蓮見恭子著 新潮社(新潮文庫nex) 2017年4月【現代】【挿絵なし】

「ジャナ研の憂鬱な事件簿」酒井田寛太郎著 小学館(ガガガ文庫) 2017年5月【現代】【肌の露出が多めの挿絵なし】

「シャンプーと視線の先で：夢解き美容師、葉所日陰」枕木みる太著 KADOKAWA(メディアワークス文庫) 2017年6月【現代】【肌の露出が多めの挿絵なし】

「スーパーカブ」トネ・コーケン著 KADOKAWA(角川スニーカー文庫) 2017年5月【現代】【肌の露出が多めの挿絵あり】

「スクールジャック=ガンスモーク = SCHOOL JACK=GUNSMOKE」坂下釼著 小学館(ガガガ文庫) 2017年6月【近未来・遠未来】【肌の露出が多めの挿絵なし】

「ストーミー・ガール」田中啓文著 光文社(光文社文庫) 2017年2月【現代】【肌の露出が多めの挿絵なし】

「ストライキングガール! = Striking Girl!」EDA著 KADOKAWA(カドカワBOOKS) 2017年4月【現代】【肌の露出が多めの挿絵なし】

「すもうガールズ」鹿目けい子著 幻冬舎(幻冬舎文庫) 2017年3月【現代】【肌の露出が多めの挿絵なし】

「せきゆちゃん〈嫁〉」氷高悠著 KADOKAWA(富士見ファンタジア文庫) 2017年5月【現代/異世界・架空の世界】【肌の露出が多めの挿絵なし】

「ゼロの使い魔Memorial BOOK」ヤマグチノボル著 KADOKAWA(MF文庫J) 2017年6月【異世界・架空の世界】【肌の露出が多めの挿絵なし】

「ソードアート・オンラインオルタナティブガンゲイル・オンライン 6」川原礫原案・監修;時雨沢恵一著 KADOKAWA(電撃文庫) 2017年3月【異世界・架空の世界】【肌の露出が多めの挿絵なし】

## 学校・学園・学生

「そして、アリスはいなくなった」ひずき優著 集英社(集英社オレンジ文庫) 2017年5月【現代】【挿絵なし】

「そして黄昏の終末世界(トワイライト) = THE FARTHEST TWILIGHT 1」樋辻臥命著 オーバーラップ(オーバーラップ文庫) 2017年2月【異世界・架空の世界】【肌の露出が多めの挿絵あり】

「デート・ア・ライブ 16」橘公司著 KADOKAWA(富士見ファンタジア文庫) 2017年3月【異世界・架空の世界】【肌の露出が多めの挿絵あり】

「できそこないの魔獣錬磨師(モンスタートレーナー) 7」見波タクミ著 KADOKAWA(富士見ファンタジア文庫) 2017年5月【異世界・架空の世界】【肌の露出が多めの挿絵あり/キスシーンの挿絵あり】

「できそこないの魔獣錬磨師(モンスタートレーナー)スライム・クロニクル」見波タクミ著 KADOKAWA(富士見ファンタジア文庫) 2017年1月【異世界・架空の世界】【肌の露出が多めの挿絵あり】

「ネット小説家になろうクロニクル 2」津田彷徨著 星海社(星海社FICTIONS) 2017年2月【現代】【肌の露出が多めの挿絵なし】

「ネット小説家になろうクロニクル 3」津田彷徨著 星海社(星海社FICTIONS) 2017年5月【現代】【肌の露出が多めの挿絵なし】

「ネトゲの嫁は女の子じゃないと思った? Lv.13」聴猫芝居著 KADOKAWA(電撃文庫) 2017年2月【現代】【肌の露出が多めの挿絵あり】

「ネトゲの嫁は女の子じゃないと思った? Lv.14」聴猫芝居著 KADOKAWA(電撃文庫) 2017年6月【現代】【肌の露出が多めの挿絵なし】

「ハイキュー!!ショーセツバン!! 8」古舘春一著;星希代子著 集英社(JUMPjBOOKS) 2017年5月【現代】【肌の露出が多めの挿絵なし】

「ハイスクールD×D 23」石踏一榮著 KADOKAWA(富士見ファンタジア文庫) 2017年3月【異世界・架空の世界】【肌の露出が多めの挿絵あり】

「はたらく魔王さま!ハイスクールN!」和ケ原聡司著 KADOKAWA(電撃文庫) 2017年2月【現代】【肌の露出が多めの挿絵なし】

「バトルガールハイスクール PART.1」コロプラ原作・監修;八奈川景晶著 KADOKAWA(富士見ファンタジア文庫) 2017年6月【近未来・遠未来】【肌の露出が多めの挿絵あり】

「ハナシマさん 2」天宮伊佐著 小学館(ガガガ文庫) 2017年1月【現代】【肌の露出が多めの挿絵なし】

「パズルノトウ:名探偵二途川埋vs赤毛そして天使」森川智喜著 講談社(講談社タイガ) 2017年5月【異世界・架空の世界】【挿絵なし】

「パラミリタリ カンパニー .萌える侵略者 1」榊一郎著 講談社(講談社ラノベ文庫) 2017年5月【異世界・架空の世界】【肌の露出が多めの挿絵なし】

「ハンドシェイカー」GoHands原作;FrontierWorks原作;KADOKAWA原作;八薙玉造著 KADOKAWA(MF文庫J) 2017年1月【異世界・架空の世界】【肌の露出が多めの挿絵あり】

## 学校・学園・学生

「ハンドシェイカー 2」GoHands原作;FrontierWorks原作;KADOKAWA原作;八薙玉造著 KADOKAWA(MF文庫J) 2017年4月【異世界・架空の世界】【肌の露出が多めの挿絵なし】

「ヒーローお兄ちゃんとラスボス妹：抜剣!セイケンザー」逢空万太著 SBクリエイティブ(GA文庫) 2017年4月【異世界・架空の世界】【肌の露出が多めの挿絵なし】

「ひとくいマンイーター」大澤めぐみ著 KADOKAWA(角川スニーカー文庫) 2017年3月【現代】【肌の露出が多めの挿絵あり】

「ひとり吹奏楽部：ハルチカ番外篇」初野晴著 KADOKAWA(角川文庫) 2017年2月【現代】【挿絵なし】

「ヒマワリ:unUtopial World 4」林トモアキ著 KADOKAWA(角川スニーカー文庫) 2017年5月【近未来・遠未来】【肌の露出が多めの挿絵なし】

「ヒュプノスゲーム = HYPNOS GAME」鰤牙著 KADOKAWA(カドカワBOOKS) 2017年4月【現代】【肌の露出が多めの挿絵なし】

「ひるなかの流星：映画ノベライズ」やまもり三香原作;ひずき優著 集英社(集英社オレンジ文庫) 2017年2月【現代】【挿絵なし】

「ふぉーくーるあふたー = 4 cours after 4」水沢夢著 小学館(ガガガ文庫) 2017年3月【現代】【肌の露出が多めの挿絵あり】

「プラットホームの彼女」水沢秋生著 光文社(光文社文庫) 2017年6月【現代】【挿絵なし】

「プロデュース・オンライン：棒声優はネトゲで変わりたい。」田尾典丈著 KADOKAWA(富士見ファンタジア文庫) 2017年2月【現代】【肌の露出が多めの挿絵あり】

「ベースメント」井川楊枝著 TOブックス(TO文庫) 2017年1月【現代】【挿絵なし】

「ぼくの日常が変態に侵食されてパンデミック!?」相上おかき著 KADOKAWA(富士見ファンタジア文庫) 2017年4月【現代】【肌の露出が多めの挿絵あり/キスシーンの挿絵あり】

「ぼくらはみんなアブノーマル」佐々山プラス著 KADOKAWA(電撃文庫) 2017年1月【現代】【肌の露出が多めの挿絵あり】

「ほま高登山部ダイアリー = Homako Mountain Climbing Club Diary」細音啓著 小学館(ガガガ文庫) 2017年2月【現代】【肌の露出が多めの挿絵あり】

「まるで人だな、ルーシー」零真似著 KADOKAWA(角川スニーカー文庫) 2017年2月【現代】【肌の露出が多めの挿絵なし】

「まるで人だな、ルーシー 2」零真似著 KADOKAWA(角川スニーカー文庫) 2017年5月【異世界・架空の世界】【肌の露出が多めの挿絵なし】

「モンスターのご主人様 9」日暮眠都著 双葉社(モンスター文庫) 2017年5月【異世界・架空の世界】【肌の露出が多めの挿絵なし】

「やはり雨は嘘をつかない：こうもり先輩と雨女」皆藤黒助著 講談社(講談社タイガ) 2017年6月【現代】【肌の露出が多めの挿絵なし】

## 学校・学園・学生

「ユリア・カエサルの決断：ガリア戦記1」遠藤遼著 オーバーラップ(オーバーラップ文庫) 2017年4月【現代/歴史・時代/異世界・架空の世界】【肌の露出が多めの挿絵あり】

「ようこそ実力至上主義の教室へ 5」衣笠彰梧著 KADOKAWA(MF文庫J) 2017年1月【現代】【肌の露出が多めの挿絵なし】

「ようこそ実力至上主義の教室へ 6」衣笠彰梧著 KADOKAWA(MF文庫J) 2017年5月【現代】【肌の露出が多めの挿絵なし】

「ようこそ哲学メイド喫茶ソファンディへ」逢坂千紘著 星海社(星海社FICTIONS) 2017年4月【現代】【肌の露出が多めの挿絵なし】

「ラストレター」浅海ユウ著 スターツ出版(スターツ出版文庫) 2017年4月【現代】【肌の露出が多めの挿絵なし】

「リンドウにさよならを」三田千恵著 KADOKAWA(ファミ通文庫) 2017年1月【現代】【肌の露出が多めの挿絵なし】

「ロル 下」PhysicsPoint著 KADOKAWA(角川スニーカー文庫) 2017年6月【近未来・遠未来】【肌の露出が多めの挿絵あり】

「ロル 上」PhysicsPoint著 KADOKAWA(角川スニーカー文庫) 2017年6月【近未来・遠未来】【肌の露出が多めの挿絵なし】

「わが家は祇園(まち)の拝み屋さん 4」望月麻衣著 KADOKAWA(角川文庫) 2017年1月【現代/異世界・架空の世界】【挿絵なし】

「わが家は祇園(まち)の拝み屋さん 5」望月麻衣著 KADOKAWA(角川文庫) 2017年5月【現代/異世界・架空の世界】【挿絵なし】

「愛原そよぎのなやみごと：時を止める能力者にどうやったら勝てると思う?」雪瀬ひうろ著 KADOKAWA(ファミ通文庫) 2017年3月【現代】【肌の露出が多めの挿絵なし】

「異世界で竜が許嫁です」山崎里佳著 KADOKAWA(角川ビーンズ文庫) 2017年6月【異世界・架空の世界】【肌の露出が多めの挿絵なし】

「異世界支配のスキルテイカー：ゼロから始める奴隷ハーレム 6」柑橘ゆすら著 講談社(講談社ラノベ文庫) 2017年5月【異世界・架空の世界】【肌の露出が多めの挿絵あり】

「異世界修学旅行 5」岡本タクヤ著 小学館(ガガガ文庫) 2017年3月【異世界・架空の世界】【肌の露出が多めの挿絵あり】

「陰陽屋狐の子守歌：よろず占い処」天野頌子著 ポプラ社(ポプラ文庫ピュアフル) 2017年1月【現代】【挿絵なし】

「隠しスキルで異世界無双 1」瀬戸メグル著 主婦の友社(ヒーロー文庫) 2017年4月【異世界・架空の世界】【肌の露出が多めの挿絵なし】

「嘘が見える僕は、素直な君に恋をした」桜井美奈著 双葉社(双葉文庫) 2017年4月【現代】【挿絵なし】

## 学校・学園・学生

「嘘つきみーくんと壊れたまーちゃん 11」入間人間著 KADOKAWA(電撃文庫) 2017年6月【近未来・遠未来】【肌の露出が多めの挿絵なし】

「噂屋ワタルくん：学校の怪談と傍若無人な観察者」柳田狐狗狸著 KADOKAWA(メディアワークス文庫) 2017年4月【現代】【挿絵なし】

「屋上のテロリスト」知念実希人著 光文社(光文社文庫) 2017年4月【異世界・架空の世界】【挿絵なし】

「屋上の名探偵」市川哲也著 東京創元社(創元推理文庫) 2017年1月【現代】【挿絵なし】

「俺、ツインテールになります。4.5」水沢夢著 小学館(ガガガ文庫) 2017年3月【現代】【肌の露出が多めの挿絵あり/キスシーンの挿絵あり】

「俺が好きなのは妹だけど妹じゃない 3」恵比須清司著 KADOKAWA(富士見ファンタジア文庫) 2017年4月【現代】【肌の露出が多めの挿絵あり】

「俺たちは異世界に行ったらまず真っ先に物理法則を確認する 2」藍月要著 KADOKAWA(ファミ通文庫) 2017年5月【異世界・架空の世界】【肌の露出が多めの挿絵なし】

「俺たちは空気が読めない 2」鏡銀鉢著 KADOKAWA(MF文庫J) 2017年2月【現代】【肌の露出が多めの挿絵あり/性描写の挿絵あり】

「俺と彼女の恋を超能力が邪魔している。= Love with her is disturbed by PK」助供珠樹著 小学館(ガガガ文庫) 2017年4月【現代】【肌の露出が多めの挿絵あり/キスシーンの挿絵あり】

「俺の青春を生け贄に、彼女の前髪をオープン」凪木エコ著 KADOKAWA(富士見ファンタジア文庫) 2017年1月【現代】【肌の露出が多めの挿絵あり】

「俺の青春を生け贄に、彼女の前髪をオープン 2」凪木エコ著 KADOKAWA(富士見ファンタジア文庫) 2017年5月【現代】【肌の露出が多めの挿絵あり】

「俺の幼なじみは宇宙人に侵略されている」橘九位著 講談社(講談社ラノベ文庫) 2017年5月【現代】【肌の露出が多めの挿絵なし】

「俺は/私はオタク友達がほしいっ!」左リュウ著 ポニーキャニオン(ぽにきゃんBOOKS) 2017年2月【現代】【肌の露出が多めの挿絵あり】

「俺は魔王で思春期男子!」横山采紅著 集英社(ダッシュエックス文庫) 2017年1月【現代】【肌の露出が多めの挿絵あり】

「俺を好きなのはお前だけかよ 4」駱駝著 KADOKAWA(電撃文庫) 2017年1月【現代】【肌の露出が多めの挿絵あり】

「俺を好きなのはお前だけかよ 5」駱駝著 KADOKAWA(電撃文庫) 2017年4月【現代】【肌の露出が多めの挿絵なし】

「俺色に染めるぼっちエリートのしつけ方」あまさきみりと著 KADOKAWA(角川スニーカー文庫) 2017年2月【現代】【肌の露出が多めの挿絵あり/性描写の挿絵あり】

「下鴨アンティーク [6]」白川紺子著 集英社(集英社オレンジ文庫) 2017年6月【現代】【挿絵なし】

## 学校・学園・学生

「可愛ければ変態でも好きになってくれますか?」花間燈著 KADOKAWA(MF文庫J) 2017年1月【現代】【肌の露出が多めの挿絵あり】

「可愛ければ変態でも好きになってくれますか? 2」花間燈著 KADOKAWA(MF文庫J) 2017年5月【現代】【肌の露出が多めの挿絵あり】

「花咲高校演劇部へようこそ!」河合ゆうみ著 KADOKAWA(角川ビーンズ文庫) 2017年1月【現代】【肌の露出が多めの挿絵なし】

「霞村四丁目の郵便屋さん」朝比奈希夜著 スターツ出版(スターツ出版文庫) 2017年4月【現代】【挿絵なし】

「回想のぬいぐるみ警部」西澤保彦著 東京創元社(創元推理文庫) 2017年3月【現代】【挿絵なし】

「鎌倉香房メモリーズ 5」阿部暁子著 集英社(集英社オレンジ文庫) 2017年3月【現代】【挿絵なし】

「巻き込まれて異世界転移する奴は、大抵チート Ω」海東方舟著 宝島社 2017年2月【異世界・架空の世界】【肌の露出が多めの挿絵なし】

「艦魂戦記:もうひとつの日本海軍史」三好幹也著 イカロス出版(AXISLABEL) 2017年5月【現代/歴史・時代】【肌の露出が多めの挿絵なし】

「機械仕掛けのデイブレイク:Episode Aika」高橋びすい著 講談社(講談社ラノベ文庫) 2017年6月【異世界・架空の世界】【肌の露出が多めの挿絵あり/性描写の挿絵あり】

「京都の甘味処は神様専用です」桑野和明著 双葉社(双葉文庫) 2017年5月【現代】【挿絵なし】

「京都寺町三条のホームズ 6.5」望月麻衣著 双葉社(双葉文庫) 2017年4月【現代】【肌の露出が多めの挿絵なし】

「金色の文字使い(ワードマスター) 野望の軌跡編」十本スイ著 KADOKAWA(富士見ファンタジア文庫) 2017年6月【異世界・架空の世界】【肌の露出が多めの挿絵なし】

「金曜日の本屋さん [2]」名取佐和子著 角川春樹事務所(ハルキ文庫) 2017年2月【現代】【挿絵なし】

「君が涙を忘れる日まで。」菊川あすか著 スターツ出版(スターツ出版文庫) 2017年5月【現代】【挿絵なし】

「君と四度目の学園祭」天音マサキ著 KADOKAWA(角川スニーカー文庫) 2017年6月【現代】【肌の露出が多めの挿絵なし】

「君と星の話をしよう:降織天文館とオリオン座の少年」相川真著 集英社(集英社オレンジ文庫) 2017年3月【現代】【挿絵なし】

「君に謝りたくて俺は」わかつきひかる著 講談社(講談社ラノベ文庫) 2017年6月【現代】【肌の露出が多めの挿絵なし】

## 学校・学園・学生

「君に恋をするなんて、ありえないはずだった」筏田かつら著 宝島社(宝島社文庫) 2017年4月【現代】【挿絵なし】

「君の膵臓をたべたい」住野よる著 双葉社(双葉文庫) 2017年4月【現代】【挿絵なし】

「君は月夜に光り輝く」佐野徹夜著 KADOKAWA(メディアワークス文庫) 2017年2月【現代】【肌の露出が多めの挿絵なし】

「劇場版黒子のバスケLAST GAME」藤巻忠俊著;平林佐和子著 集英社(JUMPjBOOKS) 2017年3月【現代】【肌の露出が多めの挿絵なし】

「決戦のとき」あさのあつこ著 ポプラ社(ポプラ文庫ピュアフル) 2017年3月【現代】【挿絵なし】

「幻獣王の心臓 [2]」氷川一歩著 講談社(講談社X文庫) 2017年3月【現代/異世界・架空の世界】【肌の露出が多めの挿絵なし】

「紅茶館くじら亭ダイアリー：シナモン・ジンジャーは雪解けの香り」伊佐良紫築著 KADOKAWA(富士見L文庫) 2017年2月【現代】【挿絵なし】

「高1ですが異世界で城主はじめました 11」鏡裕之著 ホビージャパン(HJ文庫) 2017年5月【異世界・架空の世界】【肌の露出が多めの挿絵あり】

「黒の派遣 = THE BLACK AGENCY」江崎双六著 TOブックス(TO文庫) 2017年2月【現代】【挿絵なし】

「佐伯さんと、ひとつ屋根の下：I'll have Sherbet! 1」九曜著 KADOKAWA(ファミ通文庫) 2017年2月【現代】【肌の露出が多めの挿絵なし】

「佐伯さんと、ひとつ屋根の下：I'll have Sherbet! 2」九曜著 KADOKAWA(ファミ通文庫) 2017年5月【現代】【肌の露出が多めの挿絵あり】

「最強呪族転生 = Reincarnation of sherman：チート魔術師のスローライフ 3」猫子著 アース・スターエンターテイメント(EARTHSTARNOVEL) 2017年6月【異世界・架空の世界】【肌の露出が多めの挿絵なし】

「最強聖騎士のチート無し現代生活 1」小幡京人著 オーバーラップ(オーバーラップ文庫) 2017年4月【現代/異世界・架空の世界】【肌の露出が多めの挿絵なし】

「最強魔王様の日本グルメ [2]」kimimaro著 宝島社 2017年5月【現代】【肌の露出が多めの挿絵なし】

「最近はあやかしだって高校に行くんです。：普通ですが何か？」流星香著 KADOKAWA(ビーズログ文庫アリス) 2017年4月【現代】【肌の露出が多めの挿絵なし】

「冴えない彼女(ヒロイン)の育てかた 12」丸戸史明著 KADOKAWA(富士見ファンタジア文庫) 2017年3月【現代】【肌の露出が多めの挿絵なし】

「冴えない彼女(ヒロイン)の育てかたGirls Side 3」丸戸史明著 KADOKAWA(富士見ファンタジア文庫) 2017年6月【現代】【肌の露出が多めの挿絵なし】

「三月の雪は、きみの嘘」いぬじゅん著 スターツ出版(スターツ出版文庫) 2017年5月【現代】【挿絵なし】

学校・学園・学生

「三毛猫カフェトリコロール」星月渉著 三交社(スカイハイ文庫) 2017年4月【現代】【肌の露出が多めの挿絵なし】

「私、能力は平均値でって言ったよね！: God bless me? 5」FUNA著 アース・スターエンターテイメント(EARTHSTARNOVEL) 2017年6月【異世界・架空の世界】【肌の露出が多めの挿絵なし】

「視えるふたりの恋愛相談室」おみの維音著 KADOKAWA(角川ビーンズ文庫) 2017年1月【現代】【肌の露出が多めの挿絵なし】

「資格の神様」十階堂一系著 KADOKAWA(電撃文庫) 2017年5月【現代】【肌の露出が多めの挿絵なし】

「自殺するには向かない季節」海老名龍人著 講談社(講談社ラノベ文庫) 2017年5月【現代】【肌の露出が多めの挿絵なし】

「自称Fランクのお兄さまがゲームで評価される学園の頂点に君臨するそうですよ?」三河ごーすと著 KADOKAWA(MF文庫J) 2017年4月【現代】【肌の露出が多めの挿絵あり】

「質屋からすのワケアリ帳簿 [3]」南潔著 マイナビ出版(ファン文庫) 2017年5月【現代】【挿絵なし】

「柴犬のお嫁さん、はじめます。：ミコシバさん」結都せと著 KADOKAWA(ビーズログ文庫アリス) 2017年3月【現代】【肌の露出が多めの挿絵なし】

「弱キャラ友崎くん = The Low Tier Character"TOMOZAKI-kun" Lv.3」屋久ユウキ著 小学館(ガガガ文庫) 2017年1月【現代】【肌の露出が多めの挿絵あり】

「弱キャラ友崎くん = The Low Tier Character"TOMOZAKI-kun" Lv.4」屋久ユウキ著 小学館(ガガガ文庫) 2017年6月【現代】【肌の露出が多めの挿絵なし】

「終わる世界の片隅で、また君に恋をする」五十嵐雄策著 KADOKAWA(電撃文庫) 2017年5月【現代】【肌の露出が多めの挿絵なし】

「春や春」森谷明子著 光文社(光文社文庫) 2017年5月【現代】【挿絵なし】

「女流棋士は三度殺される」はまだ語録著 宝島社(宝島社文庫) 2017年4月【現代】【挿絵なし】

「小説ひるね姫：知らないワタシの物語」神山健治著 KADOKAWA(角川文庫) 2017年2月【近未来・遠未来/異世界・架空の世界】【挿絵なし】

「小暮写眞館 1」宮部みゆき著 新潮社(新潮文庫nex) 2017年1月【現代】【挿絵なし】

「小暮写眞館 2」宮部みゆき著 新潮社(新潮文庫nex) 2017年1月【現代】【挿絵なし】

「小暮写眞館 3」宮部みゆき著 新潮社(新潮文庫nex) 2017年2月【現代】【挿絵なし】

「小暮写眞館 4」宮部みゆき著 新潮社(新潮文庫nex) 2017年2月【現代】【挿絵なし】

「少年と少女と、」河野裕著 KADOKAWA(角川文庫) 2017年2月【現代】【挿絵なし】

## 学校・学園・学生

「少年と少女と正しさを巡る物語」河野裕著 KADOKAWA(角川文庫) 2017年3月【現代】【挿絵なし】

「上倉家のあやかし同居人：見習い鍵守と、ふしぎの蔵のつくも神 2」梅谷百著 KADOKAWA(メディアワークス文庫) 2017年4月【現代】【肌の露出が多めの挿絵なし】

「新宿コネクティブ 1」内堀優一著 ホビージャパン(HJ文庫) 2017年5月【現代】【肌の露出が多めの挿絵なし】

「深海カフェ海底二万哩 3」蒼月海里著 KADOKAWA(角川文庫) 2017年5月【現代】【肌の露出が多めの挿絵なし】

「神様、縁の売買はじめました。」叶田キズ著 三交社(スカイハイ文庫) 2017年5月【現代】【肌の露出が多めの挿絵なし】

「神様の願いごと」沖田円著 スターツ出版(スターツ出版文庫) 2017年3月【現代】【挿絵なし】

「進化の実：知らないうちに勝ち組人生 6」美紅著 双葉社(モンスター文庫) 2017年5月【異世界・架空の世界】【肌の露出が多めの挿絵あり】

「厨病激発ボーイ 4」れるりり原案；藤並みなと著 KADOKAWA(角川ビーンズ文庫) 2017年3月【現代】【肌の露出が多めの挿絵なし】

「世界のまんなかで笑うキミへ」相沢ちせ著 スターツ出版(スターツ出版文庫) 2017年5月【現代】【挿絵なし】

「瀬川くんはゲームだけしていたい。2」中谷栄太著 SBクリエイティブ(GA文庫) 2017年4月【現代】【肌の露出が多めの挿絵あり】

「星の涙」みのりfrom三月のパンタシア著 スターツ出版(スターツ出版文庫) 2017年3月【現代】【挿絵なし】

「晴ケ丘高校洗濯部!」梨木れいあ著 スターツ出版(スターツ出版文庫) 2017年1月【現代】【挿絵なし】

「正しいセカイの終わらせ方 = Right way to bring the world to an end.：黒衣の剣士、東京に現る」兎月山羊著 KADOKAWA(電撃文庫) 2017年6月【現代/異世界・架空の世界】【肌の露出が多めの挿絵あり】

「青の祓魔師 スパイ・ゲーム」加藤和恵著；矢島綾著 集英社(JUMPjBOOKS) 2017年3月【現代】【肌の露出が多めの挿絵あり】

「青春絶対つぶすマンな俺に救いはいらない。」境田吉孝著 小学館(ガガガ文庫) 2017年4月【現代】【肌の露出が多めの挿絵なし】

「青春注意報!」くらゆいあゆ著 KADOKAWA(角川ビーンズ文庫) 2017年2月【現代】【肌の露出が多めの挿絵なし】

「青年のための読書クラブ」桜庭一樹著 新潮社(新潮文庫nex) 2017年5月【歴史・時代】【挿絵なし】

## 学校・学園・学生

「石神様の仰ることは」黒辺あゆみ著 KADOKAWA(ビーズログ文庫アリス) 2017年2月【現代】【肌の露出が多めの挿絵あり】

「先生とわたしのお弁当:二人の秘密と放課後レシピ」田代裕彦著 KADOKAWA(富士見L文庫) 2017年3月【現代】【挿絵なし】

「戦女神(ヴァルキュリア)の聖蜜」草薙アキ著 講談社(講談社ラノベ文庫) 2017年6月【異世界・架空の世界】【肌の露出が多めの挿絵あり/性描写の挿絵あり】

「双星の陰陽師 [2]」田中創著;助野嘉昭著 集英社(JUMPjBOOKS) 2017年3月【現代】【肌の露出が多めの挿絵あり】

「卒業のカノン:穂瑞沙羅華の課外活動」機本伸司著 角川春樹事務所(ハルキ文庫) 2017年5月【近未来・遠未来】【挿絵なし】

「太陽に捧ぐラストボール 下」高橋あこ著 スターツ出版(スターツ出版文庫) 2017年6月【現代】【挿絵なし】

「太陽に捧ぐラストボール 上」高橋あこ著 スターツ出版(スターツ出版文庫) 2017年6月【現代】【挿絵なし】

「探偵が早すぎる 上」井上真偽著 講談社(講談社タイガ) 2017年5月【異世界・架空の世界】【挿絵なし】

「中古でも恋がしたい! 10」田尾典丈著 SBクリエイティブ(GA文庫) 2017年6月【現代】【肌の露出が多めの挿絵あり】

「中古でも恋がしたい! 9 ドラマCD付き限定特装版」田尾典丈著 SBクリエイティブ(GA文庫) 2017年3月【現代】【肌の露出が多めの挿絵なし】

「超人高校生たちは異世界でも余裕で生き抜くようです! 5」海空りく著 SBクリエイティブ(GA文庫) 2017年6月【異世界・架空の世界】【肌の露出が多めの挿絵あり】

「追伸ソラゴトに微笑んだ君へ」田辺屋敷著 KADOKAWA(富士見ファンタジア文庫) 2017年1月【現代】【肌の露出が多めの挿絵あり】

「追伸ソラゴトに微笑んだ君へ 2」田辺屋敷著 KADOKAWA(富士見ファンタジア文庫) 2017年5月【現代】【肌の露出が多めの挿絵あり】

「通常攻撃が全体攻撃で二回攻撃のお母さんは好きですか? 2」井中だちま著 KADOKAWA(富士見ファンタジア文庫) 2017年4月【異世界・架空の世界】【肌の露出が多め

「帝一の國:映画ノベライズ」古屋兎丸原作;いずみ吉紘脚本;久麻當郎小説 集英社(JUMPjBOOKS) 2017年5月【現代】【肌の露出が多めの挿絵なし】

「天使の3P! = Here comes the three angels ×9」蒼山サグ著 KADOKAWA(電撃文庫) 2017年3月【現代】【肌の露出が多めの挿絵あり】

「犬保院尭化の葬送:フューネラル・マーチ」山口幸三郎著 KADOKAWA(メディアワークス文庫) 2017年1月【現代】【肌の露出が多めの挿絵なし】

## 学校・学園・学生

「転生少女は自由に生きる。」池中織奈著 アルファポリス(レジーナ文庫.レジーナブックス) 2017年5月【異世界・架空の世界】【肌の露出が多めの挿絵なし】

「奴隷商人になったよin異世界 = I BECAME A SLAVE TRADER IN THE DIFFERENT WORLD 2」ルンパルンパ著 ポニーキャニオン(ぽにきゃんBOOKS) 2017年5月【現代/異世界・架空の世界】【肌の露出が多めの挿絵なし】

「東京ダンジョンスフィア」奈坂秋吾著 KADOKAWA(電撃文庫) 2017年1月【近未来・遠未来】【肌の露出が多めの挿絵なし】

「読者(ぼく)と主人公(かのじょ)と二人のこれから」岬鷺宮著 KADOKAWA(電撃文庫) 2017年4月【現代】【肌の露出が多めの挿絵なし】

「突然ですが、お兄ちゃんと結婚しますっ!:そうか、布団なら敷いてあるぞ。」塀流通留著 KADOKAWA(MF文庫J) 2017年3月【現代】【肌の露出が多めの挿絵あり】

「敗者たちの季節」あさのあつこ著 KADOKAWA(角川文庫) 2017年4月【現代】【肌の露出が多めの挿絵なし】

「白球ガールズ」赤澤竜也著 KADOKAWA(角川文庫) 2017年6月【現代】【挿絵なし】

「縛りプレイ英雄記:奇跡の起きない聖女様」語部マサユキ著 KADOKAWA(角川スニーカー文庫) 2017年3月【異世界・架空の世界】【肌の露出が多めの挿絵あり】

「八月の終わりは、きっと世界の終わりに似ている。」天沢夏月著 KADOKAWA(メディアワークス文庫) 2017年1月【現代/近未来・遠未来】【挿絵なし】

「彼女と俺とみんなの放送:This is "Namahouso" Youth Story 2」高峰自由著 KADOKAWA(電撃文庫) 2017年2月【現代】【肌の露出が多めの挿絵あり/キスシーンの挿絵】

「緋紗子さんには、9つの秘密がある」清水晴木著 講談社(講談社タイガ) 2017年5月【現代】【挿絵なし】

「非オタの彼女が俺の持ってるエロゲに興味津々なんだが……5」滝沢慧著 KADOKAWA(富士見ファンタジア文庫) 2017年5月【現代】【肌の露出が多めの挿絵あり】

「飛びたがりのバタフライ」櫻いいよ著 スターツ出版(スターツ出版文庫) 2017年1月【現代】【挿絵なし】

「姫咲アテナは実在しない。」麻宮楓著 KADOKAWA(電撃文庫) 2017年2月【現代/異世界・架空の世界】【肌の露出が多めの挿絵あり】

「不良品探偵」滝田務雄著 東京創元社(創元推理文庫) 2017年4月【現代】【挿絵なし】

「腐女子な妹ですみません」九重木春著 KADOKAWA(ビーズログ文庫アリス) 2017年4月【現代】【肌の露出が多めの挿絵なし】

「腐男子先生!!!!!」瀧ことは著 KADOKAWA(ビーズログ文庫アリス) 2017年6月【現代】【肌の露出が多めの挿絵なし】

「物理的に孤立している俺の高校生活 = My Highschool Life is Physically Isolated」森田季節著 小学館(ガガガ文庫) 2017年2月【現代】【肌の露出が多めの挿絵あり】

## 学校・学園・学生

「物理的に孤立している俺の高校生活 = My Highschool Life is Physically Isolated 2」森田季節著 小学館(ガガガ文庫) 2017年6月【現代】【肌の露出が多めの挿絵あり】

「平安時代にタイムスリップしたら紫式部になってしまったようです」中臣悠月著 KADOKAWA(角川ビーンズ文庫) 2017年1月【歴史・時代】【肌の露出が多めの挿絵なし】

「片手の楽園」河野裕著 KADOKAWA(角川文庫) 2017年1月【現代】【挿絵なし】

「編集さんとJK作家の正しいつきあい方」あさのハジメ著 KADOKAWA(富士見ファンタジア文庫) 2017年3月【現代】【肌の露出が多めの挿絵あり】

「宝石王子と五つの謎：おしゃべりシェパードと内緒の話」あさぎ千夜春著 三交社(スカイハイ文庫) 2017年2月【現代】【肌の露出が多めの挿絵なし】

「放課後の厄災魔女：ちやほやされたい先生の嫌われ生活」てにをは著 KADOKAWA(ノベルゼロ) 2017年6月【現代】【肌の露出が多めの挿絵あり】

「放課後はキミと一緒に」りぃ著 KADOKAWA(角川ビーンズ文庫) 2017年2月【現代】【肌の露出が多めの挿絵なし】

「放課後図書室」麻沢奏著 スターツ出版(スターツ出版文庫) 2017年3月【現代】【挿絵なし】

「縫い上げ!脱がして?着せかえる!!：彼女が高校デビューに失敗して引きこもりと化したので、俺が青春をコーディネートすることに。」うわみくるま著 KADOKAWA(電撃文庫) 2017年3月【現代】【肌の露出が多めの挿絵あり】

「冒険者高専冒険科：女冒険者のLEVEL UPをじっくり見守る俺の話 1」つよぐち2号著 アース・スターエンターテイメント(EARTHSTARNOVEL) 2017年4月【近未来・遠未来/異世界・架空の世界】【肌の露出が多めの挿絵なし】

「僕が恋したカフカな彼女」森晶麿著 KADOKAWA(富士見L文庫) 2017年1月【現代】【挿絵なし】

「僕のヒーローアカデミア = MY HERO ACADEMIA：雄英白書 2」堀越耕平著;誉司アンリ著 集英社(JUMPjBOOKS) 2017年2月【現代】【肌の露出が多めの挿絵あり】

「僕の地味な人生がクズ兄貴のせいでエロコメディになっている。2」赤月カケヤ著 小学館(ガガガ文庫) 2017年3月【現代】【肌の露出が多めの挿絵あり/性描写の挿絵あり】

「僕の文芸部にビッチがいるなんてありえない。9」赤福大和著 講談社(講談社ラノベ文庫) 2017年6月【現代】【肌の露出が多めの挿絵あり】

「僕はまだ、君の名前を呼んでいない：lost your name」小野崎まち著 マイナビ出版(ファン文庫) 2017年6月【現代】【肌の露出が多めの挿絵なし】

「僕は小説が書けない」中村航著;中田永一著 KADOKAWA(角川文庫) 2017年6月【現代】【挿絵なし】

「僕らが明日に踏み出す方法」岬鷺宮著 KADOKAWA(メディアワークス文庫) 2017年6月【現代】【肌の露出が多めの挿絵なし】

## 学校・学園・学生

「堀川さんはがんばらない [2]」あずまの章著 KADOKAWA(角川ビーンズ文庫) 2017年6月【現代】【肌の露出が多めの挿絵なし】

「魔女と魔城のサバトマリナ」雨木シュウスケ著 講談社(講談社ラノベ文庫) 2017年3月【現代】【肌の露出が多めの挿絵なし】

「魔法科高校の劣等生 = The irregular at magic high school 21」佐島勤著 KADOKAWA(電撃文庫)(電撃文庫) 2017年2月【現代】【肌の露出が多めの挿絵あり】

「魔法科高校の劣等生 = The irregular at magic high school 22」佐島勤著 KADOKAWA(電撃文庫) 2017年6月【現代】【肌の露出が多めの挿絵あり】

「妹=(は)絶滅したのです 2」八奈川景晶著 KADOKAWA(富士見ファンタジア文庫) 2017年1月【近未来・遠未来】【肌の露出が多めの挿絵あり】

「勇者のセガレ」和ケ原聡司著 KADOKAWA(電撃文庫) 2017年1月【現代】【肌の露出が多めの挿絵あり】

「勇者召喚が似合わない僕らのクラス = Our class doesn't suit to be summoned heroes.」白神怜司著 KADOKAWA(カドカワBOOKS) 2017年6月【異世界・架空の世界】【肌の露出が多めの挿絵なし】

「勇者召喚に巻き込まれたけど、異世界は平和でした 1」灯台著 新紀元社(MORNINGSTARBOOKS) 2017年6月【異世界・架空の世界】【肌の露出が多めの挿絵なし】

「友人キャラは大変ですか? = Is it tough being "a friend"? 2」伊達康著 小学館(ガガガ文庫) 2017年4月【現代】【肌の露出が多めの挿絵あり】

「友達いらない同盟 2」園生凪著 講談社(講談社ラノベ文庫) 2017年6月【現代】【肌の露出が多めの挿絵あり】

「寮生:一九七一年、函館。」今野敏著 集英社(集英社文庫) 2017年6月【現代】【挿絵なし】

「零の記憶 [2]」風島ゆう著 三交社(スカイハイ文庫) 2017年6月【現代】【肌の露出が多めの挿絵あり】

「霊感少女は箱の中」甲田学人著 KADOKAWA(電撃文庫) 2017年1月【現代】【肌の露出が多めの挿絵なし】

「惑星カロン」初野晴著 KADOKAWA(角川文庫) 2017年1月【現代】【挿絵なし】

「櫻子さんの足下には死体が埋まっている [11]」太田紫織著 KADOKAWA(角川文庫) 2017年3月【現代】【肌の露出が多めの挿絵なし】

「絵鬼の噂」愁堂れな著;京極夏彦Founder KADOKAWA(富士見L文庫) 2017年5月【歴史・時代】【挿絵なし】

「薔薇の乙女は神に祝福される」花夜光著 講談社(講談社X文庫) 2017年6月【現代】【肌の露出が多めの挿絵なし】

## 学校・学園・学生

### 小学校・小学生

「TV animation free! novelize 第2版」横谷昌宏著 京都アニメーション(KAエスマ文庫) 2017年6月【現代】【肌の露出が多めの挿絵なし】

「おにんぎょうさまがた」長谷川夕著 集英社(集英社オレンジ文庫) 2017年1月【現代】【肌の露出が多めの挿絵なし】

「スクールポーカーウォーズ 3」維羽裕介著 集英社(JUMPjBOOKS) 2017年6月【現代】【肌の露出が多めの挿絵なし】

「ロボット・ハート・アップデート Ver. 3」門倉みさき著 京都アニメーション(KAエスマ文庫) 2017年6月【異世界・架空の世界】【肌の露出が多めの挿絵なし】

「愛原そよぎのなやみごと : 時を止める能力者にどうやったら勝てると思う?」雪瀬ひうろ著 KADOKAWA(ファミ通文庫) 2017年3月【現代】【肌の露出が多めの挿絵なし】

「悪役令嬢に転生したけどごはんがおいしくて幸せです!」矢御あやせ著 宝島社 2017年4月【異世界・架空の世界】【肌の露出が多めの挿絵なし】

「喫茶『猫の木』の日常。: 猫マスターと初恋レモネード」植原翠著 マイナビ出版(ファン文庫) 2017年4月【現代】【肌の露出が多めの挿絵なし】

「今日が最後の人類(ヒト)だとしても 2」庵田定夏著 KADOKAWA(ファミ通文庫) 2017年6月【異世界・架空の世界】【肌の露出が多めの挿絵なし】

「時をめぐる少女」天沢夏月著 KADOKAWA(メディアワークス文庫) 2017年5月【現代】【肌の露出が多めの挿絵なし】

「小説星を追う子ども」新海誠原作;あきさかあさひ著 KADOKAWA(角川文庫) 2017年6月【現代/異世界・架空の世界】【挿絵なし】

「水沢文具店 : あなただけの物語つづります」安澄加奈著 ポプラ社(ポプラ文庫ピュアフル) 2017年3月【現代】【挿絵なし】

「天使の3P! = Here comes the three angels ×9」蒼山サグ著 KADOKAWA(電撃文庫) 2017年3月【現代】【肌の露出が多めの挿絵あり】

「僕と死神(ボディガード)の赤い罪」天野頌子著 講談社(講談社タイガ) 2017年6月【現代】【肌の露出が多めの挿絵なし】

「妹=(は)絶滅したのです 2」八奈川景晶著 KADOKAWA(富士見ファンタジア文庫) 2017年1月【近未来・遠未来】【肌の露出が多めの挿絵あり】

### 進路

「神様の願いごと」沖田円著 スターツ出版(スターツ出版文庫) 2017年3月【現代】【挿絵なし】

## 学校・学園・学生

### 生徒会・委員会

「D坂の美少年」西尾維新著 講談社(講談社タイガ) 2017年3月【現代】【肌の露出が多めの挿絵なし】

「あやかし双子のお医者さん 3」椎名蓮月著 KADOKAWA(富士見L文庫) 2017年6月【現代】【挿絵なし】

「オレ、NO力者につき!」阿智太郎著 KADOKAWA(電撃文庫) 2017年5月【近未来・遠未来】【肌の露出が多めの挿絵なし】

「スクールポーカーウォーズ 3」維羽裕介著 集英社(JUMPjBOOKS) 2017年6月【現代】【肌の露出が多めの挿絵なし】

「そして、アリスはいなくなった」ひずき優著 集英社(集英社オレンジ文庫) 2017年5月【現代】【挿絵なし】

「ドラゴン嫁はかまってほしい 3」初美陽一著 KADOKAWA(富士見ファンタジア文庫) 2017年6月【異世界・架空の世界】【肌の露出が多めの挿絵なし】

「ネトゲの嫁は女の子じゃないと思った? Lv.13」聴猫芝居著 KADOKAWA(電撃文庫) 2017年2月【現代】【肌の露出が多めの挿絵あり】

「ハンドシェイカー 2」GoHands原作;FrontierWorks原作;KADOKAWA原作;八薙玉造著 KADOKAWA(MF文庫J) 2017年4月【異世界・架空の世界】【肌の露出が多めの挿絵なし】

「ヒマワリ:unUtopial World 4」林トモアキ著 KADOKAWA(角川スニーカー文庫) 2017年5月【近未来・遠未来】【肌の露出が多めの挿絵なし】

「ぼくらはみんなアブノーマル」佐々山プラス著 KADOKAWA(電撃文庫) 2017年1月【現代】【肌の露出が多めの挿絵あり】

「我が偽りの名の下に集え、星々」庄司卓著 KADOKAWA(ファミ通文庫) 2017年5月【異世界・架空の世界】【肌の露出が多めの挿絵なし】

「逆転召喚：裏設定まで知り尽くした異世界に学校ごと召喚されて 3」三河ごーすと著 集英社(ダッシュエックス文庫) 2017年1月【異世界・架空の世界】【肌の露出が多めの挿絵あり】

「厨病激発ボーイ 4」れるりり原案;藤並みなと著 KADOKAWA(角川ビーンズ文庫) 2017年3月【現代】【肌の露出が多めの挿絵なし】

「青年のための読書クラブ」桜庭一樹著 新潮社(新潮文庫nex) 2017年5月【歴史・時代】【挿絵なし】

「帝一の國：映画ノベライズ」古屋兎丸原作;いずみ吉紘脚本;久麻當郎小説 集英社(JUMPjBOOKS) 2017年5月【現代】【肌の露出が多めの挿絵なし】

「復活魔王はお見通し? 2」高崎三吉著 主婦の友社(ヒーロー文庫) 2017年4月【異世界・架空の世界】【肌の露出が多めの挿絵あり】

「物理的に孤立している俺の高校生活 = My Highschool Life is Physically Isolated」森田季節著 小学館(ガガガ文庫) 2017年2月【現代】【肌の露出が多めの挿絵あり】

## 学校・学園・学生

「放課後図書室」麻沢奏著 スターツ出版(スターツ出版文庫) 2017年3月【現代】【挿絵なし】

### 専門学校・大学・専門学校生・大学生・大学院生

「アトム ザ・ビギニング = ATOM THE BEGINNING：僕オモウ故ニ僕アリ」藤咲淳一著 小学館(ガガガ文庫) 2017年4月【近未来・遠未来】【肌の露出が多めの挿絵なし】

「アムネシアマリー = AMNESIA MARRY イッキ&ケント編」鈴木あつみ著;アイディアファクトリー株式会社;デザインファクトリー株式会社監修 一二三書房(オトメイトノベル) 2017年5月【異世界・架空の世界】【肌の露出が多めの挿絵なし】

「あやかしお宿に新米入ります。」友麻碧著 KADOKAWA(富士見L文庫) 2017年5月【異世界・架空の世界】【挿絵なし】

「あやかしとおばんざい：ふたごの京都妖怪ごはん日記 2」仲町六絵著 KADOKAWA(メディアワークス文庫) 2017年2月【現代】【肌の露出が多めの挿絵なし】

「うちの執事に願ったならば」高里椎奈著 KADOKAWA(角川文庫) 2017年3月【現代】【挿絵なし】

「おいしいベランダ。[3]」竹岡葉月著 KADOKAWA(富士見L文庫) 2017年6月【現代】【挿絵なし】

「オーダーは探偵に [9]」近江泉美著 KADOKAWA(メディアワークス文庫) 2017年5月【現代】【挿絵なし】

「おめでとう、俺は美少女に進化した。」和久井透夏著 KADOKAWA(カドカワBOOKS) 2017年2月【現代】【肌の露出が多めの挿絵あり】

「カロリーは引いてください！：学食ガールと満腹男子」日向夏著 KADOKAWA(富士見L文庫) 2017年5月【現代】【挿絵なし】

「キネマ探偵カレイドミステリー」斜線堂有紀著 KADOKAWA(メディアワークス文庫) 2017年2月【現代】【挿絵なし】

「キモイマン 2」中沢健著 小学館(ガガガ文庫) 2017年6月【現代】【肌の露出が多めの挿絵なし】

「この星空には君が足りない！」有丈ほえる著 京都アニメーション(KAエスマ文庫) 2017年3月【異世界・架空の世界】【肌の露出が多めの挿絵なし】

「この星空には君が足りない！ 2」有丈ほえる著 京都アニメーション(KAエスマ文庫) 2017年1月【異世界・架空の世界】【肌の露出が多めの挿絵なし】

「シャンプーと視線の先で：夢解き美容師、菓所日陰」枕木みる太著 KADOKAWA(メディアワークス文庫) 2017年6月【現代】【肌の露出が多めの挿絵なし】

「ちどり亭にようこそ = Welcome to Chidori tei 2」１三湊著 KADOKAWA(メディアワークス文庫) 2017年4月【現代】【肌の露出が多めの挿絵なし】

## 学校・学園・学生

「ドラゴンさんは友達が欲しい！ = Dragon want a Friend! 3」道草家守著 アース・スターエンターテイメント(EARTHSTARNOVEL) 2017年6月【異世界・架空の世界】【肌の露出が多めの挿絵なし】

「ナウ・ローディング」詠坂雄二著 光文社(光文社文庫) 2017年1月【現代】【肌の露出が多めの挿絵なし】

「ハンドシェイカー」GoHands原作;FrontierWorks原作;KADOKAWA原作;八薙玉造著 KADOKAWA(MF文庫J) 2017年1月【異世界・架空の世界】【肌の露出が多めの挿絵あり】

「ベースメント」井川楊枝著 TOブックス(TO文庫) 2017年1月【現代】【挿絵なし】

「ホーンテッド・キャンパス [11]」櫛木理宇著 KADOKAWA(角川ホラー文庫) 2017年3月【現代】【肌の露出が多めの挿絵なし】

「ホーンテッド・キャンパス [12]」櫛木理宇著 KADOKAWA(角川ホラー文庫) 2017年10月【現代】【肌の露出が多めの挿絵なし】

「ぼくたちのリメイク：十年前に戻ってクリエイターになろう！」木緒なち著 KADOKAWA(MF文庫J) 2017年3月【現代】【肌の露出が多めの挿絵あり】

「まぼろしメゾンの大家さん：あやかし新生活、始めました。」宮田光著 KADOKAWA(富士見L文庫) 2017年6月【現代】【挿絵なし】

「リケジョ探偵の謎解きラボ」喜多喜久著 宝島社(宝島社文庫) 2017年5月【現代】【挿絵なし】

「るるいえあかでみっく：クトゥルフ神話TRPGリプレイ」内山靖二郎著;狐印画 KADOKAWA(ログインテーブルトークRPGシリーズ.ログインテーブルトークRPGリプレイ) 2017年5月【現代】【肌の露出が多めの挿絵なし】

「異世界の魔法言語がどう見ても日本語だった件 [2]」トラ子猫著 宝島社 2017年3月【異世界・架空の世界】【肌の露出が多めの挿絵あり】

「異世界薬局 4」高山理図著 KADOKAWA(MFブックス) 2017年3月【異世界・架空の世界】【肌の露出が多めの挿絵なし】

「雨あがりの印刷所」夏川鳴海著 KADOKAWA(メディアワークス文庫) 2017年6月【現代】【肌の露出が多めの挿絵なし】

「横浜元町コレクターズ・カフェ」柳瀬みちる著 KADOKAWA(角川文庫) 2017年3月【現代】【肌の露出が多めの挿絵なし】

「王と月 1」夏目みや著 アルファポリス(レジーナ文庫.レジーナブックス) 2017年4月【異世界・架空の世界】【肌の露出が多めの挿絵あり】

「王と月 2」夏目みや著 アルファポリス(レジーナ文庫.レジーナブックス) 2017年5月【異世界・架空の世界】【肌の露出が多めの挿絵なし】

「王と月 3」夏目みや著 アルファポリス(レジーナ文庫.レジーナブックス) 2017年6月【異世界・架空の世界】【肌の露出が多めの挿絵なし】

## 学校・学園・学生

「家電彼氏」雪乃ドナチ著 KADOKAWA(ビーズログ文庫アリス) 2017年2月【現代】【肌の露出が多めの挿絵なし】

「花屋「ゆめゆめ」で不思議な花束を」編乃肌著 マイナビ出版(ファン文庫) 2017年3月【現代】【挿絵なし】

「花屋の倅と寺息子 [2]」葛来奈都著 三交社(スカイハイ文庫) 2017年3月【現代】【肌の露出が多めの挿絵なし】

「吉祥寺よろず怪事(あやごと)請負処」結城光流著 KADOKAWA(角川文庫) 2017年4月【現代】【挿絵なし】

「喫茶ルパンで秘密の会議」蒼井蘭子著 三交社(スカイハイ文庫) 2017年2月【現代】【肌の露出が多めの挿絵なし】

「京都あやかし絵師の癒し帖」八谷紬著 スターツ出版(スターツ出版文庫) 2017年6月【現代】【挿絵なし】

「京都寺町三条のホームズ 6.5」望月麻衣著 双葉社(双葉文庫) 2017年4月【現代】【肌の露出が多めの挿絵なし】

「君とソースと僕の恋」本田晴巳著 スターツ出版(スターツ出版文庫) 2017年4月【現代】【挿絵なし】

「建築士・音無薫子の設計ノート [2]」逢上央士著 宝島社(宝島社文庫) 2017年2月【現代】【挿絵なし】

「最良の嘘の最後のひと言」河野裕著 東京創元社(創元推理文庫) 2017年2月【現代】【挿絵なし】

「時をめぐる少女」天沢夏月著 KADOKAWA(メディアワークス文庫) 2017年5月【現代】【肌の露出が多めの挿絵なし】

「週末陰陽師：とある保険営業のお祓い日報」遠藤遼著 三交社(スカイハイ文庫) 2017年4月【現代】【肌の露出が多めの挿絵なし】

「重力アルケミック」柞刈湯葉著 星海社(星海社FICTIONS) 2017年2月【近未来・遠未来】【肌の露出が多めの挿絵なし】

「心霊探偵八雲：ANOTHER FILES亡霊の願い」神永学著 KADOKAWA(角川文庫) 2017年2月【現代】【挿絵なし】

「新・星をひとつ貰っちゃったので、なんとかやってみる 1」茂木鈴著 オークラ出版(NMG文庫) 2017年1月【異世界・架空の世界】【肌の露出が多めの挿絵あり】

「神様の弟子：チビ龍の子育て」加賀見彰著 コスミック出版(コスミック文庫α) 2017年4月【現代】【挿絵なし】

「世界、それはすべて君のせい」くらゆいあゆ著 集英社(集英社オレンジ文庫) 2017年4月【現代】【挿絵なし】

## 学校・学園・学生

「瀬川くんはゲームだけしていたい。2」中谷栄太著 SBクリエイティブ(GA文庫) 2017年4月【現代】【肌の露出が多めの挿絵あり】

「長崎・オランダ坂の洋館カフェ：シュガーロードと秘密の本」江本マシメサ著 宝島社(宝島社文庫) 2017年4月【現代】【挿絵なし】

「筆跡鑑定人・東雲清一郎は、書を書かない。[3]」谷春慶著 宝島社(宝島社文庫) 2017年6月【現代】【肌の露出が多めの挿絵なし】

「僕らの空は群青色」砂川雨路著 スターツ出版(スターツ出版文庫) 2017年2月【現代】【挿絵なし】

「万華鏡位相〜Devil's Scope〜：欧州妖異譚15」篠原美季著 講談社(講談社X文庫) 2017年3月【現代】【肌の露出が多めの挿絵なし】

「万国菓子舗お気に召すまま[3]」溝口智子著 マイナビ出版(ファン文庫) 2017年6月【現代】【挿絵なし】

「命の後で咲いた花 = The Flower which bloomed after her Life」綾崎隼著 KADOKAWA(メディアワークス文庫) 2017年1月【現代】【挿絵なし】

「夜伽の国の月光姫 5」青野海鳥著 TOブックス 2017年1月【異世界・架空の世界】【肌の露出が多めの挿絵あり】

「勇者召喚に巻き込まれたけど、異世界は平和でした 1」灯台著 新紀元社(MORNINGSTARBOOKS) 2017年6月【異世界・架空の世界】【肌の露出が多めの挿絵なし】

「幽落町おばけ駄菓子屋[9]」蒼月海里著 KADOKAWA(角川ホラー文庫) 2017年4月【異世界・架空の世界】【肌の露出が多めの挿絵なし】

「裏世界ピクニック：ふたりの怪異探検ファイル」宮澤伊織著 早川書房(ハヤカワ文庫JA) 2017年2月【現代】【肌の露出が多めの挿絵なし】

「縊鬼の噂」愁堂れな著;京極夏彦Founder KADOKAWA(富士見L文庫) 2017年5月【歴史・時代】【挿絵なし】

## その他学校・学園・学生

「BORUTO-ボルト-：NARUTO NEXT GENERATIONS NOVEL 1」岸本斉史原作;池本幹雄原作;小太刀右京原作;重信康小説 集英社(JUMPjBOOKS) 2017年5月【異世界・架空の世界】【肌の露出が多めの挿絵なし】

「IS〈インフィニット・ストラトス〉 = INFINITE STRATOS 11」弓弦イズル著 オーバーラップ(オーバーラップ文庫) 2017年5月【現代】【肌の露出が多めの挿絵あり/性描写の挿絵あり】

「Q.もしかして、異世界を救った英雄さんですか?A.違います、ただのパシリです。」弥生志郎著 KADOKAWA(MF文庫J) 2017年2月【異世界・架空の世界】【肌の露出が多めの挿絵あり/性描写の挿絵あり】

「アサシンズプライド 5」天城ケイ著 KADOKAWA(富士見ファンタジア文庫) 2017年2月【異世界・架空の世界】【肌の露出が多めの挿絵あり】

## 学校・学園・学生

「あやかし双子のお医者さん 2」椎名蓮月著 KADOKAWA(富士見L文庫) 2017年3月【現代】【挿絵なし】

「あやかし姫は愛されたい 1」岸根紅華著 オーバーラップ(オーバーラップ文庫) 2017年5月【異世界・架空の世界】【肌の露出が多めの挿絵あり】

「アラフォー賢者の異世界生活日記 3」寿安清著 KADOKAWA(MFブックス) 2017年4月【異世界・架空の世界】【肌の露出が多めの挿絵なし】

「いじわる令嬢のゆゆしき事情 [2]」九江桜著 KADOKAWA(角川ビーンズ文庫) 2017年5月【異世界・架空の世界】【肌の露出が多めの挿絵なし】

「いづれ神話の放課後戦争(ラグナロク) 6」なめこ印著 KADOKAWA(富士見ファンタジア文庫) 2017年4月【異世界・架空の世界】【肌の露出が多めの挿絵あり】

「エクスタス・オンライン 02」久慈マサムネ著 KADOKAWA(角川スニーカー文庫) 2017年1月【異世界・架空の世界】【肌の露出が多めの挿絵あり/性描写の挿絵あり】

「エクスタス・オンライン 04」久慈マサムネ著 KADOKAWA(角川スニーカー文庫) 2017年1月【異世界・架空の世界】【肌の露出が多めの挿絵あり/性描写の挿絵あり】

「ギルドのチートな受付嬢 5」夏にコタツ著 双葉社(モンスター文庫) 2017年4月【異世界・架空の世界】【肌の露出が多めの挿絵なし】

「ギルドレ 2」朝霧カフカ著 講談社(講談社BOX) 2017年2月【異世界・架空の世界】【肌の露出が多めの挿絵なし】

「くまクマ熊ベアー 6」くまなの著 主婦と生活社(PASH!ブックス) 2017年4月【異世界・架空の世界】【肌の露出が多めの挿絵なし】

「スクールジャック=ガンスモーク = SCHOOL JACK=GUNSMOKE」坂下釦著 小学館(ガガガ文庫) 2017年6月【近未来・遠未来】【肌の露出が多めの挿絵なし】

「スピリット・マイグレーション 4」ヘロー天気著 アルファポリス(アルファライト文庫) 2017年4月【異世界・架空の世界】【肌の露出が多めの挿絵なし】

「セブンス 4」三嶋与夢著 主婦の友社(ヒーロー文庫) 2017年3月【異世界・架空の世界】【肌の露出が多めの挿絵なし】

「セブンスブレイブ：チート?NO!もっといいモノさ！3」乃塚一翔著 アルファポリス(アルファライト文庫) 2017年6月【異世界・架空の世界】【肌の露出が多めの挿絵なし】

「だからお兄ちゃんと呼ぶなって！2」桐山なると著 KADOKAWA(ファミ通文庫) 2017年3月【現代】【肌の露出が多めの挿絵あり】

「ドラゴン嫁はかまってほしい 2」初美陽一著 KADOKAWA(富士見ファンタジア文庫) 2017年2月【異世界・架空の世界】【肌の露出が多めの挿絵あり/性描写の挿絵あり】

「ドラゴン嫁はかまってほしい 3」初美陽一著 KADOKAWA(富士見ファンタジア文庫) 2017年6月【異世界・架空の世界】【肌の露出が多めの挿絵なし】

## 学校・学園・学生

「なぜ、勉強オタクが異能戦でもトップを独走できるのか?」霜野おつかい著 SBクリエイティブ(GA文庫) 2017年5月【近未来・遠未来】【肌の露出が多めの挿絵あり】

「ノーブルウィッチーズ 6」島田フミカネ原作;ProjektWorldWitches原作;南房秀久著 KADOKAWA(角川スニーカー文庫) 2017年5月【異世界・架空の世界】【肌の露出が多めの挿絵なし】

「ノーブルウィッチーズ 6 オリジナルドラマCD付き同梱版」島田フミカネ原作;ProjektWorldWitches原作;南房秀久著 KADOKAWA(角川スニーカー文庫) 2017年5月【異世界・架空の世界】【肌の露出が多めの挿絵なし】

「ハンドレッド = Hundred 13」箕崎准著 SBクリエイティブ(GA文庫) 2017年5月【異世界・架空の世界】【肌の露出が多めの挿絵あり】

「ヒロインな妹、悪役令嬢な私 3」佐藤真登著 主婦と生活社(PASH!ブックス) 2017年1月【異世界・架空の世界】【肌の露出が多めの挿絵なし】

「フラワーナイトガール : エピソードコレクション 2」月本一著;田口仙年堂著;川添枯美著;水無瀬さんご著;葵龍之介著;是鐘リュウジ著 KADOKAWA(ファミ通文庫) 2017年2月【異世界・架空の世界】【肌の露出が多めの挿絵なし】

「フラワーナイトガール [5]」是鐘リュウジ著 KADOKAWA(ファミ通文庫) 2017年2月【異世界・架空の世界】【肌の露出が多めの挿絵あり】

「マージナル・オペレーション改 02」芝村裕吏著 星海社(星海社FICTIONS) 2017年6月【近未来・遠未来】【肌の露出が多めの挿絵なし】

「ラスボスの向こう側 = The other side beyond the last boss」天音のわる著 宝島社 2017年2月【異世界・架空の世界】【肌の露出が多めの挿絵あり】

「ラスボスの向こう側 = The other side beyond the last boss ドラマCD付き特装版」天音のわる著 宝島社 2017年2月【異世界・架空の世界】【肌の露出が多めの挿絵あり】

「リビティウム皇国のブタクサ姫 4」佐崎一路著 新紀元社(MORNINGSTARBOOKS) 2017年4月【異世界・架空の世界】【肌の露出が多めの挿絵なし】

「レーゼンシア帝国繁栄紀 : 通りすがりの賢帝」七条剛著 SBクリエイティブ(GA文庫) 2017年4月【異世界・架空の世界】【肌の露出が多めの挿絵あり】

「異世界監獄√楽園化計画 : 絶対無罪で指名手配犯の俺と〈属性:人食い〉のハンニバルガール」縹けいか著 集英社(ダッシュエックス文庫) 2017年4月【歴史・時代/異世界・架空の世界】【肌の露出が多めの挿絵なし】

「宇宙軍士官学校-幕間(インターミッション)-」鷹見一幸著 早川書房(ハヤカワ文庫JA) 2017年3月【異世界・架空の世界】【挿絵なし】

「英雄なき世界にラスボスたちを 2」柳実冬貴著 KADOKAWA(MF文庫J) 2017年6月【異世界・架空の世界】【肌の露出が多めの挿絵あり】

「英雄教室 7」新木伸著 集英社(ダッシュエックス文庫) 2017年1月【異世界・架空の世界】【肌の露出が多めの挿絵あり】

## 学校・学園・学生

「英雄教室7 オーディオドラマダウンロードシリアルコード付き限定版」新木伸著 集英社(ダッシュエックス文庫) 2017年1月【異世界・架空の世界】【肌の露出が多めの挿絵あり】

「英雄教室8」新木伸著 集英社(ダッシュエックス文庫) 2017年5月【現代/異世界・架空の世界】【肌の露出が多めの挿絵なし】

「乙女ゲームの破滅フラグしかない悪役令嬢に転生してしまった… 5」山口悟著 一迅社(一迅社文庫アイリス) 2017年6月【異世界・架空の世界】【肌の露出が多めの挿絵なし】

「乙女ゲーム世界で主人公相手にスパイをやっています4」香月みと著 アルファポリス(アルファポリス文庫) 2017年1月【異世界・架空の世界】【肌の露出が多めの挿絵なし】

「乙女なでしこ恋手帖：字のない恋文」深山くのえ著 小学館(小学館ルルル文庫) 2017年3月【歴史・時代】【肌の露出が多めの挿絵なし/キスシーンの挿絵あり/性描写の挿絵あり】

「俺だけ帰れるクラス転移3」アネコユサギ著 KADOKAWA(MFブックス) 2017年2月【異世界・架空の世界】【肌の露出が多めの挿絵なし】

「俺の異世界姉妹が自重しない!2」緋色の雨著 双葉社(モンスター文庫) 2017年5月【異世界・架空の世界】【肌の露出が多めの挿絵なし】

「嫁エルフ。：前世と来世の幼なじみから同時にコクられた俺」あさのハジメ著 KADOKAWA(MF文庫J) 2017年2月【異世界・架空の世界】【肌の露出が多めの挿絵あり】

「我が偽りの名の下に集え、星々」庄司卓著 KADOKAWA(ファミ通文庫) 2017年5月【異世界・架空の世界】【肌の露出が多めの挿絵なし】

「学戦都市アスタリスク外伝：クインヴェールの翼2」三屋咲ゆう著 KADOKAWA(MF文庫J) 2017年3月【異世界・架空の世界】【肌の露出が多めの挿絵なし】

「規格外れの英雄に育てられた、常識外れの魔法剣士1」kt60著 双葉社(モンスター文庫) 2017年2月【異世界・架空の世界】【肌の露出が多めの挿絵なし】

「境域のアルスマグナ2」絵戸太郎著 KADOKAWA(MF文庫J) 2017年3月【現代】【肌の露出が多めの挿絵あり/キスシーンの挿絵あり】

「教室の隅にいた女が、調子に乗るとこうなります。」秋吉ユイ著 幻冬舎(幻冬舎文庫) 2017年5月【現代】【肌の露出が多めの挿絵なし】

「銀河中心点：アルマゲスト宙域」三度笠著 KADOKAWA(カドカワBOOKS) 2017年3月【異世界・架空の世界】【肌の露出が多めの挿絵なし】

「月とうさぎのフォークロア。St.2」徒埜けんしん著 SBクリエイティブ(GA文庫) 2017年4月【異世界・架空の世界】【肌の露出が多めの挿絵あり】

「元勇者、印税生活はじめました。：担当編集はかつての宿敵」霜野おつかい著 SBクリエイティブ(GA文庫) 2017年6月【現代/異世界・架空の世界】【肌の露出が多めの挿絵あり】

「最強喰い(ジャイアントキリング)のダークヒーロー3」望公太著 SBクリエイティブ(GA文庫) 2017年3月【異世界・架空の世界】【肌の露出が多めの挿絵あり】

## 学校・学園・学生

「最弱無敗の神装機竜(バハムート) 12」明月千里著 SBクリエイティブ(GA文庫) 2017年4月【異世界・架空の世界】【肌の露出が多めの挿絵あり】

「三千世界の英雄王(レイズナー) 3」壱日千次著 KADOKAWA(MF文庫J) 2017年3月【異世界・架空の世界】【肌の露出が多めの挿絵あり】

「治癒魔法の間違った使い方：戦場を駆ける回復要員 4」くろかた著 KADOKAWA(MFブックス) 2017年1月【異世界・架空の世界】【肌の露出が多めの挿絵なし】

「自称!平凡魔族の英雄ライフ：B級魔族なのにチートダンジョンを作ってしまった結果」あまうい白一著 講談社(Kラノベブックス) 2017年6月【異世界・架空の世界】【肌の露出が多めの挿絵あり】

「終奏のリフレイン = Refrain of Outro」物草純平著 KADOKAWA(電撃文庫) 2017年3月【近未来・遠未来】【肌の露出が多めの挿絵なし】

「銃皇無尽のファフニール 13」ツカサ著 講談社(講談社ラノベ文庫) 2017年2月【異世界・架空の世界】【肌の露出が多めの挿絵あり】

「銃皇無尽のファフニール 14」ツカサ著 講談社(講談社ラノベ文庫) 2017年6月【異世界・架空の世界】【肌の露出が多めの挿絵なし】

「職業無職の俺が冒険者を目指すワケ。4」スフレ著 KADOKAWA(カドカワBOOKS) 2017年1月【異世界・架空の世界】【肌の露出が多めの挿絵あり】

「食いしん坊エルフ 5」なっとうごはん著 TOブックス 2017年3月【異世界・架空の世界】【肌の露出が多めの挿絵なし】

「新約とある魔術の禁書目録(インデックス) 18」鎌池和馬著 KADOKAWA(電撃文庫) 2017年5月【異世界・架空の世界】【肌の露出が多めの挿絵あり】

「正しい異能の教育者：ワケあり異能少女たちは最強の俺と卒業を目指す」朱月十話著 講談社(講談社ラノベ文庫) 2017年3月【異世界・架空の世界】【肌の露出が多めの挿絵あり/キスシーンの挿絵あり】

「精霊使いの剣舞(ブレイドダンス) 16」志瑞祐著 KADOKAWA(MF文庫J) 2017年2月【異世界・架空の世界】【肌の露出が多めの挿絵あり】

「聖剣使いの禁呪詠唱(ワールドブレイク) 19」あわむら赤光著 SBクリエイティブ(GA文庫) 2017年2月【異世界・架空の世界】【肌の露出が多めの挿絵なし】

「聖剣使いの禁呪詠唱(ワールドブレイク) 20」あわむら赤光著 SBクリエイティブ(GA文庫) 2017年6月【異世界・架空の世界】【肌の露出が多めの挿絵なし】

「聖樹の国の禁呪使い 8」篠崎芳著 オーバーラップ(オーバーラップ文庫) 2017年1月【異世界・架空の世界】【肌の露出が多めの挿絵なし】

「絶対ナル孤独者(アイソレータ) = THE ISOLATOR realization of absolute solitude 4」川原礫著 KADOKAWA(電撃文庫) 2017年5月【現代】【肌の露出が多めの挿絵なし】

「戦うパン屋と機械じかけの看板娘(オートマトンウェイトレス) 6」SOW著 ホビージャパン(HJ文庫) 2017年1月【異世界・架空の世界】【肌の露出が多めの挿絵なし】

## 学校・学園・学生

「創炎のヒストリア：神託少女の創世録2」十本スイ著 KADOKAWA(MF文庫J) 2017年1月【異世界・架空の世界】【肌の露出が多めの挿絵なし】

「底辺剣士は神獣(むすめ)と暮らす2」番棚葵著 KADOKAWA(MF文庫J) 2017年4月【異世界・架空の世界】【肌の露出が多めの挿絵あり】

「天使の3P! = Here comes the three angels ×9」蒼山サグ著 KADOKAWA(電撃文庫) 2017年3月【現代】【肌の露出が多めの挿絵あり】

「天使のスタートアップ」水沢あきと著 星海社(星海社FICTIONS) 2017年6月【現代】【肌の露出が多めの挿絵なし】

「転生少女の履歴書4」唐澤和希著 主婦の友社(ヒーロー文庫) 2017年6月【異世界・架空の世界】【肌の露出が多めの挿絵なし】

「豚公爵に転生したから、今度は君に好きと言いたい2」合田拍子著 KADOKAWA(富士見ファンタジア文庫) 2017年4月【異世界・架空の世界】【肌の露出が多めの挿絵あり】

「覇界王ガオガイガー対ベターマン 上巻」矢立肇原作;竹田裕一郎著;米たにヨシトモ監修 新紀元社(MORNINGSTARBOOKS.THEKINGOFBRAVESGAOGAIGARNOVEL) 2017年6月【現代】【肌の露出が多めの挿絵なし】

「緋弾のアリア25」赤松中学著 KADOKAWA(MF文庫J) 2017年4月【現代/異世界・架空の世界】【肌の露出が多めの挿絵なし】

「宝石吐きのおんなのこ6」なみあと著 ポニーキャニオン(ぽにきゃんBOOKS) 2017年6月【異世界・架空の世界】【肌の露出が多めの挿絵なし】

「暴血覚醒(ブライト・ブラッド)」中村ヒロ著 SBクリエイティブ(GA文庫) 2017年5月【異世界・架空の世界】【肌の露出が多めの挿絵なし】

「魔法科の剣士と召喚魔王(ヴァシレウス)13」三原みつき著 KADOKAWA(MF文庫J) 2017年1月【異世界・架空の世界】【肌の露出が多めの挿絵あり/性描写の挿絵あり】

「魔装学園H×H(ハイブリッド・ハート)11」久慈マサムネ著 KADOKAWA(角川スニーカー文庫) 2017年6月【異世界・架空の世界】【肌の露出が多めの挿絵あり/キスシーンの挿絵あり/性描写の挿絵あり】

「魔装学園H×H(ハイブリッド・ハート)10」久慈マサムネ著 KADOKAWA(角川スニーカー文庫) 2017年2月【異世界・架空の世界】【肌の露出が多めの挿絵あり/性描写の挿絵あり】

「魔導の福音」佐藤さくら著 東京創元社(創元推理文庫) 2017年3月【異世界・架空の世界】【挿絵なし】

「妹さえいればいい。7ドフマCD付き限定特装版」平坂読著 小学館(ガガガ文庫) 2017年5月【現代】【肌の露出が多めの挿絵あり/キスシーンの挿絵あり】

「約束の国4」カルロ・ゼン著 星海社(星海社FICTIONS) 2017年1月【異世界・架空の世界】【肌の露出が多めの挿絵なし】

「恋人に捨てられたので、皇子様に逆告白しました」森崎朝香著 一迅社(一迅社文庫アイリス) 2017年6月【異世界・架空の世界】【肌の露出が多めの挿絵なし】

## 学校・学園・学生

「狼侯爵と愛の霊薬 [2]」橘千秋著 KADOKAWA(ビーズログ文庫) 2017年5月【異世界・架空の世界】【肌の露出が多めの挿絵なし】

### 中学校・中学生

「14歳とイラストレーター 2」むらさきゆきや著 KADOKAWA(MF文庫J) 2017年3月【現代】【肌の露出が多めの挿絵あり】

「D坂の美少年」西尾維新著 講談社(講談社タイガ) 2017年3月【現代】【肌の露出が多めの挿絵なし】

「うちの居候が世界を掌握している! 16」七条剛著 SBクリエイティブ(GA文庫) 2017年2月【現代】【肌の露出が多めの挿絵なし】

「エス・エクソシスト」霜月セイ著 KADOKAWA(角川スニーカー文庫) 2017年2月【現代】【肌の露出が多めの挿絵なし】

「オタサーの姫と恋ができるわけがない。4」佐倉唄著 KADOKAWA(富士見ファンタジア文庫) 2017年5月【現代】【肌の露出が多めの挿絵なし】

「キリングメンバー = KILLING MEMBER : 遥か彼方と冬の音」秋月陽澄著 KADOKAWA(電撃文庫) 2017年5月【現代】【肌の露出が多めの挿絵なし】

「クラスのギャルとゲーム実況 part.1」琴平稜著 KADOKAWA(富士見ファンタジア文庫) 2017年4月【現代】【肌の露出が多めの挿絵あり】

「スクールポーカーウォーズ 3」維羽裕介著 集英社(JUMPjBOOKS) 2017年6月【現代】【肌の露出が多めの挿絵なし】

「だいじな本のみつけ方」大崎梢著 光文社(光文社文庫) 2017年4月【現代】【挿絵なし】

「ドリームハッカーズ : コミュ障たちの現実チートピア」出口きぬごし著 KADOKAWA(電撃文庫) 2017年1月【近未来・遠未来】【肌の露出が多めの挿絵あり】

「バトルガールハイスクール PART.1」コロプラ原作・監修;八奈川景晶著 KADOKAWA(富士見ファンタジア文庫) 2017年6月【近未来・遠未来】【肌の露出が多めの挿絵あり】

「雨の降る日は学校に行かない」相沢沙呼著 集英社(集英社文庫) 2017年3月【現代】【挿絵なし】

「英国幻視の少年たち 4」深沢仁著 ポプラ社(ポプラ文庫ピュアフル) 2017年3月【現代】【肌の露出が多めの挿絵なし】

「救世の背信者 2」望月唯一著 講談社(講談社ラノベ文庫) 2017年6月【異世界・架空の世界】【肌の露出が多めの挿絵なし】

「嫌われ者始めました : 転生リーマンの領地運営物語 3」くま太郎著 KADOKAWA(ファミ通文庫) 2017年4月【異世界・架空の世界】【肌の露出が多めの挿絵なし】

「今日が最後の人類(ヒト)だとしても 2」庵田定夏著 KADOKAWA(ファミ通文庫) 2017年6月【異世界・架空の世界】【肌の露出が多めの挿絵なし】

## 学校・学園・学生

「時をめぐる少女」天沢夏月著 KADOKAWA(メディアワークス文庫) 2017年5月【現代】【肌の露出が多めの挿絵なし】

「女王のポーカー [2]」維羽裕介著 新潮社(新潮文庫nex) 2017年3月【現代】【挿絵なし】

「人外ネゴシエーター 3」麻城ゆう著 新書館(新書館ウィングス文庫) 2017年6月【現代】【肌の露出が多めの挿絵なし】

「青春絶対つぶすマンな俺に救いはいらない。」境田吉孝著 小学館(ガガガ文庫) 2017年4月【現代】【肌の露出が多めの挿絵なし】

「打ち上げ花火、下から見るか?横から見るか?」岩井俊二原作;大根仁著 KADOKAWA(角川文庫) 2017年6月【現代】【挿絵なし】

「憧れの魔法少女の正体が男でした。」山田絢著 KADOKAWA(ビーズログ文庫アリス) 2017年1月【現代】【肌の露出が多めの挿絵なし】

「読者(ぼく)と主人公(かのじょ)と二人のこれから」岬鷺宮著 KADOKAWA(電撃文庫) 2017年4月【現代】【肌の露出が多めの挿絵なし】

「彼女と俺とみんなの放送:This is "Namahouso" Youth Story 2」高峰自由著 KADOKAWA(電撃文庫) 2017年2月【現代】【肌の露出が多めの挿絵あり/キスシーンの挿絵】

「非オタの彼女が俺の持ってるエロゲに興味津々なんだが…… 5」滝沢慧著 KADOKAWA(富士見ファンタジア文庫) 2017年5月【現代】【肌の露出が多めの挿絵あり】

「腐女子な妹ですみません」九重木春著 KADOKAWA(ビーズログ文庫アリス) 2017年4月【現代】【肌の露出が多めの挿絵なし】

「僕の殺人」太田忠司著 徳間書店(徳間文庫) 2017年3月【現代】【挿絵なし】

## 部活・サークル

「14歳とイラストレーター 2」むらさきゆきや著 KADOKAWA(MF文庫J) 2017年3月【現代】【肌の露出が多めの挿絵あり】

「21グラムの恋」太秦あを著 三交社(スカイハイ文庫) 2017年6月【現代】【肌の露出が多めの挿絵なし】

「TV animation free! novelize 第2版」横谷昌宏著 京都アニメーション(KAエスマ文庫) 2017年6月【現代】【肌の露出が多めの挿絵なし】

「あの、一緒に戦争(ブカツ)しませんか?」高村透著 KADOKAWA(電撃文庫) 2017年6月【現代】【肌の露出が多めの挿絵なし】

「オタサーの姫と恋ができるわけがない。3」佐倉唄著 KADOKAWA(富士見ファンタジア文庫) 2017年1月【現代】【肌の露出が多めの挿絵あり】

「オタサーの姫と恋ができるわけがない。4」佐倉唄著 KADOKAWA(富士見ファンタジア文庫) 2017年5月【現代】【肌の露出が多めの挿絵なし】

## 学校・学園・学生

「おにぎりスタッパー」大澤めぐみ著 KADOKAWA(角川スニーカー文庫) 2017年1月【現代】【肌の露出が多めの挿絵なし】

「カブキブ!6」榎田ユウリ著 KADOKAWA(角川文庫) 2017年3月【現代】【挿絵なし】

「ゲーマーズ!7」葵せきな著 KADOKAWA(富士見ファンタジア文庫) 2017年3月【現代】【肌の露出が多めの挿絵あり】

「こぐちさんと僕のビブリアファイト部活動日誌:ビブリア古書堂の事件手帖スピンオフ」三上延原作・監修;峰守ひろかず著 KADOKAWA(電撃文庫) 2017年3月【現代】【肌の露出が多めの挿絵なし】

「さよなら、サイキック2」清野静著 KADOKAWA(角川スニーカー文庫) 2017年1月【現代】【肌の露出が多めの挿絵なし】

「ジャナ研の憂鬱な事件簿」酒井田寛太郎著 小学館(ガガガ文庫) 2017年5月【現代】【肌の露出が多めの挿絵なし】

「スクールポーカーウォーズ3」維羽裕介著 集英社(JUMPjBOOKS) 2017年6月【現代】【肌の露出が多めの挿絵なし】

「すもうガールズ」鹿目けい子著 幻冬舎(幻冬舎文庫) 2017年3月【現代】【肌の露出が多めの挿絵なし】

「そして、アリスはいなくなった」ひずき優著 集英社(集英社オレンジ文庫) 2017年5月【現代】【挿絵なし】

「ネット小説家になろうクロニクル2」津田彷徨著 星海社(星海社FICTIONS) 2017年2月【現代】【肌の露出が多めの挿絵なし】

「ネット小説家になろうクロニクル3」津田彷徨著 星海社(星海社FICTIONS) 2017年5月【現代】【肌の露出が多めの挿絵なし】

「ネトゲの嫁は女の子じゃないと思った? Lv.14」聴猫芝居著 KADOKAWA(電撃文庫) 2017年6月【現代】【肌の露出が多めの挿絵なし】

「ハイキュー!!ショーセツバン!!8」古舘春一著;星希代子著 集英社(JUMPjBOOKS) 2017年5月【現代】【肌の露出が多めの挿絵なし】

「ひとくいマンイーター」大澤めぐみ著 KADOKAWA(角川スニーカー文庫) 2017年3月【現代】【肌の露出が多めの挿絵あり】

「ホーンテッド・キャンパス[11]」櫛木理宇著 KADOKAWA(角川ホラー文庫) 2017年3月【現代】【肌の露出が多めの挿絵なし】

「ホーンテッド・キャンパス[12]」櫛木理宇著 KADOKAWA(角川ホラー文庫) 2017年10月【現代】【肌の露出が多めの挿絵なし】

「ほま高登山部ダイアリー = Homako Mountain Climbing Club Diary」細音啓著 小学館(ガガガ文庫) 2017年2月【現代】【肌の露出が多めの挿絵あり】

## 学校・学園・学生

「まるで人だな、ルーシー 2」零真似著 KADOKAWA(角川スニーカー文庫) 2017年5月【異世界・架空の世界】【肌の露出が多めの挿絵なし】

「噂屋ワタルくん：学校の怪談と傍若無人な観察者」柳田狐狗狸著 KADOKAWA(メディアワークス文庫) 2017年4月【現代】【挿絵なし】

「屋上の名探偵」市川哲也著 東京創元社(創元推理文庫) 2017年1月【現代】【挿絵なし】

「俺の幼なじみは宇宙人に侵略されている」橘九位著 講談社(講談社ラノベ文庫) 2017年5月【現代】【肌の露出が多めの挿絵なし】

「俺は/私はオタク友達がほしいっ!」左リュウ著 ポニーキャニオン(ぽにきゃんBOOKS) 2017年2月【現代】【肌の露出が多めの挿絵あり】

「俺を好きなのはお前だけかよ 4」駱駝著 KADOKAWA(電撃文庫) 2017年1月【現代】【肌の露出が多めの挿絵あり】

「俺を好きなのはお前だけかよ 5」駱駝著 KADOKAWA(電撃文庫) 2017年4月【現代】【肌の露出が多めの挿絵なし】

「可愛ければ変態でも好きになってくれますか?」花間燈著 KADOKAWA(MF文庫J) 2017年1月【現代】【肌の露出が多めの挿絵あり】

「花屋の倅と寺息子 [2]」葛来奈都著 三交社(スカイハイ文庫) 2017年3月【現代】【肌の露出が多めの挿絵なし】

「花咲高校演劇部へようこそ!」河合ゆうみ著 KADOKAWA(角川ビーンズ文庫) 2017年1月【現代】【肌の露出が多めの挿絵なし】

「金曜日の本屋さん [2]」名取佐和子著 角川春樹事務所(ハルキ文庫) 2017年2月【現代】【挿絵なし】

「君が涙を忘れる日まで。」菊川あすか著 スターツ出版(スターツ出版文庫) 2017年5月【現代】【挿絵なし】

「君に恋をするなんて、ありえないはずだった」筏田かつら著 宝島社(宝島社文庫) 2017年4月【現代】【挿絵なし】

「決戦のとき」あさのあつこ著 ポプラ社(ポプラ文庫ピュアフル) 2017年3月【現代】【挿絵なし】

「最強聖騎士のチート無し現代生活 1」小幡京人著 オーバーラップ(オーバーラップ文庫) 2017年4月【現代/異世界・架空の世界】【肌の露出が多めの挿絵なし】

「冴えない彼女(ヒロイン)の育てかた 12」丸戸史明著 KADOKAWA(富士見ファンタジア文庫) 2017年3月【現代】【肌の露出が多めの挿絵なし】

「冴えない彼女(ヒロイン)の育てかたGirls Side 3」丸戸史明著 KADOKAWA(富士見ファンタジア文庫) 2017年6月【現代】【肌の露出が多めの挿絵なし】

「視えるふたりの恋愛相談室」おみの維音著 KADOKAWA(角川ビーンズ文庫) 2017年1月【現代】【肌の露出が多めの挿絵なし】

## 学校・学園・学生

「資格の神様」十階堂一系著 KADOKAWA(電撃文庫) 2017年5月【現代】【肌の露出が多めの挿絵なし】

「終わる世界の片隅で、また君に恋をする」五十嵐雄策著 KADOKAWA(電撃文庫) 2017年5月【現代】【肌の露出が多めの挿絵なし】

「春や春」森谷明子著 光文社(光文社文庫) 2017年5月【現代】【挿絵なし】

「女王のポーカー [2]」維羽裕介著 新潮社(新潮文庫nex) 2017年3月【現代】【挿絵なし】

「女流棋士は三度殺される」はまだ語録著 宝島社(宝島社文庫) 2017年4月【現代】【挿絵なし】

「上倉家のあやかし同居人：見習い鍵守と、ふしぎの蔵のつくも神 2」梅谷百著 KADOKAWA(メディアワークス文庫) 2017年4月【現代】【肌の露出が多めの挿絵なし】

「心霊探偵八雲：ANOTHER FILES亡霊の願い」神永学著 KADOKAWA(角川文庫) 2017年2月【現代】【挿絵なし】

「厨病激発ボーイ 4」れるりり原案;藤並みなと著 KADOKAWA(角川ビーンズ文庫) 2017年3月【現代】【肌の露出が多めの挿絵なし】

「世界、それはすべて君のせい」くらゆいあゆ著 集英社(集英社オレンジ文庫) 2017年4月【現代】【挿絵なし】

「世界のまんなかで笑うキミへ」相沢ちせ著 スターツ出版(スターツ出版文庫) 2017年5月【現代】【挿絵なし】

「晴ケ丘高校洗濯部!」梨木れいあ著 スターツ出版(スターツ出版文庫) 2017年1月【現代】【挿絵なし】

「青年のための読書クラブ」桜庭一樹著 新潮社(新潮文庫nex) 2017年5月【歴史・時代】【挿絵なし】

「太陽に捧ぐラストボール 下」高橋あこ著 スターツ出版(スターツ出版文庫) 2017年6月【現代】【挿絵なし】

「太陽に捧ぐラストボール 上」高橋あこ著 スターツ出版(スターツ出版文庫) 2017年6月【現代】【挿絵なし】

「追伸ソラゴトに微笑んだ君へ」田辺屋敷著 KADOKAWA(富士見ファンタジア文庫) 2017年1月【現代】【肌の露出が多めの挿絵あり】

「敗者たちの季節」あさのあつこ著 KADOKAWA(角川文庫) 2017年4月【現代】【肌の露出が多めの挿絵なし】

「白球ガールズ」赤澤竜也著 KADOKAWA(角川文庫) 2017年6月【現代】【挿絵なし】

「非オタの彼女が俺の持ってるエロゲに興味津々なんだが…… 4」滝沢慧著 KADOKAWA(富士見ファンタジア文庫) 2017年1月【現代】【肌の露出が多めの挿絵あり】

## 学校・学園・学生

「縫い上げ!脱がして?着せかえる!!：彼女が高校デビューに失敗して引きこもりと化したので、俺が青春をコーディネートすることに。」うわみくるま著 KADOKAWA(電撃文庫) 2017年3月【現代】【肌の露出が多めの挿絵あり】

「僕の文芸部にビッチがいるなんてありえない。9」赤福大和著 講談社(講談社ラノベ文庫) 2017年6月【現代】【肌の露出が多めの挿絵あり】

「僕は小説が書けない」中村航著;中田永一著 KADOKAWA(角川文庫) 2017年6月【現代】【挿絵なし】

「堀川さんはがんばらない [2]」あずまの章著 KADOKAWA(角川ビーンズ文庫) 2017年6月【現代】【肌の露出が多めの挿絵なし】

「零の記憶 [2]」風島ゆう著 三交社(スカイハイ文庫) 2017年6月【現代】【肌の露出が多めの挿絵なし】

「惑星カロン」初野晴著 KADOKAWA(角川文庫) 2017年1月【現代】【挿絵なし】

## 魔法・魔術学校

「Fate/strange Fake 4」TYPE-MOON原作;成田良悟著 KADOKAWA(電撃文庫) 2017年4月【異世界・架空の世界】【肌の露出が多めの挿絵なし】

「きみの祈りを守る歌：天球の星使い」天川栄人著 KADOKAWA(角川ビーンズ文庫) 2017年5月【異世界・架空の世界】【肌の露出が多めの挿絵なし】

「グリモア：私立グリモワール魔法学園」栗原寛樹原作・監修;くしまちみなと著 KADOKAWA(電撃文庫) 2017年1月【異世界・架空の世界】【肌の露出が多めの挿絵なし】

「ストライク・ザ・ブラッド 17」三雲岳斗著 KADOKAWA(電撃文庫) 2017年6月【異世界・架空の世界】【肌の露出が多めの挿絵あり】

「セブンキャストのひきこもり魔術王 4」岬かつみ著 KADOKAWA(富士見ファンタジア文庫) 2017年4月【異世界・架空の世界】【肌の露出が多めの挿絵あり】

「ゼロの使い魔Memorial BOOK」ヤマグチノボル著 KADOKAWA(MF文庫J) 2017年6月【異世界・架空の世界】【肌の露出が多めの挿絵なし】

「たとえばラストダンジョン前の村の少年が序盤の街で暮らすような物語」サトウとシオ著 SBクリエイティブ(GA文庫) 2017年2月【異世界・架空の世界】【肌の露出が多めの挿絵なし】

「たとえばラストダンジョン前の村の少年が序盤の街で暮らすような物語 2」サトウとシオ著 SBクリエイティブ(GA文庫) 2017年6月【異世界・架空の世界】【肌の露出が多めの挿絵なし】

「ディヴィジョン・マニューバ：英雄転生」妹尾尻尾著 講談社(講談社ラノベ文庫) 2017年3月【異世界・架空の世界】【肌の露出が多めの挿絵あり/性描写の挿絵あり】

「ドラゴンさんは友達が欲しい! = Dragon want a Friend! 3」道草家守著 アース・スターエンターテイメント(EARTHSTARNOVEL) 2017年6月【異世界・架空の世界】【肌の露出が多めの挿絵なし】

## 学校・学園・学生

「ドリーム・ライフ～夢の異世界生活～ 3」愛山雄町著 TOブックス(Trinitasシリーズ) 2017年3月【異世界・架空の世界】【肌の露出が多めの挿絵なし】

「ノウ無し転生王の双界制覇(ブラックアーツ)」藤原健市著 集英社(ダッシュエックス文庫) 2017年4月【異世界・架空の世界】【肌の露出が多めの挿絵あり】

「はぐれ魔導教士の無限英雄方程式(アンリミテッド)：たった二人の門下生」原雷火著 KADOKAWA(ファミ通文庫) 2017年2月【異世界・架空の世界】【肌の露出が多めの挿絵あり】

「メルヘン・メドヘン」松智洋著;StoryWorks著 集英社(ダッシュエックス文庫) 2017年2月【現代/異世界・架空の世界】【肌の露出が多めの挿絵あり】

「レベル無限の契約者 = Contractor on an Infinite Level：神剣とスキルで世界最強 2」わたがし大五郎著 TOブックス 2017年6月【異世界・架空の世界】【肌の露出が多めの挿絵なし】

「ロクでなし魔術講師と禁忌教典(アカシックレコード) 8」羊太郎著 KADOKAWA(富士見ファンタジア文庫) 2017年3月【異世界・架空の世界】【肌の露出が多めの挿絵あり】

「ロクでなし魔術講師と追想日誌(メモリーレコード) 2」羊太郎著 KADOKAWA(富士見ファンタジア文庫) 2017年4月【異世界・架空の世界】【肌の露出が多めの挿絵なし】

「ワールド・ティーチャー：異世界式教育エージェント 5」ネコ光一著 オーバーラップ(オーバーラップ文庫) 2017年3月【異世界・架空の世界】【肌の露出が多めの挿絵あり】

「俺と蛙さんの異世界放浪記 5」くずもち著 アルファポリス(アルファライト文庫) 2017年5月【異世界・架空の世界】【肌の露出が多めの挿絵なし】

「巻き込まれ異世界召喚記 1」結城ヒロ著 KADOKAWA(MF文庫J) 2017年3月【異世界・架空の世界】【肌の露出が多めの挿絵あり】

「寄生してレベル上げたんだが、育ちすぎたかもしれない 3」伊垣久大著 KADOKAWA(カドカワBOOKS) 2017年6月【異世界・架空の世界】【肌の露出が多めの挿絵なし】

「空戦魔導士候補生の教官 12」諸星悠著 KADOKAWA(富士見ファンタジア文庫) 2017年3月【異世界・架空の世界】【肌の露出が多めの挿絵なし】

「最強魔法師の隠遁計画 1」イズシロ著 ホビージャパン(HJ文庫) 2017年3月【異世界・架空の世界】【肌の露出が多めの挿絵あり】

「最強魔法師の隠遁計画 2」イズシロ著 ホビージャパン(HJ文庫) 2017年5月【異世界・架空の世界】【肌の露出が多めの挿絵あり】

「始まりの魔法使い 1」石之宮カント著 KADOKAWA(富士見ファンタジア文庫) 2017年5月【異世界・架空の世界】【肌の露出が多めの挿絵あり】

「死霊術教師と異界召喚(ユグドラシル)」降次飛行著 KADOKAWA(富士見ファンタジア文庫) 2017年6月【異世界・架空の世界】【肌の露出が多めの挿絵あり】

「終末ノ再生者(リアクター) 2」河端ジュン一著 KADOKAWA(富士見ファンタジア文庫) 2017年3月【近未来・遠未来】【肌の露出が多めの挿絵あり/キスシーンの挿絵あり】

## 学校・学園・学生

「十歳の最強魔導師 1」天乃聖樹著 主婦の友社(ヒーロー文庫) 2017年4月【異世界・架空の世界】【肌の露出が多めの挿絵なし】

「十歳の最強魔導師 2」天乃聖樹著 主婦の友社(ヒーロー文庫) 2017年6月【異世界・架空の世界】【肌の露出が多めの挿絵なし】

「進化の実：知らないうちに勝ち組人生 6」美紅著 双葉社(モンスター文庫) 2017年5月【異世界・架空の世界】【肌の露出が多めの挿絵あり】

「転生少女の履歴書 4」唐澤和希著 主婦の友社(ヒーロー文庫) 2017年6月【異世界・架空の世界】【肌の露出が多めの挿絵なし】

「転生少女は自由に生きる。」池中織奈著 アルファポリス(レジーナ文庫.レジーナブックス) 2017年5月【異世界・架空の世界】【肌の露出が多めの挿絵なし】

「努力しすぎた世界最強の武闘家は、魔法世界を余裕で生き抜く。」わんこそば著 集英社(ダッシュエックス文庫) 2017年6月【異世界・架空の世界】【肌の露出が多めの挿絵なし】

「豚公爵に転生したから、今度は君に好きと言いたい」合田拍子著 KADOKAWA(富士見ファンタジア文庫) 2017年2月【異世界・架空の世界】【肌の露出が多めの挿絵なし】

「猫と竜」アマラ著 宝島社(宝島社文庫) 2017年4月【異世界・架空の世界】【肌の露出が多めの挿絵なし】

「猫と竜と冒険王子とぐうたら少女 = The Cat and the Dragon,the Adventurous prince and the Lazy girl」アマラ著 宝島社 2017年1月【異世界・架空の世界】【肌の露出が多めの挿絵なし】

「白の皇国物語 11」白沢戌亥著 アルファポリス(アルファライト文庫) 2017年2月【異世界・架空の世界】【肌の露出が多めの挿絵なし】

「放課後は、異世界喫茶でコーヒーを」風見鶏著 KADOKAWA(富士見ファンタジア文庫) 2017年6月【異世界・架空の世界】【肌の露出が多めの挿絵なし】

「魔術学園領域の拳王(バーサーカー)：黒焔姫秘約」下等妙人著 KADOKAWA(富士見ファンタジア文庫) 2017年1月【現代】【肌の露出が多めの挿絵あり】

「魔術学園領域の拳王(バーサーカー) 2」下等妙人著 KADOKAWA(富士見ファンタジア文庫) 2017年5月【異世界・架空の世界】【肌の露出が多めの挿絵あり】

「魔術師たちの就職戦線 2」嬉野秋彦著 KADOKAWA(ファミ通文庫) 2017年2月【異世界・架空の世界】【肌の露出が多めの挿絵なし】

「魔術破りのリベンジ・マギア 1」子子子子子子著 ホビージャパン(HJ文庫) 2017年6月【異世界・架空の世界】【肌の露出が多めの挿絵あり】

「魔導少女に転生した俺の双剣が有能すぎる 2」岩波零著 KADOKAWA(MF文庫J) 2017年3月【異世界・架空の世界】【肌の露出が多めの挿絵あり】

「魔力ゼロの俺には、魔法剣姫最強の学園を支配できない……と思った？ 3」刈野ミカタ著 KADOKAWA(MF文庫J) 2017年4月【異世界・架空の世界】【肌の露出が多めの挿絵あり/性描写の挿絵あり】

## 【文化・芸能・スポーツ】

### スポーツ＞サッカー

「Ｐ・Ｏ・Ｓ：キャメルマート京洛病院店の四季」鏑木蓮著 早川書房(ハヤカワ文庫JA) 2017年5月【現代】【挿絵なし】

### スポーツ＞水泳

「TV animation free! novelize 第2版」横谷昌宏著 京都アニメーション(KAエスマ文庫) 2017年6月【現代】【肌の露出が多めの挿絵なし】

### スポーツ＞スポーツ一般

「ストライクフォール ＝ STRIKE FALL 2」長谷敏司著 小学館(ガガガ文庫) 2017年3月【異世界・架空の世界】【肌の露出が多めの挿絵なし】

「ハイスクールＤ×Ｄ 23」石踏一榮著 KADOKAWA(富士見ファンタジア文庫) 2017年3月【異世界・架空の世界】【肌の露出が多めの挿絵あり】

「ようこそ実力至上主義の教室へ 5」衣笠彰梧著 KADOKAWA(MF文庫J) 2017年1月【現代】【肌の露出が多めの挿絵なし】

### スポーツ＞相撲

「すもうガールズ」鹿目けい子著 幻冬舎(幻冬舎文庫) 2017年3月【現代】【肌の露出が多めの挿絵なし】

### スポーツ＞総合格闘技

「ストライキングガール! ＝ Striking Girl!」EDA著 KADOKAWA(カドカワBOOKS) 2017年4月【現代】【肌の露出が多めの挿絵なし】

### スポーツ＞武道

「その最強、神の依頼で異世界へ 1」速峰淳著 主婦の友社(ヒーロー文庫) 2017年4月【異世界・架空の世界】【肌の露出が多めの挿絵なし】

### スポーツ＞ダンス・踊り

「YOSAKOIソーラン娘：札幌が踊る夏」田丸久深著 宝島社(宝島社文庫) 2017年4月【現代】【挿絵なし】

「アルスマグナThe Beginning：コンスタンティンを捜せ!」石倉リサ著;九瓏ノ主学園生徒会監修 KADOKAWA(ビーズログ文庫アリス) 2017年3月【現代】【肌の露出が多めの挿絵なし】

「露西亜の時間旅行者」三木笙子著 幻冬舎(幻冬舎文庫) 2017年1月【歴史・時代】【挿絵なし】

## 文化・芸能・スポーツ

### スポーツ＞登山

「ほま高登山部ダイアリー = Homako Mountain Climbing Club Diary」細音啓著 小学館(ガガガ文庫) 2017年2月【現代】【肌の露出が多めの挿絵あり】

「零の記憶 [2]」風島ゆう著 三交社(スカイハイ文庫) 2017年6月【現代】【肌の露出が多めの挿絵なし】

### スポーツ＞バレーボール・バスケットボール

「ハイキュー!!ショーセツバン!! 8」古舘春一著;星希代子著 集英社(JUMPjBOOKS) 2017年5月【現代】【肌の露出が多めの挿絵なし】

「君が涙を忘れる日まで。」菊川あすか著 スターツ出版(スターツ出版文庫) 2017年5月【現代】【挿絵なし】

「劇場版黒子のバスケLAST GAME」藤巻忠俊著;平林佐和子著 集英社(JUMPjBOOKS) 2017年3月【現代】【肌の露出が多めの挿絵なし】

### スポーツ＞ハンドボール

「あざみ野高校女子送球部!」小瀬木麻美著 ポプラ社(ポプラ文庫ピュアフル) 2017年5月【現代】【挿絵なし】

### スポーツ＞ボクシング・キックボクシング

「おまえのすべてが燃え上がる」竹宮ゆゆこ著 新潮社(新潮文庫nex) 2017年6月【現代】【挿絵なし】

「賭博師は祈らない」周藤蓮著 KADOKAWA(電撃文庫) 2017年3月【歴史・時代】【肌の露出が多めの挿絵あり】

### スポーツ＞野球

「異世界修学旅行 5」岡本タクヤ著 小学館(ガガガ文庫) 2017年3月【異世界・架空の世界】【肌の露出が多めの挿絵あり】

「俺を好きなのはお前だけかよ 4」駱駝著 KADOKAWA(電撃文庫) 2017年1月【現代】【肌の露出が多めの挿絵あり】

「俺を好きなのはお前だけかよ 5」駱駝著 KADOKAWA(電撃文庫) 2017年4月【現代】【肌の露出が多めの挿絵なし】

「太陽に捧ぐラストボール 下」高橋あこ著 スターツ出版(スターツ出版文庫) 2017年6月【現代】【挿絵なし】

「太陽に捧ぐラストボール 上」高橋あこ著 スターツ出版(スターツ出版文庫) 2017年6月【現代】【挿絵なし】

## 文化・芸能・スポーツ

「敗者たちの季節」あさのあつこ著 KADOKAWA(角川文庫) 2017年4月【現代】【肌の露出が多めの挿絵なし】

「博多豚骨ラーメンズ 6」木崎ちあき著 KADOKAWA(メディアワークス文庫) 2017年3月【現代】【肌の露出が多めの挿絵なし】

「白球ガールズ」赤澤竜也著 KADOKAWA(角川文庫) 2017年6月【現代】【挿絵なし】

### 文化・芸能＞囲碁・将棋

「りゅうおうのおしごと! 5 小冊子付き限定版」白鳥士郎著 SBクリエイティブ(GA文庫) 2017年2月【異世界・架空の世界】【肌の露出が多めの挿絵なし】

「女流棋士は三度殺される」はまだ語録著 宝島社(宝島社文庫) 2017年4月【現代】【挿絵なし】

### 文化・芸能＞映画・テレビ・番組

「キネマ探偵カレイドミステリー」斜線堂有紀著 KADOKAWA(メディアワークス文庫) 2017年2月【現代】【挿絵なし】

「ふぉーくーるあふたー = 4 cours after 4」水沢夢著 小学館(ガガガ文庫) 2017年3月【現代】【肌の露出が多めの挿絵あり】

「冴えない彼女(ヒロイン)の育てかた 12」丸戸史明著 KADOKAWA(富士見ファンタジア文庫) 2017年3月【現代】【肌の露出が多めの挿絵なし】

### 文化・芸能＞演劇

「カブキブ! 6」榎田ユウリ著 KADOKAWA(角川文庫) 2017年3月【現代】【挿絵なし】

「ドラゴン嫁はかまってほしい 3」初美陽一著 KADOKAWA(富士見ファンタジア文庫) 2017年6月【異世界・架空の世界】【肌の露出が多めの挿絵なし】

「ふぉーくーるあふたー = 4 cours after 4」水沢夢著 小学館(ガガガ文庫) 2017年3月【現代】【肌の露出が多めの挿絵あり】

「プロデュース・オンライン：棒声優はネトゲで変わりたい。」田尾典丈著 KADOKAWA(富士見ファンタジア文庫) 2017年2月【現代】【肌の露出が多めの挿絵あり】

「花咲高校演劇部へようこそ!」河合ゆうみ著 KADOKAWA(角川ビーンズ文庫) 2017年1月【現代】【肌の露出が多めの挿絵なし】

「吸血鬼と怪猫殿」赤川次郎著 集英社(集英社文庫) 2017年2月【現代】【肌の露出が多めの挿絵なし】

### 文化・芸能＞音楽

「Rock'n Role 5」ベーテ・有理・黒崎著;グループSNE著 KADOKAWA(富士見DRAGONBOOK) 2017年4月【異世界・架空の世界】【肌の露出が多めの挿絵なし】

## 文化・芸能・スポーツ

「アンダンテ 01」日日日小説;川添枯美小説 ポニーキャニオン(ぽにきゃんBOOKS) 2017年2月【現代】【肌の露出が多めの挿絵なし】

「ストーミー・ガール」田中啓文著 光文社(光文社文庫) 2017年2月【現代】【肌の露出が多めの挿絵なし】

「そして、アリスはいなくなった」ひずき優著 集英社(集英社オレンジ文庫) 2017年5月【現代】【挿絵なし】

「はるかな空の東」村山早紀著 ポプラ社(ポプラ文庫ピュアフル) 2017年5月【異世界・架空の世界】【挿絵なし】

「ひとり吹奏楽部：ハルチカ番外篇」初野晴著 KADOKAWA(角川文庫) 2017年2月【現代】【挿絵なし】

「マクロスΔ 2」小太刀右京著 講談社(講談社ラノベ文庫) 2017年3月【異世界・架空の世界】【肌の露出が多めの挿絵なし】

「歌姫島(ディーヴァアイランド)の支配人候補」兎月竜之介著 KADOKAWA(ノベルゼロ) 2017年4月【異世界・架空の世界】【肌の露出が多めの挿絵なし】

「後宮樂華伝：血染めの花嫁は妙なる謎を奏でる」はるおかりの著 集英社(コバルト文庫) 2017年6月【異世界・架空の世界】【肌の露出が多めの挿絵なし】

「上倉家のあやかし同居人：見習い鍵守と、ふしぎの蔵のつくも神 2」梅谷百著 KADOKAWA(メディアワークス文庫) 2017年4月【現代】【肌の露出が多めの挿絵なし】

「天使の3P! = Here comes the three angels ×9」蒼山サグ著 KADOKAWA(電撃文庫) 2017年3月【現代】【肌の露出が多めの挿絵あり】

「僕らが明日に踏み出す方法」岬鷺宮著 KADOKAWA(メディアワークス文庫) 2017年6月【現代】【肌の露出が多めの挿絵なし】

「本好きの下剋上：司書になるためには手段を選んでいられません 第3部[3]」香月美夜著 TOブックス 2017年4月【異世界・架空の世界】【肌の露出が多めの挿絵なし】

「惑星カロン」初野晴著 KADOKAWA(角川文庫) 2017年1月【現代】【挿絵なし】

### 文化・芸能＞音楽＞歌

「アルスマグナThe Beginning：コンスタンティンを捜せ!」石倉リサ著;九瓏ノ主学園生徒会監修 KADOKAWA(ビーズログ文庫アリス) 2017年3月【現代】【肌の露出が多めの挿絵なし】

### 文化・芸能＞歌舞伎

「カブキブ! 6」榎田ユウリ著 KADOKAWA(角川文庫) 2017年3月【現代】【挿絵なし】

### 文化・芸能＞芸能界

「#拡散忌望」最東対地著 KADOKAWA(角川ホラー文庫) 2017年6月【現代】【挿絵なし】

## 文化・芸能・スポーツ

「アイドル稼業、はじめました!」岩関昂道著 KADOKAWA(電撃文庫) 2017年4月【現代】【肌の露出が多めの挿絵あり】

「アルスマグナThe Beginning : コンスタンティンを捜せ!」石倉リサ著;九瓏ノ主学園生徒会監修 KADOKAWA(ビーズログ文庫アリス) 2017年3月【現代】【肌の露出が多めの挿絵なし】

「さびしい独裁者 新装版」赤川次郎著 徳間書店(徳間文庫) 2017年1月【現代】【挿絵なし】

「歌姫島(ディーヴァアイランド)の支配人候補」兎月竜之介著 KADOKAWA(ノベルゼロ) 2017年4月【異世界・架空の世界】【肌の露出が多めの挿絵なし】

「憧れの魔法少女の正体が男でした。」山田絢著 KADOKAWA(ビーズログ文庫アリス) 2017年1月【現代】【肌の露出が多めの挿絵なし】

### 文化・芸能＞写真

「ネネコさんの動物写真館」角野栄子著 ポプラ社(ポプラ文庫ピュアフル) 2017年5月【現代】【肌の露出が多めの挿絵なし】

「雨あがりの印刷所」夏川鳴海著 KADOKAWA(メディアワークス文庫) 2017年6月【現代】【肌の露出が多めの挿絵なし】

「雨の降る日は学校に行かない」相沢沙呼著 集英社(集英社文庫) 2017年3月【現代】【挿絵なし】

「桜のような僕の恋人」宇山佳佑著 集英社(集英社文庫) 2017年2月【現代】【挿絵なし】

「小暮写眞館 1」宮部みゆき著 新潮社(新潮文庫nex) 2017年1月【現代】【挿絵なし】

「小暮写眞館 2」宮部みゆき著 新潮社(新潮文庫nex) 2017年1月【現代】【挿絵なし】

「小暮写眞館 3」宮部みゆき著 新潮社(新潮文庫nex) 2017年2月【現代】【挿絵なし】

「小暮写眞館 4」宮部みゆき著 新潮社(新潮文庫nex) 2017年2月【現代】【挿絵なし】

### 文化・芸能＞書道

「筆跡鑑定人・東雲清一郎は、書を書かない。[3]」谷春慶著 宝島社(宝島社文庫) 2017年6月【現代】【肌の露出が多めの挿絵なし】

### 文化・芸能＞俳句・短歌・川柳

「春や春」森谷明子著 光文社(光文社文庫) 2017年5月【現代】【挿絵なし】

### 文化・芸能＞美術・芸術

「Fコース」山田悠介著 KADOKAWA(角川文庫) 2017年5月【現代】【挿絵なし】

「かぜまち美術館の謎便り」森晶麿著 新潮社(新潮文庫nex) 2017年6月【現代】【挿絵なし】

「カラフルノート : 久我デザイン事務所の春嵐」日野祐希著 三交社(スカイハイ文庫) 2017年5月【現代】【肌の露出が多めの挿絵なし】

文化・芸能・スポーツ

「まるで人だな、ルーシー 2」零真似著 KADOKAWA(角川スニーカー文庫) 2017年5月【異世界・架空の世界】【肌の露出が多めの挿絵なし】

「王立辺境警備隊にがお絵屋へようこそ! 1」小津カヲル著 アルファポリス(レジーナ文庫.レジーナブックス) 2017年4月【異世界・架空の世界】【肌の露出が多めの挿絵なし】

「王立辺境警備隊にがお絵屋へようこそ! 2」小津カヲル著 アルファポリス(レジーナ文庫.レジーナブックス) 2017年5月【異世界・架空の世界】【肌の露出が多めの挿絵なし】

「京都あやかし絵師の癒し帖」八谷紬著 スターツ出版(スターツ出版文庫) 2017年6月【現代】【挿絵なし】

「公爵夫妻の不器用な愛情」芝原歌織著 講談社(講談社X文庫) 2017年6月【異世界・架空の世界】【肌の露出が多めの挿絵なし】

「公爵夫妻の面倒な事情」芝原歌織著 講談社(講談社X文庫) 2017年2月【現代】【肌の露出が多めの挿絵なし】

「神の値段」一色さゆり著 宝島社(宝島社文庫) 2017年1月【現代】【挿絵なし】

「世界のまんなかで笑うキミへ」相沢ちせ著 スターツ出版(スターツ出版文庫) 2017年5月【現代】【挿絵なし】

「令嬢鑑定士と画廊の悪魔[2]」糸森環著 KADOKAWA(角川ビーンズ文庫) 2017年4月【異世界・架空の世界】【肌の露出が多めの挿絵なし】

### 文化・芸能＞美術・芸術＞アンティーク

「下鴨アンティーク[6]」白川紺子著 集英社(集英社オレンジ文庫) 2017年6月【現代】【挿絵なし】

「京都 寺町三条のホームズ 7」望月麻衣著 双葉社 2017年4月【現代】【挿絵なし】

「月世界紳士録」三木笙子著 集英社(集英社オレンジ文庫) 2017年6月【現代】【挿絵なし】

「和雑貨うなみ堂の友戯帳」真鍋卓著 KADOKAWA(富士見L文庫) 2017年6月【現代】【挿絵なし】

### 文化・芸能＞美術・芸術＞スプレーアート

「クラスでバカにされてるオタクなぼくが、気づいたら不良たちから崇拝されててガクブル」諏訪錦著 アルファポリス(アルファポリス文庫) 2017年6月【現代】【肌の露出が多めの挿絵なし】

### 文化・芸能＞ファッション

「キラプリおじさんと幼女先輩」岩沢藍著 KADOKAWA(電撃文庫) 2017年3月【現代】【肌の露出が多めの挿絵あり】

「シャンプーと視線の先で：夢解き美容師、葉所日陰」枕木みる太著 KADOKAWA(メディアワークス文庫) 2017年6月【現代】【肌の露出が多めの挿絵なし】

## 文化・芸能・スポーツ

「王女フェリの幸せな試練 [2]」時田とおる著 KADOKAWA(角川ビーンズ文庫) 2017年1月【異世界・架空の世界】【肌の露出が多めの挿絵なし】

「校閲ガール ア・ラ・モード」宮木あや子著 KADOKAWA(角川文庫) 2017年6月【現代】【肌の露出が多めの挿絵なし】

「神薙少女は普通でいたい 1」道草家守著 アース・スターエンターテイメント(EARTHSTARNOVEL) 2017年2月【現代】【肌の露出が多めの挿絵なし】

「縫い上げ!脱がして?着せかえる!! : 彼女が高校デビューに失敗して引きこもりと化したので、俺が青春をコーディネートすることに。」うわみくるま著 KADOKAWA(電撃文庫) 2017年3月【現代】【肌の露出が多めの挿絵あり】

### 文化・芸能＞ファッション＞着物

「下鴨アンティーク [6]」白川紺子著 集英社(集英社オレンジ文庫) 2017年6月【現代】【挿絵なし】

「黒猫王子の喫茶店 : お客様は猫様です」高橋由太著 KADOKAWA(角川文庫) 2017年4月【現代】【挿絵なし】

「知らない記憶(こえ)を聴かせてあげる。」石井颯良著 KADOKAWA(角川文庫) 2017年5月【現代】【挿絵なし】

### 文化・芸能＞ファッション＞コスプレ

「おめでとう、俺は美少女に進化した。」和久井透夏著 KADOKAWA(カドカワBOOKS) 2017年2月【現代】【肌の露出が多めの挿絵あり】

「異世界ならニートが働くと思った? 5」刈野ミカタ著 KADOKAWA(MF文庫J) 2017年5月【異世界・架空の世界】【肌の露出が多めの挿絵あり/キスシーンの挿絵あり】

「俺の青春を生け贄に、彼女の前髪をオープン」凪木エコ著 KADOKAWA(富士見ファンタジア文庫) 2017年1月【現代】【肌の露出が多めの挿絵あり】

「俺色に染めるぼっちエリートのしつけ方」あまさきみりと著 KADOKAWA(角川スニーカー文庫) 2017年2月【現代】【肌の露出が多めの挿絵あり/性描写の挿絵あり】

「非オタの彼女が俺の持ってるエロゲに興味津々なんだが…… 4」滝沢慧著 KADOKAWA(富士見ファンタジア文庫) 2017年1月【現代】【肌の露出が多めの挿絵あり】

「非オタの彼女が俺の持ってるエロゲに興味津々なんだが…… 5」滝沢慧著 KADOKAWA(富士見ファンタジア文庫) 2017年5月【現代】【肌の露出が多めの挿絵あり】

「僕の部屋がダンジョンの休憩所になってしまった件」東国不動著 ツギクル(ツギクルブックス) 2017年2月【現代/異世界・架空の世界】【肌の露出が多めの挿絵あり/キスシーンの挿絵あり】

### 文化・芸能＞ファッション＞男装・女装

「後宮に月は満ちる : 金椛国春秋」篠原悠希著 KADOKAWA(角川文庫) 2017年6月【異世界・架空の世界】【挿絵なし】

## 文化・芸能・スポーツ

「御伽噺を翔ける魔女」山本風碧著 KADOKAWA(ビーズログ文庫アリス) 2017年1月【異世界・架空の世界】【肌の露出が多めの挿絵なし】

「公爵夫妻の面倒な事情」芝原歌織著 講談社(講談社X文庫) 2017年2月【現代】【肌の露出が多めの挿絵なし】

「大正箱娘 [2]」紅玉いづき著 講談社(講談社タイガ) 2017年3月【歴史・時代】【挿絵なし】

「男装した伯爵令嬢ですが、大公殿下にプロポーズされました」藍里まめ著 スターツ出版(ベリーズ文庫) 2017年6月【異世界・架空の世界】【挿絵なし】

「男装王女の華麗なる輿入れ」朝前みちる著 KADOKAWA(ビーズログ文庫) 2017年1月【異世界・架空の世界】【肌の露出が多めの挿絵なし】

「男装王女の波瀾なる輿入れ」朝前みちる著 KADOKAWA(ビーズログ文庫) 2017年5月【異世界・架空の世界】【肌の露出が多めの挿絵なし】

「憧れの魔法少女の正体が男でした。」山田絢著 KADOKAWA(ビーズログ文庫アリス) 2017年1月【現代】【肌の露出が多めの挿絵なし】

## 文化・芸能＞文学・本

「「おくのほそ道」殺人事件：歴史探偵・月村弘平の事件簿」風野真知雄著 実業之日本社(実業之日本社文庫) 2017年4月【現代】【挿絵なし】

「アイレスの死書 = The Book of the Dead AIRES 1」蓮見景夏著 オーバーラップ(オーバーラップ文庫) 2017年4月【歴史・時代/異世界・架空の世界】【肌の露出が多めの挿絵なし】

「アカシックリコード」水野良著 KADOKAWA(ノベルゼロ) 2017年6月【現代】【肌の露出が多めの挿絵あり】

「あやかし双子のお医者さん 2」椎名蓮月著 KADOKAWA(富士見L文庫) 2017年3月【現代】【挿絵なし】

「いでおろーぐ! = ideologue! 6」椎田十三著 KADOKAWA(電撃文庫) 2017年4月【現代/近未来・遠未来/異世界・架空の世界】【肌の露出が多めの挿絵あり】

「エロマンガ先生 8」伏見つかさ著 KADOKAWA(電撃文庫) 2017年1月【現代】【肌の露出が多めの挿絵あり】

「エロマンガ先生 9」伏見つかさ著 KADOKAWA(電撃文庫) 2017年6月【現代】【肌の露出が多めの挿絵なし】

「グリムノーツ：運命に抗いし者たち」スクウェア・エニックス原作・監修;SOW著 KADOKAWA(ビーズログ文庫アリス) 2017年5月【異世界・架空の世界】【肌の露出が多めの挿

「こぐちさんと僕のビブリアファイト部活動日誌：ビブリア古書堂の事件手帖スピンオフ」三上延原作・監修,峰守ひろかず著 KADOKAWA(電撃文庫) 2017年3月【現代】【肌の露出が多めの挿絵なし】

「だいじな本のみつけ方」大崎梢著 光文社(光文社文庫) 2017年4月【現代】【挿絵なし】

## 文化・芸能・スポーツ

「ネット小説家になろうクロニクル 2」津田彷徨著 星海社(星海社FICTIONS) 2017年2月【現代】【肌の露出が多めの挿絵なし】

「ネット小説家になろうクロニクル 3」津田彷徨著 星海社(星海社FICTIONS) 2017年5月【現代】【肌の露出が多めの挿絵なし】

「ビブリア古書堂の事件手帖 7」三上延著 KADOKAWA(メディアワークス文庫) 2017年2月【現代】【挿絵なし】

「ひよっこ家族の朝ごはん:お父さんとアサリのうどん」汐見舜一著 KADOKAWA(富士見L文庫) 2017年5月【現代】【挿絵なし】

「ベースメント」井川楊枝著 TOブックス(TO文庫) 2017年1月【現代】【挿絵なし】

「メルヘン・メドヘン」松智洋著;StoryWorks著 集英社(ダッシュエックス文庫) 2017年2月【現代/異世界・架空の世界】【肌の露出が多めの挿絵あり】

「ようこそ授賞式の夕べに」大崎梢著 東京創元社(創元推理文庫) 2017年2月【現代】【挿絵なし】

「雨あがりの印刷所」夏川鳴海著 KADOKAWA(メディアワークス文庫) 2017年6月【現代】【肌の露出が多めの挿絵なし】

「金曜日の本屋さん [2]」名取佐和子著 角川春樹事務所(ハルキ文庫) 2017年2月【現代】【挿絵なし】

「君の膵臓をたべたい」住野よる著 双葉社(双葉文庫) 2017年4月【現代】【挿絵なし】

「兼業作家、八乙女累は充実している」夏海公司著 KADOKAWA(メディアワークス文庫) 2017年5月【現代】【肌の露出が多めの挿絵なし】

「幻想古書店で珈琲を [4]」蒼月海里著 角川春樹事務所(ハルキ文庫) 2017年3月【現代/異世界・架空の世界】【肌の露出が多めの挿絵なし】

「御伽噺を翔ける魔女」山本風碧著 KADOKAWA(ビーズログ文庫アリス) 2017年1月【異世界・架空の世界】【肌の露出が多めの挿絵なし】

「校閲ガール ア・ラ・モード」宮木あや子著 KADOKAWA(角川文庫) 2017年6月【現代】【肌の露出が多めの挿絵なし】

「三月の雪は、きみの嘘」いぬじゅん著 スターツ出版(スターツ出版文庫) 2017年5月【現代】【挿絵なし】

「装幀室のおしごと。:本の表情つくりませんか?」範乃秋晴著 KADOKAWA(メディアワークス文庫) 2017年2月【現代】【肌の露出が多めの挿絵なし】

「長崎・オランダ坂の洋館カフェ:シュガーロードと秘密の本」江本マシメサ著 宝島社(宝島社文庫) 2017年4月【現代】【挿絵なし】

「読者(ぼく)と主人公(かのじょ)と二人のこれから」岬鷺宮著 KADOKAWA(電撃文庫) 2017年4月【現代】【肌の露出が多めの挿絵なし】

## 文化・芸能・スポーツ

「腐男子先生!!!!!」瀧ことは著 KADOKAWA(ビーズログ文庫アリス) 2017年6月【現代】【肌の露出が多めの挿絵なし】

「福を招くと聞きまして。:招福招来」森川秀樹著 KADOKAWA(富士見L文庫) 2017年2月【現代】【挿絵なし】

「放課後図書室」麻沢奏著 スターツ出版(スターツ出版文庫) 2017年3月【現代】【挿絵なし】

「僕が恋したカフカな彼女」森晶麿著 KADOKAWA(富士見L文庫) 2017年1月【現代】【挿絵なし】

「僕は小説が書けない」中村航著;中田永一著 KADOKAWA(角川文庫) 2017年6月【現代】【挿絵なし】

「僕らの空は群青色」砂川雨路著 スターツ出版(スターツ出版文庫) 2017年2月【現代】【挿絵なし】

「本好きの下剋上:司書になるためには手段を選んでいられません 第3部[2]」香月美夜著 TOブックス 2017年1月【異世界・架空の世界】【肌の露出が多めの挿絵なし】

「本好きの下剋上:司書になるためには手段を選んでいられません 第3部[3]」香月美夜著 TOブックス 2017年4月【異世界・架空の世界】【肌の露出が多めの挿絵なし】

### 文化・芸能＞落語・漫才

「異世界落語 2」朱雀新吾著;柳家喬太郎落語監修 主婦の友社(ヒーロー文庫) 2017年1月【異世界・架空の世界】【肌の露出が多めの挿絵なし】

「化けてます:こだぬき、落語家修業中」遠原嘉乃著 双葉社(双葉文庫) 2017年4月【現代】【肌の露出が多めの挿絵なし】

## 【暮らし・生活】

### イベント・行事＞大晦日

「ハイキュー‼ショーセツバン‼ 8」古舘春一著;星希代子著 集英社(JUMPjBOOKS) 2017年5月【現代】【肌の露出が多めの挿絵なし】

「ブレイブウィッチーズPrequel 2」島田フミカネ原作;ProjektWorldWitches原作;築地俊彦著 KADOKAWA(角川スニーカー文庫) 2017年6月【異世界・架空の世界】【肌の露出が多めの挿絵なし】

「ブレイブウィッチーズPrequel 2 オリジナルドラマCD付き同梱版」島田フミカネ原作;ProjektWorldWitches原作;築地俊彦著 KADOKAWA(角川スニーカー文庫) 2017年6月【異世界・架空の世界】【肌の露出が多めの挿絵なし】

### イベント・行事＞お正月

「オオカミさんとハッピーエンドのあとのおはなし」沖田雅著 KADOKAWA(電撃文庫) 2017年4月【現代/異世界・架空の世界】【肌の露出が多めの挿絵あり/キスシーンの挿絵あり/性描写の挿絵あり】

「カミサマ探偵のおしながき 2の膳」佐原菜月著 KADOKAWA(メディアワークス文庫) 2017年6月【現代】【肌の露出が多めの挿絵なし】

「異世界Cマート繁盛記 5」新木伸著 集英社(ダッシュエックス文庫) 2017年2月【現代/異世界・架空の世界】【肌の露出が多めの挿絵あり】

「絶対ナル孤独者(アイソレータ) = THE ISOLATOR realization of absolute solitude 4」川原礫著 KADOKAWA(電撃文庫) 2017年5月【現代】【肌の露出が多めの挿絵なし】

「中古でも恋がしたい! 9ドラマCD付き限定特装版」田尾典丈著 SBクリエイティブ(GA文庫) 2017年3月【現代】【肌の露出が多めの挿絵なし】

### イベント・行事＞お祭り

「YOSAKOIソーラン娘：札幌が踊る夏」田丸久深著 宝島社(宝島社文庫) 2017年4月【現代】【挿絵なし】

「王と月 3」夏目みや著 アルファポリス(レジーナ文庫.レジーナブックス) 2017年6月【異世界・架空の世界】【肌の露出が多めの挿絵なし】

「芸者でGO!」山本幸久著 実業之日本社(実業之日本社文庫) 2017年6月【現代】【肌の露出が多めの挿絵なし】

「打ち上げ花火、下から見るか?横から見るか?」岩井俊二原作;大根仁著 KADOKAWA(角川文庫) 2017年6月【現代】【挿絵なし】

## 暮らし・生活

### イベント・行事＞クリスマス

「IS〈インフィニット・ストラトス〉= INFINITE STRATOS 11」弓弦イズル著 オーバーラップ(オーバーラップ文庫) 2017年5月【現代】【肌の露出が多めの挿絵あり/性描写の挿絵あり】

「オタサーの姫と恋ができるわけがない。4」佐倉唄著 KADOKAWA(富士見ファンタジア文庫) 2017年5月【現代】【肌の露出が多めの挿絵なし】

「ディバインゲート : 王と悪戯な幕間劇」ガンホー・オンライン・エンターテイメント原作;佐々木禎子著 KADOKAWA(ビーズログ文庫アリス) 2017年3月【異世界・架空の世界】【肌の露出が多めの挿絵なし】

「ハイキュー!!ショーセツバン!! 8」古舘春一著;星希代子著 集英社(JUMPjBOOKS) 2017年5月【現代】【肌の露出が多めの挿絵なし】

「異世界Cマート繁盛記 5」新木伸著 集英社(ダッシュエックス文庫) 2017年2月【現代/異世界・架空の世界】【肌の露出が多めの挿絵あり】

「乙女ゲーム世界で主人公相手にスパイをやっています 4」香月みと著 アルファポリス(アルファポリス文庫) 2017年1月【異世界・架空の世界】【肌の露出が多めの挿絵なし】

「御曹司は身代わり秘書を溺愛しています」有坂芽流著 スターツ出版(ベリーズ文庫) 2017年1月【現代】【挿絵なし】

「非オタの彼女が俺の持ってるエロゲに興味津々なんだが…… 5」滝沢慧著 KADOKAWA(富士見ファンタジア文庫) 2017年5月【現代】【肌の露出が多めの挿絵あり】

「万華鏡位相〜Devil's Scope〜 : 欧州妖異譚 15」篠原美季著 講談社(講談社X文庫) 2017年3月【現代】【肌の露出が多めの挿絵なし】

### イベント・行事＞コミックマーケット

「オタサーの姫と恋ができるわけがない。4」佐倉唄著 KADOKAWA(富士見ファンタジア文庫) 2017年5月【現代】【肌の露出が多めの挿絵なし】

「俺が好きなのは妹だけど妹じゃない 3」恵比須清司著 KADOKAWA(富士見ファンタジア文庫) 2017年4月【現代】【肌の露出が多めの挿絵あり】

「今日から俺はロリのヒモ! 3」暁雪著 KADOKAWA(MF文庫J) 2017年3月【現代】【肌の露出が多めの挿絵あり/キスシーンの挿絵あり】

### イベント・行事＞修学旅行

「ゲーマーズ! 7」葵せきな著 KADOKAWA(富士見ファンタジア文庫) 2017年3月【現代】【肌の露出が多めの挿絵あり】

「セブンキャストのひきこもり魔術王 4」岬かつみ著 KADOKAWA(富士見ファンタジア文庫) 2017年4月【異世界・架空の世界】【肌の露出が多めの挿絵あり】

「異世界修学旅行 5」岡本タクヤ著 小学館(ガガガ文庫) 2017年3月【異世界・架空の世界】【肌の露出が多めの挿絵あり】

## 暮らし・生活

「中古でも恋がしたい! 10」田尾典丈著 SBクリエイティブ(GA文庫) 2017年6月【現代】【肌の露出が多めの挿絵あり】

「中古でも恋がしたい! 9 ドラマCD付き限定特装版」田尾典丈著 SBクリエイティブ(GA文庫) 2017年3月【現代】【肌の露出が多めの挿絵なし】

### イベント・行事＞体育祭・運動会

「RE;SET＞学園シミュレーション：1万4327度目のボクは、1度目のキミに恋をする。」土橋真二郎著 KADOKAWA(富士見ファンタジア文庫) 2017年3月【近未来・遠未来】【肌の露出が多めの挿絵あり】

「ひるなかの流星：映画ノベライズ」やまもり三香原作;ひずき優著 集英社(集英社オレンジ文庫) 2017年2月【現代】【挿絵なし】

「ようこそ実力至上主義の教室へ 5」衣笠彰梧著 KADOKAWA(MF文庫J) 2017年1月【現代】【肌の露出が多めの挿絵なし】

「異世界修学旅行 5」岡本タクヤ著 小学館(ガガガ文庫) 2017年3月【異世界・架空の世界】【肌の露出が多めの挿絵あり】

「星の涙」みのりfrom三月のパンタシア著 スターツ出版(スターツ出版文庫) 2017年3月【現代】【挿絵なし】

「没落予定なので、鍛冶職人を目指す 4」CK著 KADOKAWA(カドカワBOOKS) 2017年4月【異世界・架空の世界】【肌の露出が多めの挿絵なし】

### イベント・行事＞七夕

「キッチン・ミクリヤの魔法の料理 2」吉田安寿著 双葉社(双葉文庫) 2017年2月【現代】【挿絵なし】

「人狼×討伐のメソッド 2」斜守モル著 KADOKAWA(MF文庫J) 2017年5月【現代】【肌の露出が多めの挿絵なし】

### イベント・行事＞誕生日・記念日

「IS〈インフィニット・ストラトス〉= INFINITE STRATOS 11」弓弦イズル著 オーバーラップ(オーバーラップ文庫) 2017年5月【現代】【肌の露出が多めの挿絵あり/性描写の挿絵あり】

「エリート上司の過保護な独占愛」高田ちさき著 スターツ出版(ベリーズ文庫) 2017年1月【現代】【挿絵なし】

「ディバインゲート：王と悪戯な幕間劇」ガンホー・オンライン・エンターテイメント原作;佐々木禎子著 KADOKAWA(ビーズログ文庫アリス) 2017年3月【異世界・架空の世界】【肌の露出が多めの挿絵なし】

「フェアリーテイル・クロニクル：空気読まない異世界ライフ 13」埴輪星人著 KADOKAWA(MFブックス) 2017年2月【異世界・架空の世界】【肌の露出が多めの挿絵なし】

## 暮らし・生活

「モテ系同期と偽装恋愛!?」藍里まめ著 スターツ出版(ベリーズ文庫) 2017年2月【現代】【挿絵なし】

「王と月 3」夏目みや著 アルファポリス(レジーナ文庫.レジーナブックス) 2017年6月【異世界・架空の世界】【肌の露出が多めの挿絵なし】

「乙女ゲーム世界で主人公相手にスパイをやっています 4」香月みと著 アルファポリス(アルファポリス文庫) 2017年1月【異世界・架空の世界】【肌の露出が多めの挿絵なし】

「俺の家が魔力スポットだった件：住んでいるだけで世界最強 4」あまうい白一著 集英社(ダッシュエックス文庫) 2017年1月【異世界・架空の世界】【肌の露出が多めの挿絵あり】

「逆境シンデレラ：御曹司の強引な求愛」あさぎ千夜春著 スターツ出版(ベリーズ文庫) 2017年3月【現代】【挿絵なし】

「終末ノ再生者(リアクター) 2」河端ジュン一著 KADOKAWA(富士見ファンタジア文庫) 2017年3月【近未来・遠未来】【肌の露出が多めの挿絵あり/キスシーンの挿絵あり】

「戦うパン屋と機械じかけの看板娘(オートマトンウェイトレス) 6」SOW著 ホビージャパン(HJ文庫) 2017年1月【異世界・架空の世界】【肌の露出が多めの挿絵なし】

「濁った瞳のリリアンヌ 1」天界著 新紀元社(MORNINGSTARBOOKS) 2017年5月【異世界・架空の世界】【肌の露出が多めの挿絵なし】

「梔子のなみだ = Tears of Gardenia」水無月著 主婦と生活社(PASH!ブックス) 2017年6月【異世界・架空の世界】【肌の露出が多めの挿絵なし】

### イベント・行事＞デート

「俺と彼女の恋を超能力が邪魔している。= Love with her is disturbed by PK」助供珠樹著 小学館(ガガガ文庫) 2017年4月【現代】【肌の露出が多めの挿絵あり/キスシーンの挿絵あり】

「佐伯さんと、ひとつ屋根の下：I'll have Sherbet! 1」九曜著 KADOKAWA(ファミ通文庫) 2017年2月【現代】【肌の露出が多めの挿絵なし】

「終わる世界の片隅で、また君に恋をする」五十嵐雄策著 KADOKAWA(電撃文庫) 2017年5月【現代】【肌の露出が多めの挿絵なし】

「初めましてこんにちは、離婚してください」あさぎ千夜春著 スターツ出版(ベリーズ文庫) 2017年6月【現代】【挿絵なし】

「追伸ソラゴトに微笑んだ君へ」田辺屋敷著 KADOKAWA(富士見ファンタジア文庫) 2017年1月【現代】【肌の露出が多めの挿絵あり】

「秘書室室長がグイグイ迫ってきます!」佐倉伊織著 スターツ出版(ベリーズ文庫) 2017年4月【現代】【挿絵なし】

### イベント・行事＞夏休み

「うちの執事に願ったならば」高里椎奈著 KADOKAWA(角川文庫) 2017年3月【現代】【挿絵なし】

## 暮らし・生活

「エルフ嫁と始める異世界領主生活 = Life as the lord of Yngling with the elven bride 4」鷲宮だいじん著 KADOKAWA(電撃文庫) 2017年4月【異世界・架空の世界】【肌の露出が多めの挿絵あり】

「プラットホームの彼女」水沢秋生著 光文社(光文社文庫) 2017年6月【現代】【挿絵なし】

「ぼくの日常が変態に侵蝕されてパンデミック!?」相上おかき著 KADOKAWA(富士見ファンタジア文庫) 2017年4月【現代】【肌の露出が多めの挿絵あり/キスシーンの挿絵あり】

「君に恋をするなんて、ありえないはずだった」筏田かつら著 宝島社(宝島社文庫) 2017年4月【現代】【挿絵なし】

「君は月夜に光り輝く」佐野徹夜著 KADOKAWA(メディアワークス文庫) 2017年2月【現代】【肌の露出が多めの挿絵なし】

「弱キャラ友崎くん = The Low Tier Character"TOMOZAKI-kun" Lv.3」屋久ユウキ著 小学館(ガガガ文庫) 2017年1月【現代】【肌の露出が多めの挿絵あり】

「長崎・オランダ坂の洋館カフェ：シュガーロードと秘密の本」江本マシメサ著 宝島社(宝島社文庫) 2017年4月【現代】【挿絵なし】

「不良品探偵」滝田務雄著 東京創元社(創元推理文庫) 2017年4月【現代】【挿絵なし】

「物理的に孤立している俺の高校生活 = My Highschool Life is Physically Isolated 2」森田季節著 小学館(ガガガ文庫) 2017年6月【現代】【肌の露出が多めの挿絵あり】

「友達いらない同盟 2」園生凪著 講談社(講談社ラノベ文庫) 2017年6月【現代】【肌の露出が多めの挿絵あり】

### イベント・行事＞花火

「あやかし夫婦は青春を謳歌する。」友麻碧著 KADOKAWA(富士見L文庫) 2017年5月【現代/歴史・時代】【挿絵なし】

「うちの執事に願ったならば」高里椎奈著 KADOKAWA(角川文庫) 2017年3月【現代】【挿絵なし】

「シャンプーと視線の先で：夢解き美容師、葉所日陰」枕木みる太著 KADOKAWA(メディアワークス文庫) 2017年6月【現代】【肌の露出が多めの挿絵なし】

「弱キャラ友崎くん = The Low Tier Character"TOMOZAKI-kun" Lv.3」屋久ユウキ著 小学館(ガガガ文庫) 2017年1月【現代】【肌の露出が多めの挿絵あり】

「打ち上げ花火、下から見るか?横から見るか?」岩井俊二原作;大根仁著 KADOKAWA(角川文庫) 2017年6月【現代】【挿絵なし】

### イベント・行事＞バレンタイン

「あやかし双子のお医者さん 3」椎名蓮月著 KADOKAWA(富士見L文庫) 2017年6月【現代】【挿絵なし】

## 暮らし・生活

「オオカミさんとハッピーエンドのあとのおはなし」沖田雅著 KADOKAWA(電撃文庫) 2017年4月【現代/異世界・架空の世界】【肌の露出が多めの挿絵あり/キスシーンの挿絵あり/性描写の挿絵あり】

「ディバインゲート：王と悪戯な幕間劇」ガンホー・オンライン・エンターテイメント原作;佐々木禎子著 KADOKAWA(ビーズログ文庫アリス) 2017年3月【異世界・架空の世界】【肌の露出が多めの挿絵なし】

「デート・ア・ライブ 16」橘公司著 KADOKAWA(富士見ファンタジア文庫) 2017年3月【異世界・架空の世界】【肌の露出が多めの挿絵あり】

「ナイショの恋人は副社長!?」宇佐木著 スターツ出版(ベリーズ文庫) 2017年1月【現代】【挿絵なし】

### イベント・行事＞ハロウィン

「さよなら、サイキック 2」清野静著 KADOKAWA(角川スニーカー文庫) 2017年1月【現代】【肌の露出が多めの挿絵なし】

「不良品探偵」滝田務雄著 東京創元社(創元推理文庫) 2017年4月【現代】【挿絵なし】

### イベント・行事＞文化祭・学園祭

「あやかし双子のお医者さん 2」椎名蓮月著 KADOKAWA(富士見L文庫) 2017年3月【現代】【挿絵なし】

「あやかし夫婦は青春を謳歌する。」友麻碧著 KADOKAWA(富士見L文庫) 2017年5月【現代/歴史・時代】【挿絵なし】

「アルスマグナThe Beginning：コンスタンティンを捜せ!」石倉リサ著;九瓏ノ主学園生徒会監修 KADOKAWA(ビーズログ文庫アリス) 2017年3月【現代】【肌の露出が多めの挿絵なし】

「オタサーの姫と恋ができるわけがない。3」佐倉唄著 KADOKAWA(富士見ファンタジア文庫) 2017年1月【現代】【肌の露出が多めの挿絵あり】

「カブキブ!6」榎田ユウリ著 KADOKAWA(角川文庫) 2017年3月【現代】【挿絵なし】

「そして、アリスはいなくなった」ひずき優著 集英社(集英社オレンジ文庫) 2017年5月【現代】【挿絵なし】

「ドラゴン嫁はかまってほしい 3」初美陽一著 KADOKAWA(富士見ファンタジア文庫) 2017年6月【異世界・架空の世界】【肌の露出が多めの挿絵なし】

「俺が好きなのは妹だけど妹じゃない 3」恵比須清司著 KADOKAWA(富士見ファンタジア文庫) 2017年4月【現代】【肌の露出が多めの挿絵あり】

「俺たちは空気が読めない 2」筧銀鉢著 KADOKAWA(MF文庫J) 2017年2月【現代】【肌の露出が多めの挿絵あり/性描写の挿絵あり】

「君と四度目の学園祭」天音マサキ著 KADOKAWA(角川スニーカー文庫) 2017年6月【現代】【肌の露出が多めの挿絵なし】

## 暮らし・生活

「君に恋をするなんて、ありえないはずだった」筏田かつら著 宝島社(宝島社文庫) 2017年4月【現代】【挿絵なし】

「最強聖騎士のチート無し現代生活 1」小幡京人著 オーバーラップ(オーバーラップ文庫) 2017年4月【現代/異世界・架空の世界】【肌の露出が多めの挿絵なし】

「女流棋士は三度殺される」はまだ語録著 宝島社(宝島社文庫) 2017年4月【現代】【挿絵なし】

「少年と少女と、」河野裕著 KADOKAWA(角川文庫) 2017年2月【現代】【挿絵なし】

「上倉家のあやかし同居人：見習い鍵守と、ふしぎの蔵のつくも神 2」梅谷百著 KADOKAWA(メディアワークス文庫) 2017年4月【現代】【肌の露出が多めの挿絵なし】

「心霊探偵八雲：ANOTHER FILES亡霊の願い」神永学著 KADOKAWA(角川文庫) 2017年2月【現代】【挿絵なし】

「追伸ソラゴトに微笑んだ君へ 2」田辺屋敷著 KADOKAWA(富士見ファンタジア文庫) 2017年5月【現代】【肌の露出が多めの挿絵あり】

「通常攻撃が全体攻撃で二回攻撃のお母さんは好きですか？ 2」井中だちま著 KADOKAWA(富士見ファンタジア文庫) 2017年4月【異世界・架空の世界】【肌の露出が多め】

「縛りプレイ英雄記：奇跡の起きない聖女様」語部マサユキ著 KADOKAWA(角川スニーカー文庫) 2017年3月【異世界・架空の世界】【肌の露出が多めの挿絵あり】

「非オタの彼女が俺の持ってるエロゲに興味津々なんだが……4」滝沢慧著 KADOKAWA(富士見ファンタジア文庫) 2017年1月【現代】【肌の露出が多めの挿絵あり】

「非オタの彼女が俺の持ってるエロゲに興味津々なんだが……5」滝沢慧著 KADOKAWA(富士見ファンタジア文庫) 2017年5月【現代】【肌の露出が多めの挿絵あり】

「片手の楽園」河野裕著 KADOKAWA(角川文庫) 2017年1月【現代】【挿絵なし】

「堀川さんはがんばらない [2]」あずまの章著 KADOKAWA(角川ビーンズ文庫) 2017年6月【現代】【肌の露出が多めの挿絵なし】

### イベント・行事＞林間学校

「俺の青春を生け贄に、彼女の前髪をオープン 2」凪木エコ著 KADOKAWA(富士見ファンタジア文庫) 2017年5月【現代】【肌の露出が多めの挿絵あり】

### 園芸・菜園

「おいしいベランダ。[3]」竹岡葉月著 KADOKAWA(富士見L文庫) 2017年6月【現代】【挿絵なし】

### 生活用品・電化製品

「家電彼氏」雪乃下ナチ著 KADOKAWA(ビーズログ文庫アリス) 2017年2月【現代】【肌の露出が多めの挿絵なし】

## 暮らし・生活

### 食べもの・飲みもの

「あやかしお宿に新米入ります。」友麻碧著 KADOKAWA(富士見L文庫) 2017年5月【異世界・架空の世界】【挿絵なし】

「あやかしとおばんざい：ふたごの京都妖怪ごはん日記 2」仲町六絵著 KADOKAWA(メディアワークス文庫) 2017年2月【現代】【肌の露出が多めの挿絵なし】

「エプロン男子：今晩、出張シェフがうかがいます」山本瑤著 集英社(集英社オレンジ文庫) 2017年4月【現代】【挿絵なし】

「おいしいベランダ。[3]」竹岡葉月著 KADOKAWA(富士見L文庫) 2017年6月【現代】【挿絵なし】

「おいしい逃走(ツアー)!東京発京都行：謎の箱と、SAグルメ食べ歩き」桔梗楓著 マイナビ出版(ファン文庫) 2017年3月【現代】【挿絵なし】

「カミサマ探偵のおしながき 2の膳」佐原菜月著 KADOKAWA(メディアワークス文庫) 2017年6月【現代】【肌の露出が多めの挿絵なし】

「かりゆしブルー・ブルー：空と神様の八月」カミツキレイニー著 KADOKAWA(角川スニーカー文庫) 2017年6月【現代】【肌の露出が多めの挿絵なし】

「キッチン・ミクリヤの魔法の料理 2」吉田安寿著 双葉社(双葉文庫) 2017年2月【現代】【挿絵なし】

「すしそばてんぷら」藤野千夜著 角川春樹事務所(ハルキ文庫) 2017年1月【現代】【挿絵なし】

「ちどり亭にようこそ = Welcome to Chidori-tei 2」十三湊著 KADOKAWA(メディアワークス文庫) 2017年4月【現代】【肌の露出が多めの挿絵なし】

「ひよっこ家族の朝ごはん：お父さんとアサリのうどん」汐見舜一著 KADOKAWA(富士見L文庫) 2017年5月【現代】【挿絵なし】

「めがみめぐり：ツクモと聖地と七柱のめがみ」カプコン原作;櫂末高彰著 KADOKAWA(ファミ通文庫) 2017年3月【現代】【肌の露出が多めの挿絵なし】

「ようこそ!ジョナサン異世界ダンジョン地下1階店へ」船橋由高著 講談社(講談社ラノベ文庫) 2017年6月【異世界・架空の世界】【肌の露出が多めの挿絵あり】

「レディローズは平民になりたい」こおりあめ著 KADOKAWA(角川ビーンズ文庫) 2017年1月【異世界・架空の世界】【肌の露出が多めの挿絵なし】

「異世界でカフェを開店しました。1」甘沢林檎著 アルファポリス(レジーナ文庫.レジーナブックス) 2017年3月【異世界・架空の世界】【肌の露出が多めの挿絵なし】

「異世界でカフェを開店しました。2」甘沢林檎著 アルファポリス(レジーナ文庫.レジーナブックス) 2017年6月【異世界・架空の世界】【肌の露出が多めの挿絵なし】

「異世界ですが魔物栽培しています。2」雪月花著 KADOKAWA(ファミ通文庫) 2017年6月【異世界・架空の世界】【肌の露出が多めの挿絵なし】

## 暮らし・生活

「異世界でハンター始めました。: 獲物はおいしくいただきます 2」ゆうきりん著 KADOKAWA(ファミ通文庫) 2017年6月【異世界・架空の世界】【肌の露出が多めの挿絵なし】

「隠しスキルで異世界無双 1」瀬戸メグル著 主婦の友社(ヒーロー文庫) 2017年4月【異世界・架空の世界】【肌の露出が多めの挿絵なし】

「懐かしい食堂あります [2]」似鳥航一著 KADOKAWA(角川文庫) 2017年6月【現代/歴史・時代】【挿絵なし】

「虚弱王女と口下手な薬師: 告白が日課ですが、何か。」秋杜フユ著 集英社(コバルト文庫) 2017年2月【異世界・架空の世界】【肌の露出が多めの挿絵なし】

「最強魔王様の日本グルメ [2]」kimimaro著 宝島社 2017年5月【現代】【肌の露出が多めの挿絵なし】

「最後の晩ごはん [8]」椹野道流著 KADOKAWA(角川文庫) 2017年6月【現代】【肌の露出が多めの挿絵なし】

「最弱骨少女は進化したい! = The skeleton girl is ambitious of evolution! 1」kimimaro著 アース・スターエンターテイメント(EARTHSTARNOVEL) 2017年2月【異世界・架空の世界】【肌の露出が多めの挿絵あり】

「自殺するには向かない季節」海老名龍人著 講談社(講談社ラノベ文庫) 2017年5月【現代】【肌の露出が多めの挿絵なし】

「深海カフェ海底二万哩 3」蒼月海里著 KADOKAWA(角川文庫) 2017年5月【現代】【肌の露出が多めの挿絵なし】

「神様の定食屋」中村颯希著 双葉社(双葉文庫) 2017年6月【現代】【挿絵なし】

「東京すみっこごはん [3]」成田名璃子著 光文社(光文社文庫) 2017年4月【現代】【肌の露出が多めの挿絵なし】

「道-MEN: 北海道を喰いに来た乙女」アサウラ著 集英社(ダッシュエックス文庫) 2017年6月【近未来・遠未来】【肌の露出が多めの挿絵あり】

「緋色の玉座」高橋祐一著 KADOKAWA(角川スニーカー文庫) 2017年5月【歴史・時代】【肌の露出が多めの挿絵なし】

「魔王さまと行く!ワンランク上の異世界ツアー!! 2」猫又ぬこ著 ホビージャパン(HJ文庫) 2017年2月【異世界・架空の世界】【肌の露出が多めの挿絵あり】

「勇者ですが異世界でエルフ嫁とピザ店始めます」城崎火也著 集英社(ダッシュエックス文庫) 2017年1月【異世界・架空の世界】【肌の露出が多めの挿絵あり/キスシーンの挿絵あり】

「傭兵団の料理番 2」川井昂著 主婦の友社(ヒーロー文庫) 2017年1月【異世界・架空の世界】【肌の露出が多めの挿絵あり】

### 食べもの・飲みもの＞お菓子

「おかしな転生 6」古流望著 TOブックス 2017年4月【異世界・架空の世界】【肌の露出が多めの挿絵なし】

## 暮らし・生活

「おやつカフェでひとやすみ：しあわせの座敷わらし」瀬王みかる著 集英社(集英社オレンジ文庫) 2017年3月【現代】【肌の露出が多めの挿絵なし】

「ケーキ王子の名推理(スペシャリテ) 2」七月隆文著 新潮社(新潮文庫nex) 2017年4月【現代】【挿絵なし】

「スイーツ刑事：ウェディングケーキ殺人事件」大平しおり著 KADOKAWA(メディアワークス文庫) 2017年5月【現代】【肌の露出が多めの挿絵なし】

「すしそばてんぷら」藤野千夜著 角川春樹事務所(ハルキ文庫) 2017年1月【現代】【挿絵なし】

「ドラゴンは寂しいと死んじゃいます = The dragon is lonely and dies：レベッカたんのにいたんは人類最強の傭兵 1」藤原ゴンザレス著 アース・スターエンターテイメント(EARTHSTARNOVEL) 2017年1月【異世界・架空の世界】【肌の露出が多めの挿絵なし】

「なんちゃってシンデレラ、はじめました。」汐邑雛著 KADOKAWA(ビーズログ文庫) 2017年4月【異世界・架空の世界】【肌の露出が多めの挿絵なし】

「悪役令嬢は隣国の王太子に溺愛される 3」ぷにちゃん著 KADOKAWA(ビーズログ文庫) 2017年6月【異世界・架空の世界】【肌の露出が多めの挿絵なし】

「異空菓子処「ノン・シュガー」」神田未亜著 KADOKAWA(カドカワBOOKS) 2017年1月【異世界・架空の世界】【肌の露出が多めの挿絵なし】

「鎌倉おやつ処の死に神 3」谷崎泉著 KADOKAWA(富士見L文庫) 2017年1月【現代】【挿絵なし】

「京都の甘味処は神様専用です」桑野和明著 双葉社(双葉文庫) 2017年5月【現代】【挿絵なし】

「鍵屋甘味処改 5」梨沙著 集英社(集英社オレンジ文庫) 2017年1月【現代】【挿絵なし】

「中目黒リバーエッジハウス：ワケありだらけのシェアオフィスはじまりの春」岩本薫著 集英社(集英社オレンジ文庫) 2017年3月【現代】【挿絵なし】

「長崎・オランダ坂の洋館カフェ：シュガーロードと秘密の本」江本マシメサ著 宝島社(宝島社文庫) 2017年4月【現代】【挿絵なし】

「奈良町ひとり陰陽師」仲町六絵著 KADOKAWA(メディアワークス文庫) 2017年6月【現代】【肌の露出が多めの挿絵なし】

「万国菓子舗お気に召すまま [3]」溝口智子著 マイナビ出版(ファン文庫) 2017年6月【現代】【挿絵なし】

「幽落町おばけ駄菓子屋 [9]」蒼月海里著 KADOKAWA(角川ホラー文庫) 2017年4月【異世界・架空の世界】【肌の露出が多めの挿絵なし】

## 食べもの・飲みもの＞お酒

「あやかし屋台なごみ亭 2」篠宮あすか著 双葉社(双葉文庫) 2017年3月【現代】【肌の露出が多めの挿絵なし】

## 暮らし・生活

「アンチスキル・ゲーミフィケーション 2」土橋真二郎著 KADOKAWA(MF文庫J) 2017年3月【異世界・架空の世界】【肌の露出が多めの挿絵あり】

「カミサマ探偵のおしながき 2の膳」佐原菜月著 KADOKAWA(メディアワークス文庫) 2017年6月【現代】【肌の露出が多めの挿絵なし】

「ダンジョンに出会いを求めるのは間違っているだろうかファミリアクロニクル：episodeリュー」大森藤ノ著 SBクリエイティブ(GA文庫) 2017年3月【異世界・架空の世界】【肌の露出が多めの挿絵あり】

「悪役令嬢に転生したけどごはんがおいしくて幸せです!」矢御あやせ著 宝島社 2017年4月【異世界・架空の世界】【肌の露出が多めの挿絵なし】

「異世界居酒屋「のぶ」3杯目」蟬川夏哉著 宝島社(宝島社文庫) 2017年3月【異世界・架空の世界】【肌の露出が多めの挿絵なし】

「異世界転移バーテンダーのカクテルポーション 3」score著 KADOKAWA(MFブックス) 2017年1月【異世界・架空の世界】【肌の露出が多めの挿絵なし】

「杖と林檎の秘密結婚 [2]」仲村つばき著 KADOKAWA(ビーズログ文庫) 2017年4月【異世界・架空の世界】【肌の露出が多めの挿絵なし】

### 食べもの・飲みもの＞スープ

「スープ屋かまくら来客簿：あやかしに効く春野菜の夕焼け色スープ」和泉桂著 KADOKAWA(富士見L文庫) 2017年4月【現代】【挿絵なし】

「傭兵団の料理番 2」川井昂著 主婦の友社(ヒーロー文庫) 2017年1月【異世界・架空の世界】【肌の露出が多めの挿絵あり】

### 食べもの・飲みもの＞茶・コーヒー

「エリート上司の過保護な独占愛」高田ちさき著 スターツ出版(ベリーズ文庫) 2017年1月【現代】【挿絵なし】

「おんみょう紅茶屋らぷさん [2]」古野まほろ著 KADOKAWA(メディアワークス文庫) 2017年1月【現代】【挿絵なし】

「異空菓子処「ノン・シュガー」」神田未亜著 KADOKAWA(カドカワBOOKS) 2017年1月【異世界・架空の世界】【肌の露出が多めの挿絵なし】

「異世界駅舎の喫茶店 = The Coffee Shop in A Different World Station [2]」Swind著 宝島社 2017年6月【異世界・架空の世界】【肌の露出が多めの挿絵なし】

「喫茶『猫の木』の日常。：猫マスターと初恋レモネード」植原翠著 マイナビ出版(ファン文庫) 2017年4月【現代】【肌の露出が多めの挿絵なし】

「喫茶ルパンで秘密の会議」蒼井蘭子著 三交社(スカイハイ文庫) 2017年2月【現代】【肌の露出が多めの挿絵なし】

## 暮らし・生活

「幻想古書店で珈琲を [4]」蒼月海里著 角川春樹事務所(ハルキ文庫) 2017年3月【現代/異世界・架空の世界】【肌の露出が多めの挿絵なし】

「紅茶館くじら亭ダイアリー：シナモン・ジンジャーは雪解けの香り」伊佐良紫築著 KADOKAWA(富士見L文庫) 2017年2月【現代】【挿絵なし】

「黒猫王子の喫茶店：お客様は猫様です」高橋由太著 KADOKAWA(角川文庫) 2017年4月【現代】【挿絵なし】

「佐伯さんと、ひとつ屋根の下：I'll have Sherbet! 1」九曜著 KADOKAWA(ファミ通文庫) 2017年2月【現代】【肌の露出が多めの挿絵なし】

「中目黒リバーエッジハウス：ワケありだらけのシェアオフィスはじまりの春」岩本薫著 集英社(集英社オレンジ文庫) 2017年3月【現代】【挿絵なし】

「猫伯爵の憂鬱：紅茶係はもふもふがお好き」かたやま和華著 集英社(コバルト文庫) 2017年2月【異世界・架空の世界】【肌の露出が多めの挿絵なし】

「放課後は、異世界喫茶でコーヒーを」風見鶏著 KADOKAWA(富士見ファンタジア文庫) 2017年6月【異世界・架空の世界】【肌の露出が多めの挿絵なし】

「流星茶房物語 [2]」羽倉せい著 KADOKAWA(角川ビーンズ文庫) 2017年2月【異世界・架空の世界】【肌の露出が多めの挿絵なし】

「竜の専属紅茶師」鳴澤うた著 アルファポリス(レジーナ文庫,レジーナブックス) 2017年1月【異世界・架空の世界】【肌の露出が多めの挿絵なし】

### 郵便・郵便ポスト

「オリンポスの郵便ポスト = The Post at Mount Olympus」藻野多摩夫著 KADOKAWA(電撃文庫) 2017年3月【近未来・遠未来】【肌の露出が多めの挿絵なし】

「郵便配達人花木瞳子が望み見る」二宮敦人著 TOブックス(TO文庫) 2017年5月【現代】【挿絵なし】

### ルームシェア・同棲

「イジワルな旦那様とかりそめ新婚生活」滝井みらん著 スターツ出版(ベリーズ文庫) 2017年6月【現代】【挿絵なし】

「ダンジョンに出会いを求めるのは間違っているだろうか 外伝[8]ドラマCD付き限定特装版」大森藤ノ著 SBクリエイティブ(GA文庫) 2017年4月【異世界・架空の世界】【肌の露出が多めの挿絵なし】

「巨乳天使ミコピョン!」瀬戸メグル著 講談社(講談社ラノベ文庫) 2017年5月【現代】【肌の露出が多めの挿絵あり/キスシーンの挿絵あり】

「御曹司の溺愛エスコート」若菜モモ著 スターツ出版(ベリーズ文庫) 2017年4月【現代】【挿絵なし】

## 暮らし・生活

「佐伯さんと、ひとつ屋根の下：I'll have Sherbet! 1」九曜著 KADOKAWA(ファミ通文庫) 2017年2月【現代】【肌の露出が多めの挿絵なし】

「佐伯さんと、ひとつ屋根の下：I'll have Sherbet! 2」九曜著 KADOKAWA(ファミ通文庫) 2017年5月【現代】【肌の露出が多めの挿絵あり】

「初めましてこんにちは、離婚してください」あさぎ千夜春著 スターツ出版(ベリーズ文庫) 2017年6月【現代】【挿絵なし】

「僕はまだ、君の名前を呼んでいない：lost your name」小野崎まち著 マイナビ出版(ファン文庫) 2017年6月【現代】【肌の露出が多めの挿絵なし】

「魔王の俺が奴隷エルフを嫁にしたんだが、どう愛でればいい？1」手島史詞著 ホビージャパン(HJ文庫) 2017年2月【異世界・架空の世界】【肌の露出が多めの挿絵あり】

「魔王の俺が奴隷エルフを嫁にしたんだが、どう愛でればいい？2」手島史詞著 ホビージャパン(HJ文庫) 2017年6月【異世界・架空の世界】【肌の露出が多めの挿絵なし】

## 【ご当地もの】

### 愛知県＞名古屋市

「神様たちのお伊勢参り」竹村優希著 双葉社(双葉文庫) 2017年6月【現代】【肌の露出が多めの挿絵なし】

### イギリス

「英国幻視の少年たち 4」深沢仁著 ポプラ社(ポプラ文庫ピュアフル) 2017年3月【現代】【肌の露出が多めの挿絵なし】

### イギリス＞ロンドン

「レディ・ヴィクトリア [3]」篠田真由美著 講談社(講談社タイガ) 2017年3月【歴史・時代】【挿絵なし】

「賭博師は祈らない」周藤蓮著 KADOKAWA(電撃文庫) 2017年3月【歴史・時代】【肌の露出が多めの挿絵あり】

「薔薇の乙女は秘密の扉を開ける」花夜光著 講談社(講談社X文庫) 2017年3月【現代】【肌の露出が多めの挿絵なし】

### 石川県＞金沢市

「ひとり旅の神様」五十嵐雄策著 KADOKAWA(メディアワークス文庫) 2017年1月【現代】【挿絵なし】

「ブラック・ヴィーナス：天才株トレーダー・二礼茜」城山真一著 宝島社(宝島社文庫) 2017年2月【現代】【挿絵なし】

### イタリア＞シチリア

「恥知らずのパープルヘイズ：ジョジョの奇妙な冒険より」荒木飛呂彦原作;上遠野浩平著 集英社(集英社文庫) 2017年6月【異世界・架空の世界】【肌の露出が多めの挿絵なし】

### 茨城県

「誉められて神軍 2」竹井10日著 講談社(講談社ラノベ文庫) 2017年3月【現代】【肌の露出が多めの挿絵あり】

### 岩手県＞遠野市

「座敷童子の代理人 5」仁科裕貴著 KADOKAWA(メディアワークス文庫) 2017年6月【現代】【肌の露出が多めの挿絵なし】

## ご当地もの

### 江戸

「雀と五位鷺推当帖」平谷美樹著 角川春樹事務所(ハルキ文庫) 2017年10月【歴史・時代】【挿絵なし】

「半妖の子」廣嶋玲子著 東京創元社(創元推理文庫) 2017年6月【歴史・時代】【肌の露出が多めの挿絵なし】

### 大阪府

「たちあがれ、大仏」椙本孝思著 幻冬舎(幻冬舎文庫) 2017年3月【現代】【肌の露出が多めの挿絵なし】

「異世界お好み焼きチェーン：大阪のオバチャン、美少女剣士に転生して、お好み焼き布教!」森田季節著 アース・スターエンターテイメント(EARTHSTARNOVEL) 2017年6月【異世界・架空の世界】【肌の露出が多めの挿絵あり】

「銀河連合日本 4」松本保羽著 星海社(星海社FICTIONS) 2017年2月【近未来・遠未来】【肌の露出が多めの挿絵あり/キスシーンの挿絵あり】

「今日から俺はロリのヒモ! 3」暁雪著 KADOKAWA(MF文庫J) 2017年3月【現代】【肌の露出が多めの挿絵あり/キスシーンの挿絵あり】

### 大阪府＞堺市

「シマイチ古道具商：春夏冬人情ものがたり」蓮見恭子著 新潮社(新潮文庫nex) 2017年4月【現代】【挿絵なし】

### 大阪府＞南河内郡

「ぼくたちのリメイク：十年前に戻ってクリエイターになろう!」木緒なち著 KADOKAWA(MF文庫J) 2017年3月【現代】【肌の露出が多めの挿絵あり】

### 沖縄県

「かりゆしブルー・ブルー：空と神様の八月」カミツキレイニー著 KADOKAWA(角川スニーカー文庫) 2017年6月【現代】【肌の露出が多めの挿絵なし】

### 沖縄県＞南城市

「神様の棲む診療所」竹村優希著 双葉社(双葉文庫) 2017年3月【現代】【肌の露出が多めの挿絵なし】

### 尾張

「天と地と姫と 4」春日みかげ著 KADOKAWA(富士見ファンタジア文庫) 2017年6月【歴史・時代】【肌の露出が多めの挿絵なし】

## ご当地もの

**香川県＞高松市**

「ベースメント」井川楊枝著 TOブックス(TO文庫) 2017年1月【現代】【挿絵なし】

**鹿児島県**

「神様の弟子：チビ龍の子育て」加賀見彰著 コスミック出版(コスミック文庫α) 2017年4月【現代】【挿絵なし】

**鹿児島県＞鹿児島市＞桜島**

「僕を導く、カーナビな幽霊(かのじょ)」伊原柊人著 KADOKAWA(メディアワークス文庫) 2017年5月【現代】【肌の露出が多めの挿絵なし】

**神奈川県**

「るるいえあかでみっく：クトゥルフ神話TRPGリプレイ」内山靖二郎著;狐印画 KADOKAWA(ログインテーブルトークRPGシリーズ.ログインテーブルトークRPGリプレイ) 2017年5月【現代】【肌の露出が多めの挿絵なし】

「緋弾のアリア 25」赤松中学著 KADOKAWA(MF文庫J) 2017年4月【現代/異世界・架空の世界】【肌の露出が多めの挿絵なし】

**神奈川県＞足柄下郡＞箱根**

「めがみめぐり：ツクモと聖地と七柱のめがみ」カプコン原作;櫂末高彰著 KADOKAWA(ファミ通文庫) 2017年3月【現代】【肌の露出が多めの挿絵なし】

**神奈川県＞小田原市**

「三田一族の意地を見よ：転生戦国武将の奔走記 5」三田弾正著 KADOKAWA(MFブックス) 2017年6月【歴史・時代】【肌の露出が多めの挿絵あり】

**神奈川県＞鎌倉市**

「こぐちさんと僕のビブリアファイト部活動日誌：ビブリア古書堂の事件手帖スピンオフ」三上延原作・監修;峰守ひろかず著 KADOKAWA(電撃文庫) 2017年3月【現代】【肌の露出が多めの挿絵なし】

「スープ屋かまくら来客簿：あやかしに効く春野菜の夕焼け色スープ」和泉桂著 KADOKAWA(富士見L文庫) 2017年4月【現代】【挿絵なし】

「ひとり旅の神様」五十嵐雄策著 KADOKAWA(メディアワークス文庫) 2017年1月【現代】【挿絵なし】

「ラストレター」浅海ユウ著 スターツ出版(スターツ出版文庫) 2017年4月【現代】【肌の露出が多めの挿絵なし】

## ご当地もの

「鎌倉おやつ処の死に神 3」谷崎泉著 KADOKAWA(富士見L文庫) 2017年1月【現代】【挿絵なし】

「鎌倉香房メモリーズ 5」阿部暁子著 集英社(集英社オレンジ文庫) 2017年3月【現代】【挿絵なし】

「筆跡鑑定人・東雲清一郎は、書を書かない。[3]」谷春慶著 宝島社(宝島社文庫) 2017年6月【現代】【肌の露出が多めの挿絵なし】

### 神奈川県＞藤沢市＞江の島

「おやつカフェでひとやすみ：しあわせの座敷わらし」瀬王みかる著 集英社(集英社オレンジ文庫) 2017年3月【現代】【肌の露出が多めの挿絵なし】

「ひとり旅の神様」五十嵐雄策著 KADOKAWA(メディアワークス文庫) 2017年1月【現代】【挿絵なし】

### 神奈川県＞横須賀市

「ダイブ！：潜水系公務員は謎だらけ」山本賀代著 マイナビ出版(ファン文庫) 2017年2月【現代】【挿絵なし】

### 神奈川県＞横浜市

「筆跡鑑定人・東雲清一郎は、書を書かない。[3]」谷春慶著 宝島社(宝島社文庫) 2017年6月【現代】【肌の露出が多めの挿絵なし】

### 神奈川県＞横浜市＞中区

「横浜元町コレクターズ・カフェ」柳瀬みちる著 KADOKAWA(角川文庫) 2017年3月【現代】【肌の露出が多めの挿絵なし】

「契約結婚はじめました。：椿屋敷の偽夫婦」白川紺子著 集英社(集英社オレンジ文庫) 2017年5月【現代】【肌の露出が多めの挿絵なし】

### 岐阜県

「雨あがりの印刷所」夏川鳴海著 KADOKAWA(メディアワークス文庫) 2017年6月【現代】【肌の露出が多めの挿絵なし】

### 京都府

「P・O・S：キャメルマート京洛病院店の四季」鏑木蓮著 早川書房(ハヤカワ文庫JA) 2017年5月【現代】【挿絵なし】

「あやかしとおばんざい：ふたごの京都妖怪ごはん日記 2」仲町六絵著 KADOKAWA(メディアワークス文庫) 2017年2月【現代】【肌の露出が多めの挿絵なし】

「うさぎ強盗には死んでもらう」橘ユマ著 KADOKAWA(角川スニーカー文庫) 2017年1月【現代】【肌の露出が多めの挿絵なし】

## ご当地もの

「おいしい逃走(ツアー)!東京発京都行：謎の箱と、SAグルメ食べ歩き」桔梗楓著 マイナビ出版(ファン文庫) 2017年3月【現代】【挿絵なし】

「クロニクル・レギオン 6」丈月城著 集英社(ダッシュエックス文庫) 2017年5月【現代/歴史・時代】【肌の露出が多めの挿絵なし】

「ちどり亭にようこそ = Welcome to Chidori-tei 2」十三湊著 KADOKAWA(メディアワークス文庫) 2017年4月【現代】【肌の露出が多めの挿絵なし】

「ひとり旅の神様」五十嵐雄策著 KADOKAWA(メディアワークス文庫) 2017年1月【現代】【挿絵なし】

「めがみめぐり：ツクモと聖地と七柱のめがみ」カプコン原作;櫂末高彰著 KADOKAWA(ファミ通文庫) 2017年3月【現代】【肌の露出が多めの挿絵なし】

「暗夜鬼譚[2]」瀬川貴次著 集英社(集英社文庫) 2017年5月【歴史・時代】【挿絵なし】

「京の縁結び縁見屋の娘」三好昌子著 宝島社(宝島社文庫) 2017年3月【歴史・時代】【挿絵なし】

「京都あやかし絵師の癒し帖」八谷紬著 スターツ出版(スターツ出版文庫) 2017年6月【現代】【挿絵なし】

「京都の甘味処は神様専用です」桑野和明著 双葉社(双葉文庫) 2017年5月【現代】【挿絵なし】

「十鬼の絆：関ケ原奇譚 上巻」茂木あや著;アイディアファクトリー株式会社;デザインファクトリー株式会社監修 一二三書房(オトメイトノベル) 2017年4月【歴史・時代】【肌の露出が多めの挿絵なし】

「厨病激発ボーイ 4」れるりり原案;藤並みなと著 KADOKAWA(角川ビーンズ文庫) 2017年3月【現代】【肌の露出が多めの挿絵なし】

「中古でも恋がしたい! 10」田尾典丈著 SBクリエイティブ(GA文庫) 2017年6月【現代】【肌の露出が多めの挿絵あり】

「天と地と姫と 4」春日みかげ著 KADOKAWA(富士見ファンタジア文庫) 2017年6月【歴史・時代】【肌の露出が多めの挿絵なし】

「福を招くと聞きまして。：招福招来」森川秀樹著 KADOKAWA(富士見L文庫) 2017年2月【現代】【挿絵なし】

「平安時代にタイムスリップしたら紫式部になってしまったようです」中臣悠月著 KADOKAWA(角川ビーンズ文庫) 2017年1月【歴史・時代】【肌の露出が多めの挿絵なし】

### 京都府＞京都市

「京都寺町三条のホームズ 6.5」望月麻衣著 双葉社(双葉文庫) 2017年4月【現代】【肌の露出が多めの挿絵なし】

「京都寺町三条のホームズ 7」望月麻衣著 双葉社(双葉文庫) 2017年4月【現代】【挿絵なし】

## ご当地もの

「君に出会えた4%の奇跡」広瀬未衣著 双葉社(双葉文庫) 2017年5月【現代】【挿絵なし】

### 京都府＞京都市＞下鴨

「下鴨アンティーク［6］」白川紺子著 集英社(集英社オレンジ文庫) 2017年6月【現代】【挿絵なし】

### 埼玉県

「弱キャラ友崎くん = The Low Tier Character"TOMOZAKI-kun" Lv.3」屋久ユウキ著 小学館(ガガガ文庫) 2017年1月【現代】【肌の露出が多めの挿絵あり】

### 埼玉県＞入間市

「ぼくたちのリメイク：十年前に戻ってクリエイターになろう！」木緒なち著 KADOKAWA(MF文庫J) 2017年3月【現代】【肌の露出が多めの挿絵あり】

### 埼玉県＞さいたま市

「Bの戦場 2」ゆきた志旗著 集英社(集英社オレンジ文庫) 2017年6月【現代】【肌の露出が多めの挿絵なし】

### 埼玉県＞所沢市

「勇者のセガレ」和ケ原聡司著 KADOKAWA(電撃文庫) 2017年1月【現代】【肌の露出が多めの挿絵あり】

### 静岡県

「喫茶『猫の木』の日常。：猫マスターと初恋レモネード」植原翠著 マイナビ出版(ファン文庫) 2017年4月【現代】【肌の露出が多めの挿絵なし】

### 島根県＞出雲市

「出雲のあやかしホテルに就職します 2」硝子町玻璃著 双葉社(双葉文庫) 2017年5月【現代】【挿絵なし】

### 千葉県

「女神めし」原宏一著 祥伝社(祥伝社文庫) 2017年5月【現代】【挿絵なし】

### 千葉県＞木更津市＞中島地先海ほたる

「EXMOD 2」神野オキナ著 小学館(ガガガ文庫) 2017年5月【現代】【肌の露出が多めの挿絵あり/キスシーンの挿絵あり】

## ご当地もの

### 千葉県＞千葉市＞検見川浜

「緋紗子さんには、9つの秘密がある」清水晴木著 講談社(講談社タイガ) 2017年5月【現代】【挿絵なし】

### 中国

「マージナル・オペレーション改 02」芝村裕吏著 星海社(星海社FICTIONS) 2017年6月【近未来・遠未来】【肌の露出が多めの挿絵なし】

「後宮香妃物語：龍の皇太子とめぐる恋」伊藤たつき著 KADOKAWA(角川ビーンズ文庫) 2017年5月【異世界・架空の世界】【肌の露出が多めの挿絵なし】

「天空の翼地上の星」中村ふみ著 講談社(講談社X文庫) 2017年4月【異世界・架空の世界】【肌の露出が多めの挿絵なし】

### 中国＞上海市

「うさぎ強盗には死んでもらう」橘ユマ著 KADOKAWA(角川スニーカー文庫) 2017年1月【現代】【肌の露出が多めの挿絵なし】

### 中国＞台湾＞高雄市

「進め!たかめ少女高雄ソライロデイズ。」三木なずな著 SBクリエイティブ(GA文庫) 2017年6月【現代】【肌の露出が多めの挿絵なし】

### 東京都

「「おくのほそ道」殺人事件：歴史探偵・月村弘平の事件簿」風野真知雄著 実業之日本社(実業之日本社文庫) 2017年4月【現代】【挿絵なし】

「あなたの恋人、強奪します。新装版」永嶋恵美著 徳間書店(徳間文庫) 2017年6月【現代】【肌の露出が多めの挿絵なし】

「イジワルな旦那様とかりそめ新婚生活」滝井みらん著 スターツ出版(ベリーズ文庫) 2017年6月【現代】【挿絵なし】

「イジワル御曹司に愛されています」西ナナヲ著 スターツ出版(ベリーズ文庫) 2017年5月【現代】【挿絵なし】

「エプロン男子：今晩、出張シェフがうかがいます」山本瑤著 集英社(集英社オレンジ文庫) 2017年4月【現代】【挿絵なし】

「おんみょう紅茶屋らぷさん [2]」古野まほろ著 KADOKAWA(メディアワークス文庫) 2017年1月【現代】【挿絵なし】

「キモイマン 2」中沢健著 小学館(ガガガ文庫) 2017年6月【現代】【肌の露出が多めの挿絵なし】

## ご当地もの

「クロニクル・レギオン 6」丈月城著 集英社(ダッシュエックス文庫) 2017年5月【現代/歴史・時代】【肌の露出が多めの挿絵なし】

「すしそばてんぷら」藤野千夜著 角川春樹事務所(ハルキ文庫) 2017年1月【現代】【挿絵なし】

「ストライキングガール! = Striking Girl!」EDA著 KADOKAWA(カドカワBOOKS) 2017年4月【現代】【肌の露出が多めの挿絵なし】

「ひるなかの流星:映画ノベライズ」やまもり三香原作;ひずき優著 集英社(集英社オレンジ文庫) 2017年2月【現代】【挿絵なし】

「ぼくは異世界で付与魔法と召喚魔法を天秤にかける 9」横塚司著 双葉社(モンスター文庫) 2017年5月【現代/異世界・架空の世界】【肌の露出が多めの挿絵あり】

「ホテル王と偽りマリアージュ」水守恵蓮著 スターツ出版(ベリーズ文庫) 2017年5月【現代】【挿絵なし】

「ようこそ授賞式の夕べに」大崎梢著 東京創元社(創元推理文庫) 2017年2月【現代】【挿絵なし】

「喫茶『猫の木』の日常。:猫マスターと初恋レモネード」植原翠著 マイナビ出版(ファン文庫) 2017年4月【現代】【肌の露出が多めの挿絵なし】

「銀河連合日本 4」松本保羽著 星海社(星海社FICTIONS) 2017年2月【近未来・遠未来】【肌の露出が多めの挿絵あり/キスシーンの挿絵あり】

「御曹司の溺愛エスコート」若菜モモ著 スターツ出版(ベリーズ文庫) 2017年4月【現代】【挿絵なし】

「紅蓮坂ブルース」桑原水菜著 集英社(コバルト文庫) 2017年1月【歴史・時代】【肌の露出が多めの挿絵なし】

「砂に泳ぐ彼女」飛鳥井千砂著 KADOKAWA(角川文庫) 2017年6月【現代】【挿絵なし】

「小暮写眞館 1」宮部みゆき著 新潮社(新潮文庫nex) 2017年1月【現代】【挿絵なし】

「小暮写眞館 2」宮部みゆき著 新潮社(新潮文庫nex) 2017年1月【現代】【挿絵なし】

「小暮写眞館 3」宮部みゆき著 新潮社(新潮文庫nex) 2017年2月【現代】【挿絵なし】

「小暮写眞館 4」宮部みゆき著 新潮社(新潮文庫nex) 2017年2月【現代】【挿絵なし】

「浄天眼謎とき異聞録:明治つれづれ推理 下」一色美雨季著 マイナビ出版(ファン文庫) 2017年1月【歴史・時代】【肌の露出が多めの挿絵なし】

「新妹魔王の契約者(テスタメント) 10」上栖綴人著 KADOKAWA(角川スニーカー文庫) 2017年2月【現代】【肌の露出が多めの挿絵あり/性描写の挿絵あり】

「人狼×討伐のメソッド 2」斜守モル著 KADOKAWA(MF文庫J) 2017年5月【現代】【肌の露出が多めの挿絵なし】

## ご当地もの

「青年のための読書クラブ」桜庭一樹著 新潮社(新潮文庫nex) 2017年5月【歴史・時代】【挿絵なし】

「東京ダンジョンスフィア」奈坂秋吾著 KADOKAWA(電撃文庫) 2017年1月【近未来・遠未来】【肌の露出が多めの挿絵なし】

「東京バルがゆく[2]」似鳥航一著 KADOKAWA(メディアワークス文庫) 2017年5月【現代】【挿絵なし】

「東京廃区の戦女三師団(トリスケリオン) 2」舞阪洸著 KADOKAWA(富士見ファンタジア文庫) 2017年2月【現代】【肌の露出が多めの挿絵あり】

「緋弾のアリア 25」赤松中学著 KADOKAWA(MF文庫J) 2017年4月【現代/異世界・架空の世界】【肌の露出が多めの挿絵なし】

「僕と死神(ボディガード)の赤い罪」天野頌子著 講談社(講談社タイガ) 2017年6月【現代】【肌の露出が多めの挿絵なし】

「明智小五郎事件簿 10」江戸川乱歩著 集英社(集英社文庫) 2017年2月【歴史・時代】【挿絵なし】

「明智小五郎事件簿 11」江戸川乱歩著 集英社(集英社文庫) 2017年3月【歴史・時代】【挿絵なし】

「明智小五郎事件簿 12」江戸川乱歩著 集英社(集英社文庫) 2017年4月【歴史・時代】【挿絵なし】

「妄想刑事(でか)エニグマの執着」七尾与史著 徳間書店(徳間文庫) 2017年2月【現代】【肌の露出が多めの挿絵なし】

「妖怪博士:私立探偵明智小五郎」江戸川乱歩著 新潮社(新潮文庫nex) 2017年3月【歴史・時代】【挿絵なし】

「乱歩の変身」江戸川乱歩著 光文社(光文社文庫) 2017年4月【歴史・時代】【挿絵なし】

「乱歩の猟奇」江戸川乱歩著 光文社(光文社文庫) 2017年3月【歴史・時代】【挿絵なし】

「蠱の楼」和智正喜著;京極夏彦Founder KADOKAWA(富士見L文庫) 2017年5月【歴史・時代】【肌の露出が多めの挿絵なし】

## 東京都＞北区

「陰陽屋狐の子守歌:よろず占い処」天野頌子著 ポプラ社(ポプラ文庫ピュアフル) 2017年1月【現代】【挿絵なし】

## 東京都＞渋谷区

「ギャルスレイヤーだけどギャルしかいない世界に来たからギャルサーの王子になることにした」白乃友著 ホビージャパン(HJ文庫) 2017年3月【現代/異世界・架空の世界】【肌の露出が多めの挿絵なし】

## ご当地もの

### 東京都＞渋谷区＞渋谷

「Chaos;Child : Children's Revive」MAGES.Chiyost.inc原作;梅原英司著 講談社(講談社ラノベ文庫) 2017年3月【現代】【肌の露出が多めの挿絵なし】

「初めましてこんにちは、離婚してください」あさぎ千夜春著 スターツ出版(ベリーズ文庫) 2017年6月【現代】【挿絵なし】

### 東京都＞新宿区

「カカノムモノ」浅葉なつ著 新潮社(新潮文庫nex) 2017年5月【現代】【肌の露出が多めの挿絵なし】

「はたらく魔王さま!ハイスクールN!」和ケ原聡司著 KADOKAWA(電撃文庫) 2017年2月【現代】【肌の露出が多めの挿絵なし】

「めがみめぐり：ツクモと聖地と七柱のめがみ」カプコン原作;榴末高彰著 KADOKAWA(ファミ通文庫) 2017年3月【現代】【肌の露出が多めの挿絵なし】

「もしもパワハラ上司がドラゴンにさらわれたら」蒼月海里著 幻冬舎(幻冬舎文庫) 2017年1月【現代】【肌の露出が多めの挿絵なし】

「新宿コネクティブ 1」内堀優一著 ホビージャパン(HJ文庫) 2017年5月【現代】【肌の露出が多めの挿絵なし】

「旦那様と契約結婚!?：イケメン御曹司に拾われました」夏雪なつめ著 スターツ出版(ベリーズ文庫) 2017年4月【現代】【挿絵なし】

「誉められて神軍 2」竹井10日著 講談社(講談社ラノベ文庫) 2017年3月【現代】【肌の露出が多めの挿絵あり】

### 東京都＞新宿区＞西新宿

「強引社長の不器用な溺愛」砂川雨路著 スターツ出版(ベリーズ文庫) 2017年6月【現代】【挿絵なし】

### 東京都＞杉並区

「読者(ぼく)と主人公(かのじょ)と二人のこれから」岬鷺宮著 KADOKAWA(電撃文庫) 2017年4月【現代】【肌の露出が多めの挿絵なし】

### 東京都＞墨田区

「政と源」三浦しをん著 集英社(集英社オレンジ文庫) 2017年6月【現代】【挿絵なし】

### 東京都＞墨田区＞押上

「めがみめぐり：ツクモと聖地と七柱のめがみ」カプコン原作;榴末高彰著 KADOKAWA(ファミ通文庫) 2017年3月【現代】【肌の露出が多めの挿絵なし】

## ご当地もの

### 東京都＞世田谷区

「あの頃、きみと陽だまりで」夏雪なつめ著 スターツ出版(スターツ出版文庫) 2017年2月【現代】【挿絵なし】

### 東京都＞台東区＞浅草

「あやかし夫婦は青春を謳歌する。」友麻碧著 KADOKAWA(富士見L文庫) 2017年5月【現代/歴史・時代】【挿絵なし】

「ドリームハッカーズ：コミュ障たちの現実チートピア」出口きぬごし著 KADOKAWA(電撃文庫) 2017年1月【近未来・遠未来】【肌の露出が多めの挿絵あり】

「下町アパートのふしぎ管理人」大城密著 KADOKAWA(角川文庫) 2017年1月【現代】【挿絵なし】

### 東京都＞台東区＞上野

「ご旅行はあの世まで？：死神は上野にいる」彩本和希著 集英社(集英社オレンジ文庫) 2017年2月【異世界・架空の世界】【挿絵なし】

「ドリームハッカーズ：コミュ障たちの現実チートピア」出口きぬごし著 KADOKAWA(電撃文庫) 2017年1月【近未来・遠未来】【肌の露出が多めの挿絵あり】

### 東京都＞立川市

「僕の部屋がダンジョンの休憩所になってしまった件」東国不動著 ツギクル(ツギクルブックス) 2017年2月【現代/異世界・架空の世界】【肌の露出が多めの挿絵あり/キスシーンの挿絵あり】

「僕の部屋がダンジョンの休憩所になってしまった件 2」東国不動著 ツギクル(ツギクルブックス) 2017年6月【現代/異世界・架空の世界】【肌の露出が多めの挿絵なし】

### 東京都＞千代田区＞神保町

「幻想古書店で珈琲を [4]」蒼月海里著 角川春樹事務所(ハルキ文庫) 2017年3月【現代/異世界・架空の世界】【肌の露出が多めの挿絵なし】

「風蜘蛛の棘」佐々木禎子著;京極夏彦Founder KADOKAWA(富士見L文庫) 2017年4月【現代】【挿絵なし】

### 東京都＞豊島区＞池袋

「ベースメント」井川楊枝著 TOブックス(TO文庫) 2017年1月【現代】【挿絵なし】

### 東京都＞豊島区＞雑司ヶ谷

「世界、それはすべて君のせい」くらゆいあゆ著 集英社(集英社オレンジ文庫) 2017年4月【現代】【挿絵なし】

## ご当地もの

**東京都＞八王子市**

「芸者でGO!」山本幸久著 実業之日本社(実業之日本社文庫) 2017年6月【現代】【肌の露出が多めの挿絵なし】

**東京都＞武蔵野市＞井の頭公園**

「黒の派遣 = THE BLACK AGENCY」江崎双六著 TOブックス(TO文庫) 2017年2月【現代】【挿絵なし】

**東京都＞武蔵野市＞吉祥寺**

「吉祥寺よろず怪事(あやごと)請負処」結城光流著 KADOKAWA(角川文庫) 2017年4月【現代】【挿絵なし】

「強引社長の不器用な溺愛」砂川雨路著 スターツ出版(ベリーズ文庫) 2017年6月【現代】【挿絵なし】

**東京都＞目黒区**

「旦那様と契約結婚!?：イケメン御曹司に拾われました」夏雪なつめ著 スターツ出版(ベリーズ文庫) 2017年4月【現代】【挿絵なし】

**東京都＞目黒区＞自由が丘**

「ケーキ王子の名推理(スペシャリテ) 2」七月隆文著 新潮社(新潮文庫nex) 2017年4月【現代】【挿絵なし】

**東京都＞目黒区＞中目黒**

「中目黒リバーエッジハウス：ワケありだらけのシェアオフィスはじまりの春」岩本薫著 集英社(集英社オレンジ文庫) 2017年3月【現代】【挿絵なし】

**長崎県**

「女神めし」原宏一著 祥伝社(祥伝社文庫) 2017年5月【現代】【挿絵なし】

「長崎・オランダ坂の洋館カフェ：シュガーロードと秘密の本」江本マシメサ著 宝島社(宝島社文庫) 2017年4月【現代】【挿絵なし】

**長崎県＞佐世保市**

「14歳とイラストレーター 2」むらさきゆきや著 KADOKAWA(MF文庫J) 2017年3月【現代】【肌の露出が多めの挿絵あり】

**長野県＞軽井沢市**

「ようこそ実力至上主義の教室へ 6」衣笠彰梧著 KADOKAWA(MF文庫J) 2017年5月【現代】【肌の露出が多めの挿絵なし】

## ご当地もの

### 奈良県

「たちあがれ、大仏」椙本孝思著 幻冬舎(幻冬舎文庫) 2017年3月【現代】【肌の露出が多めの挿絵なし】

「奈良町ひとり陰陽師」仲町六絵著 KADOKAWA(メディアワークス文庫) 2017年6月【現代】【肌の露出が多めの挿絵なし】

「飛びたがりのバタフライ」櫻いいよ著 スターツ出版(スターツ出版文庫) 2017年1月【現代】【挿絵なし】

### 奈良県＞生駒市

「ぼくたちのリメイク：十年前に戻ってクリエイターになろう！」木緒なち著 KADOKAWA(MF文庫J) 2017年3月【現代】【肌の露出が多めの挿絵あり】

### 兵庫県

「太陽に捧ぐラストボール 上」髙橋あこ著 スターツ出版(スターツ出版文庫) 2017年6月【現代】【挿絵なし】

### 兵庫県＞神戸市

「ダイブ！：潜水系公務員は謎だらけ」山本賀代著 マイナビ出版(ファン文庫) 2017年2月【現代】【挿絵なし】

### 兵庫県＞姫路市

「三毛猫カフェトリコロール」星月渉著 三交社(スカイハイ文庫) 2017年4月【現代】【肌の露出が多めの挿絵なし】

### 広島県

「女神めし」原宏一著 祥伝社(祥伝社文庫) 2017年5月【現代】【挿絵なし】

### 広島県＞呉市

「ダイブ！：潜水系公務員は謎だらけ」山本賀代著 マイナビ出版(ファン文庫) 2017年2月【現代】【挿絵なし】

### 福岡県

「ようこそ授賞式の夕べに」大崎梢著 東京創元社(創元推理文庫) 2017年2月【現代】【挿絵なし】

「博多豚骨ラーメンズ 6」木崎ちあき著 KADOKAWA(メディアワークス文庫) 2017年3月【現代】【肌の露出が多めの挿絵なし】

## ご当地もの

### 福岡県＞福岡市

「万国菓子舗お気に召すまま[3]」溝口智子著 マイナビ出版(ファン文庫) 2017年6月【現代】【挿絵なし】

### 福岡県＞福岡市＞博多区

「あやかし屋台なごみ亭 2」篠宮あすか著 双葉社(双葉文庫) 2017年3月【現代】【肌の露出が多めの挿絵なし】

### 北海道

「紅茶館くじら亭ダイアリー：シナモン・ジンジャーは雪解けの香り」伊佐良紫築著 KADOKAWA(富士見L文庫) 2017年2月【現代】【挿絵なし】

「最強魔王様の日本グルメ[2]」kimimaro著 宝島社 2017年5月【現代】【肌の露出が多めの挿絵なし】

「道-MEN：北海道を喰いに来た乙女」アサウラ著 集英社(ダッシュエックス文庫) 2017年6月【近未来・遠未来】【肌の露出が多めの挿絵あり】

「壁と孔雀」小路幸也著 早川書房(ハヤカワ文庫JA) 2017年2月【現代】【挿絵なし】

### 北海道＞旭川市

「櫻子さんの足下には死体が埋まっている[11]」太田紫織著 KADOKAWA(角川文庫) 2017年3月【現代】【肌の露出が多めの挿絵なし】

### 北海道＞札幌市

「YOSAKOIソーラン娘：札幌が踊る夏」田丸久深著 宝島社(宝島社文庫) 2017年4月【現代】【挿絵なし】

「札幌アンダーソング[2]」小路幸也著 KADOKAWA(角川文庫) 2017年1月【現代】【肌の露出が多めの挿絵なし】

「弁当屋さんのおもてなし：ほかほかごはんと北海鮭かま」喜多みどり著 KADOKAWA(角川文庫) 2017年5月【現代】【挿絵なし】

### 北極

「青白く輝く月を見たか? = Did the Moon Shed a Pale Light?」森博嗣著 講談社(講談社タイガ) 2017年6月【近未来・遠未来】【挿絵なし】

### 三重県＞伊勢市

「神様たちのお伊勢参り」竹村優希著 双葉社(双葉文庫) 2017年6月【現代】【肌の露出が多めの挿絵なし】

## ご当地もの

**三重県＞松阪市**

「飛びたがりのバタフライ」櫻いいよ著 スターツ出版(スターツ出版文庫) 2017年1月【現代】【挿絵なし】

**宮城県＞仙台市**

「キッチン・ミクリヤの魔法の料理 2」吉田安寿著 双葉社(双葉文庫) 2017年2月【現代】【挿絵なし】

**山梨県**

「スーパーカブ」トネ・コーケン著 KADOKAWA(角川スニーカー文庫) 2017年5月【現代】【肌の露出が多めの挿絵あり】

**露西亜**

「露西亜の時間旅行者」三木笙子著 幻冬舎(幻冬舎文庫) 2017年1月【歴史・時代】【挿絵なし】

# テーマ・ジャンル別分類見出し索引

AI→ストーリー＞サイバー＞AI
MMORPG→ストーリー＞ゲーム・アニメ＞MMORPG
SF→ストーリー＞SF
VR・AR→ストーリー＞サイバー＞VR・AR
VRMMO→ストーリー＞サイバー＞VRMMO
VRMMORPG→ストーリー＞サイバー＞VRMMORPG
あやかし・憑依・擬人化→ストーリー＞あやかし・憑依・擬人化
アンティーク→文化・芸能・スポーツ＞文化・芸能＞美術・芸術＞アンティーク
イギリス→ご当地もの＞イギリス
インターネット・SNS→ストーリー＞サイバー＞インターネット・SNS
お菓子→暮らし・生活＞食べもの・飲みもの＞お菓子
お祭り→暮らし・生活＞イベント・行事＞お祭り
お酒→暮らし・生活＞食べもの・飲みもの＞お酒
お正月→暮らし・生活＞イベント・行事＞お正月
お店・飲食店・カフェ→場所・建物・施設＞お店・飲食店・カフェ
ガチャ→ストーリー＞ガチャ
ギャンブル→ストーリー＞ギャンブル
クエスト・攻略→ストーリー＞冒険・旅＞クエスト・攻略
クリスマス→暮らし・生活＞イベント・行事＞クリスマス
ゲーム・アニメ→ストーリー＞ゲーム・アニメ
コスプレ→文化・芸能・スポーツ＞文化・芸能＞ファッション＞コスプレ
コミックマーケット→暮らし・生活＞イベント・行事＞コミックマーケット
コメディ→ストーリー＞コメディ
さいたま市→ご当地もの＞埼玉県＞さいたま市
サイバー→ストーリー＞サイバー
サッカー→文化・芸能・スポーツ＞スポーツ＞サッカー
サバイバル→ストーリー＞サバイバル
シチリア→ご当地もの＞イタリア＞シチリア
スープ→暮らし・生活＞食べもの・飲みもの＞スープ
スチームパンク→ストーリー＞SF＞スチームパンク
スプレーアート→文化・芸能・スポーツ＞文化・芸能＞美術・芸術＞スプレーアート
スポーツ一般→文化・芸能・スポーツ＞スポーツ＞スポーツ一般
スローライフ→ストーリー＞スローライフ
その他学校・学園・学生→学校・学園・学生＞その他学校・学園・学生
タイムトラベル・タイムスリップ・タイムループ→ストーリー＞SF＞タイムトラベル・タイムスリップ・タイムループ
ダンジョン・迷宮→ストーリー＞ダンジョン・迷宮
ダンス・踊り→文化・芸能・スポーツ＞スポーツ＞ダンス・踊り
チート→ストーリー＞チート

デート→暮らし・生活＞イベント・行事＞デート
デビュー・ストーリー→ストーリー＞デビュー・ストーリー
バイク→乗り物＞バイク
バトル・奇襲・戦闘→ストーリー＞バトル・奇襲・戦闘
パラレルワールド→ストーリー＞パラレルワールド
バレーボール・バスケットボール→文化・芸能・スポーツ＞スポーツ＞バレーボール・バスケットボール
バレンタイン→暮らし・生活＞イベント・行事＞バレンタイン
ハロウィン→暮らし・生活＞イベント・行事＞ハロウィン
ハンドボール→文化・芸能・スポーツ＞スポーツ＞ハンドボール
ファッション→文化・芸能・スポーツ＞文化・芸能＞ファッション
ブラック企業→場所・建物・施設＞会社＞ブラック企業
ボクシング・キックボクシング→文化・芸能・スポーツ＞スポーツ＞ボクシング・キックボクシング
ホテル・宿→場所・建物・施設＞ホテル・宿
ほのぼの→ストーリー＞ほのぼの
ホラー・オカルト→ストーリー＞ホラー・オカルト
マンション・アパート→場所・建物・施設＞マンション・アパート
ミステリー・サスペンス・謎解き→ストーリー＞ミステリー・サスペンス・謎解き
メルヘン→ストーリー＞メルヘン
ルームシェア・同棲→暮らし・生活＞ルームシェア・同棲
ロンドン→ご当地もの＞イギリス＞ロンドン
悪魔祓い・怨霊祓い・悪霊調伏→ストーリー＞悪魔祓い・怨霊祓い・悪霊調伏
旭川市→ご当地もの＞北海道＞旭川市
伊勢市→ご当地もの＞三重県＞伊勢市
囲碁・将棋→文化・芸能・スポーツ＞文化・芸能＞囲碁・将棋
異空間→ストーリー＞異空間
異世界転移・召喚→ストーリー＞異世界転移・召喚
異世界転生→ストーリー＞異世界転生
井の頭公園→ご当地もの＞東京都＞武蔵野市＞井の頭公園
育成→ストーリー＞育成
一軒家→場所・建物・施設＞一軒家
茨城県→ご当地もの＞茨城県
引きこもり・寄生→ストーリー＞引きこもり・寄生
宇宙・地球・天体→自然・環境＞宇宙・地球・天体
映画・テレビ・番組→文化・芸能・スポーツ＞文化・芸能＞映画・テレビ・番組
映画館→場所・建物・施設＞映画館
駅→場所・建物・施設＞駅
園芸・菜園→暮らし・生活＞園芸・菜園
怨恨・憎悪→ストーリー＞怨恨・憎悪

演劇→文化・芸能・スポーツ＞文化・芸能＞演劇
遠野市→ご当地もの＞岩手県＞遠野市
押上→ご当地もの＞東京都＞墨田区＞押上
横須賀市→ご当地もの＞神奈川県＞横須賀市
横浜市→ご当地もの＞神奈川県＞横浜市
沖縄県→ご当地もの＞沖縄県
温泉・浴室・銭湯→場所・建物・施設＞温泉・浴室・銭湯
音楽→文化・芸能・スポーツ＞文化・芸能＞音楽
下鴨→ご当地もの＞京都府＞京都市＞下鴨
夏休み→暮らし・生活＞イベント・行事＞夏休み
歌→文化・芸能・スポーツ＞文化・芸能＞音楽＞歌
歌舞伎→文化・芸能・スポーツ＞文化・芸能＞歌舞伎
花火→暮らし・生活＞イベント・行事＞花火
会社→場所・建物・施設＞会社
海・川→自然・環境＞海・川
開拓・復興→ストーリー＞開拓・復興
外交→ストーリー＞政治・行政・政府＞外交
鎌倉市→ご当地もの＞神奈川県＞鎌倉市
岐阜県→ご当地もの＞岐阜県
記憶喪失・忘却→ストーリー＞記憶喪失・忘却
吉祥寺→ご当地もの＞東京都＞武蔵野市＞吉祥寺
虐待・いじめ→ストーリー＞虐待・いじめ
宮廷・城→場所・建物・施設＞宮廷・城
救出・救助→ストーリー＞救出・救助
京都市→ご当地もの＞京都府＞京都市
京都府→ご当地もの＞京都府
教会→場所・建物・施設＞教会
金銭トラブル→ストーリー＞金銭トラブル
金沢市→ご当地もの＞石川県＞金沢市
空・星・月→自然・環境＞空・星・月
群像劇→ストーリー＞群像劇
経営もの→ストーリー＞仕事＞経営もの
軽井沢市→ご当地もの＞長野県＞軽井沢市
芸能界→文化・芸能・スポーツ＞文化・芸能＞芸能界
検見川浜→ご当地もの＞千葉県＞千葉市＞検見川浜
古代遺跡→場所・建物・施設＞古代遺跡
呉市→ご当地もの＞広島県＞呉市
広島県→ご当地もの＞広島県
拘置所・留置場→場所・建物・施設＞拘置所・留置場

江の島→ご当地もの＞神奈川県＞藤沢市＞江の島
江戸→ご当地もの＞江戸
香り・匂い→ストーリー＞香り・匂い
高校・高校生→学校・学園・学生＞高校・高校生
高松市→ご当地もの＞香川県＞高松市
高速道路→場所・建物・施設＞高速道路
高雄市→ご当地もの＞中国＞台湾＞高雄市
拷問・処刑・殺人→ストーリー＞拷問・処刑・殺人
国内問題→ストーリー＞国内問題
国防→ストーリー＞国防
佐世保市→ご当地もの＞長崎県＞佐世保市
砂漠→自然・環境＞砂漠
裁判所→場所・建物・施設＞裁判所
堺市→ご当地もの＞大阪府＞堺市
埼玉県→ご当地もの＞埼玉県
桜島→ご当地もの＞鹿児島県＞鹿児島市＞桜島
札幌市→ご当地もの＞北海道＞札幌市
雑司ヶ谷→ご当地もの＞東京都＞豊島区＞雑司ヶ谷
山→自然・環境＞山
山梨県→ご当地もの＞山梨県
仕事→ストーリー＞仕事
使命・任務→ストーリー＞使命・任務
試験・受験→ストーリー＞勉強＞試験・受験
試合・競争・コンテスト→ストーリー＞試合・競争・コンテスト
資格→ストーリー＞資格
寺・神社→場所・建物・施設＞寺・神社
自然・人的災害→ストーリー＞自然・人的災害
自動車・バス→乗り物＞自動車・バス
自分探し・居場所探し→ストーリー＞自分探し・居場所探し
自由が丘→ご当地もの＞東京都＞目黒区＞自由が丘
鹿児島県→ご当地もの＞鹿児島県
七夕→暮らし・生活＞イベント・行事＞七夕
失踪・誘拐→ストーリー＞失踪・誘拐
写真→文化・芸能・スポーツ＞文化・芸能＞写真
車椅子→乗り物＞車椅子
呪い→ストーリー＞呪い
就職活動・求人・転職→ストーリー＞仕事＞就職活動・求人・転職
修学旅行→暮らし・生活＞イベント・行事＞修学旅行
修行・トレーニング→ストーリー＞修行・トレーニング

修道院・教会→場所・建物・施設＞修道院・教会
渋谷→ご当地もの＞東京都＞渋谷区＞渋谷
渋谷区→ご当地もの＞東京都＞渋谷区
出雲市→ご当地もの＞島根県＞出雲市
出版社→場所・建物・施設＞会社＞出版社
所沢市→ご当地もの＞埼玉県＞所沢市
書店→場所・建物・施設＞書店
書道→文化・芸能・スポーツ＞文化・芸能＞書道
小学校・小学生→学校・学園・学生＞小学校・小学生
松阪市→ご当地もの＞三重県＞松阪市
上海市→ご当地もの＞中国＞上海市
上野→ご当地もの＞東京都＞台東区＞上野
乗り物一般→乗り物＞乗り物一般
情報機関・諜報機関→ストーリー＞政治・行政・政府＞情報機関・諜報機関
植物・樹木→自然・環境＞植物・樹木
食べもの・飲みもの→暮らし・生活＞食べもの・飲みもの
新宿区→ご当地もの＞東京都＞新宿区
森・山→自然・環境＞森・山
神戸市→ご当地もの＞兵庫県＞神戸市
神奈川県→ご当地もの＞神奈川県
神奈川県>小田原市→ご当地もの＞神奈川県＞小田原市
神保町→ご当地もの＞東京都＞千代田区＞神保町
身代わり→ストーリー＞偽装＞身代わり
進路→学校・学園・学生＞進路
人造人間・人工生命→ストーリー＞サイバー＞人造人間・人工生命
図書館・図書室→場所・建物・施設＞図書館・図書室
水泳→文化・芸能・スポーツ＞スポーツ＞水泳
水族館→場所・建物・施設＞水族館
杉並区→ご当地もの＞東京都＞杉並区
世田谷区→ご当地もの＞東京都＞世田谷区
成長・成り上がり→ストーリー＞成長・成り上がり
政治・行政・政府→ストーリー＞政治・行政・政府
生活用品・電化製品→暮らし・生活＞生活用品・電化製品
生駒市→ご当地もの＞奈良県＞生駒市
生徒会・委員会→学校・学園・学生＞生徒会・委員会
西新宿→ご当地もの＞東京都＞新宿区＞西新宿
青春→ストーリー＞青春
静岡県→ご当地もの＞静岡県
仙台市→ご当地もの＞宮城県＞仙台市

千葉県→ご当地もの＞千葉県
専門学校・大学・専門学校生・大学生・大学院生→学校・学園・学生＞専門学校・大学・専門学校生・大学生・大学院生
戦車・戦艦・戦闘機→乗り物＞戦車・戦艦・戦闘機
戦争・テロ→ストーリー＞戦争・テロ
浅草→ご当地もの＞東京都＞台東区＞浅草
船・潜水艦→乗り物＞船・潜水艦
相撲→文化・芸能・スポーツ＞スポーツ＞相撲
総合格闘技→文化・芸能・スポーツ＞スポーツ＞総合格闘技
体育祭・運動会→暮らし・生活＞イベント・行事＞体育祭・運動会
大晦日→暮らし・生活＞イベント・行事＞大晦日
大阪府→ご当地もの＞大阪府
脱出→ストーリー＞脱出
誕生日・記念日→暮らし・生活＞イベント・行事＞誕生日・記念日
男装・女装→文化・芸能・スポーツ＞文化・芸能＞ファッション＞男装・女装
池袋→ご当地もの＞東京都＞豊島区＞池袋
茶・コーヒー→暮らし・生活＞食べもの・飲みもの＞茶・コーヒー
着物→文化・芸能・スポーツ＞文化・芸能＞ファッション＞着物
中学校・中学生→学校・学園・学生＞中学校・中学生
中区→ご当地もの＞神奈川県＞横浜市＞中区
中国→ご当地もの＞中国
中島地先海ほたる→ご当地もの＞千葉県＞木更津市＞中島地先海ほたる
中目黒→ご当地もの＞東京都＞目黒区＞中目黒
長崎県→ご当地もの＞長崎県
天気→自然・環境＞天気
転生・転移・よみがえり・リプレイ→ストーリー＞転生・転移・よみがえり・リプレイ
電車・新幹線→乗り物＞電車・新幹線
登山→文化・芸能・スポーツ＞スポーツ＞登山
島・人工島→場所・建物・施設＞島・人工島
東京都→ご当地もの＞東京都
頭脳・心理戦→ストーリー＞頭脳・心理戦
道場→場所・建物・施設＞道場
奈良県→ご当地もの＞奈良県
南河内郡→ご当地もの＞大阪府＞南河内郡
南城市→ご当地もの＞沖縄県＞南城市
日常→ストーリー＞日常
入間市→ご当地もの＞埼玉県＞入間市
俳句・短歌・川柳→文化・芸能・スポーツ＞文化・芸能＞俳句・短歌・川柳
博多区→ご当地もの＞福岡県＞福岡市＞博多区

箱根→ご当地もの＞神奈川県＞足柄下郡＞箱根
八王子市→ご当地もの＞東京都＞八王子市
秘密結社→ストーリー＞秘密結社
飛行機→乗り物＞飛行機
飛行場・空港→場所・建物・施設＞飛行場・空港
尾張→ご当地もの＞尾張
美術・芸術→文化・芸能・スポーツ＞文化・芸能＞美術・芸術
美術館・ギャラリー・美術室→場所・建物・施設＞美術館・ギャラリー・美術室
美容室→場所・建物・施設＞美容室
姫路市→ご当地もの＞兵庫県＞姫路市
百貨店・デパート→場所・建物・施設＞百貨店・デパート
病院・保健室・施術所→場所・建物・施設＞病院・保健室・施術所
病気・医療→ストーリー＞病気・医療
武道→文化・芸能・スポーツ＞スポーツ＞武道
部活・サークル→学校・学園・学生＞部活・サークル
復讐→ストーリー＞復讐
福岡県→ご当地もの＞福岡県
福岡市→ご当地もの＞福岡県＞福岡市
文化祭・学園祭→暮らし・生活＞イベント・行事＞文化祭・学園祭
文学・本→文化・芸能・スポーツ＞文化・芸能＞文学・本
兵庫県→ご当地もの＞兵庫県
変身・変形→ストーリー＞変身・変形
勉強→ストーリー＞勉強
冒険・旅→ストーリー＞冒険・旅
北海道→ご当地もの＞北海道
北極→ご当地もの＞北極
北極基地→場所・建物・施設＞北極基地
北区→ご当地もの＞東京都＞北区
墨田区→ご当地もの＞東京都＞墨田区
撲滅運動・退治→ストーリー＞使命・任務＞撲滅運動・退治
魔装→ストーリー＞変身・変形＞魔装
魔法・魔術学校→学校・学園・学生＞魔法・魔術学校
名古屋市→ご当地もの＞愛知県＞名古屋市
目黒区→ご当地もの＞東京都＞目黒区
問題解決→ストーリー＞問題解決
野球→文化・芸能・スポーツ＞スポーツ＞野球
役所・庁舎→場所・建物・施設＞役所・庁舎
友情→ストーリー＞友情
遊園地→場所・建物・施設＞遊園地

郵便・郵便ポスト→暮らし・生活＞郵便・郵便ポスト
落ちもの→ストーリー＞落ちもの
落語・漫才→文化・芸能・スポーツ＞文化・芸能＞落語・漫才
立川市→ご当地もの＞東京都＞立川市
寮 →場所・建物・施設＞寮
料理→ストーリー＞料理
林間学校→暮らし・生活＞イベント・行事＞林間学校
恋人・配偶者のふり→ストーリー＞偽装＞恋人・配偶者のふり
恋人・配偶者作り→ストーリー＞恋人・配偶者作り
露西亜→ご当地もの＞露西亜

付録：分類解説表

ストーリー

| ストーリー＞悪魔祓い・怨霊祓い・悪霊調伏 | 呪いのような憑き物を落としたり、除霊が描かれた作品 |
|---|---|
| ストーリー＞あやかし・憑依・擬人化 | 妖怪や人間の心の闇が具現化するなどの不思議な現象のあやかしに加え、憑依、擬人化が描かれた作品 |
| ストーリー＞異空間 | ブラックホールのような、異世界ではないが現代の中での不思議な空間が出てくる作品 |
| ストーリー＞育成 | 主人公が先生やベテランの立場となり、誰かを育成していく作品 |
| ストーリー＞異世界転移・召喚 | 異世界に飛ばされて、異世界での活躍を描く作品 |
| ストーリー＞異世界転生 | 元の世界で死を迎え、異世界で生まれ変わる作品 |
| ストーリー＞SF | サイエンス・フィクションの略で、科学的な空想に基づいた作品 |
| ストーリー＞SF＞スチームパンク | 19世紀ごろの産業革命の時代にSFを融合させたレトロな世界観の作品 |
| ストーリー＞SF＞タイムトラベル・タイムスリップ・タイムループ | 通常の時間の流れから逸脱し、過去や未来の世界に移動している作品 |
| ストーリー＞怨恨・憎悪 | 憎しみや恨みが描かれている作品 |
| ストーリー＞落ちもの | 予想外の突然の出会いが描かれている作品 |
| ストーリー＞開拓・復興 | 世の中が開けて生活が便利になることや復興する様子が描かれた作品 |
| ストーリー＞香り・匂い | 香りや匂いがテーマになっているような作品 |
| ストーリー＞ガチャ | ゲーム内で用いるカードや、仮想的な物品を購入する仕組みが描かれた作品 |
| ストーリー＞記憶喪失・忘却 | 記憶をなくす記憶喪失や忘却が描かれた作品 |

| | |
|---|---|
| ストーリー＞偽装＞恋人・配偶者のふり | 何らかの理由で、恋人や夫婦のふりをする作品 |
| ストーリー＞偽装＞身代わり | 何らかの理由で、誰かの身代わりになるような作品 |
| ストーリー＞虐待・いじめ | 虐待やいじめが描かれた作品 |
| ストーリー＞ギャンブル | ギャンブルが描かれた作品 |
| ストーリー＞救出・救助 | 囚われた姫など、誰かを救出するような作品 |
| ストーリー＞金銭トラブル | 借金などの金銭トラブルが描かれた話 |
| ストーリー＞群像劇 | 複数の主人公格のキャラクターが登場しているような作品 |
| ストーリー＞ゲーム・アニメ | ゲーム・アニメが描かれた作品 |
| ストーリー＞ゲーム・アニメ＞ＭＭＯＲＰＧ | 大規模多人数同時参加型オンラインRPGのゲームが描かれた作品 |
| ストーリー＞恋人・配偶者作り | 主人公、あるいはヒロインが恋人や配偶者を作ることを目的とした作品 |
| ストーリー＞拷問・処刑・殺人 | 拷問・処刑・殺人が描かれている作品 |
| ストーリー＞国内問題 | 国内での反乱・デモや食糧危機などの、戦争とは違う国内問題が描かれた作品 |
| ストーリー＞国防 | 外敵の侵略から国家を防衛するような作品 |
| ストーリー＞コメディ | 笑いを誘う要素が込められている作品 |
| ストーリー＞サイバー | 情報技術が描かれた作品 |
| ストーリー＞サイバー＞AI | AI（人工知能）が描かれた作品 |
| ストーリー＞サイバー＞VR・AR | VR（仮想現実）や、コンピュータを使ってさらに情報を加える技術のAR（拡張現実）が描かれた作品 |
| ストーリー＞サイバー＞ＶＲＭＯ | 近未来のバーチャルリアリティ空間で実行されるネットゲームが描かれた作品 |
| ストーリー＞サイバー＞ＶＲＭＭＯＲＰＧ | アバターとして仮想現実空間にダイブし、アバターを通すネットゲームが描かれた作品 |
| ストーリー＞サイバー＞インターネット・ＳＮＳ | インターネットやソーシャル・ネットワーキング・サービスが描かれた作品 |

| | |
|---|---|
| ストーリー＞サイバー＞人造人間・人工生命 | 人型ロボットが出てきたり、人間によって設計・作製された生命が描かれた作品 |
| ストーリー＞サバイバル | 生き残りを懸けるための方法を考えたり、争いが描かれた作品 |
| ストーリー＞試合・競争・コンテスト | スポーツの試合や、美少女コンテストなど戦いが目的ではなく、力比べや優劣を決めることを描いているような作品 |
| ストーリー＞資格 | 資格獲得に向けての勉強、資格そのものが描かれた作品 |
| ストーリー＞仕事 | 仕事が物語の要素として大きい作品 |
| ストーリー＞仕事＞経営もの | 主人公が経営者だったり、店を営むなど経営が描かれた作品 |
| ストーリー＞仕事＞就職活動・求人・転職 | 転職、求人など就職活動が描かれた作品 |
| ストーリー＞自然・人的災害 | 津波や地震などの自然災害だけでなく、放火などの人的災害を描いた作品 |
| ストーリー＞失踪・誘拐 | 失踪や誘拐が描かれた話 |
| ストーリー＞自分探し・居場所探し | 自分の目的を果たすために自分探しの旅に出たり居場所を求めるような作品 |
| ストーリー＞使命・任務 | 第三者から依頼されたことを遂行する設定がある作品 |
| ストーリー＞使命・任務＞撲滅運動・退治 | 何かを撲滅したり、退治することを目的としているような作品 |
| ストーリー＞修行・トレーニング | 魔力を上げるために修行をするなど、鍛錬の様子が描かれた作品 |
| ストーリー＞頭脳・心理戦 | 頭脳や心理を使って戦う作品 |
| ストーリー＞スローライフ | 田舎などでゆったりと生活している様子が描かれた作品 |
| ストーリー＞政治・行政・政府 | 政治や行政が物語の要素として大きく関わっている作品 |
| ストーリー＞政治・行政・政府＞外交 | 外交が描かれた作品 |

| | |
|---|---|
| ストーリー>政治・行政・政府>情報機関・諜報機関 | 情報機関や諜報機関が描かれた作品 |
| ストーリー>青春 | 学生同士の恋愛など、青春が描かれた作品 |
| ストーリー>成長・成り上がり | 主人公がストーリーの中で何かしらの成長を遂げる作品 |
| ストーリー>戦争・テロ | 戦略・戦術のぶつかり合い、戦って活躍する場面などのシーンがある作品 |
| ストーリー>脱出 | 何らかの脱出が描かれている作品 |
| ストーリー>ダンジョン・迷宮 | 地下世界が描かれた作品 |
| ストーリー>チート | 無敵なキャラクターが出てくる作品 |
| ストーリー>デビュー・ストーリー | 何かに新しく挑戦するなどデビューする様を描いた作品 |
| ストーリー>転生・転移・よみがえり・リプレイ | 異世界に限らず、生まれ変わる、移動する、死と生を繰り返すといった設定がある作品 |
| ストーリー>日常 | 仕事ではなくプライベートな時間に主眼を置いた作品 |
| ストーリー>呪い | 呪いが描かれた話 |
| ストーリー>バトル・奇襲・戦闘 | 戦いや、予期せぬ一方的な攻撃などが描かれた作品 |
| ストーリー>パラレルワールド | 現在の世界と並行して存在する世界が描かれた作品 |
| ストーリー>引きこもり・寄生 | 他の生物から栄養をとって生活していたり、他人に依存していて生きている様が描かれた作品 |
| ストーリー>秘密結社 | 主人公が秘密結社に属して、使命をもって働くなど、政治的な役割ではない秘密組織を描いた作品 |
| ストーリー>病気・医療 | 病気や医療が描かれた作品 |
| ストーリー>復讐 | 報復が描かれている作品 |
| ストーリー>勉強 | 学校の勉強だけでなく、資格など何らかの勉強が描かれた作品 |
| ストーリー>勉強>試験・受験 | 試験や受験などが描かれた作品 |

| | |
|---|---|
| ストーリー>変身・変形 | 動物に化けてしまう変身、身体の一部が変化するなどの変形が描かれた作品 |
| ストーリー>変身・変形>魔装 | 武装が変わることで魔力や攻撃力が変わるなど、変身の一種を描いた作品 |
| ストーリー>冒険・旅 | 冒険や旅が描かれている作品 |
| ストーリー>冒険・旅>クエスト・攻略 | 探索や攻略などの目的を持った冒険・旅を扱った作品 |
| ストーリー>ほのぼの | 動物が出てくるなど癒される要素が入った作品 |
| ストーリー>ホラー・オカルト | 幽霊、怪奇現象、超神秘、UFO、超自然現象、心霊現象などが描かれた作品 |
| ストーリー>ミステリー・サスペンス・謎解き | 事件や不思議な出来事を推理し、謎を解くような作品 |
| ストーリー>メルヘン | 昔話、童話、おとぎ話、伝説、神話、寓話が描かれた作品 |
| ストーリー>問題解決 | 主人公やチームに何かしらの課題が与えられ、その解決を描かれた作品 |
| ストーリー>友情 | 友情が描かれた作品 |
| ストーリー>料理 | 料理人が主人公だったり、レストランが舞台になるなど料理が描かれている作品 |

**乗り物**

乗り物がストーリーの主要アイテムとして大きく関わるような作品に対して分類。

**自然・環境**

天気や自然、季節、宇宙などの天体がストーリー展開に大きく関わっている作品に対して分類。

**場所・建物・施設**

場所、建物、施設がストーリー展開に大きく関わる作品に対して分類。

## 学校・学園・学生

| | |
|---|---|
| 学校・学園・学生＞高校・高校生 | 高校・高校生が登場する作品 |
| 学校・学園・学生＞小学校・小学生 | 小学校・小学生が登場する作品 |
| 学校・学園・学生＞進路 | 進学先や就職先などが描かれている作品 |
| 学校・学園・学生＞生徒会・委員会 | 学校の生徒会や委員会が描かれている作品 |
| 学校・学園・学生＞専門学校・大学・専門学校生・大学生・大学院生 | 専門学校や大学、そこに通う学生が登場する作品 |
| 学校・学園・学生＞その他学校・学園・学生 | 勉学や技術を学ぶための施設やその場所に通う学生が題材になっている作品 |
| 学校・学園・学生＞中学校・中学生 | 中学校・中学生が登場する作品 |
| 学校・学園・学生＞部活・サークル | 部活動やサークル活動が描かれている作品 |
| 学校・学園・学生＞魔法・魔術学校 | 魔法や魔術を学ぶ学校が描かれている作品 |

## 文化・芸能・スポーツ

スポーツや、文化・芸能の内容がストーリー展開に大きく関わる作品に対して分類。

## 暮らし・生活

暮らし・生活、イベントの内容がストーリー展開に関わっている作品に対して分類。

## ご当地もの

"実在する土地を対象とし、その土地ならではの要素が、ストーリー展開に大きく関わっている作

品に対して「ご当地もの」として分類。
ご当地もの＞都道府県名（外国の場合は国名）＞市区町村名＞地名
としている。

## テーマ・ジャンルからさがす
## ライトノベル・ライト文芸2017.1-2017.6①

ストーリー/乗り物/自然・環境/場所・建物・施設/学校・学園・学生/
文化・芸能・スポーツ/暮らし・生活/ご当地もの

2019年7月15日　第1刷発行

|  |  |
|---|---|
| 発行者 | 道家佳織 |
| 編集・発行 | 株式会社DBジャパン<br>〒151-0053 東京都渋谷区代々木2-23-1<br>　　　　　　　　　　　ニューステイトメナー865 |
| 電話 | 03-6304-2431 |
| ファクス | 03-6369-3686 |
| e-mail | books@db-japan.co.jp |
| 装丁 | DBジャパン |
| 電算漢字処理 | DBジャパン |
| 印刷・製本 | 大日本法令印刷株式会社 |
| 制作スタッフ | 後宮信美、小栗素子、加賀谷志保子、小寺恭子、菅有加里、<br>竹中陽子、道家佳織、野本純子、古田紗英子、松本紋芽、<br>三膳直美、武藤紀美、茂刈真紀子、森田香、山下愛 |

不許複製・禁無断転載
〈落丁・乱丁本はお取り換えいたします〉
ISBN 978-4-86140-055-1
Printed in Japan 2019